Knaur.

*Im Knaur Taschenbuch Verlag sind
von dem Autor außerdem erschienen:*
Die Philosophin
Die Rebellin
Das Bernstein-Amulett

Über den Autor:
Peter Prange, geboren 1955, promovierte mit einer Arbeit zur Philosophie und Sittengeschichte der Aufklärung. Nach seinem Durchbruch als Romanautor mit »Das Bernstein-Amulett« folgte die grandiose Weltenbauer-Trilogie: »Die Principessa«, »Die Philosophin« und »Die Rebellin«. Peter Prange lebt als freier Schriftsteller in Tübingen.

Weitere Informationen zu Buch und Autor finden Sie unter:
www.peter-prange.de

Peter Prange

DIE PRINCIPESSA

Roman

KNAUR TASCHENBUCH VERLAG

Besuchen Sie uns im Internet:
www.knaur.de

Vollständige Taschenbuch-Neuausgabe November 2007
Knaur Taschenbuch.
Ein Unternehmen der Droemerschen Verlagsanstalt
Th. Knaur Nachf. GmbH & Co. KG, München.
Copyright © 2002 by Droemersche Verlagsanstalt
Th. Knaur Nachf. GmbH & Co. KG, München.
Alle Rechte vorbehalten. Das Werk darf – auch teilweise – nur
mit Genehmigung des Verlags wiedergegeben werden.
Umschlaggestaltung: ZERO Werbeagentur, München
Umschlagabbildung: Bridgeman Art Library
Satz: Ventura Publisher im Verlag
Druck und Bindung: Clausen & Bosse, Leck
Printed in Germany
ISBN 978-3-426-63923-8

2 4 5 3 1

Für Serpil, meine Frau

»... per restituire meno del rubato ...«

»Die Zeit enthüllt die Wahrheit.«

Lorenzo Bernini, unvollendete Allegorie

Prolog: 1667

»Im Namen des Vaters, des Sohnes und des Heiligen Geistes.«
Es war in der ersten Morgenfrühe, der Stunde, in der die Nacht ihre böse Seele aushaucht. Mit feinem Klang schlug die Turmuhr von Santa Maria della Vittoria an, um die Gläubigen zum Angelus zu rufen. Noch war die dunkle Kirche menschenleer, nur im Schatten einer Seitenkapelle kniete eine vornehme Dame. Ein Schleier aus feiner, durchsichtiger Spitze umhüllte ihr weißes Haar und ihr Gesicht wie die Aura ihrer einst vollkommenen Schönheit. Lady McKinney war ihr Name, geborene Clarissa Whetenham, doch die Römer nannten sie »die Principessa«.
Fast ein Menschenleben hatte sie in Rom verbracht, doch noch immer empfand sie dieses kleine Gotteshaus als ein Refugium in der Fremde. Mit einem Seufzer senkte sich ihre Brust, während sie das Kreuzzeichen schlug, um sich zu sammeln.
Warum war sie zu dieser frühen Stunde hierher geflohen? Um zu Gott zu beten?
Clarissa schlug die Augen auf. Vor ihr, auf dem Altar, schimmerte im Schein der Kerzen das marmorne Antlitz einer Frau. Ihr Gesicht war von seligem Entzücken erfüllt, während ihr zu Boden gesunkener Leib sich einem Engel hinzugeben schien, der eine Lanze auf sie richtete. Wegen dieser Figur war Clarissa einst wie eine Heilige verehrt worden, wegen dieser Figur hatte der Papst sie als Hure verdammt. Denn das Gesicht dieser Frau war *ihr* Gesicht, der Leib *ihr* Leib.
Sie faltete die Hände um zu beten, allein in Gottes Gegenwart, doch sie konnte es nicht. Ihre Lippen formten Sätze der anderen.
»Ein Pfeil drang hin und wider in mein Herz«, flüsterte sie die Worte der Frau aus Stein, in der ihre eigene Jugend gebannt war. »Unendlich war die Süße dieses Schmerzes, und die Liebe erfüllte mich ganz und gar ...«
Eilige Schritte schreckten sie auf.

»Vergebung, Principessa, aber man hat mir gesagt, dass ich Sie hier finde.«

Vor ihr stand ein junger Mann, das Haar zerzaust, das Wams offen, ein Hemdzipfel aus der Hose, als hätte er die Nacht in den Kleidern verbracht. Es war Bernardo Castelli, der Gehilfe und Neffe ihres Freundes – des einzigen Menschen, der wirklich ihr Freund war. Als sie Bernardos angsterfülltes Gesicht sah, fühlte sie ihre bösen Ahnungen bestätigt.

»Steht es so schlimm?«

»Noch viel schlimmer!«, sagte Bernardo und tauchte seine Hand in ein Weihwasserbecken.

Draußen stand Clarissas Kutsche bereit. Im scharfen Trab rasselte sie durch die Gassen der allmählich erwachenden Stadt. Hier und da wurden die ersten Fenster geöffnet, verschlafene Gesichter lugten aus Türöffnungen hervor, ein paar Bäckerjungen eilten zur Arbeit. Plötzlich öffnete sich ein riesiger Platz vor Clarissas Augen, und wie ein Schneegebirge ragte der Dom von Sankt Peter in den Himmel empor, an dem die letzten Sterne erloschen.

Der Anblick versetzte ihr einen Stich. Hier hatte der Mann, den sie liebte und den sie hasste wie keinen zweiten Menschen auf der Welt, den größten Triumph seines Lebens gefeiert. Die Piazza war noch übersät von den Spuren des Jubelfestes, über zweihunderttausend Menschen hatten daran teilgenommen. Clarissa versuchte, Bernardos Worten zu folgen, der aufgeregt wirre Dinge berichtete, von Teufeln und Dämonen, die seinen Herrn befallen hätten, doch es gelang ihr nicht. Sie hatte nur eine bange Frage: War auch ihr Freund auf der Piazza gewesen?

Endlich bog die Kutsche in den Vicolo dell'Agnello ein. Auf dem Dach des windschiefen Hauses, über dem ein fahlgrauer Streifen den neuen Tag ankündigte, schimpfte eine Schar Spatzen, als Clarissa aus der Kutsche stieg. Die Haustür stand noch auf. Sie raffte ihren Rock und bückte sich, als sie durch die niedrige Tür trat. Ein scharfer, brandiger Geruch schlug ihr entgegen.

»Heilige Muttergottes!«

In der Küche sah es aus wie nach einem Überfall. Tisch und Stühle waren umgestoßen, auf dem Boden lagen angesengte Manuskripte und Schriftrollen verstreut, im offenen Herd loderte ein mächtiges Feuer.
»Pssst! Was ist das?«
Clarissa hielt den Atem an. Vom oberen Stockwerk war ein Rumpeln zu hören, dann ein dumpfer Aufprall. Im nächsten Moment ertönte ein Schrei, als würde ein Tier geschlachtet. Entsetzt schaute sie Bernardo an. Der schlug ein Kreuzzeichen und murmelte ein Stoßgebet. Sie drängte ihn beiseite und eilte die Stiege hinauf, zum Schlafraum seines Herrn.
Ein leises Röcheln empfing sie, als sie den Riegel löste und die dunkle Kammer betrat. Sie stieß ein Fenster auf, um etwas zu erkennen. Blass flutete das Licht des neuen Tages herein.
Als Clarissa ihren Freund entdeckte, musste sie sich an einem Pfosten festhalten: ein weißes Gesicht, aus dem sie zwei dunkle stumme Augen anblickten wie ein Gespenst. Für einen Moment hatte sie das Gefühl, ohnmächtig zu werden.
»Oh, mein Gott! Nein!«
Ihr Freund lag auf dem Boden, der früher so starke Körper in sich zusammengesunken, hilflos wie ein neugeborenes Menschenkind im Geburtsschleim. Das Nachthemd war blutüberströmt, in der Brust stak ein Schwert, das er mit beiden Händen umklammert hielt, als wolle er es nie wieder loslassen. Clarissa musste ihre ganze Willenskraft aufbieten, um sich aus ihrer Erstarrung zu befreien.
»Komm, Bernardo, hilf mir! Schnell!«
Am ganzen Leib zitternd beugte sie sich über den am Boden Liegenden, um seine Hände von dem Knauf zu lösen. Immer noch ruhten seine Augen auf ihr, als verfolge er jede ihrer Bewegungen, ohne sie wirklich zu sehen. Kraftlos hingen seine Mundwinkel herab. Atmete er noch? Seine Hände waren warm, so warm wie das Blut, das an ihnen klebte. Zusammen mit dem Gehilfen zog Clarissa das Schwert aus seiner Brust. Es war, als glitte die Klinge durch ihren eigenen Leib. Dann hoben sie ihren

Freund, so behutsam sie konnten, vom Boden auf und legten ihn auf das Bett. Ohne eine Regung ließ er es mit sich geschehen, als wäre das Leben schon aus ihm gewichen.

»Lauf und hol den Arzt!«, wies sie Bernardo an, nachdem sie die Wunde mit ein paar Lappen verbunden hatten. »Er soll kommen – sofort! Und«, fügte sie leise hinzu, »wenn du beim Arzt warst, hol auch den Priester!«

Als sie allein war, setzte Clarissa sich an das Bett. War das der Mann, den sie seit so vielen Jahren kannte? Er war so blass, als hätte er keinen Tropfen Blut mehr unter der Haut.

»Warum hast du das getan?«, flüsterte sie.

Sein Gesicht war eingefallen, entstellt, die hohlen Wangen schienen nach innen gestülpt, und seine Augen, die in tiefe Höhlen gesunken waren, starrten ins Leere. Und doch wirkten seine Züge auf seltsame Weise entspannt. War er schon bei den Engeln und sprach mit Gott? Fast schien es Clarissa, als habe er endlich den Frieden gefunden, den er zeit seines Lebens vergeblich gesucht hatte. Sogar die scharfe Falte zwischen den Brauen auf seiner Stirn war verschwunden.

»Warum hast du das getan?«, flüsterte sie wieder und griff nach seiner Hand.

Plötzlich spürte sie, wie er den Druck erwiderte, ganz leise nur, ganz zart, aber sie spürte es doch. Jetzt bewegte er die Augen und sah sie an. Ja, er lebte noch, war noch bei Verstand! Ein Zucken ging durch sein Gesicht, er wollte sprechen. Clarissa beugte sich über ihn, legte ihr Ohr an seine Lippen, hörte die Worte, die er mit letzter Kraft hauchte.

»Ich ... ich war auf der Piazza ... Ich habe das Wunder gesehen ... Es ist ... vollkommen ...«

Clarissa schloss die Augen. Er hatte das Geheimnis entdeckt! Wieder spürte sie seinen Atem an ihrem Ohr, er wollte ihr noch etwas sagen.

»Ein so großartiger Einfall ... Meine Idee ... Er hat sie gestohlen ... Wie ... wie konnte er nur wissen?«

Sie öffnete die Augen und blickte ihn an. Er erwiderte ihren

Blick, ruhig und prüfend, als wolle er in ihre Seele schauen. Wusste er die Antwort auf seine Frage? Doch dann veränderte sich seine Miene; ein feines Lächeln spielte um seinen Mund, und aus seinen dunklen Augen leuchtete eine Art Genugtuung, ein kleiner, zerbrechlicher Triumph.
»Ich habe alles verbrannt ...«, flüsterte er. »Sämtliche Pläne ... Er ... er wird mir nie wieder etwas stehlen.«
Sie küsste seine blutbefleckte Hand, streichelte sein weißes Gesicht, das immer noch zu lächeln schien.
Sie hatte versucht, das Schicksal dieses Mannes zu wenden, sich Befugnisse angemaßt, die allein dem Himmel vorbehalten waren, und er hatte sich in sein Schwert gestürzt. Kein Mensch konnte größere Schuld auf sich laden – das war die einfache, unerträgliche Wahrheit. Und während sie versuchte, sein Lächeln zu erwidern, drängte sich ihr eine böse Frage auf, eine Frage, die über ihr ganzes Leben entschied: War ein Kunstwerk, und sei es das größte der Welt, ein solches Opfer wert?

Erstes Buch

Das süsse Gift des Schönen
1623–1633

I

Die Mittagshitze lastete wie Blei auf der Stadt Rom. Sie brütete in den menschenleeren Gassen, kroch in die Fugen der Mauern und brachte die jahrtausendealten Steine zum Glühen. Kein Lüftchen regte sich am wolkenlosen Himmel, von dem die Sonne niederbrannte, als wolle sie die Welt in eine Wüste verwandeln. Selbst die mächtige Kuppel des Petersdoms, unter der doch die ganze römische Christenheit Zuflucht fand, schien unter der drückenden Hitze einzusinken.
Man schrieb den 6. August des Jahres 1623. Seit drei Wochen war in der Sixtinischen Kapelle das Konklave versammelt, um einen neuen Papst zu wählen. Es hieß, die meisten der greisen Kardinäle seien an Malaria erkrankt, einige kämpften sogar mit dem Tod, sodass bei dieser Wahl wohl nicht der frömmste, sondern eher der robusteste Kandidat als Nachfolger Petri berufen würde.
Der Tag der Entscheidung aber schien fern – so fern, dass sich auf dem großen Platz vor dem Dom, auf dem sich sonst zur Zeit des Konklaves die Gläubigen erwartungsvoll drängten, nur ein barfüßiger Junge verlor, der mit seiner Schildkröte in der Mittagssonne spielte. An einer Leine führte er das Kriechtier über die verlassene Piazza, als er plötzlich stutzte. Er beschirmte mit seiner Hand die Augen, schaute zum Himmel, und während sein Mund immer größer und größer wurde, starrte er auf die dünne, weiße Rauchsäule, die kerzengerade aus dem Schornstein der Sixtinischen Kapelle aufstieg.
»*Habemus Papam!*«, rief er mit seiner hellen Kinderstimme in die brütende Stille. »Es lebe der Papst!« Eine Hausfrau, die irgendwo am Fenster eine Decke ausschüttelte, hörte den Ruf, blickte zum Himmel und fiel in den Ruf ein, der sich gleich darauf wie ein Echo fortsetzte, erst in der Nachbarschaft, dann in den angrenzenden Gassen, schließlich im ganzen Viertel, sodass er bald aus unzähligen Mündern erscholl: »*Habemus Papam!* Es lebe der Papst!«

Wenige Stunden später quollen die Straßen und Plätze Roms über vor Menschen. Pilger rutschten auf Knien durch die Stadt und priesen mit lauten Gebeten den Herrn, während auf den Märkten Wahrsager, Kartenleger und Astrologen die Zukunft prophezeiten. Wie aus dem Nichts tauchten Maler und Zeichner auf, mit fertigen Bildern des soeben gewählten Papstes. Ihre Rufe wurden übertönt von den Anpreisungen fliegender Händler; für wenige Kupfermünzen boten sie Kleider und Devotionalien an, die Seine Heiligkeit angeblich noch am Vortag in Gebrauch gehabt hatte.

Durch das Gewühl eilte ein junger Mann mit prachtvollen schwarzen Locken und feinem Oberlippenbart: Gian Lorenzo Bernini, trotz seiner Jugend von fünfundzwanzig Jahren bereits angesehenes Mitglied in der Zunft der Marmorbildhauer. Ungeduldig drängte er jeden Passanten beiseite, der ihm im Weg stand. Er war so aufgeregt wie vor seiner ersten Liebesnacht. Denn der Mann, der ihn zu sich gerufen hatte, war kein Geringerer als Maffeo Barberini, der Kardinal, der am heutigen Tag als Urban VIII. den Stuhl Petri bestiegen hatte.

Im Audienzsaal des Papstpalastes herrschte angespannte Nervosität. Prälaten und Bischöfe, Fürsten und Gesandte steckten flüsternd die Köpfe zusammen und schielten gleichzeitig zu der großen Flügeltür am Ende des Saals, in Erwartung, beim Heiligen Vater vorgelassen zu werden. Angesichts ihrer reichen, goldbestickten Gewänder fühlte Lorenzo sich in dem schlichten, schwarzen Habit des Cavaliere di Gesù, das er sonst mit solchem Stolz trug, wie ein Bettler. Er wischte sich den Schweiß von der Stirn und setzte sich auf einen Stuhl unweit des Ausgangs. Bis die Reihe an ihn kam, würde es wohl Mitternacht werden.

Warum hatte der Papst ihn zu sich gerufen? Er hatte keine Zeit, darüber nachzudenken, denn kaum hatte er Platz genommen, forderte ein Palastdiener ihn auf zu folgen. Der Lakai führte ihn durch eine Tapetentür und danach durch einen langen, kühlen Gang. Wohin brachte man ihn? Laut hallten die Schritte seiner Stiefel auf dem Marmorboden wider, aber noch lauter klopfte sein Herz. Er verfluchte seine Aufregung und versuchte sich zu beruhigen.

Plötzlich ging eine zweite Tür auf, und bevor er wusste, wie ihm geschah, stand er vor ihm. Mit einer Verneigung sank Lorenzo zu Boden.

»Heiliger Vater«, flüsterte er, vollkommen durcheinander, während ein Bologneserhündchen an seinem Gesicht schnupperte. Im selben Augenblick begriff er: Der Papst empfing ihn in seinen Privatgemächern, und all die aufgeblasenen Schranzen und Bittsteller da draußen mussten warten!

Eine weiß behandschuhte Hand streckte sich ihm zum Kuss entgegen. »Groß ist dein Glück, Cavaliere, Maffeo Barberini als Papst zu sehen. Aber viel größer noch ist unser Glück, dass der Ritter Bernini unter unserem Pontifikat lebt.«

»Ich bin nur der bescheidenste Diener Eurer Heiligkeit«, sagte Lorenzo und warf den Kopf in den Nacken, nachdem er, wie es das Zeremoniell verlangte, den Fischerring und den Pantoffel des Papstes geküsst hatte.

»Deine Bescheidenheit ist uns bekannt«, erwiderte Urban, während das Bologneserhündchen auf seinen Schoß kletterte, mit einem spöttischen Lächeln in den wachen blauen Augen, um sodann in einen privateren Ton überzuwechseln. »Glaub ja nicht, ich hätte vergessen, wie du bei unserem letzten Ausritt versucht hast, mir davonzugaloppieren.«

Lorenzo entspannte sich. »Das geschah nicht aus Übermut, Heiliger Vater, mein Pferd ging mit mir durch.«

»Dein Pferd oder dein Temperament, mein Sohn? Ich meine mich zu erinnern, dass du deiner Stute die Sporen gabst, statt sie zu zügeln. Aber bitte, steh auf! Ich habe dir nicht den Mantel des Cavaliere umgehängt, damit du mit ihm den Boden wischst.«

Lorenzo erhob sich. Dieser Mann, der gerade doppelt so alt war wie er, hasste zwar falsche Ergebenheit, doch noch mehr hasste er es, wenn man ihm nicht auf der Stelle Folge leistete. Lorenzo kannte ihn wie seinen Paten. Seit er mit seinem Vater Pietro die Familienkapelle der Barberini in Sant' Andrea restauriert hatte,

förderte Maffeo ihn in vielfältiger Weise und hatte ihn bei seiner Erhebung in den Ritterstand sogar eigenhändig eingekleidet, als Zeichen der Verbundenheit. Dennoch war Lorenzo in Gegenwart des mächtigen Mannes stets auf der Hut. Denn dessen väterliche Freundlichkeit konnte von einem Moment zum anderen in Zorn umschlagen, und Lorenzo glaubte nicht, dass sich daran etwas geändert hatte, nur weil Maffeo Barberini nun über der hohen, eckigen Stirn die weiße Mitra des Papstes trug.
»Ich hoffe, Ewige Heiligkeit werden auch in Zukunft noch Zeit finden, durch die Wälder des Quirinals zu reiten.«
»Ich fürchte, die Zeit der Ausritte ist vorbei«, seufzte Urban. »Wie überhaupt die Mußestunden vorerst ein Ende haben. Um mein Amt zu erfüllen, müssen wohl sogar die Oden unvollendet bleiben, die ich unlängst begonnen habe.«
»Das ist ein Jammer für die Dichtkunst«, sagte Lorenzo, »doch ein Segen für die Christenheit. Ich meine«, fügte er schnell hinzu, als Urban irritiert eine Augenbraue hob, »weil Ewige Heiligkeit nun Ihre ganze Kraft in den Dienst der Kirche stellen.«
»Dein Wort in Gottes Ohr, mein Sohn. Und du sollst mir dabei helfen.« Nachdenklich streichelte der Papst den Hund auf seinem Schoß. »Du weißt, warum ich dich zu mir gerufen habe?«
Lorenzo zögerte. »Vielleicht, um eine Büste von Ewiger Heiligkeit anzufertigen?«
Urban runzelte die Stirn. »Kennst du nicht den Beschluss des römischen Volkes, nie wieder einem Papst bei Lebzeiten eine Bildsäule zu errichten?«
Alter Heuchler!, dachte Lorenzo. Natürlich kannte er das Gesetz, doch was galt schon ein Gesetz? Päpste waren auch nur Menschen! Laut sagte er: »Ein solcher Beschluss darf für einen Papst nicht gelten, wie Ihr einer seid. Das Volk hat ein Anrecht darauf, sich ein Bild von Ewiger Heiligkeit zu machen.«
»Ich will darüber nachdenken«, erwiderte Urban, und Lorenzo hörte schon die vielen blanken Scudi klimpern, mit denen der Papst ihn beschenken würde. »Ja, wahrscheinlich hast du Recht.

Doch nicht darum ließ ich dich rufen. Ich habe andere Pläne mit dir – große Pläne ...«

Lorenzo horchte auf. Größere Pläne als eine Büste? Was konnte das sein? Vielleicht ein Sarkophag für den verstorbenen Papst? Er biss sich auf die Zunge, um nicht danach zu fragen. Da er wusste, dass Maffeo Barberini gern und ausführlich dozierte, bevor er zum Kern einer Sache gelangte, hörte er also geduldig zu, wie Urban von Dingen sprach, die ihn nicht im Geringsten interessierten: von den dreisten Angriffen, denen die katholische Kirche im Norden des Heiligen Römischen Reiches ausgesetzt war, von den protestantischen Ketzern, die der Teufel Martin Luther angestiftet hatte, Krieg zu führen gegen den allein selig machenden Glauben, von der bedrückenden Stimmung in der Stadt Rom, von den immer geringeren Einkünften der Staatskasse, von der Misswirtschaft früherer Päpste, vom Niedergang der Landwirtschaft, der Wollproduktion und der Tuchwebereien, von der Gefährdung der Sicherheit durch nächtlich marodierende Banden und der Gefährdung der Moral durch zuchtlose Prälaten – selbst den Gestank in den Gassen und den Unrat in den Bedürfnisanstalten vergaß Urban nicht zu beklagen.

»Du wirst dich sicher wundern«, schloss er endlich, »was all diese Dinge dich angehen, einen Künstler und Bildhauer, nicht wahr?«

»Mein Respekt vor Ewiger Heiligkeit verbietet mir, danach zu fragen.«

Der Papst setzte den Hund auf den Boden. »Wir wollen ein Zeichen setzen«, sagte er, plötzlich wieder ins offizielle Wir des *Pluralis Majestatis* wechselnd und mit so fester Stimme, dass Lorenzo erschrak. »Ein Zeichen, wie die Welt noch keines gesehen hat. Rom soll wieder zu seiner alten Größe gelangen, als Hauptstadt der Christenheit und Festung gegen die Gefahren aus dem Norden. Es ist unser Beschluss, diese Stadt in den Vorgarten des Paradieses zu verwandeln, in ein irdisches Sinnbild von Gottes herrlichem Reich, zum Ruhme des katholischen Glaubens. Kein Stein soll auf dem anderen bleiben, und du, mein Sohn«, fügte er hinzu und zeigte mit dem Finger auf Lorenzo, »du sollst dieses Werk für uns vollbringen, als der erste Künstler Roms, der Michelangelo der neuen Zeit!«

Urban holte Luft, um ihm seine Pläne zu erläutern. Als er nach über einer Stunde mit seiner Rede zu Ende war, sauste es in Lorenzos Ohren, und ihm war so schwindlig, dass das Gesicht des Papstes vor seinen Augen verschwamm. Fast wünschte er, dass diese Unterredung nicht stattgefunden hätte.

Denn hier ging es nicht um ein paar Scudi und ein bisschen Ruhm. Hier ging es um die Ewigkeit.

2

»Was für ein Abenteuer, William! Wir haben es geschafft – wir sind in Rom!«

»Abenteuer? Wahnsinn ist das! Oh, du mein Gott, warum bin ich nicht in England geblieben? Wehe, wenn der Spitzbube merkt, dass unsere Pässe hier gar nicht gelten.«

»Wie soll er denn? Der kann doch gar nicht lesen! Er hält die Papiere ja auf dem Kopf!«

Die untergehende Abendsonne tauchte die Porta Flaminia, das nördliche Stadttor von Rom, in goldgelbes Licht, während zwei Briten Einlass verlangten: der eine ein auffallend hübscher blutjunger Mann, dem breitkrempigen Hut und selbstbewussten Auftreten nach von adliger Herkunft, der andere, William genannt, ein hoch gewachsener, knochiger Hagestolz mit roter Hakennase und sicher dreimal so alt wie sein Begleiter, dem er in offenbar dienender Funktion zugeordnet war. Die zwei waren von ihren mit Taschen und Säcken bepackten Pferden abgestiegen, denn ein Leutnant der *gabella*, ein Zolloffizier mit so gewaltigem Schnauzbart, dass dieser dem Federbusch an seinem Helm kaum nachstand, verbaute ihnen den Weg. Mit ebenso wichtiger wie verständnisloser Miene prüfte er die Pässe, ohne die niemand in die Stadt hineindurfte, während zwei Soldaten das Gepäck auf zollpflichtige Einfuhren durchsuchten. Mit gelangweilter Dreistigkeit öffneten sie die Satteltaschen, wühlten in den Mantelsäcken und schauten sogar unter den Schweifen der Pferde nach, ob sich darunter noch etwas anderes als die Arschfurche der Tiere verbarg.

»Wie lange bin ich nun schon Ihr Lehrer und Tutor?«, fragte der Ältere seinen jungen Herrn, während der Zolloffizier ihre Papiere wütend zusammenfaltete. »Aber das ist das Schlimmste, was Sie mir je angetan haben: In die Hauptstadt der Papisten reisen, gegen das Verbot des Königs! Wenn uns Landsleute entdecken und beim Gesandten anzeigen, können wir nie wieder zurück in die Heimat. – He, du Bandit, lässt du das wohl sein!« Erbost mit den Armen fuchtelnd, stellte er sich dem Zolloffizier entgegen, der sich gerade anschickte, den Leib seines Schützlings abzutasten.

»Keine Sorge, William, ich weiß ja, wonach er sucht«, sagte der junge Herr auf Englisch, und an den Offizier gewandt fügte er in fast akzentfreiem Italienisch hinzu: »Wie viel verlangst du, damit wir passieren dürfen?«

Zu seiner Verwunderung würdigte der Offizier ihn keines Blickes, sondern fuhr barsch zu William herum.

»Ausziehen!«

Obwohl auch William der italienischen Sprache mächtig war, verstand er nicht gleich.

»Ausziehen!«, wiederholte der Offizier, und noch während er sprach, begann er ohne Rücksicht auf Knöpfe und Nähte William die Kleider vom Leibe zu reißen.

»Ich protestiere im Namen des Königs von England!«, rief William mit zitternder Stimme, während die Passanten sich lachend nach ihm umdrehten und zuschauten, wie er versuchte, seine Blößen zu bedecken.

»Und jetzt du!«, herrschte der Offizier den jungen Herrn an. »Leibesvisitation!«

»Wagen Sie nicht, mich anzurühren!«, rief der, und das Blut schoss ihm ins Gesicht. »Ich habe nichts zu verzollen!«
»Und was ist das?«
Der Offizier griff nach dem goldenen Kreuz am Hals des jungen Herrn.
»Unterstehen Sie sich! Das Kreuz hat der Papst geweiht!«
»Der Papst?« Im selben Augenblick vollzog sich eine erstaunliche Wandlung im Gesicht des Offiziers. Hatte er eben noch so zornig dreingeblickt, als wolle er alle Briten der Welt erschlagen, strahlte er nun wie ein Vater, der seinen verlorenen Sohn empfängt. »Dann seid ihr keine Ketzer? Gelobt sei Jesus Christus!« Ehe die beiden es sich versahen, umarmte er sie und drückte ihnen seinen gewaltigen Schnauzbart ins Gesicht. »Worauf wartet ihr, Freunde? Steigt auf eure Pferde und reitet in die Stadt! Ihr sollt mit uns feiern! Es lebe Urban, der neue Papst!«
Er hatte noch nicht ausgesprochen, da saßen die zwei schon im Sattel.
»Puh, das ist gerade noch mal gut gegangen!« Der junge Herr lachte, als sie auf der anderen Seite der Stadtmauer waren, und küsste sein Kreuz.
»Gut gegangen? Wir sind mit knapper Not einer Katastrophe entronnen«, schimpfte William, noch damit beschäftigt, seine Kleider in Ordnung zu bringen. »Stellen Sie sich vor, Sie hätten sich ausziehen müssen! Oh, was für ein Land, dieses Italien! Lauter Banditen und Gauner!«
»Jetzt hören Sie doch auf zu schimpfen, William! Schauen Sie sich lieber um! So eine herrliche Stadt!« Seine helle Stimme überschlug sich vor Aufregung, während er in verschiedene Richtungen gleichzeitig zeigte. »Da drüben, der Garten! Haben Sie je solche Pflanzen gesehen? Und die Häuser! Jedes Gebäude ein Palast! Und erst die Kleider, die die Frauen tragen! Prächtiger als die unserer Königin! Und riechen Sie nur diese Luft! So muss es im Paradies duften!«
»Das ist das süße Gift des Schönen«, knurrte William. »Der König weiß, warum er seinen Untertanen den Aufenthalt in

dieser Stadt verbietet. Sie gaukelt einem die herrlichsten Dinge vor, doch dahinter? Fäulnis und Verderben! Und die Römer – lauter Jesuiten! Wenn sie den Mund aufmachen, lügen sie. Wenn sie lächeln, denken sie an Mord. Sirenengesänge überall, um brave Menschen vom Schiffsmast der christlichen Lehre loszubinden. Doch wehe, wer ihnen folgt! Er landet grunzend im Schweinestall der Circe!«

»Oh, wie sehen die beiden denn aus?«

Der junge Herr parierte sein Pferd und schaute zwei Frauen nach, die mit blutroten Lippen, kohlschwarzen Augen und turmhohen Frisuren durch die Menge liefen.

»Giftige Blumen, die im Sumpf bigotter Lüsternheit gedeihen.«

»Wie stolz sie sind! Doch was gibt's da drüben?«, unterbrach er sich und zeigte schon wieder in eine andere Richtung. »Bei den Buden, wo sich die vielen Menschen drängen?«

»Wahrsager, nehme ich an.« Der Tutor schnaubte verächtlich durch die rote Hakennase. »Obwohl die Leute hier dreimal am Tag in die Kirche gehen, glauben sie an Zauberei.«

»Wahrsager?«, fragte der junge Herr begeistert und trieb sein Pferd an. »Das muss ich sehen!«

»Wollen Sie mich beleidigen?«, rief William erbost. »Habe ich so viele Jahre darauf verwandt, Sie im Geist der Vernunft zu erziehen, damit Sie sich von solchem Unsinn verwirren lassen?«

»Aber ich muss doch wissen, welches Schicksal mich hier erwartet!«

»Jetzt ist es aber genug!« William griff seinem Herrn in die Zügel, sodass das Pferd wiehernd aufbäumte. »Sehen Sie den Gasthof am Ende des Platzes? Dort gehen wir jetzt hin. Oder wollen Sie sich in diesen Kleidern Ihrer Cousine präsentieren?«

In dem Schankraum der Herberge saßen nur wenige Gäste. William wunderte sich nicht. Die Italiener aßen wie alle Spitzbuben der Welt erst spät in der Nacht, wenn anständige Menschen schliefen. Während der junge Herr mit seinem Mantelsack in einer Kammer verschwand, beauftragte William den Wirt, die Pferde zu versorgen. Er selbst wollte die Zeit nutzen, um sich

Notizen zu machen. Doch daraus wurde nichts. Kaum hatte er sein Schreibzeug hervorgeholt, tippte der Wirt ihm auf die Schulter.

»*Scusi*, Signor, darf man erfahren, woher Sie kommen?«

»Woher wohl?«, erwiderte William und spuckte auf den mit Sägespänen bedeckten Boden. »Daher, wo alle anständigen Leute herkommen – aus England.«

»Oh, aus England?« Der Wirt strahlte, als habe ihm die Jungfrau Maria ihr Geheimnis offenbart. »Ich liebe England! So ein großes, tapferes Volk. Und hatten Sie eine gute Reise?«

»Reise? Es war die Hölle!« William seufzte laut auf. »Sie wissen, was die Alpen sind?«

»*Si*, Signor. Die höchsten Berge der Welt!«

»Allerdings. Und Menschen sind nicht dafür geschaffen, solche Berge zu erklimmen.«

»Normale Menschen vielleicht nicht, Signor, aber Engländer! Engländer können alles!«

William stutzte. Nanu, das schien ja ein ganz verständiger Mann zu sein.

»Bitte, Signor, erzählen Sie!«, drängte der Wirt. »Wie haben Sie es geschafft? Mit einer Kutsche?«

Auch die anderen Gäste rückten nun mit ihren Stühlen heran. William verspürte plötzlich die Pflicht, sie darüber aufzuklären, wozu Engländer imstande sind. Wahrscheinlich hatten die armen Teufel noch nie einen zivilisierten Menschen gesehen.

»Natürlich nicht«, brummte er. »Wie soll denn das gehen, mit einer Kutsche, ohne Straßen? Nein, wir mussten Schuhe mit Nägeln anziehen, um selber zu klettern, auf allen vieren, über Stock und Stein wie Bergziegen, durch ewigen Schnee und Eis bis in die Wolken, die so dicht zwischen den Gipfeln hingen wie ein englischer Plumpudding. Aber das können Sie bald alles in meinem Werk nachlesen«, er tippte mit seinem knochigen Finger auf sein Tagebuch. »›Reisen in Italien, unter besonderer Berücksichtigung der mannigfaltigen Verführungen und Verlockungen, welche in diesem Lande zu gewärtigen sind …‹«

»Plumpudding, Signor?«, fragte der Wirt leicht verwirrt, das einzige Wort aufgreifend, das er von dieser langen Rede behalten hatte. »Was ist das?«
»Eine Art Kuchen, schmeckt köstlich!«
»Oh, Sie haben Hunger? – *Eh, Anna, ascolta, il signore vuole una pasta! Sbrigati!*« Eifrig wandte der Wirt sich ab, um zur Küche zu laufen, als er plötzlich wie angewurzelt stehen blieb. »*Porca miseria! Che bellissima donna!*«
William schaute auf. Alle Augen waren auf die Tür der Kammer gerichtet, in der der junge Herr vor wenigen Minuten verschwunden war. Jetzt aber stand dort im letzten Licht der Abendsonne eine wunderschöne blutjunge Frau in einem langen, an Armen und Hüften gebauschten Kleid – einem duftigen Gewoge aus Musselin, Spitze und Schleifen, in dessen Mitte ein goldenes Kreuz funkelte.
»So, William, jetzt können wir zu meiner Cousine gehen.«
»Habe ich nicht gesagt«, fragte der Wirt und rieb sich die Augen, »Engländer können alles?«
William hob ohnmächtig die Arme. »Oh, du mein Gott! Ich glaube, jetzt fangen die Probleme erst wirklich an.«
Die junge Frau aber trat in den Schankraum, warf den blonden Lockenkopf in den Nacken und blickte mit ihren grünen Augen herausfordernd in die Runde. »Kann uns einer der Signori den Weg zum Palazzo Pamphili beschreiben?«

3

Der Palazzo Pamphili erhob sich an der Piazza Navona, einem der bedeutendsten Plätze der Stadt. Auf dem Grundriss des alten Domitian-Zirkus erbaut, war dieser Ort seit Jahrhunderten nicht nur ein bedeutender Marktplatz, der am Tage von Händlern und bei Nacht von Huren bevölkert war, sondern auch Schauplatz prunkvoller Feste. Hier fanden Reitturniere und Pferderennen ebenso statt wie Karnevalsaufzüge, kirchliche und weltliche Schauspiele.

Streng genommen war der Palazzo, an der westlichen Längsseite der Piazza gelegen, eher eine Häuserzeile als ein wirklicher Palast, zusammengekauft im Laufe der Generationen. Verbunden durch eine gemeinsame Fassade, konnte der Bau zwar als herrschaftlicher Sitz gelten, doch verglichen mit den Prachtbauten in der Nachbarschaft nahm sich das vierstöckige Gebäude eher bescheiden aus. An vielen, allzu vielen Stellen bröckelte der Putz von den Wänden, und bei ungünstiger Witterung stiegen die Ausdünstungen der zu kleinen Senkgrube bis in die Gemächer des *piano nobile* empor. Denn die Familie Pamphili gehörte längst nicht zu den wirklich reichen Familien Roms, auch wenn an diesem Abend noch zu später Stunde heller Lichterschein aus den zahllosen Fenstern drang, als würde hinter den dicken Mauern ein Fest gefeiert.

»Ich kann mich nicht genug wundern«, sagte Donna Olimpia, »dass deine Eltern dich auf eine solche Reise geschickt haben. Deutschland, Frankreich, Italien. Wie viel Mut dazu gehört! Warst du auch in Venedig?«

»Eine Stadt voller Wunder«, rief Clarissa mit leuchtenden Augen. »Allein die Markuskirche. Auf den Turm führt eine so breite Treppe, dass sogar Pferde hochsteigen können!«

»Eine Stadt voller *nonsense*«, brummte William an ihrer Seite. »Statt Straßen haben sie stinkende Flüsse zwischen den Häusern, die Frauen laufen auf hölzernen Stelzenschuhen herum, damit sie sich die Füße nicht nass machen, und in den Kellern faulen die Fässer.«

»Und in Florenz waren wir im Dom, wo ein Gelehrter bewiesen hat, dass die Erde sich dreht. Stellen Sie sich vor – die Erde dreht sich, ohne dass wir runterfallen! Galilei heißt der Mann.«

»Wie ich dich beneide!«, sagte Donna Olimpia. »Eine Frau, die allein von England nach Italien reist. Ich glaube, ich habe bislang noch von keinem solchen Fall gehört.«

Clarissa platzte fast vor Stolz, so sehr genoss sie die Bewunderung ihrer Cousine, und musste sich alle Mühe geben, um ihre Würde zu wahren. Mit scheinbarer Ruhe hielt sie die Hände vor sich auf dem Tisch gefaltet, während die Diener das Essen auftrugen, doch ihr Herz jubilierte. Donna Olimpia war mit ihren dreißig Jahren nur ein Dutzend Jahre älter als sie – doch wie viel reifer, wie viel selbstbewusster, wie viel erwachsener wirkte sie in allem, was sie tat und sagte! Das helle, fein geschnittene Gesicht von schwarzen Ringellocken eingerahmt, die beim Sprechen auf und ab tanzten, war sie, ohne darum an weiblicher Schönheit einzubüßen, von jenem stolzen, majestätischen Wuchs, der Clarissa an den Italienerinnen so sehr imponierte und der den Männern das Befehlen wie das Gehorchen gleich unmöglich zu machen schien.

»Alle jungen Gentlemen bei uns in England«, sagte Clarissa, »machen eine Reise auf den Kontinent – warum nicht auch wir Frauen? Wir wollen doch genauso wissen, was in der Welt geschieht! Außerdem, seit ich zurückdenken kann, hat meine Mutter von Italien geschwärmt, von der Landschaft, von den Städten, von den Kunstschätzen. Vor allem von der Sonne, die hier das ganze Jahr scheint. Arme Mama! Sie kann sich einfach nicht an das englische Wetter gewöhnen.«

»Deine Mutter und ich waren die besten Freundinnen«, sagte Olimpia. »Was habe ich deinen Vater gehasst, als er sie nach England entführte!«

»Ich glaube, Mama hasst ihn dafür manchmal heute noch.« Clarissa lachte. »Zumindest im Winter. Auf jeden Fall hat sie ihn überredet, dass ich diese Reise machen darf. Und als William, der ja schon zweimal in Italien war, sich bereit fand, mich zu begleiten ...«

»Der größte Fehler meines Lebens«, stöhnte ihr Tutor und verdrehte die Augen.

»... da hat mein Vater schließlich eingewilligt. Aber was ist das für ein nützliches Werkzeug«, unterbrach Clarissa sich, während sie Olimpias Beispiel folgend mit der kleinen Silbergabel, die

neben ihrem Gedeck lag, das Fleisch auf ihrem Teller aufspießte, um es mit dem Messer zu zerteilen. »In England haben wir keine solchen Tischgeräte, da müssen wir die Hände zu Hilfe nehmen wie die Barbaren, und nicht jeder hat saubere Finger. Ich werde unbedingt ein paar Dutzend davon kaufen, wenn wir heimfahren.«
»Das brauchst du nicht, ich schenke dir welche zur Hochzeit«, sagte Olimpia. »Deine Mutter hat mir geschrieben, dass du bald heiraten wirst. Wann wird es so weit sein?«
Olimpia schaute sie mit prüfenden Augen an. Clarissa wurde plötzlich ernst.
»Die Hochzeit? Nun, sobald ich wieder zu Hause bin.«
»Dann wirst du es wohl gar nicht abwarten können, zurückzureisen?«
»Ja, sicher, Donna Olimpia.«
»Ich habe dir schon dreimal gesagt, du sollst mich weder Donna nennen noch Sie zu mir sagen! Aber weshalb wirst du so ernst, wenn ich nach deiner Hochzeit frage? Du siehst ja fast aus, als würdest du dich gar nicht freuen?«
Wieder dieser strenge, prüfende Blick. Clarissa fühlte sich überhaupt nicht mehr wohl. Sollte sie ihrer Cousine die Wahrheit sagen? Alles in ihr drängte danach. Aber sollte sie es auch tun? Olimpia würde sie sicher tadeln. Sie kannten einander ja kaum, sie sahen sich an diesem Abend zum ersten Mal. Clarissa entschied sich darum für die halbe Wahrheit.
»Es ist nur so«, sagte sie und zwang sich zu einem Lächeln, »ich würde gern viel länger hier bleiben. Es heißt, man brauche Jahre, um alles zu besichtigen, was es in Rom zu besichtigen gibt, die Ruinen, die Kirchen, die Bildergalerien, und ich möchte alles sehen – alles! Wer weiß, wann ich je wieder Gelegenheit habe, hierher zu kommen?«
»Und wo gedenken Sie zu wohnen?«
Es war das erste Mal, dass Principe Pamphilio Pamphili, Olimpias Gatte, sich in das Gespräch einmischte. Bei Clarissas Ankunft hatte er, ein ebenso hübscher wie eitler Mann, sie kaum

eines Blickes gewürdigt, und seit sie am Tisch saßen, schlang er stumm sein Essen in sich hinein und ließ nur ab und zu eine unzufriedene Bemerkung fallen, mit einer so säuerlichen Miene, als empfinde er es als Zumutung, mit ihr und William die Mahlzeit einnehmen zu müssen.

»Ich … ich dachte«, stammelte Clarissa, während der Principe sie mit seinen engstehenden Augen so eindringlich ansah, dass sie fast ihr Italienisch vergaß. War das die römische Gastfreundschaft? Wenn ja, dann konnte sie darauf verzichten! Sie warf den Kopf in den Nacken und besann sich auf ihr bestes Italienisch. »Ich werde mir ein paar Zimmer in der Stadt nehmen. Vielleicht können Sie mir eine Herberge empfehlen, Donna Olimpia?«

»Eine Herberge, Miss Whetenham?«, protestierte William und ließ sein Bratenstück, das er gerade mit dem Daumen traktierte, auf den Teller fallen. »Wie soll ich da meine Arbeit tun?« Er drehte seine Hakennase Donna Olimpia zu. »Sie müssen wissen, Mylady, ich bin Schriftsteller und nehme diese beschwerliche Reise allein zu dem Zweck auf mich, ein literarisches Werk zu verfassen, welches das gebildete England mit Ungeduld erwartet: ›Reisen in Italien, unter besonderer Berücksichtigung der mannigfaltigen Verführungen und Verlockungen …‹«

»Hier können Sie jedenfalls nicht bleiben«, unterbrach Pamphili ihn. »Eine unverheiratete Frau, die in Männerkleidern reist!« Missmutig schüttelte er den Kopf, die Augen auf Clarissa gerichtet. »Wahrscheinlich können Sie auch lesen und schreiben, wie? Ich bin sicher, in England lernen Frauen das.«

»Hier etwa nicht?«, fragte Clarissa zurück.

Olimpia runzelte die Brauen. »Willst du sagen, du kannst lesen und schreiben?« Ihr Gesicht drückte Staunen und Bewunderung aus.«

»Natürlich kann ich das!«, rief Clarissa.

»Wie ein Mann?« Olimpia zögerte eine Sekunde, als komme ihr ein Gedanke. »Auch … in Italienisch?«

»Wie denn nicht? Ich rede ja auch italienisch. Außerdem ist das Italienische nur eine drollige Abwandlung des Lateinischen«, fügte Clarissa mit einem triumphierenden Blick auf den Principe hinzu, »und darin hat William mich unterrichtet, als ich noch keine zehn war.«

Ein warmes, fast zärtliches Lächeln füllte Olimpias Miene. »Du erinnerst mich so sehr an deine Mutter«, sagte sie und tätschelte Clarissas Hand. »Und ein bisschen auch an mich selbst, als ich noch jung war. Ich würde dir gern die ältere Freundin sein, die deine Mutter mir früher war. Auf jeden Fall bleibst du bei uns. Wir haben über dreißig Zimmer, manche sind zwar kaum bewohnbar, aber es bleiben doch genug, um ein paar taugliche für dich zu finden.«

»Und ihr Pass?«, fragte Pamphili. »Haben Sie vergessen, dass Ihre Cousine sich gar nicht in Rom aufhalten darf? Wenn der englische Gesandte erfährt, dass wir sie hier beherbergen, kann das sehr unangenehme Folgen haben – vor allem für meinen Bruder.«

»Ihren Bruder lassen Sie nur meine Sorge sein!«, erwiderte Olimpia. »Ich bin sicher, es ist ganz in seinem Sinn. – Nein, keine Widerrede!«, schnitt sie Clarissa das Wort ab, als diese etwas einwenden wollte. »Die Familie ist uns Römern heilig! Außerdem, wenn wir Frauen nicht für uns sorgen, wer tut es dann? Als ich ein junges Mädchen war, wollte man mich zwingen, in ein Kloster zu gehen, und nur weil ich mich dagegen wie eine Löwin wehrte, konnte Pamphili mich heiraten. Zu meinem und zu seinem Glück«, fügte sie hinzu und nahm den Säugling, den eine Amme ihr reichte, auf den Arm. »Nicht wahr, mein teurer Gatte?«

Während Pamphili sich missmutig wieder seinem Essen zuwandte, wiegte Donna Olimpia ihr Kind in den Schlaf, mit leisen, zärtlichen Worten, und als der Kleine in ihren Armen eingeschlummert war, bedeckte sie sein Gesicht mit Küssen.

Was für eine wunderbare Frau sie war! Clarissa hatte fast ein schlechtes Gewissen, ihr nur die halbe Wahrheit gesagt zu haben. Doch statt sich den Kopf zu zerbrechen, freute sie sich auf die künftigen Monate mit ihrer Cousine. Ganz gewiss würden sie

Freundinnen werden! Clarissa brauchte nur den beleidigten Pamphili anzuschauen, um sich davon zu überzeugen.
»Dann ist es also entschieden?«, fragte Olimpia. »Du wirst bei uns wohnen?«
»*Yes, mylady, it is!*«, sagte William, bevor Clarissa antworten konnte.

4

Es war Mittagspause in Sankt Peter, der größten und bedeutendsten Baustelle Roms. Die Maurer und Steinmetze legten ihre Werkzeuge beiseite, wischten sich den Schweiß und Staub von der Stirn und ließen sich in einer Seitenkapelle des riesigen Doms nieder, um dort im kühlen Schatten ihr Vesper zu verzehren. Nur einer hielt sich von den übrigen abseits, Francesco Castelli, ein junger Steinmetz aus der Lombardei, der statt Wein, Brot und Käse ein Zeichenbrett und einen Graphitstift aus seinem Bündel hervorholte.
»He, Michelangelo, was zeichnest du da?«
»Sicher nackte Engel, so selig wie der guckt!«
»Oder vielleicht Eva mit der Schlange?«
»Glaub ich nicht! Was weiß denn der vom Paradies?«
Francesco achtete nicht auf die Rufe. Sollten ihn die anderen nur verspotten und Michelangelo nennen – er wusste, was er tat. Wie jede freie Stunde nutzte er auch die Mittagspause, um die Architektur von Sankt Peter zu studieren. Konzentriert und geduldig zeichnete er die Säulen und Bögen nach, um immer tiefer in die Gedanken seines großen Vorbilds einzudringen, von dem die herrlichsten Teile dieses Gotteshauses stammten, die Gregorianische Kapelle, in der Francesco sich soeben niedergelassen hatte, ebenso wie die mächtige Kuppel, die wie ein steinerner Himmel die Vierung überwölbte.

Francesco hatte nicht vor, sein Leben lang ein Steinmetz zu bleiben, um irgendwann einmal an einer Staublunge zu krepieren, unbekannt und unbedeutend, wie seine Kollegen, die ihre Tage und Jahre damit verbrachten, Steine zu behauen, Balustraden zu verzieren oder Profile auszuführen, nach fremden Entwürfen und ohne eigenen Anteil. Nein, er, Francesco Castelli, wollte Architekt werden, das war so gewiss wie sein Glaube an den dreifaltigen Gott, ein großer und bedeutender Baumeister, der eines Tages selber Kirchen und Paläste errichtete! Dafür hatte er seine lombardische Heimat verlassen, hatte bei Nacht und Nebel in Bissone sein Bündel gepackt, ohne seinen Eltern ein Wort zu sagen, und war erst nach Mailand und dann weiter nach Rom gezogen, um die Geheimnisse der Baukunst zu erlernen.
»Das ist eine Frechheit! Verlassen Sie meine Baustelle! Sofort!«
»*Ihre* Baustelle? Dass ich nicht lache! Seit wann sind Sie der Papst?«
Francesco schrak aus seinen Studien auf. Erregte Stimmen drangen vom Hauptaltar zu ihm herüber, Stimmen, die mit jedem Wort lauter und heftiger wurden. Er packte seine Sachen und spähte um die Säule, die ihn vom Mittelschiff trennte.
Im Kuppelraum, dem Allerheiligsten der Kirche, auf dem Grab des Apostels Petrus, reckte Carlo Maderno, Francescos greiser Lehrherr, voller Zorn seine Hände in die Höhe. Er hatte seine Sänfte verlassen, in der er, gebrechlich wie er war, gewöhnlich zur Baustelle getragen wurde, und trat einem jungen Mann entgegen, der, gekleidet wie ein Pfau, breitbeinig dastand, die Arme vor der Brust verschränkt, das Kinn erhoben, und dabei ein so verächtliches Gesicht zog, als wolle er auf den Boden spucken.
Francesco kannte diesen Mann, der kaum älter war als er selbst, so wie jeder in der Stadt ihn kannte: Gian Lorenzo Bernini, der Marmorbildhauer, der mit seinen Skulpturen bereits Aufsehen erregt hatte, als Francesco noch in die Lehre gegangen war. Maderno hatte sie einmal einander vorgestellt, doch Bernini hatte Francescos Gruß nie erwidert.
»Ich bin der Dombaumeister«, rief Maderno mit zitternder

Stimme, »und ich verbiete Ihnen, hier auch nur einen Stein anzurühren!«
»Sie haben mir gar nichts zu verbieten«, erwiderte Bernini. »Papst Urban hat mich beauftragt, den Hochaltar zu bauen.«
Francesco biss sich auf die Lippen. Dann war es also doch wahr, was seit ein paar Tagen unter den Handwerkern der Dombauhütte gemunkelt wurde: dass der neue Papst die Ausgestaltung der Peterskirche dem jungen Bildhauer anvertrauen wollte. Was für eine Demütigung für den alten Dombaumeister!
»Sie – einen Altar bauen?«, fragte Maderno. »Wie denn, Sie Wunderkind? Dafür muss man Architekt sein, Ingenieur! Wissen Sie überhaupt, wie man das Wort Statik buchstabiert?«
»Nein.« Bernini grinste und musterte ihn von Kopf bis Fuß. »Dafür weiß ich aber, wie man Einfaltspinsel buchstabiert: M-a-d-e-r-n-o!«
Der greise Baumeister erstarrte, alles Blut wich aus seinem Gesicht, kraftlos hing ihm der Unterkiefer herab, und für einen Moment fürchtete Francesco, dass er tot umfallen würde. Francesco wusste, Maderno war in seinem Innersten getroffen, und er wusste auch, warum. Doch dann, so plötzlich, wie er erstarrt war, wandte sein Lehrherr sich ab; mit Tränen in den Augen, das schlohweiße Haar auf den Schultern, sank er in seine Sänfte und befahl zwei Arbeitern, ihn hinauszutragen.
»Dieses Haus«, rief er mit bebender Stimme, »obwohl das größte Gotteshaus der Erde, ist zu klein für diesen Menschen und mich.«
Francesco begriff nicht sogleich. Wie, Maderno, sein Lehrherr und Meister, verließ den Ort mit eingezogenem Schwanz wie ein verängstigter Straßenköter? Der Dombaumeister, der das Langhaus von Sankt Peter geschaffen hatte, die Vorhalle und die Fassade, wich zurück vor diesem eingebildeten Pfau, der noch keine einzige Mauer errichtet hatte, ja, wahrscheinlich nicht mal wusste, was eine Maurerkelle war? Gelähmt vor Wut schaute Francesco dem greisen Maderno nach, dem Mann, dem er alles verdankte, was er konnte und was er besaß.

Dann aber fiel sein Blick auf eine Zeichnung, die auf einem Arbeitstisch ausgebreitet lag. Im selben Augenblick stockte ihm der Atem, und alle Wut wich von ihm.
Es war ein Entwurf des Hochaltars: vier monumental gewundene Säulen, die sich mit der Kraft der österlichen Auferstehung in den Himmel schraubten, bekrönt von einem Baldachin, über dem der dem Grab entstiegene Jesus Christus triumphierte, mit Banner und Kreuz. Was für ein Geniestreich! Mit Madernos Plänen für den neuen Hochaltar seit Jahren vertraut, erkannte Francesco sofort, dass dieser Entwurf mit einem Schlag alle Probleme löste, an denen der alte Dombaumeister sich wieder und wieder die Zähne ausgebissen hatte, Probleme der Raumgestaltung und der Proportionen, die sich hier, scheinbar in müheloser Leichtigkeit, in ein Wunderwerk von Harmonie verwandelten.
Wer hatte diesen Plan gezeichnet?
»Da staunst du, was?«, fragte Bernini und zog ihm das Blatt unter der Nase weg. »Das ist der Altar, den ich hier errichten werde. Aber sag mal«, unterbrach er sich und blickte Francesco prüfend an, »bist du nicht der *assistente* von dem alten Scheißer? Ja doch, ich erkenne dich wieder!« Mit einem strahlenden Lächeln legte er Francesco eine Hand auf die Schulter. »Das ist ja prächtig, dann kannst du mir ja helfen. Na, was meinst du – hast du Lust?« Francesco rang vor Empörung nach Worten. »Was ... was ... bilden Sie sich ein?!« Auf dem Absatz machte er kehrt und im Laufschritt eilte er davon, aus dem Dom hinaus ins Freie.
Draußen krähte irgendwo ein Hahn.

5

Lorenzo griff nach einem der Äpfel, von denen es in seinem Atelier stets einen Vorrat gab, und biss hinein. »Das Laster der Neapolitaner«, sagte er, mit beiden Backen kauend. »Ich glaube, wenn ich an Adams Stelle gewesen wäre, ich hätte der Versuchung auch nicht widerstanden.«

Vor ihm auf einem Schemel saß Costanza Bonarelli, die Frau seines ersten Gehilfen Matteo, ein Weib von solcher Schönheit, dass selbst Eva an ihrer Seite vor Neid erblasst wäre, und blickte ihn über die Schulter an. Auf ihrer makellosen Haut trug sie nichts als ein offenes, weit ausgeschnittenes Hemd, sodass Lorenzo Mühe hatte, sich auf seine Aufgabe zu konzentrieren: ihre Schönheit in dem Marmorblock zu verewigen, den er gerade mit seinem Meißel bearbeitete, wie er es von seinem Vater Pietro gelernt hatte, seit er einen Meißel in der Hand halten konnte.

»Ich habe das Gefühl«, sagte Costanza, »du bist heute nicht richtig bei der Sache.« Und mit einem Lächeln fügte sie hinzu: »Weder bei der einen noch bei der anderen.«

»Nicht bewegen!«, knurrte er. »Ich brauche dein Profil.«

Die Büste war fast fertig. Den Apfel in der Hand, trat Lorenzo zwei Schritte zurück, kniff ein Auge zusammen und neigte den Kopf, um Original und Abbild zu vergleichen. Mein Gott, was war sie nur für ein Prachtweib! Diese lauernde, doch gleichzeitig unschuldige Sinnlichkeit, die sie verströmte wie einen Duft. Mit leicht gerunzelter Stirn öffnete sie die vollen Lippen, als würde sie gerade von einem unsichtbaren Mann überrascht, auf den sie ihre Augen erwartungsvoll richtete. Man bekam sofort Lust, sie zu küssen. Ungeduldig verschlang Lorenzo den Rest seines Apfels und setzte wieder den Meißel an, um diesen Ausdruck in ihrem Gesicht festzuhalten.

»Verflucht!«, rief er plötzlich und steckte den verletzten Daumen in den Mund.

»Was ist los mit dir?«, fragte Costanza. »Seit wann passiert dir so was? Hast du Sorgen?«

»Sorgen?« Lorenzo seufzte. »Sorgen ist gar kein Ausdruck! Papst Urban hat in seiner Weisheit beschlossen, Rom werde unter seiner Herrschaft einen zweiten Michelangelo hervorbringen. Und rate mal, wen er dazu auserkoren hat!«

»Dich natürlich! Was für ein kluger Mann ist doch der Heilige

Vater. Ich könnte mir keinen geeigneteren Künstler vorstellen! Du etwa?«

»Natürlich nicht!«, erwiderte Lorenzo und nahm den Daumen aus dem Mund. »Aber was für eine verrückte Idee! Als könne man ein Genie einfach ernennen wie einen Bischof oder Kardinal. Und jetzt erwartet Urban ständig neue Wunderdinge von mir.«

»Also, mir fielen da schon ein paar Dinge ein, in denen du ein Genie bist.«

»Nein, im Ernst. Er hat einen Plan für mich aufgestellt wie in der Schule. Ich soll bildhauern, ich soll malen, ich soll Architektur treiben, damit ich wie Michelangelo alle drei Künste beherrsche. Als hätte der Tag achtundvierzig Stunden. Und als wäre das nicht genug, lässt er mich fast jeden Abend zu sich rufen. Dann redet und redet er von dem neuen Rom, *seinem* Rom, das ich für ihn erschaffen soll. Erst bei Tisch, dann in seinem Schlafgemach, stundenlang, nicht mal im Bett hört er auf zu reden, bis ihm die Augen zufallen, und ich darf erst gehen, wenn ich die Vorhänge zugezogen habe.«

»Wie, du bringst den Papst ins Bett?«, Costanza hob drohend den Zeigefinger.

»Bitte, mir ist nicht nach Witzen zumute. Wie soll ich das denn alles schaffen? Schlaflose Nächte bereitet mir dieser Mann. Weißt du, was er gestern Abend verlangt hat? Ich soll den Hochaltar in Bronze ausführen! Jeder, der auch nur ein bisschen was von der Sache versteht, schlägt bei dem Gedanken die Hände über dem Kopf zusammen. Unter diesem Gewicht kracht doch der Boden ein, und der verfluchte Altar rauscht zum heiligen Petrus in die Gruft. Außerdem, woher soll ich solche Unmengen Bronze nehmen?«

»Und warum weigerst du dich dann nicht?«

»Ich? Mich weigern?« Lorenzo schnaubte. »Und wenn ich dreimal der neue Michelangelo bin – der Papst ist der Papst!« Er nahm wieder Meißel und Schlägel zur Hand und hämmerte in einem solchen Tempo an Costanzas Büste, als wolle er sie noch vor dem Abend fertigstellen. »Davon abgesehen«, brummte er nach einer Weile, »der Altar ist die Chance meines Lebens. Wenn ich das schaffe, dann ...« Statt zu sagen, was dann geschehe, hämmerte er weiter stumm vor sich hin. »Herrgott noch mal!«, brauste er auf. »Wie zum Teufel soll das gehen? Wer legt mir das Fundament, das einen solchen Aufbau trägt? Und erst der Baldachin! Der wiegt doch so viel wie die halbe Kuppel!« Wütend warf er Schlägel und Meißel zu Boden. »Maderno hat Recht, der alte Scheißer – Recht, Recht, Recht! Ich kann das nicht, und ich will das auch gar nicht können. Ich bin Bildhauer, verflucht noch mal, kein Ingenieur!«

»Mein armer kleiner Lorenzo«, sagte Costanza und stand von ihrem Schemel auf. »Was meinst du, wollen wir für heute nicht lieber mit der Arbeit aufhören?«

Sie streichelte Lorenzos Wange und schaute ihn dabei mit ihren großen Augen so verführerisch an, dass ihm ganz flau im Magen wurde. Plötzlich war er wie verwandelt.

»Hast du eigentlich gar keine Angst, dass dein Mann Verdacht schöpft?« Er grinste.

»Matteo? Der hat nur einen Wunsch – dass ich glücklich bin!«

»Costanza, Costanza«, sagte Lorenzo. »Wenn es die Sünde nicht gäbe, ich glaube, du würdest sie erfinden.«

»Pssst«, machte sie und legte ihm einen Finger auf die Lippen. Dann lächelte sie ihn an, wie Eva einst ihren Adam angelächelt haben mag, und streifte sich das Hemd von den Schultern. Bloß und nackt, wie Gott der Herr sie erschaffen hatte, beugte sie sich über die Obstschale, nahm eine Frucht und drehte sich damit zu ihm herum. »Sag, mein Liebster«, hauchte sie, »möchtest du vielleicht einen Apfel?«

6

Rom, den 22. September 1623

Meine lieben Eltern,
jetzt bin ich schon sechs Wochen hier, doch erst heute finde ich die gehörige Muße, Ihnen zu schreiben. Ich habe deshalb ein furchtbar schlechtes Gewissen, aber es ist so vielerlei passiert, dass ich zuversichtlich bin, Sie werden mir verzeihen.
Die Überquerung der Alpen war ein Erlebnis, welches ich mein Lebtag nicht vergessen werde. In Graubünden mussten wir warten, bis es zu schneien aufhörte. Unterdessen wurde unsere Kutsche in Einzelteile zerlegt und zusammen mit dem Gepäck auf Maulesel gebunden. Dann haben unsere Führer (einfache, aber herzensgute Bauern) uns in Biberpelze gesteckt: Bibermützen, Biberhandschuhe, Bibersocken – Sie haben ja keine Ahnung, wie kalt es da ist in der dünnen Luft –, und in Tragestühlen ging es endlich weiter.
Die Geschicklichkeit der Bergführer ist unvorstellbar. Sie haben Schuhe mit Nägeln unter den Sohlen, damit sie auch bei Schnee und Eis sicheren Tritt und Halt haben. Solchermaßen bewehrt, sind sie mit uns wie Gämsen den Mont Cenis hinaufgeklettert, immer zwei von ihnen mit einer Sänfte. William hat die ganze Zeit mit den Zähnen geklappert, ich weiß nicht, ob vor Kälte oder vor Angst, und geschimpft hat er, dass ich es nicht wiedergeben kann, ohne zu erröten. Dabei hielt er die Augen geschlossen, wie die Führer uns angewiesen hatten, damit uns nicht schwindlig wurde. Ich habe aber doch ab und zu geblinzelt – die steilen Schluchten und Abgründe sind gar wirklich beängstigend. Die Häuser im Tal waren so winzig klein, dass ich sie kaum noch erkennen konnte, und manchmal dachte ich, gleich stoßen wir an den Himmel.
Was nun mein Leben in Rom betrifft, so können Sie ebenso beruhigt sein wie William, der immerfort fürchtet, man könne unseren Aufenthalt dem englischen Gesandten anzeigen. Doch das ist ausgeschlossen – Pamphili hält mich hier ja wie eine Gefangene! Jenseits der dicken Palastmauern warten so viele Geheimnisse und Abenteuer darauf, entdeckt zu werden, und ich darf keinen Fuß vor die Tür setzen – es sei denn, um die Messe zu

besuchen, verhüllt wie eine Muselmanin. Wie gerne würde ich die Altertümer sehen, die Paläste und Kirchen, vor allem aber die Werke des Michelangelo Buonarroti, von dem die ganze Welt spricht! Wenn ich daran denke, Rom vielleicht bald wieder zu verlassen, ohne etwas von der Herrlichkeit dieser Stadt gesehen zu haben, könnte ich weinen. Allein, mein Kerkermeister duldet nicht, dass ich mich in der Öffentlichkeit zeige. Ganz anders Donna Olimpia! Sie ist mir in der kurzen Zeit schon eine richtige Freundin geworden, auch wenn es mir immer noch schwer fällt, sie mit Du anzusprechen. Voller Anteilnahme erkundigt sie sich nach meinen Verhältnissen zu Hause. Dabei merke ich erst, wie dumm und unerfahren ich bin, weiß ich doch auf ihre Fragen nur selten eine vernünftige Antwort. Warum zum Beispiel wünscht der König meine Verheiratung mit Lord McKinney? Hat dies, wie Olimpia vermutet, damit zu tun, dass wir dem Adel angehören und gleichzeitig Katholiken sind? Umso mehr freut es mich, dass ich Olimpia in einer Sache dienlich sein kann. Stellen Sie sich nur vor, meine Cousine kann weder lesen noch schreiben! Dabei ist sie so wissbegierig und aufmerksam. Was sie einmal gehört oder gesehen hat, merkt sie sich für immer. Täglich nehmen wir uns mehrere Stunden Zeit für den Unterricht, obwohl sie doch den großen Haushalt führen muss und sich außerdem rührend um ihren kleinen Liebling kümmert, Camillo, ihren Sohn, einen allerliebsten Lockenkopf mit schwarzen Knopfaugen.

Pamphili, meinen Kerkermeister, bekomme ich nur bei Tisch zu Gesicht, und ich müsste lügen, wollte ich diesen Umstand bedauern. Alles, was er will, ist ein unterwürfiges Weib an seiner Seite. Wenn er den Mund aufmacht, dann nur, um mit säuerlicher Miene über uns Frauen zu klagen: dass wir es an der gebotenen Demut mangeln ließen und uns in Dinge einmischen wollten, von denen wir nichts verstünden, statt unseren natürlichen Pflichten nachzukommen. Als würde Donna Olimpia je etwas anderes tun!

Mindestens einmal am Tag bekommt Olimpia Besuch von ihrem Schwager, einem richtigen Monsignore, der einem Kloster unweit Roms vorsteht. Das ist ein so hässlicher Mensch, wie ich noch keinen zweiten gesehen habe, ein wahres Spottgesicht, von Pockennarben entstellt, doch scheint er ein gutes Herz zu haben. Während sein Bruder, der hochmütige Principe,

sich nie mit Olimpia bespricht, hält der Abt so große Stücke auf sie, dass er keine Entscheidung trifft, ohne sich zuvor mit ihr zu beraten; ja, er verlässt nicht eher das Haus, als bis sie ihm ihren Zuspruch erteilt. Er ist der eigentliche Grund für Donna Olimpias Eifer, das Lesen und Schreiben zu erlernen (natürlich hinter dem Rücken ihres Mannes), wird er doch in diesen Tagen vom Papst als Nuntius nach Spanien entsandt. Sie wollen korrespondieren. Und da Olimpia nichts so sehr am Herzen liegt wie das Wohl der Familie Pamphili, nimmt sie die Mühen des Lernens ohne zu murren auf sich.
Doch jetzt muss ich schließen. Gerade klopft es an der Tür – das wird meine Freundin sein. Donna Olimpia veranstaltet heute zum Abschied ihres Schwagers ein Fest. Wenn ich die Geräusche im Haus richtig deute, treffen die ersten Gäste ein, und ich habe mich noch nicht umgezogen. Was meinen Sie, soll ich das Kleid mit dem Spitzenbesatz tragen, welches Sie mir zum achtzehnten Geburtstag schenkten? Das ist noch kein halbes Jahr her, und doch erscheint es mir wie eine Ewigkeit.
Ich grüße Sie in Liebe und Verehrung als

Ihre stets gehorsame Tochter
Clarissa Whetenham

PS. Würden Sie mir bitte auf die englische Bank hier einen kleinen Geldbetrag anweisen, damit ich mich im Palast einrichten kann? Ich möchte Donna Olimpia nicht damit behelligen. Sie spart sich ohnehin das Brot vom Munde ab, um die vielen Dienstboten zu bezahlen, die nötig sind, ein so großes Haus zu führen.

7

Clarissa hatte sich nicht getäuscht. Als sie endlich den Festsaal des Palazzo Pamphili betrat – sie hatte sich im letzten Moment doch für ein anderes Kleid entschieden, eine dunkle

Robe mit Brokatbesatz, die ihrer Erscheinung zusammen mit dem zum Knoten gebändigten Haar ein würdevolleres, erwachseneres Aussehen verlieh –, waren dort bereits mehrere Dutzend Gäste versammelt.

»Höchste Zeit, dass du kommst!«, raunte Olimpia ihr im Vorübergehen zu. »Ich habe eine Überraschung für dich.«

»Eine Überraschung? Für mich? Was denn?«

»Das wirst du schon sehen«, erwiderte Olimpia mit einem geheimnisvollen Lächeln. »Nur Geduld, ich muss mich jetzt um meinen Schwager kümmern.«

Was mochte ihre Cousine wohl meinen? Clarissa war ganz aufgeregt. Vielleicht würde Olimpia sie an diesem Abend ihren Gästen vorstellen, um sie in die römische Gesellschaft einzuführen? Wie gut, dass sie die dunkle Robe trug! Mit einem freudigen Kribbeln im Bauch malte sie sich aus, wie alle sich um sie scharten und sie nach ihrer Heimat befragten und nach ihren Erlebnissen auf der Reise.

Doch nichts dergleichen geschah. Die Gäste umringten nicht Clarissa, sondern Monsignore Pamphili, der, Olimpia an seiner Seite, in einem Lehnstuhl Hof hielt und mit mürrischer Miene einem Astrologen lauschte, einem dicken, feistgesichtigen Mann, den angeblich sogar der Papst um Rat befragte und der nun in dunklen Worten Pamphilis Zukunft deutete. Von der Bischofsmütze, ja vom Kardinalspurpur war die Rede, die der Abt einst zur Belohnung der Mühen erhalten werde, welche ihn auf seiner spanischen Mission erwarteten – so stehe es in den Sternen. Verwundert sah Clarissa, dass auch Olimpia an den Lippen des Astrologen hing, als habe sie Angst, eines seiner Worte zu verpassen.

»*What a childish superstition!*«

»*Indeed, William, I must agree*«, erwiderte sie in ihrer Muttersprache.

Als sie sich umdrehte, hätte sie sich am liebsten die Zunge abgebissen. Denn vor ihr stand nicht, wie sie erwartet hatte, ihr Lehrer und Tutor, sondern ein fremder Mann unbestimmten

Alters, mit grauem Haar, grauem Gesicht, grauen Augen. Ein Anblick wie eine englische Regenlandschaft.
»*Clarissa Whetenham, I presume?*«, fragte er.
»Wer«, stotterte sie auf Italienisch, »wer sind Sie?«
»Lord Henry Wotton«, antwortete er, mit der gleichgültigsten Stimme der Welt. »Gesandter Seiner Majestät Jakobs I., König von England.«
Clarissa wünschte, der Boden möge sich unter ihren Füßen auftun. Jetzt war passiert, wovor William immer gewarnt hatte – sie war entdeckt! Noch dazu vom britischen Gesandten selbst! Herrgott, wie hatte sie nur so dumm sein können, Englisch zu sprechen! Hilfe suchend blickte sie zu ihrer Cousine hinüber, doch Olimpia dachte gar nicht daran, von der Seite ihres Schwagers zu weichen, sondern nickte ihr nur zu, mit einem freudigen Lächeln. Clarissa verstand überhaupt nichts mehr. Wenn das die Überraschung war, die Olimpia ihr versprochen hatte, war das eine böse Überraschung.
»Wie können Sie nur«, sagte Lord Wotton, »so töricht sein, sich hierher zu wagen. Oder enthält Ihre Reiselizenz etwa nicht das Verbot, Rom und die Herrschaftsgebiete des spanischen Königs in Italien zu betreten?«
»Aber«, erwiderte Clarissa, »ich besuche hier doch nur meine Cousine, Donna Olimpia.«
»Nur Ihre Cousine?«, fragte er in gelangweiltem Ton, als hätte er dieses Gespräch schon viele Male geführt. »Und die Jesuiten, die Sie hier treffen? Und die katholischen Briten, die hier den Umsturz vorbereiten? Was ist mit denen? Ganz zu schweigen von den Bräuchen der Papisten, die Sie sich hier aneignen und später mit in die Heimat nehmen. *Inglese italianato, è un diavolo incorporato!* Ein Engländer, der in Italien lebt, wird selbst zu einem italienischen Teufel – ich weiß, wovon ich spreche«, sagte er resigniert. »Nein, jeder Aufenthalt in Rom ist ein Treuebruch gegenüber dem König.«
Clarissa fühlte sich plötzlich ganz schwach. »Was geschieht jetzt mit mir?«, fragte sie leise.

Wotton hob die Schultern. »Jetzt bleibt mir wohl nichts anderes übrig, als Sie beim König anzuzeigen. Das ist meine Pflicht.«
»Das heißt«, Clarissa wagte kaum, die Frage auszusprechen, »ich muss – in ein Gefängnis?«
Lord Wotton seufzte. »Wissen Sie, die Politik ist ein großes Durcheinander, und die Kunst besteht darin, dieses Durcheinander stets zum Vorteil der eigenen Partei zu nutzen. Danken Sie Gott, dass sich Ihre Cousine auf diese Kunst ebenso gut versteht wie König Jakob!« Er schaute sie mit seinen grauen Augen an, und ein Ausdruck, als quäle ihn ein unbestimmter Schmerz, huschte über sein Gesicht. »Donna Olimpia ist eine erstaunliche Diplomatin. Ein Glück, dass sie kein Mann ist, sie hätte das Zeug zum Papst. Warum hat sie eigentlich solches Interesse daran, dass Sie in Rom bleiben?«
»Ich unterrichte sie in Lesen und Schreiben. Doch ich fürchte, ich begreife nicht. Was hat das alles miteinander zu tun?«
»Mehr als Sie ahnen«, sagte Wotton und führte sie zu einer Bank. »Doch bitte, setzen wir uns! Sie sind ja ganz blass.«
Dankbar nahm Clarissa seinen Arm und ließ sich auf das Polster sinken. Ihr war so schwindlig wie zuletzt auf dem Mont Cenis bei der Überquerung der Alpen.
»Ich glaube, ich sollte Ihnen ein paar Dinge erklären«, sagte Lord Wotton, während er ihr gegenüber Platz nahm. »Am besten, wir fangen ganz von vorn an. Haben Sie eine Vorstellung, mein Kind, wie viele Konfessionen es in unserer Heimat gibt, ich meine, außer der Kirche von England?«
»Nicht die geringste«, antwortete sie.
»Ich auch nicht.« Er seufzte wieder. »Und eben das ist das Problem. Wir haben zu viele Religionen, und jede behauptet, sie sei die allein selig machende. Darum haben ihre Anhänger nichts Besseres zu tun, als übereinander herzufallen. Das nennen sie Bekehrung, und die hat den Vorteil, dass man sich in Gottes Namen totschlagen darf.« Er unterbrach sich und holte umständlich ein Tuch aus seiner Rocktasche. Während er es auffaltete, fuhr er fort: »Um das zu unterbinden, hat König Jakob seinen

Erben Karl mit der katholischen Henriette Maria von Frankreich verheiratet, ein bildhübsches Geschöpf übrigens, und seine Tochter Elisabeth, die, unter uns gesagt, weit weniger hübsch ist, mit dem protestantischen Kurfürsten Friedrich von der Pfalz. Können Sie mir bis hierhin folgen?«

Clarissa nickte tapfer.

»Gut, denn jetzt kommen wir zu Ihnen. Vielleicht ahnen Sie inzwischen ja, warum Sie Lord McKinney heiraten sollen?«

»Sie wissen, dass ich heiraten werde?«, fragte Clarissa verblüfft.

»Politiker wissen alles – jedenfalls mehr als ihnen lieb ist«, erwiderte Lord Wotton. »Doch zurück zu unserer Frage. Wenn König Jakob Sie, Clarissa Whetenham, eine katholische Engländerin, dem schottischen Presbyterianer McKinney zur Frau gibt, will er damit nicht nur ein Zeichen der Versöhnung zwischen den Religionen setzen, sondern zugleich, sozusagen durch das Band der Liebe, seinem alten Ziel ein Stück näher kommen, England und das störrische Schottland zu vereinen – auch wenn dieses Ziel, wenn Sie mich fragen, eine ebenso große Illusion ist wie die Liebe. So, mein Kind«, sagte er schließlich und wischte sich wie nach einer großen Anstrengung mit dem Tuch die Schweißperlen von seiner grauen Stirn, »ich glaube, jetzt sind Sie einigermaßen im Bilde.«

Clarissa brauchte ein paar Sekunden, um seine Worte zu verarbeiten. Der Kopf tat ihr fast weh davon, als plötzlich eine Hoffnung in ihr aufkeimte, ganz heimlich und undeutlich zuerst, doch dann immer klarer und stärker.

»Und wenn Sie jetzt«, fragte sie so vorsichtig, als könne sie ihren eigenen Worten nicht trauen, »dem König meinen Aufenthalt in Rom anzeigen – was passiert dann?«

»Dann« – Wotton seufzte ein drittes Mal –, »dann müssen Sie Ihre Rückkehr nach England wohl eine Weile verschieben. Zum Beispiel, bis sich die Aufregung über Sie am Hofe gelegt hat oder der König stirbt, was ja, so Gott will, noch ein bisschen dauern kann.«

»Das heißt – ich *muss* vorläufig in Rom bleiben?«

»Am besten, Sie vertreiben sich die Zeit damit, die Ruinen und Kirchen zu besichtigen, davon gibt es hier ja mehr als genug«, erwiderte Wotton mit bekümmerter Miene wie ein Lehrer, der allzu lange auf die richtige Antwort eines Schülers hat warten müssen, und steckte sein Tuch so umständlich in die Rocktasche zurück, wie er es aus ihr hervorgeholt hatte. »Und habe ich nicht gesagt, dass Ihre Cousine eine bewundernswert kluge Frau ist?«
Wie auf ein Zeichen trat in diesem Augenblick Olimpia zu ihnen.
»Nun, gefällt dir meine Überraschung?«, fragte sie.
»William wird mich umbringen!«, rief Clarissa. »Aber was mich betrifft, ich kann mir nichts Schöneres wünschen!« Vor Freude schlang sie ihrer Cousine die Arme um den Hals und gab ihr einen Kuss.
»Hast du den Verstand verloren?«, herrschte Olimpia sie an. Doch im nächsten Moment war der verärgerte Ausdruck aus ihrem Gesicht bereits verflogen. »Eine Frau«, sagte sie, nun wieder mit der gewohnten Liebenswürdigkeit, »sollte sich nie von ihren Gefühlen hinreißen lassen. Was nützt der strenge Knoten in deinem Haar, wenn du dein Herz triumphieren lässt? Aber da fällt mir ein, ich habe dich noch gar nicht eingeführt. *Signore e signori*«, wandte sie sich an ihre Gäste, »es ist mir eine Ehre, Ihnen heute Abend meine Cousine vorzustellen. Wie Sie unschwer erkennen, ist sie aus einem fernen Land zu uns gereist. Allein aus Gründen, die ich nicht preisgeben kann«, fügte sie mit einem verschwörerischen Blick auf Lord Wotton hinzu, »ist es mir verwehrt, ihren Namen zu nennen, doch versichere ich Ihnen, sie ist eine Frau von Stand und Geblüt. Wenn Sie das Wort an sie richten, nennen Sie sie darum bitte« – Olimpia machte eine kurze Pause – »Principessa!«

Principessa – der Titel summte Clarissa noch im Ohr, als sie Stunden später im Bett lag. Viel zu aufgeregt, um an Schlaf zu denken, ließ sie die Bilder des Abends Revue passieren, wieder und wieder. Sie, nicht der hässliche Pamphili, war der Mittel-

punkt der Gesellschaft gewesen: Principessa hier, Principessa da! Ein halbes Dutzend Heiratsanträge hatte man ihr gemacht! Doch nicht nur die jungen Männer, auch die anderen Gäste Olimpias hatten sie bestürmt, Bischöfe und Fürstinnen, bis tief in die Nacht, während der Monsignore mürrisch und allein in seinem Lehnstuhl saß. Jeder hatte sich mit ihr unterhalten wollen, begierig, ihre Herkunft zu erfahren. Doch sie hatte nichts verraten, weder wer sie war noch wie sie hieß. Was für ein herrliches Spiel!
Mit einem Seufzer schloss sie die Augen. Wer weiß, vielleicht plante zu dieser Stunde schon einer ihrer Verehrer, sie zu entführen? Eine Kutsche mit verhangenen Fenstern in dunkler Nacht, im rasenden Tempo über Straßen ratternd, die man nicht sehen kann – das war ihre Vorstellung vom Glück. Rom schien ihr genau die Stadt zu sein, die sie zur Verwirklichung solcher Träume brauchte. Und jetzt durfte sie Monate in dieser Stadt bleiben, vielleicht sogar Jahre – Olimpia hatte dafür gesorgt.
Noch im Morgengrauen sprang Clarissa aus dem Bett. Wenn sie Glück hatte, waren die Küchenmägde schon wach und bereiteten ihr ein Frühstück. Sie streifte sich einen Umhang über und verließ das Zimmer. Fröstelnd eilte sie die endlosen Flure entlang, mit bloßen Füßen auf dem kalten Marmor, als sie plötzlich stutzte. Aus der dunklen Kapelle des Palazzos war ein Tuscheln zu hören, ein seltsames Flüstern und Rascheln. Nanu, um diese Zeit?
Verwundert trat Clarissa näher und spähte durch den Türspalt. Zuerst konnte sie in dem Zwielicht nichts erkennen, doch dann erblickte sie auf der Bank vor dem Beichtstuhl die Umrisse zweier Gestalten, die einander umschlungen hielten.
»Ohne dich«, hörte Clarissa eine Männerstimme sagen, »bin ich wie ein Schiff, das ohne Steuermann auf hoher See treibt. Ich werde dir täglich schreiben.«
»Und ich werde dir täglich antworten«, erwiderte eine Frauenstimme. »So können wir uns beraten, wie wir es immer getan haben.«

Clarissa stockte der Atem. Das war Donna Olimpia, kein Zweifel! Doch die andere, die männliche Stimme – wem gehörte die? Jetzt drehte die größere Gestalt sich um, und für eine Sekunde blickte Clarissa in das hässliche, von einer Kapuze umhüllte Gesicht eines Mönchs. Monsignore Pamphili! Erschrocken huschte sie zurück zu ihrem Zimmer. Irgendwo jammerte ein Kind. Wahrscheinlich war der kleine Camillo aufgewacht.
Eine Minute später lag Clarissa wieder in ihrem Bett. Doch an Schlaf war jetzt nicht mehr zu denken. Was hatte das zu bedeuten? Ein Abschied in der Kapelle? Zwischen Donna Olimpia und Monsignore Pamphili? Im frühen Morgengrauen? Immer wieder sah sie das verwirrende, ebenso beängstigende wie verführerische Bild der zwei umschlungenen Gestalten vor sich.
»Hast du gut geschlafen, Principessa?«
Den kleinen Camillo auf dem Arm, begrüßte Olimpia sie später beim Frühstück so unbefangen, dass Clarissa sich fragte, ob sie die Szene in der Kapelle nur geträumt hatte. Doch während der Morgenmesse, die sie mit William in Sant' Andrea della Valle unweit der Piazza Navona besuchte, wusste sie: Nein, sie hatte nicht geträumt – das Bild verfolgte sie mit solcher Macht, dass sie kaum imstande war, die Gebete mitzusprechen. In ihr brannte ein Verlangen, eine unbestimmte, doch unabweisbare Begierde, die sie noch nie in ihrem Leben gespürt hatte, ein Drängen und Sehnen, das sich auf nichts und gleichzeitig alles zu richten schien, ein Gefühl ahnungsvoller Unruhe und erregender Ungewissheit. So völlig anders als jenes beklemmende Gefühl, das sie empfand, wenn sie an die Ehe mit Lord McKinney dachte. Hatte das etwas mit den geheimen Dingen zu tun, die zwischen verheirateten Männern und Frauen geschahen und über die ihre Eltern immer schwiegen?
Auch William, ihr Begleiter, war an diesem Morgen in heller Aufregung, obwohl aus ganz anderen Gründen. Nach der Messe auf dem Rückweg zum Palazzo Pamphili wusste er nicht, worüber er sich mehr empören sollte: über Clarissas Leichtsinn oder über Donna Olimpia, die ihrer beider Entdeckung durch den

Gesandten offenbar gezielt herbeigeführt hatte? Er beklagte die Verschlagenheit dieser Frau, die seine baldige Rückkehr in die geliebte englische Heimat nun für unbestimmte Zeit vereitelt hatte, und schwor sowohl beim Plumpudding seiner Mutter wie auch beim Ruhm seines literarischen Werkes, künftig ein Auge auf sie zu haben, als Clarissa einen Augenblick seiner Unachtsamkeit nutzte, um seiner Obhut zu entfliehen.
Ziellos, ohne zu wissen, wohin, allein geführt von diesem fremden Verlangen, eilte sie durch die Straßen der labyrinthischen Stadt, die tausend Genüsse und tausend Gefahren verhießen.

8

Mit der Sicherheit, die er in vielen Jahren auf all den Baustellen in Mailand und Rom erworben hatte, kletterte Francesco auf das Gerüst, um in luftiger Höhe den Cherub zu vollenden, an dem er seit zwei Tagen arbeitete, wann immer ihm das eintönige Ausmeißeln stets gleicher Wappen, Putti oder Festons Zeit dazu ließ. Er hatte schon Dutzende solcher Köpfe geformt, an der Fassade des Doms und in der Vorhalle, doch dieser war etwas Besonderes. Während die anderen Cherubine alle gleich aussahen – einfältige Engelsgesichter von unwirklicher Heiligkeit, ohne eigenen Ausdruck –, konnte er diesen hier oben, den strengen Blicken seines Lehrherrn entzogen, ganz nach seinen Vorstellungen modellieren.
Francesco kniete auf dem Gerüst nieder und begann zu meißeln. Wenn Maderno ihn nur ließe, wie er wollte! Er hatte so wunderbare Ideen und Pläne, viele davon schon fertig gezeichnet, doch nichts davon durfte er je verwirklichen, weder hier in der Peterskirche noch im Palazzo Barberini oder auf einer anderen Baustelle. Immer nörgelte sein Lehrherr an ihm herum, er müsse lernen, die alten Meister kopieren, vor allem natürlich ihn selbst,

und statt ihn auch nur eine einzige Aufgabe selbstständig durchführen zu lassen, pochte er starrsinnig darauf, dass Francesco sich peinlich genau an seine Vorgaben hielt und keinen Millimeter davon abwich. Dabei fiel Maderno überhaupt nichts Neues mehr ein. Seine Entwürfe waren so langweilig, dass Francesco gar nicht mehr hinsehen musste, um sie auszuführen.

Kein Wunder, dass der neue Papst Bernini mit dem Hochaltar beauftragt hatte. Seit Francesco dessen Plan gesehen hatte, wollte er ihm nicht mehr aus dem Kopf. Im Vergleich dazu nahmen sich Madernos Entwürfe wie die Versuche eines unsicher tastenden Kindes aus. Diese Leichtigkeit und Eleganz! Obwohl der Altar wunderbar durchsichtig war, um den gewaltigen Raumeindruck von Kuppel und Vierung zu wahren, ging er doch nicht darin verloren. Heimlich hatte Francesco Berechnungen angestellt, zur Statik des Fundaments und des Baldachins, Probleme, für die Berninis Plan noch keine Lösung vorsah.

Ob er seine Ergebnisse Bernini zeigen sollte? Oder war das Verrat?

Plötzlich schrak Francesco aus seinen Gedanken auf. Schritte näherten sich auf dem Gerüst. Kaum hatte er sich hierher zurückgezogen, kam schon jemand, ihn zu stören!

Als er sich umdrehte, blieb ihm das Herz stehen. Wie ein Engel, der vom Himmel herabgestiegen war, näherte sich ihm eine junge Frau, blond gelockt und ein Lächeln im Gesicht, wie es selbst Michelangelo nicht schöner hätte zaubern können. Ein Gesicht von so zarten Farben und solcher Anmut, dass es nicht von dieser Welt sein konnte.

Francesco kniete da, Schlägel und Meißel in der Hand, unfähig sich zu rühren. Obwohl er dieser Frau noch nie begegnet war, schien ihm, als habe er ihr Gesicht schon einmal gesehen, in einer verschneiten Winternacht vor vielen Jahren. War sie es wirklich? Im Traum war ihm damals jenes Gesicht erschienen, in eben dem Moment, da er seiner Männlichkeit erstmals gewahr geworden war und sein Lebenssaft in einer Mischung aus Wollust und Entsetzen aus ihm heraustrieb. Seit jenem Augenblick

verwirrend süßer Seligkeit hatte er auf diese Frau gewartet, keusch wie ein Priester. Und mit einer Sicherheit, die keinen Zweifel kannte, wusste er plötzlich: Dies war die Frau seines Leben – die Frau, die das Schicksal für ihn ausersehen hatte.
Im selben Augenblick begannen seine Hände zu zittern.

9

Endlich hatte Clarissa ihn entdeckt! So sah er also aus, der große und berühmte Mann. Erstaunt stellte sie fest, wie unglaublich jung er war – vielleicht vierundzwanzig, höchstens fünfundzwanzig Jahre. Sie hatte ihn sich viel, viel älter vorgestellt! Sie klopfte sich den Staub vom Kleid und tastete sich das Gerüst entlang.
»Was ... was um Himmels willen machen Sie hier oben?«, fragte er sie mit einer warmen und gleichzeitig sehr männlichen Stimme, während er sich von den Knien erhob.
»Die Arbeiter haben mir gesagt, dass ich Sie hier finde«, erwiderte sie.
»Sie – mich finden?«, stotterte er. »Ich ... ich verstehe nicht ... Haben Sie mich denn gesucht?«
»Aber ja doch, seit ich in Rom bin, möchte ich Sie kennen lernen!«, sagte sie und ging auf ihn zu. »Nur hatte ich bis jetzt noch keine Gelegenheit ...«
»Passen Sie auf!«, rief er und fasste sie am Arm. »Sonst fallen Sie noch runter!«
»Wie dumm von mir!« Als sie an dem Gerüst hinabschaute, trat sie unwillkürlich einen Schritt zurück. »Ich hatte gar nicht gedacht, dass es so hoch ist. Danke!«, flüsterte sie. »Ich glaube, Sie haben mir gerade das Leben gerettet.«
»Unsinn!«, sagte er schroff. »Aber Sie hätten sich leicht ein paar Knochen brechen können.«
Für einen Augenblick standen sie ganz nah beieinander. Seine

Hand schloss sich fest um ihr Handgelenk, während er sie mit seinen braunen Augen so streng anschaute, dass sich eine scharfe senkrechte Falte zwischen seinen Brauen bildete. Als sie seinen Blick erwiderte, ließ er ihr Gelenk los, und ein verlegener, fast scheuer Ausdruck trat in sein Gesicht.
»Die Bretter liegen nur lose auf«, sagte er. »Da kann es leicht passieren, dass sie verrutschen und dann …«
Er sprach den Satz nicht zu Ende. Mit plötzlich hochrotem Kopf, als hätte er ihn in Farbe getaucht, wandte er sich ab, nahm Schlägel und Meißel zur Hand und kniete vor einer halb fertigen Figur nieder, um an ihr zu arbeiten. Offenbar betrachtete er das Gespräch als beendet. Clarissa war verwirrt. Jetzt hatte sie endlich diesen Mann gefunden, war sogar in ihrem langen Kleid auf das Gerüst geklettert, nur um mit ihm zu sprechen, und er drehte ihr den Rücken zu! Was sollte sie tun?
Unten am Eingang der Kirche schauten die Arbeiter, die Clarissa den Weg gewiesen hatten, neugierig zu ihr herauf.
»Was für eine eigenartige Figur«, sagte sie schließlich.
»Sie gefällt Ihnen wohl nicht?«, fragte er, ohne sie anzusehen.
»Das wollte ich nicht sagen. Nur …«, Clarissa suchte nach dem italienischen Wort, »… sie ist so eigenwillig, so völlig anders als alles, was ich bisher gesehen habe. Was soll sie darstellen?«
»Sehen Sie das nicht? Einen Cherub.«
Während er mit so finsterem Gesicht auf den Meißel einhämmerte, als hätte sie etwas verbrochen, trat Clarissa näher. Ja, vielleicht sollte das ein Cherub werden, was er da schuf – aber von Jauchzen und Frohlocken keine Spur. Das Gesicht war eher hässlich als anmutig, der Mund verzogen und die Haare ringelten sich wie Schlangen um den Kopf.
»Wenn es ein Engel ist«, sagte sie, »warum lächelt er dann nicht? Er sieht eher aus, als würde er vor Schmerz schreien.«
Er unterbrach seine Arbeit und drehte sich zu ihr um. »Das haben Sie erkannt?«, fragte er, ungläubig und zugleich mit einem Anflug von Stolz.

»Das ist ja nicht zu übersehen! Irgendetwas scheint ihn fürchterlich zu quälen. Sagen Sie mir, was es ist?«
»Ach, das wird Sie nur langweilen.«
»Bestimmt nicht! Bitte, sagen Sie's mir. Weshalb zieht er so ein Gesicht?«
»Weil …«, er zögerte eine Sekunde und schlug die Augen nieder, »… weil er sein Schicksal nicht ertragen kann. Sein Schicksal ist die Qual, unter der er leidet. Darum kann er nicht lächeln und möchte laut aufschreien.«
»Ein Cherub, der unter seinem Schicksal leidet? Was für ein seltsamer Gedanke! Ich dachte, die Cherubine sind die Lieblingsengel Gottes und immer in seiner Nähe. Da muss er doch glücklich sein!«
»Glauben Sie das wirklich?«, fragte er zurück und sah sie ernst an, diesmal ohne ihrem Blick auszuweichen. »Glauben Sie wirklich, dass es ihn glücklich macht, so nahe bei Gott zu sein? Oder ist es nicht vielmehr eine Qual für ihn? Auch wenn er vollkommener ist als alle anderen Geschöpfe des Himmels, ist er doch im Vergleich zu Gott ein unvollkommenes Wesen. Wie soll er da den Anblick der göttlichen Vollkommenheit ertragen? Bis in alle Ewigkeit? Ist das nicht eine grausame, entsetzliche Strafe, nur dazu angetan, die eigene Unvollkommenheit, die eigene Erbärmlichkeit und Nichtigkeit umso fürchterlicher zu empfinden?«
Während er redete, sprach aus seinen Augen eine unendliche Trauer, und plötzlich hatte Clarissa das Gefühl, dass er gar nicht diesen Cherub meinte. Vielleicht war der Engel, den er da schuf, nur ein Abbild seiner eigenen Seele? Aber wenn das so war: Was gab es, was *ihn* so quälte? Was verbarg er hinter seiner schüchternen, ja abweisenden Art?
Sie lächelte ihn an, aber das schien ihn nur zu irritieren, denn er senkte abermals den Blick. Clarissa ärgerte sich. Warum lächelte er nicht zurück? Doch schon im nächsten Augenblick war ihre Verstimmung verflogen. Ohne zu wissen, warum, erfasste sie eine warme Woge der Zuneigung zu diesem Mann, und mit

einem Mal verspürte sie den heftigen Wunsch, ihm ein Lächeln zu entlocken. Und sie hatte auch schon eine Idee. Er war Künstler, und Künstler hörten nichts lieber als Komplimente.
»Wissen Sie eigentlich, wie berühmt Sie in meiner Heimat sind?«, fragte sie.
»Ich? Berühmt«, fragte er, noch irritierter, zurück. »Sie müssen mich verwechseln. Ich bin nur ein einfacher Steinmetz.« Unwirsch griff er nach seinen Werkzeugen und nahm seine Arbeit wieder auf.
»Mir machen Sie nichts vor!« Sie lachte. »Jeder gebildete Engländer kennt Ihren Namen: Michelangelo Buonarroti!«
Sie rief den Namen so laut, dass die Mauern davon widerhallten. Er aber ließ Schlägel und Meißel sinken und sah sie völlig entgeistert an.
»Da staunen Sie, nicht wahr?«, sagte sie triumphierend. »Aber es war gar nicht schwer, das herauszufinden. Ich habe mich einfach bei Ihren Handwerkern erkundigt, wo ich den berühmten Michelangelo …«
Ein schallendes Gelächter, das plötzlich aus dem Kirchenschiff heraufdrang, unterbrach sie. Verwirrt blickte sie hinab und sah die Arbeiter, die sich vor Lachen den Bauch hielten und zu ihr in die Höhe zeigten. In derselben Sekunde begriff sie ihren Fehler.
»Oh, das tut mir Leid. Ich glaube, ich habe eine entsetzliche Dummheit gemacht.« Fieberhaft dachte sie nach, was sie nun sagen sollte. Aber was konnte sie in dieser Situation nur sagen?
»Sicher … sicher haben Sie einen viel schöneren Namen. Würden Sie ihn mir verraten?«
»Castelli«, antwortete er mit versteinerter Miene. »Francesco Castelli …« Aber noch während er sprach, begannen seine Züge zu zucken; dann fing er plötzlich an zu husten, so heftig, dass sein Gesicht rot anlief und sich vornüber krümmte, als müsse er sich erbrechen.
»Kann ich Ihnen helfen?«, fragte sie und eilte über die Bretter zu ihm.
Er hob die Hände in die Höhe, als brächte sie ihm Unheil.

»Lassen Sie mich ... bitte«, stieß er unter Husten hervor. »Gehen Sie ... bitte ... lassen Sie mich allein!«
Was hatte sie nur angerichtet? Er blickte sie an wie ein verletztes Tier, die Augen, die vor Anstrengung aus den Höhlen traten, verrieten gleichzeitig Stolz und Scham. Als sie diesen Blick sah, erkannte sie, dass sie jetzt nur eins für ihn tun konnte. Sie wandte sich ab, und so rasch es ging, kletterte sie von dem Gerüst und eilte zur Kirche hinaus, begleitet von seinem bellenden Husten und dem Gelächter der Arbeiter.
Den ganzen Heimweg ging ihr der Mann nicht aus dem Kopf. Wie konnte er nur behaupten, nur ein Steinmetz zu sein? Wer eine Figur wie diesen Cherub erschuf, war ein Künstler, vielleicht sogar ein Architekt. Schade, dass sie ihn nie wiedersehen würde.
Wie hatte er noch mal geheißen?

10

»Das wird einen Aufstand geben! Das lassen die Römer sich nicht gefallen!«
»Komm mir jetzt nicht mit neuen Problemen! Ich habe genug mit den alten zu schaffen.«
»Aber die Römer lieben diesen Tempel. Er ist ihr Heiligtum!«
»Heiligtum? Höre ich richtig? Bist du ein Christ oder Heide?«
Gemeinsam mit seinem Vater Pietro beaufsichtigte Lorenzo Bernini die Abrissarbeiten am Pantheon. Um die Unmengen an Bronze zu beschaffen, die er für den Hochaltar von Sankt Peter brauchte, war er darauf verfallen, die Bronzebalken aus dem Dachstuhl der Vorhalle einzuschmelzen, nachdem sich herausgestellt hatte, dass die überzähligen Bronzerippen, die er aus der Peterskuppel entfernen konnte, nicht genügend Material hergaben. Aus unerfindlichen Gründen – vielleicht, um seinen Wider-

sacher zu demütigen, vielleicht auch einfach aus Altersschwachsinn – hatte ausgerechnet Maderno den Papst auf die Möglichkeit hingewiesen, den heidnischen Tempel zu plündern, um damit die größte Kirche der Welt zu schmücken. Als Mann mit humanistischen Neigungen war für Urban die Vorstellung zwar abstoßend, doch als Oberhaupt der Christenheit erkannte er die große Symbolkraft eines solchen Aktes und gab schließlich seinen Segen.

»Also, komm mir jetzt nicht damit!«, sagte Lorenzo und legte einen Arm um die Schulter seines Vaters, eines kleinwüchsigen Mannes mit schon schütterem Haar, der die sechzig überschritten hatte. »Sag mir lieber, dass du eine Lösung für das Fundament gefunden hast!«

Pietro schüttelte den Kopf. »Nein, mein Sohn, tut mir Leid.«

»Aber warum zum Teufel nicht?«, brauste Lorenzo auf. »Ich habe dir schon tausendmal gesagt, wie dringend ich sie brauche.«

»Ganz einfach: Weil es keine Lösung gibt.«

»Unsinn! Blödsinn! Schwachsinn!« Lorenzo ließ seinen Vater stehen und begann mit wütenden Schritten auf und ab zu gehen. »Es muss eine Lösung geben – muss, muss, muss! Stell dir vor, ich zerstöre das Petrus-Grab – Urban bringt mich um! Oder schlimmer noch« – mit dem Ausdruck des Entsetzens blieb er stehen, vom Blitz des eigenen Gedankens getroffen –, »es stellt sich heraus, dass es gar kein Grab gibt! Dass sein geliebter Petersdom an der falschen Stelle steht! Dann lässt er mich häuten und vierteilen!«

»Endlich fängst du an zu begreifen«, sagte Pietro. »Ich beschwöre dich, gib auf! Das ganze Unternehmen ist zum Scheitern verurteilt!«

»Scheitern?« Lorenzo schnellte mit funkelnden Augen zu ihm herum. »Das kommt nicht in Frage! Wie stellst du dir das vor? Soll ich etwa zum Papst gehen und sagen: ›Entschuldigung, Eure Heiligkeit, es tut mir sehr Leid, aber mein Vater ist zu dumm, um die Berechnungen anzustellen?‹ Herrgott noch mal! Bist du ganz bei Trost? Urban hat schon einen Vertrag

aufsetzen lassen und drängt mich jeden Tag, ihn zu unterschreiben.«
»Und was sagst du ihm?«
Lorenzo zuckte mit den Achseln. »Was soll ich ihm sagen? Ich halte ihn natürlich hin, wiege ihn in Zuversicht.«
»Dann hör damit auf!« Pietro fasste seinen Sohn bei beiden Schultern und sah ihn fest an. »Glaub mir, ich bin ein alter Mann und kenne das Leben. Du musst dein Scheitern eingestehen, bevor du halb Rom für diesen Wahnsinn abreißt und alles zu spät ist.«
»Aufhören? Bin ich verrückt geworden?« Wieder funkelten Lorenzos Augen. Doch plötzlich, so rasch wie ein Wetterwechsel im April, verschwand der trotzige Ausdruck aus seinem Gesicht. »Komm, Papa, du darfst mich jetzt nicht im Stich lassen! Du hast bis jetzt doch immer eine Lösung gefunden. Weißt du noch«, fragte er dann mit einem warmen, zärtlichen Lächeln, »wie du mich zum ersten Mal Papst Paul vorgestellt hast? Und wie stolz du auf mich warst, als ich für ihn den Kopf seines Namenspatrons malte und alle Kardinäle vor Begeisterung klatschten? Ich war damals noch keine zehn Jahre.«
»Wie könnte ich das je vergessen?« Die Erinnerung verklärte Pietros Gesicht. »Ja, ich habe getan, was in meinen Kräften stand, damit aus dir etwas wurde. Alles, was ich selber kann und weiß, habe ich dir beigebacht. Ich habe sogar meine eigenen Werke als die deinen ausgegeben, damit sich dein Ruhm schneller verbreitete.« Mit einem Seufzer holte er Atem. »Aber jetzt kann ich dir nicht mehr helfen. Jetzt musst du lernen, erwachsen zu werden!«
»Erwachsen werden?«, rief Lorenzo empört. »Dafür ist jetzt keine Zeit!« Dann, mit derselben Plötzlichkeit, mit der eben noch sein Trotz der liebevollen Erinnerung gewichen war, wurde seine Stimme leise, fast gefährlich. »Ich warne dich, Papa. Wenn der Papst mich ruiniert, ist es deine Schuld. Kannst du das verantworten?«
Er sah ihn in Erwartung eines erlösenden Wortes eindringlich an, doch Pietro hielt seinem Blick stand.

»Nein, mein Sohn, so gern ich auch wollte.« Der Alte schüttelte den Kopf und hob ohnmächtig die Arme. »Diesmal kann ich dir nicht helfen. Wirklich nicht.«
Lorenzo hörte die Worte, doch brauchte er ein paar Sekunden, bis er sie begriff. Mit einem Ruck wandte er sich ab und verließ die Baustelle.
Wie konnte sein Vater ihn nur so enttäuschen! Er war so wütend, dass er kaum denken konnte, als er auf sein Pferd stieg, um zum Petersdom zu reiten. Ohne Rücksicht auf das Treiben zwischen den Buden der Krämer, die auf der Tiberbrücke ihren Markt abhielten, jagte er zur anderen Flussseite hinüber und ritt einen Scherenschleifer mit seinem Karren über den Haufen, als er seinem Wallach die Sporen gab.
Er verfluchte den Vertrag, den der Papst ihm vorgelegt hatte. Welcher Teufel hatte sich die Bedingungen ausgedacht? Als Lohn winkten ihm 250 Scudi – im Monat! Damit wäre er von heute auf morgen ein reicher Mann. Doch der Vertrag schrieb auch vor, bis wann sämtliche Arbeiten abzuschließen waren, auf Jahr und Tag. Alle Kosten, die durch Überschreitung dieser Frist entstehen würden, musste er, der Baumeister, selber tragen. Sollte dieser Fall eintreten, wäre er ruiniert bis an sein Lebensende.
Vor dem Portal von Sankt Peter parierte er sein Pferd, sprang aus dem Sattel und drückte die Zügel einem Arbeiter in die Hand. Mit hallenden Stiefelschritten marschierte er durch das Mittelschiff zum Hochaltar, wischte dort mit einer Handbewegung seinen Arbeitstisch leer, um seine Pläne zu entrollen und sich in sie zu versenken.
Kaum sah er die Zeichnungen vor sich, fiel alle Wut und Unruhe von ihm ab wie von einem Gläubigen, welcher sich, dem Lärm der Welt entflohen, vor einem Altar ganz von Gottes Gegenwart umfangen und geborgen fühlt. Plötzlich war er nur noch Wahrnehmung und spürende Inspiration, mit allen Sinnen, mit allen Poren ausgerichtet auf die Linien und Schraffuren vor seinen Augen, die demnächst in Bronze und Marmor ewige Gestalt

annehmen sollten, und alles um ihn her, was jenseits seiner Schöpfung lag, verschwand im Nebel grauer Nichtigkeit. Irgendwo in diesem Labyrinth der Konstruktionen, das er selbst erschaffen hatte, musste die Lösung seines Problems verborgen sein. Doch wo?
Jemand räusperte sich hinter seinem Rücken.
»Stör mich jetzt nicht!«, sagte Lorenzo, ohne aufzuschauen. »Ich bin verliebt.«
Sogleich war er wieder in seine Gedanken eingetaucht. Doch nach einer Weile spürte er, dass dieser Jemand immer noch hinter ihm stand.
»Hast du nicht gehört, was ich gesagt habe? Ich arbeite!«
Als er sich umdrehte, stutzte er. Das war doch dieser Castelli, Madernos *assistente*! Was glotzte der ihm denn da über die Schulter? Wollte er spionieren? Unwillkürlich bedeckte Lorenzo das Blatt mit seiner Hand.
»Ich glaube«, sagte Castelli und räusperte sich noch einmal, »ich weiß eine Lösung.«
»Was? Wovon redest du?«
»Von der Statik. So, wie Sie den Entwurf bisher gezeichnet haben, können Sie ihn nicht ausführen.«
»Dir bekommt wohl die Hitze nicht!«, rief Lorenzo, mehr irritiert als verärgert. »Was verstehst du denn von Statik, du Klugscheißer? Los, verschwinde! Maderno braucht deine Hilfe nötiger als ich.«
Doch Castelli rührte sich nicht vom Fleck. Obwohl seine Augen vor Nervosität zuckten, ließ er sich nicht einschüchtern.
»Die Bekrönung ist das Problem«, sagte er mit leiser, aber fester Stimme. »Wenn Sie die entfernen, würde es gehen.«
»Du hast wirklich einen Sonnenstich!« Lorenzo lachte laut auf. »Die Bekrönung stellt Jesus Christus dar, den Erlöser! Als Nächstes entfernst du wohl Gottvater aus der Kirche, der Statik zuliebe.«
»Darf ich?« Castelli rollte auf dem Tisch ein Blatt aus, so selbstsicher und entschlossen, dass Lorenzo unwillkürlich Platz mach-

te. »Ich habe einen Aufriss gemacht. Schauen Sie!«, sagte er und zeigte mit dem Finger auf seine Zeichnung. »Der Verlust ist gar nicht so groß. Von unten wäre die Erlöserfigur sowieso kaum zu sehen. Ihr Gewicht aber überfordert nicht nur das Fundament, sondern drückt auch die Säulen so stark nach außen, dass sie unter der Last einknicken müssen.« Er blickte Lorenzo an. »Was spricht dagegen, sie durch eine kleinere, leichtere Figur zu ersetzen? Zum Beispiel durch ein Kreuz?«

Lorenzo pfiff durch die Zähne. »Nicht übel«, murmelte er, völlig in die Zeichnung versunken, »nein, ganz und gar nicht übel – Herrgott noch mal, vielleicht hast du Recht!« Anerkennend nickte er ihm zu. »Aber sag mal« – er grinste –, »woher der plötzliche Sinneswechsel? Ich dachte, du wärst mit Maderno verheiratet?«

»Ich bin mein eigener Herr«, erwiderte Castelli, und seine Augen zuckten.

»Umso besser! Na, dann zeig mal die anderen Pläne! Du hast ja einen ganzen Packen dabei.«

Gemeinsam beugten sie sich über die Berechnungen und Zeichnungen, die Castelli vorbereitet hatte. Und während Madernos *assistente* geduldig und konzentriert erläuterte, wie die Kräfte auf das Fundament und die Konstruktion des Baldachins wirkten, spürte Bernini mit jedem Blatt, das der andere vor ihm aufrollte, die Zentnerlast, die seit Wochen auf seine Schultern drückte, nach und nach von sich weichen.

»Dich hat der Himmel geschickt«, sagte er, nachdem Castelli die letzte Zeichnung wieder eingerollt hatte. »Ohne dich hätte ich die Segel streichen müssen. Vor einer halben Stunde noch hätte ich am liebsten alles hingeschmissen. Aber jetzt, zusammen mit dir, glaube ich, nein, bin ich mir sicher, dass ich es schaffe.« Er stand auf und reichte Castelli die Hand. »Na, du Genie, willst du bei dem Unternehmen mein *assistente* sein? Mein *assistente* und …«, er zögerte eine Sekunde, bevor er das Wort aussprach, »… mein Freund?«

An diesem Abend, zwischen der Vorspeise und einer feurigen

pasta diavolo, unterschrieb Lorenzo Bernini an der Tafel von Papst Urban VIII. den Vertrag zum Bau des neuen Hochaltars von Sankt Peter.

II

»Signor Francesco Castelli!«
Der Diener machte einen Schritt zur Seite, und mit gesenktem Haupt, den Hut in der Hand, betrat Francesco den kahlen, nur spärlich möblierten Empfangssaal des Palazzo Pamphili, in dem ein leichter Duft von modrigen Champignons hing. Er hatte nicht die geringste Ahnung, warum man ihn hierher gerufen hatte. Ob es sich um einen Irrtum handelte?
»Es gibt in diesem Haus ein paar Dinge zu renovieren«, eröffnete Donna Olimpia ihm ohne weitere Begrüßung. »Ich hatte damit eigentlich Pietro da Cortona beauftragen wollen, doch dann wurden Sie mir empfohlen.«
»Ich empfohlen? Von wem?«
»Das tut nichts zur Sache«, erwiderte sie. »Für welche Bauherrn haben Sie bisher gearbeitet?«
»Ich habe vor drei Jahren die Steinmetzwerkstatt meines Onkels Garovo übernommen, die erste der Zunft, und arbeite seitdem in Diensten des Dombaumeisters Maderno.«
»Das heißt«, Donna Olimpia runzelte verwundert die Stirn, »Sie sind gar kein Architekt?«
Francescos Herz begann heftig zu pochen. Offenbar hatte man ihn als Baumeister gerufen – wie lange schon träumte er von diesem Augenblick? Doch wenn er jetzt die Wahrheit sagte, würde ihm diese Frau, daran ließ ihr Gebaren keinen Zweifel, auf der Stelle die Tür weisen. Was sollte er erwidern?
»Ich habe in den Jahren meiner Ausbildung sämtliche Fertigkeiten erworben«, sagte er schließlich, »die ein Architekt be-

herrschen muss. Ich kann zeichnen, ich kann alle nötigen Berechnungen anstellen, und ich kann die Handwerker leiten.«
»So? Und wo haben Sie diese Fähigkeiten unter Beweis gestellt?«
»Ich habe die Kuppellaterne von Sant' Andrea della Valle entworfen, vielleicht kennen Sie sie, es ist ganz hier in der Nähe, und die Fenster des Palazzo Peretti.«
Donna Olimpia zuckte mit den Achseln. »Welche Paläste, welche Kirchen haben Sie gebaut?«
Auf diese Frage hatte er keine Antwort. Es gab noch kein Bauwerk, das unter seiner Leitung entstanden war – Maderno ließ ihn ja nicht. Francesco spürte, wie seine Augen zu zucken anfingen, und er musste einen Hustenreiz unterdrücken.
»Meine Kirchen und Paläste sind meine Kinder«, sagte er leise. »Sie sind erst gezeugt, doch geboren sind sie noch nicht. Es wäre mir eine Ehre, wenn ich mein erstes Gebäude im Auftrag der Familie Pamphili ausführen dürfte. Falls Sie erlauben, zeige ich Ihnen gern meine Entwürfe.«
»Entwürfe?« Donna Olimpia schüttelte den Kopf, so dass die schwarzen Ringellocken links und rechts von ihrem Gesicht zu tanzen anfingen. »Ich fürchte, ich kann Ihre Dienste nicht in Anspruch nehmen. – Giuseppe«, wandte sie sich an den Diener, der seit Francescos Ankunft neben der Tür wartete, »geleite Signor ... wie war gleich Ihr Name?«
»Castelli.«
»Richtig! Geleite Signor Castelli hinaus!«
»Dann erlauben Sie, dass ich mich verabschiede«, sagte Francesco. »Aber bevor ich gehe – darf ich eine Bemerkung machen, ohne respektlos zu erscheinen?«
»Was denn noch?«, fragte Donna Olimpia, die ihm bereits den Rücken zugekehrt hatte.
»Wem immer Sie den Auftrag erteilen, achten Sie darauf, dass er kein totes Holz verwendet. Wie in diesem Raum.«
»Totes Holz? Was reden Sie da?«
»Das Mauerwerk ist von Hausschwamm befallen. Man hat offen-

bar keine Aufmerksamkeit auf das Holz gelegt, das beim Bau der Mauer verarbeitet wurde. Hausschwamm befällt nur das Holz toter Bäume. Eine Unachtsamkeit, die große Folgen hat.«
»Holzschwamm?«, fragte Donna Olimpia und drehte sich um. »Woher wollen Sie das wissen?«
»Riechen Sie den feinen Duft? Wie von Champignons? Das ist der Tränenpilz.« Er näherte sich rückwärts der Tür, die der Diener bereits geöffnet hatte. »Ich darf mich empfehlen.«
»Einen Augenblick!« Sie machte einen Schritt auf ihn zu und sah ihn fragend an. »Hausschwamm kann eine ganze Mauer zerstören, nicht wahr?«
»Eine ganze Mauer – und ein ganzes Haus!« Er klopfte gegen die Wand, einmal, zweimal, bis ein Placken Putz herabbröckelte.
»Was tun Sie da? Sind Sie verrückt geworden?«
Francesco klopfte unbeirrt weiter. »Hier, sehen Sie!«, sagte er und zeigte auf den schmutzig grauen Pilzrasen, der unter dem sich lösenden Putz zum Vorschein kam.
»Um Himmels willen!«, rief sie erschrocken. »Was kann man dagegen tun?«
»Man muss das gesamte Holzwerk entfernen, ebenso alles Füllmaterial und den Mauerbewurf. Sonst können immer wieder neue Schwämme auftreten, da der Pilz das Wasser, das er für sein Wachstum braucht, sich selbst herbeiholt.«
»Das ist ja entsetzlich!«, rief Donna Olimpia, doch im nächsten Moment zeigte ihre Miene wieder die kühle Überlegenheit wie zuvor. »Sie scheinen ein tüchtiger Handwerker zu sein. Angenommen, ich würde Ihnen den Auftrag erteilen – was würden Sie dafür verlangen?«
»Nichts«, sagte er mit ruhiger, fester Stimme. »Ich würde mich mit dem begnügen, was Sie mir aus freien Stücken geben.«
Donna Olimpia schien einen Moment nachzudenken. »Wissen Sie was?«, fragte sie dann. »Ich möchte, dass Sie diese Arbeit übernehmen. Außerdem sollen Sie ein kleines *appartamento* entwerfen. Michelangelo«, fügte sie mit einem feinen Lächeln hinzu, »hat auch nicht gleich die Peterskuppel gebaut. Wer weiß,

vielleicht gereicht es eines Tages der Familie Pamphili zur Ehre, dass sie Signor Castelli den ersten Auftrag erteilt hat. Kommen Sie mit, ich will Ihnen die Räume zeigen!«
Gemeinsam stiegen sie in den ersten Stock. Donna Olimpia war plötzlich wie ausgetauscht. Angeregt erkundigte sie sich nach Castellis Verhältnissen, nach seiner Arbeit im Petersdom, versprach ihm, ihn im Falle ihrer Zufriedenheit den bedeutendsten Würdenträgern der Stadt und des Heiligen Stuhls vorzustellen, ja, sie deutete sogar die Möglichkeit an, ihn den Barberini, der Familie des Papstes, zu empfehlen, zu der sie die besten Beziehungen pflege.
»Ich hoffe nur«, sagte sie, als sie am Ende des Ganges an eine Tür gelangten, »die Aufgabe erscheint Ihnen nicht zu gering.«
»Es ist mir gleich«, erwiderte er, »wie groß oder klein eine Aufgabe ist – solange man mich nur so arbeiten lässt, wie ich es für richtig halte.«
»Sehr schön. Doch nun sollen Sie die Person sehen, für die Sie das *appartamento* bauen werden. Sagen Sie ihr Dank, sie hat Sie empfohlen!«
Als Donna Olimpia die Tür öffnete, traute Francesco seinen Augen nicht. Vor ihm stand ein blonder Engel: derselbe, der ihm in Sankt Peter erschienen war.

12

In den Straßen Roms herrschte Aufruhr. Der alte Bernini hatte es geahnt: Die Plünderung des Pantheons ließen sich die Römer nicht gefallen. Der Tempel war das einzige Bauwerk der Stadt aus den Zeiten Cäsars, das die Barbaren bei ihren Raubzügen verschont hatten – und jetzt kam dieser Barberini-Papst und schlachtete den Bronzedachstuhl aus, um seinen Dom damit zu schmücken! Mit Pferdeäpfeln und Kuhfladen, faulen Pfirsichen

und Tomaten bewarfen die Römer die Arbeiter, die die Bronzebalken aus dem Dach der Vorhalle rissen und auf riesigen Fuhrwerken durch die engen Gassen zum neu errichteten Gießhaus am Vatikanhügel transportierten, wo sie eingeschmolzen werden sollten. Und überall erscholl derselbe Ruf, ein Ruf voller Wut und Empörung: »Was die Barbaren nicht schafften, schaffen die Barberini!«
Obwohl Lorenzo Bernini sich nur unter dem Schutz der päpstlichen Garde bewegen konnte, überwachte er alle Arbeiten persönlich, vom Herausreißen der Bronzebalken über die Aufstellung des Schmelzofens bis zur Gestaltung des Formmantels für die Altarsäulen. Er arbeitete, wie er noch nie im Leben gearbeitet hatte. Rund um die Uhr, bei gleißender Sonne wie bei strömendem Regen eilte er von Baustelle zu Baustelle, um überall gleichzeitig zu sein – am Pantheon, in Sankt Peter, in der Gießerei. Denn die Zeit drängte mit Macht: In nur einem Jahr sollte der Guss der ersten Säule erfolgen – ein Ereignis, dem General Carlo Barberini, der Bruder des Papstes und Befehlshaber der päpstlichen Truppen, in höchsteigener Person beiwohnen wollte.
So war es meist schon Mitternacht, wenn Lorenzo am Ende des Tages endlich erschöpft in sein Bett sank. Wie sehnte er sich zurück nach jenen seligen Zeiten, da er sich unbeschwert mit schönen Frauen vergnügt hatte. Statt in weichen Armen zu schwelgen, war er nun ein Sklave seines Vertrags mit Urban; statt zärtliche Küsse zu empfangen, zählte er nun die zweihundertfünfzig Scudi ab, die er am Ende eines jeden Monats empfing; statt schwellende Brüste zu liebkosen, bossierte er nun Tonnen von Bienenwachs für den Bronzeguss; statt der Lust zu dienen, befehligte er nun ein Heer von aufsässigen Arbeitern.
Womit hatte er das verdient? Gott sei Dank, dass es Francesco Castelli gab! Lorenzo arbeitete mit dem schweigsamen, in sich gekehrten *assistente* Madernos bald enger zusammen als mit seinem Vater, der überall nur Probleme und Schwierigkeiten heraufbeschwor, vor allem aber enger als mit seinem Bruder Luigi, dessen Mangel an Talent nur von der Maßlosigkeit seines

Ehrgeizes übertroffen wurde, Lorenzo bei der Eroberung von Frauen zu übertrumpfen.

Francesco war ein Segen des Himmels, der geborene Gehilfe. Er konnte zeichnen, alle nötigen Berechnungen anstellen – nur die Handwerker leiten konnte er nicht. Er war zu streng, zu anspruchsvoll, zu unnachgiebig. Doch was er von anderen verlangte, forderte er doppelt und dreifach von sich selbst. Seine Ergebenheit grenzte an Selbstverleugnung, sein Fleiß an Selbstaufopferung. Er war am Morgen noch vor Lorenzo auf der Baustelle, und meistens verließ er sie als Letzter in der Nacht. Und obwohl Francescos gründliche, ja pedantische Art Lorenzos Geduld manchmal auf die Probe stellte, weil er sich mit keiner Lösung begnügte, die nicht vollkommen war, konnte Lorenzo sich die Arbeit ohne ihn kaum noch vorstellen. Sie ergänzten einander wie Kopf und Hand: Er, Lorenzo, war der Kopf, der die Ideen ersann, und Francesco die Hand, die diese Ideen ausführte.

Das zeigte sich bereits am Pantheon. Die Abrissarbeiten am Dachstuhl erforderten großes technisches Geschick, Sorgfalt und Genauigkeit – Eigenschaften, die Lorenzo fehlten und die Francesco in Fülle besaß. Noch wertvoller aber waren seine Kenntnisse in der Bronzegießerei. Lorenzo hatte sich in dieser Kunst bislang auf seinen Vater verlassen, doch mit einer Aufgabe wie dieser war Pietro überfordert. Elf Meter hoch sollten die Altarsäulen werden – was für ein Wahnsinn!

Es war Francescos Vorschlag, die riesigen Säulen in jeweils fünf Teilen zu gießen: Basis, drei Schaftstücke, Kapitell. Gemeinsam bauten sie die Modelle, formten für jeden Teil den Kern aus Lehm, umhüllten ihn mit einer Schicht aus Bienenwachs, genau in der Wandungsstärke des künftigen Bronzekörpers und in gleichmäßiger Dicke, denn das flüssige Metall, das später den Raum des Wachses ausfüllen sollte, würde an den stärkeren Teilen langsamer erkalten als an den dünneren, und sie umhüllten dann das Ganze mit dem Formmantel aus Ton, dessen Innenfläche Millimeter für Millimeter alle Formen des Wachses nachbilden musste.

Trotzdem, wenn er an den ersten Guss dachte, überkam Lorenzo Angst. Alle Arbeit dieser Monate würde sich in einem einzigen Moment entscheiden: wenn sich auf seinen Befehl die geschmolzene Bronze in die Form ergoss. Erst in diesem Augenblick würde sich zeigen, ob der Mantel hielt und ob er die Menge des zu schmelzenden Erzes richtig bemessen hatte. Platzte die Form oder reichte die Bronze nicht aus, war alle Arbeit vergebens gewesen, und sie mussten wieder von vorn beginnen.
Und dann war er plötzlich da, der große Tag. Lorenzo fühlte sich wie im Fieber, der Schweiß rann ihm in Strömen vom Leib, nicht nur von der Hitze im Gießhaus, mehr noch vor Erregung, einer Mischung aus absoluter Geistesgegenwart und wollüstiger Leidenschaft, ein Gefühl wie vor der Umarmung mit einer schönen Frau.
»Ich kann nicht länger bleiben.«
Francescos Eröffnung traf Lorenzo wie ein Blitz aus heiterem Himmel. Seit dem frühen Morgen feuerten sie den haushohen Flammofen, in dessen dunkelrot glühendem Bauch die gewaltigen Bronzebalken dahinschmolzen wie Käselaibe in der Augustsonne, und jede Minute würde General Barberini eintreffen, um das Schauspiel zu verfolgen.
»Bist du verrückt geworden? Ich brauche dich am Stichloch!«
»Dein Vater kann den Abstich machen, oder dein Bruder.«
»Unmöglich! Mein Vater ist zu alt, und auf Luigi kann ich mich nicht verlassen. Der hat nur Weiber im Kopf und denkt am Stichloch bloß daran, wo er heute Abend selber seinen reinstecken kann.«
Francesco wollte erneut widersprechen, da machte sich Unruhe im Gießhaus breit. Am Eingang erschien General Barberini, im vollen Ornat des Generale della Santa Chiesa und mit einem Dutzend Geistlicher im Gefolge, ein zarter, kränklicher Mann, von dem es hieß, er habe bei der Papstwahl seinem jüngeren Bruder nur deshalb den Vortritt gelassen, weil er nicht über dessen robuste Gesundheit verfüge. Mit sichtlichem Widerwillen trat er nun näher.

»Los, Francesco, an deinen Platz!«, zischte Lorenzo. »Sofort! Oder du kannst deine Sachen packen! Für immer!«
Der *assistente* sah ihn mit versteinerter Miene an, störrisch wie ein Maulesel.
»Du darfst mich jetzt nicht im Stich lassen! Du bist mein bester Mann!«
Lorenzo sah, wie es in seinem Francesco arbeitete, doch war kein Zeichen für einen Sinneswandel zu erkennen. Sollte er doch seinen Vater rufen?
»Bitte! Ich flehe dich an!« Lorenzo zögerte eine Sekunde, bevor er den nächsten Satz aussprach. »Ich brauche dich. Ohne dich geht es nicht.«
Endlich nahm Francesco die Eisenstange und ging mit ihr zurück zum Ofen. Gott sei Dank! Lorenzo befahl einem Lehrling, die Erfrischungsgetränke für die Gäste zu holen, und eilte dem General entgegen, der mit misstrauischen Blicken den Flammofen beäugte.
»Ich bitte Eure Eminenz um Erlaubnis, mit dem Guss beginnen zu dürfen.«
Barberini nickte. Im selben Moment wich die Nervosität von Lorenzo. Er war nur noch Konzentration, der ganze Körper vibrierende Wachsamkeit. Das Wachs war aus der Hohlform ausgeschmolzen, jede Öffnung mit Tonstöpseln verschlossen. Auf sein Zeichen hin drehten zwei Männer an der riesigen Winde, mit der sie die steinerne Ofentür Stück für Stück in die Höhe zogen. Lorenzo hielt sich den Hut vors Gesicht, um sich gegen die Hitze zu schützen, die ihm plötzlich entgegenschlug. Eine grüne Flamme stieg über der Glut auf: Perfekt, das Kupfer der Legierung war geschmolzen.
»Legt Kohlen zu!«
Ein Dutzend Männer begann zu schaufeln, während ein anderes Dutzend die mannshohen Blasebälge betätigte, immer zwei an einem Gerät, um das Feuer anzufachen. Lorenzo stieß eine Stange in den Herd und rührte in der geschmolzenen Bronze, die wie Lava glühte und nur darauf wartete, sich in die Form zu ergie-

ßen. Er fügte noch Brocken von Zink, von Blei und Zinn hinzu, die in verschiedenen Haufen vor dem Ofen aufgeschichtet waren, während zwei Arbeiter mit einem Balg die Asche und den Schmutz, die dem flüssigen Erz den Weg versperren könnten, aus der Rinne bliesen. Dann ließ er die Ofentüren schließen, nickte seinem Vater und Luigi zu, damit sie die Wergpfropfen der Luftkanäle und die Tonstöpsel der Eingussröhren entfernten, atmete einmal tief durch und rief: »Jetzt, Francesco!«
Das war der Befehl, das Gussloch aufzustoßen: der alles entscheidende Augenblick. Doch Francesco reagierte nicht. Reglos stand er da, die Eisenstange in der Hand. Was war los? War er plötzlich taub? Lorenzo stürzte zu ihm, um ihm die Stange aus der Hand zu reißen – da ertönte ein Knall, unter dem das ganze Gießhaus erbebte, ein Wind wie ein Sturm fegte durch den Raum, und ein Feuer leuchtete auf, als wäre ein Blitz eingeschlagen. Lorenzo machte einen Satz vom Ofen zurück, wie vor einem wütend angreifenden Tier. Entsetzt ließen der General und sein Gefolge die Gläser fallen und stolperten zum Ausgang, Luigi und mehrere Arbeiter hinterher.
»Jeder an seinen Platz!«
Lorenzo brüllte so laut, dass seine Stimme das Getöse übertönte. Jetzt sah er, was passiert war: Die Decke des Ofens war geplatzt und hatte sich in die Höhe gehoben, sodass die flüssige Bronze über den oberen Mauerrand quoll. So schnell er konnte, stieg er, um das Gussloch aufzustoßen, über einen Arbeiter hinweg, den ein herabgestürzter Balken unter sich begraben hatte. Doch bevor er am Flammofen war, hatte bereits Francesco, der endlich zu sich gekommen war, mit seiner Stange den Pfropfen entfernt. Doch verflucht – das Erz strömte zu langsam aus! Wenn es in der Rinne erstarrte, war alle Arbeit umsonst. In fiebriger Eile warf Lorenzo Zinnschüsseln und Zinnteller in den Brei, die für diesen Fall vor dem Ofen gestapelt waren, Dutzende, Hunderte, warf sie in die Rinne und in den Ofen, um die Masse zu verflüssigen, während Francesco sich das Hemd vom Leib riss und mit einem Kratzeisen das Erz zur Mündung des Herds hinaustrieb,

durch die Rinne, immer weiter auf die Gussform zu, die tief und fest im Erdreich eingestampft war.

Lorenzo warf sich zu Boden, presste sein Ohr an einen der Luftkanäle und lauschte in die Form hinein: Aus dem Innern tönte ein leises Donnergemurmel herauf, das immer näher kam, ruhig und gleichmäßig.

»Bravo! Bravissimo!«

General Barberini und sein Gefolge lugten durch die Tür und klatschten mit behandschuhten Händen Beifall. Lorenzo richtete sich auf, in glückseliger Erschöpfung wie vom Lager einer Geliebten, und wischte sich den Schweiß von der Stirn.

Sie hatten es geschafft! Die Gussform hielt. Sie war jetzt bis zum Rand mit Bronze gefüllt.

»Das war knapp«, sagte er zu Francesco und nahm einen der Äpfel, von denen auch im Gießhaus stets ein Vorrat für ihn bereitstand, während seine Arbeiter das überflüssige Erz, das weiter aus dem Ofen quoll, mit Erde bewarfen, um den Fluss zu hemmen. »He, Luigi«, rief er und zeigte auf den Arbeiter, der unter dem Balken lag und vor Schmerzen laut stöhnte. »Schaff den Verletzten weg und bring ihn nach Hause!« Erst jetzt erkannte er, dass es Matteo war, sein erster Gehilfe, Costanzas Ehemann. Irritiert warf er den Apfel fort und wandte sich wieder Francesco zu. »Was war los mit dir? Du hättest fast den Guss versaut.«

»Ich hatte dich nicht gehört.«

»Du hast dagestanden wie angewurzelt. Aber scheiß drauf! Es ist ja alles gut gegangen!« Er legte einen Arm um Francescos Schulter und tätschelte mit der anderen Hand dessen Wange. »Weißt du, was? Jetzt wird gefeiert! Draußen im Schuppen steht ein Fass Wein.«

»Ich habe keine Zeit«, sagte Francesco und machte sich aus Lorenzos Umarmung frei. »Ich muss noch in den Dom.«

»In den Dom?«, fragte Lorenzo verwundert. »Heute? Was willst du denn da? Nein, nein! Du kommst jetzt mit! Keine Widerrede!«

»Trink mit den andern! Ich habe wirklich keine Zeit.«
»Herrgott, was ist denn in dich gefahren? Erst willst du dich aus dem Staub machen, eine Minute vor dem Abstich, dann benimmst du dich wie ein Mondsüchtiger, und jetzt hast du nicht mal Lust zu feiern.«
»Es ist etwas Wichtiges. Und es geht nur heute.«
»Bist du verrückt? Etwas Wichtigeres als feiern?« Plötzlich stutzte er und sah Francesco an. Der schlug die Augen nieder und begann zu husten. Lorenzo pfiff durch die Zähne. »Oje, du armer Teufel! Du bist verliebt! Gib's zu, du bist mit einer Frau verabredet, stimmt's?«
»Kann ich jetzt gehen?«
»Wusste ich's doch! Du wirst ja ganz rot! Wie heißt sie denn? Ist sie hübsch? Kenne ich sie?«
»Ob ich jetzt gehen kann?«
»Ich sehe schon« – Lorenzo lachte –, »du willst sie nicht mit mir teilen. Undankbarer Kerl! Also gut, verschwinde! Eine Frau darf man nicht warten lassen. Aber vergiss nicht, dich zu waschen!«, rief er Francesco nach, der schon in der Tür verschwand. »Du bist ja so schwarz im Gesicht wie ein Teufel.«
Als Lorenzo wenig später ins Freie trat, war General Barberini bereits im Aufbruch begriffen. Offenbar schien dem Befehlshaber der päpstlichen Truppen der Ort nicht geheuer. Vom Pferd aus warf er Lorenzo ein mit Münzen gefülltes Säckchen zu.
»Übrigens«, rief er, während er seinem Tier die Sporen gab, »Seine Heiligkeit erwartet dich. Am besten, du machst dich gleich auf den Weg!«
Lorenzo stieß einen Seufzer aus. Statt zu feiern und zu trinken, wie es sich an einem solchen Tag gehörte, musste er sich nun Urbans Reden anhören oder gar seine Oden. Schon bei der Vorstellung schauderte es ihn: Die Sprüche der Bibel in horazischen Metren! Der Lobgesang des alten Simeon in sapphischen Strophen!
Plötzlich fühlte Lorenzo sich ganz leer, wie nach einer Nacht im

Hurenhaus. Doch als er das prall gefüllte Säckchen in seiner Hand spürte, verging dieses Gefühl so schnell, wie es gekommen war. Urban würde ihn loben für den geglückten Guss. Und das wollte er nutzen: Wenn Francesco verliebt war, brauchte er Geld. Also musste er ihm zu welchem verhelfen – sonst machte sein *assistente* sich irgendwann noch selbstständig.

Doch der Papst hatte ganz andere Sorgen.

»Der Aufruhr in den Straßen beunruhigt uns sehr«, sagte Urban, nachdem er Lorenzos Bericht von dem Abstich mit einer Handbewegung bestätigt hatte. »›Was die Barbaren nicht schafften, schaffen die Barberini!‹«

»Nur ein Wortspiel, Heiliger Vater. Die Römer lieben Eure Heiligkeit!«

»Die Römer lieben Rom, und sie wollen nicht, dass man ihre Heiligtümer plündert.«

»Darf ich daran erinnern«, sagte Lorenzo, dem diese Wendung des Gesprächs überhaupt nicht behagte, »dass Dombaumeister Maderno den Vorschlag machte, die Bronzebalken aus dem Pantheon zu entnehmen.«

»Aber du hast den Vorschlag freudig ausgeführt«, erwiderte Urban streng. »Vielleicht war es ein Fehler, dir den Auftrag zu geben. Du bist jung, ehrgeizig, kennst keine Rücksicht. Man hat uns gesagt, bei dem Guss sei ein Arbeiter zu Tode gekommen?«

»Nur ein gebrochenes Bein, Allerheiligster Vater.«

»So etwas macht böses Blut.« Urban schüttelte ein zweites Mal den Kopf. »Ich kann jetzt keine Unruhen gebrauchen«, erklärte er mit solchem Nachdruck, dass Lorenzo zusammenzuckte. »In Frankreich wird Kardinal Richelieu täglich dreister und maßt sich Rechte an, ohne uns um Erlaubnis zu fragen. In Deutschland herrscht seit zwanzig Jahren Krieg, doch ein Ende ist immer noch nicht in Sicht. Und wer weiß, was aus England wird, jetzt, nachdem Jakob tot ist. Sein Sohn Karl scheint ein wankelmütiger Mann zu sein.«

»Hat König Karl«, fragte Lorenzo vorsichtig, »nicht eine katholische Frau? Henriette?«

»Was will das in England heißen? Sie kann sich morgen neu taufen lassen.«
»Man müsste ihr schmeicheln, Ewige Heiligkeit. Mit Verlaub«, fügte Lorenzo hinzu, als er sah, dass Urban unwillig die Brauen runzelte, »aber Frauen mögen das. Vielleicht könnte man ihr ein Geschenk machen?«
»Ein Geschenk?«, fragte Urban zurück. »Woran denkst du?«
»Ich nehme an, Henriette liebt ihren Gemahl. Vielleicht wäre es hilfreich, wenn Eure Heiligkeit eine Porträtbüste des englischen Königs anfertigen ließen, um sie der Königin zu schicken. Ich meine, in Rom müsste sich ein zu diesem Zweck geeigneter Künstler unschwer finden lassen ...«
Ein erstes Lächeln erhellte die Miene des Papstes.
»Sollte es in den Beständen Eurer Heiligkeit ein Bildnis des jungen Königs geben, könnte dieser Künstler noch heute Abend mit der Arbeit beginnen. Und was den Aufruhr in den Straßen betrifft«, fügte Lorenzo hinzu, »gibt es vielleicht auch eine Lösung. Der Glockenturm des Pantheons ist baufällig, man könnte ihn durch zwei neue Türme ersetzen. Ich bin sicher, eine solche äußere Verschönerung wird die Römer über den inneren Verlust rasch hinwegtrösten.«
Jetzt strahlte Urban über das ganze Gesicht, und seine wachen blauen Augen blitzten. »Wir haben uns doch nicht in dir getäuscht«, sagte er. »Möge Gott uns allen deine Schaffenskraft und dir meine Gesundheit erhalten!«

13

Ein Jubelgesang von überirdischer Schönheit erfüllte den Dom von Sankt Peter, so hell und rein, wie nur ein Chor von Engeln singen konnte. Clarissa rutschte ungeduldig in ihrer Bank hin und her und beobachtete dabei, in der Hoffnung, ein bestimmtes Gesicht zu entdecken, den Strom der Gläubigen, die in endloser Prozession an der Petrus-Figur unweit des Eingangs vorüberzogen, das Kreuzzeichen schlugen und den Kopf vor dem Heiligen beugten, um seinen von zahllosen Berührungen blank polierten Fuß zu küssen.

Was tat sie hier? Schon ein dutzend Mal hatte Clarissa das Gotteshaus verlassen, um nach nur wenigen Minuten wieder zurückzukehren. Sie wusste, es war falsch, was sie tat, denn es geschah heimlich, ohne dass sie Olimpia davon erzählt hatte, und trotzdem konnte sie nicht anders. Lag es daran, dass ihr Kerkermeister, Principe Pamphili, an diesem Tag außerhalb Roms weilte und sie deshalb Gelegenheit gehabt hatte, ihrem Verlies zu entkommen? Sie wusste es nicht, spürte nur dieses Sehnen und Drängen, ein Gefühl ähnlich jenem ruhelosen Verlangen, das sie schon einmal hierher getrieben hatte. Fast wünschte sie, William würde auftauchen, um sie fortzuzerren. Aber ihr Tutor lag im Bett und schwitzte eine fiebrige Erkältung aus, die er sich seltsamerweise mitten im Sommer zugezogen hatte.

Mit einem Mal brach der unwirkliche Gesang ab, und nichts als erhabene Stille füllte die mächtige Basilika. Clarissa stand auf und trat aus der Bank, entschlossen, das Gotteshaus endgültig zu verlassen. Da hörte sie hinter sich ein Räuspern.

»Ich bitte um Vergebung, Principessa, aber ich konnte nicht früher kommen.«

Sie drehte sich um. Vor ihr stand Francesco Castelli, das Gesicht gerötet, als habe er es mit Sand gewaschen, und blickte sie aus ernsten, fast traurigen Augen an. Sie hatte nur noch einen Wunsch: diesem ernsten Gesicht ein Lächeln zu entlocken.

»Sie wollten mir den Dom zeigen«, sagte sie eilig, als könne er es sich anders überlegen. »Ich freue mich schon so lange darauf.«

»Mit Ihrer Erlaubnis«, erwiderte er, »dann wollen wir mit dem Wichtigsten beginnen.«

Ohne ein Wort führte er sie in Richtung der Vierung. Was für ein seltsamer Mann! Keine Entschuldigung, keine Erklärung für seine Verspätung. Sie war ihm in den letzten Monaten einige Male im Palazzo Pamphili begegnet, doch wunderte sie sich immer wieder aufs Neue über ihn. Oder wunderte sie sich über sich selbst? Eigentlich hätte sie wütend auf ihn sein sollen, aber sie war es nicht, obwohl er sie über zwei Stunden hatte warten lassen und sie schlechte Manieren sonst auf den Tod nicht ausstehen konnte. Sie spürte, sein Verhalten hatte mit schlechten Manieren nichts zu tun. Dazu war er viel zu schüchtern. Vor allem aber war er dazu viel zu stolz.

Vor einem mächtigen Pfeiler blieb er stehen und öffnete eine Tür, hinter der sich eine enge, dunkle Wendeltreppe verbarg.

»Wenn Sie mir bitte folgen wollen?«

Clarissa stutzte eine Sekunde, doch als er ihr wie selbstverständlich voranging, zögerte sie nicht länger. Wohin führte er sie? Stufe um Stufe stiegen sie empor, und sie hatten mehrere hundert erklommen, als sie endlich eine schlichte Sakristei erreichten und Castelli mit einem Schlüssel eine zweite Tür öffnete.

Als sie hinter ihm über die Schwelle trat, verschlug es ihr den Atem.

»Das ist ja«, flüsterte sie, »als wäre man im Himmel.«

Sie standen auf der Innengalerie der Kuppel. Wie ein gigantisches Zelt aus Stein, das einen unermesslich großen Raum umschloss, wölbte sich über ihnen das gewaltige Rund, ein von abertausend Sternen übersätes Firmament, von dem die Engel und Heiligen Gottes auf sie herabschauten, während das Licht in solchen Massen auf sie niederflutete, dass Clarissa darin zu ertrinken glaubte.

»Seit vielen hundert Jahren«, sagte Castelli leise, fast andächtig, »träumen die Baumeister der Welt davon, hier über dem Grab des heiligen Petrus eine Kuppel zu bauen, die sich mit der des Pantheon messen kann. Aber erst Michelangelo hat das Wunder vollbracht.«

Sie schaute ihn an. Während er sprach, verschwand alle Strenge, alle Härte aus seinem Gesicht, und seine dunklen Augen leuchteten vor Begeisterung und Leidenschaft.

»In dieser Kuppel«, sagte er, »verschmelzen Himmel und Erde, Gott und die Menschen, der ganze Kreis der Schöpfung. Alles hat seinen Ort und seinen Platz. Sehen Sie dort oben die Laterne?« Er deutete zum Scheitel der Kuppel, von dem ein noch hellerer Glanz auszugehen schien als von den hohen Fenstern des Tambours. »Dort tritt Gottvater aus den Wolken, um sein Werk zu segnen. Ihm zur Seite, zwischen den goldenen Bändern, thronen Jesus Christus und die Muttergottes über allen Engeln – die ganze himmlische Heerschar.«

Clarissa konnte den Blick gar nicht mehr abwenden von dem, was sie hier sah. Alle Unruhe, alle verwirrenden Gefühle schwanden dahin, während ihre Augen die Überfülle an Farben und Formen tranken. Es war ein Fest, ein Rausch, ein Schwelgen in überreicher Schönheit, die ihr trotz aller Pracht und Herrlichkeit so einfach und wohl geordnet erschien, als könne es gar nicht anders sein. Hier oben jubilierten die Engel, die sie hatte singen hören.

»Dann ist die Kuppel also wirklich der Himmel?«, fragte sie.

Castelli nickte. »Ja, und der Himmel wird getragen von diesen vier unglaublich starken Pfeilern – hier, da, dort und dort drüben. Das sind die Säulen des Glaubens, auf ihnen beruht die ganze göttliche Ordnung. Diesen Glauben muss die Kirche verkünden und in alle Welt tragen. Darum sind an jeder Stelle, wo das Gewölbe auf den Säulen aufliegt, die vier Evangelisten abgebildet.«

»Die Gesichter in den Kreisen?«, fragte Clarissa, die allmählich anfing, die Ordnung zu verstehen, die in den gewaltigen Steinmassen aufgehoben war.

»Markus, Lukas, Matthäus, Johannes«, bestätigte er. »Und jeder trägt sein Zeichen bei sich, den Adler, den Löwen …«

»Aber«, unterbrach Clarissa ihn, »wo sind wir Menschen?« Sie wandte ihren Blick von der Wölbung und schaute in den Kuppelraum hinab. Winzig klein wie Ameisen bewegten sich am Boden die Gläubigen, so weit entfernt, dass kein Laut von dort zu ihnen heraufdrang. »Was meinen Sie, ob Gott uns auch so sieht, wie wir jetzt die Menschen da unten sehen? Sie sind von hier oben kaum noch zu erkennen.«

»Sind wir Menschen so wichtig?«, fragte er zurück. »Ist Gottes Gnade nicht viel wichtiger? Er hat uns ja erlöst, durch seinen Sohn, von der Erbsünde und der Schuld unserer Geburt. Das alles wird hier, Stein auf Stein, für immer bezeugt.«

Er sagte das mit einem solchen Ernst, dass es Clarissa fast unheimlich war.

»Wir haben in England«, sagte sie, »so viele verschiedene Religionen, und jede behauptet etwas anderes. Woher ... woher nehmen wir da die Gewissheit, dass Gott uns erlöst hat? Ja, woher wissen wir überhaupt, dass es ihn gibt?«

Erschrocken über ihre eigenen Worte, die ihr schneller über die Lippen gekommen waren, als sie denken konnte, verstummte sie. Doch Castelli schien keineswegs verwundert.

»Ich verstehe Ihre Zweifel«, erwiderte er, und aus seinen Augen sprach für einen Moment wieder diese grenzenlose Trauer, die in ihr stets den Wunsch weckte, er möge einmal lächeln. »Aber müssen unsere Zweifel hier nicht verstummen? Ist dieses Bauwerk nicht Zeugnis von Gottes Allmacht und Güte? Wenn Menschen, die mit unzähligen Fehlern und Lastern behaftet sind, die fluchen und lügen und die Ehe brechen und vielleicht sogar töten, wenn solche Menschen ein Werk von so makelloser Schönheit und unsterblicher Größe vollbringen – ist das nicht Beweis für Gottes Gnade und Liebe? Der vielleicht einzige unanfechtbare, unwiderlegbare Beweis seiner Existenz und seines Wirkens?«

»Sie haben Recht«, flüsterte Clarissa. »Es ist vollkommen.«

»Nein«, sagte Castelli mit seiner warmen und gleichzeitig so männlichen Stimme, »es ist mehr als vollkommen. Es ist, als hätte Gott hier durch Michelangelos Hand seine Schöpfung noch einmal neu erschaffen.«

Clarissa war so beeindruckt, dass sie eine lange Weile schwieg, erfüllt von der Heiligkeit dieses Raumes – und von ihrem eigenen Staunen. Ja, alles hier hatte seinen Sinn und seinen Platz, nichts war zufällig, jeder Stein, jede Fuge war mit Bedacht gesetzt. Und dass sie dies erkannte, hatte sie Francesco Castelli zu verdanken. Mit jedem seiner Worte war ihr ein Licht aufgegangen. Plötzlich sah sie Dinge, die sie zuvor nicht gesehen hatte, obwohl sie ihr doch vor Augen gestanden hatten. Es war fast so, wie wenn sie Olimpia einen Satz zu lesen aufgab und ihre Cousine die Reihe von Wörtern entzifferte, Buchstabe für Buchstabe, bis sich ihr plötzlich, mit einem Mal, der Sinn des Ganzen einer Offenbarung gleich erschloss.

»Bis jetzt«, sagte Clarissa, »hatte ich immer geglaubt, Architektur sei nur ein Dach über dem Kopf. Aber jetzt begreife ich: Alles hat eine Bedeutung. Als wäre ...«, sie suchte nach einem passenden Vergleich, »... als wäre die Architektur ein Alphabet.«

Überrascht drehte er sich zu ihr um, und für eine Sekunde glaubte sie, ein kleines, scheues Lächeln in seinem Gesicht zu erkennen, und ihr wurde ganz warm in der Brust.

»Ja«, sagte er, »Sie haben Recht. Die Architektur ist ein Alphabet – ein Alphabet von Giganten.« Für einen Moment erwiderte er ihren Blick, und das Gefühl in ihrer Brust wurde noch stärker. Hustend wandte er sich ab. »Kommen Sie! Wir haben hier oben das Wichtigste gesehen.«

Schweigend ging er voran. Clarissa folgte ihm nur widerwillig. Wie gern hätte sie ihm weiter zugehört! Es war merkwürdig, fast unheimlich: So spröde, ja abweisend er sich sonst gab, war er doch, als er ihr den Aufbau der Kuppel erklärte, ein völlig anderer Mensch geworden. Mit jedem Wort, das er sagte, gewann er an Sicherheit, an Kraft und Männlichkeit, und seine verschlossenen Züge öffneten sich, wurden mit einem Mal schön.

»Sie bewundern Michelangelo wohl sehr?«, fragte Clarissa, als sie wieder am Fuß des Pfeilers angekommen waren.

»Ich versuche von ihm zu lernen«, erwiderte er, »aber bewundern? Nein! Idole, die man bewundert, machen einen zum Sklaven.«

»Oho«, sagte sie beeindruckt. Plötzlich kam ihr eine Frage in den Sinn, kitzelte ihre Neugier so heftig, dass sie sie unbedingt stellen musste. »Haben Sie hier noch andere Dinge entworfen, Signor Castelli? Ich meine, außer dem Cherub? Ich würde sie gerne sehen.«

Er zog ein Gesicht, als hätte sie ihn geohrfeigt.

»Nein«, sagte er schroff. »Ich bin kein Architekt, ich bin Steinmetz.«

»Und der Altar?«, fragte sie und zeigte in die Mitte der Vierung, wo sich auf einem frisch errichteten Fundament ein haushohes Holzmodell erhob. »Die ganze Stadt spricht davon, und ich weiß genau, dass Sie daran arbeiten.«

»Der Altar ist nicht mein Werk«, erwiderte er. »Cavaliere Bernini hat ihn entworfen. Ich helfe nur, seine Pläne auszuführen. Von mir sind«, fügte er fast trotzig hinzu, »die Eisengitter vor der Kapelle dort drüben.«

»Das kann nicht sein!«, rief sie, beinahe empört. »Man muss Ihnen doch Gelegenheit geben, an dieser Kirche mitzubauen!«

»Das ist die Aufgabe von Dombaumeister Maderno und Cavaliere Bernini.«

»Unsinn! Das ist die Aufgabe von jedem, der diese Kirche liebt – und Sie lieben sie mehr als jeder andere. Nein«, schnitt sie ihm das Wort ab, bevor er etwas sagen konnte, »lügen Sie nicht! Ich habe gesehen, wie Ihre Augen leuchteten. Der Papst soll sich schämen, dass er Ihnen noch keinen Auftrag gegeben hat.« Plötzlich hatte sie eine Idee. »Wenn Sie mir noch nichts Fertiges zeigen können, dann zeigen Sie mir wenigstens Ihre Pläne!«

»Warum sollte ich Pläne haben? Ich sagte doch, ich bin kein Architekt.«

»Und was ist mit den Plänen für mein *appartamento*? Türmchen, die wie Spiralen in den Himmel aufsteigen, Verzierungen, die Galerien und Loggien vorgaukeln, wo gar keine sind – Erfindungen, wie ich sie nirgendwo sonst gesehen habe.« Sie machte einen Schritt auf ihn zu. »Ich weiß, dass Sie Architekt sind, und Sie selber wissen es auch. Bitte«, wiederholte sie, »zeigen Sie mir Ihre Pläne! Ich würde sie wirklich gerne sehen.«

Sie schaute ihn an, doch er schlug die Augen nieder.

»Bitte!«, wiederholte sie.
Endlich erwiderte er ihren Blick, mit roten Flecken im Gesicht.
»Nun gut.« Er nickte. Er ging zu einem Arbeitstisch, der neben dem Altar aufgeschlagen war, und zog unter der Tischplatte eine Rolle hervor. »Ich habe das noch niemandem gezeigt«, sagte er, während er das Blatt vor ihr ausbreitete, als wolle er sich entschuldigen. »Und damit Sie mich nicht missverstehen: Es ist nur ein Zeitvertreib, zur Übung, um zeichnen zu lernen.«
Als Clarissa auf das Blatt schaute, hätte sie am liebsten vor Freude gejauchzt. Sie erkannte sofort, was dort abgebildet war: die Fassade von Sankt Peter. Doch wie herrlich sah sie aus! Castelli hatte sie nicht einfach abgezeichnet, sondern ihr ein völlig neues Gesicht gegeben: Anders als in der Wirklichkeit ragten auf dem Entwurf rechts und links der Front zwei eckige Glockentürme empor.
»Ich hatte es ja gewusst«, sagte sie fasziniert. »Und ob Sie ein Architekt sind! Das ist wirklich wunderschön. Mit den Türmen wirkt alles viel leichter, viel harmonischer als jetzt. Aber«, fügte sie dann fast erschrocken hinzu, »wie können Sie eine so wertvolle Zeichnung hier liegen lassen! Haben Sie keine Angst, dass jemand sie stiehlt?«
»Warum sollte jemand einen Entwurf von mir stehlen?«
»Warum stiehlt jemand ein Stück Gold?« Sie lachte. »Glauben Sie, ein Dieb fragt danach, ob sein Besitzer berühmt ist oder nicht?« Sie schüttelte den Kopf. »Wissen Sie was, Signor Castelli?«, sagte sie plötzlich sehr ernst. »Ich bin stolz darauf, dass ich Sie kenne. Und ich hoffe von Herzen, dass ich noch lange genug hier sein werde, um diese Türme draußen an der Fassade mit eigenen Augen anzuschauen.«
»Dann ist Ihre Hoffnung vergebens, Principessa. Diese Türme werden niemals stehen.«
»Sagen Sie, was Sie wollen, Signor Castelli – ich weiß es besser!«
Sie legte das Blatt auf den Tisch und berührte seine Hand. Wieder sah sie dieses scheue Lächeln auf seinem Gesicht, zum zweiten Mal innerhalb weniger Minuten, und wieder spürte sie

dieses komische warme Gefühl in der Brust, das so irritierend war und gleichzeitig so schön.

»Sie müssen Ihren Meister verlassen«, sagte sie, »und eine eigene Werkstatt gründen!«

»Ich habe eine eigene Werkstatt.«

»Als Steinmetz – aber das reicht nicht! Beweisen Sie dem Papst und seinen Kardinälen, dass Sie mehr als ein Handwerker sind! Sie sind dafür geboren, Architekt zu sein. Das ist Ihre Berufung. Nur wenn Sie ihr folgen, können Sie tun, was Sie tun *müssen:* Ihre eigenen Gebäude bauen – Kirchen und Paläste.«

Sie drückte seine Hand, um ihren Worten Nachdruck zu verleihen. Im selben Augenblick hatte sie alles vergessen, was sie sagen wollte. Sie spürte nur noch seine Hand. So groß und kräftig diese war, fühlte sie sich ganz glatt an, ganz zart. Es müsste schön sein, von dieser Hand gestreichelt zu werden. Wieder lächelte er sie an.

»Miss Whetenham!«, keuchte eine Stimme hinter ihr. »*My dear god, finally I've found you.*«

»William?« Clarissa ließ erschrocken Castellis Hand los. »Was machen Sie denn hier? Ich dachte, Sie liegen krank im Bett!«

Ihr Tutor stand vor ihr, den Kopf in einen riesigen Schal eingewickelt, sodass nur seine rote Hakennase, an deren Spitze ein dicker Tropfen hing, hervorlugte.

»Das tat ich auch!«, schnaubte er und wischte sich den Tropfen von der Nase. »Italien!!!«, rief er mit einem vorwurfsvollen Blick auf Castelli. »Sogar das Wetter machen hier die Jesuiten. Die Sonne brennt vom Himmel, dass sie einem das Hirn im Schädel versengt, aber man erkältet sich schlimmer als im dicksten Nebel von London. Hier«, sagte er dann und reichte Clarissa einen Brief, »der ist eben angekommen. Von Ihren Eltern.« Er schloss die Augen, und mit einem Seufzer fügte er hinzu: »*From merry old England.*«

14

Whetenham Manor, den 29. August 1625

Liebe Clarissa,

ich grüße Dich im Namen des Vaters, des Sohnes und des Heiligen Geistes!
Mit Bitterkeit und Schmerz schreibe ich Dir heute, mein Kind. Jakob, unser geliebter König, ist für immer von uns gegangen. Gott möge seiner Seele gnädig sein und ihn zu sich in sein himmlisches Reich rufen.
Sosehr mir der Tod dieses großen Mannes zu Herzen gegangen ist, muss ich nun, nachdem meine Augen wieder getrocknet sind, den Blick in die Zukunft richten. Du weißt, wie sehr Du Jakob mit Deiner mutwilligen Reise nach Rom erzürnt hast. Jetzt aber steht Deiner Heimkehr nichts mehr im Wege. Onkel Graham, der im neuen Kabinett wohl ein Portefeuille übernehmen wird, hat mir zugesichert, Du seiest am Hofe König Karls willkommen; die Rede ist sogar davon, Dich, so Du erst verheiratet bist, Königin Henriette als Hofdame vorzuschlagen.
Zögere also nicht länger und kehre heim! Auch Dein künftiger Gemahl, Lord McKinney, dieser vorzügliche Mann, kann es kaum erwarten, Dich in seine Arme zu schließen. Damit Du auf der Reise über die nötigen Barmittel verfügst, habe ich einen gehörigen Betrag zu Deinen Gunsten bei der italienischen Bank in London deponiert. Mit der beigeschlossenen Zahlungsanweisung kannst Du in jeder größeren Stadt davon Gebrauch machen.
Spute Dich, mein Kind, und begib Dich auf die Reise, bevor der Winter hereinbricht!
Es segnet Dich für eine glückliche Heimfahrt

Dein Dich liebender Vater
Lord Whetenham, Count of Brackenhamshire

Als Clarissa den Brief zu Ende gelesen hatte, zitterten ihre Hände so sehr, dass die Unterschrift ihres Vaters vor ihren Augen verschwamm wie Tinte auf feuchtem Grund.
»Jetzt werde ich Ihre Türme wohl wirklich nicht sehen«, sagte sie leise und schaute auf.
Doch Castelli war schon fort.
»Einfach verschwunden«, schnaubte William. »Ohne einen Gruß. Italienische Sitten!«
Sosehr er sich bemühte, ein grimmiges Gesicht zu ziehen, sowenig wollte es ihm gelingen. Der Rückruf in die Heimat erfüllte William mit so hemmungsloser Freude, dass er darüber nicht nur sein Fieber, sondern sogar das jesuitische Wetter vergaß. Endlich war das letzte Kapitel seines Werkes in Sicht: Die »Reisen in Italien, unter besonderer Berücksichtigung der mannigfaltigen Verführungen und Verlockungen, welche in diesem Lande zu gewärtigen sind« drängten ihrer Vollendung entgegen – unsterblicher Ruhm war ihm gewiss! Und sie saßen noch nicht in der Kutsche, um von Sankt Peter zur Piazza Navona zu fahren, da redete er schon von den Vorbereitungen, die es für die Rückkehr zu treffen galt. Er verglich die möglichen Reiserouten, auf denen sie wieder nach England gelangen konnten, im Hinblick auf ihre Bequemlichkeit und ihre Länge, während Clarissa sich mühte, die aufsteigenden Tränen zu unterdrücken.
»Wie siehst du nur aus?«, fragte Donna Olimpia erschrocken bei ihrer Ankunft im Palazzo und schickte die Amme mit dem kleinen Camillo aus dem Zimmer. »Bist du krank?«
Sie schloss die Tür des Salons und nahm Clarissa in den Arm. Bei der Berührung konnte Clarissa die Tränen kaum noch zurückhalten.
»Ich muss heim nach England«, sagte sie und zeigte ihr den Brief.
Während sie mit erstickter Stimme die Worte ihres Vaters ins Italienische übersetzte, strich Olimpia ihr tröstend über das Haar.
»Du wusstest doch, dass es eines Tages so weit sein würde.«

»Ja, sicher. Doch jetzt … jetzt kommt alles so schnell, so plötzlich.«

»Aber das ist doch kein Grund, traurig zu sein! Du darfst nach London, vielleicht sogar als Hofdame der Königin. Jeder wird dich beneiden. Und vorher feierst du Hochzeit!«

Clarissa blickte auf. Als sie Olimpias forschendes Gesicht sah, konnte sie die Wahrheit nicht mehr länger verschweigen.

»Ich will diesen Mann nicht heiraten«, platzte sie heraus. »Ich … ich kenne ihn doch gar nicht! Wie soll ich ihn da heiraten?«

»Unsinn, mein Kind. Wenn deine Eltern einen Mann für dich ausgewählt haben, musst du ihnen dankbar sein. Glaub mir, du wirst sicher sehr, sehr glücklich werden. Der Ehestand ist die natürliche Bestimmung der Weiber.«

»Ach, Olimpia!« Clarissa schluchzte laut auf. »Ich habe solche Angst. Ganz allein in einem Schloss mit einem Mann, den ich noch nie gesehen habe. Ich weiß doch nur, dass er ein Lord ist und uralt, schon über dreißig Jahre, und irgendwo im schottischen Moor lebt.«

Sie vergrub ihr Gesicht an der Brust ihrer Cousine und ließ ihren Tränen freien Lauf. Olimpia streichelte ihren Rücken und flüsterte leise italienische Worte, Worte wie Seide, ruhig und geduldig, bis Clarissa aufhörte zu weinen. Dann zog sie ein Tuch aus ihrem Ärmel und trocknete ihr die Augen.

»Was hast du heute im Dom gemacht?«

»Ich … ich habe die Kuppel besichtigt, auf der Galerie …«

»Du warst auf der Galerie? Dafür braucht man einen Schlüssel.« Olimpia fasste sie am Kinn und hob ihren Kopf. »Wer hat dir die Kuppel gezeigt?«

Clarissa zögerte. Weshalb fiel es ihr so schwer, den Namen zu nennen?

»Du musst es mir sagen, mein Kind.«

»Signor … Signor Castelli …«

»Castelli? Der Steinmetz?«, fragte Olimpia verwundert.

Clarissa schluckte. »Ja, Signor Castelli«, wiederholte sie, nun deutlich und klar. »Aber er ist kein Steinmetz, sondern Archi-

tekt. Er hat mir die Kuppel gezeigt. Die Kuppel und den Altar und die Deckengemälde«, sprudelte es plötzlich aus ihr heraus, »und auch die Laterne und die Pfeiler und die vier Evangelisten mit ihren Symbolen – alles hat er mir erklärt, so wunderbar, wie mir noch nie jemand etwas erklärt hat. Er ist so klug, so gebildet und dabei so bescheiden, fast schüchtern, dass man manchmal meint, er sei einem böse, aber dann hat er gelächelt, zweimal sogar hat er mich angelächelt …«
So plötzlich, wie sie zu reden begonnen hatte, verstummte sie. Sie kam sich auf einmal sehr dumm und unbeherrscht vor und überhaupt nicht erwachsen.
Olimpia nickte. »Ich habe dir bei deiner Ankunft etwas versprochen«, sagte sie ernst. »Dass ich dir die ältere Freundin sein werde, die deine Mutter mir früher war. Erinnerst du dich?«
»Ja, Olimpia.«
»Darum muss ich dir jetzt einige Fragen stellen. Und du musst mir versprechen, sie ehrlich zu beantworten. Willst du das tun?«
Als Clarissa nickte, nahm sie ihre Hand. »Freust du dich, wenn du Signor Castelli siehst?«
»Am liebsten«, sagte Clarissa leise, »würde ich ihn jeden Tag sehen.«
»Kommt es manchmal vor, dass du an ihn denkst, wenn du einschläfst?«
»Wenn ich einschlafe – und wenn ich aufwache.«
»Und wenn du ihn siehst, was empfindest du? Spürst du dann ein Kribbeln im Nacken? Oder einen Schauer im Rücken?«
Clarissa schüttelte den Kopf.
»Beginnt dein Herz laut zu klopfen? Trocknet dir der Mund aus? Hast du ein flaues Gefühl im Magen? Werden dir die Knie weich?«
»Nein«, sagte Clarissa. »Das ist es alles nicht.«
Olimpia hob überrascht die Brauen. »Was spürst du dann?«
»Es ist etwas anders – ein warmes, ganz sanftes Gefühl. Und … ich werde so ruhig, wenn er da ist und mit mir spricht. Dann ver-

gesse ich alles andere, so wohl fühle ich mich, und ich wünsche mir nur, dass es gar nicht wieder aufhört.«

Olimpia nickte ein zweites Mal, ernster als zuvor. »Dann ist es noch schlimmer, als ich befürchtet hatte.« Sie nahm Clarissa in den Arm. »Du armes, dummes Kind.«

»Warum sagst du das, Olimpia? Du machst mir Angst.« Clarissa befreite sich aus der Umarmung. »Du redest ja wie ein Arzt mit einem Patienten, der eine schlimme Krankheit hat.«

»Die hast du auch. Die schlimmste, die eine Frau überhaupt haben kann.«

»Aber was ist das für eine Krankheit? Ich spüre doch gar nichts, außer ... außer ...« Sie suchte nach dem richtigen Wort, aber sie fand keins.

»Außer dass du ihn liebst?«, führte Olimpia ihren Satz zu Ende. »Ist es das, was du sagen willst?«

Wollte sie das? Clarissa war so verwirrt, dass sie es selbst nicht wusste. Vielleicht hatte sie das sagen wollen, vielleicht auch nicht. Aber wenn es so war: War Liebe etwas Schlimmes? Oder gar eine Krankheit? Sie liebte Gott, und jeder lobte sie dafür, sie liebte ihre Eltern, sie liebte Donna Olimpia, und auch das war gut und richtig. Warum sollte es dann schlecht sein, einen Mann zu lieben? Vielleicht, weil diese Liebe doch etwas anderes war als die Liebe zu Gott oder zu ihren Eltern oder zu ihrer Cousine?

»Was, Olimpia«, fragte Clarissa ängstlich, »was soll ich jetzt tun?«

»Du weißt selbst die Antwort«, sagte ihre Cousine.

»Ich? Wie sollte ich?«

»Du musst nur auf deinen Verstand hören – auf deinen Verstand, Clarissa, nicht auf dein Herz! Das ist das Wichtigste von allem.«

Clarissa sah in das besorgte Gesicht ihrer Cousine, und plötzlich tauchte eine Erinnerung vor ihr auf: Olimpia und Monsignore Pamphili in der morgengrauen Kapelle des Palazzos, wie sie einander umschlungen hielten auf der Bank vor dem Beichtstuhl am Tag von Pamphilis Abreise nach Spanien. War dies das große Geheimnis zwischen Mann und Frau? Clarissa schloss die Augen und atmete tief durch.

»Ja«, sagte sie schließlich. »Du hast Recht. Sobald William gesund ist, reise ich ab.«

15

Carlo Maderno, der greise Dombaumeister von Sankt Peter, der sich seit geraumer Zeit nur noch im Tragestuhl fortbewegen konnte, starb an einem trüben Januartag im Alter von dreiundsiebzig Jahren, nachdem er über ein Vierteljahrhundert die Bauhütte der größten und bedeutendsten Kirche der Christenheit geleitet hatte. Da es kalt war in Rom, die Verwesung des Leichnams also nicht zur Eile zwang, wurden seine sterblichen Überreste erst sechs Tage nach seinem Tod beigesetzt, auf dem Friedhof von San Giovanni dei Fiorentini unweit der Kettenbrücke am rechten Ufer des Tiber.

General Barberini, der kränkliche Bruder des Papstes, führte die Trauergemeinde an, die, begleitet von den dunklen Schlägen der Totenglocke, im langsamen Schritt dem von vier Rappen gezogenen Leichenwagen folgte, die Steinmetze, Maurer und Zimmerleute mit ihren Zunftfahnen, die regennass von den Stangen herunterhingen, die Marmorbildhauer und die Baumeister: der alte, von der Last der Jahre gebeugte Pietro Bernini, gestützt auf seinen Sohn Luigi, und natürlich Francesco Castelli, Madernos Schüler und *assistente*, der in den letzten Jahren auf seinen Baustellen mehr und mehr die Aufsicht übernommen hatte; weiter hinten der junge, ehrgeizige Pietro da Cortona, der mit dem Pinsel ebenso gut umzugehen verstand wie mit dem Meißel; dann Alessandro Algardi, über dessen Stuckfiguren in San Silvestro al Quirinale gerade alle Welt redete, Seite an Seite

mit Martino Longhi, der in Santi Abrogio e Carlo die Entwürfe seines vor zehn Jahren verstorbenen Vaters ausführte, gefolgt von François Duquesney, einem Flamen, der überaus prachtvolle Heiligenbildnisse schuf. Gemeinsam trugen sie an diesem Tag den Mann zu Grabe, der als einer der ersten Baumeister Roms den dreifaltigen Gott mit so üppig schwellenden Formen aus Marmor und Stein zu preisen wagte, dass sich in ihren Bewegungen die Kraft des Schöpfers selbst zu offenbaren schien, und der noch persönlich mit Giacomo della Porta zusammengearbeitet hatte, dem letzten Schüler Michelangelos.
Nur einer fehlte, um Maderno die letzte Ehre zu erweisen: Gian Lorenzo Bernini. Er traf auf dem Friedhof erst ein, als der Sarg bereits in der Erde ruhte. Seinen Vater und seinen Bruder, die ihm am Friedhofstor begegneten, ließ er ohne ein Wort stehen und eilte weiter, bis er den Mann entdeckt hatte, nach dem er suchte: Francesco stand allein mit gefalteten Händen als Einziger der Trauergäste noch an dem offenen Grab.
»Du kannst dir die Tränen sparen!«, raunte Lorenzo ihm zu, als er an seine Seite trat. »Ich komme gerade vom Papst. Urban hat mich zum Dombaumeister ernannt – auf Lebenszeit! Geld im Überfluss! Sogar den Weg zur Arbeit kann ich in Rechnung stellen.«
»Kannst du damit nicht warten, bis das Grab zu ist?«, fragte Francesco, ohne sich umzudrehen.
»Tu nicht so scheinheilig! Meine Ernennung wird dein Schaden nicht sein. Weißt du, was das heißt? Wir werden immer genug zu beißen haben, unser Leben lang.« Er deutete mit dem Kinn auf das Grab. »Woran ist der alte Scheißer eigentlich gestorben?«
»Halt endlich den Mund«, zischte Francesco, »oder ich bringe dich um!«
»Jetzt tu mal nicht so! Oder hast du vielleicht ein schlechtes Gewissen? Weil du in letzter Zeit mehr auf meinen als auf seinen Baustellen gewesen bist?«
Francesco gab keine Antwort. Lorenzo schielte ihn von der Seite

an. Waren das Regentropfen auf seinen Wangen oder tatsächlich Tränen?

»Was bist du nur für ein komischer Kauz!«, sagte er und packte Francesco am Arm. »Wir zwei haben jetzt für alle Zeiten ausgesorgt. Stell dir vor, ich habe nicht nur den Dom, sondern auch den Palazzo Barberini von Maderno geerbt. Und du bist mein *assistente*, auf beiden Baustellen und auf allen anderen, die noch hinzukommen werden. Das verspreche ich dir.«

Endlich drehte Francesco sich zu ihm um. Die scharfe Falte zwischen seinen Augen versprach nichts Gutes.

»Daraus wird nichts«, sagte er. »Du musst dir einen anderen suchen.«

»Wie bitte? Bist du jetzt beleidigt?«

»Nein. Ich gründe eine eigene Werkstatt – als Architekt.«

»*Was* willst du? Wovon willst du leben?«

»Ich kann ein paar kleine Aufträge übernehmen, die Maderno mir hinterlassen hat. Er hat mich noch auf dem Totenbett empfohlen.«

»Mir kommen die Tränen!«, rief Lorenzo wütend. »Und was wird aus mir? Wie soll ich die ganze Arbeit schaffen, ohne dich? Der Altar, der Palazzo, die neuen Türme am Pantheon, die ich nur bauen muss, weil dein Maderno die Idee hatte, den Dachstuhl auszuplündern – von der Büste des englischen Königs, die Urban mir aufgehalst hat, gar nicht zu reden!«

»Du schaffst das schon. Du hast immer geschafft, was du wolltest. Außerdem hast du ja deinen Vater und deinen Bruder.«

»Undankbar bist du! Wer hat die Aufträge für deine Steinmetze besorgt, am Pantheon und im Dom? Ich war das! Ich! Ich! Ich! Ohne meine Hilfe wäret ihr alle verhungert. – Aber was tue ich da?«, unterbrach er sich plötzlich und schlug sich vor den Kopf. »Bin ich jetzt auch verrückt geworden? Nein, ich will nicht mit dir streiten. Du bist mein bester Freund.«

Lorenzo nahm den Hut ab, kniete nieder vor dem Grab und schlug das Kreuzzeichen, um ein Vaterunser für den Toten zu beten. Die tausendmal gesprochenen Worte waren Balsam für seine Seele. Wieder und wieder flüsterte er sie, mehr als ein dutzend Mal. Als er sich endlich beruhigt hatte, erhob er sich, nahm die Schaufel, die neben dem Grab im Boden steckte, und warf damit Erde auf den Sarg, bevor er wieder die Hände faltete wie Francesco, der an seiner Seite mit einer stummen Verbeugung Abschied von Maderno nahm.

»Zugegeben, er war ein großer Architekt«, murmelte Lorenzo, für einen Augenblick ergriffen, und starrte auf den mit Erde und Blumen bedeckten Sarg. »Glaub mir, ich wäre gern früher gekommen, aber ich kann Beerdigungen nicht ertragen. Wenn ich mir vorstelle, dass ich eines Tages auch in so einer Holzkiste liege und die Würmer an mir nagen ...« Er schüttelte sich, als könne er damit den Gedanken verscheuchen, und blickte Francesco an. »Jetzt sag endlich, warum willst du nicht bei mir bleiben? Musstest du zu viel arbeiten? Habe ich dir zu wenig gezahlt?«

Francesco schien ihn nicht zu hören. Mit bloßem Kopf, das Haar ganz nass, stand er da und schaute über das Grab hinweg, als suche er etwas in dem grauen Regenhimmel. Er war der seltsamste Mensch, den Lorenzo kannte, so vollkommen anders als er selbst: ein störrischer Eigenbrötler, der niemals lachte, stets in sich gekehrt war, manchmal geradezu verstockt, dabei stolz und jähzornig. Trotzdem mochte Lorenzo ihn, ja, liebte ihn sogar mehr als seinen eigenen Bruder – Francesco war der einzige Mensch, der ihm widersprechen durfte. Warum nur? Weil er Eigenschaften besaß, die ihm, Lorenzo, fehlten? Nein, es war mehr als technisches Geschick, Sorgfalt, Fleiß. Es war etwas Tieferes, etwas Schicksalhaftes, das sie miteinander verband. So wie zwei Zwillinge, die für alle Zeiten miteinander verbunden waren.

»Es gibt eine Frau«, sagte Francesco endlich, wie zu sich selbst. »Seit ich ein Mann bin, habe ich auf sie gewartet, und jetzt bin ich ihr begegnet. Aber sie verachtet mich, weil ich ein Steinmetz bin. Sie geht mir aus dem Weg.«

»Ach, so ist das!« Lorenzo pfiff leise durch die Zähne. »Das ist

allerdings ein Grund, den ich verstehe. Aber glaubst du«, fragte er dann behutsam und vorsichtig, »sie wird Respekt vor dir haben, wenn du nur die Reste erledigst, die Maderno übrig gelassen hat? Hier ein Mäuerchen hochziehen? Da ein bisschen Hausschwamm beseitigen? Frauen lieben Helden, keine Flickschuster. Sie wollen einen Mann bewundern.« Für eine Sekunde hatte Lorenzo das Gefühl, dass Francesco stutzig wurde. »Komm«, sagte er rasch, »lass uns einen Pakt schließen, hier, am Grab deines Lehrmeisters! Wir wollen uns zusammentun! Und Kirchen und Paläste bauen, wie die Welt noch keine gesehen hat!«
»Ich weiß dein Angebot zu schätzen, Lorenzo, aber ...«
»Kein Aber!«
»Doch«, beharrte Francesco. »Ich muss es alleine schaffen.«
»Unsinn! Meinst du, es ist Zufall, dass wir uns begegnet sind? Nein, das ist ... das ist Gottes Wille!«, rief er, wie von einer Eingebung übermannt. »Gott will, dass wir uns zusammentun. Jeder für sich, sind wir nur zwei Fürze im Universum. Aber zusammen – da können wir wirklich Großes vollbringen! Der Altar ist erst der Anfang. Wir werden den ganzen verdammten Dom neu bauen – die Fassade, die Piazza.«
»Lass Gott aus dem Spiel, Lorenzo! Du glaubst doch höchstens an den Papst. Und der hat *dich* zu seinem Dombaumeister ernannt. Nicht mich.«
»Denk an deine Glockentürme für Sankt Peter! So großartige Pläne! Sie können Wirklichkeit werden.« Lorenzo fasste ihn an den Schultern und schüttelte ihn. »Willst du auf die Glockentürme verzichten, um irgendwann vielleicht mal öffentliche Scheißhäuser zu bauen? Nur damit du sagen kannst, ich bin mein eigener Herr? Ist es das wert?« Er streckte Francesco seine Hand entgegen. »Komm, sei nicht dumm! Schlag ein!«
Francesco zögerte. Irgendwo riss der Wolkenhimmel auf, und plötzlich spannte sich ein riesiger, in allen Farben schillernder Regenbogen über den Friedhof.
»Siehst du?« Lorenzo lachte. »Das ist ein Zeichen! Los, worauf

wartest du noch? Tu's für die Frau, auf die du dein Leben lang gewartet hast!«

Aber Francesco konnte sich immer noch nicht entschließen. »Versprichst du mir, dass wir die Glockentürme wirklich bauen?«, fragte er.

»Natürlich! Wenn du willst, kannst du sie mit deinen verrückten Cherubinen schmücken, die ganze Fassade, von oben bis unten.«

»Und du wirst meine Pläne nie als deine Entwürfe ausgeben?«

»Mein Wort drauf! Maderno sei mein Zeuge.«

Endlich reichte Francesco ihm die Hand. »Dann wollen wir es mit Gottes Hilfe wagen.«

»Na also!«, rief Lorenzo und nahm die angebotene Hand. »Jesus, wie ich mich freue! Und damit du siehst, dass ich es ernst meine: Ich habe bereits mit dem Papst gesprochen. Urban ist bereit, dir für deine Arbeit am Altar jeden Monat fünfundzwanzig Scudi zu zahlen. Das sind fast zehn Scudi mehr, als ich bekomme – der Dombaumeister!« Er drückte Francesco an sich und küsste ihn auf beide Wangen. »Ja, du und ich, wir werden es schaffen! Wir werden das neue Rom bauen, den Vorgarten des Paradieses! Michelangelo wird neben uns ein Zwerg sein.«

16

Die Mantelsäcke und Kleidertaschen waren in große Holzkoffer gepackt, dazu ein Dutzend silberner Besteckgabeln – Donna Olimpias Geschenk zu Clarissas Hochzeit. Mit der Kutsche, nicht zu Pferde, sollte es zurück nach England gehen: an Mailand und dem Großen See vorbei über den Simplon-Pass via Lyon hinauf an die französische Nordküste, unter Vermeidung von Flandern und Deutschland, wo man noch immer Gefahr lief, in die Wirrnisse des nicht enden wollenden Glaubenskrieges zu geraten.

Clarissa hatte entgegen ihrer Absicht nun doch in Rom überwintern müssen. Ausgerechnet William, der es gar nicht erwarten konnte, wieder in die geliebte Heimat zu gelangen, hatte die Verzögerung verursacht. Aufgrund seiner Ungeduld, die ihn vom Krankenlager in den Dom getrieben hatte, war aus der fiebrigen Erkältung eine Lungenentzündung geworden, sodass sie vor Einbruch des Winters nicht mehr die Alpen hatten überqueren können.

Schwarz vermummte Kapuzenmänner hatten William klistiert und zur Ader gelassen, seinen siechen Leib mit Schröpfköpfen und Blutegeln traktiert, bis er von Behandlung zu Behandlung schwächer geworden war, und es stand für ihn außer Frage, dass er an der Heilkunst der römischen Ärzte elend zugrunde gegangen wäre, wenn er nicht unter Aufbietung seiner letzten Kräfte nach dem Genuss eines großen, mit Pfeffer gewürzten Glases Branntwein, das ihm ein unvorsichtiger Professor der Medizin zur Stärkung verabreicht hatte, diesem sein schweinsledergebundenes Tagebuch über den gelehrten Schädel gezogen hätte, ein Angriff, der nicht nur den Professor, sondern auch seine Kollegen für immer von Williams Krankenbett vertrieb.

Und Clarissa? Arme Clarissa! Sie hatte auf ihren Verstand, nicht auf ihr Herz gehört und Francesco Castelli nicht wieder gesehen, den ganzen Winter über kein einziges Mal. Dreimal am Tag betete sie den Angelus, am Morgen, am Mittag und am Abend, und wann immer Castelli im Palazzo Pamphili erwartet wurde, wo seine Arbeiter das Mauerwerk vom Hausschwamm befreiten, verließ sie in Begleitung ihrer Cousine oder ihres Tutors das Haus. Sie besichtigte die Sixtinische Kapelle mit Michelangelos »Jüngstem Gericht«, die Laterankirche, die noch heiliger war als der Petersdom, die Antikensammlung im Vatikan, den Circus Maximus und das Colosseum. Sie stand im Forum Romanum vor der Statue, zu deren Füßen Brutus einst Julius Caesar erstach, sie überquerte die Brücke, wo ein römischer Soldat vor vielen hundert Jahren allein eine ganze feindliche Armee aufgehalten hatte, sie erklomm auf den Knien die Heilige Treppe, die Jesus vor seiner Verurteilung zum Palast von Pontius Pilatus in Jerusalem hinaufgestiegen war. Und sie fuhr mit der Kutsche auf alle sieben Hügel Roms, von denen man den herrlichsten Blick über die Stadt hatte, sodass sie bald jedes größere Bauwerk aus der Ferne erkannte und beim Namen nennen konnte.

Doch bereiteten diese Ausflüge ihr Vergnügen? Ach nein! Die großartigsten Orte und Ansichten berührten sie so wenig wie die säuerliche Miene, mit der Principe Pamphili ihr im Palazzo begegnete. Vor jeder Kirche, vor jedem Palast kam ihr Castelli in den Sinn. Was hätte sie darum gegeben, an seiner Seite die Stadt zu erkunden! Seinen Erklärungen zu lauschen, mit seiner Hilfe die verborgene Ordnung in dem Wirrwarr der Gassen, Straßen und Plätze zu entdecken. Wie sehr vermisste sie seine Gegenwart! Den warmen Klang seiner Stimme. Das begeisterte Leuchten in seinen Augen. Seine Andacht, seinen Ernst, seinen Stolz. Und vor allem sein Lächeln …

Clarissa kehrte an solchen Tagen erst wieder heim, wenn sie ganz sicher war, Castelli nicht mehr zu begegnen, obwohl sie sich nichts sehnlicher wünschte als dies. Er war ihr so nah und doch so fern – würde sie je wieder glücklich sein? Da Olimpia inzwischen so gut lesen und schreiben konnte wie sie und keinen Unterricht mehr benötigte, verbrachte Clarissa die langen, dunklen Abende damit, Williams Reiseberichte ins Reine zu übertragen, um sich von den schmerzlichen Gedanken und Fragen abzulenken, bei denen ihr oft die Tränen kamen, sodass sie am Ende eines Winters, in dem sie, wie ihr schien, für alle Zeit das Lachen verlernt hatte, erleichtert war, Rom, die Stadt, die sie einst mit solcher Neugier und so großen Hoffnungen betreten hatte, wieder verlassen zu können.

An einem Montag sollte die Abreise sein. Doch zuvor hatte Clarissa noch eine Aufgabe zu erfüllen. Auf Betreiben ihrer Cousine sollte sie zusammen mit dem britischen Gesandten im Namen des englischen Königspaars einen Künstler ehren. Sie hatte von diesem Mann, der angeblich die Römer schon als Kind zu Begeisterungsstürmen hingerissen hatte, mehr gehört als ihr lieb war, auch waren ihr viele seiner Werke vertraut, doch drängte es sie keineswegs, ihn kennen zu lernen. Denn dieser Mann genoss in der Stadt einen solchen Ruhm, als gebe es keinen anderen Künstler außer ihm, was, das wusste niemand besser als Clarissa, ein himmelschreiendes Unrecht war.

»Da sagen die Leute, Kunst geht nach Brot«, seufzte Lord Henry Wotton, als er sie im Palast der Könige von England empfing, »doch wenn Sie mich fragen, verhält es sich umgekehrt. Sechstausend Scudi! Ein solches Prachtjuwel für einen Bildhauer!« Dabei händigte er ihr eine geöffnete Schatulle aus, auf deren schwarzem Samtbett ein Ring mit einem walnussgroßen Smaragd funkelte. »Aber da kommt der Cavaliere ja schon!«

Alle Köpfe flogen herum. Durch die Flügeltür, die zwei livrierte Diener offen hielten, betrat ein junger Mann den Saal, den Kopf im Nacken, mit gezogenem Hut und wehendem Haar. Hinter sich ein Gefolge wie ein regierender Fürst, kam er direkt auf sie zu. Die Gespräche verstummten, vereinzelte Ahs und Ohs wurden laut, selbst die Marmorfiguren, die zu diesem Anlass in der Gesandtschaft aufgestellt waren, schienen dem Besucher ihre Referenz zu erweisen. Genau so hatte Clarissa sich diesen Bernini vorgestellt.

»Ich verneige mich vor der englischen Nation. Vor ihrer Macht und vor ihrer Schönheit.«

Er grüßte erst in Lord Wottons, dann in Clarissas Richtung, mit einem spöttischen Lächeln um seinen Mund, den ein feiner Oberlippenbart zierte. Was für ein eingebildeter Mensch! Selbst seine Verbeugung war Ausdruck seines Hochmuts. Dabei war er kaum größer als sie, obwohl er zu seinen seidenen Kniehosen und Strümpfen Schnallenschuhe nach französischer Mode trug, mit so hohen Absätzen, wie Clarissa zuvor noch keine bei einem Mann gesehen hatte. Sie hatte nur den Wunsch, die Sache so schnell wie möglich hinter sich zu bringen.

»Ich soll Ihnen im Namen meiner Königin Dank sagen für die

Büste, die Sie von ihrem Gatten, König Karl I., angefertigt haben. Man zeigt sich erstaunt, mit welcher Ähnlichkeit Sie Seine Majestät nach den Bildnissen des Herrn van Dyck getroffen haben.«

»Bitten Sie die Königin in meinem Namen um Verzeihung für die kleinen dunklen Flecken, die, der Natur des Marmors entsprechend, auf der Stirn ihres Gemahls geblieben sind. Doch kann ich versichern, sie werden verschwinden, sobald Seine Majestät Katholik geworden ist.«

Was für eine ungezogene Bemerkung! Clarissa beschloss, auf die weiteren Komplimente, die sie ausrichten sollte, zu verzichten, und beendete ihre kurze Rede gleich mit den Worten, mit denen König Karl den Ring auf die Reise geschickt hatte.

»Möge der Stein die Hand krönen, die das Werk geschaffen hat!«

»Das muss ein Irrtum sein, Principessa«, erwiderte Bernini. »Der Stein hat die Farbe Ihrer Augen. Wie viel besser stünde er Ihnen zu Gesicht als mir! Doch ich fürchte, ich kann das Geschenk nicht ablehnen, ohne eine Königin zu beleidigen.«

Flink wie ein Taschendieb nahm er den Smaragdring samt Schatulle und ließ beides in seinen goldbestickten Rock gleiten. Lord Wotton gab dem Orchester, das unweit des Eingangs auf einem Podium platziert war, ein Zeichen, die Musik setzte ein und die Gäste formierten sich zum Tanz. Sich in das Unvermeidliche fügend, hob Clarissa die Hand, um sie Bernini zu reichen, doch zu ihrer Überraschung forderte er nicht sie, sondern Donna Olimpia auf.

»Was für ein Benehmen!«, entfuhr es ihr.

»Leider kann ich es nicht wieder gutmachen.« Wotton seufzte. »Ich bin ein so schlechter Tänzer, dass allein der Versuch eine Straftat wäre. Bitte entschuldigen Sie mich – die Gäste.«

Verdutzt und empört griff Clarissa nach dem Glas Rotwein, das ein Diener ihr reichte. Ihre Hände zitterten, als sie einen Schluck trank. Über den Rand des Glases schaute sie zu, wie Bernini mit ihrer Cousine die Sarabande anführte. Warum regte sie sich so auf? Weil er sich über den Glauben ihres Königs lustig gemacht hatte? Oder weil es seine Pflicht gewesen wäre, mit ihr zu tanzen? Ha, er konnte sie nicht beleidigen! Sie war im Gegenteil froh, dass ihr der Tanz mit diesem eitlen Pfau erspart blieb. Wie er nur mit seinen hohen Schuhen die Füße setzte! Geziert wie eine Frau. Während er tanzte, wedelte er sich mit einem Fächer frische Luft zu, gleichzeitig scherzte und lachte er in einem fort mit Olimpia, ohne ein einziges Mal aus dem Takt zu geraten. Nun ja, tanzen konnte jeder Italiener. Was sie nur die ganze Zeit miteinander zu reden hatten?

Plötzlich trafen sich ihre Blicke. Schneller als er ihr zunicken konnte, drehte Clarissa ihm den Rücken zu.

Zwei große Augen schauten sie erwartungsvoll an: das Marmorbildnis einer Frau. Mit leicht gerunzelter Stirn öffnete sie die vollen Lippen, als würde sie gerade überrascht. Der Ausdruck in diesem Gesicht verwirrte Clarissa und faszinierte sie zugleich. Obwohl die fremde Frau ihr nicht im Geringsten ähnlich sah, hatte sie plötzlich das Gefühl, sie schaue in einen Spiegel.

»Sie interessieren sich für meine Arbeit?« Clarissa fuhr so heftig herum, dass sie den Inhalt ihres Glases verschüttete. Bernini lächelte sie an.

»Es wäre mir eine große Ehre«, sagte er, »wenn Sie mich einmal in meinem Atelier besuchen würden.«

»Ich reise übermorgen ab – für immer.«

»Dann haben Sie einen ganzen Tag Zeit für Ihren Besuch.«

»Ganz gewiss nicht!« Erst jetzt sah sie, dass sie ihren Wein über die Marmorbüste gegossen hatte. Wie ein rötlicher Schleier lief er über das steinerne Gesicht. »Oh, das tut mir Leid!«, sagte sie. »Ich komme natürlich für den Schaden auf. Nennen Sie mir eine Summe!«

»Schaden?«, rief er aus. »Sie beschämen mich! So ist das Werk erst vollkommen! Sehen Sie nur, wie reizend die Schöne errötet! Als hätte man sie gerade bei einer kleinen Sünde ertappt. Ich könnte mich ohrfeigen, dass ich nicht selbst auf die Idee gekommen bin.«

Er lächelte schon wieder. Wollte er sich über sie lustig machen? Aus irgendeinem Grund fing ihr Herz an zu klopfen und ihr Mund wurde trocken. Was hatte das zu bedeuten? Sie war doch gar nicht aufgeregt. Sie nahm ein frisches Glas Wein und leerte es in einem Zug.

»Wollen Sie mich nicht doch besuchen?«, fragte er und wedelte mit seinem Fächer.

Clarissa beschloss, das Thema zu wechseln.

»Sind alle Skulpturen hier von Ihnen?«

»Meinen Sie hier im Palast oder hier in Rom?«

Sie überhörte diesen weiteren Beweis seines Hochmuts und sagte sehr von oben herab: »Ich stelle mir das furchtbar mühsam vor, so eine Bildsäule zu meißeln.«

»Mühsam? Überhaupt nicht!« Er lachte. »Es ist doch alles schon da! Was immer es werden soll, ob ein segnender Kardinal oder eine badende Frau, der Marmorblock enthält jede Figur, die Sie sich vorstellen können.«

»Wie bitte?«

»Aber ja doch! Sie müssen nur den überflüssigen Stein entfernen.«

Gegen ihren Willen musste Clarissa lachen. Hatte sie vielleicht zu schnell getrunken? Sie stellte ihr Glas ab, ohne Bernini aus den Augen zu lassen. Wie frech er sie angrinste! Zu ihrer Verwunderung ärgerte sie sich nicht einmal darüber.

»Und der Cherub da?«, fragte sie und zeigte auf die Büste eines verzweifelt aufschreienden Mannes. »Hatte der sich auch im Marmor versteckt?«

»Cherub?«, fragte Bernini verwundert. »Wie kommen Sie darauf? Cherubine sind die glücklichsten Geschöpfe, die es gibt. Sie jauchzen und frohlocken immerzu.«

»Ich dachte, sie leiden unter Gottes Nähe? Weil sie selber unvollkommen sind.«

»Unsinn! Nein, die Büste stellt eine verdammte Seele in der Hölle dar. Lassen wir sie also weiter dort schmoren! Doch sagen Sie, welche Skulptur gefällt Ihnen am besten?«

Clarissa schaute sich um. Der Priap, der schamlos vor einem Fenster prangte, ganz sicher nicht, ebenso wenig die Marmorziege, die einen Knaben säugte. Vielleicht der David am Ende des Saales? Nein, der kam auch nicht in Frage. Sein Gesicht ähnelte dem seines Schöpfers.
»Was für ein Paar ist das dort drüben?«
»Sie meinen Apollo und Daphne? Ich bewundere Ihren Geschmack!«
Er klappte seinen Fächer zu und ließ ihn in der Spitzenstulpe seines Ärmels verschwinden. Dann reichte er ihr seinen Arm und führte sie durch eine offene Verbindungstür in den Nebenraum, wo sie zuerst nur Apollos Rücken und Daphnes fliegende Haare erblickte, zusammen mit einem Paar Hände, die sich allmählich in Lorbeerzweige verwandelten.
»Ich habe sie absichtlich so aufstellen lassen. Damit man alles nach und nach entdeckt.«
Erst von hier aus, in der Mitte des Raumes, konnte Clarissa in die Gesichter der Figuren schauen. Sie sahen aus, als wollten sie durch das Fenster gegenüber in den Garten laufen. Am Sockel waren zwei Verse eingemeißelt.
»›Der Liebende, der vergängliche Schönheit umklammern wollte, pflückt bittere Frucht; er wird nur trockene Blätter ergreifen.‹ Was hat das zu bedeuten?«
»Das hat Papst Urban gedichtet.« Bernini lachte. »Damit ein keuscher Betrachter keinen Anstoß nimmt. Ein Kardinal hat nämlich gesagt, er wolle die Figur nicht in seinem Haus haben – ein so schönes nacktes Mädchen raube ihm die Nachtruhe.«
Dabei grinste er schon wieder! Was für eine Frechheit! Aber wenn er sich einbildete, sie auf diese Weise einzuschüchtern, hatte er sich geirrt!
»Kann es sein, dass ich den Apollo schon mal gesehen habe?«, fragte sie. »Er erinnert mich an den vom Belvederehof im Vatikan.«
»Natürlich tut er das!«, rief Bernini. »Den habe ich ja kopiert! Warum sollte ich versuchen, etwas Vollkommenes zu verbes-

sern? Aber erkennen Sie auch die Unterschiede? Das ruhige Gesicht, das Sie im Belvedere gesehen haben, ist jetzt ganz außer Atem von der Jagd nach der Geliebten, und schauen Sie nur, wie er staunt! Kein Wunder, wenn die Nymphe, die er mit solcher Sehnsucht begehrt, sich vor seinen Augen in einen Lorbeerbaum verwandelt, um ihm zu entkommen. Armer Apoll! Frauen können so grausam sein.«

»Was für eine seltsame Geschichte«, sagte sie. »Und das hat alles in dem Marmorblock gesteckt?«

»Ja, von Anfang an.« Er nickte, und seine Augen sprühten vor Begeisterung. »Als Idee. Dieser eine Augenblick, in dem sich alles entscheidet: Was wird siegen – ihre Tugend oder sein Begehren? Wenn ich die Idee weiß, brauche ich nur den Meißel in die Hand zu nehmen, und der überflüssige Stein fällt ganz von allein ab. Dann verschlinge ich den Marmor regelrecht und kann überhaupt keinen falschen Schlag mehr tun. Ja, die Idee«, wiederholte er, »der überraschende Einfall, darauf kommt alles an!«

Er führte sie von Skulptur zu Skulptur, erklärte ihr, warum er die jeweilige Figur so und nicht anders gestaltet hatte, von welcher Idee sie beseelt war. Unwillkürlich musste Clarissa an Francesco Castelli denken, wie er über seine Arbeit gesprochen hatte. Wie passte das zusammen? Beide waren Künstler, und doch konnten sie unterschiedlicher nicht sein. Castelli hatte ihr Gottes Willen in der Kuppel des Petersdoms gezeigt, die Ordnung der Schöpfung im Alphabet der Architektur – so ernst und erhaben wie die himmlische Ewigkeit. Und hier, bei Bernini und seinen Skulpturen, spürte sie nichts als Lebenslust und menschliche Glückseligkeit; alles schien ganz leicht und mühelos, als wäre die Kunst nur ein grandioses Spiel.

»Kunst«, sagte Bernini, als hätte er ihre Gedanken erraten, »ist eine Lüge, die uns die Wahrheit erkennen lässt. Sie ist das einzig Ernsthafte auf der Welt. Darum darf sie niemals ernsthaft sein.«

Wieder musste sie lachen. Erst jetzt merkte sie, dass sie seit Monaten nicht mehr so oft gelacht hatte wie in der letzten halben

Stunde. Wie konnte das nur sein? Fast bedauerte sie, dass sie in zwei Tagen abreisen würde. Musste sie darum ein schlechtes Gewissen haben?

Sie kehrten zu der Frauenbüste zurück, von der aus sie ihren Rundgang begonnen hatten. Clarissa zog ein Tuch aus ihrem Ärmel, um das Marmorgesicht von dem verschütteten Wein zu reinigen.

Als sie die Augen der steinernen Frau sah, zuckte sie zusammen.

»Was haben Sie? Sie erstarren ja wie Daphne vor Apoll!«

Clarissa war wie betäubt. Erst jetzt begriff sie, weshalb dieses Gesicht sie so sehr irritiert hatte. Aus den Augen der Frau sprach dieselbe Unruhe, dasselbe rastlose Verlangen, das sie selbst schon verspürt hatte, jenes Drängen und Sehnen, das sich auf nichts und gleichzeitig alles zu richten schien. Das war es, was das glatte, weiß schimmernde Gesicht beseelte. Wie tief musste der Schöpfer dieser Figur in das Herz einer Frau schauen können! Eine Frage drängte sich ihr auf, und obwohl sie wusste, dass sie sie nicht stellen sollte, sprach sie sie aus.

»Wer hat Ihnen Modell gesessen?«

»Die Frau eines Gehilfen. Warum?«

Sie antwortete nicht, unfähig zu sprechen, so stark war die Verwirrung, die sie übermannte. Denn plötzlich verspürte sie einen Wunsch, den sie zugleich wie eine gefährliche Bedrohung empfand: Sie wünschte sich an die Stelle jener fremden Frau.

Ohne ein Wort der Verabschiedung wandte sie sich ab und ließ Bernini stehen.

Als sie am Abend in den Palazzo Pamphili zurückkehrte, erwartete William sie mit einem Brief.

»Eine Eildepesche«, sagte er mit bedeutungsvoller Miene. »Aus England.«

Clarissa blickte auf den Absender: Der Brief stammte von Lord McKinney, ihrem künftigen Ehemann. Sie riss das Kuvert auf und überflog die Zeilen. Als sie ans Ende des Schreibens gelangt war, runzelte sie die Brauen und kehrte noch einmal an den Anfang zurück. Was schrieb McKinney da?

»... *König Karl hat beschlossen, künftig ohne Parlament zu regieren. Niemand kann sagen, was nun geschehen wird. Das Schicksal Ihrer wie meiner Familie steht in den Sternen. Es drohen Verbannung und Enteignung. Als Katholikin zählen Sie ebenso zu den Dissenters wie ich als Presbyterianer. Bleiben Sie vorerst in Rom, ich flehe Sie an, bis sich die Lage geklärt hat* ...«

Clarissa konnte kaum glauben, was sie gelesen hatte. Sie war bestürzt – und zugleich fiel ihr ein Stein vom Herzen.

»Vergebung, Principessa ...«

Clarissa drehte sich um. Vor ihr stand ein Diener mit einem riesigen, über und über mit Früchten beladenen Korb.

»Der wurde soeben für Sie abgegeben. Mit einer Empfehlung von Cavaliere Bernini.«

17

Was für eine kluge Einrichtung war doch die göttliche Vorsehung! Zumindest durfte das Konklave der Kardinäle, inspiriert vom Heiligen Geist, für sich in Anspruch nehmen, bei der letzten Papstwahl die richtige Entscheidung getroffen zu haben. Denn während Urban VIII. sich auch im siebenten Jahr seines Pontifikats nach wie vor bester Gesundheit erfreute, segnete sein ewig kränkelnder Bruder Carlo, der ihm den Vortritt hatte lassen müssen, um sich mit dem Amt des Befehlshabers der päpstlichen Truppen zu begnügen, am 25. Februar 1630 das Zeitliche, im Alter von achtundsechzig Jahren.

»Fast möchte ich meinen Bruder beneiden«, sagte Urban, als er Lorenzo Bernini mit der Gestaltung der Trauerfeierlichkeiten beauftragte. »Die Römer verzeihen einem Papst alles – nur kein langes Leben. Und wir regieren nun schon viele Jahre.«

Lorenzo hätte den Auftrag am liebsten abgelehnt. Wochen und Monate musste er sich nun mit der menschlichen Vergänglichkeit beschäftigen – was für ein Graus! Dabei war er dem Leben so sehr zugetan, dass er nicht mal den Gedanken an den Tod ertrug, ja oft das Zimmer verließ, wenn nur das Wort ausgesprochen wurde. Selbst der Anblick des Kreuzes, an dem der tote Christus hing, erfüllte ihn mit Brechreiz.
Gott sei Dank, dass ihm auch bei dieser Aufgabe Francesco Castelli zur Seite stand! Die Zeit drängte, die Totenfeier sollte im August stattfinden, um das Volk möglichst bald für den entgangenen Karneval zu entschädigen, der in diesem Jahr wegen drohender Pestgefahr hatte ausfallen müssen. Obwohl Lorenzo sich täglich zur Arbeit zwingen musste, war er entschlossen, das Publikum mit einem phantastischen Einfall zu verblüffen. Wenn er sich schon genötigt sah, den Tod zu preisen, dann als grandioses Spektakel. Für das Trauergerüst, in dem die Urne des Verstorbenen ausgestellt werden sollte, entwarf er einen Katafalk, auf dessen Kuppel der Tod in Gestalt eines Fahne schwingenden Gerippes triumphierte, ein Einfall, dessen Ausführung er Francesco überließ, samt einem Heer von Malern, Kunsttischlern, Goldschmieden, Schneidern und Stuckbildnern.
Am 3. August wurde die Totenmesse gelesen, in Santa Maria in Aracoeli. Bei der Inszenierung betrieb Lorenzo einen solchen Pomp, dass die Trauerfeier schließlich zu einem grandiosen Triumph des Lebens über den Tod geriet. Der Kavalkade der Barberini, bestehend aus über tausend Reitern, folgten die prachtvoll geschmückten Equipagen der Kardinalsfamilien, von denen manche hundert Mitglieder umfassten, ein viele Meilen langer Zug, den Bürger und Bettler, Gaukler und Edelleute auf dem Weg zur Kirche bestaunten. Diese war ein einziges Blumenmeer, eingehüllt in Wolken von Weihrauch. Reden wurden gehalten, Schauspiele aufgeführt, Chöre gesungen, und der Kastrat Bonaventura, die lieblichste Stimme Roms, intonierte eine Komposition, die Claudio Monteverdi, Kapellmeister der

Markuskirche von Venedig, eigens für diesen Anlass geschrieben hatte.

Während auf den Straßen die Feierlichkeiten in die an solchen Tagen üblichen Prügeleien übergingen, fand ein Teil der Trauergemeinde sich im Capitol ein, dem Palast des römischen Rats und Volkes, der nur wenige Treppenstufen oberhalb der Kirche lag. Der Kardinalpräfekt der Stadt Rom, Sohn des verstorbenen Kirchenfürsten und Urbans Neffe, hatte geladen, um Lorenzo Bernini für seine Gestaltung der Exequien und insbesondere des Trauergerüsts mit der Verleihung der Bürgerrechte auszuzeichnen, zusammen mit einer Sondergratifikation von fünfhundert Scudi.

»Ist der Tod das Tor zum Leben«, sagte der Präfekt, als er ihm die Goldkette zum Zeichen seiner neuen Würde um den Hals hängte, »muss es ein Vergnügen sein, dieses Tor mit deiner Hilfe zu durchschreiten.«

Als Lorenzo sich wieder aufrichtete, blieb ihm fast das Herz stehen. Ein Gesicht von solcher Schönheit, dass ihm die Augen wehtaten, lächelte ihn aus der Ferne an. Irritiert stammelte er seinen Dank, ließ den Präfekten stehen und bahnte sich einen Weg durch die Menge, vorbei an den Bischöfen und Kardinälen mit ihren Familiaren, den Barberinis und Borgheses, den Chigis und Ludovisis, den Rospigliosis und Aldrobandinis, vorbei sogar an Papst Urban, der ihn, umringt von seinen Nepoten, mit erhobener Hand von seinem Thron herab grüßte, bis er, fast am Ende des Saales, das kleine Häuflein der Pamphilis erreichte.

»Haben Sie Dank für die köstlichen Früchte, die Sie uns geschickt haben!«, empfing ihn Donna Olimpia. »Darf ich Sie mit meinem Schwager bekannt machen? Monsignore Pamphili ist gerade als Nuntius aus Spanien zurückgekehrt.«

Lorenzo erwiderte ihren Gruß so wenig wie den des hässlichen Mannes an ihrer Seite. Er war wie gebannt von den zwei smaragdgrünen Augen, die ihn nun aus der Nähe anblickten.

»Was für ein Glück, Sie wieder zu sehen, Principessa. Ich dachte –

nein, fürchtete! –, Sie wären zurück in Ihrer englischen Heimat.«

Clarissa öffnete den Mund, um etwas zu sagen, doch ihre Cousine kam ihr zuvor: »Ich gratuliere Ihnen zu der goldenen Kette, Cavaliere. Sie passt ausgezeichnet zu Ihrem Ring. Die Götter scheinen Sie zu lieben.«

»Die Götter?«, erwiderte Lorenzo, ohne den Blick von Clarissa zu wenden. »Wer weiß? Doch will ich nicht klagen, solange es der eine Gott und seine Stellvertreter tun.«

»Sie meinen den Papst und das Heilige Kolleg?«, fragte Donna Olimpia.

»Ich meine Amor, den Gott der Liebe, und seine irdischen Boten.«

Ein Rosa, so zart wie das Licht des Tagesanbruchs, hüllte Clarissa ein. Sie war so schön, dass nicht einmal Lorenzo wusste, wie er sie noch schöner hätte erschaffen können.

»Der Gott der Liebe heißt nicht Amor, sondern Jesus Christus«, entgegnete der Nuntius mit mürrischer Miene. »Und Demut ist seine Lehre. Geben Sie Acht, Cavaliere, dass die goldene Kette um Ihren Hals sich nicht eines Tages in einen Strick aus Hanf verwandelt!«

»Monsignore«, unterbrach ihn Donna Olimpia, »wollten wir nicht der *famiglia* des Papstes unsere Aufwartung machen?«

Mit einem kurzen, bösen Blick in Lorenzos Richtung reichte Pamphili ihr seinen Arm. Lorenzo zog den Hut. Während die zwei in der Menge verschwanden, hatte er für eine Sekunde ein ungutes Gefühl. War es ein Fehler gewesen, den Monsignore so zu missachten? Man sagte ihm eine große Zukunft voraus, und von Donna Olimpia hieß es, sie sei der einzige Mann in Rom – wer weiß, was aus dieser Familie noch werden konnte? Doch im nächsten Moment waren die unangenehmen Gedanken verflogen. Was kümmerte ihn die Politik? Hauptsache, er war mit der englischen Principessa allein!

Umso größer war seine Verwunderung, als er sich zu ihr umdrehte. Castelli, sein *assistente*, verneigte sich gerade vor ihr, und sie schien seine Huldigung gern entgegenzunehmen, obwohl Francesco sich so unelegant bewegte wie ein Sägebock.

»Nanu, Sie kennen meinen Gehilfen?«, fragte Lorenzo.

Francesco lief puterrot an. »Ich wollte dir melden«, brachte er hustend hervor, »draußen der Pöbel ... Ich habe bereits meine Leute angewiesen ...« Ein erneuter Hustenanfall ließ ihn verstummen.

»Wir sind einander vor geraumer Zeit im Dom begegnet«, erklärte Clarissa. »Signor Castelli war so freundlich, mir die Sehenswürdigkeiten dort zu zeigen.«

»Oh«, rief Lorenzo erfreut, »dann haben Sie sicher auch meinen Altar gesehen. In aller Bescheidenheit, Principessa, er wird das achte Weltwunder sein, wenn er erst vollendet ist. Das darf ich sagen, weil er weniger mein Werk ist als das meines *assistente*.« Beim Sprechen legte er seinen Arm um Francescos Schulter. »Sie müssen wissen, ohne Signor Castelli bin ich hilflos wie ein Säugling. Der phantastischste Einfall ist nichts wert ohne die technische Ausführung. Auch der Katafalk, den heute ganz Rom bewundert hat, wäre ohne seine Hilfe niemals entstanden.«

»Warum hat man Signor Castelli dann nicht zusammen mit Ihnen ausgezeichnet?«, fragte Clarissa und runzelte dabei ihre Stirn in so reizender Weise, dass Lorenzo sich auf der Stelle in sie verliebt hätte, wäre das nicht längst geschehen. »Oder hat man dies schon vor meiner Ankunft getan?«

»Die Welt ist ungerecht«, antwortete Lorenzo. »Sie sieht nur den glänzenden Einfall, nicht die Arbeit, die mit seiner Verwirklichung verbunden ist. Aber«, wandte er sich an Francesco, bevor dieser sich äußern konnte, »was wolltest du eben sagen? Was ist mit dem Pöbel?«

»Die Leute ziehen mit Fackeln durch die Straßen«, sagte Francesco, »und wenn wir nicht aufpassen, zünden sie den Katafalk an. Ich habe darum Wachen aufstellen lassen.«

»Das hast du gut gemacht, mein Freund. Aber noch wohler würde ich mich fühlen, würdest du dich selber um die Bewachung kümmern. Du weißt ja, dass ich niemandem außer dir vertraue.«

»Das war ohnehin meine Absicht. – Principessa«, sagte Francesco dann mit einer Verbeugung zu Clarissa, »es war mir eine große Ehre, Sie wieder zu sehen.«
»Mir war es eine große *Freude*«, erwiderte sie. »Und ich kann es gar nicht erwarten, diese Freude erneut zu genießen. Sie müssen mich unbedingt besuchen, Signor Castelli! Da ich nun doch wohl für einige Zeit in Rom bleiben werde, sollten wir uns daranmachen, Ihre Pläne für mein *appartamento* zu verwirklichen.«
»An mir soll es nicht liegen«, sagte Francesco, und wieder schoss ihm das Blut ins Gesicht. »Es würde mir Freude und Ehre zugleich sein.«
»Dann darf ich also mit Ihrem Besuch rechnen?«
»Sobald ich einen Entwurf gezeichnet habe, der Ihrer würdig ist, Principessa.«
Mit einem schüchternen Lächeln, aus dem dennoch das ganze Glück sprach, das nur die Gunstbezeigung einer schönen Frau in einem Mann auszulösen vermag, wandte er sich ab. Lorenzo brachte vor lauter Staunen kaum ein Wort heraus.
»Francesco Castelli ist … Ihr *Architekt?*«, fragte er ungläubig, als sein *assistente* fort war.
»Ja«, antwortete sie, als sei dies die selbstverständlichste Sache der Welt. »Ich halte ihn für einen begnadeten Künstler. Genauso wie Sie.«
Genauso wie er? Lorenzo wunderte sich ein zweites Mal. Was wollte sie damit sagen? Dass sie seine Einschätzung der Fähigkeiten Francescos teilte? Oder dass sie ihn auf eine Stufe mit seinem Gehilfen stellte? Ersteres wäre eine Übertreibung, zweiteres eine Beleidigung. Dabei schaute sie ihn mit einem Lächeln an, als würde sie sich über ihn lustig machen. Ein solches Lächeln in einem so bezaubernden Gesicht … Plötzlich kam ihm eine Frage in den Sinn: War das vielleicht die Frau, wegen der Francesco … Er hatte den Gedanken noch nicht zu Ende gedacht, da hatte er auch schon eine Idee.
»Ich bin entzückt über Ihr Urteil, Principessa«, sagte er mit

einem Lächeln, das ihrem nicht nachstand. »Aber wenn Sie die Kunst so sehr lieben, wollen Sie sich dann nicht erbieten, ihr einen Dienst zu erweisen?«

18

Sie hatte ihn zu sich geladen! Sie wollte ihn sehen! Francesco konnte sein Glück kaum fassen. So viele Monate war die Principessa ihm aus dem Weg gegangen, wieder und wieder, hatte jede Begegnung mit ihm vermieden, wann immer er im Palazzo Pamphili zu tun hatte, und die Furcht, dass die Frau, die ihm vor Jahren in einer verschneiten Winternacht im Traum erschienen war und die doch in Fleisch und Blut existierte, die Furcht, dass diese Frau, auf die er sein Leben lang mit solcher Sehnsucht gewartet hatte, in Bissone, in Mailand, in Rom, ihn verachten könne, weil er kein Architekt, sondern nur ein Steinmetz war, hatte sich im Laufe der Zeit in ihm zu einer so schmerzhaft quälenden Gewissheit verfestigt, dass er an sie mit derselben Inbrunst glaubte wie an die Leidenspassion des Erlösers.

Doch jetzt, nach der zufälligen Wiederbegegnung – sie hatten im Capitolspalast so plötzlich voreinander gestanden, dass er ihr so wenig hatte ausweichen können wie sie ihm –, war alles anders geworden. Sein Leben in dem windschiefen Haus im Vicolo dell' Agnello, dem Haus seines Onkels, das er seit Garovos Tod allein mit einer Magd bewohnte, hatte sich verändert wie eine Landschaft unter einem dunklen Regenhimmel, dessen Wolkendecke plötzlich aufreißt, um die Felder und Wege und Wälder, die eben noch im tiefen Schatten gelegen hatten, mit hellem Sonnenlicht zu überfluten. Hatte er sonst die wenigen Stunden, die ihm zwischen Arbeit und Schlaf zur Muße blieben, meist damit verbracht, beim Schein einer Kerze in der Bibel oder in den Schriften Senecas zu lesen, um die dunklen Anwandlungen

Saturns aus seinem Gemüt zu vertreiben, war seine freie Zeit nun erfüllt mit Entwürfen und Plänen. War es ein Zufall, dass dank dieser Frau sein Lebenstraum in Erfüllung gehen sollte? Dass er dank ihr die demütigende Arbeit des Steinmetzen hinter sich ließ, um endlich ein Architekt zu werden? Nein, das war kein Zufall. Hier rief ihn das Schicksal beim Namen, und es rief ihn in Gestalt dieser Frau.
Immer sah er ihr Bild vor Augen, bei Tag und bei Nacht. Ihr Gesicht war so anmutig und strahlend wie das der schönen Helena, so klar und rein wie das der Jungfrau Maria, so klug und aufmerksam wie das der Pallas Athene. Er dachte an sie, wenn er arbeitete, wenn er aß und wenn er trank, wenn er aufwachte und wenn er einschlief. Er sprach in Gedanken mit ihr, fragte sie um ihren Rat, tröstete sie, wenn sie traurig war, und lachte mit ihr, wenn sie sie sich freute. Und wann immer die Arbeit es ihm erlaubte, zeichnete er mit Graphit auf feines Schreibpapier die Skizzen und Pläne für ihr *appartamento*, denn nicht eher wollte er sie aufsuchen, als bis sein Entwurf vollkommen war. Er wollte zaubern für sie, wie er noch nie zuvor gezaubert hatte, durch Anwendung perspektivischer Gesetze befreiende Weite schaffen, wo jetzt noch erdrückende Enge herrschte. Da die Räume, die ihm im Palazzo Pamphili zur Verfügung standen, nur geringe Gestaltungsmöglichkeiten boten, erfand er eigens für sie ein ganzes illusionistisches System der Raumerweiterung mit einer toskanischen Säulenordnung im Zentrum, ein phantastisches Gaukelwerk, das die Grenzen zwischen Schein und Sein in verwirrenden Augenspielereien verwischte.
Francesco überarbeitete den Entwurf viele dutzend Male, und es dauerte eine Woche, bis er endlich zufrieden war. Dann, an einem Dienstagnachmittag, machte er sich auf den Weg. Als er mit dem bronzenen Löwenkopf an das Tor des Palazzo Pamphili klopfte, war er zu seiner eigenen Überraschung völlig ruhig und gelassen. Er hatte befürchtet, vor Aufregung kaum sprechen zu können, doch jetzt verspürte er nichts als Vorfreude,

ihr strahlendes Gesicht zu sehen, wenn er ihr die Pläne erläuterte.
»Sie haben sich vergebens bemüht«, sagte der Diener, der ihm die Tür öffnete. »Donna Olimpia ist außer Haus, und sie wird nicht vor Mitternacht heimkehren.«
»Mein Besuch gilt nicht Donna Olimpia«, erwiderte Francesco. »Bitte melden Sie mich der englischen Principessa!«
Der Diener musterte ihn mit gerunzelter Stirn, dann ließ er ihn eintreten und führte ihn die Treppe hinauf in den ersten Stock. Am Ende des Ganges forderte er Francesco auf zu warten und verschwand durch eine Tür.
Minuten vergingen. Konnte der Diener die Principessa nicht finden? Plötzlich hörte Francesco eine helle weibliche Stimme, die gerade laut auflachte. Das war ihre Stimme, kein Zweifel! Sie kam aus einem Raum, der nur wenige Schritte weiter lag und dessen Tür einen Spalt weit offen stand. Wahrscheinlich suchte der Diener sie an einem falschen Ort. Francesco beschloss, nicht länger zu warten und einfach anzuklopfen.
Als er durch den Türspalt blickte, bereute er seinen Entschluss, wie er nur selten zuvor in seinem Leben etwas bereut hatte. Ihm war, als würde sich eine Faust um sein Herz schließen und ihm das Blut abschnüren.

19

»Verzeihen Sie«, sagte Bernini, »aber ich muss Sie nun leider berauben.«
Mit zusammengekniffenen Augen, wie ein Jäger, der seine Beute anvisiert, blickte er über den Rand seines Zeichenbretts, während er mit sicherem Strich ihr Bild auf das Papier übertrug.
»Sie meinen mein Äußeres?«, fragte Clarissa lachend zurück.
»Doch wohl nur, um es mir wieder zurückzugeben.«

»Dies ist mein Bemühen, Principessa, allein ich fürchte, was ich Ihnen wiedergebe, wird weit weniger sein, als was ich Ihnen stehle. – Bitte nicht bewegen!«

Sie hatte sich umgedreht, sodass ihr der Schleier vom Kopf rutschte. Ihr war, als habe sie in der Tür, die sie einen Spalt weit offen gelassen hatte, um mit Bernini nicht allein in einem geschlossenen Raum zu sein, für einen Moment eine Gestalt gesehen. Wer konnte das gewesen sein? Donna Olimpia war nicht im Haus, und William war auf sein Zimmer gegangen, um ein Kapitel seines Reisetagebuchs zu redigieren.

»Mit Ihrer Erlaubnis?« Ohne ihre Antwort abzuwarten, drapierte Bernini den Stoff erneut um sie. »Wir wollen die Worte der Heiligen so getreu wie wir nur können in Marmor übersetzen. Darf ich Sie bitten, den Kopf ein wenig mehr in den Nacken zu legen?«, fragte er und stützte behutsam ihre Schulter, um sie in die richtige Position zu bringen. »Versetzen Sie sich an Theresas Stelle! Sie sah in ihrer Vision einen Engel über sich, der sie mit seiner Lanze durchbohrte – sie hat es selbst beschrieben. ›Ein Pfeil drang hin und wider in mein Herz, unendlich war die Süße dieses Schmerzes, und die Liebe erfüllte mich ganz und gar …‹ Ja, so ist es perfekt, wunderbar, bitte bleiben Sie so!«

»Was für eine seltsame Art zu sprechen«, sagte Clarissa irritiert, während Bernini wieder sein Zeichenbrett nahm. »Von welchem Pfeil ist die Rede?«

»Vom Pfeil der Liebe. Ich hoffe, die heilige Theresa schaut uns gerade zu. Sie wird entzückt über ihre Stellvertreterin sein. Wissen Sie, was Jesus in der Vision zu ihr sagte?«

»Ich habe ihre Schriften nie gelesen. Sie sind in England nicht sehr bekannt.«

»Wie?«, fragte er, während er mit dem Daumen die Kreide auf dem Papier verwischte. »Sie haben den ›Weg zur Vollkommenheit‹ nicht gelesen? Und gleichen der Verfasserin doch aufs Haar?«

»Woher wollen Sie wissen, wie die heilige Theresa aussah?«

»Wüsste ich es nicht, hätte ich Sie dann gebeten, ihre Stelle einzunehmen?«

Clarissa wusste nicht, ob sie über sein Kompliment lachen oder sich ärgern sollte. »›Weg zur Vollkommenheit‹?«, fragte sie schließlich, um etwas zu sagen. »Heißt so ihr Buch?«

»Ja – ein herrlicher Titel, nicht wahr?«, rief Bernini begeistert. »Als wären wir Menschen auf der Welt, um vollkommen zu sein. Was für ein reizender Wahn! Die Sterne sind vollkommen, der Mond ist vollkommen, vielleicht sogar die Sonne, die den Tag bescheint – aber wir Menschen?«

»Sie wollten mir erzählen, was Jesus zu Theresa sagte.«

»Richtig! Der Erlöser wusste, wenn es auf Erden Vollkommenheit gibt, dann nur in Gestalt einer Frau.« Bernini blickte von seinem Zeichenbrett auf und schaute Clarissa an, als würden die Worte, die er nun sagte, ihr und nicht der Heiligen gelten: »›Hätte ich den Himmel nicht bereits erschaffen, für dich allein würde ich ihn bauen.‹«

Clarissa fröstelte. Was waren das für Worte! Noch nie hatte jemand so mit ihr gesprochen. Auch wenn Bernini nur fremde Sätze wiedergab – durfte sie ihm erlauben, so mit ihr zu reden? Immer noch schaute er sie an, mit Augen wie ein Zigeuner, und ein zweiter Schauer rieselte ihr den Rücken hinab. Warum hatte sie sich nur von ihm überreden lassen, Modell zu sitzen? Und warum hatte sie ihn an diesem Tag eingeladen? Obwohl sie doch wusste, dass ihre Cousine nicht da sein würde?

»Bitte«, sagte sie leise, »hören Sie auf, so zu reden!«

»Wie können Sie das verlangen?«, fragte er. »Wollen Sie der Nachtigall verbieten zu singen? Dem Gläubigen zu beten?«

»Was hat das mit Glauben zu tun?«

»Das fragen Sie? Eine Göttin?«

»Sie sollen nicht so mit mir sprechen! Ich bin nur eine Frau.«

»Ja, eine Frau! Was kann es Größeres, was kann es Kostbareres geben?«

Er ließ sein Zeichenbrett sinken und blickte sie so eindringlich an, so offen und unverwandt, dass sie plötzlich das Gefühl hatte,

sie sei nackt. Das Herz klopfte ihr bis zum Hals, und ihr Mund wurde trocken. Obwohl sie wusste, dass es keinen Sinn hatte, raffte sie den Stoff um ihre Schultern, als könne sie sich so vor seinen Blicken schützen. Doch vor diesen Blicken schützte kein noch so dichtes Tuch, sie drangen durch das Gewebe, als wäre es nur ein feiner, durchscheinender Schleier.
»Es gibt zwei Arten von Frauen, Principessa«, sagte Bernini so ernst, als wären sie in der Kirche. »Die einen sind wie antike Vasen, wunderschön, aber wenn man sie berührt, zerfallen sie zu Staub. Die anderen sind wie Grappa, sie brennen scharf in der Kehle, doch dann, in der Brust, breiten sie wie Schmetterlinge ihre Flügel aus.« Er machte einen Schritt auf sie zu, den Blick fest auf sie gerichtet. »Was für eine Frau, Principessa, sind Sie?«

20

Bester Dinge verließ Lorenzo den Palazzo Pamphili. Was war das Leben doch für eine wunderbare Sache! Eine Canzone pfeifend, überquerte er die Piazza Navona und machte sich auf den Weg zum Palazzo Barberini – zu Fuß, warum sollte er sich beeilen, wenn Urban ihm Wegegeld zahlte? Er wollte auf der Baustelle des päpstlichen Familienpalastes nach dem Rechten schauen, bevor er in der Peterskirche die Bekrönung der Altarsäulen mit einem Baldachinmodell aus Holz und Pappmaschee überwachte. Maderno, der alte Scheißer, hatte vor seinem Tod noch Scharen von Handwerkern aus der Lombardei unter Vertrag genommen, um seinen Landsleuten eine langfristige Anstellung zu sichern, und das Mailänder Pack stritt nun ständig mit Lorenzos toskanischen Arbeitern herum, sodass es immer wieder zu Schlägereien kam. Da musste man aufpassen.
Francesco erwartete ihn im Hoftor des Palazzo Barberini.

»Ich arbeite nicht mehr für dich!«, erklärte er.
»Bist du verrückt geworden? Hast du ein Gelübde abgelegt oder was ist in dich gefahren?«
Francesco schüttelte stumm den Kopf. Er setzte sein störrischstes Mauleselgesicht auf.
»Oder ist heute ein Feiertag, den ich vielleicht vergessen habe?«
»Ich verlasse die Baustelle. Meine Leute wissen Bescheid. Sie sammeln schon die Werkzeuge ein.«
»Du meinst, du willst mir heute Nachmittag im Dom helfen?«
»Du hast gehört, was ich gesagt habe – ich arbeite nicht mehr für dich! *Basta!*«
Lorenzo fiel aus allen Wolken. Wie war das? Sein *assistente*, sein wichtigster Gehilfe warf ihm die Arbeit vor die Füße? Ohne Vorankündigung, aus heiterem Himmel? Beim Gedanken an die Folgen, die für ihn daraus erwachsen konnten, wurde Lorenzo schwindlig.
»Kannst du mir einen Grund für diesen Irrsinn sagen?«, fragte er.
»Ich schulde dir keine Rechenschaft.«
»So einfach geht das nicht. Wir haben Verträge.«
»Verträge sind Papier.«
»Von wegen! Ich mache dich für den Schaden haftbar. Du wirst alles verlieren, was du hast.«
Francesco hob die Schultern, als gehe ihn das nichts an. Dieses verbiesterte Gesicht! Lorenzo musste sich beherrschen, um ihm nicht an die Gurgel zu springen.
»Was ist der Grund?«, fragte er noch einmal.
Francesco blickte ihn voller Verachtung an. »Du bist ein Betrüger!«
»Ich? Ein Betrüger?« Lorenzo griff nach seinem Degen. »Was fällt dir ein, mich zu beleidigen!«
»Natürlich bist du ein Betrüger«, wiederholte Francesco. »Du gibst fremde Arbeit als deine eigene aus. Wenn dein Vater sich das gefallen lässt – meinetwegen. Aber nicht mit mir!«
»Ach, so ist das! Jetzt verstehe ich. Weil der Präfekt mir die Bürgerrechte verliehen hat ...«

»Die Bürgerrechte und die Goldkette und fünfhundert Scudi!«
»Was kann ich dafür?« Lorenzo ließ den Degen stecken. »Wenn es das Geld ist – wie viel verlangst du? Fünfzig Scudi? Hundert?«
»Darum geht es nicht. Du unterschlägst meine Leistung. Als hättest du den Katafalk allein gebaut.«
»Der Entwurf war meine Idee.«
»Und die Ausführung? Ich dulde nicht, dass man mich betrügt.«
»Du machst dich ja lächerlich! Wer hat dafür gesorgt, dass Urban dich wie ein Fürst bezahlt? Ich war das – ich, ich, ich!«
»Ja, du und der Papst! Mit fünfundzwanzig Scudi speist ihr mich ab, und davon muss ich noch meine Leute bezahlen, während du zweihundertfünfzig für den Altar kassierst. Jeden Monat!«
»Wer hat dir das gesagt?«, fragte Lorenzo erschrocken.
»Das pfeifen doch die Spatzen von den Dächern! Und mir wolltest du weismachen, ich bekäme mehr als du! Zweihundertfünfzig Scudi – zusätzlich zu deinem Lohn als Dombaumeister!«
Lorenzo biss sich auf die Lippe. Was war er nur für ein Idiot! Wahrscheinlich hatte er selber irgendwo, vor einem Bischof oder bei einer Hure, mit der Sondervergütung geprahlt, die er von Urban für den Altar bekam. Was sollte er jetzt erwidern?
»Das ist eben«, sagte er mit einem Schulterzucken, »der Unterschied zwischen einem Architekten und einem Steinmetz.«
Francesco blickte ihn an, als habe er einen Schlag ins Gesicht bekommen.
»So ist das also«, sagte er so leise, dass Lorenzo ihn kaum verstand. »Obwohl du genau weißt, dass du allein mit dem Altar nie fertig geworden wärst!« Francesco schlug sich mit der Hand gegen die Stirn. »Hier, in diesem Kopf, sind die Pläne entstanden, für das Fundament und die Bekrönung. Jede Linie, jeder Winkel.«
Lorenzo wusste, dass Francesco Recht hatte. Aber durfte er das eingestehen?
»Du enttäuschst mich«, sagte er kalt, »du bist genauso wie die

anderen. Kaum lobt man euch, schon bildet ihr euch ein, dass es ohne euch nicht geht. Vergiss nicht, wer und was du bist!«

»Ich bin Architekt, genau wie du!«

»Ach, was! Ein kleiner dummer Staubfresser bist du, ein armseliger Pedant und Klugscheißer, der nur ausführen kann, was andere ihm vorgeben.« Obwohl Lorenzo spürte, dass es ein Fehler war, redete er sich immer mehr in Rage. »Du wirst nie einen eigenen Einfall haben und auch keine eigene Werkstatt, und erst recht bist du kein Architekt! Nie! Nie! Nie!«

Ein Hustenfall Francescos unterbrach ihn.

»Siehst du!«, rief Lorenzo triumphierend. »Sogar deine Lunge gibt mir Recht. Einmal Steinmetz, immer Steinmetz!«

Francescos Gesicht lief dunkelrot an, während sein ganzer Körper sich unter dem Anfall wand. Während er keuchend nach Luft rang, blähte er sich immer mehr auf – er sah aus, als würde er jeden Moment explodieren.

»Mein Gott, was habe ich getan?«, rief Lorenzo erschrocken. »Francesco! Bitte! Ich habe das nicht so gemeint. Ich weiß doch, dass du ein Architekt bist. Einer der besten, die ich kenne. Aber hör um Himmels willen mit diesem Keuchen auf! Du krepierst ja!«

Als der Anfall endlich vorüber war, schimmerten Francescos Augen feucht, und um seinen Mund zuckte es wie bei einem Kind, das weint. Lorenzo bereute längst jedes Wort, das er gesagt hatte. Behutsam, als habe er Angst, Francesco zu verletzen, berührte er ihn am Arm.

»Warum willst du nicht mehr für mich arbeiten? Was ist der Grund? Das Geld kann es nicht sein, ich kenne dich doch, da steckt etwas anderes dahinter.«

Francesco erwiderte seinen Blick. Seine dunklen Augen glühten wie Kohlen.

»Herrgott, sag doch endlich was! Geht es um Anerkennung, um Ehre? Ich verspreche dir, wenn ich etwas falsch gemacht habe, werde ich alles tun, um es wieder gutzumachen.« Er zögerte, er hatte eine Idee, und obwohl es ihn fürchterliche Überwindung

kostete, sprach er sie aus. »Wenn du willst, bitte ich den Papst, dass er dich zum zweiten Dombaumeister ernennt. Urban frisst mir aus der Hand, er kann mir nichts verweigern. Sag, soll ich das tun?«
Lorenzo atmete durch, als hätte er einen schweren Stein gestemmt. Ein solches Angebot konnte niemand abschlagen. Aber Francesco schüttelte den Kopf.
»Ich will deine Hilfe nicht«, sagte er, schon wieder mit diesem Mauleselgesicht. »Ich will sie nicht, und ich brauche sie nicht.«
»Heilige Jungfrau Maria!«, rief Lorenzo. »Wie kann ein Mensch so starrsinnig sein? Ich biete dir eine Stellung, für die jeder andere Architekt seine Mutter ermorden würde, und du tust, als hätte ich dich beleidigt! Was verlangst du noch von mir, damit du mir verzeihst? Dass ich dir die Füße küsse?«
»Ich verlange überhaupt nichts von dir«, sagte Francesco und begann seine Sachen zusammenzusuchen. »Maderno hatte Recht – kein Ort der Welt ist groß genug für dich und einen andern.«
Lorenzo hielt es nicht länger aus. Während Francesco seine Werkzeuge reinigte und in sein Bündel packte, mit ruhigen, konzentrierten Bewegungen, marschierte er, um irgendwas zu tun, zwischen den Haufen aus Sand und Stein im Hof des Palazzos auf und ab. Er war verloren, verraten und verkauft. Die Renovierung der Fassade, die Anbindung des Zentralbaus an die Nebengebäude – wie sollte er das ohne Hilfe schaffen? Zumal er doch den Hochaltar am Hals hatte und Urban ihn täglich fragte, wann er das verdammte Ding endlich einweihen könne? Vor allem aber wusste Lorenzo ganz tief in seinem Innern, dass er selbst kein Architekt war, sondern ein Künstler, und darum auf Francesco so wenig verzichten konnte wie der Herrgott auf den Papst. Oder wie ein Mann auf eine Frau.
Plötzlich kam es über ihn wie eine Erleuchtung. Wie ein Mann auf eine Frau ... Ja, das war die Lösung! Wenn er Francesco einen Beweis seiner Freundschaft geben konnte, dann diesen,

das größte Opfer, das ein Mann einem anderen bringen kann. Er kehrte zu seinem *assistente* zurück und zwang sich zu einem Lächeln.

»Du kennst doch Costanza, Matteos Frau ...«

Francesco schaute ihn verständnislos an. »Ja, und?«

»Wie gefällt sie dir? Ist sie nicht ein herrliches Weib?«

»Was hat Costanza mit dir und mir zu tun?«

Das Angebot fiel Lorenzo noch saurer, als er gedacht hatte. Doch er hatte keine Wahl. »Wenn du willst«, sagte er, »kannst du sie heute Nacht haben. Ich ... ich schenke sie dir.«

Francesco verschlug es die Sprache. Mit offenem Mund schaute er Lorenzo an, Unglaube in den Augen – Unglaube und Widerwillen und Abscheu und Entsetzen, als sähe er den Leibhaftigen vor sich. Angewidert spuckte er vor Lorenzo aus.

»Du bist das größte Schwein, das ich kenne!«

Er warf sein Bündel über die Schulter und machte auf dem Absatz kehrt. Ohnmächtig blickte Lorenzo ihm nach, wie er durch das Tor den Hof verließ. Das hatte man davon, wenn man die Menschen liebte!

»Dann leck mich im Arsch!«, schrie er, plötzlich außer sich vor Wut. »Hau ab, du Idiot! Scher dich zum Teufel!« Er hob einen Stein vom Boden und warf ihn Francesco hinterher. »Ja, fahr zur Hölle! Und lass dich hier nie wieder blicken! Hörst du? Nie, nie, nie wieder!«

21

Clarissa zögerte, während sie die tadelnden Blicke Williams, der auf ihren Wunsch und gegen seinen Willen in der Kutsche geblieben war, so deutlich auf ihrem Rücken spürte wie die stechenden Strahlen der Mittagssonne. Dann gab sie sich einen Ruck und klopfte an.

Ein Ruf wie ein Rauswurf antwortete ihr: »Wer stört?«
Sie ließ sich nicht beirren. Er konnte ja nicht wissen, dass sie es war. Also raffte sie ihre Röcke und bückte sich, um durch die niedrige Haustür einzutreten.
Drinnen empfing sie der Geruch von kaltem Feuer.
»Principessa – Sie?«
Er blickte sie an wie eine Erscheinung. Castelli saß an einem Holztisch, vor sich ein Buch, um sich herum nur weiß getünchte Wände: ein Mönch in seiner Zelle.
»Ich habe Sie im Dom gesucht. Ein Maurer sagte mir, Sie hätten die Arbeit niedergelegt. Was ist passiert?«
»Das geht niemanden etwas an«, erwiderte er schroff und stand auf.
»Ich habe mir aber Sorgen gemacht. Störe ich?«
Clarissa schaute sich um. Kein Teppich auf dem Boden, kein Bild an den Wänden, nur der Tisch und zwei Stühle, ein Herd und ein paar Regale mit eingerollten Zeichenblättern und Büchern. Wie konnte ein Mann, der Kirchen und Paläste bauen wollte, in einer solchen Wohnung hausen?
»Was wünschen Sie?«, fragte er, ohne ihr einen Platz anzubieten.
»Sie hatten mir Pläne versprochen.«
»Pläne?«
»Ja, für mein *appartamento*. Sagen Sie nicht, Sie hätten sie vergessen! Ich wäre tödlich beleidigt.«
»Ich hatte anderes zu tun«, erwiderte er. »Überhaupt – weshalb fragen Sie mich? Wenden Sie sich an einen Architekten, am besten an Cavaliere Bernini. Sie kennen ihn ja gut genug.«
»Womit habe ich Ihre Unfreundlichkeit verdient, Signor Castelli? Ich bin bei der Hitze durch halb Rom gefahren, nur um Sie zu sehen. Und dann ein solcher Empfang!«
»Tut mir Leid, Principessa, aber Sie haben sich vergebens bemüht.«
Clarissa erkannte ihn nicht wieder. War das der Mann, der ihr den Dom gezeigt hatte? Wo war das Leuchten in seinen Augen, wo sein Lächeln geblieben? Er bot ihr keine Erfrischung an,

nicht mal einen Stuhl, als wäre sie eine Fremde. Plötzlich fiel es ihr wie Schuppen von den Augen. Aus Stolz benahm er sich so! Weil er sich schämte, sie in dieser ärmlichen Behausung zu empfangen. Erleichtert, einen Grund für sein Verhalten gefunden zu haben, beschloss sie, es zu ignorieren.

»Ich möchte, dass *Sie* mein Appartamento bauen, Signor Castelli, nicht Cavaliere Bernini«, erklärte sie. »Und damit Sie wissen, dass ich es ernst meine: Sagen Sie mir den Betrag, den der Cavaliere verlangen würde, und ich gebe Ihnen das Doppelte.«

Er nahm das Buch vom Tisch. »Wenn Sie erlauben, würde ich mich gern wieder meinem Freund widmen. Sie haben unser Gespräch unterbrochen.«

»Ihrem Freund?«, fragte Clarissa irritiert. »Ich kann niemanden sehen.«

Ohne ein Wort hob er das Buch in seiner Hand. Sie las den Namen auf dem Einband.

»Seneca ... Ist das ein guter Freund?«

»Der beste. Darum möchte ich ihn auch nicht länger warten lassen.«

Sie machte einen Schritt auf ihn zu. »Wenn Freundschaft Ihnen so viel wert ist, Signor Castelli, warum weisen Sie dann meine Freundschaft zurück?«

Statt einer Antwort kehrte er ihr den Rücken zu. Was sollte sie tun? Bei jedem anderen Menschen wäre sie auf der Stelle gegangen, doch sie beschloss zu warten. Während sein Schweigen den ganzen Raum zu füllen schien, zählte sie in Gedanken bis zehn. Sie kannte ihre Ungeduld, zählte bis dreißig, zählte bis fünfzig. Als sie fast bei hundert war, griff er in ein Regal und zog eine Zeichenrolle hervor.

»Da, nehmen Sie!«, sagte er. »Machen Sie damit, was Sie wollen!«

Als Clarissa das Blatt aufrollte, biss sie sich vor Freude auf die Lippe. Also hatte er doch einen Entwurf für sie gemacht! Und was für einen! Sie erkannte ihren Empfangssalon im Palazzo Pamphili wieder, aber in dem Plan wirkte alles viel größer, viel freier als in der Wirklichkeit. Der Balkon war in den Garten hinaus mit einer Reihe von Säulen verlängert, die sich scheinbar verkleinerten und zusammenrückten, sodass der Eindruck einer endlos langen Kolonnade entstand, obwohl sie sich doch, wie die beigefügten Messzahlen verrieten, nur auf wenige Meter erstreckte, mit einer scheinbar mannsgroßen, in Wahrheit aber winzig kleinen Statue im Schnittpunkt, deren alleinige Aufgabe es war, dem Auge des Betrachters das Trugbild falscher Größe zu bestätigen.

»Was für ein wunderbarer Einfall!«, sagte sie. »Ich kann kaum erwarten, dass Sie mit dem Bau beginnen.«

»Ich habe versucht, den Raum zu öffnen«, erklärte er. »Ich wollte die Enge aufbrechen.«

Sie schaute von der Zeichnung auf. Ein stolzes und gleichzeitig schüchternes Lächeln glitt über sein Gesicht. Endlich erkannte sie ihn wieder.

»Das ist Ihnen großartig gelungen, Signor Castelli. Was werden die Leute Augen machen, wenn sie entdecken, dass alles nur ein Spiel ist, dass in Wirklichkeit alles ganz anders ist, als sie mit ihren Augen erfassen! Ich bin ja so froh, dass ich hergekommen bin!« Plötzlich hatte sie das Bedürfnis, ihm etwas zu schenken. Sie nahm das Kreuz vom Hals, dasselbe, das sie schon auf ihrer Reise von England nach Rom getragen hatte, und drückte es ihm in die Hand. »Und dann habe ich noch eine Bitte, etwas, das mir sehr am Herzen liegt.« Sie machte eine Pause, bevor sie weitersprach. »Kehren Sie in den Dom zurück, nehmen Sie die Arbeit wieder auf!« Sie spürte, dass er etwas einwenden wollte, doch bevor er es tun konnte, schloss sie seine Hand um ihr Kreuz. »Sie müssen es tun! Der Altar ist doch auch Ihr Werk! Wenn Sie jetzt aufhören, wie sollen die Menschen das später wissen?«

Castelli blickte auf das Kreuz in seiner Hand, dann in ihr Gesicht. »Ist das der Grund, weshalb Sie gekommen sind?«, fragte er. »Hat Bernini Sie geschickt?«

»Bernini? Mich geschickt? Wie kommen Sie darauf?«

Seine Miene verdunkelte sich, eine scharfe Falte trat auf seine

Stirn. »Ein Pfeil drang hin und wider in mein Herz«, sagte er leise, fast tonlos. »Unendlich war die Süße dieses Schmerzes ...«
Bei den Worten zuckte Clarissa zusammen. Unwillkürlich schlug sie die Augen nieder.
»Dann ... waren Sie das an der Tür?«
»Ich kenne die Schriften der heiligen Theresa. Ich wollte Ihnen damals meinen Entwurf bringen.«
Sie war unfähig zu sprechen. Plötzlich verstand sie alles: Warum er die vielen Wochen nicht zu ihr gekommen war, die schroffe Art, mit der er sie empfangen hatte, die Ablehnung ihrer Freundschaft – sein ganzes abweisendes Verhalten. Sie war so bestürzt, dass sie kein Wort hervorbrachte.
»Natürlich«, sagte Castelli und gab ihr das Kreuz zurück, »er hat Sie geschickt. – Bitte gehen Sie, lassen Sie mich allein!«
Clarissa nahm ihren ganzen Mut zusammen und blickte ihn an. Seine Miene war wie versteinert und aus seinen Augen sprach eine grenzenlose Trauer. Als sie dieses Gesicht sah, begriff sie, was für einen fürchterlichen Fehler sie an ihm begangen hatte. Wie konnte sie dies nur wieder gutmachen?

22

Die Glocken der Peterskirche hatten bereits zum abendlichen Angelus geläutet, doch keiner der Arbeiter und Handwerker der Dombauhütte wagte es, sein Werkzeug aus der Hand zu legen. Wie eine Tarantella mit tausend Synkopen erklang das Hämmern der Bildhauer und Steinmetze, die sich ihre Hände an Urbans Aufträgen blutig schlugen, während die Zeichner sich mit krummem Rücken über ihre Tische beugten. Denn der Papst wurde nicht müde, immer wieder neue Aufgaben für seinen Lieblingskünstler zu ersinnen.
Lorenzo fühlte sich furchtbar allein. Wenige Wochen, nachdem

Francesco ihm die Arbeit aufgekündigt hatte, war sein Vater gestorben. Erst jetzt, nach dessen Tod, wurde Lorenzo gewahr, was Pietro geleistet hatte: Trotz seines hohen Alters hatte er bis zuletzt die Zeichner beaufsichtigt, den Marmor beschafft, die Bildhauer und Steinmetze angeleitet, die nach Lorenzos Vorlagen den Skulpturenschmuck für den Palazzo Barberini und den Petersdom schufen, und auch oft noch selbst den Meißel zur Hand genommen, wenn die Zeit drängte. Vor allem aber hatte er ihm zur Seite gestanden, wenn er nicht mehr weiter wusste, und immer einen Rat für ihn gehabt.

Es war wie ein Fluch. Seit Lorenzo den Katafalk für General Barberini errichtet hatte, schien der Tod ihm überall seine Fratze zu zeigen. Er lauerte hinter den Gesichtern der Menschen wie die Fäulnis hinter einer schlecht verputzten Wand und grinste ihm aus jedem Lächeln entgegen. Nicht einmal vor dem Heiligen Vater machte er Halt. Zwei Anschläge waren in kurzer Folge auf Urbans Leben verübt worden: Erst hatte ein Pater namens Tommaso Orsolini versucht, ihn mit einer Hostie zu vergiften, dann hatten Bettelmönche, die in Urbans Prachtentfaltung nicht den Lobpreis Gottes, sondern den Hochmut seines irdischen Stellvertreters sahen, ein Wachsbild von Seiner Heiligkeit angefertigt und unter Beschwörungen zum Schmelzen gebracht, um so das Leben des Dargestellten zum Schwinden zu bringen. Daran gestorben waren zwar nur die Verschwörer, die nach ihrer Entdeckung durch Monsignore Pamphili geköpft worden waren, doch hatte der Vorfall den Papst daran erinnert, dass auch er nicht ewig auf Erden weilen würde, weshalb er im Alter von nicht einmal sechzig Jahren sein eigenes Grabmal in Auftrag gegeben hatte.

Obwohl der Hochaltar längst nicht vollendet war, wollte Urban noch in diesem Monat einen Entwurf von Lorenzo sehen. Zum Glück hatte Francesco die Grabnische neben dem Hochaltar, für die Urban sogar seinen Zeremonialthron als Bischof von Rom geopfert hatte, noch in den wichtigsten Teilen entworfen, samt Sockel und Sprenggiebel, sodass Lorenzo nur das Grabmal selbst hineinzeichnen musste. Ein wenig abseits von den übrigen Zeichnern skizzierte er an einem eigenen Tisch die Statue des Heiligen Vaters, den Segen erteilend und seitlich flankiert von zwei allegorischen Figuren, der Gerechtigkeit und der Barmherzigkeit, und darüber im Mittelpunkt der Komposition die Gestalt des Todes, zugleich schamhaft und stolz. Wenn Franceso nur noch hier wäre! Lorenzo vermisste ihn mit jedem Tag mehr: seine Genauigkeit, seinen Fleiß, seine Sturheit – sogar sein störrisches Mauleselgesicht. Denn Francesco war außer seinem Vater der einzige Mensch, dem er sich von Herzen verbunden fühlte, der einzige Freund, den er je gehabt hatte.

Plötzlich verstummte das Hämmern in der Dombauhütte, als würden die Musiker eines Orchesters einer nach dem anderen ihre Instrumente niederlegen.

»Was fällt euch ein, die Arbeit zu unterbrechen!«, rief Lorenzo erbost und schaute auf. »Oh, Donna Olimpia? Was für eine Freude und Ehre!« Eilig sprang er in die Höhe, um seinen Gast zu begrüßen. »Luigi, Matteo! Einen Sessel!«

»Sic arbeiten am Grabmal des Papstes?«, fragte Donna Olimpia mit einem Blick auf seine Zeichnung. »Ich hoffe, Seine Heiligkeit ist wieder wohlauf.«

»Der Heilige Vater hat sich gestern von seinem Leibarzt die Fontanelle öffnen lassen, damit die bösen Geister abziehen«, antwortete Lorenzo. »Bei Tisch sprach er aber schon wieder sehr angeregt, insbesondere von Ihrem Schwager. Seine Heiligkeit ist Monsignore Pamphili überaus dankbar, dass er die Verschwörung aufgedeckt hat, und deutete den Wunsch an, ihn alsbald zum Kardinal zu kreieren.«

»Mag sein«, sagte sie, den Blick immer noch auf den Entwurf gerichtet. »Aber was sind das für Bienen da über dem Grabmal? Die Bienen aus dem Barberini-Wappen? Sie irren umher, als suchten sie ihren verlorenen Herrn.« Sie wandte ihr von schwarzen Haaren umrahmtes Gesicht Lorenzo zu. »Verstehen Sie sich auch darauf, Tauben zu zeichnen?«

»Eccellenza meinen den Heiligen Geist?«
»Ich meine das Wappentier der Pamphili«, erwiderte sie mit einem Lächeln und nahm in dem Sessel Platz, den Matteo und Luigi hinter ihr abgestellt hatten. »Doch lassen wir das, der Grund meines Kommens ist ein anderer.« Sie wartete, bis die beiden sich entfernt hatten. »Ich wollte Sie um einen Gefallen bitten, Signor Cavaliere. Um einen sehr persönlichen Gefallen.«
»Jeden, Donna Olimpia«, sagte Lorenzo und reichte ihr einen Becher von dem Orangensaft, den ein Lehrling bereithielt. »Bei unserer letzten Begegnung hatten wir ja kaum Gelegenheit, miteinander zu sprechen.«
»Vielleicht«, sagte sie und nahm einen Schluck, »haben Sie gehört, dass die Konservatoren der Stadt Rom einen Architekten für die Sapienza suchen, das Archigymnasium. Man möchte die Wissenschaften zu weiterer Blüte führen.«
»Ein lobenswertes Unterfangen, das jede Unterstützung verdient«, sagte Lorenzo mit einer Verbeugung. »Allein, ich bin nicht sicher, ob die Zeit mir erlaubt, in gehöriger Weise …«
»Nein, nein«, unterbrach sie ihn mit einem Lachen, sodass die schwarzen Ringellocken links und rechts von ihrem Gesicht auf und ab hüpften. »Ich weiß, wie sehr Sie beschäftigt sind. Ich habe deshalb einen anderen Architekten im Sinn und möchte dazu Ihre Meinung hören.«
»Pietro da Cortona?«, fragte Lorenzo, unsicher, ob er beleidigt oder erleichtert sein solle.
»Der wäre sicher ein geeigneter Mann, aber nicht der Einzige.« Sie machte eine kurze Pause und blickte ihn mit ihren klugen Augen an. »Ich dachte an Ihren *assistente*.«
Lorenzo war so überrascht, dass er nicht sogleich begriff. »Sie meinen … Francesco Castelli?«
»Ja.« Sie nickte. »Wenn Sie sich beim Heiligen Vater für ihn verwenden, ich bin sicher, Urban wird sich Ihrer Empfehlung nicht verschließen und entsprechende Anweisung geben.«
»Aber warum sollte ich das tun, Donna Olimpia?«, rief Lorenzo.

»Castelli hat mir die Arbeit aufgekündigt!« Bei der Erinnerung an den Verrat kochte das Blut in ihm auf.
»Ich kenne ihn als einen sehr tüchtigen Architekten. Er hat im Palazzo Pamphili mehrere Aufträge ausgeführt, zu meiner völligen Zufriedenheit.«
»Ich bitte um Vergebung, aber wenn Sie ein offenes Wort erlauben: Castelli ist ein Stänker, ein Ehrgeizling und Neidhammel, der sich maßlos überschätzt.«
»Mit einem Wort«, unterbrach sie ihn lächelnd, »er ist Ihr Rivale, und die Vorstellung, einen Rivalen zu fördern, erregt Ihren Unwillen. Wer würde das nicht verstehen? Doch bedenken Sie eins: Wenn Sie Castelli für die Sapienza empfehlen, tun Sie sich selbst vielleicht einen größeren Gefallen als ihm.«
»Ich bewundere Ihre Klugheit, Donna Olimpia, aber ich würde mich noch glücklicher preisen, könnte ich sie mit Ihnen teilen.«
»Nichts einfacher als das.« Mit einer Geste forderte sie ihn auf, ihr gegenüber Platz zu nehmen. »Empfehlen Sie Castelli für die Sapienza und akzeptieren Sie seine Kündigung im Palazzo Barberini! So schlagen Sie zwei Fliegen mit einer Klappe: Sie entfernen Ihren Konkurrenten aus der Sphäre Ihrer wichtigsten Auftraggeber, der päpstlichen Familie, und verpflichten zugleich Ihren *assistente* für die weitere Arbeit am Hochaltar von Sankt Peter. Wie ich hörte, gibt es einen Termin für die Fertigstellung?«
Und ob es den gab! Die Zeit zerrann Lorenzo zwischen den Fingern wie der Sand im Stundenglas. Und er hatte auch nicht die Strafe vergessen, die der Ausführungsvertrag für den Fall einer Fristüberschreitung vorsah: die Erstattung sämtlicher Kosten.
»Erlauben Sie mir eine Frage, Donna Olimpia?«, sagte er schließlich. »Warum nehmen Sie die Mühe auf sich, sich um einen unbedeutenden Künstler wie mich zu kümmern?«
Donna Olimpia stand auf und betrachtete seine Zeichnung. »Was haben Sie nur für wunderbare Ideen, Cavaliere«, sagte sie,

ohne auf seine Frage einzugehen. »Sie müssen sie mir erläutern. Was sind das für zwei Figuren neben dem segnenden Papst?«
»Die Gerechtigkeit und die Barmherzigkeit«, erwiderte Lorenzo, der gleichfalls aufgestanden war. »Ich habe ihnen Kinder beigefügt, um die Verlassenheit der Menschen auszudrücken.«
»Großartig! Wie untröstlich sie über den Verlust des Vaters trauern.« Plötzlich schien sie zu erschrecken. »Und da ist ja auch der Tod. Er hält ein Buch in den Händen, als wolle er etwas hineinschreiben. Den Namen des Verstorbenen?« Sie beugte sich über die Skizze. »Ach, wenn wir nur wüssten, welcher Name der folgende sein wird!« Sie drehte sich zu Lorenzo herum. »Ich will Ihre Loyalität prüfen«, erklärte sie nun ohne Umschweife. »Es könnte sein, dass die Familie Pamphili in Zukunft bedeutende Aufträge zu vergeben hat. Außerdem ...«
Statt den Satz zu Ende zu sprechen, blickte sie ihm in die Augen.
»Außerdem?«, fragte er.
»Außerdem hat meine Cousine mich gebeten, in dieser Sache mit Ihnen zu sprechen. Es ist ihr Wunsch, dass Castelli den Auftrag bekommt.«

23

Mit einem Lichterstab steckte Clarissa die Kerzen in der Kapelle des Palazzo Pamphili an, und mit jeder neu entzündeten Flamme traten die Figuren des Altarreliefs deutlicher hervor, als wollten sie, vom Licht beseelt, aus ihrem Schattenreich ins wirkliche Leben schreiten.
Clarissa hatte sich allein zu einer Abendandacht eingefunden. In der Einsamkeit des Herzens und mit versammeltem Gemüt kniete sie nieder und schlug das Kreuz, um sich in die Gegenwart Gottes zu begeben. Wie jeden Abend bereitete sie sich auf

das Gebet vor, wie man sich auf die Begegnung mit einem hohen Herrn vorbereitet, nahm ihre Gedanken zusammen und überlegte, was sie sagen und wie sie ihre Bitten vortragen wollte.

»Göttlicher Heiliger Geist«, begann sie leise, die Augen fest auf den Altar gerichtet, »gib mir die Gnade, erleuchte meinen Verstand, regiere mein Herz, dass ich dieses Gebet zu Deiner Ehre und zu meinem Heil verrichte, durch Jesum Christum, unseren lieben Herrn und Heiland ...«

»Amen«, fiel eine Männerstimme ein.

Irritiert blickte Clarissa auf. Vor dem Beichtstuhl des kleinen Gotteshauses stand Lorenzo Bernini und lächelte sie an. Was für eine Überraschung! Sie hatte ihn seit Wochen nicht gesehen. Im selben Moment war ihre Andacht verflogen. Voller Freude erhob sie sich, um den Cavaliere zu begrüßen.

»Es muss Gott ein Vergnügen sein, Ihrem Gebet zu lauschen, Principessa«, sagte er, während er sich zum Kuss über ihre Hand beugte. »Ich bin sicher, nicht einmal der Papst findet Worte, die Sein Ohr mehr entzücken. Ja, Gott liebt den Eifer, er hat Gefallen an unserer Demut.«

Seine Rede kitzelte sie wie eine Gänsefeder. »Ich bete nur, wie meine Mutter es mich lehrte«, erwiderte sie so würdig, wie sie nur konnte, und ordnete den Schleier über ihrem geknoteten Haar, während ihr ein herrliches Prickeln den Rücken hinunterlief.

»Dann danken Sie Ihrer Mutter für die Unterweisung, denn Ihre Gebete wurden erhört.«

Clarissa spürte, wie ihr Herz vor Aufregung zu pochen anfing. »Soll das heißen, Sie haben mein Porträt bereits in Stein gehauen? Ich meine natürlich«, verbesserte sie sich schnell, »das Porträt der heiligen Theresa?«

»Haben Sie *darum* gebetet, Principessa?«, fragte Bernini mit hochgezogener Braue. »Sosehr ich mich darüber freuen würde, muss ich Sie zu meiner eigenen Zerknirschung enttäuschen. Doch ziehen Sie kein solches Gesicht! Ich habe weit bessere Nachricht für Sie.«

»Eine Nachricht? Für mich?«

Sie reichte ihm ihre Hand, damit er ihr aus der Bank half.

»Ich war heute beim Heiligen Vater. Die Konservatoren der Stadt Rom werden Signor Castelli zum Architekten der Sapienza ernennen.«

Jubel stieg in ihr auf. »Das ... das ist ja wunderbar!«, rief sie, vor Begeisterung kaum Worte findend. »Danke, Cavaliere! Sie ... Sie sind ein Engel!« Und bevor sie überlegte, was sie tat, küsste sie ihn auf die Wange.

»Principessa ...«

Als sie in sein erstauntes Gesicht sah, begriff sie, was sie getan hatte. Wie hatte das passieren können? Hatte sie den Verstand verloren? Wenn Olimpia sie gesehen hätte! Sie schämte sich wie ein kleines Kind. Was nützte das dunkle Kleid, der strenge Knoten in ihrem Haar, wenn sie sich so vergaß?

»Ich ... ich bitte Sie um Verzeihung«, stammelte sie, während ihr die Röte ins Gesicht schoss.

Seine dunklen Augen ruhten auf ihr, und um seinen Mund spielte ein Lächeln. »Wie überaus reizend ist Ihre Art zu beten. Doch um wie viel reizender noch ist Ihre Art zu danken.«

Bevor sie etwas denken oder sagen konnte, presste er sie an sich und küsste sie.

Clarissa war, als falle sie in einen Strudel, der sich schneller und schneller drehte. Sie spürte Lorenzos Lippen, seinen Atem auf ihrer Haut, seine Arme, seine Schenkel an ihrem Leib. Ein Gefühl erfasste sie, wie sie es noch nie zuvor empfunden hatte, ein Gefühl voller Kraft und Zärtlichkeit, ein Jubeln in ihrer Brust, als wolle sie gen Himmel fahren, und zugleich eine so selige Hingabe, dass sie bereit war zu sterben.

»Auch wenn morgen die Welt untergeht«, flüsterte Bernini, »weiß ich jetzt doch, was Gott gemeint hat.«

Wie viel Zeit war vergangen, bis ihre Lippen sich trennten? Eine Sekunde? Eine Ewigkeit?

Als Clarissa die Augen aufschlug, sah sie in sein Gesicht. Es war ein einziger strahlender Triumph.

»Jetzt weiß ich, wer du bist«, sagte er. »Du bist Eva, die Frau, die Gott selbst erschaffen hat. Beim Himmel und bei allen Heiligen – Castelli soll die Sapienza haben, ich schenke sie ihm! Jeden Palast, jede Kirche will ich opfern, um dich im Arm zu halten.«
Draußen auf dem Gang ertönten Schritte. Clarissa erwachte aus ihrem Traum.
»Heilige Muttergottes!«, stieß sie hervor und floh aus seinem Arm. »Gehen Sie, bitte!«
Mit einem Augenzwinkern hob er ihren Schleier vom Boden auf und huschte hinaus. Eilig ordnete sie ihre Kleider und kehrte in ihre Bank zurück. Als sie auf die Knie sank, ging ihr Atem so schwer, dass sie meinte, ihr Mieder müsse platzen. Sie schlug wieder das Kreuz und blickte zum Altar.
Unzählige Male schon hatte sie das Relief über dem Tabernakel gesehen, wie man Dinge sieht und doch nicht sieht, die man täglich vor Augen hat, doch erst jetzt erkannte sie darauf das Mirakel der heiligen Agnes. Römische Soldaten zerrten die Verzweifelte in den Staub, um sie zu schänden, doch da, allein aus der Kraft und Inbrunst ihres Glaubens, geschah das Wunder: Ein Panzer aus Haaren überwucherte ihren Leib und rettete sie aus ihrer Not.
Auf dem Gang hörte Clarissa Berninis Stimme, vermischt mit Donna Olimpias Lachen. Mit einem Seufzer schloss sie die Augen.
Wo war *ihr* Glaube gewesen?

24

Sie hatte ihn geküsst! In seligem Taumel, als hätte er eine Flasche Secco getrunken, verließ Lorenzo den Palazzo Pamphili, am ganzen Körper vibrierend vom Nachhall dieses Augenblicks.

War es möglich, was sich zwischen ihnen ereignet hatte? Liebte er sie gar? Was für eine Frage – er hatte sie erobert!
Auf der Piazza Navona wimmelte es von Leben. Im Schein zahlloser Fackeln promenierten Kavaliere mit ihren Damen zwischen den Buden umher, die hier des Abends aufgeschlagen waren, ließen sich aus der Hand lesen oder nahmen Erfrischungen zu sich. Feuerschlucker spien Flammen in den Nachthimmel, Akrobaten balancierten über hoch gespannte Seile, während prächtig herausgeputzte Reiter auf sich bäumenden Pferden über die Piazza sprengten und mehrspännige Equipagen mit livrierten Dienern im Gefolge sich ihren Weg durch das Gewühl bahnten.
Was für eine Nacht! Eigentlich war es Lorenzos Absicht gewesen, seine Mutter zu besuchen, die alt und einsam in der Pfarrei von Santa Maria Maggiore in dem großen Haus seiner Eltern lebte, um bei ihr zu Abend zu essen. Seit dem Tod seines Vaters kümmerte er sich einmal in der Woche um sie – sein Bruder Luigi tat es ja nicht, der hatte nur seine Weiber im Kopf. Doch war ein solcher Abend dazu angetan, bei seiner Mutter zu versauern?
Plötzlich hatte Lorenzo eine Idee. Er spürte, wie ihm bei dem Gedanken das Blut in die Adern schoss. Ja, das war tausendmal besser, um diesen Tag zu beschließen! Er wollte noch etwas erleben. Und statt seine Schritte in Richtung von Santa Maria Maggiore zu lenken, bog er in eine kleine Gasse ein, die ihn zum Tiber hinabführte.
Tief sog er die warme Nachtluft ein, die voller Geheimnisse und Abenteuer war. Die modrige Feuchtigkeit der Häuser und Kirchen verwob mit dem zarten Duft von Sommerblumen, mit Gerüchen von Kräutern und Gewürzen, von Schinken und Parmesan, von Parfüm und Grappa und schwitzenden Leibern, ein Aroma, das getränkt war von menschlichen und tierischen Ausdünstungen, ein stehender, warmer Geruch, aufgeheizt noch von der Sonne des Tages, in dem die üppigsten Pflanzen gediehen und der in den Seelen der Menschen die Nacht zum Leben

erweckte. Immer dunkler, immer enger wurden die Gassen, je weiter Lorenzo sich dem Tiber näherte, das heitere Lachen und Rufen der Piazza verebbte nach und nach, wurde verdrängt von den rauen Stimmen der in den Schankstuben trinkenden Männer und Frauen, bis nur noch heimliches Flüstern und Tuscheln in den nachtschwarzen Winkeln zu hören war.

Wenig später überquerte Lorenzo den Ponte Sisto. Beschienen vom silbrigen Licht des Monds wälzten die Fluten sich träge und dunkel durch ihr Bett. Ratten huschten über das Pflaster, es stank nach Unrat und Urin. Lorenzo beschleunigte seinen Schritt und fasste nach dem Knauf seines Degens. Hier in Trastevere, am anderen Ufer des Tibers, gehörte der aufblitzende Stahl einer Klinge so selbstverständlich zur Nacht wie das Lächeln schöner Frauen.

Endlich erblickte er das Haus, zu dem es ihn zog. Ein Windlicht flackerte über der Tür, die Fensterläden waren geöffnet. Ein gutes Zeichen: Matteo war noch nicht daheim. Als habe sie sein Kommen geahnt, machte Costanza in diesem Moment die Tür auf. Nur mit einem Hemd bekleidet, lugte sie ins Freie. Was für ein prächtiges Weib sie doch war! Die Lust trieb sie heraus, die Lust auf seine Umarmung, und ließ sie nach ihm Ausschau halten.

Aber was war das? Lorenzo trat hinter einen Mauervorsprung und spähte in die Finsternis, als wolle er sie mit den Augen durchbohren. Costanza war nicht allein, ein Mann war bei ihr. Verflucht, war Matteo doch schon zurück? Aber warum zum Teufel schaute Costanza jetzt einmal nach rechts, einmal nach links die Gasse entlang, wie sie es sonst immer tat, wenn er sie verließ?

Als der Mann ins Freie trat, stockte Lorenzo der Atem. Nein, das war nicht Matteo! Der zog nach dem Unfall in der Gießerei immer noch das Bein nach, doch der Kerl da hinkte kein bisschen. Costanza schlang ihre Arme um den Fremden und verschmolz mit ihm in einem Kuss.

»Warte, das sollst du büßen!«

Mit blankem Degen sprang Lorenzo aus dem Schatten hervor. Ein Aufschrei, und Costanza verschwand im Haus, während der Fremde wie ein Blitz herumfuhr und gleichfalls den Degen zog. Im nächsten Moment klirrten die Klingen aufeinander. Lorenzo trieb seinen Gegner vor sich her, die Gasse hinauf, wie man einen Hund vor sich hertreibt, über eine Piazza hinweg und dann weiter bis zum Fluss. Er focht seit seiner Kindheit und führte eine feine Klinge. Wie einen Vogel hielt er den Griff seiner Waffe in der Hand: gerade so locker, dass er ihn nicht erdrückte, aber fest genug, damit er nicht entweichen konnte. Doch der andere wehrte sich wie ein Tiger, behände und mit unberechenbaren Sprüngen, parierte Lorenzos Attacken allen Regeln der Fechtkunst zum Trotz, und griff plötzlich selber an. Lorenzo ging in die Quart, in die Terz, in die Prim. Er hob den Degen über den Kopf, holte zu einem fürchterlichen Hieb aus – da glitt er aus und stürzte zu Boden. In derselben Sekunde wandte der Fremde sich ab und rannte davon.

Den Degen in der Hand, setzte Lorenzo ihm nach, verfolgte ihn durch die dunklen Gassen und Straßen, manchmal nur noch seinen Schatten erahnend, jagte ihn durch die halbe Stadt, über Treppen und Wegkreuzungen und Plätze hinweg, bis Santa Maria Maggiore. Der Fremde versuchte in die schlafende Kirche zu fliehen, doch das Portal war verschlossen.

»Hab ich dich endlich!«, rief Lorenzo.

Der Fremde stand mit dem Rücken zur Wand, in die Enge getrieben wie ein Tier am Ende der Jagd. Die Lust zu töten erhob sich in Lorenzo wie die Lust, in eine Frau einzudringen. Er spürte keinen Schmerz, keine Erschöpfung, keine Atemnot – nur noch fiebernde Erregung. Mit einem Schrei stürzte er sich auf den Gegner, der Stahl seines Degens blitzte auf. Mit einem verzweifelten Ausfallschritt versuchte der andere, auch diese Attacke zu parieren – aber zu spät! Er brauchte einen Moment, um sich wieder aufzurichten, und in diesem Moment glitt Lorenzo geschmeidig wie eine Schlange unter der Klinge seines Gegners hindurch, entschlossen, ihm den Degen in den Leib zu rennen.

»Gnade, Lorenzo! Erbarmen!«
Der Mond trat hinter einer Wolke hervor, und plötzlich sah er das Gesicht des Fremden, zwei Augen, die voller Entsetzen auf ihn gerichtet waren.
Als Lorenzo diese Augen sah, erstarrte er. Sein Arm war plötzlich schwer wie Blei, und er ließ den Degen sinken.
Es waren Luigis Augen, die Augen seines Bruders.

25

Man feierte das Namensfest der Apostelfürsten Peter und Paul im Jahr 1633, auf den Tag genau eine Woche nachdem der Ketzer Galilei vor dem Heiligen Offizium der Inquisition seiner Irrlehre abgeschworen hatte, dass die Welt eine Kugel sei, die sich um sich selber drehe. In feierlicher Prozession, angeführt vom Oberhirten der Christenheit, Seiner Heiligkeit Papst Urban VIII., der, getragen von Gesängen aus unzähligen Kehlen, hoch über dem Volk der Gläubigen auf den Schultern seiner Gardisten schwebte, zogen die Würdenträger der katholischen Kirche in den Petersdom ein, die Kardinäle im roten Purpur, gefolgt von den violett gewandeten Bischöfen und Erzbischöfen sowie den Prälaten im schlichten Schwarz. Aus aller Welt, wo immer im wahren Glauben gebetet wurde, waren Abordnungen gekommen, um der Einweihung des neuen Hochaltars beizuwohnen, der, von einem riesigen weißen Tuch verhüllt, sich über dem Grab des ersten Apostels erhob.
Wie die Brandung des Ozeans brauste der Jubelchor auf, als auf ein Zeichen des Papstes die Verhüllung fiel, und die tausend und abertausend Augen in dem Gotteshaus reichten nicht aus, das Wunder zu fassen. Es war, als würde die Sonne aufgehen. Neunzig Fuß ragte der Altar in die Kuppel empor, vier gewundene Säulen, die sich wie einst die Säulen von Salomos Tem-

pel himmelwärts schraubten, wurden bekrönt von einem Baldachin aus glänzender Bronze, der trotz seiner gewaltigen Masse schwerelos über dem Aufbau zu schweben schien: Triumph des Willens und des Glaubens, Gotteslob aus Freude und Licht, Beweis menschlicher Erfindungsgabe und Schaffenskraft, erbaut in neun Jahren von einem Heer namenloser Architekten und Zeichner, Bildhauer und Metallgießer, Steinmetze und Maurer, Zimmerleute und Drechsler, für die unglaubliche Summe von einhundertachtzigtausend Scudi – fast so viel wie die vatikanischen Staatseinkünfte eines ganzen Jahres.
Die Gesänge verstummten, und ein Offizier der Schweizergarde gebot mit dreifachem Klopfen seiner Hellebarde Ruhe.
»Cavaliere Lorenzo Bernini!«
Während die Stimme des Gardisten in der Basilika verhallte, trat der Aufgerufene, gekleidet in das schwarze Habit des Cavaliere di Gesù, aus der Menge hervor und schritt durch ein Spalier von Kardinälen zum Thron des Papstes. Als er vor Urban niedersank, ihm den Fuß und die Hand mit dem Fischerring küsste, wurde es so still in dem Gotteshaus, dass man das Rascheln seines Gewandes zu hören glaubte.
»Rom hat schon manches Wunder gesehen«, erhob der Papst seine Stimme, »aber dies ist eines der größten, fürwahr eines Michelangelo würdig.«
Clarissa, die an der Seite von Donna Olimpia inmitten der an Häuptern gewachsenen *famiglia* Pamphili saß, platzte fast vor Stolz. Der Mann, der dieses Wunderwerk vollbracht, der all die Herrlichkeit erschaffen hatte, die nun die ganze Welt bestaunte, der Mann, den der Papst auf eine Stufe mit dem großen Michelangelo erhob – dieser Mann hatte sie geküsst! Am liebsten hätte sie es laut hinausgerufen, damit jeder erfahre, dass es ein unsichtbares Band gab zwischen ihr und dem Schöpfer des Altars, und als würde der Papst insgeheim auch sie auszeichnen, zusammen mit Bernini, schaute sie triumphierend in die Runde, nickte Donna Olimpia zu, als müsste diese ihren Stolz verstehen, schenkte sogar deren Schwager Pamphili ein Lächeln, der mit

mürrischer Würde seinen neuen Kardinalshut trug, und ließ ihre Augen über die Masse der Gläubigen schweifen, bis ihr Blick plötzlich hängen blieb. Nicht weit von ihr, am Fuß einer Säule, kniete eine Frau, die ihr seltsam vertraut schien, obwohl sie nicht wusste, woher und warum: eine Frau von großer Schönheit, deren Gesicht jedoch von frischen, roten Narben fürchterlich entstellt war.

Die Stimme des Papstes rief sie zurück.

»In Würdigung deiner Verdienste«, sagte Urban zu dem vor ihm knienden Bernini, »ernennen wir dich zum *uomo universale* unseres Pontifikats, zum ersten Künstler Roms.«

»Es heißt«, flüsterte Donna Olimpia, »der Heilige Vater habe ihm achttausend Scudi zum Geschenk gemacht – als Sondervergütung.«

Als ihre Cousine die Summe nannte, durchzuckte Clarissa eine Frage. Wo war Castelli? Im selben Augenblick war ihr Stolz, ihr Jubel verflogen, um plötzlicher Empörung zu weichen. Warum erwähnte niemand Castellis Verdienst? Warum gab es für ihn weder Auszeichnung noch Belohnung? Sie reckte den Hals und suchte nach den Zunftfahnen der Handwerker, die am Bau des Altars mitgewirkt hatten.

Bald hatte sie ihn entdeckt, am Eingang der Gregorianischen Kapelle. Die Arme vor der Brust verschränkt, schaute er der Zeremonie mit versteinerte Miene zu. Obwohl er von Menschenmassen umgeben war, wirkte er so einsam, als wäre er allein auf der Welt.

Der Anblick traf Clarissa mitten ins Herz, und das Gefühl unendlicher Scham kam über sie. Sie hatte ihn im Bann von Berninis Triumph vergessen, wie alle anderen Menschen auch, die hier versammelt waren.

Jetzt drehte Castelli den Kopf, und ihre Blicke trafen sich. Clarissa lächelte ihm zu, doch er schlug die Augen nieder.

26

»Achttausend Scudi«, wiederholte Donna Olimpia, als sie nach der Feier den Dom verließen. »Das macht mit all den anderen Gratifikationen mehr als zwanzigtausend. Cavaliere Bernini ist jetzt ein reicher Mann. Komm, wir wollen ihn begrüßen!«
Lorenzo stand, umgeben von den Familiaren des Papstes, vor dem Portal der Basilika, und die Sonne schien auf ihn herab, als würde sie eigens für ihn vom Himmel strahlen.
»Ja«, sagte Clarissa, »wir wollen ihn begrüßen. Und ihn daran erinnern, dass er den Altar nicht allein gebaut hat.«
Jetzt hatte auch Bernini sie entdeckt, vor Freude leuchteten seine Augen auf. Er zog den Hut und lächelte ihnen zu.
»Ich bewundere Ihre Kunst, Signor Cavaliere«, sagte Donna Olimpia. »Doch verraten Sie uns: Was hat Ihnen als Maßstab gedient, ein Werk solcher Größe zu erschaffen?«
»Mein Auge«, erwiderte Bernini und warf den Kopf in den Nacken. »Weiter nichts.«
»Nur Ihr Auge?«, fragte Clarissa. »War nicht vielleicht auch die eine oder andere Hand im Spiel, um Ihnen zu helfen?«
Plötzlich ging ein Raunen durch die Menge, und im selben Moment erstarb das Lächeln auf Berninis Lippen. Eine Frau kam aus der Kirche gestürzt, warf sich vor ihm in den Staub und umklammerte seine Stiefel, während sie voller Verzweiflung immer wieder rief: »Vergib mir! Bitte, Lorenzo! Erbarmen! Vergib mir meine Schande! Gnade!«
Clarissa machte unwillkürlich ein paar Schritte rückwärts. War das eine Besessene? Sie hatte noch keine gesehen, doch so, wie diese Frau sich benahm ... Plötzlich sah sie ihr Gesicht – es war voller Narben. Heilige Muttergottes! Das war dieselbe Frau, die am Fuß der Säule gekniet hatte! Wieder überkam Clarissa das Gefühl, sie schon einmal gesehen zu haben. Doch wo nur, bei welcher Gelegenheit? Auf einmal erkannte sie das Gesicht trotz der Narben wieder: Sie hatte vor Jahren im Palast des englischen

Gesandten schon einmal in dieses Gesicht geschaut, wie in einen Spiegel: ein Gesicht aus Marmor, mit großen, erwartungsvollen Augen.
»Mein Gott, was ist mit dieser Frau geschehen?«, flüsterte sie.
»Hast du nicht davon gehört?«, fragte Donna Olimpia und zog sie fort. »Die ganze Stadt redet davon. Das ist Costanza Bonarelli, die Frau von Berninis erstem Gehilfen. Sie hat den Cavaliere hintergangen, mit seinem eigenen Bruder – dafür hat er sie bestraft. Ein Diener hat den Auftrag ausgeführt, als sie schlief. Es heißt, er habe ein Rasiermesser benutzt.« Aus ihrer Stimme klang unverhohlene Anerkennung. »Aber mach dir keine Sorgen!«, fügte sie rasch hinzu, als sie Clarissas Bestürzung sah. »Der Heilige Vater hat dem Cavaliere verziehen und die Anklage fallen gelassen. Nur der Diener wurde bestraft, man hat ihn in die Verbannung geschickt.«
Clarissa hörte sie und hörte sie nicht. Während Donna Olimpia sie weiter fortzog, musste sie immer wieder über die Schulter blicken, auf Bernini und die Frau zu seinen Füßen, und ein Gedanke, der sie vor einer Stunde noch mit Stolz erfüllt hatte, erfüllte sie nun mit Entsetzen: Sie hatte diesen Mann geküsst, ihre Lippen hatten seine Lippen berührt, denselben Mund, der den Auftrag gegeben hatte, das Gesicht dieser Frau zu zerschneiden, ihre Schönheit für immer zu zerstören.
Kalter Schweiß brach ihr aus, und ein Grauen kam über sie, wie sie es nur von der Vorstellung der ewigen Verdammnis kannte.

27

»Einhundertachtzigtausend Scudi für einen Tisch!«, schimpfte William. »Welche Eitelkeit! Welcher Wahn! Aber jetzt weiß ich, wie sie sich ihren Prachtaltar leisten – auf Kosten anständiger Leute. Gauner! Banditen!«

Sie hatten längst die Porta Flaminia hinter sich gelassen, das nördliche Stadttor von Rom, doch William wollte sich immer noch nicht beruhigen. Der Zolloffizier hatte stundenlang ihre Koffer und Mantelsäcke durchwühlt und die aberwitzigsten Vorwände erfunden, um ihnen Geld aus der Tasche zu ziehen. Allein für das Dutzend Silbergabeln, das Donna Olimpia ihrer Cousine mit auf die Reise gegeben hatte, hatte er ihnen ein Vermögen abverlangt.

Zehn Tage nach der Einweihung des neuen Hochaltars von Sankt Peter waren sie aufgebrochen. Niemand hatte Clarissas plötzliche Entscheidung verstanden, William so wenig wie Donna Olimpia oder Lord Wotton. Clarissa hatte gesagt, sie vertrage das heiße Klima nicht länger und sehne sich nach ihrer Heimat, und mit einem Seufzer hatte der englische Gesandte ihre Pässe unterschrieben.

Ohne auf Williams Rede zu achten, blickte Clarissa zum Fenster hinaus. Sie rollten die Via Flaminia entlang. Ein dunkelblauer Himmel wölbte sich über die Hügel, an deren Hängen dicht an dicht die Weinreben standen, hier und da glitzerte silbern das Laub eines Olivenhains, und auf dem Fluss in der Ferne blähten sich die Segel der Boote im Wind. Ja, die Landschaft war wirklich so schön, wie ihre Mutter immer gesagt hatte, die Landschaft und die Städte und die Gebäude, aber hinter dem schönen Schein lauerte das Unheil wie die Schlange unter einem blühenden Busch.

Clarissa beugte sich vor und schaute noch einmal zurück auf die Stadt. Von den zahllosen Kirchen und Palästen war nur noch der Petersdom mit seiner gewaltigen Kuppel zu erkennen, die übrigen Gebäude waren bereits ununterscheidbar miteinander verschmolzen, ein sanft gewelltes Meer aus ockerfarbenem Stein. So viele Jahre hatte sie dort verbracht, und fast wäre sie dem süßen Gift des Schönen in dieser fremden Welt erlegen.

Wie konnte ein Mann, der schönere Dinge als Gott selbst erschuf, ein solches Verbrechen begehen?

Clarissa zog den Vorhang vor das Fenster. Sie hatte nur noch einen Wunsch: Sie wollte zurück nach England, in ihre Heimat, um Ruhe zu finden. Noch bevor das Jahr zur Neige ging, würde sie verheiratet sein.

»Dem Himmel sei Dank«, knurrte William in seiner Ecke, »dass wir dieses Gomorrha verlassen!«

Zweites Buch

Risse in der Fassade
1641–1646

I

Seit der Aufstellung des Obelisken auf dem Petersplatz im Jahre 1586 hatte das römische Volk kein größeres Spektakel auf einer Baustelle gesehen, und alles, was in der Stadt Beine hatte, war herbeigeströmt, um zuzuschauen. Gebannt hielt man den Atem an. Würde das Wunder gelingen?
Hoch zu Ross, im Sattel eines schneeweißen Neapolitanerhengstes, sprengte Cavaliere Bernini vor dem Petersdom auf und ab, eine Peitsche in der Hand und Befehle rufend wie ein Feldherr in der Schlacht, während an dem neu errichteten Glockenturm, der die Fassade der Basilika an der Nordseite begrenzte, Dutzendschaften von Arbeitern mit Hilfe riesiger Flaschenzüge das maßstabgetreue Holzmodell des Turmhelms in den Sommerhimmel hievten, um es in schwindelnder Höhe auf die Mauerkrone zu setzen.
Man schrieb den 29. Juni des Jahres 1641. So wie Papst Urban VIII. über die Christenheit regierte, so herrschte Lorenzo Bernini über die Künstler und Baumeister Roms. Bewundert vom Volk, gefeiert von Kardinälen und Fürsten, galt er *urbi et orbi* als größtes Genie seit Michelangelo. Denn längst war aus dem Wunderkind von einst der souveräne Organisator künstlerischer Großunternehmen geworden, mit denen er sich anschickte, das Bild der Ewigen Stadt für alle Zeiten zu prägen.
Papst Urban und seine Nepoten überhäuften Bernini mit einer solchen Zahl von Aufträgen, dass dieser andere Familien, die ebenfalls Werke von ihm wünschten, immer wieder enttäuschen musste, auch wenn er dadurch den Groll ganzer Adelsgeschlechter auf sich zog. Denn nachdem es den Barberini im Laufe der Jahre gelungen war, alle wichtigen und zinsträchtigen Ämter im Vatikan an sich zu reißen, beschäftigten ihn die Brüder und Neffen des Papstes mit derselben Vorliebe wie Urban selbst. Wie ein Hausschwamm wucherte das Geflecht ihrer Beziehungen und Begünstigungen im Mauerwerk des Staatsge-

bäudes, und obwohl das Volk immer lauter unter den unaufhörlich wachsenden Steuern stöhnte, mit denen der Papst und seine Familiaren selbst unentbehrliche Lebensmittel wie Korn, Salz und Brennholz belegten, um ihre Bauwut zu finanzieren, verlangten die Barberini von ihrem Lieblingskünstler ständig neue Zeugnisse ihrer Macht und Herrlichkeit in Erz und Stein.

Während Bernini der Arbeit kaum Herr zu werden wusste, wuchs sein Ruhm zusammen mit seinem Reichtum. Neben Bildsäulen und Porträtbüsten, die er für den Heiligen Vater und dessen Angehörige meißelte, neben der Arbeit an Urbans Grabmal, die sich nun schon über ein Jahrzehnt erstreckte, trieb Bernini auf mehreren Baustellen gleichzeitig Urbans Vision vom neuen Rom voran, dem Vorgarten des Paradieses. Kaum war der Hochaltar von Sankt Peter vollendet, begann er die Wandflächen der mächtigen Pfeiler, welche die Kuppel des Domes trugen, zu Kapellen auszugestalten, für die Aufbewahrung der vier heiligsten Reliquien, die sich im Besitz der Kirche befanden: des Kreuzes Christi, des Schleiers der Veronika, der Lanze des Longinus sowie des Hauptes des Apostels Andreas. Zugleich schuf er den Hochaltar von Sant' Agostino, die Kapelle Raimondi in San Pietro in Montorio und als Gegenstück dazu die Kapelle der Allaleona in San Domenico di Magnanapoli. Dabei durften weder die Arbeiten am Palazzo Barberini ruhen noch die am Palazzo Propaganda Fide, wo er die baufällige Fassade restaurierte und eine Kapelle zu Ehren der Heiligen Drei Könige anlegte, die ein weiterer Bruder des Papstes im Kardinalsrang, Antonio Barberini, auf Urbans Drängen großzügigst gestiftet hatte.

Das Bauwerk aber, das alle anderen Unternehmen sowohl an Größe wie an Bedeutung um ein Vielfaches überragte, war die Errichtung der Glockentürme von Sankt Peter, für deren Finanzierung der Pontifex eine eigene Kopfsteuer erhoben und außerdem die Zinsen der Staatspapiere gesenkt hatte. Sie sollten ein Problem lösen, das noch aus der Verschmelzung von Michelangelos Zentralbau mit Madernos Langhaus herrührte: die

Wirkung der Kuppel. Aus der Ferne dominierte diese zwar das Bild des Doms, näherte man sich aber über die Piazza dem Portal, hatte man den Eindruck, als würde sie hinter der Fassade mit der übergroßen Vorhalle förmlich versinken, ein Missverhältnis, das die bedeutendste Kirche der Welt wie einen Torso erscheinen ließ. Um diesen Übelstand zu beheben, sollten die Türme aus der Nähe betrachtet die Kuppel betonen und rahmen, ohne sie in der Fernsicht ihrer Wirkung zu berauben.

Noch unter der Regierung Papst Pauls V. hatte Carlo Maderno die ersten Entwürfe gezeichnet und die Unterbauten bis auf die Höhe der Attika selber abschließen können, doch Urban hatte wenig Vertrauen zu dem Dombaumeister seiner Vorgänger und ließ die Fortsetzung der Arbeiten wieder und wieder verschieben, bis Maderno darüber starb. 1637 endlich hatte die Baukongregation den Beschluss verkündet, auf Madernos Unterbauten die Türme aufzuführen, aber nach Plänen seines Nachfolgers Bernini. Diese sahen statt Madernos schlichter Glockenstuben einen ungleich imposanteren Aufbau vor, der mit seinen drei Geschossen von der Erde bis zur Spitze dreihundert Fuß messen und statt der ursprünglich veranschlagten Summe von dreißigtausend Scudi mehr als das Doppelte verschlingen sollte. Urban wies darum die Kongregation im Jahre 1640 an, alle verfügbaren Mittel der *fabbrica* auf den Bau der Türme zu verwenden; er wollte ihre Vollendung unbedingt noch erleben. Wegen der Einwände, die Neider gegen die Pläne seines Dombaumeisters erhoben, hatte er Bernini gedrängt, ein Holzmodell des bekrönenden Stockwerks anzufertigen, um die Wirkung des Entwurfs *in situ* zu überprüfen.

»*Ecco! Ecco!* Was für ein Wunder!«

Ausrufe der Begeisterung hallten über den Petersplatz, als der hölzerne Turmhelm rumpelnd und ächzend seinen Sitz auf der Mauerkrone fand. Man stellte sich auf die Zehenspitzen und reckte die Hälse, um einen Blick auf den Turm zu erhaschen, auf dem Maurer und Tischler nun den Aufsatz mit schweren Hämmerschlägen befestigten, während der Cavaliere Bernini mit seinem Schimmel über die Piazza galoppierte, um sein Werk sowohl aus der Nähe wie aus der Ferne in Augenschein zu nehmen.

Ein wenig abseits von der Masse, ganz in Schwarz gekleidet wie ein Spanier, beobachtete ein Mann mit gespannter Aufmerksamkeit das Schauspiel. Borromini war sein Name, doch war der Mann kein anderer als Francesco Castelli, der sich nach dem Mailänder Heiligen Borromeo benannt hatte, um als selbstständiger Architekt nicht mehr denselben Namen zu tragen wie der einstige *assistente* Berninis. Er war bereits am frühen Morgen hierher gekommen, um dem Ereignis beizuwohnen. Denn wie kein Zweiter vermochte er zu ermessen, welche Leistung sich hinter der Konstruktion verbarg und was sie für die Domanlage bedeutete.

Seine dunklen Augen konnten keine Sekunde von dem Anblick lassen, immerzu starrte er auf den Turm, wie in einem Bann, sodass er darüber fast seinen Hass auf den Erbauer vergaß, der gerade vom Pferd stieg, um die Huldigungen purpurgewandeter Kirchenfürsten entgegenzunehmen. Was für eine herrliche Schöpfung! Die Einrahmung der mächtigen Domfassade gab der Anlage Halt und Gleichgewicht, obwohl der Turm selbst durchsichtig war wie eine offene Halle. Leicht und luftig stiegen die Säulenreihen in zwei Geschossen in die Höhe, um sich in einem dritten Stockwerk zu verjüngen, das, mit Statuen geschmückt, in phantastisch geschwungenen Kuppeln seinen Abschluss fand. Wie wunderbar harmonierte der Aufbau dank seiner kühnen Maße mit der wuchtigen Fassade und der schweren Attika! Und wie eindrucksvoll kam die Kuppel zu ihrem Recht! Mächtig und erhaben wölbte sie sich über dem Ganzen empor, Symbol von Schutz und Herrschaft zugleich. Ja, es war eine unglaubliche Leistung. Und ein unglaubliches Verbrechen …

Plötzlich hielt Borromini den Atem an. Im Portal des Doms erschien eine Frau, die gerade die Kirche verließ und seinen Blick auf sich zog. Jetzt blieb sie stehen und ordnete ihren

Schleier, sodass er kurz ihr Gesicht sah: Es war das Gesicht eines Engels ... Ihm blieb fast das Herz stehen. Wie konnte das sein? Sie hatte doch Rom vor vielen Jahren verlassen! Ohne das Spektakel der Baustelle eines Blickes zu würdigen, hob sie den Kopf und schaute über den Platz, als würde sie etwas suchen. Dann wandte sie sich ab. Ihr Gesicht verschwand wieder hinter dem Schleier; sie raffte den Rock und eilte die Treppe hinunter zu einer Kutsche, die mit offenem Schlag auf sie wartete.

Das alles dauerte nur wenige Sekunden, doch Borromini erschien es wie eine Ewigkeit, als sei die Zeit stehen geblieben.

Ein Raunen erhob sich über dem Platz, und Borromini erwachte aus seinem Traum. Ohne zu wissen, was er tat, stieß er zwei Männer beiseite, die ihm breitschultrig im Weg standen. Er achtete nicht auf ihre wütenden Proteste, während er in die Richtung der Basilika stolperte. Die Augen auf die verhüllte Gestalt gerichtet, als könne er sie mit seinen Blicken aufhalten, drängte er sich mit Gewalt durch die sich immer wieder zwischen ihn und diese Frau schiebende Menge, um sie von nahem zu sehen, von Angesicht zu Angesicht.

Er hatte die Kutsche bis auf einen Steinwurf erreicht, da schwoll ein zweites Raunen an, noch lauter als das erste, wie aus tausend Kehlen zugleich, ein Rufen und Schreien, das immer mächtiger wurde, als gelte es, Böses zu vertreiben. Unwillkürlich blickte Borromini auf, und im nächsten Moment sah er, was die Menschen auf der Piazza in solchen Schrecken versetzte: Zwei Risse, gezackt wie ein Blitz, liefen quer über das Mauerwerk – Risse in der Fassade von Sankt Peter!

Für einen Augenblick vergaß Borromini alles, was er gerade tat und was er wollte, und eine bittere Genugtuung erfüllte ihn. Er hatte es geahnt, es gleichzeitig befürchtet und erhofft: Das Fundament war zu schwach, um die gewaltige Konstruktion zu tragen ...

Er hatte nur diesen einen Augenblick gezögert, doch als er sich umdrehte, um die Verfolgung wieder aufzunehmen, war es bereits zu spät. Ohnmächtig musste er zusehen, wie die verhüllte

Frau inmitten des lärmenden Aufruhrs in ihre Kutsche stieg. Der Kutscher hob die Peitsche, die Pferde zogen an, und während die Menge sich vor ihnen teilte, fuhr der Wagen davon.

2

Schon seit Jahrhunderten flohen die Päpste im Sommer den stickigen Tiberkessel, um die heißesten Monate des Jahres auf dem Quirinalhügel oberhalb der Stadt zu verbringen, wo zu Cäsars Zeiten der Tempel der Gesundheit gestanden hatte. Doch trotz der guten Luft, wegen der man den Ort seit der Antike pries, fühlte Papst Urban sich an diesem Augustabend gar nicht wohl. Er hatte sein Nachtmahl kaum angerührt und sich schon bald zur Ruhe zurückgezogen. Allein dem Cavaliere Bernini hatte er befohlen, ihn in sein kühles Schlafgemach zu begleiten, wo er nun, nachdem seine Diener ihn auf seidene Kissen gebettet hatten, die Mitra vom Kopf nahm und sich gedankenvoll über den kahlen Schädel strich, dessen Fontanelle sein Leibarzt seit Jahren geöffnet hielt, damit die bösen Geister abziehen konnten. Kaum hatte Lorenzo auf einem gepolsterten Stuhl neben dem Bett Platz genommen, sprang Vittorio, das Bologneserhündchen Seiner Heiligkeit, mit einem Satz auf seinen Schoß.
»Wer hat dir erlaubt, dich zu setzen?«, fragte Urban ungehalten.
»Vergebung, Heiliger Vater.« Lorenzo schnellte in die Höhe, das Hündchen auf dem Arm. »Ich war nur um Vittorios Wohl besorgt.«
»Du tätest besser daran, dich um dein eigenes Wohl zu kümmern.« Der Papst lehnte sich zurück und schloss die Augen. »Wir haben heute angeordnet, die Arbeiten an den Glockentürmen einzustellen.«
»Aber Heiliger Vater!«, rief Lorenzo entsetzt. »Sosehr ich Eure

Vorsicht bewundere, allein, wenn ich demütigst meine Meinung dazu äußern darf ...«

»Halt den Mund und schweige still!«, schnitt Urban ihm das Wort ab.

Lorenzo verstummte und senkte das Haupt. Er kannte den Papst lange genug, um zu wissen, wann er reden durfte und wann er zu schweigen hatte. Und dass er jetzt besser schwieg, daran ließ Urbans Miene keinen Zweifel.

»Wir haben uns die Lage erklären lassen«, sagte Urban mit müder Stimme. »Obwohl wir die unterschiedlichsten Meinungen zu Rate zogen, wurde uns stets dieselbe Auskunft zuteil: Du hast zu viel Gewicht auf den Unterbau getürmt, dadurch sind die Schäden an der Fassade entstanden. Warum hast du nicht auf die warnenden Stimmen gehört?«

»Ich habe nur auf ausdrücklichen Wunsch Eurer Heiligkeit gehandelt«, erwiderte Lorenzo. »Wenn Ihr Euch erinnern mögt: Ich selbst habe darauf hingewiesen, dass wir auf schwierigem Grund bauen. Bereits bei der Legung des Fundaments unter meinem Vorgänger haben Wassereinbrüche die Arbeiten beschwert, ganz zu schweigen von der schlechten Beschaffenheit des Bodens ...«

»Ja, ja, ja«, unterbrach Urban ihn erneut. »Aber wir haben dir vertraut. Und darum fragen wir dich heute: Hast du unser Vertrauen missbraucht?« Wie eine Echse hob er ein Augenlid und blinzelte ihn an.

»Wäre dies der Fall«, sagte Lorenzo, »so wäre mein einziger Wunsch, dass Ihr mich meines Amtes entkleidet. Doch handelte ich nach bestem Wissen und Gewissen und stehe auch jetzt nicht an, Euch zu vergewissern, dass es keine ernsten Probleme gibt. Bedenkt, Heiliger Vater, welch herrlichen Plan Ihr verfolgt – Ihr baut das neue Rom!«

»Das neue Rom?« Urban seufzte. »Ich habe alle Hände voll zu tun, das alte zu bewahren! So viele Jahre ist es uns gelungen, uns aus dem Krieg im Norden zu halten, und nun droht Krieg in der Stadt. Meine Untertanen haben die Landsknechte Karls V. noch

nicht vergessen, sie fürchten sich vor einer zweiten Plünderung. Ich muss die marmornen Denkmale durch eiserne ersetzen.«
Lorenzo hatte gehofft, dass das Gespräch diese Wendung nahm. Jetzt würde Urban einmal mehr über seinen Bruder Taddeo lamentieren, der sich mit Odoardo Farnese angelegt hatte, dem Fürsten von Castro. Der war in die Romagna eingefallen, nachdem Urban ihm das Recht entzogen hatte, Steuern zu erheben, und brauchte nun mit seinen Truppen nur noch den Apennin zu überqueren, um Rom nach hundert Jahren ein zweites Mal in Schutt und Asche zu legen … Das alles kannte Lorenzo in- und auswendig, und er setzte seine bekümmertste Miene auf, um der Litanei zu lauschen, die unweigerlich folgen würde.
Doch den Gefallen tat Urban ihm nicht. »Wir können uns jetzt keine Fehler leisten«, erklärte er knapp. »Und deine Türme sind mehr als ein Fehler, sie sind ein Skandal. Ein Symbol für Roms Verwundbarkeit und Schwäche.«
Erschöpft hielt der Papst inne. Doch Lorenzo war nicht sicher, ob er wirklich ausgeredet hatte. Vorsichtshalber beschränkte er sich darauf, Vittorio auf seinem Arm zu streicheln. Solange der Schoßhund des Papstes an seiner Hand leckte, drohte keine Gefahr.
»Na, worauf wartest du?«, fragte Urban ungeduldig. »Mach endlich den Mund auf!«
Als Lorenzo den Blick hob, sah er die wachen blauen Augen des Papstes auf sich gerichtet.
»Als wir den Hochaltar von Sankt Peter bauten«, sagte er zögernd, »wurden auch Bedenken laut. Wäre es damals klug gewesen, auf die Mahnungen der Kleingläubigen zu hören? Jetzt steht der Altar so fest und sicher da wie der Dom selbst.«
»Das waren andere Zeiten.« Urban seufzte. »Damals hatten wir Geld, und du hattest tüchtige Helfer an deiner Seite. Die Probleme heute sind ungleich größer, und du bist allein. Wie willst du sie lösen?«
Lorenzo wollte gerade anfangen, dem Papst seine Tüchtigkeit in Erinnerung zu rufen, da spürte er, wie Vittorio auf seinem

Arm die Blase entleerte. *Porca miseria!* Am liebsten hätte er das kleine Mistvieh aus dem Fenster geworfen, doch Urban liebte den Köter mehr als die Apostel Petrus und Paulus zusammen. Also beherrschte Lorenzo sich, und während der warme Fleck auf seiner Brust größer und größer wurde, sagte er nur: »Darf ich in aller Bescheidenheit daran erinnern, dass ich inzwischen allein und ohne jede Hilfe Bauwerke von einiger Bedeutung aufgeführt habe? Den Palast Eurer Familie, die Propaganda Fide ...«

»Ja, ja«, unterbrach Urban ihn ein drittes Mal. »Aber was nützt es, wenn man den Respekt vor dir verliert? Man drängt mich bereits, einen neuen Dombaumeister zu ernennen. Wie man mir berichtet, ist in San Carlo ein geeigneter Architekt am Werke, derselbe, der auch die Sapienza bauen soll. Wenn ich mich recht entsinne, hast du ihn mir selbst vor Jahren empfohlen?«

Lorenzo wurde blass. Das war eine offene Drohung. Wenn er sich die gefallen ließ, war es um sein Ansehen geschehen.

Ohne auf Vittorios erschrockenes Kläffen zu achten, setzte er den Hund zu Boden und sagte: »König Ludwig von Frankreich hat mir eine Depesche geschickt. Ich wollte Eure Heiligkeit eigentlich nicht damit behelligen, aber jetzt ...«

»Ja, und? Was schreibt der gottlose Mensch?«

»Seine Majestät«, sagte Lorenzo und warf den Kopf in den Nacken, »dankt für die Büste ihres ersten Ministers Richelieu, die ich auf Veranlassung Eures Bruders schuf, und lädt mich nach Paris ein. Seine Majestät wünscht, ich solle ein Porträt von ihr fertigen. Wenn meine Dienste in Rom nicht länger gebraucht werden, möchte ich darum Eure Heiligkeit untertänigst um Erlaubnis bitten ...«

Er sprach den Satz nicht zu Ende und blickte Urban fest in die Augen. Die Miene des Papstes verriet keinerlei Regung, und während Vittorio zu Lorenzos Füßen winselte und an seinen Beinen immer wieder in die Höhe sprang, dehnten sich die Sekunden zu Minuten. Lorenzo wusste, dass er in diesem Augenblick sein Leben aufs Spiel setzte: Hier in Rom war er ein

Gott, in Paris aber, und rief ihn auch der König selbst dorthin, würde er ein Niemand sein.

Endlich öffnete Urban den Mund. »Wir freuen uns, dass der König von Frankreich die Werke unseres ersten Künstlers zu schätzen weiß.« Er nickte, und ein Anflug von Spott flackerte in seinen alten Augen auf. »Doch wir verbieten dir, der Einladung zu folgen. Du bist der Leiter der Dombauhütte, und als solchen brauchen wir dich hier. Du bist für Rom geschaffen, mein Sohn, wie Rom für dich! Was aber die Glockentürme angeht«, fügte er streng hinzu, als Lorenzo erleichtert aufatmete, »so bleiben die Arbeiten vorerst ruhen und der Aufsatz wird noch in diesem Monat entfernt. Wir können den Anblick nicht ertragen.«

Damit war die Audienz beendet. Lorenzo kniete nieder, um den Segen zu empfangen. Als er sich wieder erhob, folgte Vittorio ihm bis zur vergoldeten Flügeltür des Schlafgemachs, die zwei Diener für ihn offen hielten. Gebeugten Hauptes und rückwärts schreitend, hatte er sie fast erreicht, als er noch einmal die Stimme seines Herrn vernahm.

»Du hast vergessen, den Vorhang zuzuziehen.«

Überrascht blickte Lorenzo auf. »Ein unverzeihlicher Fehler, Ewige Heiligkeit. Ich werde ihn sofort korrigieren.«

Eilig kehrte er an Urbans Bett zurück und öffnete die goldene Schlaufe, die den schweren roten Samtvorhang des Prunkbettes am Pfosten hielt, während er die Blicke des Papstes auf sich spürte.

»Weißt du eigentlich«, fragte dieser leise, »was es heißt, einsam zu sein?«

Lorenzo hielt inne. Urbans Gesicht war so weiß, dass es sich kaum vom Bezug seiner Kissen abhob. So hatte sein Vater Pietro ausgesehen, als er auf dem Totenbett lag. Ein Gefühl zärtlicher Zuneigung wallte in Lorenzo auf.

»Die ganze Christenheit liebt Euch, Ewige Heiligkeit«, sagte er mit erstickter Stimme. »Und nicht zu vergessen Eure Brüder …«

»Meine Brüder?«, fragte Urban mit einem bitteren Lächeln. »Taddeo ist ein Ritter, der nicht weiß, wie man den Degen zieht.

Francesco hätte vielleicht das Zeug zum Heiligen, aber er tut keine Wunder. Und Antonio wäre gewiss ein braver Mönch, allein es fehlt ihm an Geduld.« Erschöpft machte er eine Pause, bevor er weitersprach. »Nein, mein Sohn, obwohl meine Familie viele hundert Köpfe zählt, habe ich nur dich.«
»Ihr beschämt mich, Heiliger Vater.«
Urban hob müde die Hand. »Kommst du mit meinem Grabmal voran?«
»Ich habe die Bildsäule noch einmal überarbeitet«, sagte Lorenzo. »Die Geste des Armes drückt jetzt sowohl königlichen Befehl als auch priesterlichen Segen aus.«
»Und der Fürst der Finsternis? Hat er schon seinen Griffel gespitzt?«
»Er hat sein großes Buch zwar aufgeschlagen, aber die Seite ist noch leer und ohne Namen.«
»Das ist gut, mein Sohn.« Urban nickte. »Er soll sich noch eine Weile gedulden. Aber jetzt lass mich allein, ich will zu meinem Herrgott beten! Gehe hin in Frieden!«
Er klopfte mit seiner welken Hand auf die Seidendecke, und während Vittorio über einen Stuhl zu ihm ins Bett kletterte, zog Lorenzo den Vorhang des Bettes zu und verließ den Raum. Als die zwei Diener hinter ihm die Türe schlossen, war ihm, als sei es plötzlich kälter geworden. Fröstelnd ging er die langen Marmorflure entlang. Er konnte es gar nicht erwarten, wieder in die warme Abendluft zu treten.
Vor dem Palast wartete ein Diener mit seinem Schimmelhengst auf ihn. Als er die Muskeln des unruhig tänzelnden Pferdes zwischen seinen Schenkeln spürte, verflogen seine trüben Gedanken.
Urban regierte schon so viele Jahre, er würde noch viele weitere Jahre regieren.

3

Monsignore Virgilio Spada war ein Mann in den besten Jahren, von kleinem Wuchs und angenehmem Wesen. Obwohl er die Kutte des strengen spanischen Filippinerordens trug, bat er seinen Herrgott nur so oft wie nötig um Beistand, um so oft wie möglich aus eigenen Stücken zu handeln. Mönch von Beruf und Bauherr aus Berufung, oblag ihm die Aufsicht sämtlicher Bauvorhaben seines Ordens. Als Propst der Kongregation des heiligen Filippo Neri kannte er jeden Architekten in der Stadt – den ehrgeizigen Pietro da Cortona ebenso wie Girolamo Rainaldi, seines Zeichens Architetto del Populo Romano, und natürlich den berühmten Gian Lorenzo Bernini. Am meisten aber schätzte er Francesco Borromini, einen ehemaligen Steinmetz, den er vor einigen Jahren entdeckt und seitdem nach Kräften gefördert hatte, damit er sich als Architekt selbstständig machen konnte, wie es seinem Eifer und mehr noch seinen Talenten entsprach.

Mit einem Schmunzeln erinnerte sich der Monsignore, während er sich auf den Weg zur Baustelle seines Ordens machte, um mit Borromini den Fortgang der Arbeiten zu besprechen. Ja, man hatte nicht schlecht gestaunt, als er im Jahre 1637 für das Oratorium der aufstrebenden Filippiner diesen noch unbekannten Architekten auswählte, hatte sich doch eine große Anzahl namhafter Künstler um die Aufgabe beworben, nachdem die Kongregation eine Konkurrenz durch öffentlichen Anschlag ausgeschrieben hatte, der in allen größeren Städten Italiens an den Straßenecken erschienen war. Doch Spada wusste, was er tat. Die Verbindung des Einfachen mit dem Erhabenen hatte das Leben des heiligen Filippo ausgezeichnet, des Ordensgründers und Volksheiligen, und diese Verbindung versprach kein Architekt so vollkommen in die Sprache der Baukunst zu übersetzen wie Borromini. Außerdem verband er planerisches Genie mit bautechnischer Sparsamkeit.

Borromini hatte sich damals in einer überaus misslichen Lage befunden. Die Konservatoren der Stadt Rom hatten ihn zum Architekten der Sapienza ernannt, des Archigymnasiums, aus dem die Universität mit theologischer, philosophischer und medizinischer Fakultät erwachsen sollte, doch trotz der Zusage, dass die Baustelle keine »Piazza morta« sei, wurde der Beginn der Arbeiten Jahr für Jahr verschoben. Borrominis einzige Auftraggeber waren zu jener Zeit die ebenso frommen wie armen Mönche des spanischen Ordens von der Erlösung der Christensklaven, für die er auf einem handtellergroßen Areal unweit der Kreuzung mit den *quattro fontane* das Kloster San Carlo samt Kirche neu aufführen sollte, ein Unternehmen, das mit so geringen Geldmitteln ausgestattet war, dass die unbeschuhten Brüder allein im Vertrauen auf Gott den Bau in Angriff nahmen.

Mit geradezu heiligem Eifer hatte Borromini sich darum an den neuen Auftrag gemacht, mit dem Spada ihn betraut hatte, und er sollte ihn nicht enttäuschen. Trotz der Mahnung, die bescheidenen Verhältnisse zu wahren, die den Vätern ziemten und die sogar die Verwendung von Marmor weitgehend verboten, verblüffte er seinen Auftraggeber immer wieder mit neuen Einfällen. Für jedes Detail zeichnete er zahllose Entwürfe und formte Modelle aus Wachs. Dabei ähnelte die Fassade des Oratoriums den Formen eines menschlichen Körpers, als würde der heilige Filippo selbst in Gestalt seiner Kirche die Gläubigen umfangen.

Spada war mit dieser Arbeit so zufrieden, dass er Borromini wenig später auch den Umbau des Palazzos übertrug, den sein Bruder für die Familie erworben hatte, und niemand freute sich mehr als der Monsignore darüber, dass Borromini 1641 mit der Fertigstellung von San Carlo über Nacht berühmt wurde. Hatten Spötter anfangs das Bauwerk mit seinen kapriziösen Bögen und Wölbungen, das in nie gesehener Weise den rechten Winkel vermied, als Ausgeburt eines kranken Gehirns verlacht, bemühten sich jetzt Architekten aus aller Welt um einen Grundriss der Kirche, deren Bau wenig mehr als zehntausend Scudi gekostet hatte. Das war die Hälfte der ursprünglich veranschlagten

Summe, ein Wunder, das Borromini den Ruf als »Michelangelo der Armen« eintrug.

Spada beschleunigte seine Schritte. Gott sei Dank, dass der Ruhm seinem Architekten nicht zu Kopf gestiegen war und Borromini in seinem Eifer nicht nachließ! Da das Oratorium wie auch das Refektorium von San Filippo bald vollendet waren, wurde es höchste Zeit, die Errichtung der Bibliothek anzugehen. Borromini hatte ihm für heute die fertigen Pläne versprochen, und Monsignore Spada freute sich schon jetzt, da er die Piazza di Monte Giordano überquerte und die eingerüstete Fassade des Oratoriums erblickte, auf den Tag, an dem sie das fertige Gebäude einweihen würden. Ja, wenn der heilige Filippo im Himmel dort droben nur halb so viel Freude beim Anblick des Klosters empfand wie sein unwürdiger Diener hienieden, dann war dieses Werk wohlgetan.

Doch was war das? Woher rührte dieses Geschrei? Etwa aus dem Gotteshaus?

Spada raffte seine Soutane und eilte die Stufen zur Kirche hinauf. Als er das Portal aufstieß, bot sich ihm ein so fürchterlicher Anblick, dass er darüber vergaß, seine Hand in das Weihwasserbecken zu tauchen.

»Was geht hier vor?«, rief er und stürzte zum Altarraum.

Nur wenige Schritte vom Aufgang zur Kanzel entfernt hielten zwei Männer einen halbnackten Arbeiter fest, der sich, vor Schmerzen schreiend wie ein Tier, zwischen ihnen wand, während ihn Borromini, der Baumeister der Kirche, wutentbrannt und völlig außer sich eigenhändig auspeitschte.

»Sind Sie von Sinnen, Signor? Sie bringen den Mann ja um!«

Spada brüllte wie ein Löwe, doch Borromini hörte ihn nicht. Unerbittlich ließ er die Peitsche auf den Arbeiter niederfahren, dessen Oberkörper von blutigen Striemen übersät war. Gerade hob er den Arm, um erneut zuzuschlagen, da sprang Spada vor und packte Borrominis Handgelenk mit solcher Kraft, dass dieser in der Bewegung innehielt.

»Was hat der Mann getan, dass Sie ihn so misshandeln?«

Borromini blickte ihn mit seinen dunklen Augen an, als erwache er aus einem Traum. Ohnmächtig sank der Arbeiter zu Boden.
»Der Mann hat sich geweigert, meine Befehle auszuführen.«
»Das berechtigt Sie nicht, ihn zu Tode zu prügeln, zumal in einem Gotteshaus!«
»Und wenn wir im Petersdom wären – das ist meine Baustelle! Ich kann nicht dulden, dass man damit droht, die Arbeit niederzulegen.«
»Die Arbeit niederlegen?«, fragte Spada erschrocken. »Was zum Himmel ist der Grund?«
»Die Maurer behaupten, meine Pläne für die Kardinalsloge wären undurchführbar. Diese Stümper! Sie haben keine Erfindungskraft und glauben, ich wolle sie schikanieren. Aber die Baluster müssen oben stärker als unten sein, damit die Kardinäle durchsehen können. Stattdessen haben sie einfach eine Mauer hochgezogen, wie für ein Gefängnis. Und der da« – Borromini zeigte voller Verachtung auf den Mann zu seinen Füßen – »ist der Anführer, ein Faulpelz und Nichtskönner, der die Maurer schon seit Wochen gegen mich aufhetzt und alles tut, um meine Autorität zu untergraben ...«
Vor Erregung begann er zu husten, so heftig, dass er seine Rede nicht zu Ende führen konnte.
»Bringt den Mann fort und versorgt seine Wunden!«, befahl Spada den zwei Arbeitern, die den Ohnmächtigen an den Armen hielten. »Und wir«, wandte er sich dann an Borromini, »wollen uns endlich an die Arbeit machen. Haben Sie die Entwürfe für die Bibliothek mitgebracht?«
Stirnrunzelnd blickte er seinem Baumeister nach, wie dieser die Pläne holte. Sollten die Kritiker doch Recht behalten, die ihn vor diesem Menschen gewarnt hatten? Doch kaum waren die Pläne auf dem Zeichentisch entrollt, war Borromini wie verwandelt. Hatte er eben noch wie ein Besessener getobt, erläuterte er nun ruhig und konzentriert seine Entwürfe, während seine Augen leuchteten wie die eines Verliebten. Was für ein eigenartiger Mann er doch war! Spada wunderte sich einmal mehr über ihn.

Ob sein Eifer eine andere, von Gott gewollte Form der Besessenheit war und das Leuchten in seinen Augen ein Widerschein des unsterblichen Funkens, den der Heilige Geist in diesem Mann entfacht hatte? Was für wunderbare Ideen er hervorbrachte! In die Fensternischen auf der Galerie hatte er Sitze und Tische eingezeichnet, sodass die Schüler sich dort oben, Gott nah und allem Lärm der Welt entrückt, in ihre Studien vertiefen konnten und zugleich einen prächtigen Blick auf den Gianicolo-Hügel hatten. Wie praktisch und bedeutungsvoll zugleich! Spada nickte. Ja, wenn ein Baumeister es verstand, für neue Ideen eine Lösung zu finden, dann dieser!
»Sie wissen, wie sehr ich Sie schätze«, sagte Spada, »nicht nur als Auftraggeber, auch als Ihr Freund. Aber«, fügte er ernst hinzu, »wie können Sie sich so hinreißen lassen? Haben Sie vergessen, dass der Zorn zu den Todsünden gehört, die Gott mit ewiger Verdammnis bestraft?«
Borromini erwiderte finster seinen Blick. »Finden meine Pläne Ihre Zustimmung?«, sagte er, ohne auf die Frage einzugehen.
»Zustimmung? Ich bin begeistert! Doch lassen Sie mich noch eines sagen«, fuhr Spada fort. »Wenn Sie nicht um Ihre Seele fürchten, bedenken Sie die irdische Gerechtigkeit! Ich will nicht erleben, dass man Sie eines Tages einsperrt.«
»Darf ich meine Pläne wiederhaben?«, fragte Borromini und griff nach seinem Entwurf.
Spada legte die Hand auf seinen Arm. »Was ist mit Ihnen, Signor? Haben Sie Sorgen? Wer Furcht verbreitet, trägt Furcht in sich.«
Borrominis Gesicht verdunkelte sich noch mehr, und eine scharfe Falte zeichnete sich auf seiner Stirn ab. Plötzlich sah er so gequält aus wie einer seiner Cherubine.
»Ich bitte um Vergebung, Ehrwürdiger Vater«, sagte er leise, »aber ich habe seit Tagen nicht geschlafen.«
»Wegen der Arbeit?«, fragte Spada. »Oder gibt es dafür andere Gründe?«

Er forschte aufmerksam in seinem Gesicht. Doch Borromini gab keine Antwort. Stumm rollte er seine Zeichnungen zusammen.

»Wenn Sie erlauben, Monsignore«, sagte er dann, »will ich nun dafür sorgen, dass man die Baluster so mauert, wie es unseren Zwecken dient.« Ohne eine Antwort abzuwarten, ließ er seinen Auftraggeber stehen und stieg zur Kardinalsloge hinauf.

Den Kopf voller Fragen, machte Virgilio Spada sich auf den Heimweg. Obwohl er wusste, wie unnachgiebig sein Baumeister war, wenn es um die Arbeit ging, wie jähzornig und wütend er werden konnte, wenn man seine Anweisungen nicht befolgte, spürte er doch, dass die Widerspenstigkeit der Maurer nur die halbe Wahrheit war. Hinter dem Tobsuchtsanfall, der einem Mann fast das Leben gekostet hätte, steckte noch etwas anderes, und als erfahrener Beichtvater, der in Gottes Namen zahllose Sünden gehört und vergeben hatte, kannte Virgilio Spada die Herzen der Menschen gut genug, um zu ahnen, was es wohl sein mochte.

»*Nulla fere causa est, in qua non femina litem moverit*«, memorierte er eine Passage aus Juvenals »Satiren«, die er nicht weniger schätzte als die Schriften der Kirchenväter. »Es ist kein Streit unter der Sonne, den nicht ein Weib verursacht hätte.«

Ja, die Fleischesgier war, und mochte der heilige Thomas von Aquin auch anderes behaupten, die größte Gefährdung der Seele und die schlimmste aller Todsünden – schlimmer noch als Hoffart und Neid, Habsucht und Maßlosigkeit, Zorn und Trägheit des Herzens –, folgten aus ihr doch die übrigen Sünden mit derselben Gewissheit wie Kopfschmerz und Übelkeit aus dem übermäßigen Genuss von Wein, um den Menschen das Leben auf Erden zu verdrießen und ihren Platz im Himmelreich zu gefährden.

4

»Dreizehn Meilen sind die Stadtmauern lang«, verkündete Giulio, »und über einhundertzwanzigtausend Einwohner leben in Rom...«
Clarissa hatte fast vergessen, wie unermesslich groß diese Stadt war. Wer sich hier verstecken wollte, konnte in dem Labyrinth von Gassen und Straßen spurlos verschwinden. Seit den frühen Morgenstunden fuhr sie in der offenen Equipage durch Rom, rast- und ruhelos trotz der brütenden Hitze. Sie hatte Giulio, einen *Sightsman* von kaum zwanzig Jahren, der sein Brot damit verdiente, Fremden für ein paar Kupfermünzen die Stadt zu zeigen, angewiesen, sie zu allen Bauwerken zu führen, die in den Jahren seit ihrer Abreise errichtet worden waren.
»Sonst wollen die Leute immer die alten Sachen sehen«, wunderte er sich. »Die Pilgerkirchen, die Märtyrergräber oder die Katakomben, in denen die ersten Christen sich versteckt haben. Sollen wir nicht lieber dorthin fahren?«
Konnte Giulio Gedanken lesen? Woher wusste er, wohin sie eigentlich hätte fahren sollen? Ärgerlich wies Clarissa den Gedanken von sich.
»Nein«, rief sie fast trotzig, »ich will die neuen Bauwerke sehen.«
Wie sehr hatte Rom sich verändert! Es war, als wäre inmitten der alten Stadt, die Clarissa von früher her kannte, eine neue aus dem Boden gewachsen, wie verschiedene Generationen von Pflanzen, die in einem Park einander überwucherten. Waren all diese Bauten wirklich in so kurzer Zeit entstanden? Oder hatte sie bei ihrem ersten Aufenthalt nur deshalb so wenig davon gesehen, weil William sie nie auf die Straße lassen wollte? Ihr alter Tutor hätte sicher alles versucht, um sie an dieser Irrfahrt zu hindern, doch er war zu gebrechlich geworden, um sie ein zweites Mal nach Rom zu begleiten, und deshalb in England geblieben, wo er sich nun im Ruhm seines literarischen Werkes sonnte, der

»Reisen in Italien, unter besonderer Berücksichtigung der mannigfaltigen Verführungen und Verlockungen, welche in diesem Lande zu gewärtigen sind«.
»Sollen wir nicht eine Pause machen, Principessa? Wir sind schon sechs Stunden unterwegs.«
»Ich bin nicht müde, Giulio. Und wir haben längst nicht alles gesehen.«
Giulio kannte die Stadt wie die Taschen seiner abgerissenen Hose. Mit Gesten, als habe er die Bauwerke selber errichtet, zeigte er Clarissa die prächtigsten Paläste, die herrlichsten Kirchen, die wunderbarsten Denkmäler – doch nichts weckte ihr Interesse. Mit halbem Ohr hörte sie seinen wortreichen Erklärungen zu und verweilte bei jeder Station nur wenige Minuten, bevor sie zur Weiterfahrt drängte. Sie konnte einfach nicht finden, wonach sie suchte. Doch wonach suchte sie? Wusste sie es selbst?
Plötzlich hatte sie eine Idee. »Bring mich zu den großen Baustellen!«
»Baustellen?« Giulio blickte sie an, als habe er nicht richtig verstanden. »Was wollen Sie denn dort? Da gibt es doch nur Staub und Dreck! Ich bringe Sie lieber zu meiner Schwägerin Maria. Die hat eine Taverne ganz in der Nähe und kocht die beste *pasta* in der Stadt.«
»Hast du nicht gehört, was ich gesagt habe? Du sollst mir die Baustellen zeigen!«
Während die Pferde anzogen, stieß Clarissa einen Seufzer aus. Ach, wäre die Entschlossenheit in ihrem Herzen nur halb so groß wie die Entschlossenheit in ihrer Stimme! Stattdessen wurde sie von Zweifeln geplagt. Durfte sie tun, was sie tat? Sie hatte sich bei ihrer Rückkehr geschworen, keinen der beiden Männer, die sie in dieser Stadt zurückgelassen hatte, je wieder zu sehen. Sie war auf Wallfahrt, sollte beten für ihren Mann, Lord McKinney, beten in den Pilgerkirchen, an den Gräbern der Märtyrer und Apostel, an allen Gnadenorten Roms: Das war ihr Auftrag, der einzige Zweck ihres Aufenthalts in dieser Stadt. Doch der Ver-

dacht, der ihr am Vortag beim Anblick des Glockenturms von Sankt Peter gekommen war, ließ ihr keine Ruhe. Wenn wirklich stimmte, was sie befürchtete – durfte sie da tatenlos schweigen?
Während die Kutsche von Baustelle zu Baustelle fuhr, prüfte Clarissa angespannt die entstehenden Gebäude: Würde sie Castelli an seinen Werken erkennen? Überall wurde jetzt in der neuen Manier gebaut, die sie vor Jahren hier erstmals gesehen hatte, Gebäude mit so üppig schwellenden Formen, als gebe es weder Armut noch Not, aber nirgendwo erkannte sie seinen besonderen Stil wieder, seine unverwechselbare Eigenart, die ihn vor allen anderen Architekten auszeichnete. Konnte es sein, dass er gar nicht mehr in Rom lebte? Oder, schlimmer noch, dass niemand ihm einen Auftrag gab?
Plötzlich – die Mauern und Türme warfen schon lange Schatten – begann ihr Herz vor Aufregung zu klopfen.
»Anhalten!«, rief sie und sprang aus der Equipage.
Obwohl die Fassade der Kirche noch eingerüstet war, konnte Clarissa ihre seltsame Form deutlich erkennen. Sie war in Anlehnung an einen menschlichen Körper gestaltet, der die Besucher des Gotteshauses mit offenen Armen zu empfangen schien. Das musste sein Werk sein! Niemand sonst würde auf einen solchen Einfall kommen! Eilig überquerte sie die Piazza und sprach einen jungen Zimmermann an.
»Wie heißt der Architekt, der diese Baustelle leitet? Heißt er vielleicht …«, sie stockte, bevor sie den Namen aussprach, »… Castelli?«
»Castelli?«, fragte der Zimmermann zurück. Er nahm seine Mütze vom Kopf und wischte sich mit dem Handrücken über die Stirn. »Hier arbeitet keiner, der so heißt.«
Dann verschwand er in der Kirche. Enttäuscht blickte Clarissa ihm nach. Sollte sie sich so sehr geirrt haben? Sie schaute an der Fassade empor: Diese Bögen, diese Wölbungen – das war doch ganz und gar Castellis Art! An manchen Stellen ein wenig unbeholfen, fast linkisch, dann wieder kühn und von phantastischem Einfallsreichtum, genau wie er selbst.

»Vergebung, Eccellenza«, sprach sie jemand an. »Sie suchen den Architekten Castelli?«
Vor ihr stand ein Steinmetz mit staubgrauem Bart.
»Ja!«, sagte sie voller Hoffnung. »Können Sie mir helfen?«
»Könnte sein«, antwortete der Mann. »Ich habe früher mal für ihn gearbeitet. Soviel ich weiß, baut er jetzt einen Palazzo im Borgo Vecchio, gleich bei der Porta Castello. Vielleicht fragen Sie da mal.«
Clarissa drückte ihm ein paar Münzen in die Hand und eilte zurück zu ihrer Equipage. Keine fünf Minuten später überquerte sie den Tiber und passierte die Engelsburg, die selbst im milden Schein der Abendsonne so düster und bedrohlich wirkte, dass Clarissa fröstelte.
Als sie die Baustelle schließlich sah, traute sie ihren Augen nicht. Das Gebäude bot einen so finsteren Anblick, dass im Vergleich dazu die Engelsburg wie ein Lustschloss erschien. Noch größer aber war Clarissas Verwunderung, als ihr ein Maurer sagte, dass tatsächlich Castelli der Architekt dieses abscheulichen Bauwerks sei.
»Aber warum fragen Sie ihn nicht selbst? Da drüben steht er ja!«
Clarissa spürte, wie ihre Hände feucht wurden, während sie sich dem Mann näherte, den der Maurer ihr gezeigt hatte. Er stand mit dem Rücken zu ihr und gab gerade ein paar Arbeitern Anweisungen.
»Signor Castelli?«
Mit einer langsamen Bewegung drehte er sich zu ihr herum. Clarissa stutzte. Ein vollkommen fremder Mensch blickte sie an, mit erhobenen Brauen und gespitzten Lippen und einem so dümmlichen Gesicht, wie Clarissa nur selten zuvor eines gesehen hatte.
»Womit kann ich Ihnen dienen?«, fragte er.
Ohne ihm eine Antwort zu geben, machte sie auf dem Absatz kehrt. Doch so erleichtert sie war, fühlte sie sich zugleich um eine Hoffnung ärmer. Wo konnte sie jetzt noch suchen? Ihr fiel nur eine Möglichkeit ein.

»Zum Vicolo dell'Agnello!«, rief sie Giulio zu, als sie wieder in der Kutsche saß.
Sie erkannte das windschiefe Haus schon von weitem. Bei seinem Anblick überkam sie die Erinnerung an ihre letzte Begegnung mit Castelli, an sein versteinertes Gesicht und die grenzenlose Trauer, die aus seinen Augen gesprochen hatte, und plötzlich verließ sie jeglicher Mut. Was ging sie das alles überhaupt an? Ach, mehr als ihr lieb war! Vielleicht war sie der einzige Mensch in der Stadt, der die wahre Geschichte des Glockenturms kannte. Nein, ob sie wollte oder nicht, sie musste dafür sorgen, dass die Wahrheit ans Tageslicht kam. Sie stieg aus der Kutsche und klopfte an die Tür.
Niemand machte auf. Sie klopfte ein zweites Mal – wieder keine Reaktion.
»Suchen Sie jemand?«, fragte eine junge Frau, die sich mit langem Hals aus dem Fenster des Nachbarhauses beugte.
»Ja«, sagte Clarissa. »Wohnt hier Signor Castelli?«
Die Frau schüttelte den Kopf.
»Sind Sie sicher? Ich weiß genau, dass er früher hier gelebt hat.«
»Tut mir Leid, aber den Namen kenne ich nicht. Und ich wohne schon fünf Jahre hier.«
»Fahren wir jetzt zu meiner Schwägerin?«, fragte Giulio, als sie wieder in die Equipage stieg.
Erschöpft ließ Clarissa sich in die Polster fallen. Draußen senkte sich bereits die Dunkelheit über Rom. Streng und abweisend blickten die Fassaden der uralten Häuser sie an, als wolle die Stadt ihr den Zutritt verwehren, die Geheimnisse, die sich hinter den Mauern verbargen, vor ihr bewahren. Clarissa schloss die Augen. Und wenn sie einfach Donna Olimpia fragte, wo Castelli steckte? Vielleicht hatte sie etwas von ihm gehört. Nein, ihre Cousine würde sie nicht verstehen, sie würde ihr nur Schwierigkeiten in den Weg legen, künftig das Haus zu verlassen. Olimpia hatte sich sehr verändert. Seit ihr Mann gestorben war, trug sie stets einen Rosenkranz in der Hand und führte ihrem Schwager, Kardinal Pamphili, den Haushalt, streng wie eine Äbtissin.

Clarissa richtete sich auf und ordnete ihren Schleier. Nein, es gab nur einen Menschen, der ihr Auskunft über Castellis Verbleib geben konnte.

5

Es war dunkle Nacht, als sie endlich vor seinem Haus in der Via della Mercede stand, ganz in der Nähe des Palazzo di Propaganda Fide. Mannsgroße Fackeln beschienen das hohe, breite Portal, während Clarissa nach dem bronzenen Türklopfer griff. Das Herz pochte ihr bis zum Hals. Hier, in diesem herrschaftlichen Palast, der sich vier Stockwerke in den nachtschwarzen Himmel erhob, wohnte der Mann, der sich an Gott und der Schönheit gleichermaßen versündigt und sie aus Rom vertrieben hatte, der Mann, den sie als allerletzten Menschen auf der Welt wieder sehen wollte und den sie jetzt doch wieder sehen musste.
Ein Diener in Livree öffnete ihr die Tür und führte sie in eine von tausend Kerzen erleuchtete, mit Spiegeln und Stuck ausgeschmückte Halle, in der ein halbes Dutzend Kinder spielte. Sie wurden beaufsichtigt von einer hoch gewachsenen jungen Frau mit einem Säugling auf dem Arm, deren kastanienfarbenes Haar ein vollkommen ebenmäßiges, wie in Wachs modelliertes Gesicht einrahmte, aus dem Clarissa zwei sanfte Rehaugen anblickten.
»Ich bitte Sie um Verzeihung, Signora«, sagte Clarissa, »wenn ich zu so später Stunde störe, zumal wir einander nicht kennen. Ich bin gekommen, um ...«
»Principessa? Sind Sie es wirklich?«
Sie hatte noch nicht ausgesprochen, da flog eine Tür auf und herein kam in einem offenen, bis zum Boden wallenden Umhang Lorenzo Bernini. Mit ausgebreiteten Armen und einem strahlenden Lächeln eilte er auf sie zu.

»Was für eine wunderbare Überraschung!«, sagte er, während er sich über ihre Hand beugte. »Aber ich habe immer gewusst, dass wir uns eines Tages wiedersehen. Seit wann beglücken Sie unsere arme alte Stadt mit Ihrer strahlenden Gegenwart?«
»Ich bin vor drei Wochen angekommen.«
»Wie? Schon so lange? Und dann besuchen Sie mich erst jetzt?«, fragte er mit gespielter Empörung. »Da hätte ich ja allen Grund, Ihnen böse zu sein. Übrigens«, fuhr er im selben Atemzug fort, »darf ich Ihnen meine Frau vorstellen? Caterina Tezio – ein Geschenk des Himmels. Oder genauer: des Papstes.«
Seine Frau schüttelte mit nachsichtigem Lächeln den Kopf. »Sie wissen doch, Cavaliere, dass ich solche Reden nicht mag.«
»Aber wenn es doch wahr ist!«, protestierte er und küsste ihre Hand. »Papst Urban«, fügte er, an Clarissa gewandt, hinzu, »hat mich damals gezwungen, mein schlimmes Leben aufzugeben – Gott sei Dank! Sie erinnern sich an den Zwischenfall mit meinem Bruder? Der arme Luigi, er musste nach Bologna – unsere Mutter und der Papst waren der Meinung, wir sollten uns ein paar Jahre nicht sehen – und ich durfte dieses wunderbare Geschöpf heiraten. Ja, Principessa, ich gestehe es frei heraus, ich habe in jungen Jahren manches falsch gemacht. Doch Sie werden staunen, ich habe mich gewandelt. Jeden Sonn- und Feiertag besuche ich die Messe, und einmal pro Woche gehe ich zur Beichte. Kein Bischof könnte frommer sein als ich.«
Clarissa blickte ihn an: ein stattlicher, selbstsicherer Mann, der um seine Wirkung wusste. Dabei schienen die Jahre spurlos an ihm vorübergegangen zu sein. Kaum ein graues Haar in seinen schwarzen üppigen Locken, und die kleinen Fältchen um seine Augen verrieten nur, dass er viel lachte. Hatte sie sich vielleicht doch in ihm getäuscht? War die fürchterliche Geschichte über ihn damals nur ein Gerücht gewesen, das sich längst als unwahr erwiesen hatte?
»Es scheint Segen auf Ihrer Ehe zu liegen, Signor Bernini.«
»Sagte ich nicht, dass Caterina ein Geschenk des Himmels ist? Zwar versucht sie stets, einen besseren Menschen aus mir

zu machen, als ich bin, doch wenn ich hier und da noch fehle, sieht sie mir zu meinem Glück alle Sünden nach.«

»Hören Sie nicht auf ihn!«, sagte Caterina. »Der Cavaliere schreibt neuerdings Lustspiele fürs Theater und glaubt darum bisweilen, selber wie ein Komödiant reden zu müssen.«

»Wirst du wohl aufhören, meine Geheimnisse zu verraten! Aber wie könnte ich ihr böse sein, Principessa? Sie ist die Mutter meiner Kinder, und die bedeuten mir mehr als mein Leben. Dieses hier« – er nahm seiner Frau den Säugling vom Arm – »ist erst drei Monate alt. Chiara, ein Mädchen. Ist sie nicht ganz die Mutter?«

»Sie heißt Carla, Signor«, verbesserte Caterina ihn mit einem liebevollen Kopfschütteln. »Wie oft soll ich Ihnen das noch sagen?«

»Ja, ich werde alt«, erwiderte er lachend und gab seiner Frau den Säugling zurück. »Aber ich glaube Principessa, wir sollten in mein Studio gehen. Da können wir ungestört reden. Ich bin ja so neugierig, wie es Ihnen in Ihrer Heimat ergangen ist, *in good old England*«, fügte er mit einem fürchterlichen Akzent auf Englisch hinzu und klatschte dann in die Hände. »*Avanti, avanti, bambini!* Ab mit euch ins Bett!«

Während die Kinder sich um ihre Mutter scharten wie Küken um eine Glucke, verabschiedete Clarissa sich von Berninis Frau und folgte ihm in ein Nebenzimmer. Zum Glück war sie nicht mit ihm allein im Haus! Das Studio erinnerte sie an das Innere ihrer Schmuckschatulle. Die Wände waren mit Samt und Brokat bespannt, überall glitzerte und funkelte es von Gold und Kristall, während sie in dem Perserteppich auf dem Boden fast versank. Was für eine Pracht! Aber sie war nicht hergekommen, um seinen Palast zu bewundern, neben dem der Palazzo Pamphili sich wie eine armselige Hütte ausnahm. Ohne zu überlegen, wie sie das Gespräch eröffnen solle, stellte sie ihn zur Rede, kaum dass er die Tür hinter ihr geschlossen hatte.

»Wo ist Signor Castelli?«

»Castelli?«, fragte er verwundert und forderte sie mit einer Geste auf, in einem gold lackierten Lehnstuhl Platz zu nehmen. »Brauchen Sie einen Steinmetz?«

Clarissa blieb stehen. »Ich habe den Glockenturm gesehen«, sagte sie, so ruhig sie konnte. »Der Entwurf stammt von Francesco Castelli, er hat ihn mir selbst gezeigt. Sie haben seine Ideen gestohlen. Der Turm ist sein Werk.«

Um Berninis Augen zuckte es einmal kurz, und das Lächeln auf seinem Gesicht verschwand. »Ist es möglich«, erwiderte er kühl, »dass Sie gerade Englisch mit mir gesprochen haben? Zumindest habe ich den Sinn Ihrer Worte nicht verstanden.« Er griff nach einem der rotbackigen Äpfel, die sich in einer kunstvollen Pyramide auf dem Tisch türmten, und betrachtete nachdenklich die Frucht. »Doch was Ihre Frage nach dem Verbleib meines ehemaligen *assistente* angeht, so kann ich Ihnen Auskunft geben.« Er drehte sich zu ihr herum und sah sie an. »Es gibt in Rom keinen Francesco Castelli mehr.«

Während er in seinen Apfel biss, spürte Clarissa, wie das Blut aus ihrem Gesicht wich.

»Was soll das heißen? Hat er Rom verlassen?«

»Wer weiß?«

»Oder«, sie machte eine Pause, »ist ihm etwas zugestoßen? Hat es ein Unglück gegeben?«

»Unglück?« Bernini zuckte mit den Achseln. »Er hat es selbst so gewollt, sonst hätte er es nicht getan. Er hat sich freiwillig dazu entschieden.«

»Was hat er getan? Herrgott, sagen Sie mir doch, was mit ihm ist!«

»Bin ich sein Hüter?«, erwiderte Bernini und biss erneut in seinen Apfel. »Ich habe bei Gott andere Dinge zu tun, als mich um diesen Menschen zu kümmern.«

Clarissa spürte eine diffuse, unbestimmte Angst, ganz ähnlich wie vor vielen Jahren einmal als Kind, nachdem sie sich bei dichtem Nebel im riesigen Park ihres Elternhauses verlaufen hatte. Was wollte Bernini mit seinen Andeutungen sagen? Hatte Castelli seinen Beruf aufgegeben? War er in eine andere Stadt gezogen? Oder – sie wagte kaum, diesen Gedanken zu denken – hatte er sich etwas angetan und war nicht mehr am Leben?

»Wenn ich ihn nicht finde«, flüsterte sie, »ist der Schaden nie wieder gutzumachen.«
Bernini legte den Apfel fort und schaute sie an. Seine Augen, die eben noch so kalt und abweisend gewesen waren, füllten sich mit liebevoller Zärtlichkeit. Clarissa spürte, wie gegen ihren Willen ihre Knie weich wurden und ihr Mund austrocknete.
»Warum hast du mich damals verlassen?«, fragte er leise und kam näher. »Ohne Abschied, ohne ein Wort. Ich habe dich so sehr geliebt.«
Sie musste schlucken, bevor sie antworten konnte. »Du wusstest doch, dass ich heiraten würde«, sagte sie so gefasst wie möglich, doch die Worte waren schon heraus, als sie merkte, dass sie sein Du erwiderte. »Deshalb musste ich zurück nach England.«
»Was willst du dann hier?«, fragte er. »Warum bist du nicht bei deinem Mann?«
»Das hat nichts mit dir zu tun.«
»Wirklich nicht?« Er nahm ihre Hände und führte sie an seine Lippen. »Hast du vergessen, was zwischen uns war?«
»Es war nichts zwischen uns …«
Er sah sie so fest an, dass sie zitterte.
»Und der Kuss?«, fragte er. »Ich würde für diesen einen Kuss mein ganzes Leben geben.«
Sie versuchte sich von ihm freizumachen, aber es war, als wäre alle Kraft aus ihren Armen geschwunden. Er hob ihr Kinn und blickte ihr in die Augen.
»Sag mir, dass du diesen Kuss vergessen hast, und ich glaube dir.«
Sie wollte sprechen, aber die Stimme versagte ihr. Kein Wort kam über ihre Lippen, während sie sich eine endlose Sekunde anschauten. Dann konnte sie seinen Blick nicht länger ertragen. Sie schlug die Augen nieder und wandte sich ab.

6

»Was hat das zu bedeuten?« Clarissa ging die Treppe hinunter in die Halle, als Donna Olimpia sie aus ihren Gedanken aufschreckte. Sie hatte die Abendstunden in ihrem kleinen Observatorium verbracht, im Dachgeschoss des Palazzo Pamphili, wo sie nach ihrer Ankunft aus England ihr neues, erst auf der Reise erworbenes galileisches Fernrohr aufgestellt hatte, um beim Betrachten des Sternenhimmels ihr inneres Gleichgewicht wieder zu finden. Das Himmelszelt war Ausdruck der göttlichen Ordnung und der ewigen Gesetze, die darin walteten, und es gab keine größere seelische Wohltat für sie, als sich in diese Ordnung zu versenken.

»Der wurde soeben im Auftrag von Cavaliere Bernini für dich abgegeben«, sagte Olimpia und zeigte auf einen riesigen Obstkorb, den ihr Sohn Camillo, ein dicklicher junger Mann, mit dem ebenso hochmütigen wie dümmlichen Gesichtsausdruck betrachtete, den Clarissa noch von seinem Vater her kannte. »Kannst du mir den Grund erklären?«

»Ich ... ich habe keine Ahnung«, erwiderte sie unsicher.

Olimpia blickte sie forschend an. »Hast du den Cavaliere wieder gesehen?«, fragte sie, wie stets einen Rosenkranz um die Hand, während Camillo einen Pfirsich aus dem Korb nahm und mit einer Gier hineinbiss, als habe er zwei Tage nichts zu essen bekommen. »Nun?«

Olimpia machte ein so strenges Gesicht, dass Clarissa die Frage instinktiv verneinen wollte. Doch hatte sie das nötig? Sie war inzwischen eine erwachsene, verheiratete Frau von siebenunddreißig Jahren und kein dummes Mädchen mehr, das um Erlaubnis fragen musste, wenn es das Haus verließ.

»Ich habe den Cavaliere nach dem Glockenturm von Sankt Peter gefragt. Du weißt ja, wie sehr ich mich für Architektur interessiere.«

Olimpias Augen blitzten zornig auf. »Ehrbare Frauen treffen

sich nicht ohne Begleitung mit fremden Männern. In England vielleicht, hier nicht!«

»Der Cavaliere ist kein Fremder«, erwiderte Clarissa. »Der britische Gesandte hat ihn mir vorgestellt, im Palast der englischen Könige, du warst doch damals selbst dabei.«

»Das ist ganz einerlei! Ich will nicht, dass du mit diesem Mann sprichst!«

»Aber warum nicht?«, fragte Clarissa trotzig. »Ich dachte, du würdest den Cavaliere schätzen. Du hast stets voller Hochachtung von ihm gesprochen.«

»Er hat die Familie Pamphili beleidigt. Er hat sich geweigert, das Mausoleum für meinen Mann zu bauen, obwohl ich ihn persönlich darum gebeten habe. Als habe er Urban und den Barberini seine Seele verkauft.«

Ihr fein geschnittenes Gesicht drückte eine Mischung von Zorn und Verletzung aus. Plötzlich verstand Clarissa ihre Cousine. Olimpias Mann war erst vor einem halben Jahr am Fieber gestorben, die Wunde war noch ganz frisch.

»Es tut mir so Leid, was dir widerfahren ist«, sagte Clarissa beschämt.

»Gottes Wille geschehe!«, erwiderte Olimpia und schlug ein Kreuzzeichen. Dann legte sie ihren Arm um die Schulter ihres Sohnes, der mit safttriefendem Mund seinen Pfirsich argwöhnisch beäugte, als sei er vergiftet, und zog ihn an sich, wie um ihn zu beschützen. »Meine Aufgabe ist es, für das Wohl der Familie Pamphili zu sorgen. Und was deinen Aufenthalt in dieser Stadt betrifft«, fügte sie hinzu, »so hat er nur einen Zweck: für deinen Mann zu beten – damit dich nicht dasselbe Schicksal ereilt wie mich.«

Olimpia nickte dabei so heftig mit dem Kopf, dass die großen, inzwischen von silbrigen Fäden durchzogenen Ringellocken links und rechts von ihrem Gesicht auf und ab tanzten. Schuldbewusst senkte Clarissa den Blick. Sie hatte gewusst, dass es nicht gut war zurückzukehren, nachdem sie so lange Zeit gebraucht hatte, um Rom zu vergessen – die Stadt und all die

Erinnerungen, die mit ihr verknüpft waren –, und sich nach Kräften gegen eine zweite Reise gesträubt. Doch ihr Mann, Lord McKinney, hatte sie dazu gedrängt. Er war an einem eigentümlichen, wenig erforschten »Gallenfieber« erkrankt und hatte gewollt, dass sie in Rom für ihn bete, hatte störrisch auf diesem Wunsch bestanden, obwohl er sonst gar nicht an Wunder glaubte.

Wie gern wäre Clarissa jetzt bei ihm auf Moonrock, seinem Schloss im schottischen Moor, in das sie gleich nach der Hochzeit gezogen waren, da die Königin aufgrund der politischen Spannungen keine schottische Hofdame mehr in London wünschte. Clarissa hatte die Einsamkeit an McKinneys Seite, die sie so sehr gefürchtet hatte, im Laufe der Jahre mehr und mehr zu schätzen gelernt, so wie sie mit der Zeit auch ihren Gatten mehr und mehr zu schätzen und schließlich sogar zu lieben gelernt hatte. McKinney war stets aufmerksam und rücksichtsvoll; bei Tage ritten sie über die Felder, um die Arbeiten auf dem großen Besitz zu beaufsichtigen, der sich über viele Meilen um Moonrock erstreckte, die Abende verbrachten sie am Kamin mit gemeinsamer Lektüre oder sie zogen sich für Stunden in das mit modernsten Teleskopen bestückte Observatorium zurück, wo McKinney, der auf seiner Kavaliersreise durch Italien einst in Padua den berühmten Galileo kennen gelernt hatte, sie in die Geheimnisse der Astronomie einweihte. Und wie zartfühlend hatte er sie getröstet, als sie durch eine Fehlgeburt – eine Strafe für ihren Wankelmut vor der Ehe? – ihr lang ersehntes Kind verloren und der Arzt ihr eröffnet hatte, dass sie nie weder einen Sohn noch eine Tochter haben würde. Wegen ihr hatte er sogar seine Freunde vernachlässigt, den presbyterianischen Pfarrer aus dem Dorf, seinen Gutsverwalter und einen Baronet aus der Nachbarschaft, mit denen er sich jede Woche einmal traf, um mit ihnen in einem Dialekt zu debattieren, von dem Clarissa kaum ein Wort verstand. McKinney war ein so ausgeglichener, vernünftiger Mann, der sich niemals ereiferte, außer bei diesen Debatten, in denen es, wie Clarissa immerhin wusste, um Politik ging, um den Kampf zwischen dem König und dem Parlament, vor allem aber um ein Gebetbuch, das der König allen Untertanen zum Gebrauch aufzwingen wollte. Wenn McKinney sie auf Wallfahrt schickte, damit sie in Rom für ihn betete, stand dies ganz und gar im Widerspruch zu seinem Wesen, war so überaus seltsam, dass seine Bitte, so fürchtete sie, nur ein Vorwand sein konnte – aber Vorwand wofür?

Camillos Stimme holte sie in die Gegenwart zurück.

»Wenn der Cavaliere unser Feind ist, muss ich den Pfirsich dann nicht wegwerfen?«, fragte er und schaute seine Mutter mit seinen großen dunklen Knopfaugen an wie ein Kind.

Olimpia stutzte eine Sekunde, dann strahlte sie übers ganze Gesicht. »Was für ein kluger junger Mann du doch bist!«, lobte sie ihn und strich ihm liebevoll über das Haar, das so schwarz und dicht war wie ihr eigenes in ihrer Jugend. »Ja, bring den Korb in die Küche und sag dem Koch, er soll alles den Schweinen geben.« Während Camillo den riesigen Korb in die Höhe stemmte und mit vor Stolz rotem Gesicht davonschleppte, wandte Olimpia sich wieder Clarissa zu. »Und du«, sagte sie ernst, »bete, mein Kind, bete! Wenn es deinem Mann nicht hilft, hilft es dir.«

7

Am nächsten Morgen verließ Clarissa in aller Frühe das Haus. Ja, sie wollte beten. Als sie durch das Tor ins Freie trat, verhüllte sie das Gesicht mit ihrem Schleier und schlug die Richtung nach Sant' Andrea della Valle ein, jener Theatinerkirche unweit der Piazza Navona, unter deren prachtvoller Kuppel sie schon bei ihrem ersten Aufenthalt in Rom oft die Frühmesse besucht hatte. Doch dann, ohne zu wissen warum, entschied sie sich anders. Mitten auf der Piazza machte sie kehrt und nahm die vor

dem Portal des Palazzo Pamphili bereitstehende Kutsche, um in die entgegengesetzte Richtung zu fahren, zur Brücke über den Tiber.
Vor Sankt Peter ließ sie die Kutsche halten. Magisch zog der neue Glockenturm ihre Blicke an. Wie sehr hatte sie einst gehofft, diesen Turm mit eigenen Augen zu sehen, und mit welcher Empörung erfüllte sie jetzt, da er sich Stein auf Stein vor ihr erhob, sein Anblick. Und doch konnte sie ihren Blick nicht von ihm lassen, wieder und wieder musste sie ihn betrachten. Sie stieg aus dem Wagen und ging auf die Basilika zu. Der Campanile schien gar keine Wände zu haben, nur Säulen und Pfeiler, die in einem zwiebelartigen Knauf zusammenstrebten. Die Wirkung war in der Realität noch viel stärker als auf dem Plan, den Clarissa vor Jahren gesehen hatte. Trotz der gewaltigen Größe des Gotteshauses wirkte alles so wunderbar leicht und harmonisch.
Plötzlich sprach jemand sie an, mit einer warmen und gleichzeitig männlichen Stimme, so fremd wie aus einer anderen Welt und doch auf wundersame Weise vertraut.
»Ich habe gewusst, dass Sie es sind, Principessa.«
Clarissa drehte sich so abrupt um, dass ihr der Schleier vom Kopf rutschte. Vor ihr stand ein Mann, ganz in Schwarz gekleidet.
»Signor Castelli?«, rief sie. »Mein Gott, Sie sind in Rom?«
»Wo sonst? Ich habe die Stadt nie verlassen.«
»Wenn Sie wüssten, was für Sorgen ich mir gemacht habe! Ich kann kaum fassen, Sie hier zu sehen.« Sie ordnete ihren Schleier und gab sich Mühe, ruhiger zu sprechen. »Ich hatte schon Angst, Ihnen wäre etwas zugestoßen oder Sie wären gar tot. Ach, was rede ich da, Sie müssen ja glauben, ich bin von Sinnen. Aber man hat mir gesagt, es gebe keinen Castelli mehr in der Stadt.«
»Tot?« Er lächelte sie an, ein scheues, verlegenes Lächeln. »Nein, ich habe nur den Namen gewechselt. Ich heiße jetzt Borromini.«
»Aber warum haben Sie das getan?«

»Es gab zu viele Castellis auf den Baustellen in Rom«, sagte er mit einem Schulterzucken. »Außerdem, schon mein Vater trug diesen Beinamen.«

Während sie sprachen, schien es Clarissa, als wäre die Zeit stehen geblieben. Ohne nach all den Jahren zu fragen, stand er so selbstverständlich vor ihr, als gehöre er zu ihrem Leben wie ihre eigene Erinnerung. Obwohl er jetzt einen anderen Namen trug, sich kleidete wie ein Spanier und auch die Zeit deutliche Spuren in seinem Gesicht hinterlassen hatte, war er immer noch derselbe Mann wie damals: stolz und verletzlich, überheblich und schüchtern. Sie reichte ihm die Hand. Mit ernster Miene erwiderte er ihren Händedruck.

»Ihr Herz hat Sie hierher geführt, nicht wahr?«, sagte sie nach einer langen Weile.

Irritiert schaute er sie an.

Sie deutete mit dem Kopf auf den Turm. »Ist das nicht Ihr Werk?«

Sein Gesicht verdüsterte sich. »Der Turm da? Ich will ihn nicht sehen.«

»Warum nicht?« Seine Hand fühlte sich immer noch ebenso zart wie kräftig an. Sie verstärkte ihren Händedruck. »Weil Ihr Herz dann weint?«

»Mein Herz?« Er lachte verächtlich und ließ ihre Hand los. »Wegen einer solchen Pfuscharbeit?«

»Wenn Sie mit dem Turm nicht zufrieden sind«, erwiderte sie, ohne zu wissen, woher sie die Sicherheit nahm, mit der sie sprach, »dann bringen Sie ihn in Ordnung! Warum sind Sie sonst hier?«

»Das ist Zufall. Mein täglicher Weg zur Baustelle.«

»Nein, das ist kein Zufall«, widersprach sie. »Sie haben mir damals Ihre Pläne gezeigt, Signor Borromini. Glauben Sie, das hätte ich vergessen? Ich weiß noch genau, wie Ihre Augen geleuchtet haben.«

Er räusperte sich, und in seinem Gesicht begann es zu zucken, doch er öffnete sich nicht. Sie wusste, hinter seiner abweisenden

Miene verbarg sich so viel Schönes, so viel Gutes. Was konnte sie tun, damit er es freiließ?
»Bringen Sie das in Ordnung!«, wiederholte sie und nahm erneut seine Hand. »Bitte, Signor, versprechen Sie mir das!«

8

Sollte er oder sollte er nicht? Hartnäckig wie eine Fliege summte Lorenzo diese kleine, verführerische Frage im Kopf herum, während er die Arbeiten im Gießhaus beaufsichtigte. Seit Mittag schmolz im Flammofen das Erz für die Barberini-Bienen, die das Grabmal von Papst Urban schmücken sollten, doch wenn er heute so erregt war wie damals vor dem Guss der Altarsäulen von Sankt Peter, hatte dies einen anderen Grund. Das Wiedersehen mit der Principessa hatte ihn aus dem Gleichgewicht gebracht. Einerseits drängte alles in ihm, Clarissa aufzusuchen, andererseits ... Er hatte sein Leben so wunderbar eingerichtet. Man ließ ihn in Ruhe arbeiten, er konnte bildhauern, er konnte bauen, er konnte ab und zu seine Frau betrügen. Sollte er dieses herrliche Leben gefährden? Indem er heute Gefühlen nachgab, die morgen schon ganz andere sein konnten?
Dass sein Leben in diesen glücklichen Bahnen verlief, war ja keine Selbstverständlichkeit. Nach dem Duell mit seinem Bruder Luigi hatte der Papst ihm weitaus heftiger gezürnt, als allgemein bekannt geworden war. Während Lorenzo beim Volk weiter als Urbans Liebling galt, hatte der Papst ihm eine Strafe von dreitausend Scudi auferlegt und sich einen Monat lang geweigert, ihn zu empfangen. Gelähmt von einer schweren Gemütskrankheit, wie er noch keine zuvor erlebt hatte, war Lorenzo unfähig gewesen, irgendetwas zu unternehmen, und allein seiner Mutter hatte er zu verdanken, dass er Urbans Gnade wiedererlangte. Sie hatte sich beim Bruder des Papstes für ihn

verwandt und Kardinal Francesco Barberini angefleht, die Strafe zu mildern, worauf Urban die Anklage unter der Bedingung fallen ließ, dass Lorenzo die ebenso schöne wie züchtige Caterina Tezio, Tochter eines Prokurators am päpstlichen Hofe, ehelichte und Luigi vorübergehend nach Bologna verschwand, um dort die Baustelle an der Kirche San Paolo Maggiore zu leiten.

»Worauf wartest du, Lorenzo? Was ist heute mit dir los? Du bist ja gar nicht bei der Sache!«

Luigi, der am Stichloch bereitstand, wartete ungeduldig auf ein Zeichen seines Bruders. Zerstreut hob Lorenzo die Hand, um den Befehl zum Abstich zu geben, doch noch bevor das glühende Erz sich in die Rinne ergoss, war er mit seinen Gedanken schon wieder woanders. Er sah Clarissa vor sich, bei ihrer letzten Begegnung, wie sie auf seine Frage hin den Blick gesenkt hatte, ohne ihm zu antworten. Vielleicht ein Versprechen?

Und er selbst? War er in die Principessa nur verliebt – oder liebte er sie? Wenn ihm sonst eine Frau gefiel, streckte er die Hand nach ihr aus, wie um eine Frucht zu pflücken, aber geliebt hatte er, der in den Herzen so vieler Frauen die Liebe entflammt hatte, selber noch nie, nicht einmal Costanza – sie hatte nur seinen Stolz herausgefordert. Weder um seinen Schlaf noch um seinen Appetit hatte sie ihn gebracht. Umso mehr verwirrten ihn die Gefühle, die Clarissa nun in ihm auslöste. Das Verlangen nach ihr hatte ihn bei ihrem Wiedersehen erst nur gestreift; es schien sich hinter einem anderen, stärkeren Gefühl zu verbergen, das sich erst dunkel und unbekannt zu regen begann. Doch wenn er jetzt an sie dachte, fühlte er sich unruhig, nervös, fiebrig, wie vor dem Ausbruch einer Krankheit; des Nachts lag er oft stundenlang wach, und bei Tisch vergaß er noch öfter zu essen. War das die Liebe?

Als Lorenzo sich am Abend auf den Weg machte, schwitzte er in seinem prächtigen Anzug nicht weniger als am Tage im Gießhaus, so schwül stand die Luft in den Gassen, obwohl die Sonne längst untergegangen war und am Himmel schon die silberne

Sichel des Mondes schien. Seiner Frau hatte er gesagt, Urban habe ihn zum Nachtmahl befohlen, um mit ihm über das Grabmal zu sprechen, doch statt mit seinem Schimmel zum Quirinal zu reiten, ging er zu Fuß in die Richtung der Piazza Navona. Um vor dem Wiedersehen mit Clarissa das Lachen seiner Kinder aus den Ohren zu bekommen, entschloss er sich, einen Umweg über Santa Maria sopra Minerva zu machen, und während er allmählich die grünen Augen der Principessa vor sich sah und bald auch ihren lächelnden Mund, dachte er darüber nach, wie er das Gespräch eröffnen solle. Die ersten Worte waren immer entscheidend, denn in Liebesdingen kam es wie in der Kunst vor allem auf den überraschenden Einfall an.
Er überquerte gerade die Piazza del Collegio Romano, als wütende Schreie ihn aus seinen Gedanken rissen. Gleich darauf erblickte er im Mondschein eine Rotte aufgebrachter Männer, die mit Knüppeln bewaffnet aus einer Seitengasse gestürmt kamen, geradewegs auf die Statue von Papst Urban zu, Lorenzos eigenes Werk, ein tönernes Modell für das Grabmal, das vor dem Collegio aufgestellt worden war. Ohne zu überlegen, griff Lorenzo nach seinem Degen und trat der Horde entgegen.
»Oho, wen haben wir denn da! Cavaliere Bernini! Geschwinde, geschwinde! Laufen Sie und holen Sie Ihren Meißel! Sie müssen jetzt neue Büsten schaffen!«
Lorenzo erkannte den Schreihals, um den die anderen sich scharten wie Wölfe um ihr Leittier, erst auf den zweiten Blick: Monsignore Cesarini, ein Sekretär der Baukongregation, der ihm schon einige Male wegen seiner dummdreisten Art aufgefallen war.
»Was hat Ihr Betragen zu bedeuten, Monsignore?«
»Oder wie wär's mit einem Heiland für die Apsis von Sankt Peter?«, höhnte Cesarini weiter. »Damit er neben seinem Schächer Urban hängt, wie es sich gehört! Los, Männer«, forderte er seine Kumpane auf, »nieder mit ihm!«
Bevor Lorenzo begriff, was passierte, hob Cesarini eine Eisen-

stange in die Höhe. Lorenzo duckte sich, doch der Angriff galt nicht ihm, sondern der Bildsäule des Papstes. Er zog seinen Degen und warf sich zwischen Cesarini und die Statue, als stünde Urbans Leben auf dem Spiel. Ohne auf die anderen Banditen zu achten, die gleichfalls ihre Knüppel hoben, stürzte er sich, den Degen voraus, mit einem Schrei auf ihren Anführer, packte den Griff seiner Waffe mit beiden Händen, holte über dem Kopf aus, und ehe Cesarini es sich versah, schlug er ihm mit einem mächtigen Hieb die Eisenstange aus der Hand, die klirrend zu Boden fiel. Cesarini bückte sich, doch bevor er die Stange zu fassen bekam, trat Lorenzo ihm auf die Hand und setzte ihm die Spitze seines Degens an den Hals.

»Untersteh dich, die Bildsäule anzurühren«, zischte er, »und du bist ein toter Mann!«

»Vergebung, Cavaliere! Schonen Sie mein Leben! Im Namen des Erlösers!«

Mit vor Entsetzen geweiteten Augen blickte Cesarini zu ihm auf, den Kopf im Nacken, sodass der riesige Adamsapfel an seinem Hals auf und ab ruckte. Ohne ihn einen Moment aus den Augen zu lassen, spähte Lorenzo um sich. Als er sah, wie die anderen rings im Kreis die Waffen sinken ließen und Schritt für Schritt zurückwichen, wusste er, dass keine Gefahr mehr zu fürchten war. Voller Verachtung spuckte er Cesarini ins Gesicht.

»Verschwinde!«, befahl er und trat ihm in den Hintern, sodass der Monsignore sich wie ein verängstigter Straßenköter auf allen vieren davonmachte, gefolgt von seinen Kumpanen.

Lorenzo wartete, bis die Bande wieder in der Gasse verschwand, aus der sie aufgetaucht war, dann steckte er seinen Degen in die Scheide. Als er sich umdrehte und in das Gesicht des tönernen Papstes sah, der wie zum Segen die Hand über ihm erhob, hörte er noch einmal Cesarinis Stimme. Wie die Stimme eines Geistes wehte sie aus der Dunkelheit über den Platz:

»Hahaha! Rette nur seine Statue, Cavaliere Bernini! Urban wird es dir in der Hölle danken. Vor einer Stunde hat der Teufel seine Seele geholt. Hahaha!«

Während die Stimme verhallte, begriff Lorenzo endlich, was geschehen war. Papst Urban war tot. Sein Förderer, sein Gönner – der Mann, der sich um ihn gesorgt hatte, seit er einen Meißel in der Hand halten konnte, war nicht mehr auf dieser Welt. Klammheimliche Angst beschlich Lorenzo, um sich immer weiter in ihm auszubreiten, und seine Hand, die eben noch so sicher den Degen geführt hatte, begann zu zittern, als er sie nach der Statue ausstreckte.
»Vater«, flüsterte er, während heiße Tränen aus seinen Augen rannen, »warum hast du mich verlassen?«
Er umarmte den kalten, massigen Körper des Papstes, streichelte und liebkoste ihn, als könne er so dem toten Material Leben eingeben, wie er es mit seiner Kunst schon so viele, viele Male getan hatte, und küsste Urbans Gesicht, auf die Stirn, auf die Wangen. Doch plötzlich geschah etwas Sonderbares. Durch den Schleier seiner Tränen hindurch war es Lorenzo, als würde sich die Miene des Papstes verwandeln, die Augen verengten sich, die Mundwinkel zogen sich in die Tiefe, und mit einem Mal erkannte Lorenzo in den vertrauten Zügen, die er all die Jahre so oft studiert hatte, um sie in Stein und Bronze zu verewigen, nicht mehr die gütige Strenge von einst, sondern ein böses, gemeines, niederträchtiges Grinsen. Als wäre all die Fürsorge, die Lorenzo sein Leben lang von diesem Mann erfahren hatte, nur Lug und Trug gewesen, als würde der Papst ihm erst jetzt, in der Stunde seines Todes, sein wahres, wirkliches Gesicht zeigen, um ihn aus dem Jenseits zu verhöhnen. Von einer Sekunde zur anderen wich Lorenzos Angst aufbrausender Wut.
»Was hast du dir dabei gedacht?«, rief er. »Mich hier im Stich zu lassen! Scheißkerl! Wie konntest du das tun?« Blind vor Zorn griff er nach der Eisenstange, die Cesarini hatte fallen lassen. »Was – du hast beschlossen zu sterben? Da!«, schrie er und schlug mit der Stange auf die Statue ein. »Krepieren sollst du! Krepieren, krepieren, krepieren!«
Wieder und wieder hob Lorenzo die Stange, wieder und wieder ließ er sie auf die tönerne Bildsäule niederfahren, die in tausend

Stücke zerbarst, bis seine Hände blutig waren und er vor Erschöpfung zu Boden sank, wo er in Tränen ausbrach, schluchzend und am ganzen Körper bebend wie ein Kind.

9

Im Palazzo Pamphili herrschte angespannte Nervosität. Keine Viertelstunde verging, ohne dass der bronzene Türklopfer am Portal anschlug. Von morgens bis abends meldeten die Diener die bedeutendsten Würdenträger der Stadt: Kardinäle und Bischöfe, Prälaten und Äbte, Bankiers und ausländische Gesandte. Sie alle machten Donna Olimpia ihre Aufwartung, die jeden Besucher mit ausgesuchter Höflichkeit empfing. Sie zog sich mit einem oder mehreren von ihnen in ihrem Salon zurück, aus dem die Exzellenzen oft erst nach stundenlanger Unterredung wieder hervorkamen, ernst und bedeutungsvoll schweigend die einen, aufgeregt tuschelnd die anderen. Denn Donna Olimpias Schwager, der inzwischen siebzig Jahre alte Kardinal Pamphili, galt als möglicher neuer Papst, und die Herrin des Hauses setzte alles daran, dieses Ziel zu erreichen.
Urban war am 29. Juli des Jahres 1644 gestorben. Zehn Tage später wurde das Konklave einberufen, um das Interim zu beenden. Clarissa kam gerade in die Eingangshalle, als Donna Olimpia ihren Schwager in die Klausur verabschiedete, die ihn bis zur Entscheidung über Urbans Nachfolger mit seinen Amtsbrüdern in der Sixtinischen Kapelle vereinen würde.
»Gehen Sie mit Gott!«, sagte Donna Olimpia. »Möge es Sein Wille sein, dass ich Sie bald als Papst begrüße. Nie aber will ich Sie als Kardinal wieder sehen.«
»Was läge mir an dem Thron«, erwiderte Pamphili und umschloss mit beiden Händen ihre Rechte, »könnten Sie nur Päpstin sein!«

Es schien ihn Überwindung zu kosten, sich von ihr zu lösen. Doch Donna Olimpia öffnete eigenhändig die Tür und führte ihn hinaus. Als sie in die Halle zurückkehrte und Clarissa sah, huschte für eine Sekunde ein irritierter Ausdruck über ihr Gesicht, doch nur für eine Sekunde.
»Lass uns zum Heiligen Geist beten«, sagte sie, »dass das Konklave die richtige Wahl trifft!«
»Ich hoffe so sehr«, erwiderte Clarissa, »dass Kardinal Pamphili es schafft. Deine Familie wäre dann die erste in der Stadt.«
»Es geht nicht um das Wohl der Familie Pamphili«, entgegnete Olimpia streng. »Es geht um das Wohl der Christenheit.«
»Aber denk an deinen Sohn! Was für wundervolle Aussichten Camillo hätte, wenn sein Onkel den Thron besteigt.«
Bei der Erwähnung ihres Sohnes leuchteten Olimpias Augen kurz auf, und ihre Lippen umspielte ein zärtliches Lächeln. Dann aber zeigte ihr Gesicht wieder die vorherige Strenge.
»Urban hat sich an Gott und der Welt versündigt und beiden großen Schaden zugefügt. Wir können nur hoffen, dass sein Nachfolger mehr Frömmigkeit und auch mehr Verstand beweist. Doch solltest du in den nächsten Tagen nicht aus dem Haus gehen, Clarissa. Die Zeiten des Konklaves sind gefährliche Zeiten.«
Noch am selben Tag ordnete Donna Olimpia an, das vordere Portal mit Brettern zu verbarrikadieren, um den Palazzo vor Übergriffen zu schützen, während sie durch den Hintereingang alle Gegenstände von Wert – Gold und Silber, Schmuck und Porzellan, Wandbehänge und Gemälde – hinausschaffen ließ, um sie im Schutz der Abenddämmerung, auf Maultiere verpackt, in das einstige Kloster ihres Schwagers zu verbringen. Denn außer dem Pöbel, der seit Beginn der Vakanz in den Gassen marodierte, machten betrunkene Söldner die Stadt unsicher, die unter Taddeo Barberinis Kommando gegen den Herzog von Castro gekämpft hatten und nun, da nach fünfjährigem Krieg ein fauler Friede geschlossen war, der keine der verfeindeten Parteien befriedigte, auf der Suche nach Beute durch die Straßen zogen.

Also verbrachte Clarissa den folgenden Monat eingesperrt hinter den dicken Mauern des Palazzo Pamphili, wie in den schlimmsten Zeiten ihres ersten Rom-Aufenthalts. Mehrmals täglich betete sie in der Kapelle vor dem Altar der heiligen Agnes für ihren Mann, und bei Nacht betrachtete sie lange Stunden durch ihr Fernrohr den Sternenhimmel, wobei ihr oft die Frage in den Sinn kam, ob Signor Borromini, wie Francesco Castelli sich jetzt nannte, wohl die erforderlichen Schritte unternahm, um das Versprechen einzulösen, das sie ihm abgenötigt hatte. Doch mehr noch brannte sie auf das Ergebnis des Konklaves: einerseits, weil sie für ihre Cousine den Sieg Pamphilis erhoffte, obwohl sie den hässlichen und mürrischen Kardinal nicht ausstehen konnte, andererseits, weil ihr jeder Tag, den sie in ihrem Gefängnis zubringen musste, noch unerträglicher erschien als der vorausgegangene.

»Eine Römerin«, beschied ihr Donna Olimpia, »hat auf den Straßen nichts verloren. Erst recht nicht in solchen Zeiten.«

»Ich verstehe diese Maßregel zwar nicht«, erwiderte Clarissa, »bin aber froh, dass ich sie jetzt kenne. Ich möchte immer wissen, was man nicht tun soll.«

»Damit du es dann tun kannst?«, fragte ihre Cousine misstrauisch.

»Damit ich selber wählen kann«, sagte Clarissa.

»Selber wählen?« Donna Olimpia runzelte die Stirn. »Das bringt eine Frau nur auf sündige Gedanken.«

»Wird sie nicht eher auf solche Gedanken verfallen«, fragte Clarissa, »wenn man sie wie in einem Kloster einsperrt?«

»Glaubst du, Gott schaut nicht auf uns, weil wir keinen Schleier tragen?« Olimpia schüttelte den Kopf. »Nein, um dem Herrn zu gefallen, muss jede Frau wie eine Nonne sein.«

Seufzend fügte Clarissa sich in ihr Schicksal, während die Anspannung in Olimpias Gesicht von Woche zu Woche zunahm. Es war ein schier endloses Hoffen und Bangen. Würde Pamphili es schaffen? Das Konklave beriet und beriet, täglich wurden neue Namen möglicher Kandidaten genannt, um gleich wieder verworfen und durch abermals neue ersetzt zu werden. Astrologen und Weissager wurden zu Rate gezogen, und mit ihnen drangen die widersprüchlichsten Gerüchte in den Palast. Urbans Herrschaft wirkte noch über seinen Tod hinaus. Achtundvierzig seiner Kreaturen waren unter den Kardinälen in der Sixtinischen Kapelle vertreten, nie hatte es bei einem Konklave eine stärkere Fraktion gegeben. Dennoch gelang es ihnen nicht, den Mann ihrer Wahl, Kardinal Sacchetti, durchzusetzen: Die Skrutinen fielen von Tag zu Tag ungünstiger aus – ein Vorteil für Pamphili. Dem aber haftete der Ruf an, zur spanischen Seite zu neigen, weshalb die französischen Kardinäle gegen ihn stimmten. Er brauchte also die Unterstützung der Barberini, doch wie sollte das gelingen?

»Pamphili ist ein allzu redlicher Mann«, sagte Donna Olimpia ungehalten, während sie im Salon auf und ab ging. »Er täte gut daran, sein Herz nicht immer auf der Zunge zu tragen.«

»Aber darf ein Kardinal«, fragte Clarissa, »sich verstellen, wenn er Papst werden will?«

»Manchmal ist es Gottes Wille. Papst Sixtus zum Beispiel war ein außergewöhnlich gelehrter Mann, doch gab er sich als Kardinal stets einfältig, damit man ihn wählte.«

An einem Tag im September – Olimpia hatte sich am Morgen mit einem Nepoten Urbans zurückgezogen – hatte Clarissa endlich Gelegenheit, für ein paar Stunden ihrem Gefängnis zu entkommen. Als sie auf die Straße trat, fühlte sie sich wie ein Mensch, der nach einem langen, dunklen Winter erstmals wieder das Licht der Sonne erblickt. Wie herrlich es war, die frische Luft zu atmen statt den modrigen Geruch, der den Mauern des Palazzo Pamphili immer noch entströmte.

Olimpia hatte gesagt, dass sie bis zum Abend mit dem Prälaten beschäftigt sei, um eine Einigung mit den Barberini herbeizuführen. Also hatte Clarissa einen halben Tag für sich. Wofür wollte sie ihn nützen? Sie brauchte keine Sekunde zu überlegen: Sie würde nach Sankt Peter gehen. Wer weiß, vielleicht würde sie dort Signor Borromini treffen, und wenn nicht, konnte sie im

Dom ebenso gut ihre Gebete verrichten wie in jeder anderen Kirche der Stadt.
Sie überquerte die Piazza Navona und bog in eine Gasse ein, die in die Richtung des Tibers führte. Wie sehr Olimpia doch übertrieben hatte! Von plündernden Söldnern und Räubern keine Spur; wohin Clarissa schaute, sah sie Handwerker und Hausfrauen, die friedlich ihren Geschäften nachgingen. Nur auf der Piazzetta am Ende der Gasse, wo ein paar Bauern Obst und Gemüse verkauften, drängte sich neben einem Schneiderladen eine Menschenmenge. Doch das war nichts Besonderes – dort stand der »Pasquino«. Der verwitterte Marmortorso war in der ganzen Stadt bekannt, denn sein grauer Leib war stets mit Zetteln übersät: Die Römer verkündeten auf ihnen ihre Meinung zu Ereignissen, zu denen sie sich öffentlich nicht zu äußern wagten.
Ein schallendes Gelächter drang von dort herüber.
Neugierig trat Clarissa näher. Ein kleiner Apotheker mit Augengläsern auf der Nase las gerade laut einen der vielen Zettel vor.
»Ah, da haben wir ja etwas über Donna Olimpia!«, rief er und rückte den Zwicker zurecht.
»*Olimpia* ist ihr Name, denn o*lim* war sie *pia*.«
Clarissa horchte auf. War wirklich ihre Cousine gemeint? Während der Apotheker und seine Zuhörer sich vor Lachen bogen, versuchte sie das Wortspiel zu begreifen. »*Olim*« hieß »einst« und »*pia*« hieß »fromm« – so viel Latein konnte sie allemal. Doch was sollte das heißen? Verärgert drängte sie sich vor und riss den Zettel von der Marmorfigur.
»Das ist eine Frechheit! Donna Olimpia ist eine ehrbare Frau!«
»Ehrbare Frau?«, erwiderte der Apotheker. »So ehrbar wie Cleopatra!«
Wieder lachte die Menge. Clarissa verstand überhaupt nichts mehr.
»Dieses scheinheilige Biest!«, meckerte der Schneider durch sein offenes Fenster. »Erst vergiftet sie ihren Mann, dann kriecht sie zu ihrem Schwager ins Bett!«
»Aber nur zum Ruhme Gottes!«

»Damit Pamphili weiß, wie die Englein singen, wenn er Papst wird!«

Clarissa verschlug es die Sprache. So etwas Widerwärtiges hatte sie ihr Lebtag nicht gehört. Olimpia sollte ihren Mann vergiftet haben? Wie konnten diese Menschen es wagen! Clarissa sah zwei Sbirren auf der anderen Seite des Platzes und wollte sie rufen, damit sie diesen Ungeheuerlichkeiten ein Ende machten, doch bevor sie ihre Sprache wiederfand, zeigte ein baumgroßer Schmied mit ausgestrecktem Arm zum Himmel, an dem in der Ferne eine weiße Rauchsäule aufstieg.

»Da, da, da!«, brüllte er wie ein Idiot.

Der Apotheker sank auf die Knie und faltete die Hände. »*Habemus Papam! Deo gratiam!*«

Für eine Sekunde war es auf der kleinen Piazza so still wie in einer Kirche. Alle starrten auf die Säule am Himmel, mit aufgerissenen Mündern, als könnten sie nicht fassen, was sie doch mit eigenen Augen sahen.

Ein Scherenschleifer kam als Erster wieder zu sich. »Auf, zum Palazzo Pamphili!«, schrie er, nahm ein Messer von dem Werkzeughaufen auf seinem Karren und rannte los.

Es war, als hätte er einen Schlachtruf ausgestoßen. Den Hausfrauen fielen ihre Körbe aus den Händen, die Bauern ließen ihre Marktstände im Stich – alles, was auf der Piazza Beine hatte, ließ seine Sachen stehen und liegen und lief dem Scherenschleifer nach.

»Zum Palazzo Pamphili! Zum Palazzo Pamphili!«

Aus tausend Kehlen gleichzeitig schien der Ruf zu ertönen. Jemand stieß Clarissa beiseite, so heftig, dass sie gegen eine Mauer taumelte. Überall stürzten Männer, Frauen und Kinder aus den Häusern, als gelte es ihr Leben, zu viert, zu fünft, im Dutzend quollen sie aus den Türen hervor, sodass Clarissa Angst hatte, zerquetscht zu werden. Alles drängte und zwängte sich in Richtung der Piazza Navona, ohne Rücksicht auf die anderen, mit gierigen Blicken und bösen Flüchen, eine rasende Horde von Menschen, die völlig außer Rand und Band geriet. Clarissa flüchtete sich in eine Toreinfahrt, doch es wurden immer mehr, von Minute zu Minute wuchs die Menschenmenge an: ein Sturzbach aus stampfenden und tobenden Leibern, der sich in die kleine Gasse ergoss und alles mit sich riss, was sich ihm in den Weg stellte.

Clarissa wusste nicht, wie viel Zeit vergangen war, als sie sich wieder aus der Einfahrt hervorwagte. Ein Bettler lag am Boden, den die Menge niedergetrampelt hatte, und tastete wimmernd nach seinen Krücken, die unter einem umgestürzten Gemüsekarren hervorragten, während immer noch Scharen von Menschen in die gleiche Richtung liefen. »Zum Palazzo Pamphili! Zum Palazzo Pamphili!« Was wollten all diese Männer und Frauen dort? Clarissa versuchte in eine zweite Gasse auszuweichen, doch die war genauso verstopft wie die erste, und in einer dritten versperrte den Weg eine Kutsche, die sich an einer Hausecke verkantet hatte. Mit vor Angst rollenden Augen bäumten sich die Pferde in den Geschirren auf.

Es war schon später Nachmittag, als sie endlich auf die Piazza Navona gelangte. Vor dem Palazzo Pamphili standen hunderte von Menschen, die gestikulierend aufeinander einredeten und wütend auf das Portal zeigten, aus dem Menschen ins Freie traten, die Clarissa nie in ihrem Leben gesehen hatte, die meisten mit leeren Säcken in den Händen. Die Bretter, die Olimpia vor dem Tor hatte anbringen lassen, waren fortgerissen und lagen zersplittert im Eingang herum, zusammen mit Haufen von Gerümpel und Lumpen, die Männer und Frauen mit gieriger Verzweiflung durchsuchten.

»Was geht hier vor?«, fragte Clarissa einen Priester in speckiger Soutane, der einen Bronzeleuchter in der Hand hielt. »Plündern die Leute den Palast?«

»Gewiss«, erwiderte der Gottesmann. »Das sehen Sie doch!«

»Aber warum tut denn keiner was dagegen?«, rief Clarissa.

»Jeder darf den Palast des Kardinals plündern, der zum Papst gewählt worden ist. Aber«, fügte er sichtlich enttäuscht hinzu, »Donna Olimpia war schon vor uns da.«

Clarissa stutzte. »Soll das heißen«, fragte sie, während ihre Verwirrung aufsteigendem Jubel wich, »Kardinal Pamphili ist der neue Papst?«
Der Priester nickte ergeben. »Der Herr hat es so gewollt.« Dann verdüsterte sich sein Gesicht, und mit unheilvoller Stimme fügte er hinzu: »Wehe, wenn Donna Olimpia die Kirche einst so zurücklässt wie dieses Haus.«

10

Wenn der Prophet nicht zum Berg geht, geht der Berg zum Propheten ...
Es geschah selten, dass Lorenzo Bernini Zuflucht zur Bibel nahm, doch allmählich wusste er sich keinen anderen Trost mehr. Schon über zwei Stunden ließ Papst Innozenz X., wie Giambattista Pamphili sich seit seiner Inthronisierung nannte, ihn in diesem Vorzimmer schmoren. Dabei hatte es Wochen gedauert und einer gezielten Intervention durch Monsignore Spada bedurft, um überhaupt eine Audienz zu erlangen. Was für eine unglaubliche Frechheit!
Dieser Papst schien überhaupt nichts anderes im Sinn zu haben, als den ersten Künstler Roms zu provozieren. Obwohl alle Welt behauptete, die Kassen des Staates seien so leer wie die Kornkammern Ägyptens zur Zeit der sieben Plagen, hatte Innozenz Unsummen für das Fest seiner Thronbesteigung ausgegeben. Lorenzo hatte die Bilder noch so lebendig vor Augen, als hätte er sie selbst gemalt. Der Stümper Rainaldi hatte die Feier auf der Piazza Navona gestaltet, wo auf einem künstlichen Hügel, der den Berg Ararat darstellen sollte, eine riesige Arche stand, darauf Noah mit ausgestrecktem Arm, um eine Taube mit Olivenzweig im Schnabel zu empfangen, die, geleitet an einem unsichtbaren Faden, vom Palazzo Pamphili herbeigeflogen kam ... Was für ein

geschmackloses Schauspiel! Lorenzo hätte sich fast erbrochen, und noch jetzt schüttelte er sich bei der Erinnerung.
Herrgott, wie lange sollte er noch warten? Die Stille in dem kühlen, quadratischen Raum schien sich unter der gewölbten Stuckdecke förmlich zu stauen. Kein Laut der Welt drang durch die Scheiben herein. Ein einzelner Gardist bewachte mit seiner Hellebarde die hohe Flügeltür, die in den Audienzsaal führte, und versuchte mühsam, keine Regung zu zeigen, obwohl eine Fliege sich immer wieder auf seine Nase setzte. Voller Wehmut beobachtete Lorenzo das geflügelte Tier. Ach, wie glücklich war er gewesen, als er seine Werke noch mit den Barberini-Bienen versehen hatte!
Ob ihm die Tauben der Pamphili jemals ähnliches Glück bescheren würden? Alles hing davon ab, was für ein Mann der neue Papst war. Lorenzo war ihm bisher nur einmal begegnet, und diese Begegnung war kurz, vielleicht allzu kurz gewesen.
»Monsignore Spada ließ uns wissen, dass Ludwig, das Kind auf Frankreichs Thron, dich durch seinen ersten Minister nach Paris gerufen hat. Willst du der Einladung Folge leisten?«
Lorenzo staunte, wie unsagbar hässlich Innozenz war, als er ihm endlich gegenüberstand. Mit seiner fliehenden Stirn, den kleinen Augen, der klobigen Nase, dem schütteren Spitzbart und den riesigen Füßen, die unter der weißen Soutane hervorragten, war er das vollkommene Modell für einen Satyr oder Faun, dazu angetan, jedes Kind zu erschrecken, das seiner ansichtig wurde.
Bevor Lorenzo antwortete, wählte er seine Worte mit Bedacht: »Ich bin mir bewusst, Heiliger Vater, die Einladung ist, obgleich sie schon zum zweiten Mal an mich ergeht, eine unverdiente Auszeichnung. Ich habe sie aus diesem Grund beim ersten Mal abgelehnt, doch darf ich mich ihr ein zweites Mal verweigern, ohne den König zu beleidigen?«
»Ob die Auszeichnung berechtigt ist, mögen andere beurteilen«, erwiderte Innozenz mürrisch. »Uns interessiert nur die Absicht, die ihr zugrunde liegt. Die französischen Kardinäle

haben während des Konklaves alles unternommen, um unsere Wahl zu verhindern. Und jetzt erdreistet sich dieser Mazzarini, kaum dass wir den Thron bestiegen haben, den ersten Künstler Roms nach Paris zu rufen. Das ist eine offene Provokation!«
Lorenzo senkte bescheiden den Blick. »Ich bin ein unbedeutender Mann, Ewige Heiligkeit. Von politischen Geschäften verstehe ich nichts. Allein künstlerische Erwägungen leiten mein Tun.«
»Das heißt, du willst nach Paris?«
»Die Aufgabe, die der französische Hof mir in Aussicht stellt, ist über alle Maßen reizvoll. Ich soll eine Bildsäule Seiner Majestät fertigen.« Zufrieden registrierte Lorenzo die Verärgerung in Innozenz' Gesicht. »Es lässt sich«, fügte er nach einer wohl kalkulierten Pause hinzu, »für einen Künstler nur eine Aufgabe denken, die reizvoller sein kann als diese …«
»Und die wäre?«, fragte der Papst.
Lorenzo zögerte: einerseits, um sich für das lange Warten zu rächen, andererseits, weil ihm der Vorschlag, den er im Begriff stand zu machen, kaum über die Lippen wollte, so sehr würgte es ihn bei der Vorstellung, dass er tatsächlich zur Ausführung gelangte.
»Nun, welche Aufgabe meinst du?«
Lorenzo sah in das hässliche Gesicht des Papstes. Was für eine Beleidigung des Auges! Doch er musste diesen Mann für sich gewinnen, koste es, was es wolle – der Glockenturm ließ ihm keine Wahl. Also würgte er den Kloß in seinem Hals hinunter und sagte: »Eine Bildsäule Eurer Heiligkeit.«
Ein Ausdruck geschmeichelter Eitelkeit hellte Innozenz' Miene auf. Er sollte seine Haut mit Wegerichwasser behandeln, dachte Lorenzo, während er zusah, wie es hinter der Fassade des Papstes arbeitete. Nachdenklich strich Innozenz sich über den Spitzbart, der die nässenden Pusteln an seinem Kinn kaum verbarg, dann winkte er einen Lakai herbei und flüsterte ihm etwas ins Ohr.

»Diese Entscheidung«, sagte er, während der Lakai den Raum verließ, »wollen wir ungern allein treffen.«
Lorenzo schielte zur Tür. Wen würde der Papst zu Rate ziehen? Virgilio Spada? Das wäre ein Glücksfall – der Bauprobst war ihm gewogen. Doch statt des kleinen Monsignore trat eine Frau von majestätischem Wuchs herein, und zwei dunkle, wachsame Augen, denen nichts entging, schauten ihn aus einem hellen, von dunklen Ringellocken umrahmten Gesicht an: Donna Olimpia! Voller Schreck fiel Lorenzo das Mausoleum ein, um das sie ihn nach dem Tod ihres Mannes gebeten und das zu bauen er sich geweigert hatte. Was für ein kurzsichtiger Esel er gewesen war! Während er sich noch dafür verfluchte, trat sie ihm zu seiner Erleichterung mit einem freundlichen Lächeln entgegen und reichte ihm zur Begrüßung sogar die Hand – eine Auszeichnung, die der Einladung des französischen Hofes kaum nachstand.
»Darf ich Ihnen«, sagte Lorenzo, als er sich über ihre Hand beugte, »mein Bedauern über die Plünderung des Palazzo Pamphili ausdrücken? Der Pöbel soll wie von Sinnen gewesen sein.«
Donna Olimpia hob die Schultern. »Ein alter Brauch, Cavaliere, der durchaus seine Berechtigung hat, bedeutet er doch die Trennung des neuen Papstes von seinen weltlichen Gütern. Außerdem«, fügte sie bedeutungsvoll hinzu, »bedarf der Familienpalast ohnehin dringend der Renovierung.«
Lorenzo horchte auf. War das der Wink mit einem Auftrag? Was Donna Olimpias Trennung von den weltlichen Gütern betraf, war es damit nicht weit her. Die ganze Stadt wusste, dass sie nichts von Wert in dem alten Gemäuer zurückgelassen hatte, obwohl sie während des Konklaves hatte verbreiten lassen, sie gebe im Fall der Wahl Pamphilis ihre gesamte Habe hin. Manche behaupteten sogar, sie habe sich den Kardinälen selbst als Beute versprochen – ein, wenn man Lorenzo fragte, immer noch verheißungsvolles Versprechen, auch wenn die Blüte ihrer Jahre schon einige Zeit zurückliegen mochte.
»Trotzdem, Eccellenza, die Verluste müssen fürchterlich gewesen sein. Vielleicht könnte eine Bildsäule des Heiligen Vaters

Sie ein wenig trösten? Es wäre mir eine große Ehre, und sollte ein entsprechender Wunsch an mich ergehen, würde ich dafür mit Freuden die Einladung ausschlagen, mit der man mich an den Königshof nach Paris ruft.«

»Dazu wären Sie bereit, Cavaliere?«, fragte Olimpia mit gerunzelter Stirn.

»Auf der Stelle«, rief Lorenzo und hob seine rechte Hand. »Ich schwöre, keinen Fuß auf französischen Boden zu setzen, wenn Sie es mir befehlen.«

»Bedarf es dazu eines Befehls?«

»Mein Schwur gilt ohne jeden Vorbehalt.«

Donna Olimpia schaute ihn prüfend an. Dann nickte sie zufrieden. »Die Familie Pamphili weiß Ihre Bereitschaft zu schätzen und wird Ihr Entgegenkommen bei Gelegenheit lohnen.«

Lorenzo musste ein Grinsen unterdrücken. Was war er doch für ein geschickter Diplomat! Um den Glockenturm war ihm nur noch halb so bang wie vor der Audienz.

»Wann soll ich mit der Arbeit am Porträt des Heiligen Vaters beginnen?«, fragte er.

»So bald wie möglich«, erklärte Innozenz, der seit dem Eintreten seiner Schwägerin geschwiegen hatte.

»Vielleicht nächste Woche?«

»Gern.« Der Papst streckte Lorenzo die Hand mit dem Fischerring entgegen. »Ein Sekretär wird dir Tag und Uhrzeit nennen.«

Lorenzo trat näher, um den Ring zu küssen, doch als er sich anschickte, auf die Knie zu sinken, sagte Donna Olimpia: »Da fällt mir ein – es wird nicht gehen.«

Irritiert fuhr Lorenzo herum. »Entschuldigung, Eccellenza, ich verstehe nicht ...«

»Wenn mich nicht alles täuscht«, erklärte sie mit einem Gesicht, aus dem jedes Lächeln verschwunden war, »verbietet ein Gesetz des römischen Volkes, Bildsäulen von einem lebenden Papst anzufertigen.«

Lorenzo atmete auf. Dieser Einwand war ihm vertraut. Er hatte ihn schon einmal entkräftet und wusste, was er zu sagen hatte:

»Ein solches Gesetz darf nicht für einen Papst gelten, wie dieser einer ist. Das Volk hat ein Anrecht darauf, sich ein Bild von Seiner Heiligkeit zu machen.«

Doch zu seiner Überraschung schüttelte Donna Olimpia den Kopf. »So mögen manche Vorgänger Seiner Heiligkeit gedacht haben, doch unter dem neuen Pontifikat werden Recht und Ordnung wieder ihre alte Geltung haben.«

»Nun ja«, wandte Innozenz ein, »wir könnten eine Ausnahme immerhin in Erwägung ziehen.«

»Auf gar keinen Fall!«, widersprach Donna Olimpia. »Wir wollen Rom erneuern, und das können wir nur, wenn wir den alten Augiasstall gründlich ausmisten – ein für alle Mal.«

Sie blickte Innozenz so streng an, dass dieser mit einem Seufzer Lorenzo beschied: »Wir fürchten, Donna Olimpia hat Recht. Uns sind die Hände gebunden.«

»Dann wollt Ihr«, fragte Lorenzo ungläubig, »Eurem Volk wirklich das Abbild Eurer Heiligkeit vorenthalten?«

Innozenz nickte mürrisch mit dem Kopf. Lorenzo wartete, ob der Papst seinen Entschluss vielleicht korrigierte, doch Innozenz streckte ihm wortlos ein zweites Mal die Hand zum Kuss entgegen, so dass ihm nichts weiter übrig blieb, als seinen Abschied zu nehmen.

»So Leid es mir persönlich um die Bildsäule tut, Cavaliere, aber Gesetz ist Gesetz. Kein Sterblicher darf sich darüber erheben.«

Olimpia sagte diese Worte in bedauerndem Ton, doch in ihren Augen blitzte ein solcher Triumph, dass Lorenzo jede Hoffnung fahren ließ. Er hatte sich für einen Diplomaten gehalten? Ein gottverdammter Narr war er! Nein, diese Frau hatte die Beleidigung nicht vergessen, die er ihr zugefügt hatte, und das war jetzt die Quittung.

Gebeugten Hauptes bewegte er sich rückwärts in Richtung der Flügeltür, die der Gardist bereits für ihn geöffnet hatte, und mit jedem Schritt, den er sich vom päpstlichen Thron entfernte, war ihm, als entferne er sich von der wärmenden Sonne.

Er hatte die Türschwelle noch nicht erreicht, da richtete Donna

Olimpia ein letztes Mal das Wort an ihn. Lorenzo zuckte zusammen. Was wollte sie denn noch? Hatte sie ihn nicht schon genug gestraft?
»Übrigens«, sagte sie wie beiläufig, »der Heilige Vater hat beschlossen, eine Kommission einzusetzen. Sie soll die Bauschäden an Sankt Peter untersuchen, die Ihr Glockenturm verursacht hat. Es heißt, Madernos herrliche Fassade drohe einzustürzen.«
Damit kehrte sie Lorenzo den Rücken zu.

I I

Papst Innozenz saß noch keinen Monat auf dem Thron, da machte Donna Olimpia sich daran, den Augiasstall auszumisten, den Papst Urban hinterlassen hatte – eine Aufgabe, die wahrlich herkulische Kräfte erforderte. Denn Rom, die Stadt, in der seit Christi Tod am Kreuz alle Fäden der Weltmission zusammenliefen, in der die heilige katholische Kirche im Namen Gottes über Vergangenheit, Gegenwart und Zukunft der Menschheit verfügte, in der sie den Himmel nach eigenem Gutdünken öffnete oder schloss, den Gläubigen die ewige Seligkeit schenkte und die Ungläubigen der ewigen Verdammnis anheim gab – dieses Rom war zugleich die Hauptstadt eines kleinen, weltlichen Fürstentums, dessen Machthaber, geleitet von den Interessen ihrer jeweiligen Partei, nicht weiter sahen als der Schatten von Sankt Peter reichte.
Nicht genug damit, dass der Krieg gegen Castro den Kirchenstaat zwölf Millionen Scudi gekostet hatte, schien Urbans ganzes Bestreben der Bereicherung seiner Familiaren gegolten zu haben. Dabei stellte er alle seine Vorgänger in den Schatten, denn während der Dauer seines langen Pontifikats hatte er seinen Nepoten das riesige Vermögen von einhundertfünf Millionen Scudi geschenkt, eine so ungeheuerliche Summe, dass sie ihm

am Ende selbst als bedenklich erschienen war und er kurz vor seinem Tode in Sorge um sein Seelenheil ein Consilium eingesetzt hatte, das über die Rechtmäßigkeit seines Handelns befinden sollte – freilich mit dem Ergebnis, dass der Papst in allen Dingen recht getan hatte.

Ob der himmlische Richter sich diesem Urteil anschloss, vermochte niemand zu sagen – seine Stellvertreterin auf Erden tat es jedenfalls nicht. Wie ein alttestamentarisches Strafgericht brach Donna Olimpias Zorn über Urbans Gezücht herein, entkleidete seine Kreaturen all ihrer Ämter und nahm ihnen die zinsträchtigen Pfründen, die sie über Jahre und Jahrzehnte so erbarmungslos eingetrieben hatten, sodass sich die Kardinäle Francesco und Antonio Barberini sowie eine ganze Reihe weiterer Angehöriger des verstorbenen Papstes genötigt sahen, Rom zu verlassen und vorerst in Frankreich Zuflucht zu suchen. Donna Olimpia aber galt als heimliche Königin der Stadt, und manch einer nannte sie voller Respekt den »einzigen Mann Roms«.

Die neue Herrschaft bekam auch der Leiter der päpstlichen Baukongregation zu spüren, einer von Urbans zahllosen Günstlingen, an dessen Stelle Innozenz den überaus tüchtigen Propst der Kongregation des heiligen Filippo Neri, Monsignore Spada, als Elemosiniere und obersten Bauaufseher an seinen Hof berief. Der verlässliche Gefolgsmann der spanischen Partei, der Innozenz seine Wahl verdankte, besaß das uneingeschränkte Vertrauen des Papstes, sodass es keine Frage war, dass er zusammen mit dem neuen Amt auch die Leitung jener Kommission übernahm, welche die Überprüfung des Glockenturms von Sankt Peter zur Aufgabe hatte.

Eine verteufelt heikle Aufgabe, wie Spada wusste, denn die Überprüfung des Turmes stellte zugleich das Ansehen seines Erbauers in Frage, des berühmten Cavaliere Bernini. Dennoch nahm Spada das Amt ohne Murren auf sich, denn er verknüpfte damit ein Ziel, das aller Mühen wert war. Der Turm stellte zusammen mit seinem noch zu errichtenden Zwilling an der rechten Seite der Fassade die eigentliche Vervollkommnung des

Domes dar und machte diesen seiner Bedeutung als größte Kirche der Christenheit erst würdig, ein trotz seiner technischen Mängel in ästhetischer Hinsicht so großartiges Meisterwerk, dass alles darangesetzt werden musste, ihn zu erhalten. Und obwohl Spada als frommer Gottesmann sich der Beschränktheit seines Handelns durchaus bewusst war, stand für ihn außer Frage, dass es angesichts der widerstreitenden Kräfte und Interessen, die in diesem Prozess aufeinander stoßen und die schlimmsten Kämpfe und Intrigen hervorrufen würden, nur einen Mann in Rom gab, der dieser Aufgabe gewachsen war: ihn selbst.

Wen sollte er in die Kommission berufen? Der Papst verlangte noch im Winter eine Liste zu sehen. Dazu gehörten fraglos Stadtbaumeister Rainaldi sowie der Architekt der Stadtmauer Roms, Cipriano Artusini, ein begnadeter Mathematiker. Als Vertreter der Jesuiten hatte Spada Antonio Sassi vorgemerkt, außerdem drängten sich aufgrund ihres Rufs wie ihrer Sachkenntnis Pietro Fontana, Martino Longhi und Andrea Bolgi auf. Nur ein Name bereitete Virgilio Spada Kopfzerbrechen, und er hatte ihn auf seiner Liste mit einem großen Fragezeichen versehen, obwohl Donna Olimpia und auch der Papst sich für seine Berücksichtigung aussprachen: Francesco Borromini.

Sollte er ihn tatsächlich benennen? Spada scheute sonst nicht vor Entscheidungen zurück, doch selten war ihm eine so schwer gefallen wie diese. Einerseits war Borromini der fähigste Architekt und Ingenieur, den er kannte, und deshalb wie kein Zweiter berufen, an einer Lösung für den Erhalt des Glockenturms mitzuwirken, andererseits aber war er ein so schwieriger und unberechenbarer Mensch, dass man unmöglich vorhersagen konnte, wie er sich in dieser heiklen Mission verhalten würde. Hatte er den Hohn und Spott verwunden, mit dem man ihn früher so oft wegen seiner kühnen Ideen überschüttet hatte? Obwohl Borromini vollkommen selbstlos eigene Interessen verleugnen konnte, solange es um seine Arbeit ging, lauerte hinter seinem Eifer stets der Hochmut, die Todsünde *superbia*. Würde er es nicht als Erniedrigung empfinden, wenn er nun dazu beitragen sollte, ein

Bauwerk Berninis vor dem Abriss zu bewahren? Die Rivalität der ehemaligen Weggefährten war ja stadtbekannt. Musste er sich da nicht erneut zurückgesetzt fühlen, genauso wie beim Bau des Hochaltars von Sankt Peter, den die ungerechte Welt als alleinige Schöpfung des Cavaliere pries, ohne Borrominis Verdienst daran zu sehen? Lag es da nicht nahe, dass er eine Berufung in die Kommission dazu missbrauchen würde, Rache an seinem Rivalen zu nehmen, um ihn womöglich als Dombaumeister zu verdrängen?

Um Antwort auf diese Fragen zu bekommen, beschloss Spada, Borromini einer Prüfung zu unterziehen.

»Gesetzt den Fall«, fragte er ihn, »der Sohn eines Mannes, mit dem Sie auf den Tod verfeindet sind, fällt in einen reißenden Sturzbach und droht vor Ihren Augen zu ertrinken. Was würden Sie in einem solchen Fall tun?«

»Was sollte ich anderes tun«, fragte Borromini zurück, »als das, was jeder ehrbare Mensch tun würde? Ich würde versuchen, das Leben des Kindes zu retten.«

»Auch dann, wenn der Vater Ihnen größtes Unrecht zugefügt hat? Wenn er Sie um Ihr Hab und Gut gebracht und um alles in der Welt betrogen hat, was Ihnen lieb und wert ist?«

»Auch dann, Ehrwürdiger Vater. Was kann das Kind für die Taten seines Erzeugers?«

»Und wenn dieser Mann« – Monsignore Spada schlug ein Kreuzzeichen – »Ihr eigenes Kind entführt und sein Gesicht entstellt hat? Wie würden Sie dann handeln?«

Borromini überlegte eine Weile, doch dann sagte er mit fester Stimme: »Auch in diesem Fall bliebe mir nichts anderes übrig, als das Kind mit allen Mitteln zu retten. Sein Anrecht auf das von Gott gewollte Leben bleibt von den Verfehlungen seines Vaters unberührt. Doch wozu denn all die sonderbaren Fragen, Monsignore?«

»Um mich zu vergewissern«, sagte Virgilio Spada mit einem zufriedenen Lächeln und legte ihm eine Hand auf die Schulter, »dass Sie der Mann sind, den ich in Ihnen sah.«

Dennoch blickte er der ersten Sitzung der Kongregation, die für den 27. März 1645 einberufen wurde, mit gemischten Gefühlen entgegen. Die Sache war immerhin von solcher Wichtigkeit, dass außer den Gutachtern sowie dem beschuldigten Architekten ein Dutzend Kardinäle und sogar Papst Innozenz persönlich erschienen. Ohne lange um den heißen Brei herumzureden, kam Spada sogleich auf die alles entscheidende Frage zu sprechen: Hätte der Erbauer des Turms, Cavaliere Lorenzo Bernini, wissen müssen, dass die Fundamente die große Last nicht tragen konnten? Der Beschuldigte selbst wies, wie nicht anders zu erwarten, jede Schuld von sich. Anfangs sichtlich nervös, berief er sich darauf, dass er Papst Urban selbst gewarnt habe, dieser aber seinen Argumenten kein Ohr hatte schenken wollen. Als Innozenz bei diesen Worten nickte, fasste Bernini sichtbar Zuversicht und führte seine Rede eloquent und selbstbewusst zu Ende. Nach ihm erhoben die Gutachter ihre Stimme. Sie warfen Bernini zwar allgemeine Nachlässigkeit vor, scheuten auch nicht davor zurück, seine Fehler beim Namen zu nennen, doch zu Spadas Erleichterung konzentrierten sie sich weniger auf die Schuldfrage als auf mögliche Ansätze zu einer Lösung. Alle Vorschläge zielten darauf ab, die Fundamente des Turmes zu stärken, um das Bauwerk zu erhalten. Von Abriss war keine Rede.

Nur einer der Gutachter sagte während der gesamten Sitzung kein Wort: Francesco Borromini. Ganz in Schwarz gekleidet, saß er am unteren Ende des Tisches und verfolgte schweigend die Vorträge seiner Kollegen. Als die Kommission sich vertagte, waren alle Blicke auf ihn gerichtet.

Bei der nächsten Sitzung sollte er sein Gutachten vortragen. Wie würde sein Votum lauten?

12

Diese Frage verfolgte auch Clarissa in ihren einsamen Stunden – und davon gab es viele. Über drei Jahre dauerte nun schon die Wallfahrt für ihren Ehemann, Jahre, die sie vor allem im Gebet für seine Gesundheit verbracht hatte. Sie hatte die fünf Basiliken aufgesucht: In Sankt Peter hatte sie am Grab des Apostels gebetet und in der Lateranbasilika vor dem Papstaltar, in Santa Maria Maggiore an der Krippe Jesu, in Santa Croce in Gerusalemme unter dem Kreuz Christi und in San Paolo fuori le mura an der Hinrichtungsstätte des heiligen Paulus. Sie hatte gebetet in den sieben Pilgerkirchen, gebetet in den Katakomben der Via Appia, gebetet auf der Heiligen Treppe, die sie reuigen Herzens auf den Knien erklommen hatte – sogar eine Reise ins ferne Loreto hatte sie unternommen, zum Heiligen Haus, in dem einst, als es noch im fernen Galiläa gestanden hatte, ein Engel der Gottesmutter Maria die frohe Botschaft verkündet hatte. Allein, McKinneys Zustand schien unverändert.
Wie konnte das nur sein? War er überhaupt krank? Die Zweifel nagten immer mehr an ihr, nicht nur im Heiligen Haus von Loreto, wo allein eine Inschrift – *non est impossibile apud Deum*: »nichts ist unmöglich vor Gott« – das Wunder erklärte, wonach Engel die Wohnung Marias vom Heiligen Land dorthin verbracht hatten. Zwar schickte McKinney ihr regelmäßig Briefe aus England, Monat für Monat einen, so pünktlich wie die Wiederkehr des vollen Mondes am nächtlichen Himmelszelt, doch stand kein Wort darin, das von seiner Genesung sprach oder Clarissa zurück in die Heimat rief, obwohl sie in ihren Briefen immer drängender darum bat, während sie gleichzeitig ganz tief in ihrem Innern und gleichsam vor ihr selbst verborgen die heimliche Hoffnung hegte, noch so lange in Rom bleiben zu können, bis der Streit um den Glockenturm beigelegt war.
Aber war ein solcher Wunsch nicht Sünde? Nahm sie mit ihrer heimlichen Hoffnung nicht zugleich in Kauf, dass die Leiden

ihres Mannes kein Ende nahmen? Ach, sie wollte ja nur, dass man Borromini lobte, wie es ihm gebührte, ohne dass Bernini Schaden litt.

In ihrer Seele herrschte ein solches Durcheinander, dass sie bei der heiligen Agnes Zuflucht nahm. Vor dem Altar der Hauskapelle – das Relief hatte die Plünderung des Palazzo Pamphili unversehrt überstanden – kniete sie nieder und faltete die Hände, um sich zu sammeln. Doch während sie das Mirakel der Heiligen betrachtete, deren nackten Leib ein Panzer aus Haar überwucherte, um sie vor den Übergriffen der Soldaten zu schützen, spürte sie nur, wie die Angst in ihr immer stärker wuchs. Die Angst vor diesen zwei Männern, die sie aus ihrem Leben verbannt hatte und die jetzt doch wieder Teil ihres Lebens geworden waren. Vor allem aber die Angst vor sich selbst.

»Was ist los mit dir?«

Clarissa schrak aus ihrer Andacht auf. Donna Olimpia stand vor ihr und schaute sie stirnrunzelnd an.

»Du hast doch etwas auf der Seele, seit langer Zeit schon. Was ist es, was dich quält?«

»Ach, Olimpia, wenn ich es nur selber wüsste.«

Clarissa zögerte. Sollte sie ihr Herz ausschütten? Olimpia war eine erfahrene Frau, die das Leben kannte und ihr vielleicht einen Rat geben konnte. Andererseits aber fürchtete sie sich vor dem strengen Urteil der Cousine.

Zum Glück nahm Olimpia ihr die Antwort ab: »Diese englische Unsitte, alles allein mit sich und dem Herrgott auszumachen, tut dir nicht gut. Wenn du mich fragst, ich glaube, ich weiß, was du brauchst – einen Beichtvater.«

»Einen Beichtvater?«, fragte Clarissa verwirrt. »Ich ... ich bin seit Jahren nicht mehr zur Beichte gegangen. McKinney sieht in der Beichte den Versuch, sich der Verantwortung für das eigene Tun zu entziehen.«

»So, meint er das?« Olimpia schüttelte den Kopf. »Wir in Rom meinen das nicht. Schließlich gibt es immer wieder Momente im

Leben, in denen ein Mensch die Hilfe eines anderen braucht, um mit sich ins Reine zu kommen.«

Konnte Olimpia Gedanken lesen? Genau das war es, wonach Clarissa sich sehnte. Schon bei der Vorstellung, sich jemandem anzuvertrauen, spürte sie Erleichterung.

»Vielleicht hast du Recht«, sagte sie schließlich. »Kannst du mir einen Priester empfehlen?«

»Aber natürlich.« Olimpia lachte. »Das wäre ja ein Jammer, wenn die Schwägerin des Papstes dir keinen Beichtvater nennen könnte!«

Bereits am nächsten Morgen machte Clarissa sich auf den Weg. Vom Palazzo Pamphili bis zu ihrem Ziel waren es nur wenige Minuten. Die Kutsche hielt vor einem großen renovierten Gebäude, dessen Fassade mit reichem Stuck- und Skulpturenschmuck versehen war.

Als Clarissa an der Pforte pochte, war ihr ein wenig bang zumute. Was für ein Mann ihr künftiger Beichtvater wohl war? In ihrer Jugend hatte sie sich ohne Bedenken jeder Stimme anvertraut, die durch das Gitter des Beichtstuhls aus dem geheimnisvollen Dunkel zu ihr flüsterte, als gehöre sie zu keiner wirklichen Person, sondern zu einem guten, vom Himmel gesandten Geist. Doch jetzt, als erwachsene Frau?

Der Diener, der ihr öffnete, führte sie durch einen hellen, lichtdurchfluteten Innenhof und dann in eine tonnenüberwölbte Kolonnade, die in einen zweiten *cortile* zu münden schien, in dem eine mannsgroße Kriegerfigur aufgestellt war. Doch was war das? Als Clarissa die Galerie entlangschritt, traute sie ihren Sinnen nicht: Der Boden, der vom Eingang aus völlig eben ausgesehen hatte, stieg plötzlich unter ihren Füßen an, die Säulen wurden immer kürzer, der Gang verengte sich – die ganze Kolonnade war ein Trugbild falscher Größe. Vor Freude machte ihr Herz einen Sprung: Diese Säulenfolge kannte sie! Das war die Scheinkolonnade, die Signor Borromini für ihr *appartamento* entworfen hatte, als er noch Francesco Castelli hieß.

Ein untersetzter Mann in schwarzer Seidensoutane kam ihr lächelnd entgegen. Mit seinem federnden Gang und den wachen Augen unter den buschigen Brauen war er ihr sogleich sympathisch.

»Monsignore Spada?«, fragte sie und reichte ihm die Hand.

»Und Sie müssen Lady McKinney sein«, antwortete er ihr in fließendem Englisch. »Seien Sie willkommen, Principessa!«

»Was für eine wunderbare Art, Gäste zu empfangen«, erwiderte sie und zeigte auf die Säulen. »Nichts ist so, wie es scheint.«

»Nicht wahr?« Er nickte eifrig. »Die Kolonnade ist mein Lieblingsort. Sie verblüfft die Sinne und belehrt den Verstand. Man wird darin so augenfällig gewahr, dass vieles auf der Welt nur Lug und Trug ist. Außerdem«, fügte er mit einem Blick auf den Krieger hinzu, der ihm in Wirklichkeit kaum bis zur Brust reichte, »erinnert man sich daran, wie klein und unbedeutend wir Menschen doch sind. Aber was führt Sie zu mir, Principessa? Donna Olimpia sprach von einer Seelenpein?«

Der kleine Monsignore begegnete ihr so ungezwungen und freundlich, dass Clarissa schon bei den ersten Sätzen, die sie zur Begrüßung tauschten, ein Gefühl von Vertrautheit verspürte, als würden sie einander seit Jahren kennen. Und da er auch im weiteren Verlauf des Gesprächs seine Fragen mit der offenen und einfachen Selbstverständlichkeit eines Arztes stellte, kostete es sie zu ihrem Erstaunen gar keine Überwindung, sich diesem Mann zu offenbaren, obwohl sie nicht mal den Schutz eines Beichtstuhles genoss, sondern im hellen Tageslicht dem Priester auf einer Bank gegenübersaß. Nach einer Stunde hatte sie ihm fast ihr ganzes Herz ausgeschüttet.

»Ich habe mich«, schloss sie ihr Bekenntnis, »diesen beiden Männern zugewandt, Ehrwürdiger Vater, zwei Architekten, die Gott für einander bestimmt hat, damit sie zusammen das neue Rom erbauen, doch ich habe sie entzweit. Habe ich Gottes Pläne durchkreuzt?«

»Die Wege des Herrn sind zwar unerforschlich, Principessa«, erwiderte Spada nachdenklich, »dennoch ist es immer wieder unsere Aufgabe, sie zu deuten. Wie hat der heilige Augustinus gesagt? ›*Credo quia absurdum* – ich glaube, weil es unbegreifbar ist.‹ Vielleicht ist alles Gottes Wille und Ihre Not ein Fingerzeig.«

»Aber was für eine Absicht kann sich dahinter verbergen? Darf ich in Rom sein, wenn mein Mann in Schottland an Gallenfieber leidet?«

»Wenn Gott Sie ein zweites Mal in Seine Stadt geschickt hat, dann hatte Er dafür einen Grund.« Spada schwieg eine lange Weile. »Vielleicht«, sagte er schließlich, »ist die Erkrankung Ihres Mannes sogar der Schlüssel. Vielleicht können Sie für ihn bei Gott nur dann etwas bewirken, wenn Sie hier das Werk des Allmächtigen vorantreiben.«

»Das verstehe ich nicht, Monsignore.«

»Müssen wir immer verstehen, um zu handeln?«, fragte er zurück. »Vielleicht hat Gott Sie ein zweites Mal hierher geschickt, damit Sie Ihren alten Fehler wieder gutmachen.«

»Und wie soll das geschehen?«, wollte Clarissa wissen.

»Indem Sie Borromini und Bernini – nennen wir sie ruhig beim Namen! –, die Männer, die Sie entzweit haben, ja, die durch Ihre Schuld zu Rivalen wurden, wieder miteinander versöhnen, damit sie ihre Aufgabe gemeinsam vollenden. Einen Sie, was Sie gespalten haben! Vielleicht ist das der Preis, den Gott von Ihnen verlangt, damit er die Gebete für Ihren Gatten erhört.«

»Glauben Sie wirklich?«, fragte Clarissa, überrascht von seiner Deutung der Dinge.

»*Credo quia absurdum*«, erwiderte Spada mit einem Lächeln. »Aber meinen Sie nicht, Principessa, dass es auf den Versuch ankommt?«

13

Nach ihrer ersten Sitzung fasste die päpstliche Baukongregation zwei Beschlüsse: Cavaliere Bernini wurde angewiesen, die Fundamente seines Glockenturmes gründlichst auf ihre Tragfähigkeit zu untersuchen, und zwar mit dem erklärten Ziel, das Gebäude zu erhalten; zugleich aber forderte Innozenz die Architekten der Stadt Rom durch öffentlichen Anschlag auf, Entwürfe für die Neu- und Umgestaltung der Türme von Sankt Peter einzureichen, worüber in einem gesonderten Wettbewerb entschieden werden sollte.

Als der Aufruf im Juni 1645 erfolgte, machte Francesco Borromini sich mit bitterer Genugtuung ans Werk. Er wollte die Gelegenheit nutzen, nicht nur Berninis Turm, sondern auch seinen eigenen ersten Entwurf einer kritischen Prüfung zu unterziehen – alles, was ein Mensch auf Erden tat, war dazu da, verbessert zu werden.

Meist arbeitete er bei Kerzenschein in später Nacht, wenn kein Laut mehr von draußen in seine mönchische Behausung drang und den Fluss seiner Gedanken störte. Freihändig, ohne Lineal und Schablone, trug er seine Korrekturen in Berninis Pläne ein, die in so schamloser Weise seine eigenen Ideen widerspiegelten, auch wenn sie der effektvollen Manier des Cavaliere anverwandelt waren.

Borromini war entschlossen, das Bauwerk von allem überflüssigen Prunk zu reinigen. So wie einst auf den Resten heidnischer Tempel christliche Kirchen entstanden waren, so wuchs nun, während er mit Graphit die alte Rötelzeichnung überarbeitete, aus Berninis Unterbauten ein neuer Glockenturm hervor, ein noch viel leichterer Bau als der ursprüngliche. Trotz seiner geringen Höhe erschien er hoch und schlank und strebte, befreit von der Wucht des Turmhelms, so leicht und schwerelos gen Himmel wie eine Rauchsäule.

Ha, er würde es dem Gesindel zeigen! Borromini spülte seine

Kehle mit einem Schluck Wein. Nein, er hatte nicht vergessen, wie sie ihn all die Jahre verspottet hatten, nur weil es ihnen an der nötigen Vorstellungskraft fehlte – noch heute hallte ihr Gelächter in ihm wider. Einen Gehirnkranken hatten sie ihn genannt, doch jetzt, da seine ersten Bauwerke endlich standen, konnten sie sich nicht satt an ihnen sehen. Wie oft hatte er von der *tribuna* in San Carlo aus beobachtet, wie Architekten aus aller Welt sich die Hälse verrenkten, um mit aufgesperrten Augen und Mündern den fließenden Bewegungen der Gebäudegliederung zu folgen, wo ein Element nach dem anderen verlangte und die Blicke immer weiter führte – staunende Idioten in stummer Adoration, als schauten sie Gott bei der Arbeit zu. Und alle wollten seine Pläne – Deutsche, Flamen, Franzosen, sogar ein Inder hatte ihn nach einem Riss gefragt. Ein Vermögen hätte er mit den Kopien verdienen können, doch er hütete sich. Er kannte dieses Pack. Sie wollten seine Pläne nicht, um aus ihnen zu lernen, sondern nur, um seine Ideen zu stehlen.

Wieder und wieder korrigierte er die Zeichnung, ernst und beharrlich, entfernte hier eine Volute, fügte dort eine hinzu, um den Entwurf immer weiter zu verbessern. Alle Welt behauptete, Berninis Turm sei vollkommen? Diese Armen im Geiste, sie hatten ja keine Ahnung! Mit einem Lappen wischte er die prätentiösen Säulenstellungen des dritten Obergeschosses in Berninis Entwurf fort, um sie durch eine schlichte Front zu ersetzen. Weg mit allem überflüssigen Gepränge! Architektur war Gottesdienst, in ihr spiegelten sich die ewigen Gesetze der Schöpfung wider. Nur darum ging es, alles andere war zuchtlose Effekthascherei.

Mit derselben Sorgfalt, die er dem Aufbau gewidmet hatte, wandte er sich dem Grundriss zu. Hier verbarg sich die Lösung für das Fundament ... Man musste die Obergeschosse auf einer kleineren Fläche anordnen, damit sie die Quermauer zur Vorhalle nicht belasteten. Dafür hatte der große Bernini natürlich keinen Sinn. Wie er sich gewunden hatte vor der Kongregation! Alle waren schuld: Maderno, Papst Urban, sogar der alte Calar-

meno, der noch zu Papst Pauls Zeiten an den Fundamenten gearbeitet hatte – nur er selbst nicht! Aber wer hatte denn einen dreimal so hohen und sechsmal so schweren Turm geplant, ohne an eine Verstärkung der Fundamente zu denken? Was bildete dieser eitle Pfau sich ein? Dass er der Herrscher der Welt sei? Dass die Götter ihm einen Glücksring an den Finger gesteckt hätten, damit Stein und Marmor sich nach seinem Willen formten? Dass er sich ein Gebäude nur auszudenken brauche, damit es Gestalt annahm, ohne Arbeit und Mühe und Fleiß? Wusste er denn nicht, dass Gott die Menschen aus dem Paradies vertrieben hatte, auf dass sie ihr Brot im Schweiße ihres Angesichtes aßen? Was für eine Anmaßung! Was für ein Frevel!
Borromini bekam einen so schweren Hustenanfall, dass er seinen Zeichenstift niederlegen musste. Mit rasselnder Lunge rang sein Körper um die lebensnotwendige Atemluft, als wolle er ihn auch jetzt, da sich endlich nach all den Jahren der Verachtung und des Hohns die Anerkennung einstellte, nach der es ihn verlangte wie einen Verdurstenden nach einem Schluck Wasser, noch immer daran erinnern, dass er einst als Steinmetz angefangen hatte, der sich alles erarbeiten musste, Schritt für Schritt. Wie beneidete er seinen Rivalen, dem die Dinge so leicht und mühelos gelangen! Ja, Herrgott noch mal, er wusste schon, es war der Neid, der wieder und wieder an ihm nagte, ihm niemals Ruhe gab, jede Sekunde seines verdammten Lebens in seine Gedärme und in sein Herz kroch wie ein böses, unheilvolles Gift, um dort seine Wut zu schüren – ja, ja, ja, er wusste es und hasste sich dafür. Aber, bei Gott und allen himmlischen Heerscharen, hatte er nicht Recht? Tausend- und abertausendmal?
»Na, warte!«, sagte er, als sein Atem sich beruhigte. Papst Innozenz höchstselbst hatte ihn, Francesco Borromini, beauftragt, für den Erhalt von Sankt Peter Sorge zu tragen. Damit war er dem Dombaumeister gleichgestellt, autorisiert von Gottes Stellvertreter. Er trank noch einen Schluck Wein und wischte sich mit dem Ärmel den Mund ab. Wer weiß, vielleicht konnte er Bernini sogar bald von seinem Platz verdrängen? Er hatte alle Trümpfe

in der Hand. Er brauchte in der nächsten Sitzung der Baukongregation nur schonungslos Berninis Fehler offenzulegen und ihn gleichzeitig anhand seiner eigenen Vorschläge als elenden Scharlatan zu entlarven. Er wusste ja, wie man die Aufbauten entlasten und die Fundamente verstärken musste. Und alle Welt würde begreifen, dass kein anderer als er, Francesco Borromini, imstande war, den Glockenturm zu retten.
Was wohl die Principessa dazu sagen würde? Würde sie ihn unterstützen? Wie immer, wenn er an sie dachte, wenn er im Geist ihr Gesicht vor sich sah, ihre Augen, ihre Lippen, den Klang ihrer Stimme hörte, wie sie sprach, wie sie lachte, wurde er ganz ruhig. Es war, als würde jemand Öl auf das schäumende Meer seiner Gefühle gießen, und alle Wogen in seinem Innern glätteten sich. Er staunte einmal mehr über die Macht, die sie über ihn hatte, selbst wenn sie nur in seinen Gedanken anwesend war. Warum wirkte sie in dieser Weise auf ihn? Worin bestand das Geheimnis? Er wusste nur eines: Wenn er vor ihr bestehen wollte, durfte er sich nicht von seinen Gefühlen hinreißen lassen, weder von seinem Hass noch von seinem Neid. In ihrer Gegenwart zählte nur die Kunst.
Und die Liebe? Er verbot sich, über diese Frage nachzudenken. Lady McKinney war eine verheiratete Frau.
Borromini schloss die Augen. Was für ein Glück, was für ein Geschenk, die Principessa zu kennen … Sie war der einzige Mensch, dem er vertraute, dem er sich verbunden fühlte, ihr allein hatte er damals seinen ersten Entwurf für den Glockenturm gezeigt. Wie lange war das her? Wirklich schon über zwanzig Jahre? Wie sie sich gefreut hatte – und dann ihre Hoffnung, den Turm verwirklicht zu sehen. Sie hatte ein so wunderbares Gespür, worauf es in der Architektur ankam. Was für ein Genuss würde es sein, mit ihr die neuen Pläne zu erörtern, bevor er sie zum Wettbewerb einreichte, um die Dinge in Ordnung zu bringen, genau so wie er es ihr vor Sankt Peter versprochen hatte …
Mit einem Mal verdüsterten sich seine Gedanken, und die

Ruhe, die ihn eben noch erfüllt hatte, wich plötzlicher Angst. War es wirklich so klug, seine Pläne in dem Wettbewerb zu präsentieren, sie den begehrlichen Blicken seiner Konkurrenten auszusetzen? Ängstlich schaute er sich in dem kahlen Raum um, als würde er schon jetzt belauert, von unsichtbaren Augen, und er legte seine Hand auf die Zeichnung, wie um sie zu schützen. Die Pläne waren seine Kinder – durfte er sie der Öffentlichkeit preisgeben? Über den Ausgang solcher Wettbewerbe entschied fast nie die Leistung, meist gaben Bestechung und Intrigen den Ausschlag. Und wenn dann ein anderer gewann? Was würde den daran hindern, seine Entwürfe zu kopieren?
Die Vorstellung erfüllte Boromini mit Panik. Man hatte schon einmal seine Ideen gestohlen – wer konnte garantieren, dass es kein zweites Mal geschah?

14

Die Probegrabungen an den Fundamenten der Peterskirche wurden unverzüglich in Angriff genommen, eine Hundertschaft von Arbeitern der Dombauhütte war eigens dafür abgestellt. Tiefer und tiefer drangen die Männer in das Erdreich vor, und Cavaliere Bernini, der erste Künstler Roms, war sich nicht zu schade, die Arbeiten in eigener Person zu leiten. Schicht für Schicht legte man die mit Steinen und Kies gefüllten Schächte frei, die Maderno ein halbes Menschenleben zuvor hatte aufmauern lassen, um die Fassadenfundamente in dem schwierigen, von zahllosen Wasseradern durchzogenen Boden abzusichern.
Ungeduldig riss Lorenzo sich Rock und Hemd vom Leib, stieg in die Baugrube hinab und nahm mit nacktem Oberkörper eine Spitzhacke zur Hand, um mit seinem Beispiel die Arbeiter anzutreiben. Er musste sich Gewissheit verschaffen. War der

Untergrund sicher genug, um wenigstens den neuen Turm zu tragen, den er nach der ersten Sitzung der Baukongregation gezeichnet hatte? Um die Belastung zu verringern, hatte er in dem Entwurf den schweren Aufbau des dritten Obergeschosses durch eine leichte Arkade mit zierlichem Helm ersetzt. Dabei hatte er sich große Mühe gegeben, alles möglichst luftig erscheinen zu lassen, doch war er sich bewusst, dass der Turm auf dem Papier, auf dem er fast zu schweben schien, weitaus leichter wirkte, als er in der Realität sein würde.

Lorenzo arbeitete, dass ihm der Schweiß von der Stirn troff, und seine Hände waren bald voller Blasen. In siebzig Fuß Tiefe stießen sie auf eine Senke, die mit lockerem Erdreich aufgeschüttet war; darunter kamen Gruben zum Vorschein, die bis auf den tragfähigen Lehmboden ausgehoben und wiederum mit Kieselsteinen und Kalk angefüllt waren. Lorenzos Zuversicht stieg, Maderno hatte gute Arbeit geleistet! Doch als er acht Fuß tiefer die Holzpfähle erblickte, mit denen sein Vorgänger versucht hatte, die Fundamente der Fassade abzustützen, um die Belastung auf den wasserreichen Boden zu übertragen, wusste er, dass seine Hoffnung vergeblich war: Die Balken und Streben der Pfahlgründung waren so verrottet und verfault, dass sie unter seiner Hacke zerfielen wie modrige Pilze.

Lorenzo warf sein Werkzeug hin und kletterte über eine Leiter aus der Baugrube ins Freie. Es war zum Verzweifeln! Wenn er diese Sache nicht in den Griff bekam, war es um ihn geschehen. Der verfluchte Glockenturm stellte ihn schon jetzt vor die schlimmsten Folgen, Folgen, die ihn ruinieren konnten. Innozenz gab ihm seinen Missmut so deutlich zu verstehen wie sonst nur den Barberini – ja, er lieferte ihn der öffentlichen Lächerlichkeit aus.

Die Sache war die: Obwohl der neue Papst kein Freund der Künste war, wollte er doch wie jeder seiner Vorgänger mit Hilfe der Architektur Rom seinen Stempel aufdrücken. Dabei beschränkte er sich keineswegs auf Kirchen und Klöster. Angestachelt von seiner ehrgeizigen Schwägerin, plante er einen groß-

zügigen Ausbau des halb zerfallenen Pamphili-Palastes an der Piazza Navona: Die Piazza sollte als sein persönlicher Wohnsitz das weltliche *teatro* des herrschenden Kirchenfürsten und seiner Familie werden. Alle bedeutenden Architekten der Stadt waren aufgefordert, Vorschläge für die Gestaltung des Platzes einzureichen, als dessen Prunkstück ein Brunnen von nie dagewesener Schönheit vorgesehen war. Nur der erste Künstler der Stadt, Cavaliere Lorenzo Bernini, war auf ausdrücklichen Wunsch des Papstes von diesem Wettbewerb ausgeschlossen, obwohl er seit Urbans Zeiten Intendant der städtischen Brunnen war. Was für eine Demütigung!
Lorenzo wusste, das hatte er Donna Olimpia zu verdanken. Und er gab sich keinen Illusionen hin. Solange er diese Frau zur Feindin hatte, konnte er in Rom tun, was er wollte – kein Kardinal, kein Fürst würde ihm je wieder einen bedeutenden Auftrag geben. Ob er einfach seinen Schwur brechen und dem Ruf des französischen Hofes folgen sollte? Premierminister Mazarin hatte ihm geschrieben, in Paris werde man ihn wie einen Fürsten empfangen.
»Was stehst du da und glotzt mich an!«, sagte er, als er plötzlich seinen Bruder vor sich sah. »Lass dir lieber was einfallen! Wenn wir keine Lösung finden, bist du genauso erledigt wie ich.«
»Wie wär's«, erwiderte Luigi, »wenn du dich um deinen Besuch kümmern würdest, statt mich anzufauchen?«
»Besuch?« Überrascht drehte Lorenzo sich um. »Principessa ...«
Für einen Moment verschlug es ihm die Sprache. Eilig zog er seinen Rock über. »Bitte entschuldigen Sie, aber dringende Arbeiten ...«
»Ich weiß«, unterbrach sie ihn. »Aus diesem Grund bin ich ja hier. Ich möchte Ihnen einen Vorschlag machen. Vielleicht gibt es eine Lösung.«
»Ach ja?«, fragte er, während er den letzten Knopf schloss. »Solange Innozenz jeden Tag ein so hässliches Gesicht im Spiegel sieht, ist kaum zu erwarten, dass er Kunstwerke angemessen zu würdigen weiß.«

»Ich verstehe Ihre Gefühle«, erwiderte sie, während sie auf dem Stuhl Platz nahm, den Luigi ihr anbot. »Aber glauben Sie, Zynismus hilft Ihnen weiter?«
»Haben Sie eine bessere Idee?«
»Allerdings.« Sie nickte. »Sie sind Bildhauer, Cavaliere, ein Künstler. Mit technischen Problemen geben Sie sich nur ungern ab. Sie brauchen einen Ingenieur an Ihrer Seite.«
»Ha, daran herrscht kein Mangel. Ich beschäftige in meiner Werkstatt über ein Dutzend Ingenieure – lauter neunmalkluge Rechenkünstler, die mich beraten. Aber leider können auch sie nicht zaubern.«
Clarissa schüttelte den Kopf. »Ich meine nicht irgendeinen Ingenieur, Signor Bernini. Ich meine den Mann, der sich mit dem Glockenturm ebenso lang und intensiv beschäftigt hat wie Sie und der Ihnen darum besser helfen kann als jeder andere.«
Lorenzo ahnte, wen sie meinte, doch in der Hoffnung, dass er sich irrte, wollte er den Namen aus ihrem eigenem Mund hören.
»Und wer soll dieser Erlöser sein?«
»Francesco Borromini«, sagte sie ohne zu zögern. »Ihr ehemaliger *assistente*.«
»Der? Mir helfen?« Lorenzo lachte auf. »Dieser Neidhammel würde eher seine Seele verkaufen! Der will doch selber Dombaumeister werden!«
»Signor Borromini ist ein redlicher Mann.«
»Nur solange es ihm nicht schadet. Es gibt keine redlichen Menschen. Er ist nicht besser als wir anderen.«
»Und wenn doch?«
»Er wird das Gegenteil noch früh genug beweisen. Warten Sie ab, er lauert nur auf eine Gelegenheit, um mir zu schaden.«
»Ihnen vielleicht«, bestätigte Clarissa. »Aber wenn es um sein Werk geht, wird er alles tun, um Sie zu unterstützen.«
»*Sein* Werk, Principessa?«, fragte Lorenzo. »Was wollen Sie damit sagen?«
»Sie wissen es selbst, Cavaliere.« Sie erhob sich von ihrem

Stuhl und trat auf ihn zu. »Erklären Sie, dass der Glockenturm Ihr gemeinsames Werk ist, und ich bin sicher, Signor Borromini wird nicht zögern, Ihnen bei der Rettung des Turmes beizustehen.«

Lorenzo schnappte nach Luft. »Warum soll ich so etwas erklären? Der Entwurf stammt aus *meinem* Atelier!«

»Sicher, aber hat Borromini nicht bedeutende Ideen dazu beigetragen?«

»Na und? Jeder Architekt hat das Recht, mit den Zeichnungen seiner Gehilfen zu verfahren, wie es ihm beliebt.«

»Koste es, was es wolle?« Clarissa schaute ihn eindringlich an. »Signor Borromini ist der einzige Mann, der Ihnen jetzt helfen kann. Wollen Sie wirklich riskieren, dass der Turm abgerissen wird? Nur um sich nicht den Ruhm mit ihm zu teilen?«

Lorenzo schlug die Augen nieder. Alles in ihm sträubte sich gegen ihren Vorschlag. Doch der Befund, den er in der Baugrube vorgefunden hatte, war vernichtend gewesen. Herrgott, was sollte er nur tun?

»Nun, Cavaliere?«

Plötzlich begegneten seine Augen Clarissas Blick: Madonna, was war sie nur für eine schöne Frau! Im selben Moment war seine Entscheidung gefallen.

»Wenn es Ihr Wunsch ist, Principessa, an mir soll es nicht fehlen.«

»Ich kann Ihnen gar nicht sagen, wie sehr mich das freut!« Mit strahlendem Gesicht reichte sie ihm die Hand. »Dann mache ich mich sofort auf den Weg. Noch heute werde ich mit Signor Borromini sprechen.«

Sie raffte ihren Rock und eilte zur Piazza, wo ihre Kutsche wartete. Während Lorenzo ihr nachschaute und sich noch fragte, ob er sich richtig entschieden hatte, kam ihm eine zweite Frage in den Sinn: Für wen nahm sie all diese Mühe auf sich? Für ihn oder – sein Gehirn weigerte sich fast, den Gedanken zu denken – für Francesco Borromini?

Da drehte sie sich noch einmal um und rief: »Übrigens, Cavaliere, Donna Olimpia zerbricht sich den Kopf über eine Belustigung für den nächsten Karneval. Haben Sie vielleicht eine Idee?«

15

»Sie dürfen nicht gegen ihn stimmen! Es wäre zu Ihrem eigenen Schaden. Sie müssen vielmehr alles tun, um den Glockenturm zu retten! Er ist doch auch Ihr Werk!«
Seit einer Viertelstunde redete Clarissa auf Francesco Borromini ein, doch es war, als rede sie gegen eine Wand. Er hatte ihr den Rücken zugekehrt und die Arme vor der Brust verschränkt. Nicht mal einen Platz hatte er ihr angeboten.
»Mein Werk?«, knurrte er. »Ganz Rom hat den Turm als eine Schöpfung des großen Bernini gepriesen, als weiteren Beweis seines Genies. Aber jetzt, nachdem die Risse da sind und jedermann sich wundert, wie das nur passieren konnte, soll ich in die Bresche springen und meinen Namen dafür hergeben! Wozu? Damit man mich auslacht?«
»Niemand wird Sie auslachen. Im Gegenteil, die Römer werden Ihnen dankbar sein.«
»Die Dankbarkeit der Römer kenne ich.«
Es trat eine Pause ein. Clarissa wusste, worauf er anspielte, und sie wusste auch, dass er alles Recht der Welt hatte, so zu reden. Draußen dämmerte es bereits, und durch die winzigen Fenster drang so wenig Licht in die niedrige Kammer, dass die Buchrücken in den Regalen sich nur noch wie ein dunkles Relief von der weiß gekalkten Wand abhoben. Clarissa nahm den Kerzenleuchter vom Tisch und ging damit zum Herd am anderen Ende des Raumes.
»Gerade darum müssen Sie sich diesmal zu erkennen geben, Signor Borromini«, sagte sie und entzündete mit einem Fidibus

den Leuchter. »Es darf Ihnen kein zweites Mal so ergehen wie mit dem Hochaltar. Niemand weiß, was Sie damals geleistet haben. Wollen Sie wirklich, dass sich dieses Unrecht wiederholt?«

Er drehte sich zu ihr um, und als sie sein Gesicht in dem flackernden Kerzenschein sah, erkannte sie darin die alte Trauer.

»Weshalb tun Sie das?«, fragte er. »Hat er Sie abermals geschickt?«

Um seine dunklen Augen zuckte es, während er sprach, als wolle er sie nicht nur mit seinen Worten, sondern auch mit seinen Blicken verletzen. Warum verhielt er sich so abweisend? Clarissa spürte, dass er gar nicht so sein wollte wie er sich gab, aber es war, als wüte in seinem Innern ein Dämon, der ihn immer wieder zu Dingen antrieb, die ihm selbst zuwider waren. Was konnte sie nur tun, um ihn zu besänftigen?

»Ich habe Ihre Kolonnade im Palazzo Spada gesehen«, sagte sie. »Stellen Sie sich vor, ich bin auf die Täuschung hereingefallen, obwohl ich Ihren Entwurf kannte. Es ist ein solches Wunderwerk, genau wie der Monsignore sagt: verblüffend für die Sinne, belehrend für den Verstand.«

»Sie waren im Palazzo Spada?«, fragte er misstrauisch. »Was haben Sie da gewollt?«

»Ich habe mit dem Monsignore über Sie gesprochen. Über Sie und über Signor Bernini. Der Monsignore ist der Meinung, Sie und der Cavaliere sollten ...«

»Was fällt Ihnen ein, sich in meine Angelegenheiten zu mischen!«, brauste er auf. »Glauben Sie, dass ich Ihre Hilfe brauche?«

»Natürlich nicht«, sagte sie und stellte den Leuchter auf den Tisch, »und wenn ich mir erlaube, mich in Ihre Angelegenheiten zu mischen, dann nur aus Sorge um Ihr Werk. Sie dürfen das Kind nicht mit dem Bade ausschütten, Sie müssen einen Kompromiss mit Bernini finden! Sonst geht es den Römern beim Anblick des Glockenturmes wie den Betrachtern Ihrer Kolonnade: Alles verhält sich in Wirklichkeit anders, als es nach außen hin scheint.«

»Und dafür soll ich mich zum Handlanger eines Scharlatans machen?«

Clarissa schüttelte den Kopf. »Ich weiß, was man Ihnen antun wird. Die Leute wollen Menschen wie Sie nicht dulden, Menschen, die sich nicht anpassen, die sich mit nichts begnügen außer mit dem Vollkommenen.«

»Was kümmert mich das Geschwätz der Leute?«

»Sie haben so viel erreicht, Signor Borromini, als Steinmetz haben Sie angefangen und jetzt sind Sie ein berühmter Mann. Doch wenn Sie nicht nachgeben, werden Sie eines Tages wieder als Steinmetz arbeiten.«

»Wieso? Das ist absurd!«

»Ich wollte, es wäre so, aber Sie irren sich. Sie glauben, der Abriss des Glockenturms ist Ihre große Chance? Nein, Signor, er wird Ihr Todesurteil sein. Die Menschen werden Sie dafür hassen, man wird Sie vernichten – und das möchte ich auf keinen Fall mit ansehen. Aber was ist das?«, unterbrach sie sich plötzlich, als ihr Blick auf einen Plan fiel, der neben dem Leuchter ausgebreitet auf dem Tisch lag. »Das ist ja der Turm …«

»Das ist nicht für fremde Augen bestimmt«, sagte er und bedeckte die Zeichnung mit einem großen ledergebundenen Buch.

»Ich glaube nicht, dass das im Sinne Ihres Freundes ist«, sagte sie und schob den Folianten beiseite. »Da brauchen Sie mich gar nicht so böse anzusehen – ich habe die Bücher von Ihrem Seneca inzwischen gelesen und weiß, was er lehrt: Wer sich selber treu bleiben will, darf sich nicht von seinen Gefühlen hinreißen lassen, sondern soll allein der Vernunft folgen. Aber was rede ich? Sie haben ja längst getan, worum ich Sie bitten wollte.« Sie rückte den Leuchter näher heran und beugte sich über die Zeichnung. Ja, kein Zweifel, das war die Überarbeitung des Turms – sorgfältig waren die Korrekturen mit Graphit in den

Rötelentwurf eingezeichnet. »Ich hatte so sehr darauf gehofft. Warum haben Sie das nicht gleich gesagt?«

»Das ist nur eine Skizze und hat nichts zu bedeuten.« Verärgert nahm er das Blatt vom Tisch, rollte es zusammen und legte es in ein Regal.

»Wirklich nicht? Das glaube ich nicht.« Clarissa schaute ihn an. »Angenommen, Papst Innozenz lässt offiziell erklären, dass Sie und Cavaliere Bernini gleiches Verdienst um den Glockenturm haben, würden Sie dann helfen, für seinen Erhalt zu sorgen?«

»Warum sollte der Papst eine solche Erklärung abgeben?«

»Ich könnte mich bei Donna Olimpia für Sie verwenden. Ich bin sicher, wenn ich sie bitte ...«

»Sie wollen Donna Olimpia *bitten*? Das verbiete ich Ihnen! Ich habe noch nie in meinem Leben einen Menschen um irgendetwas gebeten. Schon gar nicht um Dinge, die mir zustehen.«

»Herrgott, Signor Borromini, können Sie nicht einmal Ihren Stolz vergessen?«

»Ich will keine Almosen, sondern Gerechtigkeit.«

»Und Ihre Träume, was ist mit denen?«, rief sie. »Als ich Sie kennen lernte, hatten Sie so wunderbare Ziele, Sie und Signor Bernini. Nein, widersprechen Sie nicht!«, schnitt sie ihm das Wort ab, als er den Mund aufmachte. »Sie wollten zusammen das neue Rom errichten, den Vorgarten des Paradieses, selbst Michelangelo wollten Sie übertreffen. Und jetzt haben Sie es in der Hand, diesen Traum zu verwirklichen. Sie zwei sind die größten Baumeister der Stadt, vielleicht sogar der Welt. Wenn Sie miteinander statt gegeneinander arbeiten, gibt es nichts, was Sie aufhalten kann. Der Turm ist ein Fingerzeig Gottes! Zögern Sie nicht länger – tun Sie, was Ihnen aufgetragen ist!«

Er erwiderte ihre Blicke mit einem so versteinerten Gesicht, als hätte sie Englisch mit ihm gesprochen. Nur die tiefe Falte auf seiner Stirn verriet, dass ihre Worte überhaupt an sein Ohr gedrungen waren. Wenn nur dieser verdammte Stolz nicht wäre, dachte Clarissa, der war das Schlimmste an ihm – und zugleich der Grund, weshalb sie solche Achtung vor ihm hatte. Entschlossen nahm sie seine Hand und sagte: »Versöhnen Sie sich mit Bernini! Bitte! Wenn Sie es nicht um Ihrer Träume willen tun, dann tun Sie es meinetwillen! Sie wissen ja nicht, was für mich davon abhängt ...«

16

Am 9. Oktober des Jahres 1645 trat die päpstliche Baukongregation zu ihrer zweiten Sitzung zusammen. Mit wenigen Worten begrüßte Innozenz die anwesenden Kardinäle sowie die Mitglieder der Gutachterkommission, dann wurde es so still im Saal, dass man die Vögel draußen durch die geschlossenen Fenster zwitschern hörte. Alle Blicke waren auf Francesco Borromini gerichtet, der an diesem Tag sein Gutachten vortragen sollte. Mit ernstem Gesicht ordnete er seine Unterlagen. Sein Votum würde über das Schicksal des Turmes entscheiden.
»Wenn Sie bitte anfangen wollen?«, erteilte Virgilio Spada ihm das Wort.
Äußerlich ein Sitzungsteilnehmer wie die anderen auch, tatsächlich aber von diesen getrennt durch jene unsichtbare Wand, die die Welt der Ankläger von derjenigen der Beschuldigten scheidet, saß Lorenzo Bernini am unteren Ende des Tischs, an dem die Gutachter versammelt waren, aufmerksam beobachtet von den Kardinälen unter Vorsitz des Papstes. Seine Nerven waren auf das Äußerste angespannt. Die Strafe, die ihm drohte, belief sich auf zehntausend Scudi, und sollte sie tatsächlich verhängt werden, würden außerdem noch die Baukosten des Turms von einhundertfünfzigtausend Scudi auf ihn entfallen. Er wäre für den Rest seines Lebens ruiniert.
Lorenzo hatte darum getan, was er konnte. Artusini und Rainaldi, die ihre Gutachten bereits in der letzten Sitzung vorgetragen

hatten, wusste er auf seiner Seite. Fontana, Longhi und Bolgi waren Künstler, die nach ästhetischen Kriterien urteilten und zweifellos für ihn votieren würden. Aber es gab auch wacklige Kandidaten wie Marischello, Mola und Moschetti. Zum Glück litten Mola und Moschetti an chronischer Geldnot, weshalb Lorenzo ihnen vor der Sitzung jeweils fünfhundert Scudi hatte zukommen lassen. Aber reichte das aus? Er schickte ein Stoßgebet zu Gott, an den er in diesem Augenblick tatsächlich glaubte, und flehte ihn an, das Schicksal zu seinen Gunsten zu beeinflussen.

»Beginnen wir mit dem Baugrund«, setzte Borromini zu seinem Vortrag an. »Der Boden unter dem Fundament besteht aus kompaktem Lehm, die Baugrundpressung ist hier nicht stärker als andernorts. Zwar hat sich in einer Ebene des Fundaments der Kalk aus dem Mörtel gelöst, doch befindet sich die unterste Schicht in relativ gutem Zustand ...«

Lorenzo atmete auf. Borromini sprach ruhig und sachlich, ohne persönliche Angriffe oder Vorwürfe gegen ihn zu erheben. Sicher, er sparte nicht mit Kritik, deckte die Fehler in der Bauplanung, die Lorenzo sich hatte zuschulden kommen lassen, ebenso schonungslos auf wie mangelnde Sorgfalt bei der Baudurchführung, aber – und das war entscheidend – er deutete zugleich Maßnahmen an, die geeignet schienen, den Turm zu erhalten.

»Der Campanile wurde mit Eisenhaken und Vermauerungen an die Fassade angeschlossen. Durch die nachgebenden Fundamente entstanden allerdings Zugspannungen, die sich durch die Verankerung auf die Fassade übertragen mussten. Dadurch kam es zu den Rissen. Wie kann diesen Kräften nun entgegengewirkt werden? Hier kommt vor allem eine Verstärkung und zusätzliche Abstützung der südwärts gelegenen Fundamente in Betracht ...«

Hatte Gott sein Stoßgebet erhört? Eine Woge der Zuneigung wallte in Lorenzo auf. Der da am oberen Ende des Tisches sein Gutachten vortrug, war nicht sein Rivale, sondern sein alter

Weggefährte! Je länger Francesco sprach, desto stärker fühlte Lorenzo sich in frühere Zeiten zurückversetzt: Es war genauso wie damals, als er mit dem Hochaltar von Sankt Peter nicht mehr weiter wusste und Francesco ihm erklärte, wie er die Konstruktion des Baldachins verändern musste, damit die Säulen darunter nicht einknickten, und wie damals fühlte er auch jetzt Zentnerlasten von seinen Schultern weichen. Tränen schossen ihm in die Augen, und er musste schlucken. Er hatte es immer gewusst: Es war etwas Schicksalhaftes, das ihn und Francesco miteinander verband. So wie Zwillinge, die die Vorsehung für alle Zeiten miteinander verbunden hatte.

»Dann wollen wir jetzt das Fazit ziehen«, sprach der Papst von seinem Thron herab, als Francesco in seiner Rede innehielt.

Auch Innozenz schien sichtlich erleichtert. Ohne auf die technischen Einzelheiten einzugehen, wies er Monsignore Spada an, für die Umsetzung und Abstimmung der nötigen Maßnahmen zu sorgen.

Lorenzo leistete an diesem Morgen ein zweites Mal innerlich Abbitte und schwor bei allen Heiligen, Innozenz persönlich mit Wegerichwasser zur Heilung seiner skrofulösen Haut zu versorgen, als der Papst plötzlich mit strenger Miene das Wort an ihn richtete: »Dann besteht wohl kein Anlass mehr, dass du Rom verlässt, Cavaliere Bernini?«

Von aufrichtiger Reue ergriffen, beugte Lorenzo sein Haupt: »Ich werde alles in meinen Kräften Stehende tun, Heiliger Vater, um Fehler, so ich mir denn welche vorzuwerfen habe, alsbald wieder gutzumachen.«

»Rom verlassen?«, fragte Francesco Borromini irritiert. »Offen gestanden, ich verstehe nicht recht.«

»Der französische Hof«, erklärte Virgilio Spada, »hat den Cavaliere nach Paris gerufen.«

»Als Bildhauer des Königs«, fügte Lorenzo hinzu und schüttelte die Locken in seinem Nacken, »auf Veranlassung von Premierminister Mazarin.«

Als er Francescos Miene sah, wusste er, dass er besser geschwiegen hätte. Francesco wurde bleich, und seine Augen zuckten vor Erregung.

»Das geht auf gar keinen Fall«, erklärte er mit seinem schlimmsten Mauleselgesicht. »Nicht bevor das Urteil in dieser Sache gesprochen ist. Es besteht sonst Gefahr, dass der Beschuldigte sich der Bestrafung entzieht.«

»Ich?«, rief Lorenzo empört. »Mich der Bestrafung entziehen? Welcher denn? Sie haben doch eben in Ihrem Gutachten selbst gesagt ...«

»Wie auch immer«, unterbrach ihn Francesco, als wäre Lorenzo sein Schüler, »der französische Hof soll warten!«

»Ich glaube nicht, dass mein ehemaliger *assistente* darüber zu entscheiden hat!«, platzte Lorenzo heraus und verfluchte im nächsten Augenblick zum zweiten Mal seine vorschnelle Zunge. Herrgott, was war nur in ihn gefahren? Er wollte ja gar nicht nach Paris, im Gegenteil, er war heilfroh, in Rom bleiben zu dürfen. Aber noch weniger hatte er Lust, sich vorschreiben zu lassen, was er wollte und was nicht. »Ich fahre, wohin es mir passt!«

»Der französische Hof soll warten«, insistierte Francesco, »oder einen anderen Künstler berufen! Cavaliere Bernini ist ja nicht der einzige Bildhauer auf der Welt.«

Diese Frechheit war eine gezielte Provokation. Plötzlich war Lorenzo ganz ruhig und kalt.

»Und – haben Sie vielleicht einen Vorschlag, Signor Borromini? Wenn der erste Künstler Roms Ihrer Meinung nach nicht die Stadt verlassen darf, wen schicken wir dem König von Frankreich dann? Vielleicht« – er machte eine kurze, bedeutungsvolle Pause, bevor er weitersprach – »einen Steinmetz?«

»Ich glaube«, sagte Monsignore Spada, »wir sollten wieder zum Thema zurückkehren.«

»Allerdings«, pflichtete Francesco ihm bei. »Und wenn Sie erlauben, würde ich meine Ausführungen jetzt gern beenden.«

»Beenden?«, fragte Spada verwundert. »Ich dachte, das sei bereits geschehen.«

»Keineswegs«, erwiderte Francesco. »Die wesentlichen Schlussfolgerungen fehlen noch.«

Lorenzo sackte auf seinem Stuhl zusammen. Was war er nur für ein Idiot! Er wusste, was jetzt geschehen würde – und es geschah. Mit kurzen, scharfen Sätzen, die wie Messerstiche in Berninis Herz drangen, fuhr Borromini mit seinem Gutachten fort: Der Turm, so behauptete er, sei dreimal so hoch und sechsmal so schwer wie vom Vorgänger geplant – ohne dass die Fundamente in irgendeiner Weise verstärkt worden seien. Damit nicht genug, bestehe ein weiteres, ja das hauptsächliche Problem darin, dass die Aufbauten nicht auf Madernos Substrukturen abgestimmt waren – der Campanile ruhe nicht nur auf den Turmjochen, sondern belaste außerdem die Südecke der Fassade und die innere Quermauer der Vorhalle. Um seine These zu veranschaulichen, ließ Francesco eine Zeichnung herumreichen, die den Grundriss des Südturms auf das nördliche Untergeschoss applizierte, wodurch die übergroße Belastung der Unterbauten für jeden unzweideutig auf einen Blick zu erkennen war.

»Mit einem Wort«, schloss er seine Ausführungen, »es ist jederzeit mit dem Einsturz des Turmes zu rechnen. Der Campanile muss abgerissen werden! Nur so können wir Schaden von Sankt Peter abwenden und die Fassade vor der Zerstörung bewahren.«

»Du scheinheiliger Heuchler!« Lorenzo sprang auf, es hielt ihn nicht mehr auf seinem Platz. »Aber mir machst du nichts vor! Ich weiß, warum du all diesen Unsinn behauptest: Du willst die Türme selber bauen und dich zum Dombaumeister aufschwingen.«

Ohne eine Miene zu verziehen, erwiderte Francesco seinen wütenden Blick. »Sie irren sich«, sagte er kalt, »wie Sie sich schon so oft in dieser Sache geirrt haben, Cavaliere. Ich habe nicht die geringste Absicht, mich mit einem Entwurf am Wettbewerb zu beteiligen. Ich bin hier nur als Gutachter tätig, ohne eigenes Interesse, den Turm zu bauen.«

Es entstand eine Pause, in der keiner im Saal etwas sagte. Die

Kardinäle hoben unter ihren flachen, breiten Hüten die Brauen, die Gutachter am Tisch blickten betreten vor sich hin und schielten gleichzeitig zu den beiden Rivalen; Cipriano Artusini hüstelte in seine Hand, Andrea Bolgi kritzelte einen Putto auf ein Blatt Papier.
»Und was machen wir jetzt?«, fragte Innozenz mit schnarrender Stimme in die Stille hinein.
»Ich schlage vor«, seufzte Monsignore Spada, »wir vertagen das Urteil bis zur nächsten Sitzung.«

17

Der Winter war eine harte Prüfung für das römische Volk; je kürzer die Tage und dunkler die Nächte draußen auf den Straßen wurden, umso mehr wuchsen drinnen in den Häusern Elend und Not. Die Ernte des vergangenen Jahres war so schlecht ausgefallen, dass sich bereits im November die Kornkammern leerten, und da Innozenz sich mit Rücksicht auf die von Urbans Krieg und Bauwut strapazierte Staatskasse nicht imstande sah, die verhassten Steuern auf so notwendige Lebensmittel wie Mehl und Öl aufzuheben, wusste zu Weihnachten kaum eine Frau mehr in der Stadt, was sie ihrer Familie zu essen vorsetzen sollte.
Wegen der Hungersnot fiel der Karneval im neuen Jahr so bescheiden aus wie selten. Papst Innozenz ordnete an, auf prunkvolle Aufzüge, Wagenrennen und Kavalkaden, sonst Höhepunkte des öffentlichen Vergnügens, ganz zu verzichten und die Feiern auf solche Belustigungen zu beschränken, die wenig oder gar kein Geld kosteten. So begann der erste Montag im Karneval 1646 wie üblich mit der öffentlichen Hinrichtung verurteilter Missetäter, auch wurden wie in jedem Jahr Krüppel, Greise und Juden zum Ergötzen der Römer nackt über den Corso getrieben, ein Wettrennen, das sich noch größerer Beliebtheit erfreute als

das der Reiter und Pferde. Die prachtvollen Theateraufführungen jedoch, die in früheren Jahren noch mehr Schaulustige als das Krüppel- und Judentreiben angezogen hatten, waren diesmal verboten – nur in einem Hause nicht: im Palazzo Pamphili, dem Hause Donna Olimpias.

Dort gelangte am Karnevalsdienstag ein Schauspiel zur Aufführung, das Cavaliere Bernini eigens zu diesem Anlass ersonnen und für die Bühne eingerichtet hatte. Den Gästen liefen die Augen über. Die Bühne, die im großen Festsaal aufgeschlagen war, bildete scheinbar die Mitte von zwei Theatern: dem wirklichen, auf dem die Schauspieler agierten, und einem gemalten daneben, das durch die geöffneten Fenster die illuminierte Piazza Navona in das Geschehen mit einbezog, sodass Illusion und Realität kaum zu unterscheiden waren. Die Handlung der Komödie, »Fontana di Trevi« mit Namen, war so verschlungen, dass die meisten Zuschauer nach wenigen Minuten den Faden verloren, doch jeder amüsierte sich über die geistreichen Dialoge und mehr noch über die phantastischen Effekte, mit denen Bernini die Sinne verblüffte: Die Wasserfluten, die in Kaskaden von den Brunnen stürzten, wirkten so natürlich und echt, dass man unwillkürlich die Füße hob. Blitze zuckten über den Marktplatz, der mit dutzenden von Wagen und Buden auf der Bühne aufgebaut war, und das bedrohliche Donnergrollen war noch nicht verklungen, da spie Feuer vom Himmel, und zum Entsetzen des Publikums ging der ganze Marktplatz lichterloh in Flammen auf – um sich im nächsten Augenblick, begleitet von erleichterten Ahs und Ohs, in einen lieblichen Garten zu verwandeln, wo im hellen Sonnenschein ein Brunnen friedvoll vor sich hinplätscherte.

Nur ein Gast fand an dem Spektakel keine Freude: Clarissa McKinney, die Cousine der Hausherrin. Während die Bilder an ihren Augen vorüberzogen, kehrten ihre Gedanken immer wieder zu einer Frage zurück: Wie konnte Signor Borromini nur für den Abriss des Turms plädieren? Hatte sie nicht alles getan, um ihn umzustimmen?

Sie versuchte sich auf das Schauspiel zu konzentrieren, doch es gelang ihr nicht. Noch eine zweite Sorge bedrückte sie: Die Nachrichten, die sie Monat für Monat aus England erhalten hatte, waren den Winter über immer seltener geworden, und die wenigen Briefe, die sie erreichten, enthielten dunkle Andeutungen, wonach besondere Umstände, die McKinney nicht näher bezeichnete, es erforderlich machten, dass sie ihren Aufenthalt in Rom bis auf weiteres verlängerte.

Wie sollte sie sich dieses Verhalten ihres Mannes erklären? An seine Krankheit konnte sie kaum noch glauben. Doch was für einen Grund konnte es geben, dass er sie nicht wieder sehen wollte? Liebte er sie nicht mehr? Hatte er eine andere Frau gefunden, jünger als sie, die ihm Kinder gebären würde?

»Sie haben ja gar nicht geklatscht, Principessa. Hat Ihnen meine Komödie nicht gefallen?«

Clarissa schrak aus ihren Gedanken auf. Vor ihr stand Bernini, das Gesicht ein einziges Strahlen.

»Verzeihen Sie, was haben Sie gesagt?«

Donna Olimpia, die neben ihr in der ersten Reihe saß und sich nun erhob, kam ihr zu Hilfe.

»Ihre Komödie war wundervoll, Cavaliere«, sagte sie. »Ich wusste ja gar nicht, dass Sie auch Schauspiele schreiben.«

»Nur zu meiner Zerstreuung«, erwiderte Bernini. »Bislang hat außer meiner Frau niemand davon gewusst, und ich wäre damit nie an die Öffentlichkeit getreten, hätte die Principessa mir nicht von Ihrer Not berichtet.«

»Was für ein Glück, dass Sie nicht an Prinzipien hängen«, sagte Olimpia und hakte sich bei ihm ein. »Ich glaube, es ist angerichtet. Sind Sie so freundlich und führen Sie mich zu Tisch?«

In der Tat, es war angerichtet. Die lange Tafel im Speisesaal schien sich unter den silbernen Platten und Schüsseln, die mehrere dutzend Diener immer wieder mit neuen Speisen füllten, förmlich zu biegen. Es gab Frikassees vom Kalb und vom Huhn, gedünsteten Barsch und Lachs, gebratene Schnepfen und Wachteln, Krickente und Pfau, Wildpastete und Karbonade,

Markkuchen und Rinderzunge und dazu Berge von Gemüse und Salat in jeder erdenklichen Zubereitung. Camillo Pamphili, vor wenigen Wochen erst von seinem Onkel zum jüngsten Kardinal des Kollegiums kreiert, mit der Begründung, dass er zeugungsunfähig und darum von Gott ausersehen sei, ein Leben im Dienste der Kirche zu führen, saß in seinem frisch erworbenen Purpur am Kopfende des Tisches, wo er, flankiert von seiner Mutter und Clarissa, Papst Innozenz als Haupt der Familie vertrat und mit einer Gier von allen Speisen aß, als hätte er den ganzen Winter über Hunger gelitten wie die Armen in seiner Diözese.

»Ich hatte zuerst gedacht, die Speisen seien bloß Attrappen«, sagte Bernini, der Donna Olimpia zur Seite saß, als sie endlich bei eingemachten Quitten und Marzipan angelangt waren. »Eine solche Pracht und Fülle in diesen Zeiten!«

»Da ich mich im Gegensatz zu Ihnen«, erwiderte seine Gastgeberin mit einem charmanten Lächeln, »auf keinerlei illusionistische Künste verstehe, blieb mir nichts anderes übrig, als das wenige, was sich auf dem Markt auftreiben ließ, meinen Gästen auch wirklich vorzusetzen.«

»Das muss ein Vermögen gekostet haben.« Bernini prostete ihr mit seinem Likörwein zu. »Auf Ihr Wohl, Eccellenza!«

»Sprechen wir nicht davon, Cavaliere!« Donna Olimpia seufzte und ihre Miene verdüsterte sich. »Wenn Sie wüssten, was so ein Haushalt verschlingt! Mit den geringen Mitteln, die dem Heiligen Vater zufließen, ist der nötige Aufwand unmöglich zu bestreiten. Und dann die Renovierung des Palastes und der Piazza! Allein der Brunnen wird Unsummen kosten. Wie viele Stunden liege ich oft wach in der Nacht, ohne Schlaf zu finden. Nur der Gedanke, dass dies alles auf himmlischem Ratschluss beruht, vermag mich zu trösten.«

»Das soll auf himmlischem Ratschluss beruhen«, rief Bernini empört, »dass Sie des Nachts keinen Schlaf finden? Und wenn ich mich an der Vorsehung versündige, Donna Olimpia, da kann und will ich nicht tatenlos zusehen.«

»Aber Cavaliere, wie soll ich das verstehen?«, fragte sie und blickte ihm tief in die Augen. »Was gedenken Sie denn für meinen Schlaf zu tun?«
Mit einem Lächeln hielt er ihrem Blick stand. »Weniger, als zu tun ich mich sehne«, sagte er, »doch immerhin mehr, als Sie vermutlich erhoffen.«
»Sie machen mich neugierig. Ihre Worte sind so rätselhaft wie Ihre Bühneneffekte.«
»Dann will ich mich erklären«, sagte Bernini und stellte sein Glas ab. »Wenn der Heilige Vater mir erlauben würde, den Brunnen auf der Piazza zu errichten – ich wäre bereit, die Baukosten selber zu tragen, sowohl für den Brunnen als auch für die Wasserleitung.«
Olimpia hob interessiert die Brauen. »So, dazu wären Sie bereit?«
»Ein unbedeutender Beitrag zum Ruhm der päpstlichen Familie«, sagte Bernini. »Und insbesondere ihrer reizendsten Vertreterin«, fügte er mit einem schamlosen Lächeln hinzu.
Mit seltsam gemischten Gefühlen verfolgte Clarissa das Gespräch der beiden. Einerseits war sie froh, dass ihre Cousine dem Cavaliere offenbar verziehen hatte – sie hatte die Versöhnung ja selbst in die Wege geleitet, damit Olimpia ihr half, zwischen Bernini und seinem Rivalen zu vermitteln –, doch andererseits ... Sie wusste selbst nicht, was sie am Benehmen der beiden störte, aber etwas störte sie ganz entschieden. Irgendwie fühlte sie sich an zwei junge Hunde erinnert, die auf der Straße miteinander spielten, sich beschnupperten, sich zum Schein vielleicht auch bissen, doch ohne einander wehzutun, aus Freude am Spiel: die Blicke, die Olimpia und der Cavaliere tauschten, als säßen sie allein am Tisch, das übertriebene Lachen, die flüchtigen Berührungen – tausend kleine Nadelstiche.
Berninis Stimme rief sie in die Wirklichkeit zurück.
»Und Sie, Donna Olimpia«, fragte er, »wären Sie vielleicht bereit, sich beim Heiligen Vater für mich zu verwenden? Damit die Kongregation nicht gar zu voreilig den Stab über mich bricht?«

Bevor Olimpia antwortete, nippte sie an ihrem Glas und prostete ihm zu.
»Vielleicht, Cavaliere«, sagte sie dann, ohne den Blick von ihm zu lassen. »Vielleicht.«

18

Wie würde die Kongregation entscheiden? Ganz Rom sprach in diesen Tagen von kaum etwas anderem. Der »Pasquino« war übersät mit Orakelsprüchen, in den Gassen des alten und neuen *borgo* kursierten die widersprüchlichsten Gerüchte, in den Tavernen am Tiber entflammte Streit zwischen den Anhängern der beiden Parteien, und obwohl die Römer nach wie vor bittere Not litten, wurden überall Wetten abgeschlossen: Würde der Glockenturm von Sankt Peter, dieses neue Wunderwerk des Cavaliere Bernini, stehen bleiben oder fallen?
Es war elf Uhr vormittags, als sich am 23. Februar 1646 im Vatikanspalast die Kardinäle der Baukongregation sowie die Architekten des Untersuchungsausschusses zu ihrer letzten und entscheidenden Sitzung einfanden. Alle Plätze am Tisch der Gutachter waren besetzt, bis auf einen: Francesco Borromini fehlte. Man wartete bis Viertel nach elf, dann forderte Innozenz den Leiter der Kongregation auf zu beginnen.
»Bevor wir unsere Beratungen zusammenfassen«, hob Monsignore Spada an, »möchte ich das bescheidene und angemessene Auftreten Cavaliere Berninis vor dieser Kommission hervorheben. Ich darf wohl für uns alle sprechen, wenn ich sage, dass dieses Verhalten viel Anklang gefunden hat, zumal andere ihre Stimme mit einer Schärfe erhoben, dass darunter sogar die Glaubwürdigkeit ihrer Argumente litt ...«
Jeder der Anwesenden im Raum wusste, wem diese Anspielung galt, und Lorenzo Bernini lehnte sich, nachdem er sich mit einer

angedeuteten Verbeugung für das Kompliment bedankt hatte, schon ein wenig entspannter zurück, um den Ausführungen Spadas zu folgen. Seine Zuversicht war durchaus begründet. In klaren, wohlgesetzten Worten, die er mit kleinen, runden Bewegungen seiner zierlichen Hände begleitete, erwog Monsignore Spada die verschiedenen Möglichkeiten, die Affäre zur Zufriedenheit aller zu beenden. Ganz in der Rolle des Schlichters, versuchte er die Gefahr einer Katastrophe abzuwenden, ohne dass einer der Beteiligten das Gesicht verlor, wobei er immer wieder betonte, dass man Rücksicht auf die päpstlichen Finanzen nehmen müsse, selbst wenn die Schäden bei voreiliger Betrachtung nicht nur die Vorhalle und die Taufkapelle der Peterskirche, sondern auch die Reliquie des Stuhles Petri sowie das Mosaik »Navicella«, Symbol der katholischen Kirche, bedrohten. Bei diesem Teil von Spadas Rede zuckte Bernini noch einmal kurz zusammen und vorsichtig spähte er zu Papst Innozenz hinüber, der mit übellaunigem Gesicht auf seinem Thron dem Vortrag lauschte, doch als der Heilige Vater bei einer weiteren Ermahnung des Monsignore zu maßvollem Handeln mehrmals energisch nickte, atmete er wieder auf.

»Ursache der Bauschäden«, schloss Virgilio Spada nach einer guten halben Stunde, »sind zweifellos die Fundamente der südlichen Fassadenecke sowie der Quermauer. Für sie trägt ausschließlich und allein der ehemalige Dombaumeister Maderno die Verantwortung. Dass die für einen stabilen Unterbau notwendigen Abtreppungen im Fundament fehlen, entzog sich bei Baubeginn dem Wissen des Cavaliere Bernini ebenso wie die Tatsache, dass die Fundamentierung selbst erhebliche Mängel aufweist. Dennoch wiederhole ich: Die Gefahr, dass die Fassade einstürzen könnte, erachte ich unter Berücksichtigung aller Ergebnisse als gering. Darum schlage ich vor abzuwarten, bis der Turm sich vollständig gesetzt hat, und vorerst keine weiteren Geldmittel aufzuwenden, um später auf der Grundlage von Cavaliere Berninis Überarbeitung seines Entwurfs den Bau zu vollenden.«

Spada hatte den letzten Satz noch nicht zu Ende gesprochen, da flog die Tür auf, und herein kam außer Atem und mit hochrotem Kopf Francesco Borromini.

»Ich entschuldige mich für meine Verspätung«, sagte er keuchend, nachdem er den Ring des Papstes geküsst und sich vor den Kardinälen verneigt hatte. »Aber dringende, nein allerdringendste Geschäfte hielten mich ab, rechtzeitig zu erscheinen.«

»Ihr Verhalten ist allerdings außergewöhnlich«, erwiderte Virgilio Spada scharf. »Wir erwarten eine Erklärung.«

Ohne Platz zu nehmen, schaute Borromini in die Runde, während sein Atem sich allmählich beruhigte. Als alle Blicke auf ihn gerichtet waren, erhob er endlich seine Stimme.

»Ich komme gerade von Sankt Peter.«

»Na und?«, fragte Spada.

»Im Mauerwerk sind neue Risse aufgetreten, es besteht akute Einsturzgefahr.« Ein irritiertes Raunen erhob sich. Borromini wartete ab, bis es sich legte. »Ja, Einsturzgefahr.« Er nickte ernst, und nach einer weiteren Pause fügte er hinzu: »Nicht nur für Madernos Fassade, sondern auch für die Kuppel.«

Eine Sekunde lang herrschte ungläubiges Schweigen. Niemand konnte fassen, was Borromini gerade verkündet hatte. Irritiert schaute man ihn an, manche schüttelten den Kopf. Spada war der Erste, der die Sprache wiederfand.

»Einsturzgefahr?«, wiederholte er.

Dann redeten plötzlich alle auf einmal.

»Welche Kuppel?«

»Doch nicht die Hauptkuppel?«

»Um Gottes willen! Die Kuppel Michelangelos?«

Niemand blieb auf seinem Stuhl sitzen. Rainaldi und Bolgi, Moschetti und Mola, Fontana, Longhi und Sassi, sogar der sonst so beherrschte Artusini – alle sprangen von den Plätzen auf, drängten sich um Borromini und bestürmten ihn mit Fragen, ein aufgeregtes Durcheinander, ein babylonisches Tohuwabohu, das in offenen Tumult auszuarten drohte, als plötzlich die schnarrende Stimme des Papstes dem Aufruhr ein Ende setzte.

»Ruhe!«, rief Innozenz mit erhobener Hand.
Im selben Augenblick verstummte das Geschrei. Alle Köpfe drehten sich zu ihm herum.
»Wir befehlen, die Behauptungen Signor Borrominis an Ort und Stelle in Augenschein zu nehmen.«
Der Befehl traf Lorenzo Bernini wie ein Faustschlag, und für einen Moment wurde ihm so schwindlig, dass er sich mit beiden Händen an die Lehnen seines Stuhles klammerte. Ohnmächtig sah er zu, wie der Papst ein paar Diener herbeiwinkte, die ihn auf dem Thron aus dem Saal trugen, während Spada und die übrigen Gutachter der Kommission zusammen mit Borromini nach Sankt Peter aufbrachen. Als auch die Kardinäle den Saal verließen, fühlte Lorenzo sich wie in einem bösen Alptraum: Er versuchte zu rennen, doch er war gelähmt, unfähig, auch nur einen Schritt zu tun, denn seine Beine waren schwer wie Blei und klebten am Boden, als hätte er Saugnäpfe unter den Füßen.
Aber was war ein Alptraum gegen die Wirklichkeit?
Drei Tage später verkündete Innozenz die Entscheidung. Mit seiner Unterschrift und dem päpstlichen Siegel verfügte er, dass der Glockenturm unverzüglich niedergelegt werden solle. Zugleich verurteilte er Cavaliere Bernini zur Zahlung einer Strafe von dreißigtausend Scudi sowie zur Übernahme sämtlicher Bau- und Abrisskosten. Zur Sicherung dieses Anspruchs belegte Innozenz den Besitz und das Bankvermögen des Verurteilten mit Beschlag.

19

»Wir haben beschlossen, dir den Umbau von San Giovanni in Laterano anzuvertrauen.«
»Ich werde alles tun, was in meinen Kräften steht, Ewige Heiligkeit, um mich Eures Vertrauens würdig zu erweisen.«

Es war die erste Privataudienz, die Francesco Borromini beim Papst zuteil wurde, und sie hatte noch keine fünf Minuten gedauert, als Innozenz ihm einen Auftrag gab, der fast der Ernennung zum Dombaumeister gleichkam. Die Lateranbasilika war nach Sankt Peter das bedeutendste Gotteshaus der Christenheit, ja übertraf als Sitz des Bischofs von Rom den Petersdom sogar im theologischen Rang.

»Es mangelt«, fuhr Innozenz fort, »in dieser Stadt nicht an Architekten, die der großen Aufgabe würdig gewesen wären, aber wir haben allein auf die fachlichen Kenntnisse und Fähigkeiten gesehen. Dir trauen wir mehr als jedem anderen zu, die Arbeiten bis zum Heiligen Jahr abzuschließen.«

»Bis zum Jubelfest sind es keine vier Jahre mehr, Heiliger Vater. Das ist nicht viel Zeit.«

»Wir sind uns dessen bewusst. Eben darum haben wir dich erwählt.«

Mit erhobenem Haupt nahm Francesco die Auszeichnung entgegen. Wie lange hatte er auf einen solchen Augenblick gewartet? Endlich fand er die Achtung, für die er so viele Jahre vergeblich gekämpft hatte, trat heraus aus dem Schatten seines verfluchten Rivalen.

»Dabei wollen wir nicht verschweigen«, fügte Innozenz hinzu, »dass die Beharrlichkeit, mit der du großen Schaden von Sankt Peter abgewendet hast, nicht ohne Eindruck auf uns geblieben ist.«

Francesco war am Ziel. Doch seltsam, jetzt, da er diesen Augenblick, dem sein ganzes Leben gegolten hatte, tatsächlich erlebte, empfand er kaum mehr als bei der Auszahlung eines vertraglich vereinbarten Lohns. Wo waren all die herrlichen Gefühle, die einen in solchen Augenblicken übermannten? Stolz, Jubel, Glück – Gefühle, um die er andere so oft beneidet hatte? Stattdessen spürte er nur Genugtuung, mehr nicht, und die schale Leere, die diese Erkenntnis in ihm hervorrief, füllte sich mit Groll. Warum, Herr im Himmel, war es ihm in der Stunde dieses Triumphes nicht vergönnt, reine, ungetrübte Freude zu empfinden? Wenigstens dieses eine Mal?

»Ich werde mich bemühen, Eure Erwartungen nicht zu enttäuschen.«

»Vor allem erwarten wir, dass du stets das rechte Maß wahrst.«

Während Innozenz ihn mahnte, niemals die Baukosten aus den Augen zu verlieren, fasste Francesco sich an die Brust, um nach dem Kuvert in seinem Rock zu tasten. Der Brief brannte auf seinem Herzen wie Salz in einer Wunde. Er hatte ihn am Morgen bekommen, als er sich für die Audienz beim Papst ankleidete. Das Schreiben stammte von der Principessa. In zwei Zeilen bat sie ihn um eine Unterredung und forderte ihn auf, sie im Palazzo Pamphili zu besuchen.

Sollte er der Einladung folgen? Francesco ahnte, weshalb sie ihn zu sich rief. Sie wollte ihn zur Rede stellen. Aber war es seine Schuld, dass der Glockenturm nun abgetragen wurde? Nein, er hatte getan, was er hatte tun müssen, seine gottverdammte Pflicht und Schuldigkeit, allein sachlichen Erwägungen folgend, wie sein Gewissen es von ihm verlangte. Kein Mensch der Welt, auch nicht die Principessa, durfte ihm deswegen Vorwürfe machen. Warum sah sie das nicht ein? Francescos Atem ging so schwer, dass es ihm nur mit Mühe gelang, einen Hustenanfall vor dem Papst zu unterdrücken.

»Wir hoffen«, sagte Innozenz, »du bist dir der Bedeutung deiner Aufgabe bewusst. Die Bischofskirche des Papstes ist Mutter und Haupt aller Kirchen *urbi et orbi*. Kein Ort auf der Welt ist heiliger als der Lateran, und du, mein Sohn, sollst diesen Ort erneuern.«

Die Worte erreichten zwar Francescos Ohr, nicht aber sein Herz. Für eine Sekunde zweifelte er sogar, ob er wirklich vor dem Papst stand. Und wenn das alles nur ein Traum war? Konnte es denn sein, dass ihm solche Ehre zuteil wurde und er in seiner Brust statt Jubel und Freude nur die quälende Atemnot empfand, die seine verhasste Staublunge ihm bereitete? Wieder fühlte er den Brief in seinem Rock. Warum wollte die Principessa ihm sein Glück verleiden? Er verfluchte seine Einbildungskraft, die ihm vor Jahrzehnten ihr Bild vorgegaukelt hatte. Was für ein Wahn zu glauben, das Schicksal habe diese Frau für ihn bestimmt!

Francesco presste die Lippen aufeinander und beschloss, ihr Bild für immer aus seinem Gedächtnis zu löschen. Er war nicht auf der Welt, um glücklich zu sein. Seine Bestimmung war es, Kirchen und Paläste zu bauen, nichts durfte ihn davon abhalten. Dafür hatte Gott der Herr ihm das Leben geschenkt, und daran erinnerte ihn jetzt, in diesem Augenblick, Sein Stellvertreter auf Erden.

»Damit du frei von Sorgen arbeiten kannst, belehnen wir dich mit einer Pfründe, aus der dir sechshundertfünfundachtzig Scudi im Jahr zufließen. Du darfst jetzt gehen.« Innozenz streckte ihm die Hand zum Abschied entgegen, und während Francesco zu Boden sank, um den Fischerring zu küssen, fügte der Papst hinzu: »Übrigens, Donna Olimpia wünscht dich zu sehen. Sie erwartet deine Vorschläge für die Piazza Navona. Melde dich im Palazzo Pamphili!«

20

Tage und Wochen vergingen, ohne dass Borromini im Palazzo Pamphili erschien. Clarissa war zutiefst enttäuscht. Ob er mit dem Namen auch sein Wesen verändert hatte? Francesco Castelli, da war sie sicher, hätte sich nie so verhalten, wie Francesco Borromini es im Streit um den Glockenturm getan hatte. Nicht genug damit, dass er trotz ihres Bittens die Zerstörung des Campanile betrieben hatte, verweigerte er ihr jetzt seinen Besuch, obwohl sie ihn um eine Unterredung gebeten hatte. Es war wirklich, als ob ein Dämon in seinem Innern hause, der ihm seinen Willen aufzwang, und ihr war es nicht gelungen, diesen Dämon zu vertreiben.

Und Bernini? Wie hatte er die Schmach verkraftet, die ihm sein Rivale zugefügt hatte? Er war wie vom Erdboden verschwunden, seit Wochen hatte er sich nicht mehr in der Öffentlichkeit gezeigt, und um seinen Verbleib rankten sich Besorgnis erregende Gerüchte. Es hieß, der Skandal sei ihm aufs Gemüt geschlagen und er leide an schwarzer Galle; dann wieder munkelte man, er liege krank auf den Tod in seinem Palazzo, in Erwartung, dass man sein Haus pfände und ihn mitsamt seiner Familie vor die Türe setze; manche behaupteten sogar, er habe sich aus Verzweiflung das Leben genommen.

Clarissa war entsetzt bei der Vorstellung, dem Cavaliere könne etwas zugestoßen sein, und wenn sie ihn in der Kapelle des Palazzo Pamphili in ihre Gebete einschloss, überkamen sie schlimme Schuldgefühle. War es möglich, dass er sich wirklich etwas angetan hatte? Musste sie ihn nicht aufsuchen, um sich Gewissheit zu verschaffen? Sie zögerte eine Woche, zwei Wochen, einen Monat, ohne sich entscheiden zu können. Warum machte sie sich solche Sorgen um ihn? Er war ihr doch fast fremd, ein berühmter Mann, dem sie ein paar Mal in ihrem Leben begegnet war, mehr nicht. Das war die Wahrheit – und gleichzeitig eine Lüge. In ihrer Not hoffte Clarissa auf Nachricht aus England. Wann würde McKinney sie endlich zurück in die Heimat rufen? Seit fast einem halben Jahr hatte sie keine Post mehr von ihrem Mann bekommen. Als auch der nächste Monat ohne einen Brief von ihm verging, machte sie sich auf den Weg.

Der Diener, der ihr am Abend in der Via della Mercede die Tür öffnete, empfing sie mit einem Kerzenleuchter in der Hand. Dunkel und leer lag die Eingangshalle da, die bei ihrem ersten Besuch vom Geplapper und Lachen der Kinder erfüllt gewesen war. Während der Diener voranging, schienen die Schatten sie im flackernden Kerzenlicht aus den Ecken wie Kobolde anzuspringen. Von ferne war ein gleichmäßiges Hämmern zu hören, das mit jedem Schritt lauter wurde.

Clarissa atmete auf. Gott sei Dank, er lebte!

Das Atelier war taghell erleuchtet. Bernini stand mit dem

Rücken zur Tür und arbeitete mit Schlägel und Meißel an einer sitzenden Frauenfigur. Als der Diener sich räusperte, drehte er sich um. Ernst sah er aus, auch ein wenig blass, und statt seiner sonst so prachtvollen Gewänder trug er nur einen einfachen Arbeitskittel, aber krank schien er nicht zu sein.
»Principessa?« Irritiert, fast erschrocken sah er sie an.
»Sie sind allein im Haus, Cavaliere? Wo ist Ihre Familie?«
»Meine Frau ist mit den Kindern aufs Land gefahren. Ich hatte das Bedürfnis, allein zu sein.«
»Dann werde ich Sie gleich wieder verlassen. Ich wollte mich nur überzeugen, dass es Ihnen wohl ergeht.«
»Bitte, bleiben Sie!«, sagte er. »Ich bin froh, dass Sie da sind. Ich wusste ja nicht, wie schwer es ist, allein zu sein.«
Mit einem Lächeln legte er Schlägel und Meißel beiseite und kam zu ihr. Wie anders wirkte er heute auf sie! Ohne jede Pose redete er, ruhig und freundlich, aller Hochmut und Spott waren aus seinem Gesicht verschwunden. Nur Wärme und Zuneigung strömten von ihm aus, während er sie mit seinen dunklen Augen anblickte. Es war, als habe ein Maler sein Bildnis überarbeitet und dabei ein paar störende Flecken entfernt.
»Ich bin auch froh, dass ich gekommen bin«, sagte sie leise. Plötzlich hatte sie das Gefühl, dass sie seinen Blick nicht länger erwidern sollte, und mit einer Kopfbewegung in Richtung seiner Skulptur fragte sie: »Was stellt die Frau dar?«
»Die schönste Tugend der Welt, die am Ende von der Zeit enthüllt wird – hoffentlich.«
Clarissa begriff nicht sogleich. Welche Tugend meinte er? Die Gerechtigkeit? Die Tapferkeit? Oder – sie hoffte, dass sie sich irrte – die Rache? Sie spürte, es musste etwas mit der fürchterlichen Niederlage zu tun haben, die er erlitten hatte, mit seinem verletzten Stolz. Die Frauenfigur, eine schöne, erhabene Gestalt mit einem strahlenden Lächeln, saß auf einer Weltkugel, in der Hand hielt sie eine Sonne, während über ihr ein Schleier fortgezogen wurde. Der Schleier, das musste die Zeit sein, aber die Frau?

Plötzlich ging Clarissa ein Licht auf. »Sie meinen die Wahrheit, nicht wahr? Dass sie ans Licht kommt?«
»Ja.« Er nickte, und ein Stein fiel ihr vom Herzen. »›Die Zeit enthüllt die Wahrheit.‹ Eine allegorische Spielerei. Um mich zu trösten«, fügte er mit einer Ehrlichkeit hinzu, die sie überraschte. »Und vielleicht auch, um den Glauben an meinen Stern wiederzuerlangen.«
»Ich bin sehr unglücklich, dass alles so gekommen ist.«
»Wer weiß, vielleicht hat es auch sein Gutes, wenn der Beifall der Welt für eine Weile verstummt. Man denkt plötzlich anders über die Dinge und begreift, dass vieles von dem, wonach man strebt, nicht der Mühe wert ist, dass am Ende nur ganz wenige Dinge zählen.«
»Der Turm gehört dazu«, erwiderte sie. »Ich wollte helfen, ihn zu retten. Aber es war mir nicht vergönnt – ich bin gescheitert.« Nachdenklich schüttelte er den Kopf. »Nein, Principessa. Eine Frau wie Sie scheitert nie. Gott, wenn es ihn denn wirklich gibt, ist ein Künstler, und er hat sich etwas dabei gedacht, als er Sie erschuf. Alles, was Sie tun, ist Teil eines Gelingens – doch, doch«, beharrte er, als sie ihm widersprechen wollte, »auch wenn Sie vielleicht selbst nicht wissen, zu welchem Ende es führt.« Er öffnete einen Wandschrank und holte etwas daraus hervor. »Das möchte ich Ihnen schenken«, sagte er und reichte ihr eine Schatulle. »Als Dank dafür, dass es Sie gibt.«
Als sie die Schatulle aufklappte, biss sie sich auf die Lippe. »Das kann ich nicht annehmen!«, sagte sie. Von einem schwarzen Samtbett funkelte ihr ein walnussgroßer Smaragd entgegen: derselbe Ring, den sie Bernini vor Jahren im Auftrag des englischen Königs überreicht hatte.
»Bitte, Sie würden mir eine große Freude machen. Ich hatte schon damals gesagt, dass er Ihnen viel besser steht als mir. Er ist für Sie geschaffen, er hat die Farbe Ihrer Augen.«
»Ich weiß Ihre Großherzigkeit zu schätzen, Cavaliere, aber nein, es geht nicht.« Clarissa klappte die Schatulle zu und legte sie auf einen Tisch. »Es wäre unpassend – wir sind beide verheiratet.«

Sie wandte den Kopf ab, um nicht länger in seine Augen zu sehen. Plötzlich zuckte sie zusammen. Sie blickte in ein Gesicht, das ihre eigenen Züge trug: das Bildnis der heiligen Theresa, hingestreckt auf einem marmornen Wolkenbett, über ihr ein Engel mit einem Speer.
»Erkennen Sie sich wieder?«, fragte er.
Clarissa spürte, wie ihre Hände zitterten. Die Ähnlichkeit war bestürzend, nicht nur in den äußeren Zügen, mehr noch in jenen Dingen, die kein Auge zu fassen vermag und die dennoch den Wert eines Kunstwerks wie den eines Menschen ausmachen: jenes unsichtbare Etwas jenseits aller sichtbaren Linien und Formen. Es war das Geheimnis, das Antlitz ihrer Seele, das sich hier in diesem Gesicht aus Stein widerspiegelte, ihre eigene, unverhüllte Wahrheit.
»›Ein Pfeil drang hin und wider in mein Herz‹«, flüsterten ihre Lippen Worte, die sie längst vergessen glaubte. »›Unendlich war die Süße dieses Schmerzes, und die Liebe erfüllte mich ganz und gar ...‹«
Fasziniert und entsetzt zugleich betrachtete sie ihr Ebenbild. Was bedeutete im Vergleich dazu ein Diamant? Kein Schatz der Welt kam diesem Wunder gleich. Bernini hatte sie neu erschaffen, ihre Seele bloßgelegt, sie ausgeleuchtet bis in ihre verborgensten Kammern. Er hatte sie erkannt, wie noch kein Mann sie je erkannt hatte. Was musste er für sie empfinden, wenn er so tief in ihr Innerstes vorgedrungen war?
»Ich liebe Sie«, sagte er und griff nach ihrer Hand. »Ich liebe Sie, wie ich noch keine andere Frau geliebt habe. Ich wollte es mir selbst nicht eingestehen, hoffte sogar, dass es vorübergehen würde, aber als ich Sie diesen Raum betreten sah, wusste ich, dass dieser Wunsch vergebens war.«
Wie nackt stand sie vor ihm, jeder Verhüllung entkleidet. Sie wollte gehen – warum ging sie nicht? Sie wollte ihn am Weiterreden hindern – stattdessen hörte sie ihm zu, am ganzen Körper zitternd und voller Angst. Sie war so durcheinander, so vollkommen außer sich, dass sie kein einziges Wort verstand – und doch

verstand sie jede Nuance seiner Rede, mit der er sich ihr offenbarte. Er redete lange, ohne sie zu bedrängen, voll Wärme und Zärtlichkeit und Leidenschaft, in die sich zugleich Trauer und Resignation mischten, und sie überließ ihm ihre Hände, die er mit den seinen umfing. Ohne dass sie es bemerkte, fiel er vor ihr auf die Knie.
»Ja, Principessa, ich liebe Sie, liebe Sie mit all meinen Sinnen. Und wenn Sie mich dafür hassen, selbst wenn Sie mich töten, werde ich nicht aufhören, es zu tun.«
Er zog sie zu sich, umarmte sie, küsste sie auf ihren Mund. Sie wollte schreien, sich wehren, ihn wegstoßen, doch da sah sie Tränen in seinen Augen. Plötzlich verspürte sie nur noch jenes Verlangen, das sie vor Jahren hinaus auf die Straßen Roms getrieben hatte, jenes unbestimmte, unabweisbare Sehnen, das sich auf nichts und gleichzeitig alles zu richten schien, ein Gefühl ahnungsvoller Unruhe und erregender Ungewissheit, und sie wusste, hier, in diesem Raum, in diesem Augenblick, würde sie endlich Antwort finden auf das seit jeher in ihr schlummernde Begehren, das jedes Sträuben und Widerstreben sinnlos machte. Und während sie mit letzter Kraft »Nein! Nein!« hervorstieß, öffneten sich ihre Arme, sie drückte sich an ihn und ihre Lippen verschmolzen mit den seinen, um von der Fülle zu trinken.
»Wo bist du?«, flüsterte er.
»Hier bin ich, hier, hier, hier ...«
Als sie aus ihrem Kuss erwachten, hing der Nachhall ihrer Lust im Raum wie das Echo von Gottes Stimme, mit der er nach seinen Kindern im Garten Eden gerufen hatte. Und wie die ersten Menschen blickten sie an sich hinab und sahen, dass sie nackt waren.

21

Die Straßen waren leer, noch schlief die große Stadt. Nur ein erster frischer Windhauch, ein Atemholen vor der neuen Anstrengung des Lebens, strich durch den *borgo*, der bald vom Lärm der Menschen erfüllt sein würde.
»Fahr, wohin du willst!«
Der Kutscher drehte sich auf seinem Bock verwundert zu Clarissa um, als sie am frühen Morgen die Equipage vor Berninis Palazzo bestieg. Doch als sie die Aufforderung wiederholte, hob er schulterzuckend die Peitsche, und die beiden Rappen zogen an.
Clarissa schloss den Wagenschlag, dann sank sie auf den Sitz und barg das Gesicht in den Händen. Allein sein – das war ihr einziger Wunsch. Sie wollte sich sammeln, nachdenken, ordnen, was mit ihr geschehen war, die Ereignisse und die Empfindungen. Im zügigen Trab rollte die Kutsche durch die Gassen und Straßen, die im kühlen Dunst des Sommermorgens auf die Hitze des Tages warteten, von der Via della Mercede vorbei an Sant' Andrea delle Fratte und dann weiter in Richtung Quirinal – doch von alledem nahm Clarissa nichts wahr. Sie hörte weder das Rasseln der eisenbeschlagenen Räder auf dem Pflaster noch spürte sie das Rütteln und Stoßen der Federn, während vor ihrem leeren Blick die Baumreihen und Häuserfronten vorüberzogen. Regungslos, wie betäubt, verharrte sie in der Gewissheit, dass sie das Geschehene nicht rückgängig machen konnte, verstört und unbeweglich. Obwohl sie denken wollte, tat sie es nicht; stattdessen beschwor sie die Frage, die ohne ihr Zutun in ihrem Gehirn immer bedrohlichere Gestalt annahm, noch zu warten, ihr eine letzte Schonfrist zu gewähren, als fürchte sie, dass durch ihre Gedanken erst ihr Erlebnis wahr und wirklich werden würde.
»Was habe ich getan?«
Plötzlich war Clarissa aufgewühlt wie nie zuvor in ihrem Leben.

Alles, was gestern noch selbstverständlich schien, war aus den Fugen geraten. Warum war sie nicht tot? Welches Recht hatte sie noch zu leben, nach allem, was geschehen war? Sie hatte gesündigt, die schwerste Schuld auf sich geladen, die eine Frau auf sich laden konnte. Während die Kutsche die Piazza vor dem päpstlichen Palast überquerte, nahm die äußere Welt vor ihren Augen nach und nach Konturen an. Doch je deutlicher sie die Straßen und Plätze wieder erkannte, die Menschen sah, wie sie mit eiligen Schritten zur Frühmesse oder zur Arbeit gingen, umso verwirrender und befremdlicher mutete diese scheinbar vertraute Wirklichkeit sie an. Wie konnte es sein, dass draußen wie jeden Morgen ein neuer Tag anbrach, da doch in ihrem Innern nichts mehr so war wie früher?
»Was habe ich getan!«
Die Kutsche hatte den Quirinalhügel hinter sich gelassen und rollte nun im weiten Bogen auf den Tiber zu, vorbei an der Cancelleria, und als sie den Palazzo dei Filippini mit der Chiesa Nuova passierte, sah Clarissa in der Ferne die Engelsburg. Allmählich gelang es ihr, klarer zu denken, und sie fing an, sich Vorwürfe zu machen. Wie hatte sie so leichtsinnig sein können, diesen Mann aufzusuchen? Allein und noch dazu am Abend! Sie kannte ihn doch, wusste, wozu er fähig war – er hatte sie schon einmal geküsst. Wut stieg in ihr auf, Wut über ihre eigene Blindheit und Schwäche. Sie war eine gefallene Frau, die Verachtung und Schande verdiente. Bilder der vergangenen Nacht tauchten wie Gespenster vor ihr auf, und die Scham überkam sie mit solcher Macht, dass sie meinte, darin zu ertrinken. Aber war das alles, was sie empfand?
»Was habe ich getan ...«
Sie schloss die Augen und horchte in sich hinein. Langsam und gleichmäßig schlug ihr Herz, wie unbeteiligt an den Verwirrungen ihrer Seele und ihres Geistes. Wie viel Zeit hatte sie in seinen Armen verbracht? Eine Sekunde? Eine Ewigkeit? Sie konnte es nicht unterscheiden, Sekunde und Ewigkeit schienen ihr ein und dasselbe. Nie zuvor in ihrem Leben hatte sie einen

Menschen so ganz und gar gemeint wie in dieser zeitlosen Zeit. Alle Gefühle, die sie je empfunden hatte, Lust und Schmerz, Freude und Trauer, größtes Glück und größtes Leid – all diese Empfindungen schloss dieser eine Augenblick in sich ein wie ein Parfüm die Essenz zahlloser Kräuter und Blumen, um sie zu einem einzigen Duft zu vereinen.

Die Erkenntnis traf sie wie eine Erleuchtung. Ja, das war es: Sie hatte in diesem einen Augenblick ihr ganzes Leben gelebt, in dieser einen Sekunde, in der sie vor Inbrunst zu verglühen glaubte, hatte sie die Unsterblichkeit ihrer Seele gespürt wie nie zuvor und wohl auch niemals wieder, mit jeder Faser ihres Leibes, vollkommen entrückt und vollkommen zugegen. Hatte sie der heiligen Theresa mehr als nur das Gesicht geliehen? Lorenzos Worte fielen ihr ein. »Gott ist ein Künstler, und er hat sich etwas dabei gedacht, als er Sie erschuf ... Auch wenn Sie vielleicht selbst nicht wissen, zu welchem Ende es führt ...« War Theresa ihre Schwester? Teilten sie nicht dasselbe Erlebnis, das Erlebnis dieses einen allumfassenden Augenblicks? Bei diesem Gedanken wurde Clarissa plötzlich ganz ruhig, sie hatte die Antwort auf ihre Frage gefunden. Während die Kutsche über die Engelsbrücke fuhr, lächelte sie, und mit dem Lächeln auf ihren Lippen fasste sie einen Entschluss: Sie würde diesen Augenblick in ihrem Herzen aufbewahren wie ein kostbares Parfüm in einem Fläschchen, um ihn für alle Zeiten bei sich zu tragen, was immer im Leben auch mit ihr geschehen mochte.

Als sie Sankt Peter erreichten, schob sie den Vorhang beiseite und schaute hinaus. Noch stand der Glockenturm, doch die Abrissarbeiten waren bereits im vollen Gang. Dutzende von Arbeitern bildeten auf den Baugerüsten lebende Ketten, um das Gebäude Stein für Stein abzutragen. Ganz in Schwarz gekleidet, stand Francesco Borromini auf einer Empore und rief seine Befehle, aufrecht, mit energischen, entschlossenen Gesten.

Ein Fuhrwerk versperrte Clarissas Equipage den Weg, und der Kutscher parierte mit lautem Hoh die Pferde.

Borromini drehte sich um. Für eine Sekunde begegneten sich

ihre Blicke. Clarissa sah ihm fest in die Augen. Warum hatte er sie nicht besucht? Sie nickte ihm zu, doch ohne ihren Gruß zu erwidern, wandte er sich ab. Sie wartete eine Weile, dann beugte sie sich aus dem Fenster und rief dem Kutscher zu:
»Zum Palazzo Pamphili!«
Als sie wenig später ihre Cousine sah, wunderte sie sich, wie frei und unbefangen sie Donna Olimpia begegnen konnte. Sie hatte sich gerade hingelegt, um bis zum Mittagessen allein zu sein und auszuruhen, da kam ihre Cousine in ihr Zimmer.
»Hast du wieder die ganze Nacht bei deinen Sternen verbracht?«, fragte sie.
»Ja«, sagte Clarissa und erhob sich von ihrem Diwan. »Sie leuchteten so hell und klar.«
Wie leicht kam ihr die Lüge über die Lippen! Vielleicht weil es gar keine Lüge war?
Donna Olimpia reichte ihr ein Kuvert. »Eben wurde dieser Brief für dich abgegeben. Aus England.«
Clarissa riss den Umschlag auf – erleichtert erkannte sie die Schriftzüge ihres Vaters. Sie schienen ihr kleiner, schräger als sonst, wie von zittriger Hand. Ja, er war alt geworden in diesen Jahren.
Sie faltete den Bogen auseinander und begann zu lesen:

Meine innig geliebte Tochter,
ich grüße Dich im Namen des Vaters, des Sohnes und des Heiligen Geistes!
Die Hand will mir den Dienst versagen, während ich Dir diese Zeilen schreibe. Doch ob sich gleich mein Herz sträubt, Dir solchen Kummer zu bereiten, und die Hand mir am Arm zu verdorren droht, ist es meine bittere Pflicht, Dich von dem Fürchterlichen in Kenntnis zu setzen, womit Gott der Herr – gelobt sei Sein Name – Deine Seele prüft, um sie für das Himmelreich zu läutern: Dein Mann, Lord McKinney, dieser aufrechte Mensch, unser herzensguter Schwiegersohn, ist verschieden, für immer dahingerafft von ...

Clarissa wurde so schwindlig, dass sie nicht weiterlesen konnte. Sie blickte von dem Brief auf und sah Donna Olimpia, die stirnrunzelnd den Kopf schüttelte. Das helle Gesicht ihrer Cousine schien ganz verschwommen wie hinter einem Schleier, während die dunklen Ringellocken seitlich der Wangen immer rascher auf und ab tanzten.
Dann wurde Clarissa schwarz vor Augen, und ohnmächtig sank sie zu Boden.

Drittes Buch

Der Phönix
1647–1651

I

Papst Innozenz X. hatte kaum den Stuhl Petri bestiegen, da war seine Schwägerin Donna Olimpia darangegangen, die Nachbargebäude des einstigen Kardinalspalasts eines nach dem anderen aufzukaufen, um sie dem alten, wenig repräsentativen Wohnsitz der Familie Pamphili einzuverleiben. Und wie einst Jesus die Händler aus dem Tempel von Jerusalem vertrieben hatte, um das Gotteshaus seiner eigentlichen Bestimmung zurückzugeben, vertrieb sie die Marktleute und Huren von der Piazza Navona, damit dort, befreit von den niederen Zwecken des gewöhnlichen Lebens, das Forum Pamphili entstehen konnte, steinernes Zeugnis für die Größe und Bedeutung des neuen Herrschergeschlechts.

Obwohl Donna Olimpia den alten Girolamo Rainaldi zum persönlichen Architekten des Papstes ernannt hatte, machte Francesco Borromini sich keine geringe Hoffnung, zum Baumeister der gewaltigen Anlage berufen zu werden. Die nötige Erfahrung besaß er durchaus, und seine jüngsten Aufträge bewiesen, dass man ihm höchsten Orts die Leitung solcher Großunternehmen zutraute. Gerade war er zum neuen Architekten der Propaganda Fide bestellt worden, eines Kollegs, in dem tausende von Missionaren ausgebildet wurden, gegenüber dem Palazzo seines Rivalen Bernini, dem die Leitung der Baustelle nach dem Glockenturmprozess entzogen worden war. Zuvor hatte Francesco bereits für den Fürsten Carpegna einen der prächtigsten Palazzi der Stadt von Grund auf renoviert und außerdem inzwischen auch mit dem Bau der Sapienza begonnen, der neuen Universität.

Vor allem aber machten seine raschen Fortschritte beim Umbau der Lateranbasilika großen Eindruck auf den Papst. Francesco hatte mehrere Pläne für die Erneuerung von San Giovanni vorgelegt, in denen er, ausgehend von der geforderten Erhaltung der Bausubstanz, zu einer immer umfassenderen Neugestaltung des Langhauses und der Seitenschiffe schritt, die der Heilige Vater nach reiflicher Überlegung schließlich akzeptierte. Innozenz war im Gegensatz zu seinem impulsiven Vorgänger ein sehr ernsthafter Mann, der sich in seinen Entschlüssen vor allem durch sachliche Erwägungen leiten ließ. Francesco mochte ihn, fühlte sich ihm seelenverwandt: Sie wussten beide, dass sie nur Werkzeuge Gottes waren, deren Aufgabe auf Erden darin bestand, die Pläne des Allmächtigen nach bestem Wissen und Gewissen zu erfüllen. Als Innozenz ihn rief, gab Francesco deshalb sein wochenlanges Zögern auf und stand nicht länger an, im Palazzo Pamphili seine Aufwartung zu machen.

In dem alten Gemäuer hing immer noch der feine Modergeruch von Champignons. Während ein Diener ihn zum Empfangssaal führte, spürte Francesco, dass seine Hände feucht wurden. Wie oft war er mit bangem Herzen durch diese Flure gegangen, stets in der Hoffnung, ein bestimmtes Gesicht zu sehen, eine bestimmte Stimme zu hören. Eine Frage, die ihm wie keine zweite auf der Seele brannte, stieg in ihm auf. Durfte er sie dem Papst stellen?

»Kommst du in San Giovanni weiter gut voran, mein Sohn?«, fragte Innozenz, als Francesco ihm den Fuß küsste.

»Monsignore Spada ist zufrieden, ich selbst bin es nicht«, erwiderte Francesco, nachdem er sich erhoben hatte. »Vielleicht wollen Ewige Heiligkeit selbst den Ort in Augenschein nehmen, um sich vom Stand der Dinge zu überzeugen. Es wäre mir eine große Ehre.«

»Ich fürchte, dazu gebricht es uns an der nötigen Zeit«, antwortete Donna Olimpia an Innozenz' Stelle. Sie saß in einem Sessel neben ihrem Schwager, auf gleicher Höhe mit seinem Thron, wie eine Königin an der Seite ihres Gemahls. »Es gibt wichtigere Dinge, die uns zur Zeit beschäftigen.«

»Was könnte wichtiger sein als die Bischofskirche des Papstes?«, fragte Francesco.

»Natürlich nichts«, erwiderte Donna Olimpia verärgert. »Trotzdem müssen wir jetzt unsere ganze Kraft dem Palazzo Pamphili widmen. Was nützt dem Heiligen Vater die herrlichste Bischofskirche, wenn seine weltliche Residenz hinter Wohnhäusern der gewöhnlichsten Familien zurücksteht? Wäre eine solche Demütigung von Gottes Stellvertreter keine Beleidigung des himmlischen Herrschers und Seiner heiligen Kirche?«

»Soll ich Ihren Worten entnehmen, dass Rainaldis Pläne die Erwartungen Seiner Heiligkeit nicht erfüllen?«

»Würden ausschließlich künstlerische Erwägungen zählen«, sagte Donna Olimpia mit einem Achselzucken, »hätten wir uns für Cavaliere Bernini entschieden. Allein, nach dem unseligen Ausgang der Glockenturmgeschichte, welche, wie uns nicht verborgen blieb, manche seiner Rivalen in durchaus eigennütziger Absicht vorantrieben, könnte jetzt die Ernennung von Urbans Günstling dem Ansehen der Familie Pamphili Schaden zufügen.«

»Bernini, Bernini«, fiel Innozenz ihr mürrisch ins Wort. »Wir wollen diesen Namen nicht mehr hören! Ich mag diesen Menschen nicht. Er ist eitel und unzuverlässig.«

»Wie dem auch sei«, fuhr Donna Olimpia fort. »Unsere Absicht ist es, die Piazza Navona in einen Ort zu verwandeln, der seiner neuen Bedeutung entspricht. Zu diesem Zweck wünscht der Heilige Vater, dass dort ein prächtiger Brunnen entsteht, der prächtigste Brunnen von ganz Rom, prächtiger noch als die Fontäne auf dem Petersplatz.«

»Mir ist bekannt«, sagte Francesco, »dass zu diesem Vorhaben ein Wettbewerb ausgeschrieben wurde.«

»Ach«, erwiderte sie, »dann ist San Giovanni also doch nicht so wichtig, als dass die Basilika Ihre volle Aufmerksamkeit genießt und …«

»Kurz und gut«, unterbrach sie Innozenz, sich an Francesco wendend, »wir wünschen, dass du dich an diesem Wettbewerb beteiligst. Wir halten große Stücke auf dich und sind geneigt, deinen Entwurf mit besonderem Wohlwollen zu prüfen.«

Innozenz nickte ihm zu, und sein Blick ließ keinen Zweifel, dass er seine Worte aufrichtig meinte. Francesco spürte, wie sein

Mund vor Erregung trocken wurde. Auch wenn es vorerst nur um die Errichtung eines Brunnens ging: Hier bot sich eine Gelegenheit, die sein ganzes künftiges Leben verändern konnte. Der Brunnen sollte Innozenz' persönliches Siegesmal werden; durch seine Pracht – das hatte Donna Olimpia unmissverständlich zum Ausdruck gebracht – wollte die Familie Pamphili den weltlichen Wohnsitz des Papstes über den Amtssitz des Kirchenfürsten erheben. Der Baumeister, dem ein solches Vorhaben gelang, würde für alle Zeiten Innozenz' Vertrauen und das seiner Schwägerin genießen. Andererseits – mit ihrer Bemerkung, dass eigentlich Bernini ihr Favorit sei, hatte Donna Olimpia ihn gezielt gedemütigt. Er war in ihren Augen nur zweite, nein, dritte Wahl, schließlich gab es ja auch noch Rainaldi …

»Nun, mein Sohn?«, forderte Innozenz ihn auf, sich endlich zu äußern.

Francesco räusperte sich. »Ich bitte untertänigst um Vergebung, Heiliger Vater, aber eine Teilnahme an dem Wettbewerb ist mir nicht möglich. Ich gebe grundsätzlich keine Entwürfe mehr aus der Hand.«

»Wie sollen wir das verstehen?«, rief Donna Olimpia. »An dem Wettbewerb nehmen die bedeutendsten Künstler der Stadt teil – die beiden Rainaldis, Pietro da Cortona, Algardi. Ich glaube kaum, dass sie Ihnen auch nur einen Deut nachstehen. Eher ist das Gegenteil der Fall!«

»Meine Entscheidung ist grundsätzlicher Natur«, beharrte Francesco unbeeindruckt. »Ich baue den Brunnen nur, wenn ich den Auftrag ohne Wettbewerb bekomme.«

»Haben Sie Angst, im Vergleich zu unterliegen? Oder ist es der Hochmut, der Sie leitet? Wenn ja, dann handelt es sich um eine unerhörte Anmaßung. Vergessen Sie nicht, wer Sie sind! Soweit mir bekannt ist, haben Sie bislang nur zwei oder drei größere Bauwerke ausgeführt. Sie scheinen zu verkennen, welche Ehre es ist, dass der Heilige Vater Sie zur Teilnahme am Wettbewerb auffordert.«

»Du verlangst in der Tat sehr viel«, pflichtete Innozenz seiner

Schwägerin bei. »Dein Ansinnen setzt geradezu blindes Vertrauen in deine Fertigkeiten voraus.«
»Wenn ich solches Vertrauen nicht verdiene, Heiliger Vater, bin ich der Letzte, der sich darum anheischig macht.«
»Wollen Sie sich über das Wort des Papstes erheben, Signor Borromini?«, herrschte Donna Olimpia ihn an. »Der Heilige Vater hat den Wettbewerb bereits ausgeschrieben. Wie kann er den Auftrag außer Konkurrenz vergeben, ohne dass man ihn der Unredlichkeit zeiht?«
»Eine Frage«, sagte Innozenz und hob beschwichtigend die Hand, während er sich mit ernster Miene Francesco zuwandte. »Angenommen, wir würden dir in Würdigung deiner Verdienste um die Laterankirche den Auftrag erteilen – hättest du einen Vorschlag, wie der Brunnen aussehen soll? Einen Einfall, eine Idee oder dergleichen?«
Auf diese Frage hatte Francesco gehofft.
»Wenn Eure Heiligkeit sich dazu bequemen könnte, selber Einblick zu nehmen?«
Während Innozenz, gefolgt von seiner Schwägerin, von seinem Thron herabstieg, breitete Francesco auf einem Tisch den mitgebrachten Entwurf aus. Und ob er eine Idee hatte! Plötzlich war er so aufgeregt, dass sich seine Stimme fast überschlug, als er die Zeichnung erklärte.
»Die Idee ist ganz einfach«, sagte er und zeigte mit dem Finger auf das Papier. »Ein Obelisk, Sinnbild des Kreuzes, mit zweimal zwei allegorischen Figuren, welche die größten Ströme der vier Weltteile darstellen. Auf diese Weise kündet der Brunnen vor der Wohnung des Papstes von der Herrschaft des Christentums über die ganze Erde.«
Francesco verstummte in der Hoffnung, dass sein Entwurf für sich selbst sprach. Während Innozenz sich nachdenklich den dünnen Kinnbart strich, mehrmals mit dem Kopf nickte und »aha« und »soso« vor sich hin murmelte, gab seine Schwägerin in keiner Weise zu erkennen, was sie von der Zeichnung hielt. Schweigend beugte sie sich über das Blatt, drehte es mit den

Händen, um es mal von rechts, mal von links zu betrachten, trat einen Schritt zurück und beugte sich dann wieder über den Tisch.
Gespannt beobachtete Francesco ihr Mienenspiel. Was ging in ihrem Kopf vor? Welche Wirkung löste sein Entwurf in ihr aus? Bereitete der Anblick ihr die gehörige Augenlust? War sie erstaunt, überrascht, verblüfft? Oder ließ der Entwurf sie gleichgültig und kalt, langweilte er sie womöglich? Schließlich gab es in Rom schon einige Obeliskendenkmäler, zum Beispiel auf der Piazza di San Giovanni in Laterano. Erkannte sie die geheime Beziehung, die er mit der Doppelung anstrebte? Dass beide Obelisken aufeinander verwiesen, die Bischofskirche des Papstes an dessen private Residenz gemahnte und umgekehrt, symbolische Verschränkung der religiösen wie weltlichen Allmacht des Pontifex? Francesco wusste: Was immer Innozenz empfinden mochte, ohne Donna Olimpias Zustimmung würde er ein so kostspieliges Werk niemals in Auftrag geben.
»Das ist etwas vollkommen anderes, als wir erwartet haben, Signor Borromini«, sagte sie schließlich, jedes Wort einzeln betonend. »Wir hatten selbst schon an einen Obeliskbrunnen gedacht, auch die Darstellung der Weltströme erwogen, aber ganz bestimmt nicht die Verbindung von beidem.« Sie machte eine bedeutungsvolle Pause, bevor sie weitersprach. »Ein wirklich glänzender, ja phantastischer Einfall!«, erklärte sie dann. »Die Idee würde selbst dem Cavaliere Bernini zur Ehre gereichen. Meine Gratulation!«
»Nun, in der Tat«, brummte Innozenz, »auch uns will bedünken, dass es sich um einen durchaus gelungenen Entwurf handelt. Durchaus, durchaus …«
Francesco fühlte sich, als habe eine gigantische Faust, die eben noch sein Herz umklammert hielt, plötzlich ihren Griff gelöst.
»Der Einfall gefällt Ihnen? Die Idee sagt Ihnen zu?«, fragte er, als müsse er sich noch einmal der Zustimmung vergewissern.
»Wenn die Zeichnung Mängel aufweist, bitte ich zu berücksich-

tigen, dass es sich um eine erste Skizze handelt. Und was die Kosten betrifft«, fügte er eilig hinzu, ohne dass jemand danach gefragt hatte, »so darf ich darauf hinweisen, dass an der Via Appia im Zirkus des Maxentius ein vollständig erhaltener Obelisk liegt. Er ist zwar in vier Stücke zerbrochen ...«

»Je mehr wir darüber nachdenken«, sagte Innozenz, »desto mehr können wir uns mit der Vorstellung anfreunden. Nein, du hast uns wahrlich nicht enttäuscht.«

»... aber es dürfte nicht schwer fallen, die einzelnen Teile so zusammenzufügen, dass man die Spolie ohne Gefahr wird aufrichten können.«

»Eine andere Frage scheint mir von ungleich größerer Wichtigkeit«, wandte Donna Olimpia ein, die immer noch den Entwurf betrachtete. »Womit wollen Sie den Obelisken bekrönen?«

»Üblich wäre ein Kreuz«, sagte Francesco, »doch ich hatte an eine Weltkugel gedacht.«

»Nein.« Donna Olimpia schüttelte den Kopf. »Eine Taube soll es sein, eine Taube mit einem Ölzweig im Schnabel, das Wappentier der Pamphili und zugleich Symbol des Friedens. Damit Rom und alle Welt für immer wissen, welcher Papst den Glaubenskrieg, der ein Menschenleben lang in den deutschen Landen tobte, beendet hat, ebenso wie den Krieg vor der eigenen Tür, den Urban unnötigerweise gegen Castro führte.«

»Amen!«, erklärte Innozenz mit schnarrender Stimme und streckte Francesco seine Hand zum Abschied entgegen. »So soll es sein! Ja, mein Sohn, du sollst diesen Brunnen bauen!«

»Heiliger Vater«, flüsterte Francesco und kniete vor ihm nieder, übermannt von Dankbarkeit und Stolz.

Er hatte es tatsächlich geschafft! Innozenz gab ihm den Auftrag, ohne dass er sich am Wettbewerb beteiligte. Und was ihn über alle Maßen mit Genugtuung erfüllte: Keine technische Leistung hatte dabei den Ausschlag gegeben, sondern allein der künstlerische Wert seines Entwurfs, der phantastische Einfall. Vorbei die Zeit, da man ihn als Steinmetz verlachte. Gab es sie also doch, die reine, ungetrübte Freude?

»Erinnern Sie sich noch an unsere erste Begegnung?«, fragte Donna Olimpia, als sie ihn zur Tür begleitete.
Obwohl diese Begegnung Jahrzehnte zurücklag, hatte Francesco noch jeden einzelnen Satz im Ohr. »Sie gaben mir damals den Auftrag, Eccellenza, das Mauerwerk im Palazzo Pamphili vom Hausschwamm zu befreien.«
»In der Tat.« Sie nickte. »So wie wir später das Mauerwerk des Staatsgebäudes von den Wucherungen der Barberini befreit haben. Aber ich fügte damals noch etwas hinzu, und ich bin sicher, Sie haben es nicht vergessen.« Mit einem feinen Lächeln blickte sie ihn an. »Auch Michelangelo hat nicht gleich die Peterskuppel gebaut, und vielleicht gereicht es der Familie Pamphili eines Tages zur Ehre, Ihnen den ersten bedeutenden Auftrag gegeben zu haben. Wie Recht ich damit doch hatte!«
»Wir sprachen über ein *appartamento* für Lady Whetenham, Ihre Cousine aus England«, sagte Francesco, während sie ihm die Hand reichte.
Er räusperte sich, bevor er weitersprach. Durfte er es wagen, ihr jetzt die Frage zu stellen, die ihm seit seiner Ankunft auf den Lippen lag?
Donna Olimpia lächelte ihn immer noch an. Francesco fasste sich ein Herz.
»Darf ich mich höflich erkundigen, Eccellenza, wo sich die Principessa aufhält? Weilt sie noch in Rom oder ist sie wieder in ihre Heimat zurückgekehrt?«

2

Nächtliche Stille herrschte in dem großen Palazzo an der Via della Mercede. Die Kinder waren längst im Bett, und auch Caterina hatte sich bereits zurückgezogen. Lorenzo öffnete das Fenster seines Ateliers und blickte auf die dunkle, leere Straße hinaus.

Lautlos schien die Welt in ihren eigenen Traum versunken, um sich selber neu zu gebären. Wie oft war er früher in solchen Stunden durch die mondbeschienenen Gassen geschlendert, allein mit sich und seinen Gedanken, ziellos, nur um zu gehen, zu atmen, zu träumen ... Doch daran war seit Wochen nicht mehr zu denken. Er fühlte sich unfähig, auch nur das Haus zu verlassen, das ihm zum Refugium und zugleich zum Gefängnis geworden war. Unwillig schloss er das Fenster und nahm seine Wanderung durch das Atelier wieder auf, erfüllt von einer rastlosen Unruhe.
Was war mit ihm? Er kannte solche Zustände nicht, sie waren seinem Wesen fremd. Am Anfang, in den ersten Wochen nach dem Urteilsspruch, hatte er getobt, mit erhobenen Fäusten Himmel und Hölle verflucht, stundenlang, tagelang, Anfälle blinden Wahns, in dem er Entwürfe verbrannt und Skulpturen zerschlagen hatte, bevor er plötzlich in diese entsetzliche, bleierne Niedergeschlagenheit verfallen war, aus der es kein Entrinnen zu geben schien. Die Wände erhoben sich vor ihm, als wollten sie ihn erdrücken. In diesen Wänden war sein ganzes Leben eingeschlossen, sein Leben als Künstler und Mann. Die Zeichnungen auf den Tischen, die Tonmodelle in den Ecken: Alles erinnerte ihn an einstige Taten. Hier hatte er seine kühnsten Bauten entworfen, hier hatte er seine herrlichsten Skulpturen gemeißelt – und hier hatte er in den Armen der Principessa erfahren, wozu Gott die Menschen erschaffen hatte.
Er setzte sich auf einen Schemel und barg das Gesicht in den Händen. Warum war er je glücklich gewesen? Nur um jetzt, in der Einsamkeit der Niederlage, sein Unglück doppelt zu empfinden? Er schaute auf sein Leben, und es erschien ihm sinnlos und so leer wie eine Wüste. Wo waren seine Triumphe geblieben, seine Erfolge, an denen er sich wieder und wieder berauscht hatte? Sie gehörten der Vergangenheit an, aus der sie nun in seine Erinnerung ragten wie die Säulenstümpfe zerfallener Ruinen. Er hatte den Glücksring verloren, den die Götter ihm über den Finger gestreift hatten; sein Stern war für immer verblasst, sein Ruhm für immer verhallt. Und für immer dahin war das Glück

der erfüllten Liebe, das er in einer unwirklichen Nacht genossen hatte: Die Principessa hatte sein Herz, zu dem er keiner Frau vor ihr je Einlass gewährt hatte, mit zarter Hand geöffnet, und jetzt ließ es sich nicht mehr verschließen. Hatte je ein Mensch größeres Leid erlitten als er, war je ein Mensch tiefer gefallen? Der Tod, vor dem ihm in jungen Jahren so sehr gegraut hatte, erschien ihm nun wie eine süße Verlockung.
Und wenn er der Principessa einen Brief schrieb? Entschlossen sprang er auf, griff nach Papier und Feder und begann zu schreiben, glühende, flammende Worte, füllte Seite um Seite, mit heißen Wangen, als wäre er im Fieber. Doch so plötzlich seine Kräfte erwacht waren, so plötzlich erlahmten sie, und er ließ seine Hand sinken. Warum hörte er auf zu schreiben? Weil er sich fürchtete? Aus Scham, sich ihr in dieser Verfassung zu nähern? Nein, die Wahrheit war viel schlimmer. Sie konnten, sie durften sich nicht wieder sehen! Denn ihre Liebe hatte sich erfüllt, ein für alle Mal, so wie die Blüte der Engelstrompete ihre vollkommene Schönheit nur für eine einzige Nacht entfaltet, um schon vor dem Morgengrauen zu welken. Sie hatten miteinander gespielt, Clarissa war ihm vorausgeeilt, er hatte sie eingeholt, jubilierend waren sie den Berg hinaufgelaufen, um den Gipfel zu erstürmen, dann plötzlich, wie aus dem Nichts, hatte sich der Abgrund vor ihnen aufgetan, der Abgrund vollkommenen Glücks. Er hatte sie gerufen, und gemeinsam waren sie gesprungen, um sich ins Bodenlose fallen zu lassen, tiefer und tiefer …
Lorenzo schüttelte den Kopf. Nein, Augenblicke wie dieser wiederholten sich nicht. Würden sie einander erneut begegnen, sie würden enttäuscht sein wie Verdurstende beim Anblick eines Salzsees. Und er zerriss den Brief wie so viele andere Briefe, die er in den letzten Tagen und Wochen geschrieben hatte, ohne einen einzigen an sie abzusenden.
Zwei steinerne Augen ruhten auf ihm, er spürte ihren Blick wie sengende Hitze auf seiner Haut: die heilige Theresa. Was sprach aus diesen Augen? Eine Frage? Ein Vorwurf? Als er den Schmerz nicht länger ertragen konnte, verließ er den Schreibtisch und

durchquerte den Raum, unsicher, zögernd, doch unwiderstehlich angezogen von diesem Blick. Er musste ihr Bildnis betrachten, zum ersten Mal seit ihrer Liebesnacht, um Linderung für seinen Schmerz zu finden, und sei es nur in der Erinnerung. Doch während er in ihr Gesicht sah, erkannte er, wie unvollkommen sein Werk noch war. Ohne zu überlegen, was er tat, zog er seinen Kittel über, nahm Schlägel und Meißel zur Hand und begann wieder an ihrem Porträt zu arbeiten, obwohl er es eigentlich längst für fertig gehalten hatte.

Denn erst in jener Liebesnacht hatte er in ihr sein wahres Modell gefunden, in dem einen unwiederbringlichen Augenblick, den er trotzdem hier festhalten wollte, festhalten musste, in ihrem Antlitz, so, wie er es für eine ewig währende Sekunde geschaut hatte und es sich seitdem wieder und wieder ins Gedächtnis rief, um es aufzubewahren für alle Zeit, in diesem Gesicht aus Marmor. Er hatte in jenem Augenblick bis auf den Grund ihrer Seele geblickt, hatte all ihre Empfindungen gespürt, wie sie sie selber gespürt hatte, weil sie eins geworden waren, ein Leib und eine Seele.

Er arbeitete, ohne zu merken, dass er arbeitete. Er vergaß alles um sich herum, es gab nur noch diesen weißen Stein, aus dem unter seinen ruhigen, gleichmäßigen Schlägen ihr Bild wiedergeboren wurde. Er hatte ihr ganzes Wesen in sich aufgesogen wie ein Schwamm, und nun flutete ihr Bild wie eine Welle aus seiner Vorstellung in seine Arme, in seine Hände, in sein Werkzeug. Der Meißel streichelte, liebkoste den Marmor, der sich wie Wachs nach seiner Erinnerung formte, und während die Züge dieses Gesichts sich ihrem Bildnis in seinem Innern mehr und mehr anverwandelten, stieg in ihm eine Ahnung jener Erlösung auf, die ein Sterbender nach langer, langer Krankheit in der Stunde seines Todes empfinden musste, im Erlöschen seines Willens.

Er hielt für einen Moment inne, um den Staub von Theresas Augen zu blasen, als er plötzlich Schritte hörte. Erschrocken ließ er Schlägel und Meißel sinken, als würde er bei etwas Verbote-

nem überrascht, sprang von seinem Schemel auf und arbeitete an einer anderen Figur weiter, die gerade vor ihm stand. Er hatte kaum die ersten Schläge getan, da öffnete sich die Tür und herein trat, nur mit einem Nachthemd bekleidet, Caterina, seine Frau.
»Willst du nicht endlich schlafen kommen?«, fragte sie.
»Du siehst doch, ich habe zu tun«, erwiderte er, ohne den Blick zu heben.
»Du solltest besser tagsüber arbeiten und dich in der Nacht ausruhen.« Mit einem Kopfschütteln betrachtete sie seine Figur. »Meinst du, du kannst so mit deinen Schwierigkeiten fertig werden?«
Statt ihr zu antworten, meißelte er mit stummer Inbrunst weiter.
»Würdest du bitte damit aufhören, wenn ich mit dir spreche?«
Endlich ließ er sein Werkzeug sinken und sah sie an. In ihren braunen Augen standen Tränen.
»Ich weiß nicht«, sagte sie, »wie das weitergehen soll. Du verkriechst dich in deinem Atelier, du schläfst nicht, du läufst umher wie ein Tiger im Käfig, du sprichst nicht mit mir, du willst die Kinder nicht sehen, und Geld gibst du mir auch keins. Wovon soll ich uns ernähren? Carla hat Fieber und braucht einen Arzt, aber ich weiß nicht, wie ich ihn bezahlen soll. Das Einzige, was wir noch besitzen, ist der Smaragd des englischen Königs. Doch den willst du nicht verkaufen, obwohl wir sechstausend Scudi für ihn bekommen könnten.«
»Die Zeit enthüllt die Wahrheit«, erwiderte er trotzig und fing wieder an zu hämmern.
Wütend riss sie ihm den Schlägel aus der Hand und warf ihn zu Boden. »Weißt du überhaupt noch, was du tust?«, rief sie. »Wenn du dich zugrunde richten willst – bitte sehr! Aber du ruinierst deine Familie! Während du vor Selbstmitleid vergehst, hat Borromini dir jetzt auch noch den Auftrag für die Propaganda Fide weggeschnappt, direkt vor unserer Haustür, und die Nachbarn tuscheln, dass er für den Umbau unseren Palazzo abreißen

will. Wenn du so weitermachst, jagt man uns noch aus dem Haus!«

Sie schlug die Hände vors Gesicht und wandte sich ab. So heftig schluchzte sie, dass sie am ganzen Körper zitterte. Lorenzo konnte ihren Anblick keine zwei Sekunden ertragen. Er trat zu ihr und legte seinen Arm um ihre Schulter.

»Hab keine Angst, es wird schon wieder alles gut.«

»Ach, Lorenzo, das sind doch bloß Worte«, sagte sie mit erstickter Stimme. »Nichts wird wieder gut, wenn du nicht endlich etwas unternimmst.«

»Aber was soll ich denn machen, Caterina?«, fragte er und strich immer wieder über ihr Haar. »Ich will ja alles tun, was du willst, wenn du nur aufhörst zu weinen.«

Endlich ließ sie die Hände sinken und schaute ihn an. Ihr Gesicht war noch nass von Tränen, doch ihre Augen blickten wieder klar und ihre Stimme klang gefasst.

»Zwei Dinge, Lorenzo. Erstens, du brauchst einen neuen Förderer, irgendeine einflussreiche Person, die dir Aufträge verschafft. Und zweitens, du musst dich ins Gespräch bringen, als Künstler auf dich aufmerksam machen, damit die Leute wieder von dir sprechen.«

»Und wie soll ich das anstellen? Genauso gut kannst du mir raten, übers Wasser zu wandeln oder mit den Vögeln zu sprechen. Papst Innozenz der Blinde hat nun mal beschlossen, mir keine Aufträge zu geben – also will kein Mensch mehr etwas von mir wissen.«

Caterina schüttelte energisch den Kopf. »Unsinn, Lorenzo! Das ganze Haus ist voll von Skulpturen, die unnütz herumstehen. Da sind doch sehr hübsche Sachen dabei, viel zu schade, um hier als Staubfänger zu verkommen. Du musst sie ausstellen, den Leuten beweisen, dass du immer noch der erste Künstler Roms bist.«

Sie schaute sich einmal um, dann zeigte sie wahllos und ohne nachzudenken auf eine der Figuren. »Was ist zum Beispiel mit der da? Ich bin sicher, wenn du für die einen passenden Ort findest, wird man dich bald wieder feiern wie früher.«

3

»Principessa, Sie haben Besuch.«
»Besuch? Für mich?« Clarissa blickte verwundert den Diener an, der in der Tür des Observatoriums stand und auf ihre Anweisungen wartete. Dann schüttelte sie den Kopf. »Ich bin nicht zu sprechen.«
»Der Mann sagt aber, es sei wichtig.«
»Wichtig? Nein, ich will niemanden sehen.«
Während der Diener sich mit einer Verbeugung zurückzog und leise die Tür hinter sich schloss, trat Clarissa wieder an ihr Fernrohr, um in den winterlichen Abendhimmel zu schauen. Hell und klar blickten die Sterne auf sie herab, die seit tausend und abertausend Jahren dort oben standen, ein jeder an seinem Platz, scheinbar fest und unverrückbar für alle Zeit. Sie sah den Großen und den Kleinen Bären, Kassiopeia und Andromeda, den Drachen und den Fuhrmann mit der strahlenden Capella ... Sie alle waren ihr vertraut, von zahllosen Abenden und Nächten, die sie mit ihrer Betrachtung verbracht hatte. Und gleichzeitig waren sie ihr so fremd, als sähe sie sie zum ersten Mal.
Sie stellte das Okular ihres Fernrohrs nach. Gehörten die Sternbilder wirklich so zusammen, wie es von der Erde aus den Anschein hatte? Oder war es nicht Willkür, gottlose Anmaßung, sie aus solch unendlicher Ferne einander zuzuordnen? Gab es überhaupt eine ewige Ordnung am Himmel? Galilei behauptete ja, dass nichts so sei, wie es zu sein schien: Nicht die Erde stehe, wie die Sinne es vorgaukelten, im Mittelpunkt des Kosmos, sondern die Sonne, und die Erde drehe sich um die Sonne und um sich selbst. Aber wenn es nicht einmal am gestirnten Himmel eine gültige Ordnung gab, wie konnte es dann Ordnung unter den Menschen und in ihren Seelen geben?
War ihr Mann wirklich tot? Oder hatte McKinney gar nicht existiert? Manchmal war ihr, als hätte sie ihn nur im Traum gekannt, so fern und unwirklich schienen ihr die Jahre mit ihm auf Moon-

rock; dann wieder hatte sie das Gefühl, das Leben ohne ihn sei ein großes trügerisches Schauspiel, illusionistisches Blendwerk, ersonnen von einem boshaften Magier, der sich an ihrer Verwirrung weidete. Sie war nie in Leidenschaft zu McKinney entflammt, nie hatte ihr Herz zu klopfen begonnen, wenn sie ihn nach einer Trennung wieder sah, und er hatte ihr in all den Jahren ihrer Ehe keine einzige Stunde ihres Schlafes geraubt. Doch an seiner Seite hatte sie sich stets auf sicherer Bahn gewusst, jedem neuen Tag voller Vertrauen und Zuversicht entgegengesehen. Er war der Polarstern in ihrem Leben gewesen, nicht der größte und auch nicht der strahlendste Stern am Firmament, doch der ruhende, gleich bleibende Pol, an dem sie sich ausrichten konnte. Nun, nachdem er für immer erloschen war, trieb sie ohne Orientierung auf hoher See, unfähig, die Sternbilder noch zu erkennen, die sich als diffuse Lichternebel in der Unendlichkeit des Kosmos verloren.

Seit der Nachricht von McKinneys Tod hatte sie nur noch einen Wunsch: Sie wollte zurück nach England, fort von diesem Ort, wo sie das süße Gift des Schönen genossen hatte, um so schwer daran zu erkranken. Doch dieser Wunsch war ihr verwehrt. Denn der traurigen Botschaft ihres Vaters war ein Abschiedsbrief ihres Mannes beigefügt gewesen, in dem McKinney sie über den wahren Grund ihres Aufenthaltes in Rom aufklärte.

Was sie geahnt und gefürchtet hatte, stellte sich in dem Schreiben als wahr und wirklich heraus: Er war gar nicht krank gewesen, hatte sein Leiden nur vorgetäuscht als Vorwand, um sie außer Landes zu schicken. Doch nicht, weil er eine andere Frau liebte, wie sie vermutet hatte, sondern aus Liebe zu ihr, um sie vor den Bürgerkriegswirren in England zu schützen, denen er am Ende selbst zum Opfer gefallen war. Als schottischer Presbyterianer hatte er sich nicht nur gegen die Einführung des »Book of Common Prayer« zur Wehr gesetzt – jenes vermaledeite Gebetbuch, das der englische König allen seinen Untertanen mit Gewalt aufzwingen wollte –, sondern sich bei Ausbruch des Bürgerkriegs auch auf die Seite der Puritaner gestellt, die den Kampf

gegen den Monarchen in der Gewissheit ihres Glaubens führten, dass man Gott mehr gehorchen müsse als den Menschen. McKinney hatte für diese Überzeugung mit dem Leben bezahlt, und in seinem Abschiedsbrief flehte er Clarissa an, auf keinen Fall nach England zurückzukehren, bevor sich die Lage dort wieder beruhigt hatte. Als seine Ehefrau drohe ihr Gefängnis und Tod.
Clarissa hatte den Brief, die letzten Zeilen von der Hand ihres Mannes, so oft gelesen, dass sie jedes Wort auswendig wusste, und doch konnte sie seinen Inhalt nicht fassen. McKinney hatte ihr nur die Unwahrheit gesagt, um sie vor der tödlichen Wirklichkeit zu bewahren – und wie hatte sie es ihm gedankt ... Sie wollte Buße tun, sehnte sich nach Strafe, war bereit, alles zu tun, um ihren Fehltritt wieder gutzumachen. Aber wie sollte das geschehen? Auch Monsignore Spada, dem sie sich in der Beichte anvertraut hatte, wusste keinen Rat.
So blieb ihr nur das Gebet. Während die Wochen und Monate vergingen, lebte sie in völliger Abgeschiedenheit fern vom Lärm der Welt und suchte die Pilgerkirchen wieder auf, die sie vor noch nicht langer Zeit für ihren Mann aufgesucht hatte. Doch wie hatten sich ihre Gebete verändert! Voller Scham musste sie sich eingestehen, dass sie früher oft nur mit den Lippen gebetet hatte, ohne dass ihre Gedanken bei den Worten waren, die sie sprach, nicht aus Liebe, sondern aus Pflichterfüllung wie ein Soldat, der vor der Schlafkammer seines Generals Wache hält. Jetzt aber, da ihr Mann nicht mehr da war, ihre Gebete bei Gott nichts mehr für ihn bewirken konnten, betete sie für niemand anderen als für sich allein, und in der Einsamkeit ihres Herzens rief sie nach Gott, wie ein Kranker nach einem Arzt ruft.
»Vergebung, Principessa, aber der Herr ließ sich nicht abweisen.«
Während Clarissa von ihrem Fernrohr zurücktrat, machte der Diener in der Tür einen Schritt zur Seite, um dem Besucher Platz zu machen. Als sie das Gesicht erkannte, war ihr, als würde es ein wenig wärmer im Raum.

»Signor Borromini?«
»Bitte verzeihen Sie meine Aufdringlichkeit, Principessa, aber ich musste Sie sehen, um Ihnen meine Teilnahme auszusprechen.« Er nahm ihre Hand und drückte sie. »Donna Olimpia hat mir von Ihrem großen Leid berichtet.«
»Ich freue mich, dass Sie gekommen sind«, sagte sie und erwiderte seinen Händedruck. Seine Hände fühlten sich immer noch an wie früher – groß und stark, doch gleichzeitig glatt und zart – und aus ihrem Druck sprach so viel Mitgefühl, dass sie ihm die ihren dankbar überließ. »Ach, wären Sie nur früher gekommen, Signore!«
»Ich hatte über alle Maßen zu tun – aber trotzdem, sicher, Principessa, Sie haben Recht, ein unverzeihlicher Fehler.« Um seine Augen zuckte es, während er ihre Hand losließ, und er wich ihrem Blick aus. Dann sah er das Fernrohr und er wechselte das Thema. »Sie schauen nach den Sternen?«
»Ja, mein Mann hat mich darin unterrichtet. Die Astronomie war seine Leidenschaft. Er hat sie in jungen Jahren auf seiner Italienreise erlernt, in Padua, bei Dottore Galilei, aber das war lange, bevor ich ihn kennen lernte …«
»Ich glaube, ich ahne, was Sie empfinden«, sagte er sanft, als ihre Stimme versagte. »Weil – diese Gefühle, sie sind auch mir nicht fremd …«
Ohne sich weiter zu erklären, verstummte er, und es entstand ein Schweigen. Aus seinem Gesicht sprach wieder jene unbestimmte Trauer, die Clarissa schon so lange an ihm kannte. War diese Trauer der Grund, weshalb er stets schwarze Gewänder trug? Bisher hatte sie gedacht, er kleide sich nach spanischer Sitte, um seine Verbundenheit mit seinen Auftraggebern für San Carlo zu bekunden, aber jetzt hatte sie Zweifel. Ja, dachte sie, vielleicht hat er Recht und wir teilen wirklich dieselben Gefühle. Sie wusste selbst nicht warum, aber auf einmal hatte sie das Bedürfnis, diesem Mann etwas von sich zu geben, ihm etwas von sich mitzuteilen.
»Haben Sie schon mal durch ein Fernrohr geschaut?«, fragte sie.

»Durch ein Fernrohr?«, fragte er überrascht zurück. »Nein, noch nie.«

»Ich könnte mir vorstellen, dass Sie Gefallen daran haben. Möchten Sie es nicht versuchen?«

Er nickte und auf seinem Gesicht erschien ein Lächeln.

»Dann kommen Sie!«

Er musste niederknien, um durch das Okular zu schauen. Behutsam, als fürchte er, mit seinen Händen das Instrument zu beschädigen, berührte er das Teleskop.

»Erkennen Sie etwas?«, fragte sie.

»Mein Gott!«, flüsterte er. »Das ist ja, als wäre man im Himmel!«

Clarissa zuckte zusammen. Waren das nicht ihre eigenen Worte gewesen? Dieselben Worte, die sie gesagt hatte, als Borromini sie vor vielen Jahren hinauf zur Kuppel des Petersdoms brachte?

»Was für eine Pracht!«, sagte er andächtig wie in einer Kirche. »Ich hätte nie geglaubt, dass es so viele Sterne gibt. Es müssen hunderte sein.«

»Noch viel mehr, Signor Borromini, vielleicht sogar viele tausend. Auch mit dem Teleskop können wir längst nicht alle erkennen. Aber sagen Sie, gibt es einen besonderen Stern, den Sie gern sehen würden?«

»Ja, den Saturn«, antwortete er ohne zu zögern. Er nahm die Augen vom Okular, und als müsse er sich für seine Antwort entschuldigen, fügte er hinzu: »Ich bin in seinem Zeichen geboren.«

»Saturn – ist das nicht der Gott der Fruchtbarkeit?«, fragte sie. »Ich glaube, die Römer haben früher in seinem Namen große und ausgelassene Feste gefeiert.«

»Ja, das haben sie.« Er nickte und stand auf. »Üppige Gelage, bei denen tagelang gegessen und getrunken wurde, eine Rückkehr ins Goldene Zeitalter, wo unter der Regierung des Saturn nur Friede und Freude geherrscht haben sollen. Doch in ihrem Taumel vergaßen die Menschen eins: Falls es dieses Zeitalter unter seiner Herrschaft je gegeben hat, dann mit einer dunklen

Nachtseite, die viel schwerer als die strahlende Sonnenseite wiegt. Sie kennen den griechischen Namen Saturns?«
»Chronos, nicht wahr?«
»Ja, Chronos«, sagte er, und sein Gesicht füllte sich wieder mit dieser ernsten Trauer. »Der Gott der Zeit. Ihm verdanken wir jede Minute und jede Stunde unseres Daseins. Doch wenn er uns die Zeit schenkt, dann nur, um sie uns wieder zu nehmen, zu seinem Vergnügen und zu unserer Verzweiflung. Wissen Sie, was Chronos tat, als ihm geweissagt wurde, dass eines seiner Kinder ihm die Herrschaft rauben würde? Er verschlang sie alle, jedes gleich nach der Geburt. Und so«, fügte er leise hinzu, »verschlingt er uns gleichfalls. Wir wähnen uns mitten im Leben, wir arbeiten und freuen uns unseres Daseins, als gäbe es kein Ende, als wären wir unsterblich – dabei befinden wir uns schon in seinem Schlund.«
Plötzlich verstummte er. »Verzeihen Sie«, sagte er, »es war dumm und taktlos, von diesen Dingen zu sprechen.«
Clarissa schüttelte den Kopf. »Es ist das Leben, von dem Sie sprechen, und es fragt uns nicht danach, ob es uns gefällt. Außerdem – es tut mir gut, mit Ihnen zu reden. Aber sagen Sie«, fuhr sie fort, als sie seine Verlegenheit bemerkte, »soll ich Ihnen den Saturn zeigen?«
»Ja, das wäre schön.«
Sie trat an das Teleskop. Bald hatte sie den Stern am Himmelszelt gefunden. Sie richtete das Fernrohr nach ihm aus und forderte Borromini auf, hindurchzuschauen.
»Sie können ihn von den anderen Sternen leicht unterscheiden«, sagte sie. »Er ist als Einziger von einem Ring umgeben. Sehen Sie ihn?«
»Ja, ja, da ist er!«, rief er ganz aufgeregt. »Eine mattgelbe Scheibe, ich sehe den Ring genau. Wie eine Tasse mit zwei Henkeln. Heilige Muttergottes…«
»Der Saturn ist nach dem Jupiter der größte Planet am Himmel. Er hat sogar einen eigenen Mond. Leider kann man ihn mit meinem Fernrohr nicht erkennen.«

Aufmerksam hörte er zu, während er durch das Teleskop schaute, um allem, was sie sagte, mit seinen Augen nachzuspüren. Sie erklärte ihm die Stellung des Saturns im Kosmos, beschrieb seine Bedeutung und Größe im Verhältnis zu den anderen Sternen, ordnete ihn verschiedenen Sternbildern zu, und während sie ihm den Himmel der Planeten zeigte, wie er ihr einst den Himmel des Glaubens gezeigt hatte, stellte sie zu ihrer Verwunderung fest, dass sie beim Reden nach und nach für sich selber jene Ordnung am Firmament wieder fand, die sie fast verloren geglaubt hatte.

»Da steht er und blickt auf seine Kinder herab«, flüsterte Borromini voller Andacht. »Wissen Sie, wie weit er von uns entfernt ist?«

»Man kann es nur ungefähr schätzen, aber nach den Berechnungen der Astronomen müssen es zwischen siebenhundertfünfzig und tausend Millionen Meilen sein.«

»So fern – und doch gleichzeitig so nah«, staunte er. »Ist es da ein Wunder, wenn er solches Leid in den Seelen bewirkt?«

»Sie meinen – die Melancholie?«, fragte sie zurück, plötzlich begreifend. »Ist das die Krankheit, an der seine Kinder leiden?«

»Ja, die Melancholie«, sagte er. »Die Trauer der Seele über die Vergänglichkeit des Leibes ...« Plötzlich stand er auf und wandte sich ab, als könne er den Anblick nicht länger ertragen. »Ich weiß nicht, ob man solche Instrumente wirklich benutzen darf. Es ist, als würde man in Gottes geheimste Geheimnisse eindringen, doch ohne seine Erlaubnis.«

»Vielleicht haben Sie Recht«, sagte Clarissa. »Aber – tun Sie das nicht auch? Sie selbst haben mir einmal gesagt – ich weiß es noch genau, es war in Michelangelos Kuppel –, dass die Architektur Gottes Schöpfung nachbildet, dass man im Alphabet der Baukunst die himmlische Ordnung aufspüren kann.«

»Daran erinnern Sie sich? Nach so langer Zeit?« Er lächelte sie an, mit einer Mischung aus Verlegenheit und Stolz im Gesicht, und seine Augen leuchteten wie zwei Sterne. »Worum sollte es sonst in der Kunst gehen? Nicht als Anmaßung und Selbstüberhebung, sondern als Seelentrost, den Gott uns erlaubt. Er hat uns Menschen zur Kunst befähigt, damit wir in ihr unsere Vergänglichkeit überwinden. Das ist die große Tröstung, die die Kunst uns spendet, und darum zählt jedes Kunstwerk hundertmal mehr als sein Schöpfer.«

»Was für ein Gedanke, Signor Borromini! Darf man so viel von einem Menschen verlangen? Dass er sich ganz und gar in den Dienst seines Werkes stellt?«

»Ein Künstler hat keine andere Wahl – er muss es tun!«, rief er. »Wie sonst kann Jupiter größer und heller am Himmel strahlen als Saturn? Oder glauben Sie, die Sterne lügen und alles ist nur ein Zufall?«

Er redete mit solcher Leidenschaft, dass sie ihm nicht widersprechen mochte. »Ich will darüber nachdenken«, sagte sie nur. »Ach, übrigens«, fiel ihr plötzlich ein, »ich habe von Donna Olimpia erfahren, dass Sie den Brunnen draußen auf der Piazza bauen werden. Ich kann Ihnen gar nicht sagen, wie sehr mich das für Sie freut. Haben Sie schon eine Vorstellung, wie er aussehen soll?«

»Einen fertigen Plan noch nicht«, antwortete er, »aber doch schon eine Idee.«

»Oh, dann müssen Sie sie mir verraten!«

»Meinen Sie? Es ist nur ein erster Einfall.«

»Bitte, tun Sie mir den Gefallen!« Sie führte ihn zu einem Tisch, auf dem ein Bogen Papier lag, und reichte ihm einen Silberstift. »Nur eine Skizze. Sie würden mir eine große Freude machen.«

Zögernd nahm er den Stift aus ihrer Hand, doch kaum hatte er die ersten Striche auf das Papier gebracht, legte er alle Schüchternheit ab. Ruhig und konzentriert zeichnete er seinen Brunnen, erklärte die Bedeutung des Obelisken und wie dieser sich zu den Darstellungen der vier Weltströme verhielt, mit warmer und doch selbstsicherer Stimme, als würde er in ihrer Gegenwart bei der Erläuterung seiner Idee, die vor ihren Augen immer deutlicher Gestalt annahm, erst zu sich selber finden. Plötzlich unterbrach er seine Arbeit und schaute sie an, mit leuchtenden, dunklen Augen.

»Darf ich Ihnen ein Geschenk machen, Principessa?«

»Ein Geschenk?«, fragte sie verwundert zurück.

»Ich möchte Ihnen den Brunnen mit dieser Zeichnung widmen.«

»Aber«, rief sie, »das ist doch das Wertvollste, was Sie verschenken können!«

»Eben darum. Bitte – zur Erinnerung an diese Stunde.«

Er sagte das so einfach und selbstverständlich, dass sie sich nicht länger sträuben mochte und die Zeichnung annahm.

»Gerne, Signor Borromini. Und glauben Sie mir, ich weiß den Wert Ihres Geschenks zu schätzen.«

Das Leuchten in seinen Augen wurde zum Strahlen. Sie war so gerührt, dass sie schlucken musste, und eine Woge der Zuneigung erfasste sie, die Empfindung einer natürlichen, ja unbedingten Verbundenheit zu diesem Mann. Sie hatte nie einen Bruder gehabt – hatte sie ihn heute gefunden? Plötzlich fühlte sie sich, als wäre sie endlich wieder zu Hause, obwohl der halbe Kontinent sie von ihrer englischen Heimat trennte. McKinneys Gesicht tauchte vor ihr auf, doch es lag kein Vorwurf darin. Und Clarissa lächelte zum ersten Mal seit vielen, vielen Wochen.

»Meinen Sie wirklich, Signor Borromini, dass allein die Kunst uns trösten kann?«, fragte sie ihn leise. »Gibt es nicht auch andere Augenblicke, in denen wir uns unserer Seele gewahr werden?«

»Ich kenne nur die Kunst.« Mit einem Räuspern gab er ihr den Silberstift zurück. »Was könnte uns sonst dazu verhelfen? Die Religion?«

»Bitte behalten Sie den Stift!«, sagte sie anstelle einer Antwort. »Ich möchte Ihnen ebenfalls etwas schenken.«

Auch er wehrte sich nicht gegen ihr Geschenk. »Danke, Principessa«, sagte er nur und streifte für einen Moment ihre Hand, während er den Stift entgegennahm. »Ich werde alle Entwürfe

für den Brunnen mit ihm zeichnen.« Er stand auf und verbeugte sich. Fast sah er glücklich aus. »Aber es ist spät geworden«, sagte er dann. »Ich glaube, ich sollte jetzt gehen.«
»Sie haben Recht, es ist schon fast neun.« Sie erhob sich gleichfalls und begleitete ihn zur Tür. Dort reichte sie ihm die Hand. »Ich danke Ihnen für Ihren Besuch, mein lieber Freund. Bitte kommen Sie wieder, wann immer Sie den Wunsch dazu verspüren! Sie werden mir stets willkommen sein.«

4

Draußen tobte die Hölle, als wären tausend Teufel entfesselt. Obwohl Donna Olimpia alles getan hatte, um die Umzüge und Feiern vom Palast der päpstlichen Familie fern zu halten, tranken und sangen und tanzten die Römer zum ohrenbetäubenden Lärm von Straßenkapellen im gespenstischen Licht zahlloser Fackeln auf der Piazza Navona. Unter dem Schutz ihrer Masken entluden die Menschen sich von ihrer im Laufe eines ganzen Jahres aufgestauten Lust und Wut am Dasein. Denn es war Karneval, alljährliches Vorspiel zur Fastenzeit, die dem Fest der Wiederauferstehung so unweigerlich vorangeht wie das Leben dem Tod.
Ohne den Mummenschanz vor seinen Augen wahrzunehmen, lief Francesco Borromini durch die Gassen und Straßen, berauscht allein von den Empfindungen in seinem Innern. Ja, es gab sie doch, die reine, ungetrübte Freude, das Glück, von dem sonst nur die anderen sprachen, das er selbst aber bislang nur vom Hörensagen kannte, das Glück, in dem der Augenblick die Ewigkeit bedeutete, und er hatte daran teil. Er versuchte sich an die Namen der Menschen zu erinnern, die er um ihr Glück beneidet hatte, doch es fiel ihm keiner ein, den er für glücklicher hätte halten können als sich. Die Principessa hatte

ihm die Augen geöffnet. Jupiter strahlte heller als Saturn! Wie Recht sie damit hatte!
Auf einmal hatte er das Gefühl, alle Menschen, die ihm begegneten, zu lieben, obwohl er sie nicht kannte, und er fragte sich, wie er vor diesem Abend gelebt hatte. Hatte er überhaupt gelebt? Sein ganzes Wesen war durch die Worte, die er mit der Principessa getauscht hatte, von solcher Seligkeit erfüllt, dass er unmöglich nach Hause gehen konnte. Seine Behausung war viel zu klein für sein Glück. Er blieb stehen und sah sich um. Eine johlende Horde Dominos riss einem Jüngling die Maske vom Kopf, hinter der ein blasses, zerfurchtes Greisengesicht zum Vorschein kam. Mit zahnlosem Mund geiferte der Alte seine Peiniger an.
Francesco wandte sich ab. Welchen Weg sollte er wählen? Die Gassen, die in die Richtung des Tibers führten, quollen über vor Menschen. Er beschloss, einen Umweg zu machen, und schlug die Richtung zum Quirinal ein. Das Lachen und Schreien der Menge in den Ohren, eilte er davon. Er wollte allein sein mit seinen beglückenden Gedanken.
Sie hatte ihn ihren Freund genannt, ihren *lieben* Freund. Was für eine unerhörte Auszeichnung – vielleicht die höchste, die sie zu vergeben hatte. Welche Botschaft verbarg sich darin? Dass sie ihn liebte? Er hatte den Gedanken kaum gedacht, als er ihn sich schon verbat. Die Principessa hatte gerade erst ihren Mann verloren! Wenn sie ihm nun, trotz ihrer Trauer, ihre Freundschaft schenkte, war das tausendmal mehr als er erwarten durfte, und er war ihr dafür so dankbar, dass sein Hoffen und Sehnen keiner weiteren Nahrung bedurfte. Er würde sich für immer mit ihrer Freundschaft begnügen. Ja, vielleicht war die Freundschaft ihre eigentliche Bestimmung, weil sie in ihren Herzen einander so nahe waren, dass sich jeder körperliche Ausdruck ihrer Seelenverwandtschaft verbot.
Aber waren das wirklich seine Gefühle? Woher dann die quälende Eifersucht, die alles in ihm hervorrief, was je ihren Blick, ihre Aufmerksamkeit auf sich zog? Die kleinen, schmerzlichen Stiche, wenn sie etwas bemerkte, bewunderte, verlangte? Wie

sehr hatte er, ohne es sich einzugestehen, darunter gelitten, viele lange Jahre. Er war eifersüchtig auf alle Menschen gewesen, die an seiner Stelle ihre Gegenwart genossen, auf die Dinge, die sie mit ihren Händen berührte und hielt, ja sogar auf die Räume, in denen sie sich bewegte, und die Stunden, die sie ohne ihn verbrachte.

Nein, es war mehr als Freundschaft, was er für sie empfand, und vielleicht würde auch sie eines Tages noch mehr als Freundschaft für ihn empfinden. Wie hatte sie gestrahlt, als er ihr seinen Entwurf für den Brunnen erläuterte, und wie würde sie erst strahlen, wenn er ihr einst die Anlage der ganzen Piazza erklärte, wie sie ihm heute schon vorschwebte. Niemand außer ihm ahnte ja, was für eine wunderbare Frau sie war, keiner hatte so tief in ihr Herz geschaut wie er. Sollte ihn das Traumbild, das ihm in dem verschneiten Bergdorf seiner Heimat in der Nacht seiner Mannwerdung erschienen war, doch nicht betrogen haben?

An der Straße zur Porta Pia, vor einer kleinen, unscheinbaren Kirche, blieb er stehen. Er war fast allein auf der Straße, nur wenige Maskierte hatten sich hierher verirrt. Umso mehr überraschte ihn das rege Treiben im Eingang der Kirche, wo sich Arbeiter zu schaffen machten. Am Rosenmontag? Zu so später Stunde? Ohne zu überlegen, was er tat, betrat Francesco das Gotteshaus.

Er brauchte ein paar Sekunden, bis seine Augen sich an das schwache Kerzenlicht im Innern der Kirche gewöhnt hatten. An der Wand einer Seitenkapelle zur Linken blinkten Lichtreflexe vom Glanz polierten Marmors. Francesco erkannte die Schemen einer Loge, über deren Brüstung sich steinerne Zuschauer vorbeugten, als wollten sie wie in einem Theater das Geschehen unten in der Kapelle verfolgen, wo Flüche und das Anstoßen von Eisen auf Stein zu hören waren. Kein Zweifel, dort wurde gearbeitet.

»Los! Beeilt euch! Ich will hier nicht die ganze Nacht verbringen.«

Als Francesco die Stimme hörte, zuckte er zusammen. Er kannte

sie fast so gut wie seine eigene – sie gehörte Lorenzo Bernini. Er machte einen Schritt zurück in den Schatten. Dann war es also doch wahr, was man sich auf den Baustellen erzählte: Der Cavaliere arbeitete wieder. Francesco kniff die Augen zusammen, um besser zu sehen. Ein paar Männer richteten unterhalb der Loge eine Figurengruppe auf und rückten sie an ihren Platz.
»Vorsicht! Passt auf den Engel auf!«
Für eine Sekunde regte sich in Francesco Neid. Zwar hatte er als Steinmetz seine Cherubim aus dem Stein gehauen, aber die eigentliche Bildhauerei, die Kunst, mit der sich die Mächtigen dieser Welt so leicht erobern ließen, hatte er nie erlernt. Dann aber verspürte er umso größeren Stolz: Er hatte Papst Innozenz auch ohne ein Porträt aus Marmor für sich gewonnen, allein durch die Kraft seiner Ideen.
»Zünde die Fackel an, Luigi! Man sieht ja kaum die Hand vorm Gesicht!«
Ein heller Lichtschein loderte auf, und plötzlich sah Francesco die ganze Seitenkapelle: ein einziger Schwall von Farbe und Bewegung, bekrönt von einer Glorie, deren glänzende Strahlen ein Wolkengebirge durchbrachen, um sich über den Altar zu ergießen.
»Ah, ist sie nicht herrlich!«, rief Bernini, der mit dem Rücken zu Francesco vor dem Altar stand und den Blick verdeckte. »Ich glaube, das ist das Schönste, was je aus meiner Hand hervorgegangen ist. – Ja, so ist es!«, sagte er dann zu seinen Gehilfen. »Erzählt das weiter, genau so, mit diesen Worten, in der ganzen Stadt! Sagt jedem: Das ist das herrlichste Werk, das der Cavaliere Bernini je erschaffen hat.«
Francesco schüttelte den Kopf. Wie konnte ein Mann, der als erster Künstler Roms galt, sich so erniedrigen! Seinen eigenen Ruhm so schamlos zu verbreiten! Hatte er denn keinen Stolz? Angewidert wollte er sich abwenden und hinaus auf die Straße gehen, wo die Arbeiter ihr Gerät zu verstauen begannen. In diesem Augenblick aber trat Bernini beiseite, um einem Gehilfen Platz zu machen, und gab den Blick auf den Altar frei.

Als Francesco die Skulptur darauf erblickte, erstarrte er wie einst Lots Weib, als sie hinter sich schaute und die Städte Sodom und Gomorrha sah.

5

Donna Olimpia stand am Fenster des Palazzo Pamphili und schaute hinaus auf den Platz, wo die Römer den dritten Tag des Karnevals feierten. In stets neuen Wogen stieg der Jubel der Menge zu ihr herauf, die trotz der eisigen Kälte an diesem Morgen ihrer Begeisterung über das prächtige Schauspiel, das der Scharfrichter ihr bot, immer lauteren Ausdruck verlieh. Hatte er die ersten Hinrichtungen noch durch einfaches Erhängen vollzogen, ergötzte er nun sein Publikum damit, dass er die Verurteilten abwechselnd köpfte oder vierteilen ließ.
Donna Olimpia schloss das Fenster und wandte sich ab. Das Spektakel konnte ihr keine Freude bereiten – sie hatte ernsthafte Sorgen. Ihr Sohn Camillo, den Innozenz bereits zum Kardinal Padrone und damit zum zweitmächtigsten Mann im Vatikanstaat ernannt hatte, liebäugelte, ohne ein Hehl daraus zu machen, mit der schönen Wittfrau des Fürsten Rossano. Seit letztem Donnerstag schon verbrachte er die Nächte in ihrem Haus. Was für ein Skandal! Camillo galt doch als untauglich zur Ehe, seine mangelnde Zeugungsfähigkeit war bei seiner Berufung in das Heilige Kollegium als Gotteszeichen gewürdigt worden, als Ausgleich für die fehlende Priesterweihe. Und dann die Ausgaben, die im Falle einer solchen Vermählung drohten – sie würden ins Unermessliche steigen. Aber mehr noch ängstigte Donna Olimpia etwas anderes: Wenn ein Mann, darüber gab sie sich keinen Illusionen hin, erst einmal den Reizen einer so jungen und so schönen Frau wie der Fürstin Rossano erlag, die zu allem Überfluss auch noch denselben Vornamen trug wie sie – Olimpia –, würde er seine

Mutter darüber sehr bald vergessen. Und Camillo war doch alles, was sie besaß auf dieser Welt, ihr einziger Lebenszweck. Wenn sie ihn verlor, verlor ihr Dasein seinen Sinn.
Ob sie zum Corso fahren sollte? Wenn die Krüppel und Juden dort bei dieser Kälte nackt um ihr Leben liefen, würde es sicher einiges zu lachen geben. Die ersten Wettrennen waren für den Mittag angesetzt, sie würde also rechtzeitig dort eintreffen. Oder sollte sie zur Kirche Santa Maria della Vittoria fahren? Die Köchin hatte ihr erzählt, Bernini habe dort eine Figur von unerhörtem Liebreiz aufgestellt – angeblich das schönste Werk, das der Cavaliere je erschaffen habe. Bei den Hinrichtungen sei jedenfalls von nichts anderem die Rede gewesen.
»Ich brenne wirklich darauf, sie zu sehen«, sagte sie zu Clarissa, die über eine Petit-point-Stickerei gebeugt am Kamin saß. »Würdest du mich begleiten?«
»Eine Figur von Bernini?«, fragte ihre Cousine, ohne von der Arbeit aufzuschauen. »Nein, ich glaube nicht, dass mich das interessiert. Mir steht nicht der Sinn nach Kunstwerken.«
»Merkwürdig, früher konntest du gar nicht genug davon bekommen. Und jetzt, da die Kunst dir einmal hilfreich sein könnte, willst du nichts von ihr wissen. Komm mit mir, das wird dich zerstreuen! Du darfst dich nicht in deinem Kummer vergraben!«
»Ich weiß, dass du es gut meinst, Olimpia, aber wenn es dir recht ist, würde ich lieber den Angelus beten.« Sie legte ihre Stickerei beiseite und stand auf, um das Zimmer zu verlassen.
»Wohin willst du?«, fragte Olimpia. »Es ist doch noch viel zu früh für das Gebet!«
»Ich habe mir in den Finger gestochen«, sagte Clarissa, »und es hört nicht auf zu bluten.«
Da ihre Cousine sich weigerte, sie zu begleiten, entschloss sich Donna Olimpia, doch zum Corso zu fahren. Wenn sie ihre Probleme nicht vergessen konnte, wollte sie sie lösen, und dazu bot sich dort vielleicht Gelegenheit. In der Ehrenloge würde sie mit Sicherheit Kardinal Barberini treffen, der unlängst aus dem französischen Exil zurückgekehrt war. Es war höchste Zeit, dass

seine und ihre Familie sich wieder versöhnten. Wenn Camillo weiter die Nächte im Haus der Fürstin Rossano verbrachte, würde sie die Unterstützung der Barberini womöglich schneller brauchen als ihr lieb war.

Obwohl die Straßen voller Menschen waren, kam Donna Olimpias Kutsche zügig voran. Eine Kavalkade von zwanzig Reitern begleitete die Equipage mit dem päpstlichen Wappen auf dem Schlag, sodass die Passanten ganz von allein Platz machten, wo immer das Gefährt erschien. Erst in die Nähe des Corso verlangsamte der Wagen die Fahrt und musste immer wieder anhalten. Dann aber, sie hatten sich der Ehrenloge bereits auf Sichtweite genähert, musste der Kutscher die Pferde endgültig durchparieren.

Auf der Straße tobte eine regelrechte Schlacht. Angefeuert von Kindern und Frauen, fielen dutzende von Männern übereinander her. Donna Olimpia wusste, so etwas konnte eine Weile dauern. Sie nahm ihren Rosenkranz, um sich die Zeit mit ein paar »Ave Maria« zu verkürzen. Wahrscheinlich hatte es mal wieder jemand versäumt, vor einem Höherstehenden seine Karosse anzuhalten und die Ehrenbezeugung zu machen; darüber kam es fast täglich zu Streitereien auf Roms Straßen – sogar der Krieg gegen Castro hatte in einem solchen Ehrenhandel seinen Anfang genommen.

Als die Kutsche nach einer Viertelstunde immer noch nicht vom Fleck kam, wurde Donna Olimpia ungeduldig.

Sie beugte sich aus dem Fenster und rief: »Warum geht es nicht weiter? Was ist denn da los?«

»Vergebung Eccellenza«, rief der Kutscher zurück. »Man hat Cecca Buffona auf dem Corso erwischt, noch dazu mit einer Maske. Und jetzt verprügeln sich ihre Verehrer gegenseitig.«

Donna Olimpia zerrte verärgert an dem Rosenkranz, dessen scharf gezacktes Kreuz sich irgendwo verfangen hatte. Cecca Buffona war eine stadtbekannte Kurtisane, die – wie Camillo ihr berichtet hatte – seit ein paar Wochen Kardinal Barberini zu Willen war. Wenn man sie gerade auf offener Straße verhaftet

hatte, weil den Kurtisanen das Tragen von Masken sowie das Betreten des Corso zur Zeit des Karnevals verboten war, würde der verliebte Greis bestimmt äußerst missgelaunt sein. Donna Olimpia überlegte, was sie tun solle. Konnte es ihren Zwecken dienen, dem Oberhaupt der Barberini unter diesen Umständen zu begegnen?
Sie beugte sich ein zweites Mal aus dem Fenster und rief: »Zur Kirche Santa Maria della Vittoria!«

Das kleine Gotteshaus an der Straße zur Porta Pia bordete über von Menschen, die gekommen waren, um die neueste Skulptur des berühmten Bernini zu bestaunen. Die meisten waren kostümiert: falsche Doktoren und Advokaten, chinesische Mandarine und spanische Granden, arabische Kalifen und indische Maharadschas. Andächtig wie zum Gebet hielten sie ihre Masken und Kopfbedeckungen in der Hand und umringten mit offenem Mund die linke Seitenkapelle. Sie standen so dicht gedrängt, dass Donna Olimpia Mühe hatte, sich einen Weg zu bahnen.
Als die Schaulustigen sie erkannten, ging ein Raunen durch das Gotteshaus, und ehrfürchtig wich man zurück. Während sie durch die Menge schritt, betrachtete sie aufmerksam die Gesichter links und rechts. Überrascht stellte sie fest, dass die Römer Bernini offenbar das Missgeschick mit dem Glockenturm schon wieder verziehen hatten. War es vielleicht eine allzu voreilige Entscheidung gewesen, Borromini mit dem Bau des Brunnens zu beauftragen?
Als sie den Altar endlich erblickte, wurde sie blass. Überflutet von Licht, das von allen Seiten auf die Figurengruppe einfiel, sah sie die heilige Theresa, hingesunken auf ein marmornes Wolkenbett, die Augen in Verzückung auf einen Engel über ihr gerichtet, der sie mit seiner Lanze zu bedrohen schien. Donna Olimpia brauchte keine Sekunde, um zu erkennen, wer für diese Heilige als Modell gedient hatte.
»Du falsches Luder!«, flüsterte sie, während sie auf die Knie sank. »Du hinterhältiges Miststück …«

Unwillkürlich tastete ihre Hand nach dem Rosenkranz. Die Sorge um Camillo, die Versöhnung mit den Barberini, die vielen Menschen um sie herum – alles war vergessen. Sie hatte nur noch Augen für diesen Altar. Was für ein widerliches Machwerk! Ausbund niedrigster Fleischeslust! In Stein verewigter Augenblick vollkommenen Lasters, getarnt als mystische Gottesschau … Von flammender Sehnsucht verzehrt, beseelt von der Hingabe an den himmlischen Bräutigam, bot der schwellende Leib sich dem lüstern lächelnden Cupido dar, begierig, seinen Speer zu empfangen, während das zerwühlte Gewand die Nacktheit des Fleisches darunter nur umso deutlicher ahnen ließ und die verzerrten, herabgezogenen Lippen sich so wollüstig öffneten, dass man das geile Stöhnen aus dem schamlosen Mund zu hören glaubte.

»Ein Pfeil drang hin und wider in mein Herz«, murmelte Olimpia die Worte der Heiligen. Sie kannte sie auswendig, wieder und wieder hatte sie sie nachgesprochen, seit sie sie zum ersten Mal gelesen hatte. »Unendlich war die Süße dieses Schmerzes, und die Liebe erfüllte mich ganz und gar …«

Es war ihr nicht möglich, die Augen von diesem Bild der Verderbnis zu lassen. Wie die Augen einer Ertrinkenden sich nicht von dem Anblick des unerreichbaren Ufers lösen können, so hing ihr Blick an diesem vor Leidenschaft zurückgeworfenen Haupt, an diesem Gesicht mit den vor Seligkeit verzückten Zügen, während die Eifersucht in ihr aufstieg wie eine brennende Säure. Diese Leidenschaft, diese Seligkeit – Clarissa musste sie genossen haben, in den Armen des Cavaliere! Und sie, Donna Olimpia, die mächtigste Frau Roms, verbrachte ihre Tage und Nächte an der Seite eines ewig mürrischen Greises, dessen Fleisch seit Jahren schon welk war und faul. Die Wut überkam sie mit solcher Macht, dass ihr schwindlig wurde.

Um ihrer Erregung Herr zu werden, drückte sie den Rosenkranz fest an ihre Brust. Sie spürte nicht die Zacken des Kreuzes in ihrer Hand, die in ihr Fleisch eindrangen, so fieberhaft arbeiteten ihre Gedanken. Was sollte sie tun? Es gab nur eine Antwort

auf diese Entdeckung: Sie musste die Hure aus dem Haus jagen! Mit der Peitsche, wie eine läufige Hündin! Doch war das wirklich die Lösung? Was passierte, wenn man eine Hündin auf die Straße trieb? Sie würde sich einen neuen Rüden suchen, um sich mit ihm zu paaren. Donna Olimpia umklammerte das Kreuz in ihrer Hand, als wolle sie es zerquetschen. Nein, Abtrünnige, die man bestrafen will, muss man bei sich haben, im eigenen Haus. Nur dann hat man Gewalt über sie, nur dann kann man vereiteln, dass sie sich der Bestrafung entzieht.
Plötzlich spürte Donna Olimpia einen stechenden Schmerz. Sie wandte ihren Blick von dem Altar und sah auf ihre Hand: Blut quoll aus dem Fleisch und tropfte auf den Marmorboden hinab, wo, eingefasst in einen schwarzen Kreis, ein Totenkopf sie anlächelte, wie aus der Unterwelt emporgestiegen.

6

Nur der Unrat auf den Straßen und Plätzen zeugte noch vom Karneval, der drei Tage und drei Nächte alle Schranken der Zucht und Selbstzucht aufgehoben hatte, damit die Menschen ihre Leidenschaften für ein Jahr in einem Gewitter der Lust und der Wut entladen konnten. Nun aber, am Aschermittwoch, kehrte wieder Ruhe in die Stadt und die Herzen ihrer Bewohner ein. Vierzig Tage der Besinnung und der Buße standen bevor. Und während die Priester mit der geweihten Asche von den Palmzweigen des alten Jahres den Gläubigen das Kreuzzeichen auf die Stirn machten, erinnerten die Menschen sich daran, dass sie Staub waren und zum Staube zurückkehren würden.
Auch Clarissa hatte am frühen Morgen die Messe besucht, doch das Aschenkreuz auf ihrer Stirn vermochte nicht die dräuende Unruhe von ihr zu nehmen, die sich ihrer seit dem Vortag be-

mächtigt hatte. Das Stickzeug auf dem Schoß, war sie unfähig, sich auf die filigrane Arbeit zu konzentrieren. Immer wieder stellte sie sich eine Frage, die sie wie ein Quälgeist verfolgte: Was hatte es mit Berninis Figur auf sich, von der die ganze Stadt sprach? Es hieß, es handle sich um eine Darstellung der heiligen Theresa. Sollte er wirklich so schamlos sein, ihr Bildnis zu benutzen, um von sich reden zu machen? Nach allem, was zwischen ihnen vorgefallen war?

Warum fragte sie nicht einfach Olimpia nach der Skulptur? Clarissa wusste es selbst nicht, aber eine angstvolle Ahnung hielt sie ab, mit ihrer Cousine, die sie seit dem gestrigen Morgen nicht mehr gesehen hatte, darüber zu sprechen. Obwohl ihr niemand einen Vorwurf daraus machen konnte, für die Figur einer Heiligen Modell gesessen zu haben, erfüllte die Vorstellung, dass Olimpia und andere Menschen ihr Bildnis sehen konnten, sie mit tiefem Widerwillen. Um auf andere Gedanken zu kommen, nahm sie wieder ihre Stickarbeit auf. Ach, vielleicht war es ja nur der leere Magen, der sie quälte. Nach der Völlerei der letzten Tage wäre es kein Wunder, wenn ihr das plötzliche Fasten nicht bekam.

»Principessa, Sie haben Besuch.«

Clarissa blickte auf. Besuch? Das konnte nur einer sein – was für eine glückliche Fügung! Hatte ihr Freund geahnt, dass sie jemanden brauchte?

»Bitte führe ihn herein!«, sagte sie erfreut und stand auf.

Doch zu ihrer Verblüffung trat nicht Borromini in den Raum, sondern Bernini, gefolgt von einem Diener, der einen riesigen Pflanzenkübel vor sich hertrug. Unwillkürlich machte Clarissa einen Schritt zurück – es war das erste Mal seit jener Nacht, dass sie sich wieder sahen.

»Cavaliere«, stammelte sie. »Ich ... ich hatte nicht mit Ihnen gerechnet ...«

Den Kopf schräg geneigt, die Arme ausgebreitet, kam Lorenzo auf sie zu, das Gesicht voller Wehmut und Schmerz.

»Ich wollte Ihnen schon lange meine Aufwartung machen«,

sagte er, »aber ich wusste nicht, wie ich mich Ihnen erklären sollte. Bitte nehmen Sie dieses Geschenk als ein Zeichen.« Mit einer Geste wies er seinen Diener an, den Kübel abzustellen. »Eine Engelstrompete«, erklärte er, als er ihren verständnislosen Blick auf den Pflanzenstumpf sah, dessen blattlose Äste wie verdorrt aus der Erde ragten. »Ihre Blüten blühen nur eine Nacht, Sinnbild vollkommener Schönheit – und zugleich der Vergänglichkeit menschlichen Glücks.«

»Wie freundlich von dir, dass du dich um meinen Gast kümmerst, Clarissa!«

Donna Olimpia stand in der Tür und musterte sie mit einem scharfen Blick.

»*Deinen* Gast?«, fragte Clarissa verwirrt.

»Ja, ich habe den Cavaliere rufen lassen. Wir haben wichtige Dinge zu besprechen.«

Während Olimpia zu ihnen trat, sah Clarissa Lorenzo fragend an. Als er ihrem Blick auswich, begriff sie. Sie war nicht der Grund seines Kommens, zumindest nicht der Hauptgrund.

»Nun, dann will ich die Unterredung nicht stören.«

»Aber nicht doch, mein Kind!«, widersprach ihr ihre Cousine und nahm sie fest an der Hand. »Was soll der Cavaliere denken, wenn du gehst? Er wird am Ende noch beleidigt sein. Nicht wahr, Signor Bernini?«

»Allerdings, Eccellenza«, stotterte er. »Sie … Sie sprechen mir aus der Seele.«

»Siehst du?«, sagte Donna Olimpia, und in einem Ton, der keinen Widerspruch duldete, fügte sie hinzu: »Du bleibst!«

Erst jetzt ließ sie Clarissas Hand los. Die Diener verschwanden, und Donna Olimpia führte ihren Gast in die Mitte des Raums, wo sie an einem Tisch Platz nahmen. Clarissa zögerte. Sollte sie sich zu ihnen setzen? Sie war so durcheinander, dass sie keinen klaren Gedanken fassen konnte. Instinktiv kehrte sie zu ihrem Stuhl am Kamin zurück, wo sie, um irgendetwas zu tun, wieder zu ihrer Stickerei griff. Was hatte das merkwürdige Geschenk zu bedeuten? Blüten, die nur eine Nacht lang blühten … Ihre

Hände zitterten so sehr, dass gar nicht daran zu denken war, die Arbeit fortzusetzen.

Während sie so tat, als würde sie das Stickmuster berechnen, hörte sie ihre Cousine sagen: »Ich war gestern in Santa Maria della Vittoria, um Ihre Theresa zu bewundern. Auch wenn vielleicht der eine oder andere Kardinal die Stirn runzeln wird – was für ein herrliches Werk, Cavaliere! Sie haben uns wahrlich schon oft mit Ihren Einfällen verblüfft, aber ich muss sagen, diesmal haben Sie sich selbst übertroffen. Mein Erstaunen kannte keine Grenzen.«

»Das Lob gebührt nicht mir«, erwiderte Bernini zögerlich. »Das Motiv machte mir die Arbeit leicht. Ich brauchte mich ja nur von den Schriften der Heiligen inspirieren zu lassen. Ich nehme an, Sie kennen den ›Weg zur Vollkommenheit‹?«

»Ich bin nicht ganz sicher – mag sein, dass ich das Buch schon mal in der Hand hatte. Trotzdem, ich bewundere Ihren Einfallsreichtum. Woher nehmen Sie nur immer wieder diese Ideen?«

Bevor er antworten konnte, wandte sie sich an Clarissa. »Zu schade, dass du mich nicht begleiten wolltest. Du weißt ja nicht, was du versäumt hast. Aber was ist mit dir? Du bist ja ganz blass! Hast du dir schon wieder in den Finger gestochen?«

»Nein, nein, es ist nichts.«

Clarissa beugte sich über ihre Stickerei, um ihre Verwirrung zu verbergen. Hatte sie eben noch die vage Hoffnung verspürt, dass sie sich irrte, bestand jetzt kein Zweifel mehr: Bernini hatte wahrhaftig ihr Bildnis missbraucht, um seinen Ruhm zu erneuern. Mit jedem Wort, das die beiden wechselten, wuchs Clarissas Angst, dass Olimpia aussprechen könne, was sie offenbar wusste. Und tatsächlich, genau in diesem Moment, sagte ihre Cousine: »Darf ich fragen, Cavaliere, wer Ihnen Modell gesessen hat?«

Unwillkürlich hob Clarissa den Kopf. Olimpia schaute sie unverwandt an, mit strengen, prüfenden Blicken. »Es muss eine sehr kühne Frau gewesen sein.«

»Ich … ich dachte, das wüssten Sie«, erwiderte Bernini verlegen, während er Hilfe suchend zu Clarissa sah. Als ihre Blicke sich begegneten, spürte sie, wie ihr das Blut ins Gesicht schoss, und sie senkte den Kopf. »Tut mir Leid, Eccellenza«, sagte er. »Meine Pflicht als Künstler gebietet mir, Stillschweigen in solchen Dingen zu wahren.«

»Nun ja«, sagte Olimpia, »ich war nur neugierig. Aber Sie haben ganz Recht, in Wahrheit lenken solche Fragen nur vom Wesentlichen ab. Nicht das lebende Vorbild zählt, worauf es ankommt, ist allein das Kunstwerk selbst – und wie großartig ist Ihnen das gelungen! Doch worüber ich heute eigentlich mit Ihnen reden wollte, ist etwas anderes.«

»Es wird mir ein Vergnügen sein, Ihnen zuzuhören«, erklärte Bernini sichtlich erleichtert über den Themenwechsel.

»Da bin ich nicht ganz so sicher, Cavaliere.« Olimpia lachte. »Es heißt, Sie stehen vor dem Ruin? Ja, mir ist sogar zu Ohren gekommen, dass man Sie aus Ihrem Palazzo vertreiben will?«

»Nur ein Gerücht, das Signor Borromini verbreiten lässt. Er behauptet, mein Haus behindere den Ausbau der Propaganda Fide, und er versucht mit allen Mitteln auf einen Abriss hinzuwirken. Aber ich glaube nicht, dass ich mir darüber wirklich Sorgen machen muss.«

»Gewiss nicht – wenn man so viele andere, größere Sorgen hat wie Sie in diesen Zeiten. Nein«, sagte sie mit einem Kopfschütteln, »die leidige Glockenturmgeschichte hat Ihnen wirklich geschadet. Wollen sich denn gar keine Auftraggeber mehr finden? Ich kann und will das nicht glauben. Immerhin galten Sie zu Urbans Zeiten als der erste Künstler Roms.«

»Wie Sie vielleicht wissen, hat Papst Innozenz mir leider seine Gunst entzogen. Doch will ich darum nicht mit dem Schicksal hadern. Die Zeit wird die Wahrheit enthüllen, irgendwann.«

»Ja, die Zeit. Nur – können wir auf sie bauen? Sie lässt mit der Wahrheit oft allzu lange auf sich warten. Vergessen wir nicht: Die Welt ist ungerecht, sie sieht nur den äußeren Schein.«

»Ich werde dennoch unverdrossen meine Arbeit tun.«

»Das ist brav, Cavaliere. Ach, wenn ich nur wüsste, wer Ihnen helfen könnte!«

Mit einer Miene, aus der ihr ganzes Mitgefühl sprach, sah sie ihn an.
Bernini zögerte einen Moment. Dann fragte er, vorsichtig und tastend, als fürchte er, etwas Falsches zu sagen: »Vielleicht, Eccellenza, wenn ich mich erdreisten darf, dergleichen zu äußern, aber ich könnte mir denken, wenn Sie ein Wort für mich bei Seiner Heiligkeit einlegen würden?«
»Ich, Cavaliere?«, fragte sie zurück, vollkommen überrascht. »Wo denken Sie hin! Ich fürchte, Sie überschätzen meinen Einfluss – ich bin nur ein armes, unbedeutendes Weib.«
»Das behauptete Agrippina einst auch von sich, und doch wäre Nero ohne sie niemals römischer Kaiser geworden.«
»Nun ja«, sagte sie mit einem geschmeichelten Lächeln, »es schmerzt mich wirklich zu sehen, dass ein Künstler, der solche Meisterwerke erschaffen hat wie Sie, unter einem vielleicht vorschnell getroffenen Urteil so sehr leidet. Es ist eine Schande für die ganze Stadt.« Sie machte eine Pause, um zu überlegen. »Ich will Ihnen nichts versprechen, aber es käme auf den Versuch an. Vielleicht, in einer günstigen Stunde, wenn der Heilige Vater ein offenes Ohr für mich hat …«
Sie ließ den Satz in der Schwebe. Clarissa sah aus den Augenwinkeln, wie Bernini versuchte, Donna Olimpias Lächeln zu erwidern, während aus seinen braunen Augen eine fürchterliche Not sprach. Was ging in ihm vor?
»Allerdings«, nahm Olimpia das Gespräch wieder auf, »um mich für Sie zu verwenden, müsste ich wissen, woran ich mit Ihnen bin, Cavaliere. Wie kann ich sicher sein, dass Sie solcher Hilfe würdig sind?«
Clarissa sah, wie er mit sich kämpfte. Während Olimpia ihm zunickte, sandte er Clarissa flehende Blicke zu, als könne sie ihn aus seiner Not befreien.
»Eine Geste, Cavaliere«, sagte Olimpia, »einen Beweis Ihrer Zuverlässigkeit. Es gibt Augenblicke, da nötigt das Leben uns Entscheidungen ab. Sie kennen doch das Wort der Offenbarung? ›Ach, dass du kalt oder warm wärest! Weil du aber weder kalt bist

noch warm, sondern lau, werde ich dich ausspeien aus meinem Mund.‹ Übrigens«, fuhr sie unvermittelt fort, »was ist das für eine Pflanze, die Sie da mitgebracht haben? Eine Engelstrompete, nicht wahr? Ist das ein Geschenk für mich?«

Plötzlich begriff Clarissa, was das Geschenk zu bedeuten hatte. Was für eine einfühlsame Gabe ... Im selben Augenblick verhärtete sich Berninis Gesicht. Er schien einen Entschluss zu fassen, und während er Clarissa den Rücken zudrehte, wie um ihren Blicken auszuweichen, zog er einen länglichen Gegenstand aus der Tasche seines brokatgewirkten Rocks. Clarissa hielt es nicht länger aus, der Raum schien ihr plötzlich für drei Personen zu klein zu sein. Sie legte ihre Stickerei beiseite und stand auf.

»Donna Olimpia«, hörte sie Bernini wie von ferne sagen, »leider besitze ich nichts, was einer Frau von Ihrer Schönheit und Klugheit würdig wäre. Doch würde ich mich glücklich preisen, sollten Sie die Güte haben, diese Kleinigkeit von Ihrem bescheidensten Diener entgegenzunehmen.«

Mit einem Strahlen nahm Olimpia das Etui, das Bernini ihr reichte, und klappte den Deckel auf. »Aber Cavaliere!«, rief sie, nachdem sie einen Blick auf den Inhalt geworfen hatte, und ihre Stimme überschlug sich fast. »Was für eine Überraschung! Das ist ja ganz wunderbar! Ich bin entzückt! Womit habe ich solche Wertschätzung verdient? Sieh nur«, sagte sie, vor Freude glucksend, und drehte sich zu Clarissa um, »was Signor Bernini mir geschenkt hat!« Sie hielt ihr die geöffnete Schatulle entgegen, auf deren Samtbett ein walnussgroßer Smaragd funkelte. »Ist das nicht der Ring, den du vor Jahren dem Cavaliere überreicht hast? Im Namen des englischen Königs?«

»Ich ... ich weiß nicht«, sagte Clarissa, kaum fähig, die wenigen Worte auszusprechen, während sie ungläubig auf Bernini starrte, der ihr immer noch den Rücken zukehrte. »Mag sein – ich kann mich nicht erinnern.«

»Ach, ich sehe schon«, sagte Olimpia lachend, »solche Dinge langweilen dich nur. Du bist zu gut für diese Welt.«

»Ich habe Kopfschmerzen«, sagte Clarissa. Sie fühlte sich plötzlich nur noch müde und erschöpft wie nach einer übergroßen Anstrengung. »Wenn du erlaubst, würde ich mich gern zurückziehen.«
»Du Ärmste!«, erwiderte ihre Cousine und strich ihr über den Kopf. »Dann wollen wir dich nicht länger aufhalten. Ja, geh nur und ruh dich aus! Aber mach dir keine Sorgen! Es ist sicher nur der Karneval. Die vielen Reize zehren an den Kräften.«
Bernini drehte sich um, doch vermied er es auch jetzt, ihrem Blick zu begegnen. Wortlos nickten sie einander zu.
Nach einer Pause sagte Clarissa leise: »Vergessen Sie bitte nicht, Ihre Pflanze mitzunehmen, Signor Bernini. Ich ... ich habe keine Verwendung dafür.«
Während sie zur Tür ging, hörte sie erneut Olimpias Stimme.
»Vielleicht habe ich eine Idee, Cavaliere, wie wir uns den Heiligen Vater geneigt machen können. Haben Sie schon mal daran gedacht, ein Modell für den Brunnen auf der Piazza zu entwerfen? Ich könnte mir sehr schön einen Obelisken in der Mitte vorstellen, und darum die vier Weltströme in allegorischer Darstellung. Was halten Sie davon? Wir wollen beim Essen darüber reden. Ich hoffe, Sie nehmen die Fasten nicht gar so streng ...«
Von diesem Tag an trafen wieder regelmäßig Obstkörbe im Palazzo Pamphili ein. Doch nicht für Clarissa McKinney, sondern allein für Donna Olimpia, die Herrin des Hauses.

7

Die Glocken der Kirchen Roms waren verstummt, Trauergesänge hatten in den schwarz geschmückten Gotteshäusern die Hymnen abgelöst, und während die Marterwoche im Zeichen der Einkehr verging, vergaßen die Römer beinahe die immer noch währende Hungersnot, war die Entbehrung in dieser stillen

Zeit ja nicht Folge des Mangels, sondern Mittel zur Erlangung ewigen Seelenheils.

Am Karfreitag, den viele auch den Guten Freitag nannten, ruhte ab der Mittagsstunde in der ganzen großen Stadt jedwede Tätigkeit. Die meisten Menschen gingen zur Andacht in eines der zahllosen Gotteshäuser, um vor einem verhüllten Altar niederzuknien und sich reuig an die Brust zu schlagen, oder sie beteten zu Hause und gedachten dort der heiligen Stunde, in der Jesus Christus am Kreuz den Opfertod gestorben war. Nur Francesco Borromini – in der Einsamkeit seines Herzens – war tätig. Er konnte auch an diesem Tag keine Sünde in der Arbeit erkennen, denn seine Arbeit, die Kunst, war die erhabenste und strengste Form des Gottesdienstes, die er kannte.

Mit dunklem Klang schlug in der Stille die Totenglocke von San Giovanni dei Fiorentini an, der Gemeindekirche unweit des kleinen, windschiefen Hauses im Vicolo dell'Agnello. Mit einem Seufzer blickte Francesco von seinem Arbeitstisch auf: Es war die Stunde, in welcher der Vorhang im Alten Tempel zerrissen war, die Todesstunde des Herrn. Er machte das Kreuzzeichen und betete ein Vaterunser, doch während seine Lippen die tausendfach wiederholten Worte formten, blickten seine Augen ruhelos auf den fast leeren Bogen Papier vor ihm auf dem Tisch, und seine Gedanken, die doch in diesem Augenblick dem wahren Golgatha gelten sollten, auf dem Gottes Sohn sein Erlösungswerk vollbracht hatte, galten allein dem unsichtbaren Kalvarienberg in seinem Innern, den er sich nun schon seit so vielen endlosen Minuten vergeblich bemühte zu besiegen.

Nein, für Francesco war dieser Freitag wahrlich kein guter Freitag. Wieder und wieder setzte er den Silberstift an, den die Principessa ihm zum Geschenk gemacht hatte, doch nur um wieder und wieder zu verzagen. Als wären sein Gehirn, seine Erfindungskraft gelähmt, fehlte ihm jede Inspiration, und er klebte an dem glänzenden Einfall, mit dem er so mühelos Papst Innozenz den Auftrag für den Bau des Brunnens abgerungen hatte, ohne auch nur einen Schritt über die ersten Entwürfe hinauszugelangen.

War er plötzlich blind geworden? Wo blieben all die wunderbaren Ideen und Einfälle, die in Gegenwart der Principessa nur so aus ihm hervorgesprudelt waren? Je länger er den weißen Bogen vor sich anstarrte, desto mehr steigerte sich seine Verzweiflung: ein Obelisk, darum vier Figuren, die die Weltströme darstellen sollten – weiter kam er nicht. Alle Formen und Gestalten, die er in seiner Vorstellung sah, glichen Werken, die andere schon früher entworfen und gestaltet hatten. Was ihm fehlte, war der Zugang zu dem Unerforschten, jenem unsichtbaren Etwas, das jede Kunst vom Handwerk unterschied. Er sah nur, was alle Welt sehen konnte, zeichnete, was alle schlechten Architekten an seiner Stelle gezeichnet hätten, mit der beschränkten Korrektheit und Sichtweise eines Pedanten, ohne Sinn für das Besondere und das Geheimnis.

Wütend zerknüllte er das Papier und warf es ins Feuer. Weshalb nur, um Himmels willen, fiel ihm nichts ein? Es musste ihm etwas einfallen! Wenn Innozenz mit dem Forum Pamphili seinen privaten Wohnsitz über sämtliche Kirchenbauten der Stadt erheben wollte, dann konnte er, Francesco Borromini, sich mit diesem Bauwerk über alle Architekten der Stadt Rom erheben. Die Gestaltung der Piazza Navona bot ihm die einzigartige Möglichkeit, seine Vorstellung von einem idealen Platz zu verwirklichen, ohne Rücksicht auf Kosten und Aufwand. Wie sehr hatte er sich darauf gefreut, seine Pläne der Principessa zu zeigen!

Immer wieder sah er ihr Bild vor sich, unablässig, eingeätzt in seine Seele, wie Bernini sie erschaffen hatte. Lorenzo hatte sie gesehen, in ihr Innerstes geschaut, wie kein anderer Mann es je getan hatte. Während Francesco vor seinem inneren Auge ihr Antlitz aus Marmor wieder und wieder sah, jene Verzückung, in der ein rastloses Verlangen, ein ewig suchendes Begehren für immer seine Erfüllung zu finden schien, spürte er in sich die Ohnmacht, die der Menschensohn in seiner letzten Stunde verspürt haben musste, als er vergeblich nach seinem Vater im

Himmel schrie, und sein Herz füllte sich mit Zorn auf den anderen, auf Bernini, auf seinen Rivalen. War Lorenzo nicht endlich am Boden? Vernichtet und ausgelöscht? Nein, selbst jetzt noch, in der Ungnade, in die ihn Gottes Stellvertreter gestoßen hatte, besaß er die Größe und die Kraft, ihm die Frau zu nehmen, die das Schicksal doch für ihn, Francesco Borromini, vorgesehen hatte. Und immer mehr schwoll sein Zorn an, ohne dass er wusste, ob dieser Zorn heilig war oder blind oder beides zugleich, doch ahnte er, dass es jener Zorn war, in dem Menschen einander erschlagen.
Francesco warf den Silberstift hin, so plötzlich, als hätte er sich daran die Hand verbrannt. Keine Sekunde länger konnte er diesen Zustand ertragen! Er stand auf und beschloss, zum Lateran zu gehen. Dort gab es mehr als genug zu tun, weiß Gott, in nur zwei Jahren musste die Kirche umgebaut sein. In der Hoffnung, Monsignore Spada in San Giovanni anzutreffen, zog er einen Mantel über und eilte die enge Stiege hinab. Er musste ein ernstes Wort mit dem Probst reden. Es ging nicht länger an, dass dieser, wie er sich in letzter Zeit angewöhnt hatte, den Handwerkern Anweisungen gab – so etwas untergrub den Respekt der Arbeiter vor dem Architekten. Außerdem wurde es höchste Zeit, dass Innozenz die Baustelle persönlich besichtigte. San Giovanni war schließlich die Bischofskirche des Papstes! Daran sollte Spada den Heiligen Vater erinnern, statt ihm bei seinen Leuten ins Gehege zu kommen!
Als Francesco ins Freie trat, senkte sich die Dämmerung über die Stadt. Fröstelnd schlug er den Mantelkragen hoch. Wenn er wenigstens genug Ideen hätte, um den Entwurf für den Brunnen zu präsentieren! Sollte er vielleicht ein Modell aus Ton anfertigen? Oder eines aus lackiertem Holz? Ein Modell machte immer größeren Eindruck als eine Zeichnung und konnte zudem über manche Unvollkommenheit des Entwurfs hinwegtäuschen. Aber war ein solches Modell nicht Betrug? Nein, er würde mit der Präsentation warten, bis er einen Entwurf zu bieten hatte, der ohne solches Blendwerk auskam.

Im Haus gegenüber wurde ein Licht angezündet. Francesco glaubte, die Wärme zu spüren, die dort hinter dem Fenster jetzt herrschen musste, wo vielleicht eine Familie zu Abend aß oder ein Mann mit seiner Frau Vorbereitungen für das Osterfest traf. Er hatte niemanden, der bei ihm lebte und den Alltag mit ihm teilte – nicht mal Bernardo, sein Neffe, der seit einem halben Jahr bei ihm in die Lehre ging, wollte unter seinem Dach wohnen und hatte ein Zimmer im *borgo vecchio* gemietet. Plötzlich überkam Francesco eine entsetzliche Sehnsucht. Was für ein Trost würde es sein, jetzt einen Menschen zu haben, der ihm zuhörte und mit ihm redete, der seine Sorgen verstand und bereit war, sie mit ihm zu teilen – die Geborgenheit zu spüren, die nur ein anderer Mensch einem Menschen geben konnte. Dieses Verlangen überkam Francesco mit solcher Macht, dass er sich anders entschloss, und statt in die Richtung des Laterans zu gehen, schlug er den Weg zum Tiber ein, wo in den Kammern über den Tavernen einsame Frauen wohnten, die einsame Männer wie ihn empfingen, um ihnen für ein paar Münzen zuzuhören, mit ihnen zu reden und sie zu trösten. Sie gehörten zu den wenigen Menschen, die am Karfreitag arbeiteten – auch das hatten sie mit ihm gemein.
Während Francesco durch die dunkle Gasse ging, krähte irgendwo ein Hahn. Immer eiliger setzte er seine Schritte, als könne er so sich selbst entkommen.

8

»Halleluja! Christ ist erstanden! Halleluja, halleluja!«
Es war Osterabend, der Große Sabbat im Jahre 1648. Ganz Rom hallte vom Glockengeläut und von den Jubelgesängen wider, mit denen die Gläubigen in dieser ersten Samstagnacht, die auf den Frühlingsvollmond folgte, die Wiederauferstehung des Herrn

feierten, und die Straßen und Plätze waren nach den Vigilien taghell erleuchtet, um das Licht Gottes aufs Neue in die Welt zu tragen. Menschen, die seit Wochen ihre Häuser nicht mehr verlassen hatten, es sei denn, um Buße zu tun, liefen lachend durch die Straßen und umarmten und küssten einander. Das Jammertal war durchschritten, das hohe Fest brach an, die froheste Zeit des Jahres: Die Gerichte stellten die Verhandlungen ein, Missetäter wurden begnadigt, und wo immer die Vorratskammern das Nötige hergaben, bogen sich die Tische unter den Speisen und Getränken, mit denen die Fasten ein Ende hatten.

Eine Kavalkade von über hundert Reitern begleitete die päpstliche Karosse, die Innozenz und seine engsten Familiaren von Sankt Peter, wo wegen des Umbaus der Lateranbasilika die Osterfeier stattgefunden hatte, zum Palazzo Pamphili beförderte. Clarissa, die zusammen mit dem Heiligen Vater, ihrer Cousine Olimpia und Kardinal Padrone Camillo in der geschlossenen Equipage saß, betrachtete im Schein der Straßenfackeln das ernste Gesicht des Papstes, das noch ganz beseelt schien von der heiligen Handlung. Denn Innozenz hatte höchstselbst auf dem Petersplatz das neue Feuer geweiht, bevor er das violette Bußkleid gegen das weiße Festgewand tauschte, um mit der hoch erhobenen Triangelkerze in den Händen an der Spitze einer nicht enden wollenden Prozession in den Dom einzuziehen und die Ostermesse zu zelebrieren.

Das herrliche »Lumen Christi« des Kastraten klang Clarissa noch in den Ohren, als die Kutsche im Hof des Palazzo Pamphili zum Stehen kam. Ein wenig müde von dem langen Gottesdienst, der alles in allem über vier Stunden gedauert hatte, verließ sie als Letzte den Wagen, um Innozenz und seinen Angehörigen ins Haus zu folgen. In der Halle waren schon mehrere Dutzend päpstlicher Nepoten versammelt, die zum Nachtmahl geladen waren. Plötzlich tauchte wie ein Schatten aus dem Nichts ein Barfüßermönch mit kleinen, stechenden Augen und auffallend wulstigen Lippen vor Clarissa und ihrer Cousine auf.

»Auf ein Wort, Donna Olimpia.«

Clarissa sah, wie ihre Cousine beim Anblick des Mannes zusammenzuckte. Er blickte Olimpia mit seinen stechenden Augen so eindringlich an, als habe er ihr Befehle zu erteilen, während er gleichzeitig immer wieder um sich schaute, wie um sich zu vergewissern, dass hinter seinem Rücken keine Gefahr lauerte, wobei er sich unablässig kratzte, als habe er Flöhe. Noch größer aber war Clarissas Verwunderung, als Donna Olimpia auf einen Wink des Fremden hin tatsächlich mit ihm in einem kleinen Seitenkabinett verschwand, so rasch, als wolle sie um jeden Preis vermeiden, in Begleitung dieses Menschen gesehen zu werden.

Irritiert schüttelte Clarissa den Kopf; dann schloss sie sich dem päpstlichen Gefolge an, das sich zum Festsaal begab, wo die ersten Gerichte bereits aufgetragen waren. Aus den Gesichtern der Kardinäle und Bischöfe sprach das dringende Bedürfnis, sich nach dem Genuss der Seelenspeise, die ihnen in Sankt Peter zuteil geworden war, nun endlich um ihr leibliches Wohl zu kümmern.

Nur wenige Minuten später kam Donna Olimpia in den Festsaal, um an der Seite ihres Schwagers Platz zu nehmen, sodass man ohne Verzögerung mit dem Mahl beginnen konnte. Clarissa, die gleichfalls am oberen Ende der Tafel inmitten der engsten Nepoten des Papstes in ihren Seidengewändern saß, hatte allerdings den Eindruck, dass das helle Gesicht ihrer Cousine ein wenig gerötet war, auch schien Olimpia außer Atem, als sie den Dienern den Befehl gab, mit dem Vorlegen der Speisen zu beginnen. Ja, sie wirkte sogar noch nervös, als nach der Minestrone die Suppenschüsseln abgeräumt wurden und die Diener Platten mit Huhn und Ferkelbraten auftrugen.

»Erst Minestrone, dann Huhn und Schwein«, sagte Innozenz mürrisch. »Am höchsten Feiertag des Jahres? Wollen Sie unsere Gäste beleidigen?«

»Ihr seht nur, was auf den Tellern ist«, erwiderte Olimpia gereizt. »Ich dagegen muss auf die Kosten schauen. Wie soll ich mit dem wenigen, das Ihr mir gebt, so viele Münder stopfen?«

»Dreißigtausend Scudi gebe ich Ihnen jeden Monat, allein für den Haushalt!«
»Fünfzigtausend wären nötig, Ewige Heiligkeit. Statt mich zu tadeln, solltet Ihr mich loben, dass wir nicht hungern müssen.«
»Ich möchte nur wissen«, brummte Innozenz, »wo das viele Geld bleibt.«
»Ich auch, Heiliger Vater.« Camillo, der mit beiden Händen eine Hühnerkeule vor dem Mund hielt, von dem das Fett links und rechts heruntertroff, schmatzte laut. »Mir hat sie erst gestern eine neue Kutsche verweigert, obwohl ich sie seit Wochen darum bitte. Ich glaube, meine Mutter leidet an krankhaftem Geiz.«
»Schweig still!«, herrschte Olimpia ihren Sohn an. »Sparsamkeit ist die Kardinaltugend des Weibes. Aber warum unterbrecht Ihr das Mahl, Ewige Heiligkeit?«
Innozenz hatte sich von der Tafel erhoben und trat an ein zierliches Wandtischchen zwischen zwei Fenstern. »Was ist das?«, fragte er, das eben noch mürrische Gesicht voll ungläubigem Staunen.
Clarissa schaute von ihrem Teller auf und sah, was die Aufmerksamkeit des Papstes erregt hatte. Auf dem Tischchen, von einem eigenen Kronleuchter beschienen, genau in Innozenz' Blickrichtung, stand das Modell eines Brunnens aus glänzend poliertem, tausendfach funkelndem Silber: ein Obelisk und zu seinen Füßen vier allegorische Gestalten.
»Was für ein prachtvolles Werk!«, sagte Innozenz, den Blick wie gebannt auf die silberne Figurengruppe gerichtet. »Wir können uns nicht entsinnen, je Schöneres gesehen zu haben.«
»Nicht wahr?«, gluckste Donna Olimpia, die gleichfalls aufgestanden war. »Ich habe das Modell eigens für Euch hier aufstellen lassen. Ich dachte, das wird Euch Freude machen.«
Innozenz nickte nachdrücklich mit dem Kopf. »Habe ich nicht immer gesagt, dass Signor Borromini ein überaus tüchtiger Architekt ist? Der tüchtigste, den wir haben?« Er hob den Finger, und während er in die Runde seiner Nepoten blickte, die inzwischen allesamt aufgestanden waren, fügte er mit einem feinen Lächeln

um den sonst so strengen, harten Mund hinzu: »Und ein Architekt, der auf die Kosten schaut! Monsignore Spada hat uns berichtet, dass in San Giovanni die neuen Mauern im Rohbau schon stehen und fast alle Eindeckungsarbeiten beendet sind, ohne dass die Kosten bislang nur um einen Scudo überschritten wurden.«

»Ich habe gehört«, sagte Camillo, der als Einziger noch an der Tafel saß und aß, über die Schulter, »dass ihm neulich der Orden des spanischen Königs verliehen wurde.«

»Das freut uns sehr«, sagte Innozenz. »Signor Borromini hat solche Auszeichnung redlich verdient.«

Die Kardinäle nickten einmütig mit dem Kopf, und ein zustimmendes Raunen erhob sich im Saal. Clarissa spürte, wie ihr Herz zu klopfen anfing – so sehr freute sie sich über das Lob und die Anerkennung, die ihrem Freund zuteil wurden. Doch währte ihre Freude nur kurz. Kaum dachte sie an Borromini, beschlich sie ein unbestimmtes Schuldgefühl. Seit seinem Besuch in ihrem Observatorium hatte er ihr keine Aufwartung mehr gemacht, obwohl sie ihn doch ausdrücklich dazu aufgefordert hatte. Hatte auch er die Theresa gesehen und ihre Verfehlung erraten?

Die bösen Ahnungen hatten Clarissa keine Ruhe gelassen, und statt ihre Cousine zur Rede zu stellen, war sie am Palmsonntag zur Kirche Santa Maria gefahren, allein, um die Skulptur in Augenschein zu nehmen. Der Anblick hatte sie entsetzt. Sie kannte die Figur zwar, doch wie sehr war sie verändert, seit sie sie zum letzten Mal gesehen hatte! Aus den Augen der Heiligen, aus ihrem Gesicht, aus jeder Pore ihrer Marmorhaut und jedem Faltenwurf ihres steinernen Kleides sprach die Verzückung, die Clarissa selbst empfunden hatte. Nach diesem Besuch war es ihr nicht mehr möglich gewesen, mit irgendeinem Menschen über die Figur zu sprechen. Wer immer sie so sah und dem äußeren Anschein Glauben schenkte, ohne um die innere Wahrheit jenes Augenblicks zu wissen, den Bernini in diesem Bildnis verewigt hatte, hatte alles Recht dieser Welt, sie zu verdammen. Aber – gab es nur das Recht dieser Welt? In Clarissas Angst, dass Borromini ihr Abbild in Santa Maria gesehen hatte, mischte sich die Angst, ihren einzigen Freund zu verlieren.

»Dann gefällt Euch also der Brunnen?«, fragte Donna Olimpia forschend ihren Schwager.

»Über alle Maßen«, erwiderte Papst Innozenz. »Sie haben uns damit wirklich eine große Freude gemacht. Doch kehren wir nun zurück an den Tisch! Das Essen wird kalt, und es wäre Sünde, die Gottesgaben verkommen zu lassen.«

Er wandte sich ab, aber seine Schwägerin hielt ihn zurück.

»Noch eine Kleinigkeit, Heiliger Vater.«

»Ja?«

»Das Modell«, Donna Olimpia zögerte, bevor sie den Satz vollendete, »es ... es ist nicht von Borromini.«

»Nicht von Borromini?« In Innozenz' Gesicht wechselten Überraschung und Enttäuschung.

»Nein, Ewige Heiligkeit. Cavaliere Bernini hat es für Euch gegossen.«

»Bernini?«, entfuhr es dem Papst, als wäre dies der Name des Antichrist. »Wir hatten ihn doch ausdrücklich vom Wettbewerb ausgeschlossen!« Die Enttäuschung in seinem Gesicht wich aufflammendem Zorn. »Was maßt dieser Mensch sich an? Immer wieder tut er Dinge, für die wir ihn exkommunizieren sollten. Gerade erst hat er sich an der heiligen Theresa versündigt, sie wie eine Hure dargestellt, und jetzt erdreistet er sich ...«

»Vergebung, Heiliger Vater, wenn ich widerspreche«, unterbrach ihn Donna Olimpia. »Aber im Fall der Theresa ist nicht der Künstler zu tadeln, der die Wirklichkeit ja nur nachbildet, sondern allein die Hure, welche ihm mit ihrer Lasterhaftigkeit als Vorwurf diente.«

Clarissa schrak zusammen, aus Angst, Donna Olimpia würde mit dem Finger auf sie zeigen.

Doch ihre Cousine blickte nicht sie an, sondern den Papst, und

statt sie zu verraten, sagte sie an Innozenz gerichtet: »Wenn Ihr nicht wünscht, dass Bernini den Brunnen baut, soll das Modell nicht länger Euren Abscheu erregen.« Sie klatschte in die Hände, worauf zwei Diener mit lautlosen Schritten herbeieilten. »Schafft die Skulptur fort!«
»Halt!«, rief Innozenz. »Lasst sie stehen! Wer weiß, warum Gott den elenden Sünder befähigt hat, ein solches Werk zu erschaffen.«
Den Körper abgewandt, als wolle er gehen, hielt er den Blick auf den Tisch gerichtet, unfähig, ihn von dem silbernen Modell zu lassen, das dort im Lichterschein funkelte wie eine frisch polierte Monstranz auf einem Altar.
»Seht Ihr die Flussgötter, Ewige Heiligkeit?«, fragte Donna Olimpia leise. »Sie wenden sich dem päpstlichen Wappen zu, um Eure Heiligkeit zu bewundern.«
»Natürlich sehe ich das«, erwiderte Innozenz unwillig. »Meinen Sie, ich hätte keine Augen im Kopf?«
»Die vier Ströme sind nicht nur die Hauptflüsse der vier Weltteile«, fuhr Donna Olimpia fort, »sie erinnern auch an die vier Flüsse des Paradieses. Weil Ihr, Heiliger Vater, die Menschen dem Paradies wieder näher gebracht habt.«
»So? Haben wir das?«
»Ja« – Olimpia nickte ernst –, »indem Ihr der Menschheit nach dreißig Jahren Krieg den Frieden schenktet. Das bezeugt die Taube auf der Spitze des Obelisken, Wappentier der Pamphili und Symbol des Friedens zugleich. Wie die Taube Noahs trägt sie den Ölzweig der Erlösung im Schnabel. Der Triumph der Christenheit im Zeichen Eurer Herrschaft.«
Donna Olimpia verstummte, und es entstand ein Schweigen. Alle Köpfe waren nach dem Papst gerichtet: Zu welchem Urteil würde er gelangen? Auch Clarissa blickte ihn in gespannter Erwartung an. Dann, nach einer endlos langen Weile, räusperte sich Innozenz, und mit einem so mürrischem Gesicht, als koste jedes einzelne Wort ihn fürchterliche Überwindung, erklärte er schließlich: »Wer Bernini zürnen will, darf seine Sachen nicht

sehen. Sagen Sie dem Cavaliere, er soll den Brunnen bauen – in Gottes Namen!«

9

»Ich weigere mich, so etwas zu glauben! Der Heilige Vater würde sein Wort niemals brechen!«
Francesco verschlug es die Sprache. Schlägel und Meißel in der Hand, mit denen er eben noch seinem Neffen Bernardo und den anderen Steinmetzen gezeigt hatte, wie er die Cherubim für das Langhaus der Basilika wünschte, stand er zwischen den unverputzten Mauern seiner Baustelle im Lateran und versuchte die Nachricht zu begreifen, die Monsignore Spada und Kardinal Camillo Pamphili ihm vor ein paar Minuten überbracht hatten. Die Steinmetze hatten ihre Arbeit unterbrochen und schauten neugierig zu ihnen herüber. Bernardo zog ein schiefes Gesicht.
»Herrgott! Habt ihr nichts zu tun?«, herrschte Francesco sie an. »Was steht ihr da und glotzt? Macht gefälligst weiter! Los! Vorwärts! Beeilt euch!«
Er bebte am ganzen Körper vor Erregung. Was für kühne Pläne hatte er gefasst, als Innozenz ihm den Umbau der Laterankirche anvertraut hatte, doch seitdem folgten eine Enttäuschung, eine Demütigung auf die andere. Statt die Basilika von Grund auf zu erneuern, wie anfangs beabsichtigt, musste er unter dem Zwang der Verhältnisse seine Entwürfe immer weiter zurückstutzen, bis nichts Eigenes mehr darin zu erkennen war. Und jetzt wollte der Papst ihm auch noch den Brunnen wegnehmen, um an seiner Stelle Bernini den Auftrag zu geben. Ausgerechnet Bernini!
»Von Wortbruch kann keine Rede sein«, sagte Spada beschwichtigend. »Der Heilige Vater will nur, dass Sie Ihre ganze Schaffenskraft seiner Bischofskirche widmen. Vergessen wir nicht, bis zum Jubelfest bleibt nicht mehr viel Zeit.«

»Wenn Sie mich fragen«, sagte Camillo und griff nach einem der Törtchen, die ein Diener auf einem Tablett für ihn in Reichweite bereithielt, »so hat das nicht mein Onkel, sondern meine Mutter entschieden. Immer muss sie sich einmischen, nie kann sie einen gewähren lassen. Mir will sie ja auch verbieten, die Fürstin Rossano zu heiraten.«

»Was geht mich Ihre Heirat an?«, platzte Francesco heraus. Angewidert blickte er in das feiste, milchige Gesicht des jungen Kardinals, der nur mit den Achseln zuckte und schmatzend ein weiteres Törtchen verschlang, ohne sich im Geringsten stören zu lassen. »Kommen Sie!«, sagte Francesco und packte Spada am Arm. »Kommen Sie mit! Ich will Ihnen etwas zeigen.«

Mit mühsamer Beherrschung, doch eiligen Schrittes zog er den Monsignore zu einem Arbeitstisch, auf dem ein großer Bogen mit mehreren Zeichnungen ausgebreitet lag.

»Aber das sind ja die Pläne für Berninis Brunnen!«, rief Spada. »Woher haben Sie die?«

»Luigi Bernini hat sie mir vor ein paar Tagen gebracht. Er mag seinen Bruder nicht besonders.« Francesco konnte ein kleines böses Lächeln nicht unterdrücken. »Ich habe der Sache bislang keine Bedeutung beigemessen, der Cavaliere war ja vom Wettbewerb ausgeschlossen, aber jetzt...«

»Weshalb zeigen Sie mir die Pläne?«

»Weil aus ihnen hervorgeht, dass dieser Brunnen niemals gebaut werden darf. Berninis Pläne sind wertlos, unbrauchbar. Hier, sehen Sie selbst!« Er tippte mit dem Finger auf das Blatt. »Die Flussgötter drängen sich um den Obelisken, als müssten sie erfrieren. Wahrscheinlich, weil Bernini selber spürt, sich aber nicht eingestehen mag, dass die Figuren viel zu groß geraten sind, viel zu viel Raum beanspruchen. Es geht um die Piazza, Herrgott, nicht um den Brunnen! Der Brunnen ist nur ein Monument, um die Mitte der Piazza zu betonen. Ach, was rede ich, dieser eitle Pfau hat keinen Sinn für die Zusammenhänge, kein Gespür für Maß und Proportion, er will nur protzen mit seinem Werk. Statt den Brunnen der Piazza und dem Palast unterzuordnen, soll er über allem triumphieren. Darum dieses unerträgliche Gedränge, diese geschmacklosen, übertriebenen, theatralischen Gesten der Figuren, dieses Wirrwarr von Gliedmaßen und Delfinen und ...«

Francescos Stimme wurde immer lauter, doch plötzlich, mitten im Satz, verstummte er. Denn je lauter er sprach, desto deutlicher erkannte er, wie kleinlich, wie erbärmlich seine Einwände waren, gemessen an der wunderbaren Zeichnung. Die Kritik war nichts weiter als Ausdruck seines Neids. Das war der Entwurf, nach dem er selbst gesucht hatte, denn dieser Entwurf war, in der großen Komposition und in jedem noch so kleinen Detail, beseelt von jenem unsichtbaren Etwas, das die wahre Kunst vom bloßen Handwerk unterscheidet.

»Ich ... ich glaube, wir haben genug gesehen.« Francesco wollte den Bogen einrollen, doch seine Hände zitterten so sehr, dass er ihn auf dem Tisch liegen lassen musste. Um irgendetwas zu haben, woran er sich festhalten konnte, griff er nach einem Hammer.

»Der Heilige Vater hat mir versprochen, Sie für den Verlust zu entschädigen«, sagte Spada leise und sanft, ohne mit einem Wort auf Borrominis Entgleisung einzugehen. »Er will Ihnen den Ausbau seines Familienpalastes übertragen und auch den Neubau der benachbarten Kirche Sant' Agnese. Warten Sie ab, mit etwas Glück werden Sie bald der Architekt des ganzen Forum Pamphili sein!«

Francesco wich Spadas Blick aus, während er den Hammer immer wieder gegen seinen linken Handballen schlug. Spürte der kleine, kluge Monsignore, was in ihm vorgegangen war? Das Gefühl, dass Spada ihn durchschaute, Zeuge seiner Erniedrigung war, demütigte Francesco fast noch mehr als die Erkenntnis, dass seinem Rivalen ein so viel großartigerer Entwurf gelungen war als ihm selbst.

»Ich glaube Ihnen kein Wort«, sagte er schroff.

»Ich verbürge mich dafür. Voraussetzung ist nur, dass Sie sich jetzt einsichtig zeigen.«

»Auch ich werde mich für Sie verwenden«, rief Camillo ihm mit vollem Mund zu. »Meine Mutter hat mich zum Bauherrn des Forums ernannt, und ich werde meinen ganzen Einfluss geltend machen, wenn Sie wollen. Donna Olimpia wünscht sich eine Galerie zwischen den Empfangssälen und den Privatgemächern. Wäre das nicht was für Sie?«

Francesco hörte ihm gar nicht zu, während er zu seinen Steinmetzen hinübersah. Auch sie schienen die Spannung zu spüren, die in der Luft lag. Ohne von ihrer Arbeit aufzuschauen, meißelten sie an den Cherubim, als gelte es ihr Leben. Hatten sie das Gespräch belauscht? Wenn auch sie von seiner Schmach wussten, hatte er ihren Respekt für immer verloren.

»Verdammt noch mal!«, schrie er. »Seid ihr verrückt geworden? Ihr haut ja drauflos, als wolltet ihr den Stein zertrümmern! Wie oft muss ich euch sagen, ihr sollt vorsichtig sein?«

Wütend stampfte er los, um den Arbeitern zu zeigen, wie sie mit seinen Cherubim umgehen sollten. Jede Figur war kostbar, jede einzelne hatte er mit eigener Hand entworfen. Waren sie wertlos, nur weil sie nicht von Bernini stammten?

Spada hielt ihn am Arm zurück.

»Da wäre noch etwas, Signor Borromini.«

»Was denn noch?«

»Die Wasserleitung zur Piazza Navona.«

»Ja, und? Was ist damit?«

»Das Wasser fließt nur sehr spärlich, der Druck der Acqua Vergine ist erschreckend gering.«

»Ja, ja – das ist mir bekannt. Wozu erzählen Sie mir das?«

»Die Wassermenge reicht für die Fontänen, wie die Pläne sie vorsehen, einfach nicht aus. Und Cavaliere Bernini scheint nicht imstande, das Problem zu lösen.«

»Da muss ich mich aber sehr wundern!« Francesco lachte höhnisch auf. »Ich dachte, der Herr ist Intendant der städtischen Brunnen und Wasserleitungen? Mit dem Titel hat er oft genug geprahlt.«

Spada zögerte, aber er hielt Francescos Blick stand. Der ahnte,

welche Frage dem Monsignore auf der Zunge lag. Würde er wirklich so unverschämt sein, sie auch zu stellen?
Spada zog ein Gesicht, als hätte er sich fünf Tage nicht mehr erleichtern können, und trat von einem Bein auf das andere. »Soviel ich weiß«, sagte er schließlich, »haben Sie bereits Berechnungen für eine neue Wasserleitung angestellt. Es wäre überaus freundlich von Ihnen, wenn Sie uns die Unterlagen zur Verfügung stellen würden. Wären Sie dazu bereit?«
Tatsächlich, er schämte sich nicht! »Das ... das«, stammelte Francesco, »das können Sie nicht von mir verlangen ...«
»Das tun wir auch nicht«, sagte Camillo, der inzwischen seine Törtchen aufgegessen hatte und zu ihnen getreten war. »Meine Mutter verlangt das.«
»Als ein Zeichen Ihres Entgegenkommens«, fügte Spada hinzu. »Denken Sie an das Forum Pamphili!«
»Ein halbes Jahr habe ich gezeichnet und gerechnet ...« Francesco rang nach Worten, während seine Lunge immer schwerer arbeitete. »Und jetzt ... jetzt soll ich die Pläne einfach hergeben? Ohne jeden Lohn? Damit der Mann, der mir den Auftrag gestohlen hat, heimtückisch und hinter meinem Rücken, nur um mir zu schaden ...« Er spürte, wie ihm der Atem knapp wurde, und er musste seine ganze Kraft und Selbstbeherrschung aufbieten, um einen Anfall zu unterdrücken. »Bitte entschuldigen Sie mich«, sagte er knapp, »aber ich habe zu tun.«
Damit drehte er ihnen den Rücken zu. Er konnte den Anblick der beiden nicht länger ertragen. Wieder sah man nur den Handwerker, den Techniker in ihm, ohne den Künstler zu erkennen, obwohl es doch sein Einfall war, den Bernini kopiert hatte. Er musste weg von hier, so schnell wie möglich, oder er würde noch jemandem die Gurgel umdrehen! Eilig stolperte er fort, ohne zu wissen wohin.
Francesco war noch keine zehn Schritte weit gekommen, da ertönte hinter ihm ein lautes Poltern und Krachen, als wäre Stein zu Bruch gegangen. Im selben Augenblick fuhr er herum. Marcantonio, einer der Steinmetze, Bernardos Nebenmann, grinste

ihn an, verlegen bis zur Blödigkeit. Zu seinen Füßen, herabgestürzt von dem hohen Sockel, auf dem er den Marmorkopf bearbeitet hatte, lagen die Trümmer seines Cherubs, in zwei Teile zersprungen.
»Bist du wahnsinnig?«
Immer noch grinste der Kerl. Francesco sah nur dieses Grinsen: die kleinen Augen wie zwei Schlitze, die zusammengepressten Lippen mit den Grübchen auf den Wangen. Nein, das war kein Grinsen aus Verlegenheit – dreiste, schamlose Aufmüpfigkeit sprach aus diesem Gesicht, frecher Hochmut, anmaßender Triumph. Plötzlich fiel es Francesco wie Schuppen von den Augen. Ja, er kannte dieses Grinsen, und wie gut er es kannte! Das war Lorenzos Grinsen, das Grinsen seines Rivalen!
»Warte!«, schrie er auf. »Das sollst du büßen!«
Er hob den Hammer in die Höhe und stürzte sich auf Marcantonio.
»Halt!«, rief Spada. »Um Himmels willen! Bezähmen Sie sich! Wir sind in einer Kirche!«
Der Monsignore wollte sich ihm in den Weg werfen – doch zu spät! Francesco war schon bei dem Steinmetz und holte zum Schlag aus. Der Kerl duckte sich weg, zwei große, angsterfüllte Augen schauten Francesco an – im selben Moment fuhr sein Hammer nieder, mit aller Kraft, die Francesco besaß. Ein kurzes, hartes, splitterndes Geräusch, wie wenn eine trockene Holzplatte zerbricht, dann drang das schwere Eisen in den Schädel ein. Eine graue Masse spritzte auf wie eine Fontäne, Francesco direkt ins Gesicht. Als schaue er durch einen Schleier oder Nebel, sah er, wie Marcantonio vor ihm zu Boden sank.
Ein letztes, leises Röcheln, und plötzlich war alles still. Francesco ließ den Hammer fallen. Mit dem Handrücken wischte er sich den Matsch aus den Augen und drehte sich um.
Camillo lächelte ihn an: »Jetzt bin ich aber gespannt, was meine Mutter dazu sagt.«

10

Im Palazzo Pamphili sorgte der Vorfall auf der Lateranbaustelle für helle Aufregung. Seit Camillos Rückkehr war an diesem Abend von nichts anderem die Rede.
»Dass dieser Borromini einen Gehilfen erschlagen hat«, sagte Donna Olimpia, »darüber kann man hinwegsehen – dergleichen kommt vor. Viel schlimmer ist, dass er die Arbeit an der Basilika niedergelegt hat.«
»Wie? Die Arbeit niedergelegt?«, fragte ihr Schwager ungläubig. »Wer sagt das?«
»Er selbst«, erwiderte Camillo anstelle seiner Mutter, während ein Diener ihm zum dritten Mal vom Fleisch vorlegte. »Er hat die Baustelle verlassen und weigert sich, auch nur einen Stein anzurühren.«
»Der Mensch wagt es, die Arbeit zu verweigern?« Innozenz war außer sich. »Soll der Bischof von Rom das Jubeljahr in einer halb fertigen Kirche begehen?«
»Ich glaube, er ist beleidigt, weil Ihr seine Baustelle nicht besichtigt habt.« Camillo schmatzte. »Wenn es um Lob und Anerkennung geht, ist er eitel wie ein Weib.«
»Und was machen wir jetzt?«, wollte Innozenz wissen.
»Wenn du«, sagte Donna Olimpia, »ich meine, wenn Ihr mich fragt, Heiliger Vater, ich wüsste eine einfache Lösung.«
»So? Und die wäre?«
»Stellt den Borromini vor Gericht und lasst ihn wegen Totschlags verurteilen. Dann sind wir den Quertreiber los.«
»Unmöglich! Wer vollendet dann San Giovanni?«
»Bernini – wer sonst? Der Cavaliere ist ein bewährter Mann.«
Innozenz verzog das Gesicht. »Auch wenn ich ihm den Auftrag für den Brunnen gegeben habe, teile ich Ihre Meinung von diesem Herrn nur mit großem Vorbehalt. Er ist ein Künstler, kein Architekt. Haben Sie den Glockenturm bereits vergessen?«
»Wenn Eure Kirche rechtzeitig fertig werden soll, bleibt Euch

keine Wahl. Wen wollt Ihr sonst ernennen?« Donna Olimpia hob ihre Hand und zählte an den Fingern ab. »Der alte Rainaldi ist zu alt, sein Sohn zu jung, und zusammen kommen sie nicht in Frage, weil sie ewig streiten. Algardi ist noch weniger Architekt als Bernini, und Pietro da Cortona ist nicht Manns genug, ein so großes Unternehmen zu leiten. Also bleibt nur der Cavaliere.« Sie schüttelte den Kopf. »Nein, es gibt keine andere Lösung, nicht bei der gebotenen Eile. Oder wisst Ihr etwa eine?«

Clarissa, die das Tischgespräch schweigend verfolgte, war so bestürzt, dass sie kaum einen Bissen hinunterbekam. Francesco Borromini, der Mann, den sie ihren Freund nannte, hatte einen Menschen erschlagen! Wie konnte es sein, dass er sich zu einer so fürchterlichen Tat hinreißen ließ? Ihre Hand zitterte so sehr, dass sie die Gabel hinlegen musste, und während sie versuchte, ihrer Erregung Herr zu werden, stieg eine weitere Frage in ihr auf, lauernd wie ein unsichtbarer Feind: Trug sie Mitschuld an der Katastrophe, die in dem Gotteshaus geschehen war?

»Und was wäre«, fragte sie laut, »wenn Signor Borromini die Arbeit in San Giovanni wieder aufnehmen würde?«

Am nächsten Tag machte Clarissa sich auf den Weg zum Palazzo di Propaganda Fide. Sie war sicher, Borromini dort anzutreffen, denn das Kolleg, in dem sämtliche Missionare Roms ausgebildet wurden, war seine zweitgrößte Baustelle nach der Lateranskirche. Während sie in ihrer Kutsche über die Piazza di Spagna fuhr, an der sich der ernste, machtvolle Palast erhob, spürte sie, wie ihre Nervosität wuchs. Berninis Palazzo war nur einen Steinwurf von der Propaganda Fide entfernt.

Als sie aus dem Gefährt stieg, vermied sie den Blick in die Via della Mercede. Sie wollte nicht daran erinnert werden, wie sie diese Straße einmal im Morgengrauen betreten hatte. Doch auch ohne seinen Palast zu sehen, drängte sich der Mann, an den sie jetzt als Letzten denken wollte, von überall her in ihr Bewusstsein: Die Fassade des Palazzo Ferratini, die vor ihr emporragte, hatte Bernini genauso erschaffen wie die Drei-Königs-Kapelle, die Clarissa durchqueren musste, um zu der Baustelle im Wohntrakt der Klosterschüler zu gelangen. Und in der Tat traf sie hier Borromini, der sich mit einem Maurer besprach.

»Wir müssen die Zellen der Alumnen durch einen Korridor von den Läden abtrennen. Sonst können die dort einkaufenden Frauen sie beim Beten im Garten beobachten«, erklärte er gerade. Als ihre Blicke sich trafen, verhärtete sich seine Miene. »Was wünschen Sie?«, fragte er schroff. »Hier werden keine Marmorporträts gemeißelt.«

Clarissa verstand die Anspielung sofort. »Sie waren in Santa Maria della Vittoria?«, fragte sie.

Statt ihr zu antworten, musterte er sie mit einem stummen, abweisenden Blick.

»Wenn Sie glauben, ich würde bestreiten, was Sie gesehen haben, irren Sie, Signor Borromini. Aber ich bin nicht gekommen, um über die Theresa mit Ihnen zu sprechen.«

»Sondern? Ich wäre Ihnen für eine kurze Auskunft dankbar. Meine Zeit ist knapp.«

Während der Maurer sich zurückzog, überlegte Clarissa, wie sie das Gespräch eröffnen solle. Ihm drohen durfte sie auf keinen Fall, weder mit der Verärgerung des Papstes noch mit den möglichen Folgen seiner Arbeitsverweigerung. Damit würde sie höchstens das Gegenteil dessen erreichen, was sie bewirken wollte – sie kannte seinen Stolz. Also beschloss sie, ganz direkt und ohne Umschweife vorzugehen.

»Sie dürfen nicht gefährden, was Sie sich in so vielen Jahren erarbeitet haben.«

»Ich weiß nicht, wovon Sie sprechen. Bitte drücken Sie sich klarer aus!«

»Ich rede von Ihrem Entschluss, die Arbeit in San Giovanni aufzugeben. Nehmen Sie sie wieder auf, bitte! Der Papst hat Ihnen seine Kirche anvertraut, er hält große Stücke auf Sie, und ich glaube, er schätzt Sie nicht nur, sondern er mag Sie auch. Wenn Sie ihn sich jetzt aber nach allem, was geschehen ist, zum Feind machen …«

»Ich danke Ihnen für Ihren Rat. Aber Sie bemühen sich umsonst. Ich bin selber Herr meiner Entscheidungen und ich bitte Sie, das zu respektieren.«
Clarissa schaute ihn an. War das ihr Freund? Sie musste sich beherrschen, um nicht auf seinen Ton einzugehen.
»Ich kann mir vorstellen«, sagte sie sanft, »was es für Sie heißt, dass man Ihnen den Auftrag für den Brunnen genommen hat. Aber – Sie dürfen nicht aufgeben. Ich habe Ihren Entwurf gesehen, all die herrlichen Ideen, die Sie bereits ersonnen haben. Ich werde mit Donna Olimpia sprechen und mich auch beim Heiligen Vater für Sie verwenden, damit er seine Entscheidung noch einmal überdenkt. Ich bin sicher, wenn Sie Ihren Entwurf nachreichen, haben Sie gute Aussichten, Papst Innozenz umzustimmen. Doch niemand kann etwas für Sie ausrichten, wenn Sie nicht wieder die Arbeit im Lateran aufnehmen.«
Sie schien gegen eine Wand zu sprechen. Die Arme vor der Brust verschränkt, schaute er über sie hinweg, als halte er durch das Fenster nach einer Person draußen auf der Straße Ausschau, während er mit der Fußspitze ungeduldig auf den Boden klopfte.
»Sie haben einen Menschen umgebracht, Signor Borromini«, flüsterte sie. »Wollen Sie jetzt auch noch Ihr eigenes Leben zerstören? Warum nur? Warum?«
Endlich erwiderte er ihren Blick. Er ließ die Arme sinken. Und während sie sah, dass Tränen in seinen Augen standen, sagte er mit einem Gesicht, aus dem ein solcher Schmerz sprach, dass Clarissa meinte, ihn selber zu spüren: »Ein Pfeil drang hin und wider in mein Herz. Unendlich war die Süße dieses Schmerzes, und die Liebe erfüllte mich ganz und gar ...«
Kaum hatte er die Worte gesprochen, wandte er sich ab und ließ sie stehen. Ohne den Versuch zu machen, ihn zurückzuhalten, schaute sie ihm nach, wie er durch eine Tür verschwand. Ja, sie trug mit an der Schuld, die er auf sich geladen hatte, und wenn Gott ihn dafür verdammte, hatte auch sie Teil an dieser Verdammnis.
Jetzt gab es nur noch einen Menschen, der ihr helfen konnte.

11

»Sein Leben steht auf dem Spiel!«
»Sein Leben und sein Seelenheil.« Virgilio Spada nickte. »Und wir sollten alles daransetzen, wenigstens eines von beiden zu retten. Am besten sein Leben, dann können wir uns um sein Seelenheil immer noch kümmern.«
»Reden Sie mit ihm, Ehrwürdiger Vater! Er muss begreifen, welche Gefahr ihm droht. Auf mich will er nicht hören.«
Der Monsignore hatte Clarissa an seinem Lieblingsort empfangen, bei der trügerischen Kriegerfigur in dem kleinen Garten am Ende der Säulenkolonnade, die Borromini in dem Familienpalast der Spada angelegt hatte.
Während er Clarissa mit einer Geste aufforderte, auf der Bank neben ihm Platz zu nehmen, erwiderte er mit einem Seufzer: »Und Sie glauben, ich vermag mehr bei ihm auszurichten als Sie? Nein. Leider fürchte ich, die drohende Gefahr wird Signor Borromini nur wenig beeindrucken, gleichgültig, wer ihn ins Gebet nimmt. Wenn er sich einmal etwas in den Kopf gesetzt hat, ist es sehr, sehr schwer, ihn umzustimmen. Glauben Sie mir, ich weiß, wovon ich spreche.«
»Im Palazzo Pamphili ist schon die Rede davon, ihn vor Gericht zu zerren.«
»Trotzdem, um seine Haut zu retten, wird er die Arbeit nicht wieder aufnehmen. Er ist so stolz, dass er nicht mal Geld für seine Arbeit verlangt und nur nimmt, was man ihm freiwillig gibt. Wenn überhaupt eine Drohung helfen kann, dann eher noch die der ewigen Verdammnis. Schließlich hat er einen Menschen umgebracht.«
»Sie meinen, man könnte ihm für die Fertigstellung der Papstkirche einen Ablass in Aussicht stellen?«
»Es wäre immerhin einen Versuch wert, Principessa. Seit es den Menschen gefällt, wider die Gebote Gottes zu handeln, trachten sie danach, mit irdischen Gütern ihr Seelenheil zu

retten – ein guter und nützlicher Brauch. Allerdings« – Spada hob die Arme –, »ob Signor Borromini zu diesen Menschen gehört, wage ich zu bezweifeln. Manchmal denke ich, er ist recht stark von den Lehren des deutschen Ketzers Martin Luther infiziert. Und außerdem liest er in jeder freien Stunde die Schriften dieses gefährlichen Seneca.«

»Ach, hätte er nur auf Seneca gehört«, erwiderte Clarissa, »dann wäre das alles nicht geschehen!«

Spada hob erstaunt die Brauen. »Wie bitte?«

»Lehrt Seneca nicht, dass wir uns nicht von unseren Gefühlen hinreißen lassen dürfen? Und wie sehr hat Signor Borromini sich hinreißen lassen! Als brauche er weder Strafe noch Tod zu fürchten.«

»Das gerade predigt ja dieser Seneca! *Exactissime!*«, rief Spada erregt und sprang auf, um im Garten auf und ab zu gehen. »Dass wir den Tod nicht zu fürchten brauchen. Und unser Freund Borromini eifert ihm ganz offensichtlich nach. Wissen Sie, was Seneca über den Tod sagt?« Er blieb auf seiner Wanderung stehen und blickte Clarissa an.

Sie nickte. »›Wir fürchten nicht den Tod, sondern den Gedanken an ihn ...‹«

»Es schmerzt mich, diesen frevelhaften Unsinn aus Ihrem Mund zu hören!«, rief Spada, und seine Augen funkelten vor Zorn, während er seine Wanderung wieder aufnahm. »Als hätten wir nicht allen Grund, uns vor dem Tod zu fürchten, erwartet uns danach doch das Jüngste Gericht. Aber das kümmert den Philosophen nicht. Wie sagt er? ›Im Leben muss man sich immer nach den andern richten, im Tode nicht ...‹ Ja, wer bekommt da keine Lust zu sterben? Da scheint das Leben, das Gott uns geschenkt und aufgegeben hat, mit all seinen Pflichten und Prüfungen, damit wir uns für das Himmelreich bewähren, wie eine schreckliche Mühsal, der es möglichst rasch zu entrinnen gilt. Himmlischer Vater! Wenn selbst der Tod seinen Schrecken verloren hat – was soll einen Menschen dann überhaupt noch schrecken? Müssen wir uns da wundern, wenn unser Freund sich nicht drohen lässt?« Erneut blieb Spada vor Clarissa stehen und schüttelte den Kopf. »Wie oft habe ich Borromini geraten, die Finger von Senecas Schriften zu lassen, aber er wollte und wollte nicht auf mich hören.«

Clarissa erkannte ihren Beichtvater kaum wieder, so erregt war der sonst stets so kluge und gefasste Geistliche. Doch sie begriff zugleich, dass dieser Gefühlsausbruch allein der Sorge um ihren Freund entsprang, und diese Erkenntnis bedrückte sie umso mehr.

»Können wir denn gar nichts tun?«, fragte sie leise. »Donna Olimpia schlägt dem Papst schon vor, die Arbeiten an der Laterankirche Cavaliere Bernini zu übertragen. Wenn das geschieht – nicht auszudenken! Ich glaube, das würde Signor Borromini vernichten. Das ist das Einzige, wovor er wirklich Angst hat.«

»Ja, das glaube ich auch.« Spada nickte. »In der Tat, das würde er nicht verkraften, ganz sicher nicht, das wäre sein Ende.« Wieder und wieder nickte er, als könne er sich das Unglück nicht deutlich genug machen. Plötzlich aber hielt der Monsignore inne und schaute sie an. »Was haben Sie da gesagt? Das Einzige, wovor er wirklich *Angst* hat?«

»Ja«, sagte Clarissa. »Wenn Bernini ihm nach dem Brunnen auch noch San Giovanni wegnehmen würde – das wäre zu viel!«

Ein Leuchten ging über Spadas Gesicht. »Vielleicht«, sagte er dann mit einem feinen Lächeln, »vielleicht, meine Tochter, können wir doch etwas tun.«

»Wirklich?«, fragte sie, vorsichtig Hoffnung schöpfend. »Ist Ihnen eine Lösung eingefallen?«

»Eine Lösung noch nicht, aber doch ein möglicher Weg. Man kann die Dinge schließlich so oder so betrachten, es kommt stets auf die Perspektive an – das hat uns Borromini hier ja selbst gezeigt«, fügte er mit einer Geste auf die Kolonnade hinzu. »Nichts muss so sein, wie es uns erscheint. Und was uns Signor Borrominis Ende zu sein dünkt, kann sich vielleicht als seine Rettung erweisen.«

»Aber was kann daran gut sein, wenn der Papst Bernini den Auftrag für die Laterankirche gibt?«

»Wir fürchten nicht das Ende, sondern den Gedanken daran«, erwiderte Spada, in Abwandlung ihres eigenen Ausspruchs. »Nein, ein Dummkopf war Seneca nicht. Und wenn unser Freund seine Schriften wieder und wieder verschlingt, dann vielleicht weniger, weil er die Ansichten des Philosophen teilt, sondern vielmehr, weil er dunkel ahnt, seiner Mahnung zu bedürfen. Wir wissen doch beide, Principessa, so sehr Signor Borromini sich darum bemüht, die stoische Ruhe und Vernunft zu wahren, die Seneca predigt, so sicher lässt er sich immer wieder von seinen Gefühlen hinreißen. Und ich meine, auch wenn der Zorn gewiss eine schwere Sünde ist, sollten wir ihn uns dieses eine Mal zunutze machen.«

»Ich muss Ihnen gestehen, Ehrwürdiger Vater, ich begreife kein Wort.«

»Dabei haben Sie mir doch selbst den Weg gezeigt, meine Tochter!«, rief Spada, und aus seinem Gesicht sprach eine fast schon diebische Freude. »Gott hat Sie zu mir geführt, damit Sie mir Blindem die Augen öffnen, wie wir unserem Freund helfen können.«

»Dann haben Sie also wirklich Hoffnung?«, fragte Clarissa.

»Stets aber bleibt Glaube, Hoffnung, Liebe«, sagte er und ergriff ihre Hand. »Ja, meine Liebe, ich glaube und hoffe, ein Mittel zu wissen, um Signor Borromini zur Vernunft zu bringen. Ob wir sein Seelenheil damit retten, vermag ich zwar nicht zu sagen – aber sein Leben, denke ich, schon. Ja, ich bin mir dessen sogar ziemlich gewiss.«

12

»Und Sie folgen einfach Ihrer ersten Idee, wenn Sie mit einem Porträt beginnen?«, fragte Donna Olimpia und setzte sich so in Pose, dass ihr Profil möglichst vorteilhaft zur Geltung kam. »Gleichgültig, was Ihnen einfällt?«

»Ein Genie, Eccellenza«, erwiderte Lorenzo Bernini, ohne von seinem Zeichenbrett aufzuschauen, »vertraut immer seinem ersten Einfall. Sonst ist es kein Genie.«

Er war so beschwingt wie schon lange nicht mehr. Hatte er nicht gesagt, die Zeit enthülle die Wahrheit? Jetzt tat sie es mit großer Eile, denn selbst Innozenz der Blinde hatte die Wahrheit, wer Roms erster Künstler war, nicht länger ignorieren können. Erst hatte der Papst ihm den Auftrag für den Brunnen gegeben, und vorübergehend stellte Spada ihm sogar die Leitung der Lateranbaustelle in Aussicht. Was für ein Triumph! Um ihn richtig auszukosten, hatte Lorenzo die Nachricht in der ganzen Stadt verbreiten lassen.

Mit solchen Gedanken im Kopf konnte er sich nur mit Mühe auf seine Arbeit konzentrieren. Doch er hatte allen Grund, seine Sinne zusammenzunehmen. Nur ungern verdrängte er die beglückende Vorstellung, wie Borromini auf die Gerüchte reagiert haben mochte, und verglich Donna Olimpias Profil mit seiner Zeichnung. Diese Frau war die heimliche Königin der Stadt: Sie entschied, was der Papst beschloss. Wenn es ihm gelang, ihre Gunst zurückzuerobern, würde bald alles wieder seine gute alte Ordnung haben. Da er ihre Raffgier kannte, hatte er ihr, um die Dinge zu beschleunigen, nach dem Smaragdring auch das Silbermodell des Brunnens geschenkt, und sie hatte es gerne angenommen, verbunden mit dem Wunsch, dass er ihr Bild in Marmor verewige. Nichts lieber als das! Er hatte einmal ihren Unwillen provoziert – ein zweites Mal würde ihm das nicht passieren.

»Ich bin mir sicher«, sagte sie, »Sie machen Ihre Sache viel besser als dieser Algardi. Um ehrlich zu sein, die Büste, die Ihr Kollege von mir angefertigt hat, hat mir nie recht gefallen.«

»Ohne Algardi schmähen zu wollen, Eccellenza, sein Fehler war es, allein die Würde Ihrer Erscheinung zu betonen, ohne deren Liebreiz wiederzugeben. Ein ebenso unverständlicher wie unverzeihlicher Fehler.«

»Ach, Cavaliere!« Sie seufzte. »Können Sie denn Liebreiz entdecken?«

»Ich gebe zu, es kostet mich Mühe«, erwiderte er, um nach einer wohlbedachten Pause hinzuzufügen: »Doch nur, weil der Liebreiz mich in solcher Fülle überflutet, dass mein Auge vom Glanz des vielen Lichtes zu erblinden droht.«

Der irritierte Ausdruck, der für eine Sekunde über ihr Gesicht gehuscht war, wich einem seligen Strahlen.

»Ich glaube, Signor Bernini, man muss Künstler sein, um so tief in die Seele einer Frau schauen zu können wie Sie.« Vor Freude gluckste sie. »Der Charme Ihrer Worte steht dem Ihrer Werke jedenfalls nicht nach.«

Geschmeichelt wie ein junges Mädchen, warf sie den Kopf in den Nacken, wobei der lose Stoff ihres Kleides ein Stück von der Schulter rutschte und so den Blick auf den Ansatz ihrer Brust freigab.

»Wunderbar, Eccellenza! Bitte bleiben Sie so!«

Die Bitte war vollkommen überflüssig: Donna Olimpia dachte gar nicht daran, den Sitz ihres Kleides in Ordnung zu bringen. Vielmehr lächelte sie Lorenzo so verführerisch an, dass er schlucken musste. Sie hatte nur einen Wunsch, er las ihn in ihren Augen: Sie wollte sich vor ihm entblößen. Und er sah keinen Grund, ihr diesen Wunsch zu verweigern.

»Wenn Sie den Ausschnitt vielleicht noch ein wenig tiefer …«

»Ist das nicht allzu gewagt?«, fragte sie, während sie seiner Aufforderung ohne zu zögern nachkam. »Der Heilige Vater erwägt, den Frauen das Tragen von Dekolletees zu verbieten.«

»Ich bin sicher, dass er Ausnahmen zulassen wird. Gott selbst hat diese herrlichen Schultern erschaffen. Wäre es da nicht Sünde, sie vor den Augen der Menschen zu verhüllen?«

Während er die Umrisse ihres Körpers skizzierte, sah er sie an. Wie alt mochte sie sein? Schon über fünfzig? Ihr Haar war eher silbrig als schwarz, und die Fältchen in ihrem Gesicht stammten nicht nur vom Lachen. Trotzdem, sie war immer noch ein verteufelt schönes Weib, das jedem Mann ein paar glückliche Stunden bereiten konnte. Kein Wunder, dass der Papst alles tat, was sie von ihm verlangte. Eher musste Lorenzo sich wundern, dass ein solches Prachtweib es an der Seite dieses mürrischen Greises aushielt. Denn dass sie mit Innozenz lebte wie Mann und Frau miteinander leben, daran hatte er keinen Zweifel – ganz Rom machte sich darüber lustig. Ob Amt und Macht einen Menschen in den Augen eines andern wohl anziehender erscheinen ließen, als er in Wirklichkeit war?

»Ist es richtig so, Signor Bernini? Oder soll ich die Schulter noch etwas mehr freimachen?«

»Es ist perfekt, Eccellenza«, murmelte er und zeichnete weiter, »absolut perfekt.«

»Wie aufregend das ist, Cavaliere! Wenn Sie mich zeichnen, ist es fast, als würden Sie mich neu erschaffen. Ich würde das niemandem außer Ihnen erlauben.«

Lorenzo wollte sich mit einem Lächeln für das Kompliment bedanken, doch als er aufschaute, blieb ihm das Gesicht stehen. Sie hatte fast die ganze Brust entblößt und räkelte sich vor ihm auf der Ottomane, eine Hand zwischen ihren Schenkeln. Den Kopf im Nacken, das Gesicht voll lüsterner Erwartung, schien sie sich einem unsichtbaren Bräutigam hinzugeben. Mit halb geöffneten Lippen blinzelte sie ihn an: ein Spottbild seiner Theresa.

»Eccellenza ...«

»Was haben Sie, Cavaliere? Sie wirken plötzlich so verwirrt. Ist Ihnen nicht wohl?«

Während sie sich aufrichtete, veränderte sich der Ausdruck ihres Gesichts und ihres Körpers so vollkommen, dass Lorenzo Zweifel kamen. Hatte er sich, was er gerade gesehen zu haben glaubte, vielleicht nur eingebildet? Er war so irritiert, dass er nicht wusste, was er antworten sollte.

»Wie ... wie aufmerksam Sie doch sind, Donna Olimpia«, stammelte er. »In der Tat, Sie haben Recht, ein unliebsamer Gedanke, der mir gerade in den Sinn kam.«

»Dann sollten Sie ihn schleunigst äußern, um sich von ihm zu befreien.« Sie erhob sich von der Ottomane und kam auf ihn zu. »Oder wollen Sie ihn mir nicht anvertrauen?«

»Doch, doch, gewiss, nur – es ist eine rein technische Angelegenheit«, sagte er schließlich, froh, eine Ausflucht gefunden zu haben. »Der Brunnen macht mir Sorge, oder vielmehr, um genau zu sein, die Wasserzufuhr«, korrigierte er sich, während er allmählich die Sprache wiederfand, denn diese Sorge lastete ihm tatsächlich auf der Seele. »Die Leitungen geben nicht genügend Wasser für die Fontänen her, und ich weiß nicht, wie man den Druck verstärken kann.«

»Das ist ein Problem für Sie?«, fragte Donna Olimpia. »Für den ersten Künstler Roms?«

Erleichtert stellte Lorenzo fest, dass sie jetzt wieder so sachlich wirkte, wie er sie von den Audienzen her kannte. Er musste sich tatsächlich getäuscht haben.

»Nun ja« – er seufzte –, »Wasser gehört nun mal zu einem Brunnen dazu.«

»Aber soviel ich weiß, hat Signor Borromini das Problem doch längst gelöst.«

»Mag sein. Aber was nützt das, wenn die Pläne in seiner Schublade liegen? Mir bleibt nichts anderes übrig, als selber eine Lösung zu finden.«

»Das ist doch nicht Ihr Ernst, Cavaliere! Sie dürfen Ihre Zeit nicht mit diesen technischen Dingen vergeuden! Wenn die Pläne in Signor Borrominis Schublade liegen, muss man sie eben daraus hervorholen.«

»Nichts lieber als das, Eccellenza, nur fürchte ich, er wird sie mir nicht geben. Vergessen Sie nicht: Als Monsignore Spada ihn darum bat, hat er vor Wut einen Arbeiter erschlagen.«

»Nun, vielleicht war es ein Fehler, sie einfach so von ihm zu verlangen. Vielleicht wäre es klüger, sie nur für kurze Zeit von ihm – auszuleihen.« Sie zwinkerte ihm komplizenhaft zu. »Er muss es ja nicht unbedingt wissen.«
»Und wie könnte das geschehen?«, fragte Lorenzo neugierig.
»Ach, Sie sind wirklich ein Künstler, ganz und gar!« Sie lachte. »Der dümmste Sekretär des Vatikans würde wissen, was in einem solchen Fall zu tun ist. Signor Borromini hat doch eine Nachbarin, die in seinem Haushalt nach dem Rechten sieht, nicht wahr?«
Jetzt begriff er, worauf Donna Olimpia hinauswollte. »Aber die ist doch schon über sechzig!«, platzte er heraus.
»Meinen Sie, darum wäre sie für Schmeicheleien unempfänglich? Sie enttäuschen mich, Cavaliere. Ich dachte, Sie verstünden mehr von Frauen.«
»Sie missverstehen mich«, protestierte Lorenzo eilig und hätte sich am liebsten die Zunge abgebissen. »Ich meinte nur, eine Frau, die Borromini schon seit so langer Zeit dient, wird sich nicht auf einen Diebstahl einlassen.«
»Wer redet denn von Diebstahl?«, fragte Donna Olimpia, bereits wieder versöhnt. »Wenn es sich um den künstlerischen Einfall handeln würde, die Grundidee mit dem Obelisken und den Flussgöttern, tja, dann würde ich Ihnen beipflichten. Aber hier geht es doch nur um technische Details, die der verstockte Mensch sich weigert herauszugeben, obwohl der Heilige Vater sie von ihm verlangt. Herrgott, was macht es schon aus, wenn einer von Ihren Leuten ein paar Stunden mit Signor Borrominis Nachbarin verbringt?«
Sie blickte ihn mit ihren dunklen Augen so wohlwollend an, dass Lorenzos Zweifel dahinschmolzen wie Butter in der Sonne. Streng betrachtet hatte sie vollkommen Recht: Es wäre gar kein Diebstahl, man würde nur den Willen des Papstes ausführen. Die Vorstellung, auf so einfache Weise sein Problem zu lösen, war auf jeden Fall mehr als verlockend. Und ihm fiel auch jemand ein, der für einen solchen Plan zu gebrauchen wäre,

jemand, der im Notfall seine eigene Großmutter bespringen würde.

»Meinen Sie wirklich, ich sollte? Ich denke, mein Bruder Luigi ...«

Donna Olimpia zuckte mit den Achseln. »Das ist allein Ihre Entscheidung, Cavaliere. Aber jetzt verraten Sie mir endlich«, wechselte sie plötzlich das Thema, »was ist Ihr Einfall für mein Porträt? Oder nein, sagen Sie nichts, ich möchte es selber herausfinden.« Sie nahm ihm die Zeichnung aus der Hand. Mit gerunzelter Stirn betrachtete sie das Blatt eine Weile, dann nickte sie, und während ihre silbrig durchsetzten Ringellocken auf und ab tanzten, sagte sie: »Das ist wundervoll, wirklich wundervoll! Die Verbindung von Würde und Liebreiz. Ein jeder muss das erkennen. Habe ich Recht?«

»Sollte ich eine Eigenschaft an Ihnen noch mehr bewundern als diese beiden Tugenden, die in der Tat das Thema meines Porträts ausmachen, so wäre dies Ihr Geist, Eccellenza, mit dem Sie die Dinge so klar erfassen.«

»Was für schöne Worte Sie immer wieder finden!«, sagte sie, während sie ihm immer dichter auf den Leib rückte. »Übrigens, ich habe ganz vergessen, Ihnen für die Obstkörbe zu danken. Sie machen mir damit täglich eine große Freude.«

»Ihre Freude ist mein Glück. Ich werde Anweisung geben, Ihnen täglich zwei Körbe zu schicken.«

»Nur mir allein?«, fragte sie, und ihr helles Glucksen ging in ein dunkles Gurren über. Sie war ihm jetzt so nah, dass er ihren Atem auf seinem Gesicht spürte. »Haben Sie meine Cousine denn ganz vergessen?«

Bevor Lorenzo es sich versah, streichelte sie seine Wange, und während sie sein Kinn in ihrer Hand hielt, blickte sie ihn voller Erwartung an. Lorenzo spürte, wie sein Herz zu rasen anfing. Nein, das war weder Einbildung noch Täuschung! Zu viele Frauen hatten ihn in seinem Leben schon so angeschaut, als dass er sich irren konnte. Donna Olimpia erwartete nur eins: dass er sie küsste.

»Und wenn die Principessa jetzt hereinkommt?«, fragte er.
Statt ihm zu antworten, schloss sie die Augen und öffnete ihre Lippen. Panik stieg in ihm auf. Er musste heraus aus dieser Umklammerung! Aber wie? Wenn er sie jetzt zurückwies, würde sie tödlich beleidigt sein und ihn für immer hassen. Heilige Muttergottes, was sollte er nur tun? Plötzlich hatte er eine Idee, und obwohl sie die erstbeste war, die ihm in den Sinn kam, beschloss er, es darauf ankommen zu lassen.
»Ich ... ich habe eine Bitte, Donna Olimpia. Aber ... ich weiß nicht recht, ob ich sie äußern darf, ohne die Schicklichkeit zu verletzen.«
»Pssst«, machte sie nur und kam mit ihren Lippen immer näher. »Ich bin sicher, es wird mir ein Vergnügen sein, sie Ihnen zu gewähren. Was immer es auch sein mag.«
»Ich möchte Sie bitten, den Smaragd für mich zu tragen.«
»Den Smaragd?« Zu Lorenzos großer Verwunderung und noch größerer Erleichterung hielt sie in ihrer Bewegung inne, und statt ihn zu küssen, riss sie die Augen auf. »Sie meinen den Ring des englischen Königs?«
Sie ließ sein Kinn los und trat einen Schritt zurück, als wäre er plötzlich vom Aussatz befallen. Nervös zupfte sie an ihrem Kleid und rückte sich den Ausschnitt zurecht. Ihre Sicherheit schien ebenso dahin wie ihr Verlangen.
»Ja«, sagte er, über die Wirkung seiner Bitte staunend. »Ich bin sicher, der Stein würde Ihr Porträt vollkommen machen, vereint er doch Würde und Liebreiz ebenso perfekt wie Sie.«
»Sie mögen Recht haben, ja, durchaus«, stammelte sie. »Es ist nur, dass ich ihn gerade nicht zur Hand habe. Ich ... ich fürchte, meine Zofe hat ihn verlegt ...«
Sie hatte die Worte noch nicht ausgesprochen, da ging die Tür auf. Lorenzo zuckte zusammen. Doch nicht die Principessa, sondern ein Diener betrat den Raum und verbeugte sich vor Donna Olimpia, die über sein Erscheinen ausgesprochen froh zu sein schien.

»Ein Mönch, Eccellenza, der seinen Namen nicht nennen will«, sagte der Diener. »Er wünscht Sie zu sprechen und behauptet, Sie wüssten Bescheid.«

13

Whetenham Manor,
Weihnachten im Jahre des Herrn 1648

Meine innig geliebte Tochter,
ich grüße Dich im Namen des Vaters, des Sohnes und des Heiligen Geistes!
Meine Augen sind fast erblindet und meine Ohren taub, mein Kind, und doch danke ich Gott, unserem Herrn, dass er mir altem Mann, der ich schon mit einem Bein im Grabe stehe, die Sinne geraubt hat, damit ich nicht hören muss noch sehen, was sich in diesen fürchterlichen Zeiten in unserem geliebten England ereignet. Mister Cromwell und seine Horden haben die Macht endgültig an sich gerissen und den König hingerichtet, unter dem Vorwand, er habe Krieg gegen sein Volk geführt. Wer nicht den Irrlehren dieses unbarmherzigen Mannes folgt, ist seines Lebens nun nicht mehr sicher. Vor allem unsere katholischen Glaubensbrüder wagen sich kaum noch aus dem Haus, und ich habe es wohl allein meinem Alter zu danken, wenn ich verschont bleibe.
Hätte ich nicht den einen Wunsch, Dich, meine über alles geliebte Tochter, noch einmal in meine Arme zu schließen, ich stünde keine Sekunde an, den Allmächtigen um die Gnade anzuflehn, mich zu sich in Sein ewiges Reich zu rufen. Doch wie die Dinge stehen, muss ich Dir verbieten, zu uns zurückzukehren, ob ich gleich nichts dringlicher ersehne als eben dies ...

Clarissa ließ den Brief ihres Vaters sinken. Würden in ihrer Heimat denn nie wieder Ruhe und Friede einkehren? Nein, allem Anschein nach nicht, in England so wenig wie hier in Rom. Überall bekriegten sich die Menschen, trachteten einander nach dem Leben, kämpften um Rang und Ruhm, und fast immer führten sie ihren Glauben an, um ihre fürchterlichen Taten zu rechtfertigen – im Streit um den wahren Gott ebenso wie im Streit um die wahre Kunst.

Ihr einziger Trost war, dass Francesco Borromini inzwischen die Arbeit in der Lateranbasilika wieder aufgenommen hatte. Der Plan von Monsignore Spada war aufgegangen: Die Drohung, dass sein verhasster Rivale ihn auch noch bei der Umgestaltung der Bischofskirche des Papstes verdrängen könne, hatte ihn erst zur Raserei und dann zur Vernunft gebracht, sodass er seine Weigerung endlich aufgegeben hatte.

Clarissa blickte auf. Aus dem Nebenzimmer waren Stimmen zu hören, ein Mann und eine Frau. Die Stimme der Frau gehörte Donna Olimpia – doch die des Mannes? Clarissa hatte wenig Zweifel, um wen es sich handelte. Das war sicher Bernini, der ihre Cousine einmal mehr besuchte. Seit er an ihrem Porträt arbeitete, ging er fast täglich bei Donna Olimpia ein und aus, nun schon seit fast einem Jahr.

Clarissa nahm wieder den Brief zur Hand, um ihn ein zweites Mal zu lesen, doch es gelang ihr nicht, sich auf die Zeilen ihres Vaters zu konzentrieren. Wie hatte doch der Mann, der gerade in dem angrenzenden Raum saß, nur durch eine angelehnte Tür von ihr getrennt, ihr Leben durcheinander gebracht! Bei dem Gedanken an seine Umarmung spürte sie, sosehr sie sich auch dagegen sträubte, immer noch dieses süße und gleichzeitig so schmerzliche Verlangen, das damals seine Erfüllung gefunden hatte. Doch um welchen Preis! Sie hatte die Erinnerung an jenen unwirklichen, überwirklichen Augenblick in ihrem Herzen eingeschlossen wie den Duft eines Parfüms in einem Flakon und diesen sorgsam versiegelt, aber nie hatte sie gewagt, das Fläschchen zu öffnen, aus Angst, dass statt des kostbaren Duftes ein unheilvoller Odem daraus entweichen könne, verdorben von der Zeit und den Umständen zu einem gefährlichen, todbringenden Gift.

Die Stimmen nebenan wurden lauter. Unwillkürlich schaute

Clarissa zur Tür. Sie konnte nicht anders, es geschah ganz von allein. Ob er Olimpia dieselben Worte sagte, die er damals zu ihr gesagt, dieselben Dinge mit ihr tat, die er mit ihr getan hatte? Sie verbot sich daran zu denken – das ging sie nichts an! Aber warum wollte Olimpia ein Bildnis von ihm? Alessandro Algardi hatte doch schon eins von ihrer Cousine in Marmor gemeißelt, außerdem gab es gemalte Porträts von ihr zuhauf, eins schöner und prächtiger als das andere. Und warum brauchte Lorenzo so lange für die Büste? War die Arbeit nur ein Vorwand, um möglichst oft mit Donna Olimpia zusammen zu sein? Eine längst vergessene Erinnerung stieg in Clarissa auf, eine Szene im Morgengrauen, vor vielen, vielen Jahren, in der Kapelle des Palazzo Pamphili: zwei verhüllte Gestalten, die einander umschlungen hielten und leise Worte flüsterten.

Die Stimmen nebenan waren jetzt so laut und ihr Ton so erregt, dass Clarissa in dem Zischeln und Tuscheln einzelne Wortfetzen verstand.

»Es muss ein Geheimnis bleiben – unbedingt!«

»Natürlich! Sie können sich auf mich verlassen, Eccellenza ... Ein hübsches kleines Geheimnis, von dem nur Sie und ich wissen ... Unter einer Bedingung ... Aber die kennen Sie ja ...«

Clarissa erhob sich, um die Tür zu schließen. Es war ihr zuwider, Zeugin dieser Vertraulichkeiten zu werden.

Plötzlich stutzte sie. Durch den Türspalt erkannte sie, dass Donna Olimpias Besucher gar nicht Lorenzo Bernini war, sondern ein Mönch. Sie wollte die Tür gerade zuziehen, da drehte der Mann sich um, und Clarissa sah sein Gesicht: zwei kleine stechende Augen und darunter ein wulstiges Lippenpaar – derselbe Barfüßermönch, der in der Osternacht schon einmal bei Olimpia gewesen war. Ohne die Tür zu schließen, trat Clarissa einen Schritt zurück. Was ging da vor?

»Das ist das letzte Mal«, zischte Donna Olimpia, »das *allerletzte* Mal.«

»Stören Sie mich jetzt nicht«, erwiderte der Mönch. »Sonst muss ich wieder von vorn anfangen.«

Vorsichtig spähte Clarissa durch den Türspalt. Was hatte es mit dem Mann auf sich? Ihre Cousine war ganz blass, und aus ihrem Gesicht sprach eine solche Unsicherheit, ja Angst, wie Clarissa sie noch nie an ihr erlebt hatte. Ruhelos ging Olimpia in dem Zimmer auf und ab, während der Mönch sich über den Tisch beugte, um Münzen zu zählen, die er eine nach der anderen in ein Ledersäckchen steckte.

»Fünftausendachthundert, fünftausendneunhundert, sechstausend.« Er ließ die letzte Münze in das Säckchen fallen und drehte sich zu Donna Olimpia herum. »Mehr nicht? Für einen so prächtigen Edelstein?«

»Ich warne Sie, strapazieren Sie meine Geduld nicht über das Maß hinaus!«

»Sie – mich warnen?« Der Mönch lächelte Donna Olimpia mitleidig an. »Wenn ich mich mit sechstausend Scudi begnüge, so beweist das nur, was für ein großes Herz ich habe. Ein Akt der Mildtätigkeit. Aber wenn Sie meinen, mich warnen zu müssen, kann ich es mir durchaus noch einmal anders überlegen.« Das Lächeln verschwand von seinen fleischigen Lippen, und seine Blicke richteten sich wie ein Speer auf Donna Olimpia, während er sich ungeniert im Schritt kratzte, als plagten ihn Flöhe. »Vergessen Sie nicht, ich habe Sie in der Hand!«

»Vergessen *Sie* nicht, dass ich Sie jederzeit einsperren lassen kann!«

»Das können Sie nicht«, sagte der Mönch seelenruhig, fast gelangweilt, und schnürte den Geldsack zu. »Ich habe bei Kardinal Barberini einen versiegelten Brief hinterlegt, den Seine Eminenz öffnen wird, sobald mir etwas zustößt. Darin habe ich unser hübsches kleines Geheimnis fein säuberlich aufgeschrieben. Eine höchst erbauliche Lektüre, kann ich Ihnen versichern.«

»*Was* haben Sie?«

Clarissa sah, wie ihre Cousine die Fassung verlor. Olimpia war jetzt noch blasser als zuvor, in ihren Augen stand das blanke Entsetzen. Am liebsten wäre Clarissa ihr zu Hilfe geeilt, so Leid tat sie ihr in diesem Augenblick – doch durfte sie sich sehen lassen?

Bevor sie sich entscheiden konnte, sagte der Mönch:
»Ja, glauben Sie wahrhaftig, ich würde mich Ihnen schutzlos ausliefern? Einer Frau, die ihren Mann vergiftet hat, um mit dem Papst das Bett zu teilen?«
»Sie ... Sie ...«, stammelte Olimpia, um Worte ringend, »Sie bringen sich selbst an den Galgen. Sie waren es, der mir damals das Gift besorgt hat.«
»Eben«, erwiderte der Mönch und ließ den Geldsack unter seiner Kutte verschwinden. »Darum weiß ich ja, wie schlau und gefährlich Sie sind.«
Clarissa stockte der Atem und sie spürte, wie ihr das Blut in den Adern gefror. Fassungslos, keines klaren Gedankens fähig, versuchte sie die Worte zu begreifen, die sie vernommen hatte.
»Ich glaube, jetzt ist es Zeit für mich zu gehen«, sagte der Barfüßermönch und hob mit mildem Lächeln die Hand in Donna Olimpias Richtung. »Beuge also dein Haupt, meine Tochter, damit ich dich segnen kann!«
Ungläubig sah Clarissa zu, wie Olimpia der Aufforderung nachkam. »*Olimpia* ist ihr Name, denn *olim* war sie *pia* ...« Diesen Spottvers hatten die Leute am »Pasquino« gerufen, am Tag von Pamphilis Wahl zum Papst. Wie hatte Clarissa sich damals empört über die ungeheuerlichen, widerwärtigen Verdächtigungen, die man über ihre Cousine verbreitete, und jetzt behauptete dieser unheimliche Mönch ...
Clarissa war nicht imstande, den Gedanken zu Ende zu denken. Plötzlich zitterte sie am ganzen Leib, die Zähne schlugen aufeinander, ohne dass sie es verhindern konnte, und der Brief ihres Vaters, den sie die ganze Zeit über in der Hand gehalten hatte, entglitt ihr und fiel zu Boden.
Auf dem Absatz machte Clarissa kehrt und eilte davon, in solcher Hast, dass sie mit dem weiten Ärmel ihres Kleides eine Vase umriss, die klirrend zu Boden fiel. Fort, nur fort von hier! Während sie die Treppe hinauflief, rief sie einem Diener zu, dass sie nicht zu Abend essen würde. Sie fühle sich nicht wohl, stotterte sie, das möge er Donna Olimpia ausrichten.

14

Im Observatorium warf sie sich auf einen Divan. Konnte wirklich sein, was sie gehört hatte? Der Gedanke war so enorm, so außerhalb jeder Vorstellbarkeit, dass Clarissas Kopf zu klein schien, um ihn zu fassen. Donna Olimpia – eine Giftmischerin? Die Frau, in deren Haus sie lebte, seit so vielen Jahren? Die ihr half, sie unterstützte, ihr mit Rat und Tat zur Seite stand, wann und wo immer sie konnte? Die wie eine Freundin, eine Schwester, eine Mutter zu ihr war? Die engste Vertraute und Ratgeberin des Papstes? Nein, das konnte nicht sein! Clarissa war, als würde ihr der Schädel platzen. Sicher, ihre Cousine liebte die Macht, wollte befehlen und herrschen – das war Clarissa in der langen Zeit ihres Zusammenseins immer klarer geworden. Aber ihren Mann umbringen? Unmöglich! Ausgeschlossen!
Mit einer Anstrengung, als wären ihre Glieder aus Blei, richtete Clarissa sich auf dem Divan auf. Zwischen den zahllosen Gedanken, die unablässig auf sie einstürmten, drängte sich ihr einer immer klarer und nachdrücklicher ins Bewusstsein, ein gemeiner, hinterhältiger, bösartiger Gedanke, den sie selber hasste und doch nicht zum Schweigen bringen konnte: Wenn alles nicht stimmte, wenn alles nur ein fürchterliches Missverständnis war, ein Irrtum, eine Täuschung – was hatte der Mönch dann mit seinen Worten gemeint? Was war das für ein Geheimnis, das er mit Donna Olimpia teilte? Und warum gab ihre Cousine ihm Geld? Warum hatte sie Angst vor ihm?
Als es dunkel wurde, stand Clarissa auf, um durch ihr Teleskop zu schauen. Vielleicht würde sie das beruhigen, zumindest würde es sie auf andere Gedanken bringen. Doch als sie in den Himmel spähte, flimmerten die Sterne vor ihren Augen, als würden sie eine Tarantella tanzen. Eine Stimme wie aus einer anderen, längst dahingesunkenen Welt klang in ihrem Innern nach, die Stimme eines Mannes. »Ohne dich bin ich wie ein Schiff, das ohne Steuermann auf hoher See treibt. Ich werde dir täglich

schreiben.« Die Worte, die Monsignore Pamphili zu ihrer Cousine gesprochen hatte, in der Familienkapelle, am Morgen vor seiner Abreise nach Spanien ... Die beiden hatten damals so zärtlich miteinander gesprochen wie zwei Liebende.

Plötzlich fiel Clarissa die Vase ein, die sie bei ihrer Flucht umgestoßen hatte, und Angst schnürte ihr die Kehle zu. Wenn es stimmte, was sie gehört hatte, wenn das, was dieser unheilige Mönch sagte, tatsächlich die Wahrheit war und Olimpia bemerkt hatte, dass sie belauscht worden waren – was dann? Ohne zu überlegen, was sie tat, ging Clarissa zur Tür und schob den Riegel vor. Denn in ihr Entsetzen über den schrecklichen Verdacht, der mit solcher Macht Besitz von ihr ergriffen hatte, mischte sich eine zweite, noch schlimmere Angst. Die Angst um ihr eigenes Leben.

Clarissa wusste nicht, wie viele Stunden sie sich mit all den quälenden Fragen beschäftigt hatte, doch irgendwann am späten Abend – die Kerze im Leuchter war bereits bis auf einen kurzen Stumpf heruntergebrannt – hielt sie es nicht länger aus. Sie musste sich Gewissheit verschaffen. Wenigstens in dieser einen Frage.

Sie nahm den Leuchter vom Tisch und leise, damit niemand sie hörte, schob sie den Türriegel zurück und trat auf den dunklen Flur hinaus.

Während sie sich durch das schlafende Haus tastete, klopfte ihr das Herz bis zum Hals. Auf der Treppe knarrte eine Stufe. Clarissa blieb stehen und horchte in die Finsternis hinein. Doch nichts schien sich zu regen. Nur von irgendwoher drang das Ticken einer Uhr zu ihr.

Endlich gelangte sie an ihr Ziel. Als sie die Tür zu dem kleinen Kabinett öffnete, in dem sie das Gespräch ihrer Cousine belauscht hatte, hob sie den Leuchter, um besser zu sehen. Sie hoffte, die Scherben der zersprungenen Vase vorzufinden, doch auf dem Marmorboden waren keinerlei Spuren von ihrem Missgeschick zu sehen, und die Verbindungstür zum Nachbarzimmer, durch deren Spalt Clarissa gespäht hatte, war fest

verschlossen. Jemand musste sie nach ihrer Flucht wieder zugezogen haben.
»Was machst du hier?«
Erschrocken drehte Clarissa sich um. Vor ihr stand Olimpia, auch sie mit einem Leuchter in der Hand. Von Nervosität war in ihrem Gesicht nichts mehr zu erkennen, sie schien so ruhig und gefasst wie je – höchstens, dass sie die Stirn runzelte.
»Ich dachte, du bist krank. Man sagte mir, du fühltest dich nicht wohl und wolltest zu Bett. Was hast du?«
»Ich … ich weiß nicht, ich glaube, ich habe mir den Magen verdorben.«
»Bei dem Wenigen, was du isst? Nein, mich kannst du nicht täuschen.« Olimpia schüttelte den Kopf und kam auf sie zu. »Warum lügst du mich an? Ist das nötig zwischen uns beiden? Ich weiß doch, was es ist.« Plötzlich stellte sie den Leuchter ab, nahm Clarissa in den Arm und küsste sie auf die Stirn. »Es sind die Nachrichten aus England, nicht wahr?«
»Woher weißt du das?«, fragte Clarissa, die Olimpias Arm wie eine Schlinge um ihren Körper empfand, während ihre Cousine sie mitfühlend, ja liebevoll ansah.
»Da«, sagte Olimpia und zog einen Brief aus dem Ärmel ihres Kleides. »Verzeih, dass ich ihn gelesen habe, ich wusste ja nicht, dass er für dich bestimmt war. Er lag auf dem Boden, neben der Tür. Hast du nicht gemerkt, dass du ihn verloren hast?«
Olimpia musterte sie mit einem langen, eindringlichen Blick. Was hatte dieser Blick zu bedeuten? Clarissa hielt ihm nicht länger stand und schlug die Augen nieder.
»Bitte entschuldige mich«, sagte sie mit letzter Kraft und machte sich von ihrer Cousine los. »Aber ich glaube, ich möchte jetzt in mein Zimmer gehen.«

15

Am 13. Mai, dem Himmelfahrtstag des Jahres 1649, verlas Papst Innozenz X., nachdem er im Beisein von Kardinälen, Fürsten und Botschaftern das feierliche Hochamt zelebriert hatte, vor der zugemauerten Pforte von Sankt Peter die Bulle, mit der er das Heilige Jahr 1650 ankündigte. Doch nicht jeder in der großen Stadt hatte Grund zur Freude. Denn während sich die Christenheit auf das Jubelfest vorbereitete und tausende von Gläubigen aus aller Welt sich auf den Weg nach Rom machten, um durch die Teilnahme an den Feiern Vergebung für ihre Sünden zu erlangen, durchlitt Clarissa ein Fegefeuer der Ungewissheit. Hatte ihre Cousine wirklich getan, was der Mönch behauptete? Und wenn: Ahnte sie, dass Clarissa ihr Geheimnis kannte?
Den Sommer über wich Olimpia kaum von ihrer Seite. Sie kümmerte sich mit solchem Eifer um sie, dass Innozenz manches Mal murrte, sie würde ihn vernachlässigen. Dabei begegnete sie Clarissa stets mit derselben aufmerksamen Zuvorkommenheit wie in all den Jahren bisher, erkundigte sich nach ihrem Befinden, nach ihren Bedürfnissen, nach ihren Wünschen und tat scheinbar alles, was in ihren Kräften lag, um zu ihrem seelischen und leiblichen Wohlergehen beizutragen. Das Unheimliche dabei war nur, dass sie Clarissa nie aus den Augen ließ. Bei den Mahlzeiten nahm sie neben ihr Platz, sie leistete ihr Gesellschaft beim Sticken und Lesen, ja sie suchte sie sogar in ihrem Observatorium auf und ließ sich von ihr die Sterne zeigen, obwohl sie früher keinerlei Sinn für die Himmelskunde zu erkennen gegeben hatte. Und nicht nur im Haus blieb sie stets in ihrer Nähe, auch wenn Clarissa den Palazzo Pamphili verließ, konnte sie fast sicher sein, dass Olimpia sie begleitete, um jede ihrer Bewegungen zu beobachten, jedes Wort zu registrieren.
Allmählich empfand Clarissa die ständige Gegenwart ihrer Cousine wie eine geheime Drohung. Noch schlimmer aber war es, wenn dringende Geschäfte Donna Olimpia zwangen, sie allein

zu lassen. In diesen Stunden war es Clarissa, als lauere hinter jeder Tür, hinter jedem Vorhang eine unbekannte Gefahr. War sie ihres Lebens überhaupt noch sicher? Ihre Nerven waren so überreizt, dass sie bei dem leisesten Geräusch zusammenzuckte, und sprach jemand sie von hinten an, erschrak sie fast zu Tode.

Wie gerne hätte sie sich einem Menschen anvertraut! Doch niemand war da, dem sie ihr Herz ausschütten konnte. Lorenzo Bernini hatte seit seinem Auftritt mit der Engelstrompete nicht mehr bei ihr vorgesprochen, und auch Francesco Borromini hielt sich von ihr fern. Schämte er sich vor ihr, weil er den Arbeiter erschlagen hatte? Sie kannte ihn ja und ahnte, wie sehr ihn seine Tat belasten musste, auch wenn die Römer dazu schwiegen. Oder mied er sie, weil sie ihn durch ihr Verhalten verletzt hatte und er sie nicht mehr sehen wollte?

Clarissa wusste es nicht. Sie redete sich ein, dass der Umbau von San Giovanni ihn jede Minute in Beschlag nahm. Durch die Gespräche bei Tisch erfuhr sie regelmäßig von den Fortschritten seiner Arbeit, bereits im August waren die Stuckarbeiten in der Laterankirche vollkommen abgeschlossen – doch in ihrem Herzen wusste sie nur zu genau, dass es andere Gründe waren, die Borrominis Ausbleiben bestimmten. Sie fühlte sich so allein auf der Welt wie ein Vogel, der aus seinem Nest gefallen war. Nicht einmal ihrem Beichtvater, der sie regelmäßig besuchte, wagte sie sich zu offenbaren; Monsignore Spada war ja nach Olimpia der engste Vertraute des Papstes, und wer wusste, wenn ihr schlimmer Verdacht der Wahrheit entsprach, war vielleicht sogar Innozenz an der Ermordung seines Bruders beteiligt.

So blieben Clarissa nur die Sterne und das Gebet. Sie verbrachte ihr Leben zwischen Kapelle und Observatorium, zwischen Andacht und Himmelsbetrachtung, und mochte ihr dieses Leben, sofern es Tätigkeiten und Aufgaben kannte, auch bisweilen fast wie ein wirkliches Leben erscheinen, hatte es doch weder Ziele noch Sinn. Obwohl es Jahre so hätte weitergehen können, hatte Clarissa trotzdem ständig das Gefühl, es wäre besser, wenn es aufhören würde. Denn wen gab es, dem sie die Sterne hätte zeigen können? Für wen sollte sie sich bei Gott verwenden? Während die Herbststürme die Blätter von den Bäumen rissen, trat ein Ereignis ein, das Donna Olimpias Aufmerksamkeit für einige Zeit von Clarissa ablenken sollte. Die andere Olimpia, die schöne Fürstin Rossano, war schwanger; ihr gewölbter Bauch hatte die letzten Zweifel an der Zeugungsfähigkeit des jungen Kardinals Pamphili zunichte gemacht. Donna Olimpia war über diesen offenkundigen Verrat ihres Sohnes so erbost, dass sie bei Innozenz die Verbannung Camillos und seiner Metze aus Rom bewirkte und jedem im Palazzo verbot, den Namen des Kardinals zu erwähnen. Als aber am zweiten Advent die Nachricht von der Geburt eines gesunden Enkels an ihr Ohr drang, zeigte sie sich plötzlich versöhnlich. Sie bewirkte die Erlaubnis, dass Camillo in die Stadt zurückkehren und den Purpur ablegen durfte, und damit ihr Enkel einst als rechtmäßiger Stammhalter der Familie Pamphili Anerkennung finden würde, willigte sie sogar in die Eheschließung ein, die in der vierten Adventwoche mit so großem Aufwand gefeiert wurde, dass die Festgäste sich fragten, mit welchen Mitteln Donna Olimpia eine so prachtvolle Hochzeit finanziert haben mochte.

Die Antwort ließ nicht lange auf sich warten. Zumindest Clarissa sollte sie bald erfahren.

»Ich bin ja so gespannt auf die Bescherung«, sagte Donna Olimpia am Nachmittag des 24. Dezember mit funkelnden Augen. »Ich kann kaum erwarten, dass es endlich Abend wird.«

»Bescherung?«, fragte Clarissa, wie stets darum bemüht, sich gegenüber ihrer Cousine möglichst unbefangen zu verhalten. »Was meinst du damit?«

»Du wirst schon sehen, du wirst schon sehen.«

Auf einem Tragsessel an der Spitze einer tausendköpfigen Prozession und begleitet von den Gesängen der Pilger und Gläubigen, zog Papst Innozenz an diesem Heiligen Abend vom Vatikanpalast zum Lateran. Als die Glocken der Basilika sechsmal anschlugen, verstummten die Gesänge. Innozenz verließ die

Sänfte und zu Fuß bestieg er die Stufen zum Portal seiner Kirche. Mit ernstem Gesicht kniete er nieder und klopfte mit seinem Hirtenstab an der zugemauerten Pforte an, um Einlass zu begehren, während sechs seiner Kardinäle zu den anderen Hauptkirchen der Stadt ritten, um dort in seinem Namen dasselbe zu tun, und kaum war der erste Schlag getan, brachen Maurer die Steine fort, damit der Pontifex Maximus die mächtige Basilika in seinen Besitz nehmen konnte: Das Heilige Jahr 1650 war eröffnet!

Die anschließende Christmette verfolgte Clarissa an der Seite ihrer Cousine. Gerade verlas ein Prälat das heilige Evangelium nach Lukas, um die frohe Botschaft von der Ankunft des Erlösers auf Erden zu verkünden, da trat ein Maurer an das Chorgestühl heran und beugte sich zu Olimpia.

»Hier, wie Sie befohlen haben, Eccellenza!«, flüsterte er und reichte ihr eine verstaubte, mit Mörtelresten behaftete Kassette. Clarissa schaute ihre Cousine verwundert an, doch Olimpia hatte keinen Blick für sie. Mit einem Ausdruck des Entzückens nahm sie die kleine Truhe in Empfang, die so schwer war, dass sie sie nur mit sichtlicher Kraftanstrengung entgegennehmen konnte, und hielt sie dann mit beiden Händen auf ihrem Schoß, als wolle sie sie nie wieder hergeben. Während sie den Worten der Weihnachtsgeschichte zu lauschen schien, betrachtete sie mit zärtlichen Blicken die Kassette und strich immer wieder über ihren Deckel, und sie gab sie nicht aus der Hand, bis sie und Clarissa spät in der Nacht in den Palazzo Pamphili zurückgekehrt waren.

»Die Medaillen vom letzten Heiligen Jahr«, sagte Donna Olimpia, und ihre Stimme gluckste vor Freude. »Sie waren in der Heiligen Pforte eingemauert. Damit kann ich Camillos Hochzeit leicht bezahlen, und es bleiben noch viele Scudi übrig, um andere gute Werke zu tun.«

Sie hatte den Deckel der Kassette geöffnet, und beim Sprechen ließ sie die Goldmünzen durch ihre Finger gleiten.

»Aber«, fragte Clarissa erstaunt, »sind die Medaillen nicht für die Armen bestimmt?«

»Bin ich etwa nicht arm?«, fragte ihre Cousine zurück. »Die Vorsehung hat mir diesen Schatz zugedacht, und niemand darf sich über sie erheben. Das wäre Anmaßung, eine Sünde wider den Heiligen Geist.«
Sie klappte den Deckel zu und trug die Kassette zu einem Schrank. Fassungslos sah Clarissa, wie ihre Cousine sie dort verstaute.
»Wie kannst du so etwas tun?«
»Ich kann tun, was ich will«, sagte Olimpia und drehte sich zu ihr um. »Alles! Ich bin die Herrscherin dieser Stadt!«
Aus ihrem Gesicht sprach ein solcher Triumph, dass es Clarissa die Kehle zuschnürte. Warum tat Olimpia das? Warum gab sie ihr ruchloses Handeln so schamlos vor ihr preis? Wollte sie sie mit dieser Demonstration ihrer Macht einschüchtern? Clarissa hatte kaum noch Zweifel daran. Sie fragte sich nur, was ihre Cousine im Besitz solcher Macht ihr eines Tages antun würde.

16

Während die Angst Clarissa wie ein unsichtbarer Schatten begleitete, vergingen die Tage und Wochen mit den Zeremonien des Heiligen Jahres. Wie das Ritual es verlangte, wusch und küsste Innozenz die Füße von sieben Pilgern, trug das wundertätige Kruzifix von San Marcello nach Sankt Peter und beschenkte die Brüderschaft der Trinität, die sich um das Wohl der Pilger in der Ewigen Stadt kümmerte, mit fünfhundert Goldscudi aus seiner Privatschatulle. Doch wen die Römer tatsächlich für ihren Papst erachteten, stand am »Pasquino« geschrieben: »Olimpia Pontifex Maximus«.
Das war nicht übertrieben. Donna Olimpia wohnte nicht nur wie eine regierende Königin jeder offiziellen Zeremonie bei, sondern entzog ihrem Schwager unter dem Vorwand, seine Ge-

sundheit zu schonen, immer mehr Geschäfte von Bedeutung, um sie selber zu besorgen. Sie entschied über Gnaden- und Ablassgesuche, vergab Pensionen und erklärte Ehen für gültig oder ungültig. Kein Amt in der Stadt, das ohne ihre Einwilligung vergeben wurde, kein Präfekt oder Bischof, der ihr nicht verpflichtet war, sodass sie Reichtümer hortete, von denen selbst die Barberini nicht einmal zu träumen gewagt hätten. Der Rota Romana aber, dem päpstlichen Gerichtshof, pflanzte sie ein so perfektes System von Erpressungen und Bestechlichkeit ein, dass in Rom immer weniger das Gesetz, dafür aber umso mehr ihr Wille über Recht und Unrecht entschied.

Auch den Prozess gegen Francesco Borromini wegen der Tötung seines Gehilfen trieb Donna Olimpia voran, sogar in der Zeit der Fasten. Während alle Gerichtsverfahren in der Stadt sonst ruhten, ging dieses Verfahren weiter – nicht in einem ordentlichen Gerichtssaal, sondern an der Mittagstafel des Papstes. Der Angeklagte war der Lateranbaumeister, sein Fürsprecher Monsignore Spada. Doch wer war der Ankläger? Und wer der Richter?

»Ich meine«, sagte Virgilio Spada, »wenn Signor Borromini seine Schuld in öffentlicher Rede eingesteht und den Heiligen Vater auf Knien um Vergebung bittet – könnte diese ihm dann nicht gewährt werden? Er hat immerhin Bedeutendes geleistet, und es fragt sich, ob die Kirche auf einen Mann mit solchen Gaben verzichten kann.«

Innozenz wog nachdenklich den Kopf, doch bevor er das Wort ergreifen konnte, sagte Donna Olimpia: »Wehe der Kirche, wenn ihr Oberhaupt das himmlische Recht um irdischer Vorteile beugt! Signor Borromini hat schwer gesündigt und sein Verbrechen schreit nach Strafe. Wie soll das Volk zwischen Gut und Böse unterscheiden, wenn eine solche Schandtat ungesühnt bleibt?«

»Verzeihen Sie, wenn ich einen Einwand erhebe, Eccellenza«, antwortete Spada und wischte sich mit einem Tuch den Mund ab. »Aber hat Jesus Christus uns nicht auch gelehrt, den Irregeleiteten zu verzeihen? Und gilt dies nicht ganz besonders im

Heiligen Jahr? Ich versichere Sie, Signor Borromini hat an allen Jubelfeiern für den Ablass teilgenommen.«
»›Mein ist die Rache‹, sprach der Herr«, erwiderte Donna Olimpia ungerührt. »Meint Ihr nicht auch, Heiliger Vater?«
Mit einem unwilligen Brummen pflichtete Innozenz ihr bei. Clarissa war so erregt, dass sie den Wein, an dem sie gerade nippte, verschüttete. Während ein Diener herbeieilte, um die Flecken zu trocknen, griff Olimpia nach ihrer Hand.
»Ich weiß, mein Kind, was du empfindest.« Alle Strenge war aus ihrem Gesicht gewichen und hatte dem Ausdruck mitfühlender Anteilnahme Platz gemacht. »Du magst diesen Steinmetz, und deine Zuneigung spricht für deine Herzensgüte. Aber Recht muss Recht bleiben.«
Während Clarissa den immer stärkeren Händedruck ihrer Cousine spürte, beschlich sie eine fürchterliche Ahnung. Warum war Olimpia so erpicht darauf, Borromini zu strafen? Hunderte von Verbrechern, die viel Schlimmeres begangen hatten als er, ja sogar Kinderschänder und Meuchelmörder wurden in diesem Jahr begnadigt und in die Freiheit entlassen. Wollte Olimpia Francesco womöglich nur strafen, um *sie* zu treffen? Clarissa schloss die Augen. Nicht vorzustellen, wenn er dafür sein Leben lassen musste … Aber was konnte sie tun?
Voller Anspannung und gleichzeitig wie gelähmt fieberte sie dem Ostersonntag entgegen. An diesem Tag, dem wichtigsten im Heiligen Jahr, würde der Papst nach der Messe in seiner Bischofskirche das Urteil verkünden, beim großen Fest auf der Piazza Navona.

17

Bereits am frühen Morgen war der Platz schwarz von Menschen, überbordend wie sonst nur am Tag einer Hinrichtung, und ihre

Rufe drangen durch die Fensterscheiben in den Palazzo Pamphili.

»Die Römer wollen den Heiligen Vater sehen«, sagte Donna Olimpia, die mit Innozenz den Ablauf des Tages besprach. »Ihr dürft sie nicht enttäuschen.«

»Dafür ist jetzt keine Zeit«, erwiderte Innozenz mürrisch. »Ich will mich vor der Messfeier sammeln. Zeigen Sie sich an meiner Stelle dem Volk!«

Während Olimpia die Balkontür öffnete, kniete Innozenz vor einem Marienaltar nieder, um zu beten. Clarissas Herz begann zu klopfen – sie war mit dem Papst jetzt ganz allein im Raum. War dies ein Fingerzeig des Himmels? Noch nie hatte sie gewagt, von sich aus das Wort an diesen Mann zu richten, doch heute hatte sie keine andere Wahl. Sie selber hatte Spada, ohne es zu wissen, den Weg gewiesen, um ihren Freund zu retten, und jetzt, da der Monsignore am Widerspruch Donna Olimpias zu scheitern drohte, war es ihre Aufgabe, diesen Weg zu Ende zu gehen. Nicht nur für Francesco, auch für sich selbst. Hoffnung keimte in ihr auf. Sie wollte ein Argument in Anschlag bringen, dem Innozenz sich vielleicht nicht verschließen konnte.

»Ich bitte Ewige Heiligkeit kniefällig um Verzeihung«, sagte sie, und das Herz pochte ihr bis zum Hals, »aber eine schwere Seelenpein nötigt mich, Euch um Rat zu bitten.«

Innozenz betete flüsternd weiter, dann wandte er sein pockennarbiges Gesicht ihr zu. »Wen Gott peinigt, den liebt er«, sagte er, und zu Clarissas Erleichterung erfüllte ein warmer, milder Ausdruck sein hässliches Gesicht, als er sich von seiner Bank erhob. »Was hast du auf dem Herzen?«

»Die Frage nach dem Ablass lässt mir keine Ruhe, Heiliger Vater. Ist es wahr, dass die Teilnahme an den Jubelfeiern dereinst im Jenseits die Strafe für unsere Sünden mildert?«

»Sicherlich, meine Tochter. Wer reuigen Herzens die Wallfahrt im Heiligen Jahr begeht, dem ist das ewige Seelenheil gewiss.«

»Aber wenn dem so ist, Ewige Heiligkeit, muss dann nicht auch jenen Menschen Ablass zuteil werden, die zum Gelingen des

Heiligen Jahres einen Beitrag leisten? Die mitwirken an dem großen Werk, das so vielen Gläubigen Befreiung von der Last ihrer Sünden verheißt?«

»Du meinst Signor Borromini, den Baumeister meiner Kirche?« Der Papst schüttelte den Kopf und sein Gesicht verdüsterte sich. »Die himmlische Gerechtigkeit kann vergeben, die irdische muss Strenge walten lassen.«

»Kennt sie darum keine Gnade?«

Innozenz hob den Arm zum Segen. »Die Gnade des Herrn sei mit ihm – sie wird ihn auf dem Schafott bedecken wie ein Schild.« Mit einem Seufzer ließ er sich wieder auf die Knie sinken. »Die Sache ist entschieden. Der Sünder muss büßen – Borromini wird sterben. Störe mich nicht weiter in meinem Gebet.«

Von der Piazza stieg lauter Jubel empor. *Borromini wird sterben ... Borromini wird sterben ...* Immer wieder hallten diese drei unscheinbaren, alles vernichtenden Worte in Clarissas Kopf nach, während draußen auf dem Balkon ihre Cousine sich dem Volk zeigte, und ihre Angst steigerte sich zur Verzweiflung. Besaß Donna Olimpia wirklich alle Macht auf Erden? Selbst die Macht über Leben und Tod?

Clarissa wollte sich dem Papst zu Füßen werfen, um ihn um Gnade anzuflehen. Da erblickte sie sein Gesicht: Es war fast eine Grimasse, so groß war der Unwille, mit dem er aus den Augenwinkeln seine Schwägerin auf dem Balkon beobachtete, während seine Lippen die Gebetsworte murmelten. Plötzlich durchzuckte Clarissa eine Frage. Was würde Donna Olimpia jetzt an ihrer Stelle tun?

Im selben Moment kam ihr eine Idee. Es war nur ein Strohhalm, nicht mehr als eine vage Hoffnung, und vielleicht gefährdete sie sogar ihr eigenes Leben, wenn sie ihrer Eingebung folgte. Doch durfte sie diese Chance, und wenn sie noch so gering war, ungenutzt lassen?

»Das Volk liebt Donna Olimpia«, sagte sie laut, ohne sich von Innozenz' verärgerter Miene beirren zu lassen. »Die Menschen jubeln ihr zu, als wären sie nur ihretwegen gekommen.«

»Das Volk soll Gott lieben oder Seinen Stellvertreter«, erwiderte Innozenz erbost. »Je mehr sie einem gewöhnlichen Menschen zujubeln, umso weniger Jubel bleibt für das Heilige Jahr.«
»Aber Donna Olimpia ist kein gewöhnlicher Mensch«, widersprach Clarissa unter Aufbietung all ihren Muts. »Sie kann tun, was sie will. Alles! Sie ist die Herrscherin von Rom!«
Innozenz wechselte die Farbe, und die Verärgerung in seinem Gesicht wich offenem Zorn, während er seinen Leib in die Höhe wuchtete. Plötzlich wirkte er wie ein großer, alter, böser Kettenhund, den man aus seiner Hütte gelockt und gereizt hatte.
»Wer untersteht sich«, fragte er mit knarrender Stimme, »solches zu sagen?«

18

Am Abend erstrahlte die Piazza im Lichterschein von eintausendsechshundert Laternen, und die Luft hallte wider vom Heulen und Zähneknirschen der Flagellanten, die zur Erinnerung an das dem Erlösungswerk Gottes vorangehende irdische Jammertal ihre nackten Oberkörper mit vielschwänzigen Peitschen geißelten.
Mit vor Aufregung weichen Knien bestieg Clarissa die Tribüne, die in der Mitte der Piazza aufgeschlagen war, und nahm an der Seite ihrer Cousine Platz. Der Tag war so quälend langsam vergangen, als dehnten sich die Sekunden zu Minuten und die Minuten zu Stunden. Hatte sie mit ihrem verzweifelten Versuch beim Papst etwas bewirkt? Oder war ihr Mut vergeblich gewesen?
Immer wieder blickte Clarissa über die prachtvoll geschmückte Piazza. Den Spaniern war die Ehre zuteil geworden, das Fest der österlichen Lobpreisung auszurichten – der Dank des Pontifex für ihre Unterstützung bei seiner Wahl gegen die Partei der

Franzosen. In ihrem Auftrag hatte Carlo Rainaldi, der Sohn des päpstlichen Hausarchitekten, den Platz wie eine mittelalterliche Festung gestaltet: Zu beiden Enden der Piazza erhoben sich auf mächtigen Pfeilern zwei Wachttürme, unter deren Kuppeln der auferstandene Christus und die Gottesmutter Maria über den Platz hinweg einander grüßten. Hier, dachte Clarissa voller Bangen, zwischen diesen beiden Türmen würde sich Francesco Borrominis Schicksal in wenigen Minuten entscheiden.

Im Halbkreis säumten die Sitzreihen mit den kirchlichen und weltlichen Potentaten die Empore für den Thron des Papstes, gegenüber von Berninis unvollendetem Brunnen, der Stein gewordenen Demütigung seines Rivalen. Die Figuren, welche die Fontänen einmal schmücken sollten, fehlten zwar noch, doch der Obelisk war bereits über dem Marmorbecken aufgerichtet. Wie ein gigantischer drohender Finger ragte er in den Himmel empor.

»Wie prächtig die Anlage erst wirken wird, wenn Wasser aus den Speiern sprudelt und die Flussgötter sich darin tummeln«, sagte Donna Olimpia. Sie war in großartigem Tenue – ihr Kleid ein verschwenderisches, mit Gold und Brillanten verziertes Kunstwerk aus Seide, Rüschen und Schleifen – und in noch großartigerer Stimmung.

»Sicher, ein prächtiges Schauspiel«, erwiderte Clarissa zerstreut.

»Das hätte dein Borromini nie zustande gebracht. Übrigens«, wandte Olimpia sich plötzlich an jemanden in der Reihe hinter ihr, »wäre heute nicht der rechte Abend, Ihren Bruder in den Vicolo dell' Agnello zu schicken?«

»Heute? Meinen Sie?«

Als Clarissa die Männerstimme in ihrem Rücken hörte, fuhr sie herum. Auf dem Platz hinter ihr saß Cavaliere Bernini, der sie mit einem verlegenen Lächeln begrüßte. Sie erwiderte den Gruß mit einem stummen Nicken. Warum musste er ausgerechnet hinter ihr sitzen?

Während sie den Blick wieder nach vorn wandte, hörte sie, wie Olimpia ihm zur Antwort gab: »Seien Sie nicht dumm, Cavaliere.

Es kann keinen günstigeren Abend geben. Heute kann seine Nachbarin ganz allein schalten und walten, und wer weiß, wenn das Urteil erst gesprochen ist, ob sich dann überhaupt noch Pläne dort finden lassen. Der gottlose Mensch ist imstande und hat für den Fall, dass ihm etwas passiert, Anweisung gegeben, die Zeichnungen zu vernichten.«

Clarissa verstand kein einziges Wort. Sie beobachtete nur, wie wenige Augenblicke später Luigi Bernini, der Bruder des Cavaliere, sich auf einen Wink Donna Olimpias näherte, sich zu Lorenzo beugte, kurz mit ihm sprach und sich dann durch die Menge der Flagellanten davonmachte, mit einem so missmutigen Gesicht, als habe er gerade den Auftrag bekommen, die Fasten noch einmal von vorn zu beginnen.

Was hatte das zu bedeuten? Clarissa fand keine Zeit, darüber nachzudenken, denn plötzlich erschollen Fanfaren, das Wehgeheul der Flagellanten verstummte, und bald war nur das feine Klingeln eines Glöckchens zu hören. Auf einem weißen Maulesel wie einst Jesus an Palmsonntag kam Papst Innozenz auf die Piazza geritten. Vor der Tribüne stieg er von seinem Tier und betrat die Empore. Als er auf seinem Thron Platz nahm, brauste von beiden Seiten des Platzes ein Jubelchor auf; aus vielen hundert Kehlen ertönte der Freudengesang, um die Auferstehung des Herrn zu preisen, unterstützt von zwei Orchestern, die in den beiden Wachttürmen untergebracht waren. Höher und höher stieg das Lob Gottes und seines Stellvertreters auf Erden in den Himmel, als wolle es das ganze Weltall erfüllen. Voller Ungeduld sehnte Clarissa das Ende des Chorals herbei – und fürchtete gleichzeitig nichts mehr als dieses.

Als das letzte Halleluja der Sänger, der letzte Ton des Orchesters verklungen war, trat ein Gardist vor und pochte dreimal mit dem Stiel seiner Hellebarde auf den Boden.

»Der Heilige Vater ruft Signor Francesco Borromini vor seinen Thron!«

Clarissa zuckte zusammen, als sei sie selber aufgerufen worden. Am Vormittag während der Ostermesse, die Innozenz an der hölzernen Mensa seiner bis auf den letzten Platz gefüllten Bischofskirche zelebriert hatte, war sie noch guten Mutes gewesen. Trotz der übergroßen Eile, in deren Zeichen die Umbauarbeiten der Basilika von Beginn an gestanden hatten, war die Kirche rechtzeitig zum Jubelfest fertiggestellt worden. Francesco Borromini hatte alle ihm gestellten Aufgaben in nahezu vollkommener Weise erfüllt. Er hatte die fünfschiffige Säulenbasilika, das erste Gotteshaus der Christenheit, das Kaiser Konstantin einst so reich mit Gold, Silber und Mosaiken hatte ausstatten lassen, unter Bewahrung des alten Grundrisses in eine helle, moderne Kirche verwandelt, mit großen Fenstern über den riesigen Pilastern, durch die das Sonnenlicht wie das Licht Gottes in die heilige Halle flutete. Alle Gläubigen, die an der Eucharistiefeier teilgenommen hatten, waren sich einig gewesen: Es war ein erhabenes, gewaltiges Werk, das Francesco in Lateran geschaffen hatte. Doch reichte es aus, sein Leben zu retten?

Alle Blicke richteten sich auf den Baumeister, der nun zwischen den Menschenmassen auf der Piazza Navona zur Empore schritt, wie immer ganz in Schwarz gekleidet, in stolzer, aufrechter Haltung, die Miene ernst und verschlossen. Als er die Tribüne passierte, erwiderte er Clarissas Kopfnicken mit keiner Geste, und nicht ein Muskel regte sich in seinem Gesicht, der verraten hätte, was in seinem Innern vor sich ging, während er vor dem Papst auf die Knie sank. Ahnte er die Gefahr, in der er schwebte? Dass dieser Jubeltag, der Tag seines persönlichen Triumphs, für ihn mit einer Katastrophe zu enden drohte? Immerhin hatte Francesco am Gründonnerstag den Papst um Vergebung für das Erschlagen des Gehilfen gebeten; Monsignore Spada hatte ihn dazu gebracht – er und Gott allein wussten, mit welchen Mitteln. Es war so still auf der Piazza, dass man das Gurren der Tauben auf dem Dach des Palazzo Pamphili hörte.

»Großes hast du vollbracht, mein Sohn«, erhob Innozenz seine Stimme, »und dies ist der Tag, dir dafür unser Lob und unseren Dank zu zollen. In Anerkennung deiner Verdienste um die heilige katholische Kirche und die Stadt Rom, namentlich aber um die Erneuerung unserer Basilika, erheben wir dich mit Wirkung dieser Stunde in den Ritterstand und ernennen dich zum Cavaliere di Gesù.«

Clarissa sandte ein Stoßgebet zum Himmel mit der Bitte, der Papst möge damit sein letztes Wort gesprochen haben. Doch Gott erhörte sie nicht.

Während ein Zeremonienmeister das Ritterschwert von Innozenz empfing, um es vor Francesco zum Zeichen seiner neuen Würde niederzulegen, fuhr der Pontifex mit knarrender Stimme fort: »Gleichzeitig stellen wir fest: Du hast dich im Zorn hinreißen lassen und einen Menschen getötet. Damit hast du schwerste Schuld auf dich geladen. Eine Schuld, die nur mit dem Tod gesühnt werden kann.«

Ein Raunen ging durch die Menge, während die Klinge des Schwertes vor Francesco im Lichterschein gefährlich funkelte. Innozenz machte eine Pause und blickte in die Richtung seiner Schwägerin. Donna Olimpia nickte mehrmals zur Bestätigung, während sich Clarissa an ihrer Seite die Hand vor den Mund hielt.

»Dafür aber«, erhob der Papst ein drittes Mal seine Stimme und richtete seinen Blick wieder auf Francesco Borromini, »dass du uns mit deinem Werk instand gesetzt hast, hier und heute das Heilige Jahr in würdiger Weise zu feiern, gewähren wir dir Ablass auf die Strafe deiner Sünden und schenken dir das Leben.« Er hob den Arm zum Segen. »Gehe hin in Frieden!«

»Dank sei Gott dem Herrn!«, erwiderte Francesco, und tausend Gläubige auf dem Platz fielen in seine Worte ein.

Während Innozenz die Hand ausstreckte und Francesco den Ring an seinem Finger küsste, atmete Clarissa auf. Die ganze unerträgliche Anspannung, unter der sie seit Stunden und Tagen gelitten hatte, fiel endlich von ihr ab, und grenzenloser Jubel stieg in ihr auf. Am liebsten hätte sie gesungen und getanzt vor Glück. Da aber sah sie Donna Olimpias Gesicht: Es war so voller Wut und Hass, dass es Clarissa kalt über den Rücken lief.

Plötzlich kam Francesco auf sie zu, das Schwert in der Hand.

Sein Weg führte von der Empore direkt an ihr vorbei. Clarissa sprang auf und streckte ihm beide Arme entgegen. »Ich gratuliere Ihnen von Herzen, Signor Borromini. Ich hatte so sehr für Sie gehofft und gebetet.«

Ohne ihre Hände zu ergreifen, sah er sie an. Seine Lider zuckten, und bevor er eine Antwort gab, musste er sich räuspern. Während sein dunkler Blick auf ihr ruhte, kamen die Worte so kalt und klar wie geschliffenes Glas aus seinem Mund, und als Clarissa sie hörte, wünschte sie, er hätte geschwiegen.

»Zu gütig von Ihnen, Principessa. Aber ich will Ihre Freundlichkeit nicht strapazieren. Ich habe Sie einmal gebeten, sich nicht um mich und meine Angelegenheiten zu bemühen. Ich wäre Ihnen deshalb dankbar, Sie würden diesen Wunsch in Zukunft respektieren.« Er verbeugte sich, doch bevor er ging, fügte er hinzu: »Im Namen der heiligen Theresa.«

Damit ließ er sic stehen. Als hätte sie einen Schlag ins Gesicht bekommen, drehte Clarissa sich um. Lorenzo Bernini schaute sie an, die Brauen vor Überraschung gerunzelt, ein zerbrechliches Lächeln um den Mund.

War das die Strafe für ihr Vergehen?

19

An diesem Abend war an Schlaf nicht zu denken – Clarissa fühlte sich viel zu aufgewühlt. Noch spät in der Nacht ging sie in ihrem Observatorium auf und ab und versuchte ihre Gedanken zu ordnen und ihre Gefühle zu klären. Von draußen drang immer noch der Lärm des feiernden Volkes zu ihr herauf, immer wieder unterbrochen von den Böllerschüssen des Feuerwerks, das um Mitternacht begonnen hatte.

Wie konnte Borromini sie so beleidigen! Nach allem, was sie für ihn getan hatte! Clarissa war gleichzeitig wütend und niederge-

schlagen. Während sie ihn in ihrer Wut am liebsten gepackt und geschüttelt hätte, damit endlich sein Panzer von ihm abfiel, wusste sie zugleich, dass er ja nicht ahnen konnte, was sie und Monsignore Spada unternommen hatten, um sein Leben zu retten.
Bei dem Gedanken beruhigte sie sich ein wenig. Ihr Freund lebte – das war das Einzige, was zählte. Sie trat an ihr Teleskop und schaute in den klaren Nachthimmel. Sie sah den Jupiter, sie sah den Saturn: Mattgeld leuchtete er auf sie herab. In seinem Zeichen war Borromini geboren. »Wie eine Tasse mit zwei Henkeln ...«
Immer wieder schossen Raketen in den Himmel hoch, um nach wenigen Augenblicken zu erlöschen. Als würden die Menschen in ihrer Raserei Blitze gegen die Sterne schleudern, die dort oben ihre Bahnen zogen, ohne durch die Angriffe der Erdbewohner Schaden zu nehmen. Clarissa empfand den Anblick wie einen Trost. Ja, es gab doch Mächte im Universum, die über den Menschen standen, selbst wenn sie Donna Olimpia hießen, die erhaben waren über menschliche Willkür und Anmaßung.
Gab es sie wirklich? Sie hatte das Gesicht ihrer Cousine gesehen, im Moment ihrer Niederlage: den Hass und die Wut, die aus ihren Augen sprühten. Was würde Olimpia unternehmen, wenn sie begriff, dass Clarissa den Papst gegen sie aufgehetzt hatte? Wenn Innozenz ihr verriet, dass ihre Cousine ihr diese Niederlage beigebracht hatte?
Clarissa trat von dem Fernrohr zurück, am ganzen Körper zitternd. Ja, sie wusste, was passieren würde, wenn Olimpia die Wahrheit erfuhr. Wie konnte sie daran zweifeln?
Keinen Tag länger durfte sie in diesem Gefängnis bleiben! Mit raschen, lautlosen Schritten, damit niemand sie hörte, eilte sie in ihr Ankleidezimmer. Noch in dieser Nacht, wenn alles schlief, im ersten Morgengrauen, würde sie sich aus dem Haus schleichen. Sie packte ein paar Kleider zusammen, öffnete die Truhe mit ihren persönlichen Sachen und kehrte darin das Unterste zu oberst, bis sie endlich das Geld und ihren alten Pass wieder fand,

die sie seit Jahren auf dem Grund der Truhe aufbewahrt hatte. Sie stopfte die Münzen und Papiere zu der Wäsche in den Mantelsack und wollte ihn gerade zuschnallen, als hinter ihr eine Tür knarrte.

Clarissa erstarrte. Wie sollte sie erklären, was sie gerade tat? Sie fühlte die Blicke in ihrem Rücken wie durch ein Brennglas.

»Ich … ich wollte gerade …«, stammelte sie und drehte sich um.

Als sie sah, wer in der Tür stand, schloss sie die Augen.

»Ist Ihnen nicht wohl, Principessa?«

»Nein, nein«, erwiderte sie und blickte den Diener an, der mit einem Leuchter und einem silbernen Tablett in den Händen zu ihr trat. Am liebsten hätte sie ihn umarmt, so froh war sie, dass er und nicht ihre Cousine sie überrascht hatte. Stattdessen lächelte sie ihn an und sagte: »Mir war nur für eine Sekunde schwindlig. Ach, ein Brief für mich?«, fragte sie dann und griff nach dem Kuvert, das der Diener ihr auf seinem Tablett reichte.

»Er wurde am Abend für Sie abgegeben.«

Als sie die vertraute Schrift mit ihrer Adresse sah, war ihr, als winke ihr ein lieber Mensch aus weiter Ferne zu. Ungeduldig riss sie den Umschlag auf, entfaltete den Brief und überflog das Schreiben.

Bereits bei den ersten Worten hielt sie den Atem an, und nachdem sie die wenigen Zeilen gelesen hatte, musste sie sich setzen – ein anderer Mensch als der, der sie eben noch gewesen war. Ihre letzte Kraft, ihre letzte Zuversicht waren von ihr gewichen. Wohin sollte sie jetzt fliehen? Bei wem Zuflucht suchen? Was ihr vor wenigen Minuten noch wie ein Ausweg erschienen war, hatte nun keinen Sinn mehr.

»Ich … ich danke dir«, sagte sie und ging an dem Diener vorbei hinaus auf den Flur.

Ohne auf ihre Schritte zu achten, die laut auf dem Marmorboden hallten, kehrte sie in ihr Observatorium zurück, wo sie den Rest der Nacht an ihrem Teleskop verbrachte, bis die letzten Sterne am Himmel verblassten.

Ein neuer Tag brach an, doch nur, um ihr Grauen zu mehren. Denn die Welt schien ihr so öde und leer wie der Kosmos ohne Sterne.

20

Die Nachricht, die Clarissa alle Kraft und Zuversicht genommen hatte, stammte aus England: William, ihr alter Tutor, hatte ihr geschrieben, um ihr den Tod ihrer Eltern mitzuteilen. Sie waren nicht, wie der letzte Brief ihres Vaters hätte befürchten lassen, der neuen Regierung zum Opfer gefallen, sondern, im Abstand von nur wenigen Tagen, dem Typhus, der in der Grafschaft grassierte. War es Zufall oder Fügung, dass sie gemeinsam gestorben waren? Im Postskriptum teilte William ihr mit, dass sein Buch »Reisen in Italien« inzwischen in der siebten Auflage erschienen und er selber ein im ganzen Land bekannter Mann sei.
Als Donna Olimpia ihr das Beileid aussprach, glaubte Clarissa in ihrer von Mitgefühl gezeichneten Miene ein kleines böses Lächeln zu erkennen: Freute sich ihre Cousine, weil ihr nun jede Flucht verwehrt war? Es hatte fast den Anschein, denn von diesem Tage an lockerte Olimpia spürbar ihre Überwachung. Clarissa konnte sich wieder viel freier bewegen, ja sogar den Palazzo verlassen, ohne dass ihre Cousine oder ein von ihr Beauftragter ihr auf Schritt und Tritt folgte.
Was aber nützte ihr diese neu gewonnene Freiheit? An ihrem Geburtstag – das Heilige Jahr war vorüber, seit der Osterfeier in der Lateranbasilika und auf der Piazza war fast ein Jahr schon vergangen – fuhr sie morgens unter dem Vorwand, den Angelus zu beten, zur Kirche Santa Maria della Vittoria. Es war eine innere Nötigung, die sie an diesem Tag an diesen Ort trieb, als könne sie nur hier, vor ihrem eigenen Abbild, mit sich ins Reine kommen.

Vor dem Seitenaltar kniete sie nieder, um das steinerne Antlitz zu betrachten. Wer war diese Frau? Wer war sie selbst? Einmal mehr staunte Clarissa, wie die Gesichtszüge der Theresa sich verändert hatten zwischen dem ersten Mal, da sie die Figur in Berninis Werkstatt gesehen hatte, und ihrer jetzigen Fassung. Unmerklich und doch unverkennbar wie die Gesichtszüge eines wirklichen Menschen, die sich im Laufe der Jahre unter dem Eindruck von Freude und Leid, Glück und Trauer allmählich jenem Urbild anverwandelten, das Gott einmal für sie ersonnen hatte, vor Anbeginn aller Zeit.

Clarissa schloss die Augen. Bilder ihrer Kindheit zogen an ihr vorüber: Bilder ihrer Herkunft, zu der es keine Rückkehr mehr gab. Wie hatte das Leben sie verwöhnt, nicht zuletzt in Gestalt ihrer Eltern, die sie nun für immer verloren hatte. Sie war der Liebling ihres Vaters gewesen; kein Wunder, er hatte sich stets einen Sohn und drei Töchter gewünscht – eine hübsche, eine tüchtige und eine intelligente –, und da sie sein einziges Kind blieb, war sie gleichzeitig seine hübscheste, seine tüchtigste und seine intelligenteste Tochter gewesen und sein Stammhalter obendrein. Von ihrer Mutter dagegen hatte sie ihren Wissensdurst geerbt, ihre Neugier auf alles Leben, die brennende Sehnsucht, die Übereinstimmung ihrer eigenen Herzensregungen mit dem Pulsschlag der Welt zu spüren. Bewunderung, Bonbons, Blumensträuße – all die Dinge, mit denen man in ihrer Jugend für gewöhnlich die Mädchen ihres Standes beglückte, hatten ihr nie genügt. Während ihre Freundinnen in mehr oder weniger anmutiger Haltung darauf gewartet hatten, dass ein Mann daherkam und ihnen ein Schicksal gab, hatte sie stets von sich erwartet, dass sie sich selbst ein Schicksal schuf. War das ihr Fehler gewesen? Der Fehler ihres Lebens?

Plötzlich spürte sie eine Hand auf ihrer Schulter, und sie schlug die Augen auf. Vor ihr stand Lorenzo Bernini.

»Woran leiden Sie, Principessa?«, fragte er. »Ich spüre, dass etwas Sie bedrückt – etwas Schlimmes. Ich spüre es schon seit langem.«

»Woher kommen Sie?« Clarissa erhob sich von den Knien. »Sind Sie mir gefolgt?«

»Man hat mir im Palazzo Pamphili gesagt, wohin Sie gefahren sind. Ich wollte Ihnen meine Aufwartung machen. Ich wollte es schon längst tun, allein es fehlte mir an Mut.«

»An Mut, Cavaliere?«, fragte sie zurück.

»Ich weiß, Principessa«, sagte er, »obwohl ich dem Ritterstand angehöre, bin ich nicht zum Helden geboren. Ich bin ein schwacher Mensch, und jeder Vorzug, über den ich vielleicht verfüge, wird von hundert Fehlern aufgewogen, weshalb ich in meinem Leben manche Entscheidung getroffen habe, die ich später bereute. Aber sind wir immer frei in dem, was wir tun? Verlangt das Leben nicht oft Dinge von uns, die uns selbst zuwider sind? Bitte, Clarissa«, sagte er plötzlich und nahm ihre Hand, »gib mir Gelegenheit, meine Fehler wieder gutzumachen. Erlaube mir, dass ich dir helfe!«

Unschlüssig schaute sie ihn an. Es tat so gut, einen Menschen bei sich zu haben, seine Nähe und Anteilnahme zu spüren. Wie sehr hatte sie das vermisst! Aber durfte sie diesem Mann trauen? Er hatte vor ihren Augen um Donna Olimpias Gunst gebuhlt, ja sie regelrecht bestochen. Seitdem förderte ihre Cousine ihn, wie sie nur konnte, hatte sogar dafür gesorgt, dass der Papst ihm wieder Aufträge erteilte – und fast täglich waren sie zusammen. Doch was bedeutete das? Dass er mit Olimpia gemeinsame Sache machte? Sie spürte den sanften Druck seiner Hand, sah sein zärtliches Lächeln, seine Blicke, die sie wie eine Liebkosung umfingen. Wenn sie diesem Mann nicht traute, wer blieb ihr dann noch auf dieser Welt?

»Ich habe Angst, Lorenzo«, flüsterte sie. »Donna Olimpia wird erpresst, von einem Mönch, sie hat dafür sogar den Smaragd versetzt.«

»Erpresst? Um Himmels willen, wie ist das möglich? Sie ist der mächtigste Mensch in der Stadt, mächtiger als der Papst.«

»Sie hat ihren Mann vergiftet, mit Hilfe dieses Mönches. Darum hat er sie in der Hand.«

Lorenzo pfiff leise durch die Zähne. »Ja.« Er nickte. »Das passt zu dieser Frau, sie ist zu so etwas fähig. Aber sag, woher weißt du das?«
»Ich habe ein Gespräch zwischen ihr und dem Mönch belauscht, durch Zufall. Die Tür war angelehnt.«
»Du selbst hast es gehört?«, fragte er erschrocken. »Weiß Donna Olimpia davon? Hast du dich ihr gegenüber verraten?«
»Das ist es ja«, sagte Clarissa. »Ich habe keine Ahnung. Als ich später in das Zimmer kam, war die Tür verschlossen, und Olimpia hat einen Brief, den ich dort verloren habe, gefunden. Seitdem hat sie mich immer im Auge, sie belauert mich auf Schritt und Tritt – manchmal weiß ich nicht mehr, wohin mit mir.«
»Und die ganze Zeit warst du allein.« Lorenzo zog sie an sich und nahm sie in den Arm. Er tat es so natürlich und selbstverständlich, dass sie sich nicht dagegen wehrte. »Was hast du nur durchgemacht, es muss fürchterlich gewesen sein! Aber glaub mir, jetzt ist es vorbei, ich werde dir helfen.«
Während er sprach, strich er ihr immer wieder über das Haar. Clarissa fragte sich nicht, ob sie ihm das erlauben durfte. Sie war ihm einfach nur dankbar. Von den Logen aus, die zu beiden Seiten der heiligen Theresa die Wände des Altarraums schmückten, blickten die in Stein gehauenen Stifter der Kapelle über die Brüstung auf sie herab, als wollten sie ihr zunicken.
»Meinst du, dass du mir helfen kannst? Wo soll ich denn hin?«
»Wir dürfen jetzt keinen Fehler machen.« Lorenzo fasste sie bei den Schultern und schaute sie fest an. »Hast du den Mut, noch ein paar Wochen im Palazzo Pamphili auszuhalten? Donna Olimpia darf während unserer Vorbereitungen keinen Verdacht schöpfen, ihr Arm reicht weit – auch über Rom hinaus. Wir müssen alles ganz genau planen.«
»Ich weiß nicht, wie lange ich die Kraft noch aufbringe.« Sie wischte sich mit der Hand über die Augen. »Aber ja, natürlich, ich werde es schon schaffen – in letzter Zeit ist es ja besser geworden. Seit Olimpia weiß, dass ich nicht nach England zurückkann, hat die Überwachung nachgelassen.«

»Du musst nicht mehr lange durchhalten, nur bis der Brunnen fertig ist. Eher kann ich nicht weg, es würde zu sehr auffallen. Aber sobald ich damit fertig bin, bringe ich dich fort, nach Paris. Ich schicke dir eine Kutsche, die dich abholt, hierher, vor diese Kirche, am besten wieder morgens nach dem Angelus, dann hast du einen Grund, das Haus zu verlassen. Kardinal Mazarin ist ein Bewunderer von mir, er wird dich an seinem Hof aufnehmen.«
Er hatte den Satz kaum zu Ende gesprochen, da hüstelte jemand hinter ihrem Rücken. Erschrocken ließen die zwei einander los und drehten sich um. Ein Mann stand hinter ihnen, Lorenzo schien über seinen Anblick genauso überrascht wie Clarissa.
»Luigi? Du? Was ... was willst du von mir?«
Mit einem breiten Grinsen musterte Luigi die beiden – erst Clarissa, dann seinen Bruder. Wie zwei Kinder, die man beim Naschen erwischt hat. Oder wie eine Maus, die in eine Falle getappt ist.
»Ich dachte, wir sollten noch mal die Pläne für die Leitungen durchgehen. Damit bei der Inspektion nichts schief geht.«

21

Principe Camillo Pamphili, vormals Kardinal Padrone, inzwischen aber Ehemann der schönen Olimpia Rossano sowie Bauherr des Forum Pamphili, setzte sich ein zweites Mal in seinem Leben über die Einwände seiner Mutter hinweg, um sein Wort, das er Francesco Borromini gegeben hatte, tatsächlich zu halten. Zwar bestellte er den Lateranbaumeister nicht, wie dieser insgeheim erhofft hatte, zum offiziellen Architekten des Forums, doch übertrug er ihm nach und nach immer größere Verantwortung bei der Planung und Durchführung des gewaltigen Unternehmens.
Jetzt sollte Francesco sogar die Familienkirche Sant' Agnese neu

gestalten, eine Aufgabe, die ihn über alle Maßen reizte. Sein Plan sah eine Fassade vor, die flankiert wurde von zwei auseinander gerückten baldachinartigen Glockentürmen: eine Gliederung, die er ganz ähnlich schon einmal für Sankt Peter erdacht hatte, wo der Entwurf aber, bedingt durch das Unvermögen seines Rivalen, so kläglich an der Wirklichkeit gescheitert war. Hier, an der Piazza Navona, würde der Plan endlich Gestalt annehmen – als unzweideutiger und unwiderlegbarer Beweis, wer in Wahrheit der größte Architekt der Stadt Rom war.

Dennoch war Francesco an diesem Morgen gar nicht guter Dinge. Trotz seines ausdrücklichen Verbots, seine Unterlagen anzurühren, hatte seine Nachbarin an seinem Arbeitsplatz Staub gewischt und dabei seine Pläne in Unordnung gebracht. Eine Unart, die er ihr in zwanzig Jahren nicht hatte austreiben können. Doch insgeheim wusste er, dass diese unbedeutende Missachtung seiner Anweisungen nicht der wirkliche Grund seiner Missstimmung war. In einer Woche sollte Berninis Brunnen eingeweiht werden, und bereits an diesem Morgen wollte der Papst persönlich die Anlage in Augenschein nehmen. Das Wissen darum reichte aus, Francesco die Freude am Dasein gründlich zu vergällen.

Dieser verfluchte Brunnen! Zwölftausend Scudi hatten allein der Transport und die Aufrichtung des Obelisken verschlungen – kein Wunder, wenn für andere, wichtigere Unternehmen das Geld fehlte. Das Volk murrte bereits über die Verschwendung und machte seinem Unmut am »Pasquino« Luft: »*Non vogliamo fontane, ma pane, pane, pane!* Wir wollen keine Brunnen, sondern Brot, Brot, Brot!« Francesco lachte bitter auf. Wie verlogen das Volk doch war! Denn trotz solcher Verse bewunderten die Römer den Brunnen schon jetzt, noch bevor der erste Tropfen Wasser in sein Becken geflossen war, mit einer Begeisterung, als habe ihn Michelangelo persönlich gebaut.

Während Francesco die Einrüstarbeiten an der Kirche Sant' Agnese beaufsichtigte, musste er immer wieder auf die Brunnenanlage schauen, mit neidvollen Blicken, obwohl ihm fast übel dabei wurde. Wie großartig sie die Piazza gliederte und beherrschte! Liegende Flussgötter waren zwar nichts Neues in Rom, ein halbes Dutzend Brunnen in der Stadt hatten diesen Schmuck – doch in welch herrlich bewegter Haltung lagerten sie um den Obelisken! Sie wirkten so lebendig, als würden sie jeden Augenblick aus dem Becken steigen. Der Nil schien vor der gegenüberliegenden Kirchenfront die Augen zu verdecken, als könnte er ihren Anblick nicht ertragen, während der Rio de la Plata abwehrend die Hand hob, als befürchte er jeden Augenblick den Einsturz des Gotteshauses – eine Verhöhnung von Francescos Kirchenfassade, noch bevor er mit ihrer Gestaltung überhaupt begonnen hatte. Was für eine gemeine, wohl kalkulierte Niedertracht!

Plötzlich wurden Rufe laut, Bewegung entstand auf dem lang gestreckten Platz, an dessen Ende Francesco eine Kavalkade von einem halben Hundert Reitern erblickte. Das musste der Papst mit seinem Gefolge sein. Während die Kavalkade sich in einer Staubwolke auf den Brunnen zubewegte, sah Francesco, wie aus dem Palazzo Pamphili Donna Olimpia und Lorenzo Bernini ins Freie traten. Sie waren nicht allein. Als Francesco erkannte, wer sie begleitete, krampfte sich ihm das Herz zusammen: Die Frau, der Lorenzo Bernini seinen Arm reichte, so natürlich und selbstverständlich, als gehöre sie zu ihm, als hätten Gott, das Schicksal oder die Mächte der Finsternis sie füreinander bestimmt, damit sie gemeinsam durchs Leben gingen – diese Frau war die Principessa.

Das Bedürfnis, sie zu beschützen, wallte in Francesco auf. Am liebsten hätte er sich über sie geworfen, so wie man sich über ein Kind wirft, das ein sich aufbäumendes Pferd zu zertrampeln droht. Er wollte sie am Arm ergreifen und wegzerren von der Seite dieses Mannes, der schon einmal das Leben einer Frau zerstört hatte. Doch als sich ihre Blicke für eine Sekunde begegneten, schlug die Principessa die Augen nieder und ging an ihm vorüber, als würden sie einander nicht kennen.

Der Anblick schmerzte ihn wie eine offene Wunde, in die man

Salz rieb. Wie oft hatte er in den letzten Wochen sich selber verflucht, seinen Hochmut und Stolz! War es ein Wunder, wenn die Principessa, die ihm doch immer wieder ihre Zuneigung bewiesen hatte, ihn nicht mehr sehen wollte? »Im Namen der heiligen Theresa.« Mit dieser beleidigenden, ganz und gar unsinnigen Bemerkung hatte er alles verdorben. Warum hatte er nicht geschwiegen? Anstatt glücklich zu sein, dass diese Frau Sympathie für ihn hegte, ja ihn sogar ihren Freund nannte, hatte er sie für sich allein haben und zwingen wollen, mit allen anderen Menschen zu brechen. Mit welchem Recht? Weil sie sich von Bernini hatte porträtieren lassen? War es denn ihre Schuld, dass er selbst nicht so virtuos mit Schlägel und Meißel umzugehen verstand wie sein Rivale? Ach, wie hasste er sich für die kleinen, gemeinen, bösen Worte, mit denen er ihr seine Liebe entgegengeschleudert hatte wie Spritzer aus einer Giftflasche. Alles hätte er lieber in Kauf genommen, jede noch so schwere Demütigung oder Verletzung, als sie zu verlieren. Denn dass er sie liebte, mehr als jeden anderen Menschen auf der Welt, mehr auch als sich selbst, daran konnte er längst nicht mehr zweifeln.

»Was für eine Ungerechtigkeit!«, sagte Francescos erster Gehilfe und Neffe Bernardo Castelli, der aus der dunklen Kirche gekommen war, um mit ihm den Papst zu sehen. »Ich möchte wetten, in wenigen Minuten ist der Cavaliere wieder ein paar tausend Scudi reicher.«

»Unsinn!«, erwiderte Francesco schroff, während er wie Bernardo Haupt und Knie vor Innozenz beugte, der in diesem Moment seine Sänfte verließ. »Bernini bekommt für den Bau des Brunnens dreitausend Scudi, dieselbe Summe, die ich für den Entwurf erhalten habe. Keinen Scudo mehr!«

Dann wurde es so still auf der Piazza wie in einer Kirche. Alle Augen waren auf den Papst gerichtet, der mit langsamen Schritten und regungsloser Miene um den Brunnen herumging, die Hände auf dem Rücken verschränkt, um ihn von rechts und links, von vorne und hinten zu betrachten. Er sah dieses Gebirge aus Marmor und Granit an diesem Tag natürlich nicht zum

ersten Mal, der Palast seiner Familie lag ja direkt gegenüber, doch erst heute, an diesem Morgen, würde er sein Urteil über das Bauwerk verkünden. Wie würde es lauten?
Endlich blieb Innozenz stehen und sagte, an Bernini gewandt, mit seiner knarrenden Stimme, laut und deutlich genug, dass Francesco jedes seiner Worte verstand: »Sehr schön, sehr schön, Cavaliere. Aber eigentlich sind wir gekommen, um eine Fontäne zu sehen, kein trockenes Bauwerk.«
Im Gefolge des Papstes tauschte man betroffene Blicke. Ja, wo blieb nur das Wasser? Wo waren die Fluten, in denen die Flussgötter und Meerestiere baden sollten? Bernini, der eben noch über den Platz stolzierte war wie ein Pfau, verzog das Gesicht, als hätte er in eine Zitrone gebissen, und stammelte ein paar wirre Sätze, in denen von wenig Genauem, dafür aber umso mehr von Geduld die Rede war – unwürdiges Eingeständnis seines Versagens.
Francesco musste sich beherrschen, um nicht zu applaudieren. Vernichtender hätte der Tadel des Papstes nicht ausfallen können: Ein Brunnen, der kein Wasser führte! Was für eine Schmach! Offenbar hatte Bernini immer noch keine Lösung für die Zuleitung gefunden. Dabei war alles so einfach! Francesco hatte die Zeichnung mit der Konstruktion noch an diesem Morgen in den Händen gehabt, beim Aufräumen der Unordnung, die seine Nachbarin angerichtet hatte.
Während Innozenz sich enttäuscht von dem Brunnen abwandte, um wieder Platz in seiner Sänfte zu nehmen, sah Francesco, wie Berninis Bruder Luigi aufgeregt mit Donna Olimpia sprach. Als könne das etwas helfen! Die Schwägerin des Papstes schien immerhin die Aussichtslosigkeit der Lage zu begreifen; sie wirkte noch blasser als sonst.
»Das wird ihm eine Lehre sein«, sagte Bernardo.
»Hoffentlich«, pflichtete Francesco seinem Neffen bei. »Doch jetzt komm, unsere Arbeit soll nicht länger wegen dem Scharlatan leiden!«
Er machte auf dem Absatz kehrt, doch als er die Kirchentür

aufstieß, um an seinen Zeichentisch zurückzukehren, hörte er hinter sich plötzlich ein Rauschen und Brausen, als ginge eine Sintflut auf die Piazza nieder.

Entgeistert fuhr Francesco herum. In mächtigem Schwall ergossen sich die Fontänen in das marmorne Brunnenbecken, glitzernd und funkelnd brachen sich die Sonnenstrahlen in den sprudelnden Fluten, und die steinernen Fische und Delfine tummelten sich voller Lust zu Füßen des Obelisken in ihrem Element, unter den Augen der vier kolossalen, sich wohlig räkelnden Flussgötter, während Bernini mit lachendem Gesicht und ausgestrecktem Arm sein Werk präsentierte. Jedes Kind auf der Piazza begriff: Sein Versagen war nur Komödie gewesen, ein Spiel, um den Effekt des Gelingens zu erhöhen.

Stöhnend wie ein verwundetes Tier, schloss Francesco die Augen. Wer hatte Bernini die Lösung verraten? Er selbst konnte unmöglich darauf gekommen sein – sein technischer Verstand reichte nicht aus, um einen Ziehbrunnen zu konstruieren. Als Francesco die Augen wieder öffnete, sah er am Brunnenrand gebückt Luigi, der den Mechanismus offenbar ausgelöst hatte, und plötzlich fiel ihm seine Nachbarin ein. Als er sie zur Rede gestellt hatte, war sie rot geworden und hatte nur Unsinn gestammelt. Hatte das Durcheinander auf seinem Arbeitstisch womöglich mit dieser Katastrophe zu tun?

Jetzt blieb ihm nur noch die Hoffnung, dass der Papst den Platz bereits verlassen hatte. Aber nein! Nicht anders als er selbst hatte auch Innozenz kehrtgemacht, als das Wasser zu rauschen begann, und sein altes, narbiges Gesicht, aus dem er sonst so mürrisch in die Welt blickte, strahlte vor Glückseligkeit.

»Mit dieser Freude, Cavaliere, hast du uns zehn Lebensjahre geschenkt«, sagte er zu Bernini, während das Brausen und Gurgeln des Brunnens sich unter den Ahs und Ohs des Publikums in ein gleichmäßiges, liebliches Plätschern verwandelte. »Dafür erlassen wir dir die restliche Strafe von dreißigtausend Scudi für dein Versagen von Sankt Peter und erlauben dir ferner, eine Bildsäule von uns zu fertigen.« Immer noch strahlend, wandte er sich an

seine Schwägerin. »Donna Olimpia, lassen Sie tausend Silbermünzen aus unserer Privatschatulle holen und gleich hier verteilen. Jeder auf diesem Platz soll Anteil haben an unserer Freude.«
Lauter Jubel brach los. Während der Papst in seiner Sänfte verschwand, verbeugte Bernini sich wieder und wieder vor der Menge auf der Piazza wie ein ehrgeiziger Opernsänger nach einer zu laut geschmetterten Arie. Francesco bebte am ganzen Leib. Da feierten sie diesen eingebildeten Dilettanten, vergötterten diesen prahlsüchtigen Hanswurst, der gerade einen Erfolg genoss, für den ein wirklicher Künstler sein Leben lang arbeiten muss. Das war die Gerechtigkeit der Welt! Und während Francesco mit ansehen musste, wie die Menschen immer lauter Beifall klatschten und Bravo riefen, als wären sie in Verzückung geraten, zerfraß der Neid sein Herz und seine Wut brannte vor Verzweiflung.
Da fiel sein Blick auf die Principessa. Auch sie applaudierte, und ihre Augen leuchteten. Dieser Frau hatte er, um ihr Herz zu erobern, den Brunnen widmen wollen, den nun der andere gebaut hatte. Jetzt hörte sie auf zu klatschen, doch nur, um Bernini mit beiden Händen zu gratulieren. Es war ein so inniger Händedruck, den die beiden miteinander tauschten, begleitet von einem so liebevollen Lächeln, dass Francesco ihn in der eigenen Hand zu spüren glaubte – und darum nur umso schmerzlicher empfand, dass er nicht ihm galt, sondern seinem Rivalen.
»Was stehst du da und gaffst!«, herrschte er seinen Gehilfen an.
Er wandte sich ab – anders hätte er sich die Augen ausstechen müssen. Berninis Triumph war so vollkommen wie seine eigene Schmach: Der Phönix hatte sich aus der Asche erhoben, und ihm, Francesco Borromini, war es beschieden, Zeuge seiner Auferstehung zu sein.

22

Die Glocke von Sant' Agnese schlug zwölfmal an. Es war Mitternacht, die Zeit, in welcher der alte Tag erstirbt, um als heraufziehender Morgen neu geboren zu werden.

Die Lichter im päpstlichen Schlafgemach waren erloschen, milchig weiß schimmerte im Mondschein die Mitra auf dem Nachtkasten, doch durch den schweren Samtvorhang drangen noch leise, intime Geräusche. Unter Aufbietung all ihrer Kunst und Fertigkeit bemühte sich Donna Olimpia in den seidenen Kissen, dem welken Leib ihres Schwagers das letzte bisschen Leben abzutrotzen, das in ihm vielleicht noch wohnte. Aber ihre Hoffnung, dass diese Fontäne sich gleich jener auf der Piazza zum guten Ende doch noch ergieße, wollte sich nicht erfüllen.

Sie drehte sich auf den Rücken und starrte gegen den goldglänzenden Baldachin. Gleichmäßig hob und senkte sich Innozenz' Brust an ihrer Seite.

»Die Hure muss weg!«, sagte sie in die Stille hinein.

»Von wem sprichst du?«

»Von Clarissa McKinney. Du selbst hast sie so genannt.«

»Deine Cousine – eine Hure? Dunkel ist deiner Rede Sinn.«

»Dann will ich ihn dir erhellen.« Olimpia setzte sich auf und suchte nach dem Gesicht ihres Schwagers. »Sie hat Bernini Modell gesessen für das Bildnis der Theresa. Hast du ihre Züge wirklich nicht wieder erkannt?«

»Jetzt, da du es sagst – bei Gott, du hast Recht!« Innozenz wuchtete seinen Körper in die Höhe. »Manches Mal, wenn ich in Santa Maria della Vittoria vor diesem Altar kniete, habe ich mich gefragt, an wen dieses Marmorgesicht mich erinnert. Nun geht mir ein Licht auf!«

»Sie muss weg, bevor sie sich selbst aus dem Staub macht! Luigi Bernini hat mir heute anvertraut, dass sie die Flucht vorbereitet, mit Hilfe des Cavaliere.«

»Sie will fliehen? Mit Bernini?«, fragte Innozenz verwundert. »Warum sollte sie das tun?«
»Ist das so schwer zu erraten?«, fragte Olimpia zurück. »Um sich der gerechten Strafe zu entziehen! Sie muss doch täglich fürchten, als die Hure des Cavaliere entlarvt zu werden. Schon jetzt haben sie tausende von Menschen in ihrer schamlosen Lüsternheit gesehen.«
»Gott sei ihrer Seele gnädig!«, sagte Innozenz und schlug das Kreuzzeichen.
»Ihrer Seele vielleicht, nicht aber ihrem Leib!«
Eine lange Weile, während der sie beide schwiegen, hingen Olimpias Worte ohne Echo im Raum. Warum erwiderte Innozenz nichts? Warum nickte er nicht wenigstens mit dem Kopf, um ihr Urteil zu bestätigen? Olimpia hörte an seinem schweren Atem, dass etwas in ihm arbeitete. Endlich drehte er sein hässliches Gesicht zu ihr herum, und vorsichtig, als fürchte er sich vor einer Antwort, die nicht in seinem Sinne war, fragte er schließlich:
»Dann hat sie also auch gelogen, als sie über dich sprach?«
Olimpia zuckte zusammen. »Sie hat über mich gesprochen? Was hat sie gesagt?«
»Du würdest behaupten, du allein seiest die Herrscherin von Rom. Und könntest dir darum erlauben, was immer du magst. Weil du dich über allen Menschen wähntest, erhaben sogar noch über dem Papst.«
»Dieses verlogene Miststück!«, zischte Olimpia. »Das ist der Dank! Ich hätte sie nie in meinem Haus aufnehmen dürfen!« Doch im nächsten Moment hatte sie ihre Beherrschung bereits wiedererlangt. »Ich hoffe, Heiliger Vater, Ihr wisst, dass ich solches niemals sagen würde.«
»Wirklich nicht?«
Während sie seinen misstrauischen Blick in der Dunkelheit auf sich spürte, ballte sie ihre Hände zu Fäusten. Wie unsagbar leid sie es war, diesem Dummkopf, der ohne ihre Führung keinen Schritt vor den anderen zu setzen imstande war, wieder und

wieder Folge zu leisten! Doch sosehr sie ihn verachtete, wusste sie zugleich: Sie war nur ein Weib und er war der Papst, und ohne seine Macht waren ihre Pläne Schall und Rauch. Darum war sie an diesen Mann gekettet wie einst Petrus an die zwei römischen Kriegsknechte. Das war der Preis ihres Lebens: dass sie nichts ohne den Mann vermochte, der ohne sie nichts vermochte.

»Wie könnte ich es wagen, Ewige Heiligkeit?«, flüsterte sie. »Ihr seid der Nachfolger Petri und Gottes Stellvertreter auf Erden.«

»So schwöre!«, befahl er mit knarrender Stimme und legte seine schwere Hand auf ihren Kopf. »Schwöre, damit wir deinen Worten Glauben schenken können!«

»Ja, Ihr seid der Herrscher von Rom«, wiederholte sie und folgte dem sanften Druck seiner Hand, um sich über seinen Schoß zu beugen und den Eid zu leisten, den er von ihr verlangte. »Ihr seid Papst Innozenz X., der Pontifex Maximus!«

Sie schob sein Hemd über die Hüfte und ordnete das Gekröse in seinem Schoß.

»*Hoc est corpus!*«, stöhnte er und streckte ihr seinen Bauch entgegen.

Wie widerte dieser Hokuspokus sie an! Doch als sie spürte, wie der Druck seiner Hand auf ihrem Kopf sich verstärkte, schloss sie die Augen. »Amen!«, sagte sie, bereit, den Leib ihres Herrn zu empfangen.

Als Clarissa am nächsten Morgen die Kirche Santa Maria della Vittoria verließ, wartete die Kutsche bereits vor dem Portal. Bei dem Anblick klopfte ihr das Herz. So viele Jahre war dies ihre geheime Vorstellung vom Glück gewesen: eine Kutsche mit verhangenen Fenstern, die in rasendem Tempo über unbekannte Straßen ratterte.

Und jetzt stand die Kutsche vor ihr! Aber wo war Lorenzo? Sie schaute sich um – da sah sie, wie der Wagenschlag aufging und eine Hand sie zu sich winkte.

Gott sei gelobt!

Sie raffte ihre Röcke und eilte die Stufen des Portals hinab.

Viertes Buch

Im Vorgarten des Paradieses
1655–1667

I

Auf den Straßen und Plätzen Roms tobte der Mob. Die Bürger verbarrikadierten ihre Türen und Tore, die Fürsten, Kardinäle und Bischöfe stellten Wachen vor ihren Palazzi auf, und jedermann bewaffnete sich, so gut er konnte, wenn er sich aus dem Schutz der eigenen Wände ins Freie begab. Denn überall wurden Häuser geplündert, Kirchen gestürmt, Denkmäler geschändet. Und während Kornkammern und Warenlager in Flammen aufgingen, erscholl in der ganzen Stadt ein Ruf: »Der Papst ist tot! Der Papst ist tot!«
Fernab von dem Getöse der Welt nahm Francesco Borromini in tiefer Loyalität und Dankbarkeit Abschied von seinem Pontifex Innozenz X. Er war der einsamste Mensch in ganz Rom. Nachdem die einzige Frau, die ihm je etwas bedeutet hatte, aus seinem Leben geschieden war, hatte er nun, im Alter von sechsundfünfzig Jahren, auch seinen »Vater« verloren.
Doch an was für einem unwürdigen Ort vollzog sich dieser Abschied! Der Leichnam des Papstes war in einem Schuppen, der den Handwerkern der *reverenda fabbrica* gewöhnlich zur Aufbewahrung ihrer Werkzeuge diente, hinter der Sakristei von Sankt Peter aufgebahrt, bewacht nur von einem Arbeiter, der mit einer Schaufel die umherhuschenden Ratten verscheuchte. Denn nachdem die *novemdiales*, die neun Requiemmessen, im Dom gelesen worden waren, hatte am zehnten Tag nach Innozenz' Tod, als seine sterblichen Überreste hätten beigesetzt werden sollen, die reiche Familie Pamphili sich geweigert, den schlichten Holzsarg für das Bestattungsritual zu bezahlen, obwohl dies nach altem Brauch Sache der Nepoten war. Weder Donna Olimpia, die sich auf die Armut des Witwenstandes berief, noch ihr Sohn Camillo hatten sich bereit erklärt, auch nur einen Scudo zu geben, sodass der Leichnam des Papstes nun seit Tagen in dem Schuppen verweste, ohne eine letzte Ruhestätte zu finden.

Im blakenden Licht einer Talgkerze sprach Francesco seine Gebete. Er wusste, dies war nicht nur das Ende einer Epoche – der Tod des strengen Gottesmannes bedeutete auch einen tiefen Einschnitt in sein eigenes Leben. Alle großen Aufträge der letzten Jahre hatte er Innozenz zu verdanken. Daran hatte auch der Fehlschlag mit dem Vierströmebrunnen nichts geändert. Bis zum letzten Atemzug hatte der alte Papst ihm seine Gunst erwiesen, und der Auftrag, das Forum Pamphili zu errichten, war der größte Beweis.

Francesco trat mit dem Fuß nach einer Ratte. Was würde nun geschehen? Innozenz war ein Mann gewesen wie er selbst, ein Mann, der nicht durch seine Worte, sondern durch seine Werke wirken wollte. Ihr gemeinsamer Ehrgeiz hatte sich nicht damit begnügt, Begonnenes zu vollenden, vielmehr wollten sie Neues in Angriff nehmen. Mit der Piazza Navona und Sant' Agnese sollte ein Gegenstück zu Sankt Peter und dem Vatikan entstehen, welches das Vorbild noch übertraf: in Gestalt eines idealen Platzes. Den Menschen sollten die Augen übergehen bei seinem Anblick. Und was für eine großartige Idee hatte er dem Papst vorgelegt! Innozenz war außer sich vor Begeisterung gewesen und hatte prophezeit, dass die Welt den Atem anhalten würde. Francesco beschloss, den Platz dem Andenken dieses großen Mannes zu widmen, ihm mit der Piazza Navona für alle Zeit ein Denkmal zu setzen – dem Papst, nicht der Principessa.

Trotzdem kehrte er wenige Minuten später auf dem Rückweg zu seinem kleinen Haus in Santa Maria della Vittoria ein – wie immer, wenn er an der Kirche vorüberkam. Er konnte nicht anders, er musste diesen Ort, den er wie kaum einen anderen hasste, betreten, als stehe er unter einem Zwang. Vielleicht, weil seine Idee für die Gestaltung der Piazza, der glänzende Einfall, in Gegenwart der Principessa geboren worden war? Er konnte es nicht sagen. Er wusste nur, hier allein hatte er Gelegenheit, Zwiesprache mit ihr zu halten.

Gedämpft durch die dicken Mauern klang der Lärm des Pöbels

in der dunklen Kirche so unwirklich nach, als stammte er aus einer anderen Welt. Francesco zündete sechsundvierzig Kerzen an, für jeden Monat ihrer Abwesenheit eine, und während im aufflackernden Lichterschein ihr marmornes Antlitz allmählich aus der Dunkelheit hervortrat, kniete er vor dem Seitenaltar nieder. Es hieß, die Principessa sei zurück nach England gereist, wo sie inzwischen ein zweites Mal geheiratet habe. Donna Olimpia hatte Francesco davon in Kenntnis gesetzt.

Fast vier Jahre war die Principessa nun fort. Ohne einen Gruß war sie abgereist, und nicht einen einzigen Brief hatte sie ihm aus England geschickt. Francesco hatte seither jede Stunde, jeden Tag seiner Kunst geweiht. Hatte er keinen anderen Glauben mehr? Die Arbeiten an der Sapienza kamen ebenso gut voran wie die am Palazzo Pamphili, und die Neugestaltung der Propaganda Fide näherte sich bereits ihrer Vollendung. Nur auf diese Weise, in der völligen Hingabe an sein Werk, vermochte er die Leere zu ertragen, die er seit dem Fortgang der Principessa verspürte. Obwohl sie ihn verraten hatte, fühlte er sich ohne sie so allein, dass es ihn im hellen Sonnenschein fröstelte, wenn er durch die Straßen mit all den fremden Menschen ging. Ohne Hoffnung, je wieder in ihre Augen zu schauen, je wieder ihre Stimme zu hören, dünkte ihm die Zukunft wie eine endlose Wüstenei: Er würde einen öden Tag nach dem anderen verbringen und ihrer aus der Ferne gedenken, in der quälenden Vorstellung, wie sie lebte, glücklich war, geliebt wurde und vielleicht auch selber liebte.

Unmerklich bewegten sich seine Lippen, als erzähle er ihrem stummen Abbild von seinen Plänen. In der Einsamkeit seines Herzens formte er Worte der Liebe, die in einem steten Strom aus ihm hervorquollen, unterbrochen nur von den Flüchen auf seinen Rivalen, der dieses Bildnis einst erschaffen hatte, und dem Husten seiner gequälten Lunge.

2

Die Taube der Pamphili hatte sich kaum in die Lüfte erhoben, um einem besseren Jenseits zuzustreben, da zog ein strahlender Stern über den Hügeln Roms am Himmel auf: das Wappen der Familie Chigi. In seltener Eintracht hatte das Heilige Kolleg Kardinal Fabio Chigi zum neuen Nachfolger Petri erkoren. Doch am Tag der Krönungsfeierlichkeiten, dem 18. April des Jahres 1655, ging ein schwerer Hagelsturm auf die Stadt nieder und richtete in den Weinbergen schlimme Verwüstungen an. Betroffen fragten sich die Römer: War dies ein böses Omen, mit dem das neue Pontifikat begann?
Die Dämmerung war noch nicht angebrochen, da durchschritt Lorenzo Bernini, angetan mit dem Habit des Cavaliere di Gesù, die langen Flure des Vatikans, begleitet von einem Offizier der Schweizergarde, der ihn an den wartenden Prälaten und Botschaftern vorbei zum Audienzsaal des Papstes führte. Nicht anders als zu seiner Zeit Urban VIII. ließ auch Alexander VII. ihn noch am selben Tag, an dem er den Heiligen Stuhl bestieg, zu sich rufen. Was der neue Papst wohl von ihm wollte?
Lorenzo kannte Fabio Chigi schon seit geraumer Zeit. Innozenz' Pontifikat hatte sich dem Ende zugeneigt, da waren sie einander in der *anticamera* des päpstlichen Palastes begegnet – zwei Männer, die einander auf den ersten Blick als ihresgleichen erkannten. Der Monsignore war gerade als Nuntius aus Köln zurückgekehrt und berichtete Lorenzo, welchen Ruhm der erste Künstler Roms in deutschen Landen genoss. Lorenzo war entzückt. Seitdem hatte Kardinal Chigi ihm zahlreiche Aufträge erteilt, wobei Lorenzo zu seinem Erstaunen festgestellt hatte, dass dieser gebildete Kirchenfürst die Architektur nicht nur liebte, sondern in ihr sogar zu dilettieren verstand: Chigi besaß die Fähigkeit, mit freier Hand schwierigste geometrische Figuren zu zeichnen. Es bedurfte darum nur weniger Worte, um ihm eine Idee oder einen Entwurf zu vermitteln.

»Ewige Heiligkeit!«

Kaum hatte der Offizier die Flügeltür geöffnet, sank Lorenzo auf die Knie, um Chigis Fuß zu küssen, denn der Mann, den er als ebenso verständigen wie großzügigen Auftraggeber kannte, war von heute an kein gewöhnlicher Mensch mehr, sondern der Stellvertreter Gottes. Gerade wollte er sich erheben, da zuckte er zusammen: Neben dem Thron des Pontifex stand, mit geöffnetem Deckel und im Innern mit weißen Seidenpolstern ausgeschlagen, ein dunkel glänzender Sarg aus poliertem Ebenholz.

»Verwirrt dich der Anblick, Cavaliere?«, fragte Alexander ihn mit einem feinem Lächeln. »Dich, einen Mann, der dem Tod auf Urbans Grabmal in so wunderbarer Weise den Schrecken genommen hat?«

»Ich muss gestehen, Heiliger Vater, ich wähnte dem Tod nicht an diesem Ort zu begegnen, erst recht nicht an einem solchen Tag.«

»Gerade hier und heute ist es an der Zeit, uns seiner zu erinnern«, erwiderte Alexander. »Es war meine erste Anweisung, den Sarg hier aufzustellen, als Mahnung, wie kurz das Leben ist. Es gibt so viel zu tun, was Gott uns aufgetragen hat. Darum«, fuhr er in geschäftlichem Ton fort, »wollen auch wir uns nicht mit langen Vorreden aufhalten und zur Sache kommen. Als Kardinal Chigi habe ich dir Aufträge erteilt, die dem Glanz meiner Familie dienten, nun aber stellen wir dir eine Aufgabe, die zum Ruhm der ganzen heiligen Kirche gereichen soll – die größte und schwerste Aufgabe, die in Rom zu erledigen ist. Ich denke, du weißt, wovon wir sprechen.«

»Ihr meint«, fragte Lorenzo vorsichtig, »die Vollendung der Lateranbasilika, Eurer Bischofskirche?«

»Wir meinen die Vollendung des Petersplatzes«, erklärte der Papst. »Vor dem Dom soll die herrlichste Piazza entstehen, welche die Menschheit je gesehen hat. Ein würdiger Vorhof für den größten Gottestempel auf Erden, Ehrenmal der päpstlichen Würde und Schmuck der Stadt Rom.«

Lorenzo spürte, wie sein Herz in einer Mischung aus Freude und

Bestürzung höher schlug. Seit dem Abriss des Glockenturms war die Basilika ein Torso, der sich aus einer Wüste von Trümmern erhob, den Überresten des alten Sankt Peter. Madernos Fassade, die auf hohe Türme zu ihrer Begrenzung berechnet war, musste diese für immer entbehren, da nach dem drohenden Einsturz der Front niemand mehr wagte, den Fundamenten die Last so hoher Aufbauten zuzumuten. Papst Alexanders Auftrag bedeutete nun die Möglichkeit, auch ohne Türme die Wucht von Madernos Fassade, hinter der die Kuppel förmlich verschwand, nicht nur zu korrigieren, sondern durch die Gestaltung des Platzes womöglich in einen Vorteil zu verwandeln. Was für ein kühner Gedanke! Und was für eine gewaltige, ja übermenschliche Aufgabe!

»Ich bewundere den Plan Ewiger Heiligkeit«, sagte Lorenzo zögernd, um seine momentane Ratlosigkeit zu verbergen. »Breite Straßen und offene Plätze fördern nicht nur das Wohlbehagen der Bewohner einer Stadt, sie tragen auch dazu bei, Fremde aus fernen Ländern anzuziehen ...«

»Deine rasche Auffassungsgabe ist uns bekannt, Cavaliere.«

»Um den Platz zu erweitern, damit er den Vorstellungen Ewiger Heiligkeit entspricht, werden wir allerdings gezwungen sein, die angrenzenden Straßen zu begradigen und viele kleine Behausungen abzureißen, damit sie die vornehmen Gebäude nicht länger verdunkeln und beengen ...«

»Sehr richtig«, unterbrach Alexander ihn ein zweites Mal, »und darum hast du völlig freie Hand in der Wahl deiner Mittel. Reiße nieder, was immer du willst – um aufzurichten, was Gott und deine Vorstellungskraft dir eingeben.« Alexander zwirbelte seinen Bart und schaute aus seinen schwarzen Augen auf ihn, die in ihren Höhlen über der scharf gekrümmten Nase fast zu glühen schienen. »Hast du vielleicht schon eine Idee, Cavaliere?«

Lorenzo zögerte. Wie stellte der Papst sich das vor? Woher sollte er schon jetzt eine Idee haben? Für ein Projekt von solchen Dimensionen? Er brauchte Zeit, um zu überlegen, Entwürfe zu zeichnen, Berechnungen anzustellen. In der Hoffnung, dass Alexander ihm seine Verlegenheit nicht anmerkte, beschloss er, ihn um ein paar Tage oder Wochen Bedenkzeit zu bitten.

»Mit gütigster Erlaubnis Ewiger Heiligkeit«, setzte er an, doch die Worte zerfielen ihm auf der Zunge wie modrige Pilze.

Mit offenem Mund starrte er Alexander an. Es war wie eine Erscheinung. Einem Monument gleich, erhob sich der Pontifex vor ihm auf dem Thron, den Oberkörper eingehüllt in einen mächtigen Umhang, die Arme links und rechts auf den hohen Lehnen seines Stuhls, als würde er den ganzen Raum umfangen. Wie ein Blitz durchfuhr Lorenzo die Erkenntnis: Dieser Mann verkörperte den Glauben, die heilige katholische Kirche – er *war* die Kirche in Person.

Und ehe er überlegen konnte, was er von sich gab, hörte Lorenzo sich sagen: »Ich stelle mir Eure Kirche wie eine menschliche Gestalt vor, Heiliger Vater. Der Kopf trägt die Kuppel wie eine Tiara, die Breite der Schultern wird durch die Fassade bezeichnet, die ausgebreiteten Arme gleichen Arkaden, die sich von der Mitte aus fortsetzen, während die Beine die Zugangsstraßen des *borgo* markieren. Ja, Ewige Heiligkeit«, fügte er, plötzlich seiner Sache völlig sicher, hinzu, »so und nicht anders sehe ich die Piazza vor mir.«

Alexander hob überrascht die Brauen. »Unsere Kirche als eine menschliche Gestalt?«

»Ja, Heiliger Vater«, entgegnete Lorenzo und warf den Kopf in den Nacken, »Sinnbild des menschgewordenen Gottes und zugleich machtvolles Symbol seines Stellvertreters.«

»Ich sehe, wir haben den richtigen Mann für unsere Aufgabe erwählt.« Alexander nickte, dann hob er den Arm, wie um Lorenzo zu segnen. »Hiermit ernennen wir dich zum Architekten der apostolischen Kammer und lassen dir künftig ein Salär von monatlich zweihundertsechzig Scudi anweisen. Jetzt aber geh und mache dich an die Arbeit! Ich bin begierig, deine Pläne zu sehen.«

Lorenzo trat vor, um sich über Alexanders Hand zu beugen.

Während er den Fischerring küsste, erfasste ihn eine Woge der Zufriedenheit. Päpstlicher Hofarchitekt – das war der einzige Titel, der ihm bislang noch nicht zuteil geworden war. Innozenz hätte sich zu einer solchen Ernennung niemals durchgerungen, und wenn er hundert Jahre alt geworden wäre. Jetzt lag ihm nur noch eine Frage auf der Seele.
»Ist etwas?«, fragte Alexander, als er sein Zögern spürte.
»Ja, Heiliger Vater«, antwortete Lorenzo. »Donna Olimpia – ist sie auch unter Eurer Regentschaft mit den Bauvorhaben des Vatikans befasst?«

3

»Ich verlange, den Papst zu sprechen!«
»Tut mir Leid, Eccellenza, der Heilige Vater meditiert.«
»Schon wieder?«, fragte Donna Olimpia, schäumend vor Wut.
»Er hat auch gestern und vorgestern meditiert – die ganze letzte Woche! Wenn Seine Heiligkeit so weitermacht, kommt sie noch schneller in den Himmel, als ihr lieb ist.«
Ja, Papst Alexander war nicht nur ein Schöngeist, er war auch ein frommer und sittenstrenger Mann. Ein Aufatmen war darum durch die Stadt gegangen, als seine Wahl verkündet wurde. Schon als Kardinal hatten die Römer Fabio Chigi, der mit seinem dunklen Bart und den markanten Gesichtszügen sowohl in den Kirchen als auch auf den Straßen ein vertrauter Anblick war, wegen seines redlichen Charakters geschätzt, und nun, da er die Macht im Staat übernommen hatte, sollte er sein Volk nicht enttäuschen. Während sein Wappen, die vom Stern bekrönten Hügel, in Rom bald so allgegenwärtig war wie einst die Bienen der Barberini, setzte er alles daran, der verletzten öffentlichen Moral Genugtuung zu verschaffen. Ohne Rücksicht auf Standesprivilegien räumte er unter den Günstlingen seines Vorgängers

auf und brachte dem allgemeinen Unwillen sein erstes und bedeutendstes Opfer dar: Donna Olimpia.

Drei Tage nach Innozenz' Beisetzung – die Kosten hatte schließlich ein Domherr von Sankt Peter übernommen – hatte die Schwägerin und engste Vertraute des verblichenen Papstes ein Schreiben bekommen, das mit dem Siegel der Rota Romana versehen war. Darin wurde ihr in wenigen Sätzen mitgeteilt, dass eine Untersuchung gegen sie eingeleitet worden sei. Unter acht Hauptrubriken klagte man sie schwerster Verbrechen an: vom Meineid über Bestechlichkeit bis hin zur Veruntreuung von Staatsgeldern. Seitdem sprach sie jeden Morgen im Vatikan vor, um beim neuen Papst eine Audienz zu erlangen. Doch vergebens. Alexanders Kammerherr, ein Lakai, den sie vor wenigen Wochen noch mit einem Fingerschnippen ins Nichts hätte befördern können, blickte mit seinem feisten Gesicht so hochmütig auf sie herab wie der Koch eines Herrscherpalastes auf eine Bettlerin, die am Kücheneingang um einen Teller Suppe bittet. Donna Olimpia musste sich beherrschen, um ihn nicht zu ohrfeigen.

»Richten Sie Seiner Heiligkeit aus, dass ich morgen wieder komme!«

»Es wird keinen Zweck haben, Eccellenza. Der Heilige Vater lässt Ihnen sagen, Sie hätten den Papst in der Vergangenheit so oft zu sehen bekommen, dass es Ihnen wohl ein Leichtes sei, dieses Glückes in Zukunft zu entbehren.«

»Ich werde es trotzdem versuchen.«

»Das würde ich Ihnen nicht raten.« Der Hochmut im Gesicht des Kammerherrn wich dem kalten, gleichgültigen Ausdruck der Amtsgewalt. »Der Heilige Vater befiehlt Ihnen, vorläufig in Ihrem Geburtsort Viterbo Unterkunft zu nehmen, um dort den Ausgang Ihres Prozesses abzuwarten.«

Es dauerte einige Zeit, bis Donna Olimpia den Sinn dieses Bescheids begriff. Verstört wandte sie sich ab und eilte die Stufen des päpstlichen Palastes hinunter, um in ihre Kutsche zu steigen, in der Hoffnung, dort die Klarheit ihrer Gedanken wiederzuerlangen, doch die Fahrt zur Piazza Navona war viel zu kurz, als dass sie bis zur Rückkehr in den Palazzo Pamphili die Ungeheuerlichkeit hätte fassen können, die ihr soeben widerfahren war: Fabio Chigi jagte sie aus der Stadt – sie, Donna Olimpia, die Königin von Rom!

»Du willst verreisen?«, fragte Camillo verwundert, als sie am Abend mit Hilfe von einem Dutzend Dienern das Nötigste zusammenpackte. »Hast du Angst vor der Pest? Die wütet doch nur in Sizilien, und wie es heißt, besteht nicht die geringste Gefahr, dass sie je über das Meer ...«

»Was kümmert mich die Pest!«, unterbrach sie ihn. »Alexander hat mich verbannt!«

»Verbannt? Alexander? Dich? Ich dachte, Fabio Chigi ist unser Freund. Du hast ihm doch selbst zur Wahl verholfen!« Er griff nach einem der obligatorischen Törtchen, die ein Diener ihm auf einem Tablett reichte. »Wenn du Kardinal Sacchetti nicht bestochen hättest, hätte der alte Schwanz nie und nimmer auf seine Kandidatur verzichtet und würde heute statt Alexander auf dem Thron sitzen.«

»Das war der größte Fehler meines Lebens.« Olimpia seufzte.

»So ein undankbarer Mensch! Und nennt sich Heiliger Vater! Widerlich! Da vergeht einem ja der Appetit!« Camillo schob sich ein weiteres Törtchen in den Mund. »Aber meinst du, du musst darum wirklich die Stadt verlassen?«

»Kannst du nicht eine Sekunde aufhören zu essen?«, herrschte sie ihn an. »Wie oft soll ich dir das noch sagen! Du bist fett wie ein Schnagel!« Olimpias Stimme überschlug sich, so laut sprach sie, und die Diener zogen die Köpfe ein, als erwarteten sie Prügel. Im nächsten Augenblick aber tat ihr der plötzliche Wutausbruch Leid. Was konnte Camillo dafür, dass Alexander sie ins Unglück stürzen wollte? Sie streichelte ihrem Sohn die Wange und küsste ihn auf die Stirn. »Verzeih mir, aber ich mache mir solche Sorgen. Auch um dich.«

»Heißt das, ich muss auch fort aus Rom?« Camillo verschluckte sich fast.

»Gott bewahre! Du musst hier bleiben und dafür sorgen, dass man uns nicht alles raubt, während ich von Viterbo aus versuche, die Gerechtigkeit wieder herzustellen. Hier«, sie reichte ihm eine dicke Ledermappe, die von Papieren nur so überquoll, »darin habe ich alles aufgeschrieben, was du zu tun hast, zusammen mit den Vollmachten, die du brauchst, um Geld von meinen Konten zu beziehen. Wer weiß, vielleicht hat sich in ein paar Wochen die Aufregung schon wieder gelegt und der Prozess findet überhaupt nicht statt. Bis dahin ist es am besten, wir halten still und tun so, als würden wir uns dem Willen des Papstes beugen.«

Auf einmal hatte sie das Gefühl, dass dies alles viel zu viel für ihren Sohn war. Er war doch erst Anfang dreißig, fast noch ein Kind! Sie nahm seine Hände und drückte sie. »Glaubst du, du wirst es schaffen?«

Camillo erwiderte ihren besorgten Blick mit einem Grinsen. »Wenn ich deine Vollmacht habe, heißt das, ich kann über das ganze Geld der Familie Pamphili verfügen?« Seine Augen leuchteten, als hätte man ihm eine gebratene Gans serviert.

»Ist das alles, was dich interessiert?«, erwiderte sie, einen neuen Wutausbruch unterdrückend.

Camillo legte seine Stirn in Falten. »Nein, da ist noch was«, sagte er. »Was passiert mit der Principessa, wenn du fort bist?«

»Was für eine kluge Frage«, rief Olimpia und tätschelte seine Hand. »Gut, dass du daran denkst, ich hätte es fast vergessen.« Sie sah ihrem Sohn fest in die Augen. »Sorge dafür, dass die Hure bleibt, wo sie ist! Ich werde mich nach meiner Rückkehr um sie kümmern. Doch jetzt muss ich mich beeilen. Ich habe vor meiner Abreise noch eine dringende Angelegenheit zu erledigen.«

4

»Oh Gott, komm mir zur Hilfe!«
Mit einem Gähnen in der Stimme sang die Vorbeterin den Eröffnungsruf, und kaum war dieser verklungen, antwortete die Gemeinde in dünnem Chor: »Herr, eile mir zu helfen!«
Wie jeden Abend um die neunte Stunde hatten sich die Nonnen in ihrer Kirche versammelt, um den Tag mit der Komplet zu beschließen, dem letzten der sieben Stundengebete, mit denen in der Ordnung des Glaubens der Ablauf des Tages geheiligt wurde. Eine der ehrwürdigen Frauen aber war aus der Gemeinschaft des Gotteslobes seit einer Woche ausgeschlossen: Schwester Chiara, Lady McKinney mit weltlichem Namen. Allein, als hätte sie Aussatz, stand sie draußen in der Dunkelheit, frierend mit ihren bloßen Füßen in den Sandalen, und fiel leise in das Lob des Dreifaltigen Gottes ein, das durch die Kirchentüre wieder und wieder zu hören war: »Ehre sei dem Vater und dem Sohne und dem Heiligen Geiste!«
Während Clarissa durch das Gebet allmählich den Frieden des Herzens fand, war im Innern des Gotteshauses von Andacht wenig zu spüren. Anstatt sich in die Hora zu versenken, um von den Versuchungen des Tages abzulassen, schienen die Nonnen erst jetzt zum Leben zu erwachen. Sie wischten sich den Schlaf aus den Augen, mit dem die meisten von ihnen die Zeit seit dem Abendbrot verbracht hatten, erwiderten nur zerstreut die Rufe des Wechselgesangs, steckten die Köpfe zusammen, tuschelten und kicherten, während der Priester aus den Psalmen las. Nicht einmal beim heiligen Schweigen nach dem Magnificat kehrte Stille ein, als könnten sie alle gar nicht erwarten, endlich den Segen zu empfangen, um die wenigen Stunden, die zwischen der Komplet und der Matutina – die kurze Nacht der Welt zwischen dem letzten und dem ersten Stundengebet, in welcher das Wort Gottes verstummte – auf ihre Weise zu nutzen.
»*Benedicat vos omnipotens Deus: Pater et Filius et Spiritus sanctus!*«

»Amen!«

Mit lautem Knarren öffnete sich das Kirchentor. Wie es die schwere Buße verlangte, die der Abt Don Angelo über sie verhängt hatte, warf Clarissa sich zu Boden. Eilig stiegen die anderen Nonnen über sie hinweg, eine jede bestrebt, möglichst rasch in ihre Zelle zu gelangen, ohne Clarissas Gruß mit einem *Benedicite* zu erwidern.

Erst als die letzte Schwester im Kloster verschwunden war, durfte Clarissa sich vom Boden erheben. Sie klopfte sich den Staub vom Kleid, und unter den strengen Blicken Schwester Laetitias, einer älteren Nonne, der es bei Androhung gleich schwerer Strafe verboten war, ein Wort mit ihr zu reden, kehrte sie in ihre Zelle zurück, wo ihre Bewacherin sich mit stummem Kopfnicken von ihr verabschiedete, um sie für den Rest der Nacht einzuschließen.

Clarissa sank auf den Schemel, der außer dem Tisch und ihrem Nachtlager, einer schmalen, mit einem Strohsack gepolsterten Pritsche, das einzige Möbelstück in ihrer Zelle war. Den Kopf in die Hände gestützt, schaute sie zum vergitterten Fenster hinaus, wo sich ein kleiner Fluss im Mondschein durch einen Wald schlängelte, dessen dunkle Wipfel sanft im Nachtwind wogten. Weit und breit war keine Menschenseele zu sehen. Nur aus der Fischerhütte am anderen Ufer des Flusses drang ein schwacher Lichtschein. Clarissa hatte keine Ahnung, wo sich das Kloster befand. Nonnen aus mehreren Barfüßerinnenorden waren darin untergebracht, doch kaum eine der Frauen war hier, um ihr Leben Gott zu weihen. Die meisten verbrachten ihre Tage an diesem weltabgeschiedenen Ort, weil sie in Rom ihren Familien zur Last fielen – aus welchen Gründen auch immer.

Clarissa zündete eine Kerze an. Auch sie lebte an diesem Ort, weil sie jemandem zur Last fiel. Vier Jahre waren vergangen, seit Donna Olimpia sie vor Santa Maria della Vittoria hatte entführen lassen. Noch am Tage ihrer Ankunft im Kloster hatte man sie ihrer Kleider beraubt und sie gezwungen, diese gegen die graue Ordenstracht einzutauschen, die mit einem Strick statt den gewohnten goldenen Gürteln und Spangen zusammengehalten wurde. Mit dem Schleier auf dem Kopf, der ihr bis zu den Augenbrauen reichte, damit kein einziges Haar hervorschauen konnte, hatte sie das Gelübde der Armut, der Keuschheit und des Gehorsams abgelegt. Obwohl sie Küsterin in der Vorratswirtschaft oder Bursarin im Rechnungswesen hätte werden können, hatte sie sich dafür entschieden, in der Bibliothek ihren Dienst zu versehen, und seit jenem Tag keinen Fuß mehr vor die Tore des Klosters gesetzt. Der Abt persönlich überwachte sie, er war Donna Olimpias Gewährsmann – und ihr bereits bei der Ermordung ihres Mannes zu Diensten gewesen. Einmal im Monat suchte Olimpia ihn auf, um sich zu überzeugen, dass Clarissa in sicherem Gewahrsam war. Clarissa hatte bei diesen Gelegenheiten ihre Cousine ein paarmal aus der Ferne gesehen, doch hatten sie nie ein Wort miteinander gesprochen.

In der Hütte am Fluss ging das Licht aus. Sicher wünschten der Fischer und seine Frau jetzt einander gute Nacht, um sich ihren Träumen anzuvertrauen. Clarissa beneidete sie – sie selber hatte keine Träume mehr. Sie war eine alte Frau von über fünfzig Jahren, die ihre Tage im Kloster beschließen würde, vergessen von den wenigen Menschen, die sie kannten.

Mit einem Seufzer schlug sie das Buch auf, dem sie allabendlich ihre Gedanken anvertraute. Diese Übung war ihr einziger Trost, sie half ihr zu überleben. Die Tage verbrachte sie in der Klosterbibliothek, um in den wenigen Büchern zu lesen, derer sie an diesem Ort habhaft wurde, des Abends aber, wenn sie nach der Komplet allein in ihrer Zelle war, begann sie zu schreiben, gleich jener Frau, der sie einst in einem anderen Leben ihr Gesicht geliehen hatte, rekonstruierte architektonische Pläne und Entwürfe, die sie gleichfalls in jenem anderen Leben gesehen hatte, und brachte sie zu Papier, um auf diese Weise ihren Geist wach zu halten.

Während sie in ihren Aufzeichnungen blätterte, hörte sie, wie sich auf den Gängen und Fluren das nächtliche Leben im Kloster regte: Türen, die leise geöffnet wurden, huschende Schritte, heimliches Flüstern und unterdrücktes Lachen, das Rascheln von Kleidern, keuchender Atem und Stöhnen, dann kurze, spitze Schreie. Es war die Stunde der Sünde – wie jeden Abend nach der letzten Hora, wenn die Schwestern die vermummten Gestalten empfingen, die im Kloster gemeinhin als Pilger galten, tatsächlich aber aus der Stadt geritten kamen, um an diesem Ort der Fleischeslust zu frönen.

Wie lange würde ihre Strafe noch dauern? Don Angelo hatte Clarissa mit dem Entzug der Gemeinschaft bestraft, weil sie Einspruch gegen seine Anweisung erhoben hatte, den Novizinnen den Zugang zur Bibliothek zu verwehren. Seitdem musste sie sich mit zur Erde gewandter Stirne bewegen und durfte niemanden ansprechen. Erst nach der Vesper bekam sie Speise, an einem gesonderten Tisch, mit nur so viel Zukost, Brot und Trank, wie Don Angelo es für nötig erachtete. Doch merkwürdig, je stärker sie ihrer äußeren Freiheit beraubt wurde, desto mehr schien ihre innere Freiheit zu wachsen. Während alles Verlangen, das ihr in früheren Jahren so oft zugesetzt hatte, durch die Kasteiung mehr und mehr zum Schweigen kam, entstand in ihr ein Gefühl von Kraft und Leichtigkeit. Kein äußerer Zwang konnte diese wunderbare Beschwingtheit ihres Innern dämpfen. Nur manchmal, wenn die sündigen Geräusche von draußen zu machtvoll in ihre Zelle drangen, spürte sie die Regungen ihres Leibes, und eine heimliche Frage wurde in ihr wach: Wenn sie frei war von den Nötigungen der Sinne – zu welchem Zweck war diese Freiheit gut?

Clarissa verschloss sich die Ohren mit Pfropfen aus Rindertalg, den sie in der Kirche von den Kerzenresten des Marienaltars gesammelt hatte, eine Verfehlung, die ihr im Falle der Entdeckung weitere schwere Strafe eingetragen hätte. Doch konnte sie sich ohne diese Pfropfen nicht konzentrieren. Sie nahm einen Stift und zeichnete die Umrisse eines Brunnens: einen Obelisken, der sich über einem Becken erhob, dazu vier allegorische Figuren. Dann zeichnete sie einen zweiten Brunnen, doch diesmal mit vier Flussgöttern, die sich zu Füßen der Säule in den Fluten

räkelten. Eine Grundidee, aber zwei völlig andere Ausgestaltungen – so verschieden wie die beiden Männer, die sie ersonnen hatten.
Ob sie einander wohl immer noch bekriegten?
Plötzlich wurden draußen Stimmen laut. Clarissa horchte auf. Die Geräusche kamen aus der Richtung des Siechenhauses. Lag eine Nonne im Sterben? Wenn eine Schwester dem Tode nah war, wurde an die Tafel im Kreuzgang geklopft, und alles lief, laut seinen Glauben bekennend, zu der Kranken. Clarissa beugte sich zum Fenster und schaute durch die Stäbe – dunkel und still lag das Siechenhaus da. Sie nahm die Pfropfen aus den Ohren, da hörte sie im Flur eine Männerstimme, die sie schon oft in ihrem Leben gehört hatte: »Das verbiete ich Ihnen! Verlassen Sie das Haus!«
»Sie haben hier gar nichts zu befehlen!«, rief eine zweite männliche Stimme, noch lauter als die erste. »Wer sind Sie überhaupt?«
»Ich bin Principe Pamphili. Dieses Kloster steht unter dem Schutz meiner Mutter – Donna Olimpia.«
Draußen lachten jetzt ein paar Männer. »Donna Olimpia? Wer unter ihrem Schutz steht, hat ihn nötig.«
Clarissa lief es kalt den Rücken hinunter. Was hatte das zu bedeuten? Sie löschte die Kerze und eilte zu ihrer Pritsche, doch sie hatte noch keine zwei Schritte getan, da ertönte ein Ruf: »Im Namen Seiner Heiligkeit!«
Im gleichen Moment flog die Tür auf. Clarissa erstarrte. Draußen auf dem Flur, im Schein einer Fackel, stand Camillo Pamphili, nur mit einem Hemd bekleidet, ein ertappter Sünder, flankiert von zwei Soldaten, die ihre Säbel auf ihn richteten.

5

»Der Herr segne dieses Mahl!«
»Amen!«
Der Abend war gekommen, das Tagwerk vollbracht. Voller Wohlgefallen schaute Virgilio Spada in die Runde, während er seinen Löffel in die Suppe tauchte. An der langen Tafel saßen mit ihm zwei Dutzend Frauen, von denen er jede einzelne so gut kannte, als gehöre sie zu seiner Familie: zwei Dutzend Schicksale, die nicht nur ein barmherziges Herz wie seines, sondern auch eines aus Stein erweichen konnten.

»*Per le donne mal maritate* – für unglücklich verheiratete Frauen«, stand über dem Eingang des Hauses geschrieben, das Spada vor zwei Jahren in der Gemeinde von Santa Maria Maddalena auf eigene Kosten hatte einrichten lassen und welches seitdem seine segensreiche Wirkung entfaltete. Hier fanden Frauen Zuflucht, die – sei es aus mangelnder Fürsorge ihrer Eltern, sei es aus mangelndem eigenem Urteilsvermögen – dem falschen Mann ihr Leben anvertraut hatten: einem Mann, der sie schlug oder misshandelte oder sie gar zwang, für ein paar Kupfermünzen ihren Leib zu verkaufen.

»Möchten Sie vielleicht noch eine Kelle, Monsignore?«, fragte Gabriella, ein bildhübsches Mädchen von siebzehn Jahren mit kastanienbraunem Haar und rosa Wangen, das an diesem Abend den Küchendienst versah.

»Sehr gerne«, sagte Spada, obwohl er bereits an der Tafel des Papstes zu Abend gegessen hatte, und reichte ihr seinen Teller. »Dieser Versuchung kann ich nicht widerstehen. Womit hast du die Suppe gewürzt, dass sie so köstlich schmeckt?«

Vor verlegenem Stolz lief Gabriellas hübsches Gesicht dunkelrot an, während sie all die Gewürze aufzählte, die sie benutzt hatte. Virgilio Spada war gerührt. Zu sehen, wie diese armen Magdalenen hier miteinander lebten, vor allem aber, wie sie in seinem Haus die Würde wiedererlangten, die sie draußen in der Welt ver-

loren hatten, war sein größtes Glück. Wenn er bedachte, wie verängstigt die meisten von ihnen noch vor kurzer Zeit gewesen waren, ohne Hoffnung, je wieder ihres Daseins froh zu werden, und dass manche sich wohl gar mit dem fürchterlichsten aller Gedanken getragen hatten, nämlich ihrem Leben vor der Zeit, die Gott der Herr ihnen auf Erden beschieden hatte, ein Ende zu bereiten – wie wollte er da zweifeln, dass Segen auf seinen Werken lag? Ja, vielleicht war es doch kein Zufall gewesen, dass er als zwölfjähriger Knabe beim Spiel mit einer Schildkröte auf dem Petersplatz als Erster in der Stadt am Himmel die Rauchsäule hatte erblicken dürfen, welche die Wahl Papst Urbans verkündet hatte. Mit einem Schmunzeln erinnerte er sich, wie er am Morgen jenes Tages von zu Hause ausgerissen war und mit einem Straßenjungen seine teuren Kleider gegen dessen Lumpen und das Tier an einer Leine getauscht hatte. Seine Mutter war ganz aufgelöst gewesen vor Angst, als er am Abend nach Hause gekommen war, und sein Vater hatte befohlen, dass der Präzeptor, ein friedlicher Mann, der ihn in Latein und Griechisch unterrichtete, ihm sieben Hiebe auf das entblößte Gesäß brannte. Die Schmerzen spürte er bei der Erinnerung noch heute.
Ein Pochen holte Spada in die Gegenwart zurück. Die Frauen am Tisch blickten zur Tür.
»Würdest du bitte aufmachen, Gabriella«, sagte Spada. »Wir alle sind gespannt, wen Gott heute Abend wohl zu uns schickt.«
Während er sich wieder seiner Suppe widmete, um endlich den Teller zu leeren, öffnete Gabriella die Tür. Herein trat eine Barfüßerin in verschmutztem und zerknittertem Ordenskleid, als habe sie eine weite Reise hinter sich.
»Tritt näher, meine Tochter!«, forderte Spada sie auf. Doch noch während er sprach, hielt er in der Bewegung inne. »Principessa!« Er ließ den Löffel aus der Hand fallen und sprang von seinem Stuhl auf. »Täuschen mich meine müden Augen oder sind Sie es wirklich?«

6

»Es waren Soldaten der Schweizergarde«, erzählte Clarissa. »Sie kamen im Auftrag des Papstes. Sie haben das Kloster aufgelöst und den Abt davongejagt. Wären sie nicht gekommen, wäre Donna Olimpias Plan aufgegangen. Ich wäre für immer im Kloster geblieben, bei lebendigem Leibe begraben. Gott möge ihnen verzeihen«, fügte sie hinzu. »Ich kann es nicht.«

»Ja, diese Menschen gehören bestraft.« Spada nickte. »Sie haben Ihnen die Freiheit geraubt, um ihre eigene Haut zu retten, und einen Gott geweihten Ort in einen Sündenpfuhl verwandelt. Wenn ich daran denke, was Sie erlitten haben!« Er nahm ihre Hand und drückte sie. »Aber sagen Sie – wie haben Sie mich überhaupt gefunden?«

»Als ich in der Stadt ankam, bin ich zum englischen Hospital gegangen. Doctor Morris, der Arzt dort, hat mir gesagt, dass Sie in Santa Maria Maddalena dieses Haus führen. Er war voll des Lobes über Sie und Ihr Werk. Er sagte, was der Himmel versäumt habe, würden Sie auf Erden nachholen.«

Der Monsignore konnte ein stolzes Lächeln nicht unterdrücken. »Manchmal muss man dem lieben Gott ein wenig helfen, damit Sein Wille geschehe. Wie anders sollen all die armen Frauen, die Er mir anvertraut, den Platz im Leben finden, den Er für sie vorgesehen hat?«

Clarissa erwiderte sein Lächeln, dankbar und froh. Sie hatte die Nacht im Palazzo Spada verbracht und über zehn Stunden geschlafen. Nun saß sie, frisch gebadet und gestärkt von einem reichhaltigen Frühstück, in neuen, sauberen Kleidern an Spadas Lieblingsort, dem kleinen Garten am Ende der Scheinkolonnade, überflutet vom hellen Glanz der Morgensonne. Wie schön konnte das Leben sein! Die seidige Luft, die warmen Sonnenstrahlen – alles war so rein und neu und gut wie am ersten Tag der Schöpfung.

»Doch da wir gerade bei dem Thema sind«, fuhr der Monsignore fort, »was sind Ihre Pläne für die Zukunft?«
»Ich werde wohl«, antwortete Clarissa mit einem Seufzer, »nach England zurückkehren.«
»Auch wenn ich Sie schmerzlich vermissen werde, Principessa, ich glaube, das wird das Beste sein. Die Lage in Ihrer Heimat hat sich nach allem, was man hört, wieder beruhigt. Mister Cromwell und seine Regierung führen Krieg gegen Spanien, am anderen Ende der Welt – da sind die Herrschaften gottlob beschäftigt. Wenn Sie erlauben, gebe ich Ihnen zwei oder drei tüchtige Männer mit auf die Reise. Vielleicht nehmen Sie das Schiff nach Marseille? Da können Sie die Mühsal der Alpen vermeiden.«
Plötzlich merkte er, dass er immer noch ihre Hand hielt, und wollte sie loslassen, doch Clarissa hielt ihn fest.
»Was für ein guter Mensch Sie sind, Monsignore. Und nur darum schäme ich mich nicht, noch etwas anderes anzusprechen.« Sie machte eine Pause, bevor sie weiterredete. »Ich habe kein Geld, um zu reisen. Ich besitze nichts außer dem, was ich am Leibe trage, und selbst das verdanke ich nur Ihrer Güte. Wenn ich Sie trotzdem bitten dürfte, mir eine kleine Summe zu leihen? Sobald ich in England bin, werde ich umgehend …«
Der Monsignore lächelte ein zweites Mal. »Sehet die Vögel unter dem Himmel!«, unterbrach er sie mit fast diebischem Vergnügen. »Sie säen nicht, sie ernten nicht, sie sammeln nicht in den Scheunen; und der himmlische Vater ernähret sie doch.«
»Ich kenne das Gleichnis«, erwiderte Clarissa irritiert, »doch begreife ich nicht, was Sie mir damit sagen wollen.«
»Ganz einfach« – er strahlte –, »dass Sie eine sehr reiche Frau sind.«
»Ich? Reich? Wie kann das sein? Man hat mir doch alles genommen!«
»Und mehr noch gegeben. Monat für Monat, Jahr für Jahr. Der englische Gesandte hat mich aus diesem Grund wiederholt aufgesucht, er wusste ja nicht, wohin mit dem Geld, das nach Ihrem plötzlichen Verschwinden weiter aus England eintraf. Wir konn-

ten das beide nicht verstehen, wir glaubten doch, Sie wären längst zurück in Ihrer Heimat. Gott sei Dank war Ihr Bankier so vorsichtig, Donna Olimpia nichts von diesem Geld zu geben. Obwohl sie ihn ausdrücklich dazu aufgefordert hat – nicht nur einmal.«

Clarissa konnte seinen Worten kaum glauben. »Wollen Sie damit sagen, ich brauche nur zu meiner Bank zu gehen, um an Geld zu gelangen?«

»Jederzeit! Wann immer Sie wollen! Falls Sie es wünschen, können wir uns gleich auf den Weg machen.« Eilfertig sprang Spada von seinem Platz auf.

»Gern, Monsignore, das wäre wirklich eine große Hilfe«, sagte Clarissa und erhob sich ebenfalls. »Allerdings – eine Frage liegt mir noch auf der Seele.«

»Ich glaube, ich kann sie erraten«, erwiderte Spada mit ernstem Gesicht. »Sie meinen unsere zwei Freunde, nicht wahr?«

Clarissa nickte.

»Wie sagt der Prophet Micha? ›Des Menschen Feinde sind seine eigenen Hausgenossen!‹ Ja, die beiden hassen einander ärger als je zuvor. Erinnern Sie sich noch, dass Signor Borromini plante, den Palazzo des Cavaliere zu überbauen? Davon hat er inzwischen abgelassen – doch nur, um jetzt die Dreikönigskapelle in der Propaganda Fide niederzureißen, Berninis ersten Kirchenbau! Eines seiner herrlichsten Werke!«

Spada hielt es nicht auf der Stelle. Mit beiden Händen gestikulierend schritt er in dem kleinen Garten auf und ab und erzählte mit erregter Stimme von seinem Versuch, die zwei Rivalen wieder zu einen, indem er sie als Gutachter in einen Ausschuss berufen hatte, der Bauschäden an einer Jesuitenkirche untersuchen sollte. Beide hätten aber die Sitzungen nur dazu missbraucht, einander zu beschimpfen und zu verhöhnen.

»Wie Kain und Abel. Zwei Brüder, die nicht ertragen, dass sie zusammengehören.«

Während Clarissa ihm zuhörte, betrachtete sie die trügerische Kolonnade mit jener Kriegerstatue, die vom Eingang aus so groß wirkte, obwohl sie in Wirklichkeit kaum größer als ein Knabe war. Nichts war so, wie es schien, und nichts schien so, wie es war ... Zweifel beschlichen Clarissa. Erlag sie gerade vielleicht einer ähnlichen Illusion? War England überhaupt noch ihre Heimat? Oder war sie nicht längst hier in Rom zu Hause? Eine Bemerkung fiel ihr ein, die Spada zu Beginn ihres Gespräches gemacht hatte: »Wie anders sollen all die armen Frauen den Platz im Leben finden, den Er für sie vorgesehen hat?« Galt diese Bemerkung nicht auch für sie? Welchen Platz hatte Gott für sie vorgesehen? Was war ihre Aufgabe im Leben? Plötzlich erschien ihr die geplante Abreise wie eine Flucht – als wolle sie sich einer Verantwortung entziehen, die sie doch vor Jahren schon übernommen hatte, frei und aus eigenen Stücken.

»Verzeihen Sie, Monsignore, wissen Sie vielleicht, ob Briefe aus England für mich in der Botschaft warten? Von meiner Familie oder von sonstigen Angehörigen?«

»Wie bitte?« Irritiert hielt Spada in seiner Rede inne. »Briefe? Nein, davon ist mir nichts bekannt, bestimmt nicht, der Botschafter hätte es mir ganz sicher gesagt. Aber gut, dass Sie mich unterbrechen«, fügte er mit einem schuldbewussten Lächeln hinzu, »ich habe mich so in Rage geredet, dass ich darüber ganz vergaß, was wir eigentlich wollten. Kommen Sie, machen wir uns auf den Weg, bevor es Mittag wird und Ihr Bankier zu Tisch sitzt!«

Clarissa schüttelte den Kopf. »Nein, Monsignore, ich glaube, das hat keine Eile.« Sie griff nach seinem Arm und forderte ihn auf, sich wieder zu setzen. »Lieber würde ich noch ein wenig mit Ihnen reden. Ich habe eine Idee und würde gerne dazu Ihre Meinung hören. Es könnte sein, dass ich noch einmal Ihre Hilfe brauche.«

»Ich fürchte«, erwiderte er und nahm an ihrer Seite Platz, »jetzt bin ich derjenige, der nicht recht versteht.«

»Müssen wir immer verstehen, um zu handeln?«, fragte sie ihn. »Ist es manchmal nicht besser, dem Fingerzeig Gottes zu folgen

statt dem eigenen Verstand? Wenn ich mich recht entsinne, haben Sie selbst mir das einmal vor Jahren geraten.«
»*Credo quia absurdum.*« Spada nickte. »Ich glaube, weil es unbegreifbar ist.«

7

Im Palazzo Bernini summte es wie in einem Bienenhaus. Dutzende von Steinmetzen, Bildhauern und Zeichnern, darunter auch die ältesten Söhne des Hausherrn, waren bei der Arbeit, und andere Handwerker, die auf den zahllosen Baustellen des Cavaliere in der Stadt beschäftigt waren, gingen in so rascher Folge ein und aus, dass es alle paar Minuten an der Pforte klopfte. Denn seit Lorenzo Bernini wieder die Gunst des Vatikans genoss, vor allem aber seit Fabio Chigi auf dem Heiligen Stuhl saß, wurde er mit einer kaum zu bewältigenden Flut von Aufträgen überhäuft, mehr noch als zu Urbans Zeiten, sodass sich sein Atelier inzwischen in eine richtige *fabbrica* verwandelt hatte, die fast so groß war wie die Bauhütte des Petersdoms.

Ein wenig abseits von dem lärmenden Treiben saß Lorenzo an einem mächtigen marmornen Arbeitstisch und brütete über den Plänen für den größten und bedeutendsten Auftrag, den er je erhalten hatte: die Piazza von Sankt Peter. Die Zeit drängte. Jeden Abend musste er im Vatikan erscheinen, um Seiner Heiligkeit vom Stand der Dinge zu berichten. Papst Alexander zu erobern war ein Kinderspiel gewesen, die Eingebung eines Augenblicks hatte dazu genügt. Jetzt galt es, einen tauglichen Entwurf auszuarbeiten.

Lorenzo war nicht der erste Architekt, der sich an dieses Projekt wagte. Kein Geringerer als Michelangelo war ihm darin vorausgegangen. Lorenzo kannte und bewunderte dessen Plan; trotzdem war er fest entschlossen, seinem eigenen Gespür zu vertrauen. Hier bot sich ihm die Gelegenheit, den Mann, der immer noch als größter Baumeister aller Zeiten galt, im direkten Vergleich zu übertrumpfen.

Abweichend von Michelangelos Entwurf entschied Lorenzo sich für einen ovalen Grundriss. So konnte er die Arkaden, mit denen er die Piazza als heiligen Ort nach außen hin abgrenzen wollte, näher an den apostolischen Palast heranbringen. Alexander legte größten Wert auf gute Sichtverbindung zwischen Palast und Platz. Einen früheren Entwurf hatte er abgelehnt, weil hier die Pilger, die sich zu den öffentlichen Audienzen auf der Piazza versammelten, zu weit von dem Fenster entfernt gewesen wären, von dem aus der Papst die Menge segnete.

Lorenzo dachte nach. Was war die Bedeutung des Platzes? Alexander hatte sie ihm in einem Satz erklärt: Von hier aus würde künftig der Stellvertreter Gottes den Glauben verkünden, *urbi et orbi*. Größe war darum das alles entscheidende Kriterium: Größe in den einzelnen Baukörpern, Größe in den Proportionen. Lorenzo legte den Entwurf so an, dass alles auf die Fassade des Domes als die beherrschende Dominante hinführte, einfache Formen, die nur durch ihre Steigerung ins Gigantische ihre Wirkung erlangten. Dabei hielt er an seiner Vision einer riesigen menschlichen Gestalt weiter fest: mit der Basilika als Haupt, den Stufen als Hals und Schultern und den Fortsetzungen des Portikus als umfassende Arme. Doch wie sollte er die Arkaden gestalten? Nach welcher Idee sie anordnen und gliedern? In dieser Frage tappte Lorenzo noch völlig im Dunkeln.

Ein Räuspern schreckte ihn auf. Er hob den Kopf und sah vor sich Domenico, seinen Erstgeborenen, ein junger, hübscher Mann, der die Veranlagung zu einem tüchtigen Bildhauer hatte.

»Ja, was gibt es?«

»Sie haben Besuch, Vater. Man erwartet Sie in Ihrem Studio.«

»Ich habe keine Zeit«, brummte Lorenzo und beugte sich wieder über seine Arbeit. »Wer ist es denn?«

Als Domenico ihm den Namen nannte, zuckte Lorenzo zusammen.

»Hast du gesagt, dass ich da bin?«
»Natürlich! Hätte ich das nicht tun sollen?«
»Dummkopf!«
Verärgert warf Lorenzo seinen Rötelstift auf den Tisch und stand auf. Jetzt blieb ihm nichts anderes übrig, als sich ins Unabänderliche zu fügen.
»Eccellenza!«, rief er, als er wenig später sein Studio betrat. »Was verschafft mir die Ehre?«
Donna Olimpia stand mit dem Rücken zu ihm am Fenster und schaute auf die Straße. Als sie ihn hörte, drehte sie sich um und sagte: »Wir kennen uns lange genug, Cavaliere, um uns unnötige Umschweife zu ersparen. Papst Alexander will sich den Beifall des Volkes erkaufen. Zu diesem Zweck trachtet er danach, die Familie Pamphili zu ruinieren. Ich werde deshalb Rom verlassen. Doch nicht, ohne vorher eine Frage an Sie zu richten.«
»Bitte sehr, nur zu«, erwiderte Lorenzo unsicher. »Was kann ich für Sie tun?«
Donna Olimpia schaute ihm fest in die Augen. »Die Frage lautet ganz einfach: Wollen Sie mich begleiten?«
»Ich? Sie begleiten? Wohin?«
»Nach Paris, nach London – wohin Sie wollen!«
»Verzeihung, Eccellenza«, stotterte er, »soll das heißen, Sie schlagen mir vor, Rom zu verlassen? Das ... das kann nicht Ihr Ernst sein! Warum sollte ich das tun?«
»Weil ich reich bin, Cavaliere«, erwiderte sie vollkommen ruhig, »sehr reich sogar. Ich besitze zwei Millionen Scudi. Das Geld ist bereits außer Landes.«
»Zwei Millionen? Aber das ist ja mehr als ... als ...« Die Summe war so ungeheuerlich, dass ihm auf die Schnelle kein passender Vergleich einfiel.
»Mehr als das gesamte Jahreseinkommen des Vatikanstaats«, führte sie seinen Satz zu Ende. »Noch nie hat ein einzelner Mensch in Rom ein solches Vermögen besessen – und Sie, Cavaliere, können darüber verfügen.« Sie trat zu ihm und nahm seine

Hände. »Kommen Sie mit mir, als mein Mann, und ich lege Ihnen meinen Reichtum zu Füßen.«

Lorenzo war so verwirrt, dass er in seiner Not Zuflucht zur Bibel nahm. »›Wer Geld lieb hat‹«, stammelte er, »›der bleibt nicht ohne Sünde.‹«

Donna Olimpia lachte laut auf. »Das glauben Sie doch selber nicht, Cavaliere! So, wie Sie leben?« Sie deutete mit dem Kopf in die Runde. »Überall Silber und Gold, Kristallspiegel an den Wänden, Teppiche aus China und Persien!« Dann wurde sie wieder ernst. »Nein, Sie wissen den Wert des Geldes so gut zu schätzen wie ich. Geld ist Macht, Geld ist Glück, Geld ist der Gott dieser Welt! Zwei Millionen Scudi! Damit können Sie Bauwerke errichten, wie die Menschheit noch keine gesehen hat.«

»Ich ... ich leite die größte Baustelle der Welt!«

»Sie meinen den Petersplatz? Wollen Sie sich damit begnügen? Ein leerer Platz und ein paar Säulen drum herum? Sie – der größte Architekt aller Zeiten? Mit zwei Millionen Scudi können Sie ganze Städte bauen! Wenn Sie wollen, gehen wir nach Neapel. Da sind Sie doch geboren, nicht wahr?«

»Ja, sicher, aber soviel ich weiß, grassiert dort die Pest. Außerdem, ich habe eine Familie ...«

»Wenn Sie schon die Bibel zitieren, vergessen Sie nicht die Worte des Herrn: ›So jemand zu mir kommt und hasset nicht Vater, Mutter, Weib, Kinder, der kann nicht mein Jünger sein.‹« Sie strich mit der Hand über seine Wange. »Zwei Millionen Scudi! Damit verwandeln Sie Neapel in die herrlichste Metropole der Welt. Sie können ein zweites Atlantis erschaffen, allein nach Ihrem Willen! Noch in tausend Jahren wird man von Ihnen sprechen: Bernini, der Demiurg, der Weltbaumeister der neuen Zeit!«

Sie war seinem Gesicht so nah, dass ihre Lippen seine Wangen berührten. Als hätte sie ihm seinen Willen genommen, ließ er es geschehen, ohnmächtig, sich zu wehren.

»Du und ich«, flüsterte sie, »wir sind vom gleichen Stamm. Wir lieben aneinander das, was wir in uns selber fühlen: Größe,

Stärke, Kraft. Wir sind füreinander bestimmt! An nichts Kleines wollen wir unser Leben verschwenden!«

Plötzlich spürte er, wie sein Geschlecht erwachte. Zwei Millionen Scudi! Ja, sie war immer noch eine schöne Frau: das Verlangen in ihrer Stimme, die Verheißungen ihrer Lippen, der wogende Busen – eine unvergleichliche Mischung von Liebreiz und Würde. Er spürte die Glut, die in diesem üppigen Körper schwelte. Sie presste sich an ihn, rieb ihren Leib an seinem Leib. Und er war da, um diese Glut zu entfachen, das Feuer zum Lodern zu bringen. Er schloss die Augen und küsste sie.

»Cavaliere, ein Brief! Er wurde gerade für Sie abgegeben.«

Lorenzo fuhr herum. In der Tür stand sein Diener Rustico, der ihm mit schiefem Grinsen ein Kuvert reichte.

»Raus hier! Was störst du?«, herrschte Donna Olimpia ihn an, und zu Lorenzo sagte sie: »Lassen Sie das jetzt, wir müssen uns beeilen!«

Doch Lorenzo hatte das Kuvert schon aufgerissen – er hatte die Handschrift auf den ersten Blick erkannt. Der Brief bestand nur aus wenigen Zeilen. Nachdem er sie überflogen hatte, zitterte er so sehr, dass er das Blatt Papier mit beiden Händen halten musste. Leise zog der Diener die Tür hinter sich zu.

»Was ist?«, fragte Donna Olimpia. »Schlechte Nachrichten?«

Lorenzo schaute sie an. Ja, sie hatte Recht: Er liebte an anderen Menschen immer nur das, was er an sich selber liebte. Doch umgekehrt galt genauso: Was er an sich selber hasste, das hasste er tausendfach, wenn er es an einem anderen Menschen entdeckte. Olimpia selbst hatte ihm die Augen für diese Wahrheit geöffnet.

»Verlassen Sie mein Haus!«, sagte er, während seine Stimme vor Erregung bebte. »Sofort! Auf der Stelle!«

»Was sagst du da? Machst du Scherze?« Sie versuchte zu lachen. »Ist das ein Spiel? Eine Szene aus einer von deinen Komödien?«

»Raus«, wiederholte Lorenzo so kalt und beherrscht, wie er nur konnte. »Oder ich rufe meine Leute und lasse Sie auf die Straße werfen!«

»Wie, du meinst es ernst?« Donna Olimpia wurde blass. »Aber warum? Was ist in dich gefahren?«
»Sie widern mich an! Dreck sind Sie, Unrat, der Auswurf dieser Stadt!«
»Das wagst du, mir zu sagen!«, kreischte sie. »Mir ins Gesicht? Du elender Komödiant!« Ihre Stimme überschlug sich, ihr Gesicht war von Wut verzerrt. Doch plötzlich wurde ihre Stimme ganz leise, und ihre Augen verengten sich zu zwei Schlitzen, aus denen sie Blicke wie Pfeile auf ihn schleuderte. »Das hätten Sie nicht tun sollen, Cavaliere. Ich habe immer noch die Macht, Sie zu vernichten. Und glauben Sie mir, ich werde es tun.«
»Sie – mich vernichten?« Lorenzo hielt den Brief in die Luft. »Lady McKinney hat mir geschrieben. Ihre Cousine ist gar nicht in England, wie Sie überall erzählt haben – sie ist in Rom! Sie hat mich zu sich eingeladen.«
»Clarissa ... ist frei?«
Donna Olimpia sprach jetzt so leise, dass Lorenzo sie kaum verstand. Aber er sah ihr Gesicht und es graute ihn, als er es sah. Jeglicher Liebreiz, jegliche Würde war daraus verschwunden. Übrig geblieben war nur noch eine aufgedunsene, weißliche Fratze, aus der das blanke Entsetzen sprach, während graue Ringellocken links und rechts von diesem Zerrbild auf und ab tanzten wie bei einem jungen Mädchen, als wollten sie die Greisin verspotten, die aus dem Mädchen geworden war.
Dieser Anblick dauerte nur ein paar Sekunden. Dann hatte Donna Olimpia sich wieder gefasst. Sie ordnete ihre Kleider und so ruhig, als hätten sie irgendein Geschäft besprochen, sagte sie: »Sie wollen also nicht auf meinen Vorschlag eingehen? Gut, Cavaliere, es ist Ihre Entscheidung. *Addio!*«
Sie wandte sich ab, um zu gehen, doch Lorenzo packte sie am Arm.
»Ich kenne Ihr Geheimnis, Eccellenza«, sagte er. »Sie haben Ihren Mann vergiftet – die Principessa kann es jederzeit bezeugen. Ich warne Sie! Ein falsches Wort, und ich zeige Sie beim Papst an.«

8

Was für ein Triumph des wahren Glaubens! Was für ein Sieg der heiligen katholischen Kirche über Irrlehre und Ketzerei! Königin Kristina von Schweden, die Tochter Gustav Adolfs, des größten protestantischen Feldherrn, den der grausame, dreißig Jahre währende Glaubenskrieg hervorgebracht hatte, des Siegers von Lützen, der mit dem Westfälischen Frieden das Heilige Römische Reich deutscher Nation gedemütigt hatte wie kein König oder Kaiser je zuvor – die Tochter dieses Mannes hatte dem väterlichen Bekenntnis abgeschworen und sich zum allein selig machenden Glauben bekehrt!
Die Konversion Kristinas erschütterte die ganze Welt, und der Jubel im Hause Petri kannte keine Grenzen. Seit jeher hatte Rom jedermann, der sich nach dem Guten, Wahren, Schönen sehnte, freudig aufgenommen wie eine Mutter, die ihre Kinder zu sich ruft. Doch nie zuvor war einem Menschen ein solcher Empfang bereitet worden wie Königin Kristina von Schweden. Schon in Mantua, dem ersten italienischen Fürstentum, das sie betrat, begrüßte man sie mit Geschützdonner und Glockengeläut, und als sie zu nächtlicher Stunde den Po überquerte, erglänzte der Fluss im Widerschein einer Illumination, neben der die Sterne am Himmel verblassten.
Der Tag ihrer Ankunft in Rom war zum öffentlichen Feiertag erklärt worden, und das gesamte Volk strömte zur Piazza del Popolo, um ihren Einzug zu erleben. Cavaliere Bernini hatte das Stadttor geschmückt, durch welches Kristina mit ihrem hundertköpfigen Gefolge auf den Platz geritten kam, wo die Kardinäle Barberini und Sacchetti sie an der Spitze des Heiligen Kollegs begrüßten. Zum Erstaunen der Römer saß die Königin, einen turmhohen Hut auf dem Kopf und eine Peitsche in der Hand, wie ein Mann im Sattel ihres Pferdes, um den gewaltigen Tross anzuführen. Von der Engelsburg donnerten Salutschüsse über die Stadt, und während die Kavalkade ihren Weg in Richtung

Sankt Peter nahm, vorbei an jubelnden Menschen und fahnengeschmückten Häusern, wuchs die Prozession stetig an: Auf die Trompeter, Herolde und Kürassiere folgten die Soldaten der königlichen Leibgarde mit den Insignien des Hauses Wasa sowie zwölf Maulesel mit dem Gepäck der Königin und den Geschenken des Papstes. Daran schlossen sich die Trommler und Träger des Amtsstabes an, der Hauptmann der Schweizergarde und der Zeremonienmeister des Heiligen Stuhls mit allen Kardinälen im Gefolge und schließlich die Abgesandten des römischen Adels, unter denen auch Principe Camillo Pamphili nicht fehlte. Ein Jahr nach Innozenz' Tod trug er immer noch Trauer, doch sein schwarzes Samtgewand, so hieß es, war mit Diamanten im Wert von hunderttausend Scudi besetzt, und die Steine, welche das Kleid seiner Ehefrau zierten, der schönen Fürstin Rossano, die zusammen mit ihm Sankt Peter betrat, um dort der ersten heiligen Kommunion Kristinas beizuwohnen, übertrafen angeblich den Wert seines Mantels noch um ein Siebenfaches.

»Verzeiht uns den bescheidenen Empfang, Majestät!«, begrüßte Papst Alexander die Königin in seiner Kirche. »Doch wird Eure Bekehrung einst im Himmel mit Festen gefeiert werden, wie sie die Erde nicht bieten kann.«

Francesco Borromini verfolgte die Messe an der Seite seines alten Freundes Virgilio Spada. Gemeinsam sprachen sie die Worte der Liturgie, schlugen das Kreuzzeichen und knieten nieder, doch während der Monsignore sich ganz in die heilige Handlung versenkte, spürte Francesco, wie es in ihm gärte – wie Galle stieg die Verbitterung in ihm auf. Als der Papst, der das Hochamt persönlich zelebrierte, den Kelch hob, um den Wein in das Blut des Herrn zu wandeln, beugte Francesco sich zu Spada und sagte:

»Können Sie mir sagen, warum dieser Mann mich so hasst? Bin ich eine der sieben Plagen?«

Spada erwiderte mit gerunzelten Brauen seinen Blick.

»Er schikaniert mich seit dem Tag seines Amtsantritts«, zischte Francesco. »An allen meinen Entwürfen für San Giovanni mäkelt er herum, und jetzt droht er sogar, einen anderen Künstler mit dem Hochaltar in seiner Bischofskirche zu beauftragen.«

»Vielleicht«, flüsterte Spada, »sollten Sie den Abriss der Dreikönigskapelle noch einmal überdenken. Ich bin sicher, das würde den Heiligen Vater milde stimmen.«

»Ist das der Preis, damit ich im Lateran freie Hand habe? Wenn ich die Kapelle abreißen muss, ist das Berninis Schuld, nicht meine.«

»Haben Sie nicht einmal gesagt, Sie würden mit allen Mitteln versuchen, den Sohn eines Feindes zu retten – gleichgültig, welches Unrecht dieser Feind Ihnen zugefügt hat?«

Francesco schüttelte den Kopf. »Die Kapelle wird abgerissen. Und wenn ich in San Giovanni mein Amt niederlegen muss!«

Die Messdiener wiederholten dreimal das Schellengeläut: Die Wandlung war vollzogen. Die tausendköpfige Gemeinde erhob sich von den Knien. Gebeugten Hauptes schritt Kristina zum Altar, um aus Alexanders Hand den Leib des Herrn zu empfangen, zum ersten Mal in ihrem Leben. Sie trug eine Kleidung, die weder ihrem Rang noch der Bedeutung dieses Tages entsprach: einen einfachen, schmucklosen, bis an die Knie reichenden Atlaskaftan.

»Ich bewundere diese Frau«, sagte Francesco leise, »sie hat den Mut, allein der Stimme ihres Gewissens zu folgen.«

»Ja, eine ungewöhnliche Frau, die Gott uns gesandt hat.« Spada machte eine Pause und schaute ihn an. »Übrigens, es ist noch eine ungewöhnliche Frau in der Stadt, eine Frau, die Sie kennen: Lady McKinney.«

»Die Principessa?«, entfuhr es Francesco so laut, dass ein paar Köpfe vor ihm sich umdrehten.

»Pssssst!«, machte Spada. »Hier, das hat sie mir für Sie gegeben.«

Er reichte ihm einen Brief, und während die Gläubigen vor ihnen die Bänke verließen, um zur Kommunion zu gehen, las Francesco die Zeilen, mit denen die Principessa so unverhofft nach so vielen Jahren wieder in sein Leben trat. Aus jedem Wort, das sie an ihn richtete, hörte er ihre Stimme, sprach ihre Zuneigung, ihr Herz. Er schloss die Augen und sah ihr Gesicht vor sich, ihr Lächeln, ihren warmen, zärtlichen Blick, und er fühlte sich mit solcher Macht zu ihr hingezogen, dass er sich am liebsten sofort auf den Weg gemacht hätte.

»*Hoc est corpus!*«

»Amen!«

Als Francesco die Augen aufschlug, sah er, wie Lorenzo Bernini sich über die Hand von Königin Kristina beugte, neben dem Altar, als wäre er nicht in einem Gotteshaus, sondern in einem Palast, und plötzlich durchzuckte ihn ein gemeiner, böser Gedanke: Sicher hatte die Principessa auch Bernini einen solchen Brief geschrieben, vielleicht sogar denselben wie ihm!

»Ich kann die Einladung nicht annehmen«, erklärte er. »Unmöglich! Ich halte es mit diesem Mann in einem Raum nicht aus!«

»›Du sollst deinen Bruder nicht hassen in deinem Herzen‹«, erwiderte Spada. »Drittes Buch Moses. Aber warum reden Sie immerzu von *ihm*? Die Principessa hat *Sie* eingeladen – Signor Francesco Borromini, Cavaliere di Gesù!« Er zeigte auf die Anschrift des Kuverts. »Da steht es geschrieben, so klar und deutlich wie im Buch Jesaja: ›Ich habe dich bei deinem Namen gerufen, du bist mein!‹« Er legte seine Hand auf Francescos Arm. »Vergessen Sie nicht – sie hat Ihnen das Leben gerettet!«

9

Lorenzo Bernini war so aufgeregt wie vor seiner ersten Audienz bei Papst Urban VIII. Heute würde er die Principessa wiedersehen – zum ersten Mal seit fünf Jahren. Virgilio Spada hatte ihm die fürchterliche Geschichte ihrer Klosterverbannung erzählt, und ihr Schicksal war ihm so zu Herzen gegangen, dass er einen Tag im Bett hatte verbringen müssen. Wie sie wohl aussehen würde?

Seit dem frühen Morgen war er mit seiner Toilette beschäftigt. Über zwei Dutzend Hemden, Hosen und Röcke hatte er ausprobiert, ohne sich entscheiden zu können. Und erst das Schuhwerk! Sollte er Stiefel oder Samtpantoffeln tragen? Während er sich vor dem Spiegel das Haar mit Öl glättete, überlegte er, was er ihr mitbringen wollte: eine Engelstrompete oder einen Obstkorb? Vorsichtshalber hatte er seinen Diener Rustico beauftragt, beides zu besorgen.

Lorenzo hatte nur unklare Vorstellungen, was ihn in ihrem Haus erwartete. Die Principessa hatte geschrieben, sie wolle eine Gemeinschaft gründen, zu der jeder, gleich welchen Standes, Zutritt habe, sofern er irgendwelche geistige Werte auf die Waagschale zu legen hatte, einerlei, ob diese künstlerischer, wissenschaftlicher oder philosophischer Art seien. *Paradiso* nannte sie diesen Kreis.

»Ein Ort der Bildung und der Kultur!«, hatte Virgilio Spada begeistert gesagt. »Das hat es seit Isabella d'Este nicht mehr gegeben!«

Was sie mit *Paradiso* wohl meinte? Lorenzo beschloss, sich nicht den Kopf darüber zu zerbrechen. Hauptsache, er würde der Principessa gefallen – das war ihm Paradies genug. Dass sie den Mut hatte, ein solches Unternehmen zu wagen … In der römischen Gesellschaft, in der greise Kirchenfürsten den Ton angaben, hatte mit Ausnahme Donna Olimpias und einiger Kurtisanen kaum eine Frau es je gewagt, so in Erscheinung zu treten. Innozenz hatte ja sogar das Tragen von Dekolletees verboten und die Hemden der Römerinnen zu diesem traurigen Zweck bei den Wäscherinnen konfiszieren lassen. Ob das Beispiel der schwedischen Königin die Principessa ermutigte?

Lorenzo wechselte noch einmal die Kleider. Er hatte sich nun für einen betont schlichten Anzug entschieden: einen grünen Samtrock mit weißen Aufschlägen und eine gelbe Seidenhose, dazu braune Hirschlederstiefel mit Spitzengamaschen. Rasch puderte er sein Gesicht und trug das nötige Rouge auf, rieb sich ein paar Tropfen Parfüm hinter die Ohren und setzte sich einen breitkrempigen, federgeschmückten Hut auf den Kopf. Ob er Donna Olimpia gegenüber vielleicht ein bisschen unvorsichtig gewesen war? Ihr zu drohen war sicher nicht besonders klug gewesen. Ein abschließender Blick in den Spiegel zerstreute seine Sorgen.

»*Avanti, avanti*, Rustico!«, rief er nach seinem Diener. »Hol den Korb! Wir fahren!«

Die Principessa hatte eine Wohnung am Campo dei Fiori genommen, in der Nachbarschaft von Virgilio Spada. Obwohl es von der Via della Mercede bis dort nur zwanzig Minuten Weg waren, hatte Lorenzo die große Kalesche anspannen lassen, die von sechs neapolitanischen Schimmeln gezogen wurde: eine richtige Staatskarosse mit dem Familienwappen der Berninis auf dem Schlag – größer als die Kutsche des Papstes. Wen er in diesem *Paradiso* wohl antreffen würde? Hoffentlich musste er nur nicht ein bestimmtes Mauleselgesicht ertragen! Aber das war wenig wahrscheinlich. Warum sollte die Principessa einen Steinmetz in diesen Kreis einladen?

Bei seiner Ankunft stellte Lorenzo enttäuscht fest, dass nur ein einfacher Lakai am Eingang des Palazzos wartete, um sein Gefährt zu bewundern. Zusammen mit Rustico folgte er dem Diener ins Haus, wo ihn im Arkadenhof Lautengesang empfing. Er war auf dem Weg durch den in Gold und Blau gehaltenen Empfangssaal immer deutlicher zu hören.

»Cavaliere Lorenzo Bernini, Dombaumeister von Sankt Peter und Architekt Seiner Heiligkeit, Papst Alexanders VII.!«

Die Tür flog auf, der Gesang verstummte, und mehrere Dutzend Augenpaare waren auf Lorenzo gerichtet, als er, den Hut unter dem Arm, den Raum betrat. Wie ein beleidigter Apoll ließ der Sänger seine Laute sinken – Lorenzo nahm es mit Vergnügen zur Kenntnis. Doch wo war die Principessa?

»Willkommen in meinem Haus, Cavaliere!« Mit ausgebreiteten Armen, gefolgt von zwei tänzelnden Windspielen, kam sie auf ihn zu. Lorenzo war entzückt. Sie trug eine schulterfreie Robe, die ihren schlanken Hals, auf dem aufrecht und stolz ihr Kopf saß, anmutig zur Wirkung brachte. Das mit bunten Bändern durchflochtene Haar hatte sie zu einem Knoten geschlungen, ihr Gesicht schien durchgeistigt von der Reife eines Menschen, der alles Glück und Leid des Lebens erfahren hatte. Sie war so schön, wie er sie in Erinnerung hatte, ja, schöner noch. Sie schien einem jener edlen Rosenstöcke zu gleichen, die unbeschadet von der Zeit immer wieder neue, immer wieder noch herrlichere Blüten hervorzaubern, Jahr für Jahr.

»Ich bin überglücklich, Sie wieder zu sehen, Principessa!« Er beugte sich über ihre Hand und küsste sie. »Wenn ich nur geahnt hätte, was Ihnen widerfahren ist ...«

»Darüber wollen wir heute nicht sprechen! Oh, ein Obstkorb? Für mich?«

»Sie wissen doch, das Laster der Neapolitaner. Pfui! Wollt ihr das wohl lassen!« Mit seinem Hut verscheuchte Lorenzo die beiden Hunde, die neugierig an den Früchten schnüffelten, als Rustico den Korb auf den Boden stellte.

»Die zwei scheinen Ihr Laster zu teilen, Cavaliere. Wer weiß, vielleicht stammen sie auch aus Neapel?« Die Principessa schenkte ihm ein so bezauberndes Lächeln, dass er schlucken musste. »Doch bitte, nehmen Sie Platz! Wir wollten gerade ein Spiel spielen.«

»Ja, *giuoco senese*«, rief einer der Gäste, während Lorenzo sich auf einem Divan niederließ, »das Frage-und-Antwort-Spiel!«

»Nein« – die Principessa schüttelte den Kopf –, »wir wollen etwas Neues versuchen. Wie wäre es, wenn jeder von uns ein Spiel vorschlägt, das noch nie erprobt wurde?«

Verwundert blickte man sich an, doch nach der ersten Überraschung überboten die Gäste sich mit ihren Vorschlägen.

»Jeder soll die Tugenden nennen, mit denen er seine Angebetete geschmückt sehen möchte!«

»Ich würde lieber hören, warum alle Frauen die Männer hassen, die Schlangen aber lieben.«

»Da ich schon einmal närrisch bin, soll jeder anführen, worin sich meine Narrheit zeigt!«

Mit Lachen wurde der letzte Vorschlag quittiert. Er stammte von einem Senator, der für seine Leibesfülle nicht weniger bekannt war als für sein vergebliches Werben um Cecca Buffona, der ersten Kurtisane der Stadt.

Lorenzo schaute sich um. Auch die meisten anderen Gäste, die sich zwischen all den Globen und Skulpturen, Musikinstrumenten und Teleskopen vor den Bücherwänden verteilten, waren ihm vertraut: Dichter und Maler, Musiker und Philosophen, Theologen und Gelehrte der Sapienza. Nur das Mauleselgesicht konnte er nirgends entdecken – Gott sei Dank!

»Ich würde gerne erfahren, was schimpflicher ist«, rief Lord Hilburry, der junge englische Gesandte, »jemanden zu betrügen oder sich betrügen zu lassen?«

Mit welcher Anmut und Sicherheit die Principessa die Vorschläge entgegennahm – eine perfekte *gentildonna!* Lorenzo konnte die Augen nicht von ihr lassen. Die ernste Reife, die nun von ihr ausging, schlug ihn in den Bann: Dies war vielleicht die letzte Blüte, die ihre Schönheit trieb, äußerste Vervollkommnung ihrer Weiblichkeit. Warum hatte sie ihn zu sich geladen? Weil sie sich nach ihm sehnte?

Plötzlich hielt es ihn nicht mehr auf seinem Platz, er sprang auf und rief: »Ich würde gern eine andere Frage erörtern!«

»Nun, Cavaliere?«

Lorenzo sah sie fest an. »Was ist besser: ein großes Glück zu verdienen oder es zu besitzen?«

»Was für eine interessante Frage, Signor Bernini. Ich glaube, sie ist unser aller Überlegung wert.«

Während die Principessa sprach, näherten sich von draußen Schritte. Ihr Gesicht füllte sich mit freudiger Erwartung.

»Bitte«, sagte sie über die Schulter zu Lorenzo, während sie zur Tür eilte, »wenn er Ihnen die Hand reicht – schlagen Sie sie nicht aus!«

Ohne dass sie einen Namen nannte, wusste er, wer im nächsten Augenblick den Raum betreten würde. Die Erkenntnis traf ihn wie ein Blitz. Dazu hatte sie ihn eingeladen! Hier, vor ihren

Augen, sollten sie sich versöhnen! Er kam sich plötzlich vor wie ein Idiot.
Die Tür ging auf, und herein trat Virgilio Spada.
»Monsignore!« Der Ausdruck freudiger Erregung im Gesicht der Principessa wich dem Ausdruck plötzlicher Enttäuschung. »Sie ... allein? Wo ist Signor Borromini?«
»Tut mir Leid, Lady McKinney, ich habe getan, was ich konnte. Doch wie heißt es bei dem größten Dichter Ihres Landes? *Love's labour's lost!*«

10

Der Friede eines milden Sommerabends lag über dem Tal, durch das sich der Arnione in zallosen Windungen schlängelte, während die Sonne über dem mächtigen Monte Cimino allmählich unterging und den Ort Viterbo in immer längere und tiefere Schatten tauchte. Das Haus der Familie Maidalchini lag einen Steinwurf außerhalb der alten Stadtmauern am Rande des Waldes auf einem luftigen Bergvorsprung über dem Tal, höher noch als der Glockenturm der Gemeindekirche, deren Krypta den schwarzen Leichnam der heiligen Rosa beherbergte.
Donna Olimpia wandelte im Garten ihrer Kindheit. Nichts hatte dieser schlichte Nutzgarten gemein mit den prachtvollen Ziergärten des Vatikans und noch weniger mit dem in vielen Jahrhunderten gewachsenen und kultivierten Park, der auf dem Quirinalshügel den Sommersitz des Papstes umgab. Ein Dutzend Gemüsebeete, ein paar wenige Blumen und Grünpflanzen entlang der Kieswege zwischen den Bäumen: der bescheidene Garten bescheidener Menschen. Trotzdem liebte Donna Olimpia dieses Fleckchen Erde, denn hier war sie aufgewachsen, hier hatte sie die ersten Schritte ins Leben getan.
Was für ein weiter und mühsamer Weg war es von hier bis zu

den schwindelerregenden Höhen gewesen, die sie im Laufe der Jahre und Jahrzehnte erklommen hatte! Während der Kies unter ihren Schritten knirschte, hörte sie noch immer das Lachen ihrer Gespielinnen von damals, wenn sie, die Ehrgeizigste von allen, beim Wettlauf oder beim Fangen verlor. Nichts war ihr in die Wiege gelegt worden, nichts hatte darauf hingedeutet, dass sie einst die mächtigste Frau Roms werden würde. Im Gegenteil: Man hatte sie ins Kloster stecken wollen wie alle Mädchen aus armem Hause, deren Familien sich keine Mitgift leisten konnten. Aber sie hatte sich gewehrt – es konnte nicht Gottes Wille sein, dass sie sich hinter dicken Mauern verzehrte! Und als ihr Beichtvater im Auftrag ihrer Eltern wieder und wieder in sie drang, den Schleier zu nehmen, hatte der Heilige Geist ihr eingegeben, ihn des Angriffs auf ihre Unschuld zu bezichtigen, worauf er zum Verlust all seiner Würden verurteilt wurde und sie dem Kloster entkam. Damals hatte sie gelernt, sich mit Gottes Hilfe in der bösen Welt zu behaupten und deren Anfeindungen zu erwehren – ein für alle Mal.

War ihre Ehe mit Principe Pamphili ein Fehler gewesen? Eine gemeinsam in einer Herberge zugebrachte Nacht auf einer Pilgerfahrt nach Loreto hatte sie zusammengeführt, und unter tausend Küssen hatte er ihr ewige Treue geschworen. Er war ein dummer, eitler Mensch gewesen und sie hatte ihn nie geliebt. Aber durch ihn hatte sie seinen Bruder kennen gelernt, in dem ihr zum ersten Mal ein Mensch begegnet war, der nach denselben Dingen strebte wie sie. Was für ein Glück, dass sie sein Flehen erhört hatte, ohne sich von seiner Hässlichkeit beirren zu lassen! Zwar war er unfähig gewesen, ohne sie einen Schritt vor den anderen zu setzen, und er hatte sich an ihren Ratschlägen entlanggehangelt wie ein fußkranker Greis an einem Geländer, sodass sie nach seiner Wahl zum Papst beim ersten Pantoffelkuss laut hatte auflachen müssen über dieses Zeichen der Unterwerfung, während er vor Freude und Rührung weinte – doch hatte er sich ihrer Wahl letztlich als würdig erwiesen. Denn zusammen hatten sie erreicht, was die Vorsehung ihr zu erlangen aufgetragen hatte: Größe, Reichtum und Macht.

Donna Olimpia blieb stehen und blickte ins Tal, wo die Schatten wie gefräßige Ungeheuer die letzten Sonnenstrahlen verschluckten. Was sie besaß und war, hatte sie der Vorsehung und ihrer eigenen Tüchtigkeit zu verdanken. Das alles sollte sie jetzt verlieren? Nur weil ihr Geheimnis entdeckt war und man sie beim Papst denunzieren konnte? Das konnte unmöglich Gottes Wille sein! Ein solches Schicksal zu verhindern war sie nicht nur sich selber schuldig, sondern auch der Zukunft der Familie Pamphili. Deren Fortbestand stand auf dem Spiel, zusammen mit der Zukunft ihres Sohnes.

Mit einem Seufzer nahm sie die Wanderung durch den Garten wieder auf. Nein, sie würde sich ihr Lebenswerk nicht zerstören lassen. Man hatte sie verbannt, doch am Ende war sie nicht. Zum Glück hatte Bernini sich verraten. Dieser eitle Pfau! Er ahnte ja nicht, was er mit seiner großmäuligen Drohung angerichtet hatte. Umso mehr würde er sich noch wundern – bis an sein Lebensende! Olimpia wusste, was sie tun musste, um ihn zu strafen, ihn und seine Hure, die Natter, die sie so viele Jahre an ihrem Busen genährt hatte.

»Da bist du ja endlich!«

Vom Haus her kam Don Angelo auf sie zu, den Kopf von der braunen Kapuze umhüllt, die Hände in den weiten Ärmeln seiner Kutte verborgen. Ihm – nicht ihrem Sohn – wollte sie die Ausführung ihres Planes anvertrauen. Camillo hoffte darauf, dass die aus dem Süden eingeschleppte Pest ihnen zu Hilfe kam, ihre Richter sich, milde gestimmt durch die drohende Gefahr, für das alte Zaubermittel empfänglich zeigten, dank dem bereits Simon an die Stelle des Petrus trat, und sich einen für die Familie Pamphili vorteilhaften Vergleich abkaufen ließen. Doch Olimpia kannte das Leben und vor allem die Menschen zu gut, um ihr Haus auf dem unsicheren Grund bloßer Hoffnungen zu bauen.

»Sie haben mich gerufen, Eccellenza? Hier bin ich.«

Mit vorgestrecktem Kopf und verdrehtem Hals schielte Abt Don

Angelo zu ihr hinauf, sich unter der Achsel kratzend. Was für eine ekelhafte Kreatur! In seiner Kutte hausten tausend Flöhe, allein ihm die Hand zu geben war ihr zuwider. Aber er war bestechlich und darum ein nützliches Werkzeug, das Gott ihr geschickt hatte.

»Du sollst für mich nach Rom gehen«, erwiderte sie, nachdem sie ihn mit einem Kopfnicken begrüßt hatte. »Du musst dort etwas für mich besorgen.«

»Nach Rom?«, fragte er. »Wollen Sie mich umbringen? In der Stadt wütet die Pest, sie hat schon die ersten Opfer gefordert, und es ist nur eine Frage der Zeit, bis der Senat die Tore schließen lässt.«

»Wie viel verlangst du, damit du dich dennoch überwindest?«

»Mag sein, Donna Olimpia, dass Sie die reichste Frau *urbi et orbi* sind. Doch kann ein Vermögen groß genug sein, um ein Menschenleben aufzuwiegen?«

»Hast du die Worte des Johannes-Evangeliums vergessen, du gottloser Mensch? ›Wer sein Leben lieb hat, der wird's verlieren!‹«

»Gewiss, Eccellenza, aber es steht auch geschrieben: ›Der gute Hirt lässt sein Leben für die Schafe.‹ Wohlgemerkt, der Hirt für die Schafe – nicht umgekehrt.«

Während er sprach, spielte ein lüsternes Lächeln um seine wulstigen Lippen, und seine Augen glänzten vor Gier. Wie nicht anders zu erwarten, begann er zu feilschen wie ein Händler im Tempel von Jerusalem. Unter Berufung auf das Alte und das Neue Testament versuchte er den Preis in die Höhe zu treiben; ja, er besaß sogar die Unverschämtheit, die Bezahlung im Voraus zu verlangen. Doch Olimpia hatte keine Wahl. Sie brauchte diese Kreatur.

»Also gut«, sagte sie schließlich, »du sollst bekommen, was du verlangst.«

»›Lege jedem sein Geld oben in seinen Sack.‹« Don Angelo nickte und kratzte sich zufrieden an der Brust. »Ich glaube, erstes Buch Moses. Oder war es Ezechiel?«

»Wen kümmert das? Hör lieber zu!« Bevor sie weitersprach, schaute Olimpia sich um. Dann beugte sie sich widerstrebend zu ihm und sagte: »Folgendes sollst du für mich in der Stadt erledigen ...«

II

In diesem Sommer, man schrieb das Jahr 1656, hatte Papst Alexander einen Traum: Ein schwarz vermummter Engel erhob sich über den Zinnen der Engelsburg und zog ein flammendes Schwert aus seiner Scheide, um es gegen die Stadt Rom zu richten. Entsetzt schrak Alexander aus dem Schlaf. War dies nicht die Vision, die einst Papst Gregor zur Zeit der großen Pest erschienen war? Wollte sein Vorgänger ihn warnen? Noch am selben Tag gab der Heilige Vater Anweisung, sämtliche Stadttore zu schließen. Niemand, der kein *bolletino di sanità* vorweisen konnte, kam nunmehr hinein, und wer dennoch bei dem Versuch ergriffen wurde, ohne ein solches Gesundheitszeugnis in die Stadt einzudringen, wurde für vierzig Tage Quarantäne ins Pesthaus gesperrt.

War es klug, sich im Zeichen solcher Gefahr unter dutzende fremder Menschen zu begeben? Lorenzo, dem der Papst höchstselbst von seinem Traumgesicht berichtet hatte, hegte einige Zweifel, ob er auch diesmal der Einladung der Principessa folgen sollte, die wie jeden ersten Freitag im Monat ihr *Paradiso* veranstalten wollte. Andererseits, ihre letzte Zusammenkunft hatte sich so viel versprechend gestaltet ... Seine Versöhnung mit Borromini war nicht – wie Lorenzo befürchtet hatte – der einzige Zweck des Gastmahls gewesen; bei Tisch hatte man sogar die von ihm aufgeworfene Frage erörtert, welches das bessere Los eines Menschen sei: ein großes Glück zu verdienen oder ein solches zu besitzen? Die Principessa hatte das Resultat ihrer

Überlegungen auf die reizendste Weise zusammengefasst und ihn dabei so eindringlich angeschaut, dass es ihm noch bei der Erinnerung warm von diesem Blick wurde: Sicher sei es gut, so ihre Worte, ein großes Glück zu besitzen, und ebenso gut sei es auch, ein großes Glück zu verdienen, doch viel besser sei es, sich solches Glück wieder und wieder aufs Neue zu erwerben, um es auf Dauer sein Eigen zu nennen.

Wollte sie ihm Hoffnungen machen? Aufschluss versprach die für heute angekündigte Disputation, deren Thema die Principessa selber vorgeschlagen hatte: Sind Liebe und Hass die einzigen echten Leidenschaften? Lorenzo hatte dazu eine sehr entschiedene Meinung. Um die Frage zu beantworten, brauchte er nur an zwei Menschen denken: die Fragestellerin selbst und Francesco Borromini.

Mit einem Taschentuch vor dem Mund machte er sich also auf den Weg, und wenn er auch diesmal die Kutsche nahm, dann nicht, um mit seiner Karosse zu prunken, sondern um sich vor den bösen Ausdünstungen der Straße zu schützen.

Mit freudigem Schwanzwedeln begrüßten ihn die zwei Windspiele bei seiner Ankunft, doch galt ihre Erregung weniger seiner Person als seinem Gastgeschenk.

»Wenn Sie mich annähernd so schätzen würden, Principessa, wie Ihre Hunde diese Früchte – ich wäre der glücklichste Mensch der Welt.«

»Ich liebe Ihre Früchte nicht minder«, sagte sie und nahm eine Weintraube von seinem Korb. »Mit Ihrer täglichen Aufmerksamkeit machen Sie mir eine große Freude.«

»Dann will ich nicht weiter vorlaut sein und unserer heutigen Frage vorgreifen.«

»Ganz recht, Cavaliere«, erwiderte sie mit einem Lächeln, das mit der Blässe ihres Gesichts zu einem Bild bezaubernder Wehmut verschmolz. »Hören wir zur Einstimmung lieber, was die Dichter zu unserem Thema sagen!«

Die Gespräche verstummten, und während Lorenzo mit den anderen Gästen Platz nahm, trat der Lautenspieler vor. Gekleidet in ein enges Trikot, warf er den Kopf in den Nacken, dann griff er in die Saiten und improvisierte ein Sonett. Mit weicher, anschwellender Stimme besang er die Liebe zu einer Frau, seine Gefühle mit einer Artischocke vergleichend: Die spitzen Blätter seien die Leiden des Herzens, ihr zartes Grün die Hoffnung auf Erhörung, ihr bittersüßer Geschmack die Regungen von Freude und Schmerz. Lorenzo musste grinsen. Was für ein alberner Vergleich: die Liebe eine Artischocke? Warum kein Apfel oder eine Pflaume?

In der Erwartung, lauter amüsierte Gesichter zu sehen, schaute Lorenzo sich um, doch zu seiner Verblüffung starrte alles wie gebannt auf den Lautenspieler. Und die Principessa? Ihr Anblick versetzte ihm einen Stich: Mit schmerzerfülltem Gesicht, als würde sie selbst die Qualen des Sängers erleiden, lauschte sie dessen Worten. War das zu fassen? Lorenzo war ihr so nah, dass er nur die Hand auszustrecken brauchte, um sie zu berühren, doch nicht seine Nähe ergriff ihr Herz, sondern das Gesäusel dieses albernen Menschen. Ein Komödiant, ein elender Hanswurst wühlte ihre Seele auf, während er, Lorenzo Bernini, der erste Künstler Roms, auf einen Seufzer von ihr wartete!

Der letzte Ton verklang und der Sänger verneigte sich, um den Beifall zu ernten. Mit langsamen, schleppenden Bewegungen, als bereite es ihr Mühe, sich aus ihrer Ergriffenheit zu lösen, erhob sich die Principessa.

»Ich danke Ihnen, Maestro. Sie haben herrlich gesungen.«

Das war mehr, als Lorenzo ertragen konnte. »Mit Freuden sehe ich, Principessa«, sagte er, »wie sehr Sie die Kunst lieben. Umso mehr wundert mich allerdings, dass Sie während des ganzen letzten Monats kein einziges Mal den Weg in mein Atelier gefunden haben. Haben Sie meine Einladungen nicht bekommen? Ich habe Ihnen vier- oder fünfmal geschrieben.«

»Doch, doch Cavaliere. Allein, ich fühlte mich nicht recht wohl und bedurfte stärker der Ruhe als sonst.«

»Vielleicht das Resultat übermäßigen Musikgenusses? Nein, Principessa, diese Ausrede lasse ich nicht gelten. Königin Kristina

ist gleich Ihnen eine viel beschäftigte Frau, und trotzdem hat sie es sich nicht nehmen lassen, mir ihre Aufwartung zu machen.«
Ein bewunderndes Raunen ging durch den Saal: »Kristina von Schweden? – Die Königin? – In eigener Person?«
Mit Befriedigung stellte Lorenzo fest, dass niemand mehr den Lautenspieler beachtete.
»Ja, Kristina, die Königin von Schweden, mit ihrem ganzen Gefolge«, sagte er. »Ich war gerade bei der Arbeit, am Entwurf für den Petersplatz. Papst Alexander ruft mich ja jeden Abend an seinen Tisch, damit ich Seiner Heiligkeit berichte. Da klopft es am Tor meines bescheidenen Palazzos. Meine Frau drängt mich, die Kleider zu wechseln, doch ich weigere mich und behalte meinen Kittel an, und als Kristina mein Atelier betritt, sage ich nur: ›Verzeiht meinen Anzug, Majestät, aber ich weiß mir keinen besseren, um eine Königin zu empfangen, die einen Künstler zu sehen wünscht. Ist er doch das einfache und schlichte Gewand, in welchem er sein Werk vollbringt.‹«
Alle drängten sich um Lorenzo und bestürmten ihn mit Fragen: »Ist die Königin wirklich so wunderlich, wie man sagt? Ihre Stimme soll ja klingen wie die von einem Kerl!« – »Es heißt, sie sei gar keine Frau, sondern ein Mann, der Frauenkleider trägt. Ist das wahr?«
»Lauter böse Verleumdungen«, erklärte Bernini. »Sicher, Kristina hat eine kräftige Stimme und manchmal streckt sie im Sitzen die Beine in einer Weise von sich, die auf den ersten Blick befremdlich wirken mag. Doch wenn man Ihre Majestät aus der Nähe kennt wie ich ...«
Das Winseln der Hunde unterbrach ihn. Verärgert drehte Lorenzo sich um. Was mussten die Köter gerade jetzt Laut geben, da alle Augen auf ihn gerichtet waren? Plötzlich zuckte er zusammen.
»Principessa! Um Himmels willen!«
Mit einer Hand auf ein Tischchen gestützt, die andere an der Stirn, schien Clarissa sich kaum mehr auf den Beinen halten zu können.
»Möchten Sie ein Glas Wasser? Soll ich jemanden rufen?«

Ein Aufschrei ging durch den Saal – im selben Augenblick sank sie zu Boden. Lorenzo stürzte zu ihr und beugte sich über sie. Schweiß perlte auf ihrer Stirn, und ihre blasse Haut war übersät von rötlichen Flecken.
»Mein Gott ...«, flüsterte er, plötzlich begreifend.
Panik stieg in ihm auf. Eilig holte er sein Taschentuch hervor und hielt es sich vor den Mund, während er das Gesicht von Clarissa abwandte und sich erhob.

12

Die Scheiterhaufen der Heiligen Inquisition, auf denen die Ketzer und Magier verbrannten, loderten in diesem unerträglich heißen Sommer höher noch als sonst, und die Ärzte spekulierten, um das Übergreifen der Seuche vom Süden des Landes auf die Stadt Rom zu erklären, über geheime *humores* und *qualitates occultae*, welche die Luft angeblich verpesteten. Am sumpfigen Ufer des Tibers, in den Senkgruben der Palazzi und in den Aborten verloren indessen kranke Ratten, infiziert von den Flöhen in ihren Pelzen, ihre natürliche Scheu vor dem Licht und kamen in Scharen aus ihren Schlupflöchern gekrochen, tausende und abertausende, um wie trunken über das Pflaster der Gassen und Plätze zu taumeln und dort den schwarzen Tod zu verbreiten.
Von den Auswirkungen der Plage blieben auch die Arbeiten an der Piazza Navona nicht unberührt. Francesco Borrominis ganze Anstrengung galt der Fertigstellung von Sant' Agnese, der Kirche der Familie Pamphili, die unmittelbar an deren Palazzo angrenzte. Der Entwurf seines Vorgängers Rainaldo für das Gotteshaus hatte dem verstorbenen Papst nie gefallen, und Francesco hatte die Fassade noch zu dessen Lebzeiten abbrechen lassen und die Fundamente für die neue Front gelegt. Seine Pläne sahen einen konkaven Einzug der Fassade vor; dadurch konnte

er die Freitreppe einige Schritte zurückverlegen und so die Kirchenfront in ein harmonisches Verhältnis zu dem Vierströmebrunnen setzen. Noch aber sah der Platz, das Zentrum des künftigen Forum Pamphili, aus wie eine Schutthalde, übersät von den Trümmern der alten Fassade und den Travertinblöcken der neuen, die in der Bauhütte unweit der Piazza Madama angefertigt wurden.

»Die Maurer wollen nicht mehr arbeiten«, sagte Bernardo Castelli, Francescos Neffe und erster Gehilfe. »Zwei Meister haben mit ihren Leuten die Arbeit schon niedergelegt.«

»Wer die Arbeit verweigert, kann gehen«, erklärte Francesco schroff.

»Und wer erledigt die Arbeit dann?«, fragte Camillo Pamphili, der gerade mit seiner Sänfte auf der Baustelle eingetroffen war.

»Es handelt sich um keine Widerspenstigkeit«, erwiderte Bernardo. »Die Leute haben Angst.«

»Das ist völlig einerlei«, sagte der Principe. »Papst Alexander hat mich beauftragt, persönlich dafür zu sorgen, dass hier ab sofort sieben Tage in der Woche gearbeitet wird – auch an den Feiertagen.«

»Was ist der Grund für die plötzliche Eile?«, wollte Francesco wissen. »Vor zwei Wochen erst sprach ich bei Ihnen vor, um mehr Leute einzustellen, doch damals sagte Ihre Frau ...«

»Der Heilige Vater will ein Zeichen der Zuversicht setzen«, unterbrach ihn Camillo. »Das Volk braucht Ermunterung in dieser schweren Zeit. Alexander hat darum beschlossen, dass auch in diesem Sommer die Augustfeste stattfinden sollen.«

»Trotz der Seuche?«

»Allerdings, und zwar mit größerem Aufwand denn je. Cavaliere Bernini wird die Piazza in einen See verwandeln, ich glaube, er will hier Wagenrennen veranstalten. Der Platz muss also unverzüglich geräumt werden.«

»So, Bernini plant einen See.« Francesco räusperte sich. »Und wie soll ich den Platz ohne Arbeiter räumen?«

»Rufen Sie die Sbirren, die werden Ihren Männern Vernunft

einprügeln! Früher waren Sie nicht so zimperlich, wenn auf Ihrer Baustelle die Arbeit niedergelegt wurde. Oder trügt mich meine Erinnerung?«

Francesco musste sich beherrschen, um keine ungebührliche Antwort zu geben. Am liebsten hätte er diesem aufgeblasenen Popanz ins Gesicht gespuckt. Stattdessen sagte er nur: »Darf ich zu bedenken geben, Don Camillo, dass, wer Angst vor der Pest hat, sich nicht vor Prügeln fürchtet?«

»Ach, so ist das!« Der Principe blickte Francesco herausfordernd an. »Sie haben Angst vor der Pest? Ist das der Grund, weshalb Sie plötzlich so nachsichtig mit Ihren Leuten sind?«

»Ich? Angst?« Francesco schnappte nach Luft. »Wie können Sie wagen, so etwas zu …«

Er war nicht im Stande, den Satz zu Ende zu sprechen. Mit scharfem Rasseln zog sich seine Lunge zusammen, die Luft staute sich, als wolle sie seine Brust sprengen, und entlud sich dann in einem fürchterlichen Hustenanfall.

»Sind Sie von Sinnen? Wenn Sie mich anstecken!« Entsetzt verhüllte Camillo sein Gesicht mit einem Tuch und eilte davon. Bevor er aber am Brunnen seine Sänfte bestieg, drehte er sich noch einmal um. »Sorgen Sie dafür, dass Ihre Leute wieder arbeiten! Wenn nicht, Signor Borromini, sind Sie die längste Zeit mein Architekt gewesen!«

Nach dem Anfall war Francesco so erschöpft, dass er die Baustelle verließ, obwohl es noch nicht Mittag war. Bernardo hatte ihn gedrängt, endlich einen Arzt aufzusuchen, doch er wusste besser, was er in solchen Fällen zu tun hatte. Er würde nach Hause gehen, um an seinem Zeichentisch zu arbeiten – das war für ihn die beste Medizin.

Schon beim Gedanken an seine Entwürfe spürte er, wie die Anspannung von ihm abfiel. Er hatte die Piazza als Zentrum des Forum Pamphili so deutlich vor Augen wie einst den Saturn im Fernrohr der Principessa: ein so großartiger Einfall, dass selbst Bernini vor Neid erblassen würde, wenn die Anlage einmal vollendet war. Niemand anders war zu einem solchen Werk im

Stande – die Wirkung beruhte auf exaktem mathematischem Kalkül, zur Geltung aber würde sie erst durch künstlerische Imaginationskraft gelangen. Francesco dankte Gott, dass er beide Fähigkeiten in sich vereinte.

Am Campo dei Fiori blieb er stehen. Sollte er den Platz überqueren? Trotz der Pest fand dort wie an jedem Wochentag der Blumenmarkt statt, doch nur wenige Stände und noch weniger Menschen verloren sich auf der weiten Fläche, über der eine gespenstische Ruhe hing. Francesco entschied sich, den Campo zu meiden, und wich in eine kleine Seitengasse aus. Zu groß schien ihm die Gefahr, der Principessa zu begegnen. Die Augen auf seine Stiefelspitzen gerichtet, setzte er seinen Weg fort. Es hieß, die Principessa und Bernini seien ein Herz und eine Seele. Francesco hatte auch ihre zweite Einladung ausgeschlagen – mit jeder weiteren würde er genauso verfahren. Diese Frau war die größte Enttäuschung seines Lebens.

Als er sein kleines Haus im Vicolo dell'Agnello betrat, wartete dort Virgilio Spada auf ihn.

»Monsignore! Was führt Sie zu mir? Hat Don Camillo sich über mich beschwert?«

»Wenn es nur das wäre!«, erwiderte Spada und erhob sich von seinem Platz. An der Wand hinter ihm blinkte das Schwert, mit dem der verstorbene Papst Francesco in den Ritterstand erhoben hatte. »Nein, mein Freund, leider habe ich schlimmere Nachricht für Sie – viel schlimmere Nachricht.«

13

Die Römer wollten nicht sehen, was sie ahnten, noch wissen, was sie fürchteten. Zu sehr litten sie unter der Hungersnot, die auch dieses Jahr die Stadt heimgesucht hatte, als dass sie die andere, unsichtbare, nicht zu greifende Gefahr wahrhaben konn-

ten. Während sie Brot aus Eicheln backten, Suppe aus Brennnesseln und Wurzeln kochten und sich um das Fleisch auf der Straße verendeter Pferde schlugen, wurde, wer immer auf den Plätzen, in den Läden und Häusern die Seuche erwähnte, mit ungläubigem Spott oder wütender Verachtung bestraft, und die Räder der Pestkarren, die hier und da bereits durch die Gassen rollten, um ihre traurige Fracht aufzunehmen, waren mit Leder überzogen, damit ihr Rattern das Volk nicht erschreckte.
»Halt! Im Namen des Senats!«
Zwei Sbirren versperrten Francesco mit gekreuzten Hellebarden den Weg, als er den Palazzo am Campo dei Fiori betreten wollte.
»Ich möchte Lady McKinney sprechen.«
»Unmöglich! Niemand darf das Haus betreten.«
»Ich bin Cavaliere Borromini, der Lateranbaumeister.«
»Und wenn Sie Papst Alexander wären! Haben Sie keine Augen im Kopf?«
Der Soldat wies mit dem Kinn auf einen schwarz vermummten Büttel, der gerade mit Kalk ein großes Kreuz auf das Portal malte, vor dem sich stinkende Abfälle häuften.
»Gott erbarme dich unser!« Francesco zog seine Geldkatze hervor und drückte jedem der Sbirren eine Silbermünze in die Hand.
»Ach so, Sie haben einen Passierschein!«, sagte der Wortführer der beiden und gab ihm den Weg frei. »Warum haben Sie das nicht gleich gesagt?«
Francesco durchquerte einen Arkadenhof, wo ein Dutzend Ratten davon huschte, und betrat das Gebäude. Das Tor war nur angelehnt. Totenstille empfing ihn in der großen, ganz in Gold und Blau gehaltenen Halle.
»Heda, ist hier jemand?«
Kein Mensch antwortete ihm, nur seine eigenen Schritte hallten von dem hohen, wappengeschmückten Tonnengewölbe wider. An den Empfangssaal schloss sich eine Bibliothek an, deren Wände vollkommen von Büchern bedeckt waren, dann folgte

ein Studierzimmer mit einem Puttenkamin und einer Decke aus kostbarer Einlegearbeit. Doch auch dieser Raum war leer.
Plötzlich hielt Francesco inne. Was war das? Von irgendwoher war ein leises Winseln und Kratzen zu hören. Er öffnete eine Tür zu seiner Linken, und im nächsten Moment sprangen zwei Hunde an ihm empor und beschnupperten ihn.
»Principessa?«
Ihr Anblick zerriss ihm das Herz. Sie lag auf einem Divan, ihr aufgelöstes, schweißnasses Haar klebte an ihren Schläfen, das blasse, eingefallene Gesicht war von dunklen Flecken übersät. Als sie ihn erkannte, glomm ein schwaches Lächeln in ihren Augen.
»Sind Sie ... doch gekommen«, hauchte sie. »Nach all den Jahren. Ich hatte es ... so sehr gehofft.«
»Warum sind Sie allein? Wo sind Ihre Diener?«
»Halt!« Sie schien kaum die Kraft zu haben, die Hand zu heben. »Bleiben Sie ... wo Sie sind ... Ich ... ich habe die Pest ... Sie stecken sich an.«
»Es wäre nur die gerechte Strafe!« Er stürzte zu ihr, kniete an ihrem Lager nieder und griff nach ihrer Hand. »Verzeihen Sie, dass ich nicht früher gekommen bin, bitte verzeihen Sie mir! Bitte!« Und während er sie wieder und wieder um Vergebung bat, beugte er sich über ihre Hand, damit sie seine Tränen nicht sah.
Von dieser Stunde an übernahm Francesco die Pflege der Principessa, ohne Rücksicht auf die Gefahr, in die er sich dadurch brachte. Als Erstes stellte er neue Dienstboten ein, um die alten zu ersetzen, die sich aus dem Staub gemacht hatten, kaum dass die Sbirren vor dem Eingang des Palazzos aufgezogen waren. Er versprach den neuen Bediensteten alles Geld der Welt, so schamlos ihre Forderungen auch sein mochten, mit denen sie die Notlage auszunutzen suchten, um sicherzustellen, dass Tag und Nacht jemand am Lager der Kranken wachte. Dann suchte er die berühmtesten Ärzte der Stadt auf und drohte sie eigenhändig herbeizuprügeln, wenn sie sich aus Angst um ihr Wohl sträubten.

Doch wie wenig richteten sie aus! Angetan mit langen, bis zum Boden reichenden Mänteln aus wachsgetränktem Tuch, trugen sie, um sich gegen den Pesthauch zu schützen, riesige mit Essigtüchern gefüllte Schnabelmasken vor dem Gesicht und stolzierten in dieser Tracht, übergroßen Störchen gleich, durch das Krankenzimmer, um mit Hilfe einer langen Rute anzudeuten, was man tun und gebrauchen sollte, ohne sich der Patientin zu nähern oder sie gar zu berühren. Die einen rieten, viel Wasser zu trinken, die anderen verordneten strenge Diät, um das böse Blut vom guten zu scheiden, und waren sie gegangen, zeugte nur Francescos leerer Beutel von ihrem Besuch.

Und Clarissa? Sie war zu schwach, um zu reden – Francesco konnte nur ahnen, was sie durchmachte. Am meisten schien sie unter den Schmerzen zu leiden: in den Gliedmaßen, in den Gedärmen. Obwohl sie kaum etwas zu sich nahm, musste sie alle paar Stunden erbrechen. Doch wie tapfer sie war! Wann immer ihre Blicke sich begegneten, versuchte sie Francesco mit einem Lächeln zu trösten. Was hätte er darum gegeben, ihr Leid auf sich nehmen zu können. Doch nur das starke Fieber, das am zweiten Tag von ihr Besitz ergriff, schien ihr ein wenig Linderung zu verschaffen. Unter leisem Stöhnen warf sie sich auf ihrem Lager hin und her, in einem ungewissen Dämmerzustand zwischen Wachen und Schlafen, murmelte manchmal wirre, unverständliche Worte oder richtete sich plötzlich im Bett auf, den leeren Blick auf Francesco gerichtet, doch offenbar unfähig, ihn zu erkennen.

Zweifel überkamen Francesco, Zweifel an allem, woran er glaubte. Wie konnte Gott dulden, dass diese Frau solche Qualen litt? Was hatte sie getan? Die Ohnmacht, mit der er das Siechtum der Principessa ansehen musste, erfüllte seine Seele mit solcher Verzweiflung, dass die Gebete auf seinen Lippen verdorrten wie Blumen auf vergiftetem Grund.

Da die Ärzte nichts vermochten, besorgte er sich alle medizinische Literatur, derer er in den Buchläden rund um die Piazza Navona habhaft werden konnte. Mit zitternden Händen schlug er die schweren Folianten auf. Gab es noch Hoffnung? Vielleicht wussten die Bücher mehr als die Ärzte.

Bis tief in die Nacht versenkte er sich in die Lektüre, die er nur unterbrach, um Clarissa den Schweiß von der Stirn zu tupfen oder ihr eine Kompresse zu machen. Girolamo Fracastoro unterschied die Pest von anderen hitzigen Zuständen wie Fleckfieber und Vergiftungen, machte so genannte *saminaria morbis* für die Übertragung der Krankheit verantwortlich und wies auf die Gefahren hin, die von den Nachlassenschaften der Pestkranken drohten. Geronimo Mercuriale warnte vor miasmatischen Dämpfen, die den Kleidern entströmten, und riet den vornehmen Damen, die zum Schutz gegen Ungeziefer Felle um den Hals trugen, diese »Flohpelzchen« von Zeit zu Zeit auszuschütteln. Der Jesuitenpater Athanasius Kircher wiederum behauptete, das Pestmiasma sei eine Schar winzig kleiner Würmchen, welche in der Luft umherflögen, um das Geblüt zu verderben und die Drüsen zu zersetzen, sobald sie durch den Atem in den Leib gelangten.

Erschöpft las Francesco weiter. Was nützte all die gelehrte Erkenntnis von den möglichen Ursachen der Krankheit? Welche Maßnahmen gab es, um die Principessa zu heilen?

Ach, es waren verzweifelt wenige! Absonderung der Kranken und strikte Reinlichkeit: Das waren die einzigen Empfehlungen, die er in den Büchern fand. Doch würden diese erbärmlichen Maßnahmen Heilung bringen?

Nein, Tag für Tag verschlechterte sich Clarissas Zustand. Das Fieber, das ihr anfangs Linderung verschafft hatte, stieg immer mehr, Vorbote des nahenden Endes, und je geringer die Hoffnung wurde, umso mehr wuchs Francescos Verzweiflung. Welch himmelschreiendes Unrecht! Er, Francesco Borromini, hatte den Tod verdient – nicht die Principessa! Wieder und wieder hatte sie ihm die Hand gereicht, wieder und wieder hatte er sie ausgeschlagen, geblendet von seinem Hochmut und seiner Eifersucht. Konnte er diese Schuld an ihr je wieder gutmachen? Er war bereit, alles für sie herzugeben, sein Geld, seine Arbeit, seine Kunst – wenn sie nur am Leben bleiben würde.

Francesco gab nicht auf, stemmte sich gegen ein blindes, wütendes Schicksal, das, statt ihn zu strafen, der Principessa solches Unrecht antat. Aus den Büchern wusste er, dass es noch eine Hoffnung gab: dass die Pestbeulen an Clarissas Leib aufbrachen, der Eiter abfloss und das tödliche Fieber sank. Wann aber sollte das geschehen? Wenn sie erschöpft schlief, tastete er ihre Leistenbeuge ab, mit geschlossenen Augen und die Kranke innerlich um Vergebung bittend, allein, die Beulen waren so winzig klein, dass er sie kaum spüren konnte.

Die Ärzte mahnten zur Geduld – Francesco hatte sie längst verloren. Um sich zu betäuben, stürzte er sich in rastlose Tätigkeit. In seiner Not kaufte er Pestwasser, mit denen die Apotheker inzwischen schwungvollen Handel trieben, meist einfacher Essig, versetzt mit Heilkräutern und duftenden Essenzen, den er im Krankenzimmer versprühte. Er öffnete das Fenster, um den Raum zu lüften, wedelte der Kranken mit Palmenzweigen Kühlung zu und ordnete an, dass sie regelmäßig gewaschen wurde und viel frisches Obst zu sich nahm.

Wenigstens daran herrschte kein Mangel. Denn täglich wurde im Palazzo ein großer Korb mit Früchten abgegeben, im Auftrag des Cavaliere Bernini, versehen mit seinen besten Genesungswünschen.

14

Die Augustfeste auf der Piazza Navona fanden in diesem Jahr vor fast leeren Tribünen statt. Kein Adliger, kein Kirchenfürst wollte sehen, wie in Berninis künstlichem See ein Dutzend Pferdewagen um die Wette fuhr. Nur gemeines Volk, kaum fünfhundert Menschen an der Zahl, schaute dem Spektakel zu, um für ein paar Stunden die Angst zu vergessen.

Denn die Pest ließ sich nicht länger leugnen in Rom. Jeder

Mann, jede Frau lebte beständig in der Furcht, von ihr befallen zu werden. Der schwarze Tod machte weder vor Palästen noch Kirchen halt, unterschied nicht zwischen Reich oder Arm, Jung oder Alt. Ganze Häuserzeilen wurden unter Quarantäne gestellt, Familien geschlossen ins *lazaretto* verbracht, während in den Höfen die Kleider der Toten wie Zunder brannten. Und keine anderen Glocken läuteten mehr in der Stadt als die kleinen Schellen, welche die Pestknechte an den Beinen trugen, wenn sie die nackten Leichname wie Säcke aus den Gebäuden schleiften, um sie auf ihre Karren zu werfen.

Wer hatte dieses Unglück auf die Ewige Stadt herabbeschworen? Gerüchte kursierten von Pestsalbern, gottlosen Gesellen, die ihre Seele dem Teufel verkauft hatten. In Palermo, so hieß es, auf Sizilien, von wo aus sich die Plage verbreitet hatte, erst auf das Festland, dann nach Neapel und Rom, hatten sie die Weihwasserbecken der Kirchen verseucht, im Auftrag des Höllenfürsten. Bald witterte man überall solche Dunkelmänner, die Wände und Türen, Kirchenbänke und Glockenseile mit ihren todbringenden Salben beschmierten. Ein Aufruf wurde erlassen, in dem jedem, der einen Schuldigen beim Namen nannte, eine Belohnung von zweihundert Scudi versprochen wurde. Die Folge war nur eine Steigerung des Schreckens. Nachbarn trauten einander nicht mehr über den Weg, Frauen verdächtigten ihre Männer, Kinder ihre Väter – wer eine Mauer in auffälliger Weise berührte, wurde angezeigt.

Am Ende des Monats war die Angst so groß, dass die Römer den Papst um Erlaubnis baten, einen Bittgang durch die Stadt zu veranstalten. Die beiden Pestpatrone, der heilige Sebastian und der heilige Rochus, hatten sich bislang taub für das Heulen und Flehen gezeigt. Doch bestand nicht die Gefahr, dass eine Prozession von vielen tausend Menschen das Unheil noch mehrte, die Ansteckung förderte? Auf den Kanzeln wurde das Für und Wider erwogen, und nicht wenige Pfarrer verkündeten, dass jede Schutzmaßnahme blasphemischer Frevel sei: Mit der Pest sende Gott Pfeile herab, die ihr Ziel niemals verfehlten, wo immer auch die, welche sie treffen sollten, in ihrer Verzweiflung Zuflucht suchten.

Francesco Borromini blieb von alledem unberührt. Warum sollte er sich fragen, ob Gott auch ihn mit der Plage treffen wolle? Die Strafe hatte ihn längst erreicht – viel schlimmer noch, als wenn die Seuche ihn selbst befallen hätte.

Keine Stunde wich er mehr von Clarissas Seite. Wann immer sie die Augen aufschlug, sollte sie ihn in ihrer Nähe finden. Während er an ihrem Bett saß, das Gesicht in den Händen vergraben, fühlte er, wie entsetzlich alt er inzwischen war. Er war müde, ohne Kraft, vor allem aber ohne Zuversicht. Am Leib der Principessa hatten sich immer noch keine Beulen gebildet, durch die ihr Körper den tödlichen Eiter hätte austreiben können.

»Bitte ... zeigen Sie mir Ihre Pläne ...«

Überrascht blickte Francesco auf. Die Principessa war aus ihrem fiebrigen Schlaf erwacht und schaute ihn an. Ihre Augen waren so klar wie zwei Smaragde, zum ersten Mal seit langer Zeit. Auch die Schweißperlen waren von ihrer Stirn verschwunden. War das Fieber gesunken? Hoffnung keimte in ihm auf. War dies die Wende, erstes Zeichen ihrer Genesung? Oder war es die *euphoria*, von der er in den Büchern gelesen hatte, jenes kurze, heftige Aufflackern der Lebensgeister, bevor sie für immer erloschen?

»Pssst«, machte er. »Sie müssen sich schonen!«

Mit einer fast unmerklichen Bewegung schüttelte sie den Kopf. »Die Pläne«, wiederholte sie leise. »Die Pläne für die Piazza ... Ich ... möchte Sie mit auf die letzte Reise nehmen.«

Sie sagte das ohne jede Wehmut oder Bitterkeit in der Stimme, als stelle sie eine längst beschlossene Sache fest. Francesco griff nach ihrer Hand.

»Ich lasse Sie nicht fort, Principessa. Sie dürfen nicht gehen!«

»Müssen wir nicht folgen, wenn Gott uns ruft? Bitte ... zeigen Sie mir den Entwurf ... Wer weiß ..., wann ich mich je wieder so ... bei Kräften fühle.«

Sie nickte ihm mit einem Lächeln zu. Durfte er ihr die Bitte verweigern? Nein, vielleicht war es die letzte, die sie an ihn

richtete – er hatte ihr schon zu viele ausgeschlagen. Behutsam half er ihr, sich auf dem Lager aufzurichten, stopfte ihr Kissen in den Rücken und strich ihr das Haar aus der Stirn. Dann holte er sein Zeichenbrett und setzte sich so an ihre Seite, dass sie ihm beim Skizzieren zuschauen konnte.
»Sie ... haben immer noch den Stift?«, fragte sie, als er die ersten Striche auf das Papier brachte.
»Seit Sie ihn mir schenkten, habe ich keinen anderen benutzt. Ich habe die Mine schon viele hundert Male ersetzt.«
»Das ist gut«, flüsterte sie.
Für eine Stunde war es fast wie früher in den schönsten Stunden ihres Zusammenseins. Vor ihren Augen skizzierte er seinen Entwurf für das Forum Pamphili, erläuterte die Gliederung und den Aufbau des Platzes: eine Ellipse, die von vier Kolonnadenreihen gesäumt wurde. Und während er zeichnete und sprach, spürte er ein weiteres Mal, welche Kraft sie ihm gab, wie allein durch ihre Gegenwart vage Ideen plötzlich klare Gestalt annahmen, als könne es gar nicht anders sein, als gebe es gar keine andere Möglichkeit als eben diese, zu der er sich entschlossen hatte, hier vor ihren Augen, jenseits aller Zweifel.
»Es sieht wunderschön aus«, sagte sie.
»Finden Sie? Aber warten Sie, das ist nur die Wirkung von außen. Das Eigentliche sieht man erst, wenn man auf der Piazza steht. Der Platz birgt ein Geheimnis, das sich dem Betrachter nur von einem ganz bestimmten Punkt aus erschließt.« Francesco zögerte, er hatte dieses Geheimnis noch keinem Menschen anvertraut. »Hier«, sagte er dann und markierte mit dem Stift die Stelle, »von hier aus kann man es sehen, ein optischer Effekt, wie es ihn noch auf keinem Platz der Welt gegeben hat.«
Aufmerksam hörte sie ihm zu, trotz ihrer Schwäche, mit vor Begeisterung und Fieber glänzenden Augen, lauschte jedem seiner Worte, mit denen er ihr den Effekt erklärte, ein architektonisches Wunderwerk, beruhend auf mathematischem Kalkül und künstlerischer Imaginationskraft, das er auf der Piazza Navona vollbringen wollte, für immer verewigt in Marmor, Granit

und Travertin. Nie hatte Franceso sich einem Menschen näher gefühlt als Clarissa in diesem Augenblick. Staunen und Verstehen sprachen aus ihren Blicken, Bewunderung und Stolz. Kein Zweifel, sie begriff alles, was er ihr erklärte, »erblickte« gleichsam jedes seiner Worte vor ihrem inneren Auge in einem nie geahnten Einvernehmen ihrer Seelen. Es war, als spiegle sich sein Innerstes in ihrem Gesicht – doch seltsam, er empfand nicht die leiseste Scham angesichts dieser Entblößung.

»Und Sie haben mich auf die Idee gebracht«, sagte er.

»Ich?«, fragte die Principessa ungläubig. »Wir haben doch nie über das Forum gesprochen!«

»Trotzdem, es war der Saturn mit seinem Ring. Ich habe ihn in Ihrem Fernrohr gesehen. Eine Tasse mit zwei Henkeln – eine Ellipse.«

»Ja, ich erinnere mich.« Ein Lächeln füllte Clarissas Gesicht. »Dadurch sind Sie auf den Einfall gekommen?«

Francesco nickte.

»Das ist schön«, sagte sie. »Wissen Sie, wie stolz mich das macht?«

Er erwiderte ihren Blick, dann schlug er die Augen nieder. »Das Unternehmen hat nur einen Makel«, sagte er mit rauer Stimme, »ich heiße nicht Bernini.«

»Wieso … sagen Sie das jetzt?«

»Weil ich fürchte, dass die Piazza nur ein Traum bleibt. Sie zu bauen würde Unsummen verschlingen. Und wer stellt einem Steinmetz so viel Geld zur Verfügung?«

Er legte sein Zeichenbrett fort und steckte den Stift ein. Clarissa schüttelte den Kopf.

»Nein«, sagte sie. »Dieser Platz, diese Kolonnaden werden eines Tages Wirklichkeit, ganz gewiss. Ich spüre es genau – ich *weiß* es.« Sie nickte ihm zu und sah ihn mit ihren wundervollen Augen an. »Vertrauen Sie mir … Es ist mehr als ein Traum. Sie müssen nur daran glauben … mit allem, was Sie sind und haben! Dann … wird es auch geschehen.«

Sie nickte noch einmal. Francesco schluckte, ihre Zuversicht

beschämte ihn. Woher nahm sie nur diese Kraft? Mit einem Mal wurde ihm bewusst, dass sie vielleicht zum letzten Mal so miteinander sprachen, und er fühlte sich furchtbar allein.
Als habe sie seine Gedanken erraten, legte sie ihre Hand auf seinen Arm. »Nicht traurig sein … bitte … ich bin doch bei Ihnen. Und … ich werde immer bei Ihnen sein …« Ihre Stimme versagte, so erschöpft war sie plötzlich, und sie musste eine Pause machen, bevor sie weitersprechen konnte. »Ich werde Ihnen zuschauen … von oben … und wenn es einmal schneit … ja, auch in Rom schneit es manchmal … dann werden Sie wissen … dass ich Sie grüße – von den Sternen …«
Auf einmal wurde ein Winseln laut. Francesco drehte sich um. Einer von Clarissas Windspielen lief unruhig hin und her, rieb seine Schnauze an seiner eigenen Flanke, als würde ihn etwas kratzen oder schmerzen, mit einer solchen Heftigkeit, dass er sich um sich selber im Kreise drehte. Francesco stand auf, um das Tier zu beruhigen, doch der Hund benahm sich immer seltsamer, fing mit den Pfoten an zu scharren und versuchte sich unter einem Sessel zu verkriechen.
»Was ist denn? Was hast du?«
Der Atem des Hundes ging in ein jagendes Hecheln über. Francesco bückte sich, um ihn zu streicheln. Da sah er auf dem Boden einen angebissenen Pfirsich. Er war aus dem Obstkorb gefallen, der neben dem Bett abgestellt war. Francesco hob ihn auf und betrachtete ihn. Die Frucht war ganz zerfetzt. Hatte der Hund davon gefressen?
»Woher ist das Obst, Principessa?«
»Von Cavaliere Bernini«, erwiderte Clarissa mit schwacher Stimme. »Warum … fragen Sie?«
»Cavaliere Bernini?«, wiederholte er ungläubig. »Sind Sie sich sicher?«
In Francesco regte sich ein Verdacht. Konnte sein, was er dachte? Die Vorstellung war absurd, grotesk! Doch war sie völlig unmöglich? Er musste sich Gewissheit verschaffen.
»Komm her!«

Er pfiff nach dem zweiten Hund – mit tänzelnden Schritten kam das Windspiel herbei. Francesco hielt ihm den Pfirsich hin. Der Hund schnupperte an der Frucht, leckte daran, dann fraß er den Rest des Pfirsichs auf.

Mit angehaltenem Atem beobachtete Francesco das Tier. Es dauerte keine Minute, da fing auch dieser Hund an zu winseln und zu jaulen. Francesco sah es mit Erleichterung und Entsetzen: Nein, er hatte sich nicht geirrt!

»Warum ... sollte ... Bernini ... das tun?«, flüsterte Clarissa.

Mit letzter Kraft stieß sie die Worte hervor, dann schloss sie die Augen. Hatte sie abermals seine Gedanken erraten? Francesco stürzte an ihr Bett, und während die Tränen über seine Wangen strömten, bedeckte er ihre Hand mit Küssen.

»Sie haben nicht die Pest«, stammelte er. »Es ist Gift ... Gott sei Lob und Dank! Jetzt wird alles wieder gut, Sie werden sehen ... schon bald ...«

Plötzlich hielt er inne und schaute auf ihre Hand. Reglos lag sie in der seinen.

15

»Hat die Hure ihre Strafe gefunden?«, fragte Donna Olimpia.

»Ich habe alles ausgeführt«, erwiderte Don Angelo mit gesenkter Stimme, »genau so, wie Sie es mir aufgetragen haben.« Vorsichtig schaute er sich um, ob sie allein in dem Gotteshaus waren, und kratzte sich gleichzeitig mit beiden Händen am Körper.

»Und? Hast du dich auch vom Ergebnis überzeugt?«

»Ich war über zwei Wochen in der Stadt, und jeden Tag habe ich persönlich dafür gesorgt, dass alles, was Sie gesagt haben ...«

»Ich will wissen, ob du ihre Leiche gesehen hast – mit eigenen Augen. Hüte deine Lippen, dass sie nicht Trug reden!«

»Mit eigenen Augen?«, fragte er und schielte unter dem Rand

seiner Kapuze zu ihr empor. »›Richtet nicht nach dem, was vor den Augen ist‹, spricht der Herr. Es ist unmöglich, dass die Principessa noch lebt. Ich habe bestes französisches Gift verwendet.«
»Ah, du hast sie also nicht gesehen! Hast dich lieber aus dem Staub gemacht, wie?« Sie spuckte ihm ins Gesicht. »Um deine Haut zu retten! Feige wie ein Straßenköter!«
»Eccellenza!«, protestierte er und wischte sich den Speichel von den Wangen. »Ich habe mein Leben für Sie gewagt! Sie wissen ja gar nicht, wie es in Rom aussieht! Der Tod lauert hinter jeder Ecke, alles bangt um sein Leben. Ihr Sohn, Don Camillo, verlässt seit neuestem nicht mehr das Haus noch empfängt er irgendeinen Menschen in seinem Palast. Sogar mir ließ er die Tür weisen, obwohl ich doch Grüße von Ihnen …«
»Gibst du es also zu? Du treuloser, undankbarer Mensch!« Sie zog ihren Rosenkranz aus dem Ärmel und schlug damit auf ihn ein wie mit einer Peitsche. »Fort mit dir! Verschwinde! Ich will dich nicht mehr sehen!«
Don Angelo hob die Arme über den Kopf und stolperte davon. Angewidert blickte sie ihm nach, wie er durch das Portal ins Freie hastete. Welche Schuld hatte sie nur auf sich geladen, dass Gott sie mit dieser Kreatur bestraft hatte?
Olimpia wandte sich ab und öffnete eine Tür im Seitenschiff der Kirche. Modrige Kühle umfing sie, als sie die Stufen zur Krypta hinabstieg, um das Grab der Schwarzen Rosa aufzusuchen. Das Fest der Heiligen wurde am 3. September gefeiert, an Donna Olimpias Geburtstag. War das nicht ein Zeichen, dass sie unter ihrem besonderen Schutz stand?
Vollkommene Stille herrschte in dem unterirdischen Gewölbe, wo die Mumie im Schein eines ewigen Lichts aufgebahrt lag. An anderen Tagen besänftigte stets die schlichte Heiligkeit dieses Orts Donna Olimpias Gemüt, doch heute fand ihr Herz selbst an dieser Stätte keine Erlösung von den Sorgen, die sie seit ihrer Verbannung aus Rom peinigten.
Sie zündete eine Kerze an und steckte sie auf einen Leuchter,

ihre sonst so ruhigen Hände zitterten vor Erregung. Wenn Clarissa noch am Leben war und den Mund aufmachte … Täglich konnten Alexanders Schergen in Viterbo erscheinen und Olimpia verhaften. Dabei hatte sie alles so sorgfältig geplant. Sobald ihre Cousine starb, würde sie Bernini als Clarissas Mörder anzeigen. Jeder Diener im Palazzo am Campo dei Fiori würde bezeugen, dass die Körbe mit dem vergifteten Obst von dem Cavaliere stammten – kein Gericht Roms konnte sich diesem erdrückenden Beweis seiner Schuld verschließen. Mit seiner Verurteilung würde auch dieser Mitwisser ihres Geheimnisses für immer schweigen, und sie, Donna Olimpia, wäre außer Gefahr, für alle Zeit. Doch damit ihr Plan aufging, musste die Hure tot sein – tot, tot, tot!

Mit einem Seufzer kniete sie nieder. Wie sollte sie die Ungewissheit länger ertragen? Was für eine Qual, tatenlos das Schicksal abzuwarten in dieser Abgeschiedenheit am Ende der Welt, ohne jede Ahnung, was in Rom vor sich ging. Aber was sollte sie tun? Wenn sogar Don Angelo, der doch für Geld bereit wäre, sich entmannen zu lassen, inzwischen vor der Pest Reißaus nahm, wer sollte ihr dann zuverlässige Nachricht aus der Stadt besorgen?

Nein, es gab nur eine Möglichkeit, sich endgültig Gewissheit zu verschaffen.

Donna Olimpia schlug das Kreuzzeichen, um ihre Seele mit einem Vaterunser von möglichen Sündenflecken zu reinigen. Sie wusste, eine Fürbitte, die von einem übel riechenden Herzen zum Himmel aufstieg, verdiente kein Gehör. Sie fügte darum dem Vaterunser noch einen ganzen Rosenkranz hinzu. Und während sie die geheiligten Worte murmelte und die Perlen durch ihre Finger gleiten ließ, spürte sie, wie Ruhe und Zuversicht allmählich wieder in sie einkehrten, Perle für Perle, Gesetz für Gesetz, und ihre qualvolle Ungewissheit wich einer Sicherheit, die allein himmlische Gnade zu spenden vermag.

Die Schwarze Rosa erhörte ihre Bitten – sie würde sie auch auf ihrer Reise beschützen.

16

»Nein, ich schäme mich nicht meiner Tränen«, sagte Lorenzo Bernini, ihre Hand in der seinen. »Wenn ich mir vorstelle, meine Früchte hätten Sie umgebracht! Das ist mehr, als ich ertrage. Mein Leben würde ich lassen, könnte ich Sie damit vor Leid bewahren. Ich glaube, ich werde nie wieder Obst essen.«
Während er in seinem eleganten, bis zum Boden reichenden Mantel aus feinstem Wachstuch neben ihrem Sessel kniete, das Gesicht von Tränen überströmt, sog Clarissa die seidige Herbstluft ein, die durch das offene Fenster zu ihr drang, zusammen mit dem Klang der Schellen, die immer noch von der schaurigen Arbeit der Pestknechte draußen kündeten. Ihr Körper war von den heimtückischen Attacken, denen er zwei Wochen lang ausgesetzt gewesen war, noch geschwächt, und ihr Haar war schlohweiß – doch die Ärzte hatten gesagt, sie würde überleben. Nach Francescos Entdeckung hatten sie ihr so viel laue Milch eingeflößt und so lange ihren Rachen gekitzelt, bis ihr Magen vollständig entleert war, und danach das Gift in ihrem Blut mit verschiedenen Gegengiften bekämpft: Kalkwasser und Eiweiß, Kreide und Zitronensaft. Gott hatte sie beim Namen gerufen, aber er hatte sie noch nicht zu sich befohlen. Ein Gefühl von tiefer Dankbarkeit erfüllte sie. Es war, als sei ihr das Leben ein zweites Mal geschenkt worden.
»Dabei war ich Zeuge, wie Sie ohnmächtig wurden! Warum habe ich nicht begriffen, was ich sah? Nein, Principessa, ich verdiene nicht das Augenlicht, das der Himmel mir gab! Wissen Sie, was ich dachte? Ich dachte, Sie litten an einer Unpässlichkeit, eine kleine, harmlose Verstimmung. Sie ahnen ja nicht, welche Vorwürfe ich mir mache! Warum bin ich nur nicht früher zu Ihnen gekommen?«
»Bitte, stehen Sie auf, Cavaliere!«, sagte sie, um seinen Selbstanklagen ein Ende zu machen. Sie hatte ihn nie zuvor so fassungs-

los gesehen. »Woran arbeiten Sie?«, wechselte sie das Thema. »Haben Sie neue Pläne?«
»Ach, was soll ich darüber sprechen? Als wäre das von Bedeutung!« Endlich stand er auf und trocknete mit einem Spitzentuch seine Augen. »König Ludwig ruft mich nach Paris, ich soll seinen Louvre umgestalten. Stellen Sie sich vor – der Herrscher von Frankreich bestellt mich, einen römischen Architekten, zum Baumeister seines Palastes!« Er steckte sein Tuch ein und schaute sie an, voller Betroffenheit und Mitgefühl. »Aber sagen Sie, wie haben Sie überhaupt erkannt, dass es das vergiftete Obst war und nicht ...« Er zögerte, das Wort auszusprechen. »Ich meine, als Sie diese Flecken hatten, wer sollte da nicht annehmen, dass Sie sich angesteckt hätten?«
»Durch Zufall. Cavaliere Borromini hat gemerkt, dass meine Hunde, nachdem sie einen Pfirsich gefressen hatten ...«
»Francesco Borromini?«, rief Bernini verblüfft. »Er war hier? Bei Ihnen? Was für ein mutiger Mann!« Er ließ ihre Hand los und begann beim Sprechen auf und ab zu gehen. »Übrigens, damit Sie sich nicht länger ängstigen müssen – ich habe für alles gesorgt, was für Ihre Sicherheit nötig ist. Noch bevor ich zu Ihnen kam, habe ich den verfluchten Obsthändler aufgesucht, zusammen mit zwei Sbirren. Der Kerl ist geständig und behauptet, ein Mönch habe ihn bestochen und die Früchte vergiftet.« Lorenzo blieb stehen und drehte sich zu ihr um. »Warum trachtet man Ihnen nach dem Leben, Principessa? Und vor allem – wer? Um ehrlich zu sein, ich habe einen Verdacht, aber ich will ihn nicht aussprechen, solange ich mir nicht sicher bin. Vorerst werde ich ein paar neue Hunde für Sie besorgen, große, starke Hunde aus meiner Heimat, die werden Sie beschützen ...«
Ein Diener kam herein: »Vergebung, Principessa.«
»Ja, was gibt es?«
Noch bevor der Mann antworteten konnte, folgte ihm eine schwarz verschleierte Frau in den Raum.
»Bist du also noch am Leben ...«

Als Clarissa die Stimme hörte, stockte ihr der Atem. Bernini starrte die Fremde an wie eine Erscheinung.
»Sie geben es also zu?«, fragte er entgeistert.
»Halten Sie den Mund!«, zischte die Fremde durch ihren Schleier. »Nichts gebe ich zu.«
»Und da wagen Sie hierher zu kommen? Verlassen Sie sofort das Haus, oder ich werde Sie persönlich ...«
»Nein!«, unterbrach ihn Clarissa und hob die Hand. »Ich möchte, dass sie bleibt. Bitte lassen Sie uns allein, Cavaliere!«
»Unmöglich!«, protestierte Bernini. »Nicht mit dieser Frau! Sie wissen doch, wozu sie im Stande ist!«
»Bitte«, wiederholte Clarissa, »es ist mein Wunsch!«
Warum sagte sie das? Obwohl sie nur einer Eingebung folgte, legte sie solchen Nachdruck in ihre Worte, blickte Bernini mit solcher Entschlossenheit an, als wisse sie genau, was sie tat, als handle sie nach einem festen Vorsatz oder Plan. Zögernd wandte er sich ab, um ihrer Aufforderung Folge zu leisten.
»Ich warte vor der Tür«, sagte er, und an die Verschleierte gewandt, fügte er hinzu: »Aber ich warne Sie, wagen Sie nicht, irgendetwas zu tun! Das Zimmer hat nur einen Ausgang.«
Er zog ein Essigtuch aus dem Ärmel und hielt es sich vor den Mund, wie um sich gegen gefährliche Ausdünstungen zu schützen, und verließ hüstelnd den Raum.
Dann waren die beiden Frauen allein.
»Verflucht sei der Tag, an dem du mein Haus betreten hast!«
Donna Olimpia schlug den Schleier zurück. Ihre dunklen Augen funkelten vor Wut. Clarissa erwiderte ihren Blick, sah in ihr helles, fein geschnittenes Gesicht, das von grauen Ringellocken eingerahmt wurde. Wie sehr hatte sie diese Frau bewundert, als sie einander zum ersten Mal begegnet waren! Ihre Reife, ihr Selbstbewusstsein, den stolzen, majestätischen Wuchs, der ihr allen Menschen gegenüber eine scheinbar natürliche Überlegenheit verlieh ... Olimpias Erscheinung hatte von dieser Wirkung bis heute nichts eingebüßt.

»Du hast es also wirklich getan«, sagte Clarissa. »Ich wollte es nicht glauben.«

»Es war ein Fehler, dich ins Kloster zu stecken«, erwiderte Olimpia. »Ich hätte dich gleich töten sollen.«

Plötzlich hatte Clarissa fürchterliche Angst. Warum hatte sie Bernini fortgeschickt? War sie von Sinnen? Sie spürte, wie die Angst ihr einem nassen, kalten, glitschigen Tier gleich in den Nacken kroch, während ihre Zähne aufeinander schlugen. Sie wollte nach Bernini rufen, nach einem Diener, doch ihre Lippen blieben stumm.

»Worauf wartest du?«, fragte Olimpia. »Warum rufst du nicht Alexanders Schergen? Willst du mich demütigen, du Hure? Deinen Triumph noch ein paar Minuten auskosten?«

Clarissa musste ihre ganze Kraft aufwenden, um sich aus dem Sessel zu erheben. Mit unsicheren Schritten ging sie auf ihre Cousine zu. Sie wusste nicht, was sie tat, sie wusste nur, dass sie es tun musste – hier und jetzt.

»Wie hast du erfahren, dass ich dein Geheimnis kenne?«

»Spielt das eine Rolle?«, fragte Olimpia zurück. »Gott hat Pamphili zu seinem Stellvertreter berufen, und meine Aufgabe war es, ihm bei der Erfüllung dieses Auftrags zu helfen. Ich habe getan, was die Vorsehung von mir verlangte.«

»Du hast deinen Mann getötet.«

»Glaube ja nicht, du hast mich besiegt. Auch wenn du mich einsperren lässt – Gott wird mir beistehen, wie er mir immer beigestanden hat. Und dich wird er für deine Sünden strafen. Du wirst büßen, weil du dem Willen des Herrn zuwider gehandelt hast. Du hast versucht, die Vorsehung zu durchkreuzen.«

Sie standen jetzt einander gegenüber. Clarissa zwang sich, Olimpia in die Augen zu sehen. Diese Frau, aus deren Gesicht ihr mit jedem Blick, mit jedem Wort aller Hass entgegenschlug, zu dem ein Mensch fähig war, hatte ihr einst versprochen, ihr eine Freundin zu sein ... Jetzt war sie ihre Feindin – bis auf den Tod.

»Ich prophezeie es dir«, zischte Olimpia, »in der Hölle wirst du schmoren. Wo immer du dich versteckst, die Strafe des Allmächtigen wird dich treffen.«

Unwillkürlich machte Clarissa einen Schritt zurück. Doch was war das? Plötzlich sah sie, dass Olimpias Kinn zitterte, während sie sprach, dass ihr vom Hass verzerrtes Gesicht bebte, genauso wie ihres, als würden die Zähne aufeinander schlagen. Sie schien kaum zu atmen, und ihr kalkweißes Gesicht war von roten Flecken übersät, während sie sich mit der Hand auf eine Stuhllehne stützte, als habe sie Mühe, sich auf den Beinen zu halten.

Clarissa konnte es kaum glauben, doch es gab keinen Zweifel.

»Du hast ja – Angst ...«, flüsterte sie.

Wo war Olimpias Stolz, wo ihre Majestät geblieben? Sie wirkte auf einmal so klein, so schwach, so verletzlich – als wäre sie geschrumpft, so wie einem die Räume der Kindheit geschrumpft erscheinen, wenn man sie nach Jahren wieder sieht. Ein erregendes Gefühl überkam Clarissa, als habe sie auf leeren Magen ein Glas Wein hinuntergestürzt. Es war wie ein Rausch, ein völlig fremdes Gefühl und gleichzeitig so vertraut wie von Anbeginn der Zeiten. Sie besaß Macht, Macht über einen Menschen! Sie brauchte nur mit dem Finger zu schnippen, und ihre Cousine war vernichtet! Es war ein so berauschendes, so überwältigendes Gefühl, dass ihr schwindlig davon wurde.

»Ja, du wirst mich töten«, sagte Olimpia, die Augen voller Entsetzen. »Du bist meine Schwester, vom gleichen Stamm wie ich, vom gleichen Fleisch und Blut.«

Auf einmal war Clarissa ganz ruhig. Ja, sie hatte einen Plan, klar und deutlich stand er ihr vor Augen: Sie wusste, wofür sie diese Macht besaß. War das der Grund gewesen, weshalb sie Bernini fortgeschickt hatte? Der Plan, nach dem sie schon gehandelt hatte, bevor sie ihn selber kannte?

»Wie groß ist dein Vermögen?«, fragte sie.

»Oh, daher weht der Wind!«, rief Olimpia erleichtert. »Hast du endlich begriffen, was Geld bedeutet?«

»Wie viel besitzt du?«, wiederholte Clarissa. »Wirklich zwei Millionen Scudi, wie die Leute sagen?«

»Ja.« Olimpia nickte, und ein Anflug von Stolz huschte über ihr immer noch angstgeflecktes Gesicht. »Sogar noch mehr. Willst du mich erpressen?«
»Wer kann über das Geld verfügen? Du allein – oder auch dein Sohn?«
»Was geht dich das an? Wozu sollte ich dir das sagen?«
»Um dein Leben zu retten. Ob du dieses Haus verlassen kannst oder ob ich die Sbirren rufe, hängt allein von dir ab.« Sie machte eine Pause, bevor sie weitersprach. »Ich bin bereit, alles zu vergessen, was ich von dir weiß, und auch für Cavaliere Bernini verbürge ich mich. Er wird kein Wort sagen, wenn ich ihn darum bitte.«
Olimpia schien jetzt noch blasser als zuvor. In ihrem Gesicht wechselten ungläubiges Staunen und aufkeimende Hoffnung.
»Und die Bedingung?«, fragte sie lauernd.
»Nur eine«, erwiderte Clarissa mit fester Stimme, »dass du Signor Borromini so viel Geld gibst, wie er braucht, um die Piazza Navona nach seinen Plänen zu bauen.«

17

Verschleiert, wie sie gekommen war, verließ Donna Olimpia den Palazzo am Campo dei Fiori. Der Wagen wartete vor dem Tor. Unwirklich, als habe sie Fieber, erschien ihr die Welt, mit gedämpften Tönen und verschwommenen Konturen. Auf der Piazza scharte sich eine Handvoll Gläubige hinter einem Pfarrer zu einem Bittgang, verschreckte Küken hinter einer schwarzen Henne, und sandten in schleppendem Wechselgesang Fürbitten zum Himmel, während die Pestknechte Kieselsteine gegen die Fenster der Häuser warfen, um zu sehen, ob in den Wohnungen noch jemand am Leben war.
»Bringt eure Toten heraus! Bringt eure Toten heraus!«

Olimpia war so schwach, dass sie kaum Kraft genug besaß, in die Kutsche zu steigen. Als sie in die Polster sank, klebten ihr von der Anstrengung die Kleider am Leibe. Was war nur mit ihr los? Schon bei Clarissa hatte sie sich nur mit Mühe auf den Beinen halten können. Aus der Dachluke eines Palazzos flogen Möbel und Bettzeug auf die Straße, wie Schneeflocken wirbelten die Federn durch die Luft. Olimpia zog die Vorhänge zu. Niemand in der Stadt durfte sie sehen. Wenn der Papst erfuhr, dass sie trotz der Verbannung nach Rom zurückgekehrt war, dann Gnade ihr Gott! Sie beugte sich vor und klopfte an die Trennwand.
»Zur Piazza del Popolo!«
Als die Pferde anzogen, spürte sie das Rütteln im ganzen Körper. Jeder Stoß, jeder Schlag schmerzte in ihren Gliedern. Doch mehr noch peinigte sie die Vorstellung, dass sie die Stadt verlassen musste, ohne ihren Sohn gesehen zu haben. Wie sollte Camillo in dieser Hölle nur ohne sie überleben? Aber sie hatte keine Wahl, es war zu gefährlich. An der Piazza del Popolo, so war es verabredet, wartete ein Zöllner auf sie. Sobald es dunkel war, würde er sie durch die Porta Flaminia aus der Stadt hinausbringen, genau so, wie er sie in der letzten Nacht hereingeschmuggelt hatte. Don Angelo hatte ihn bestochen.
Mit ihrem Schleier wischte sie sich den Schweiß von der Stirn, während die Gedanken in ihrem Kopf durcheinander wirbelten wie eben die Bettfedern auf dem Campo. War Clarissa jetzt die Hure von Borromini? Das Luder hatte sie gezwungen, einen Vertrag zu unterschreiben. Doch Olimpia dachte nicht daran, ihn zu erfüllen. Borromini wollte ein Dutzend Häuser für seinen Platz abreißen – niemals würde sie ihr Vermögen für einen solchen Wahnsinn hergeben. Ihr würde schon ein Ausweg einfallen. Hauptsache, dass von Clarissa keine Gefahr mehr ausging.
Diese unerträgliche Hitze! Sie staute sich unter dem Wagendach wie die Luft unter einer Wolkendecke, bevor sich das Gewitter erbrach. Olimpia hielt es nicht länger aus. Wenn sie nur das Fenster öffnen könnte! Die Luft war so stickig, dass es ihr den Atem verschlug, zudem war ihre Brust vom Mieder einge-

schnürt, als würde man sie knebeln. Sie machte ein paar Knöpfe ihres Kleides auf, doch es wurde nicht besser. Die Hitze wallte in ihrem Körper wie in den Jahren, als ihre monatlichen Blutungen allmählich versiegt waren. Hatten die Stufenjahre immer noch kein Ende? Sie riss das Mieder auf und schnappte nach Luft. Die Befreiung verschaffte ihr ein wenig Linderung. Doch mit jedem Schlagloch, mit jeder Erschütterung wuchsen die Schmerzen in ihren Gliedern. Von draußen tönte dumpfer Trommelschlag – Stadtbüttel, die zum Leichendienst riefen.
Plötzlich zuckte Olimpia zusammen: »Heilige Muttergottes!«
In der Leiste fühlte sie eine Schwellung, so groß wie ein Ei. Sie schloss die Augen und presste die Zähne aufeinander, so heftig, dass sie laut knirschten. Sie auch? Das konnte nicht sein! Sie war doch die ganze Zeit in Viterbo gewesen! Aus der Dunkelheit grinste Don Angelo sie an, seine stechenden Augen schielten unter dem Rand seiner Kapuze zu ihr herauf, während seine wulstigen Lippen sich zu einem höhnischen Grinsen verzogen. Was hatte er so zu feixen? Auf einmal juckte es sie am ganzen Körper, unter den Armen, zwischen den Schenkeln, überall. Hatte er sie mit seinen Flöhen angesteckt?
Entsetzt riss sie die Augen auf – doch außer ihr saß niemand in der Kutsche. Gott sei Dank! Erleichtert schlug sie ein Kreuzzeichen. Don Angelos Fratze war nur ein Trugbild gewesen, eine Fiebertäuschung, genauso wie die Schwellung in ihrer Leiste. Wie hatte sie nur so kleingläubig sein können? Sie stand doch unter dem Schutz des allmächtigen Gottes, die Schwarze Rosa hatte ihre Gebete erhört.
Zögernd, als habe sie Angst, noch einmal zu fühlen, was sie bereits gefühlt hatte, tastete sie mit ihrer Hand nach ihren Schenkeln.
Nein, sie hatte sich nicht getäuscht: ein großes, hartes Ei.
»Mach kehrt!«, rief sie dem Kutscher zu. »Zum Palast meines Sohnes!«
Sie musste Camillo sehen! Er war ihr Sohn, er würde ihr helfen – die besten Ärzte Roms würde er rufen, Professoren der Sapienza.

Sie hatte Geld, sie konnte sich so viele Ärzte leisten, wie sie wollte – alle Ärzte der Stadt. Doch halt! War es klug, zu Camillo zu fahren? Wenn sein Haus bewacht wurde? Alexander war kein Dummkopf, vielleicht ahnte er, dass sie es in Viterbo nicht aushalten würde … Herrgott, warum war sie nur hierher gekommen?
Der Schweiß floss ihr jetzt in Strömen vom Leib. Noch einmal tastete sie nach der Beule. Da … da war die Stelle! War sie es wirklich? Die Schwellung kam ihr jetzt viel kleiner vor, kaum größer als eine Walnuss. Hatte sie nicht oft von Frauen gehört, die in den Stufenjahren über Geschwülste im Unterleib klagten? Sicher war ihre Angst unbegründet, ganz sicher sogar – wie sollte sie sich angesteckt haben? Viterbo war frei von der Pest.
Diese entsetzliche Hitze … Mit ihrem Schleier fächelte sie sich Luft zu. Nein, sie hatte keine Ruhe – ein Arzt musste ihr sagen, dass sie gesund war.
Sie zog ihren Rosenkranz aus dem Ärmel und fing an zu beten. Wie wohl taten ihr doch die glatten, kühlen Elfenbeinperlen zwischen den Fingern, wie viel Halt und Trost hatten sie ihr im Leben schon gegeben! Man musste sich nur an ihre einfache Ordnung halten, um wieder zur Besinnung zu gelangen: Auf jedes Vaterunser folgten zehn Ave Maria, und zusammen bildeten sie ein Gesätz, und davon hatte man fünfzehn zu beten, die fünf freudenreichen und die fünf schmerzreichen und die fünf glorreichen Geheimnisse der Erlösung, in dieser Reihenfolge, immer wieder und immer wieder.
»Hoooh! Haaah! Brrrrr!«
Waren sie schon da? Olimpia ließ den Rosenkranz sinken. Vorsichtig schob sie den Vorhang beiseite und spähte aus dem Fenster: Nein, es standen keine Wachen vor dem Tor, sie konnte es wagen. Auch ihre Hitzewallungen hatten nachgelassen und die Schmerzen in den Gliedern waren fast vollständig verschwunden. Dankbar küsste sie das kleine silberne Kreuz mit dem Erlöser an ihrem Rosenkranz und stieg aus der Kutsche.

Als sie auf die Straße trat, waren ihre Knie so weich, dass sie sich an der Mauer des Palazzos abstützen musste.
»Heda! Was machen Sie da?«
»Hilfe! Sie beschmiert die Wand!«
»Mit Pestsalbe! Holt die Sbirren!«
Die Stimmen riefen durcheinander – aufgeregte, böse, bedrohliche Stimmen. Olimpia drehte sich um. Ein Dutzend Menschen umringte sie, von Sekunde zu Sekunde wurden es mehr, von allen Seiten kamen sie herbei wie Ratten aus ihren Löchern und starrten sie an, mit aufgerissenen Augen, als wäre sie der Hölle entstiegen.
»Schaut nur, wer das ist!«
»Donna Olimpia!«
»Die Hure von Papst Innozenz!«
Was hatten diese Menschen? Waren sie verrückt geworden? Plötzlich waren die Schmerzen wieder da, die Hitze wallte in ihr auf wie eine Woge, und sie zitterte am ganzen Leib. Die Menschen kamen auf sie zu wie eine feindliche Armee. Jetzt bückte sich einer von ihnen, ein alter, zerlumpter Mann, und hob einen Stein auf. Jesus, was hatte er vor? Von panischer Angst ergriffen, fuhr Olimpia herum und trommelte gegen das Tor, mit den Händen, mit den Fäusten. Hörte sie denn keiner? Wo waren Camillos Leute? Sie musste dieses Tor zwischen sich und diese Menschen bringen!
»Hilfe! Macht auf!«
Mit einem Knarren öffnete sich das Tor, ein Diener lugte durch den Spalt. Als er sie sah, wich er zurück.
»Los, lass mich rein! Erkennst du mich nicht?«
Der Diener zog ein dummes Gesicht, fast hätte sie ihn geohrfeigt. Begriff der Kerl nicht, was passierte? Sie warf sich gegen das Portal, um sich durch den Spalt zu zwängen, doch statt ihr zu helfen, versperrte der Diener ihr den Weg, drängte sie mit Gewalt zurück, bis das Tor ins Schloss schnappte. Wo blieb Camillo, ihr Sohn? Im nächsten Augenblick hörte sie, wie auf der anderen Seite ein Riegel vorgeschoben wurde.

»Die Blutsaugerin! Jetzt bringt sie uns auch noch die Pest!«
»Sie wagt sich in die Stadt? Tod und Verderben über sie!«
»Die Sbirren! Wann kommen endlich die Sbirren?«
»Die brauchen wir nicht! Das machen wir selbst!«
Ein Stein flog durch die Luft, ganz dicht an ihrem Kopf vorbei. Olimpia duckte sich weg: Sie musste zurück in die Kutsche! Eine Sekunde schloss sie die Augen und holte Luft, um Kräfte zu sammeln. Doch zu spät! Als sie die Augen aufschlug, setzte sich ihr Wagen in Bewegung und fuhr davon.
»Ja, hängt sie auf!«
»Einen Strick! Wir brauchen einen Strick!«
Plötzlich verstummten die Rufe. Taumelnd vor Schwäche machte Olimpia einen Schritt zurück und schaute an der Palastfront empor. Da oben bewegte sich etwas. Im ersten Stock. Ein Vorhang wurde beiseite geschoben, und gleich darauf erschien eine Gestalt am Fenster, ein großer, stattlicher Mann in prächtiger Robe. Endlich! Tränen schossen ihr in die Augen. Was für ein Glück, dieses Gesicht zu sehen!
»Camillo ...«, rief sie mit letzter Kraft. »Camillo ... ich bin's ... deine Mutter ...«
Er öffnete das Fenster. Ein Tuch vor dem Mund, beugte er sich über die Brüstung.
»Ist es wahr? Bist du es wirklich?«
Gott sei Dank, er hatte sie erkannt!
Ungläubig schaute er zu ihr herab, als könne er seinen Augen nicht trauen. »Was tust du hier? Warum bist du nicht in Viterbo?«
»Was befehlen Sie, Principe Pamphili?«, rief einer der Sbirren, die inzwischen eingetroffen waren.
»Wie? Was?«, fragte Camillo verwirrt.
»Mach das Tor auf, Camillo! Schnell! Beeil dich ...«
Olimpia versagte die Stimme. Verstört starrte Camillo sie an. Warum sagte er nichts? Hatte er sie nicht gehört? In ihrer Not schickte sie ein Stoßgebet zum Himmel.
»Engel Gottes, steh mir bei!«

Plötzlich tauchte noch jemand am Fenster auf: die Fürstin Rossano, Camillos Frau. Als Olimpia ihre Schwiegertochter sah, drehte sich alles vor ihren Augen.
Die falsche Olimpia stutzte, dann schob sie ihren Mann beiseite und rief: »Was geht hier vor?«
»Die Hexe hat Ihr Haus beschmiert!«
»Mit Pestsalbe!«
Die Fürstin blickte erschrocken ihren Mann an. »Um Himmels willen, was sagen die Leute da?«
»Ihre Befehle, Principe!«, drängten die Sbirren.
»Sie dürfen Sie nicht einlassen, Don Camillo!«, rief die Fürstin Rossano. »Alexander hat sie verbannt!«
»Herrgott, sie ist meine Mutter!«
»Und was wird aus uns? Sie verseucht den ganzen Palast!«
Camillo hob die Arme zum Himmel, hilflos wie ein Kind und gleichzeitig voller Wut über die eigene Ohnmacht. Olimpia faltete die Hände und murmelte ein Ave Maria – für mehr reichten ihre Kräfte nicht mehr: »Heilige Maria, Mutter Gottes, bitte für uns Sünder ...« Während sie die Worte sprach, schaute sie in das Gesicht ihres Sohnes, in sein rundes, helles Kindergesicht. Wie oft hatte sie es gestreichelt, mit ihren Küssen, mit ihrer Liebe bedeckt! Alles, was sie in ihrem Leben getan hatte, hatte sie für ihn getan.
»Ihre Befehle, Principe!«
Camillo war wie gelähmt. Sein Mund klappte auf und zu, ohne dass er einen Ton hervorbrachte.
Da trat seine Frau an die Brüstung und rief den Sbirren zu: »Ihr wisst, was ihr zu tun habt! Wenn sie das Haus beschmiert hat, bringt sie fort!« Dann schloss sie das Fenster.
Olimpia sah es, ohne zu begreifen. Es war, als würde sie in einen Abgrund stürzen.
»Camillo ...«, flüsterte sie, »... was ... was tust du?«
Immer noch stand er am Fenster, die Arme erhoben, während seine Frau im Zimmer verschwand. Verzweifelt reckte Olimpia ihm die Hände entgegen. Was geschah hier? Er konnte das nicht

zulassen! Er war doch ihr Sohn! Und was für ein guter Sohn! Der beste Sohn der Welt!
Noch einmal trafen sich ihre Blicke. Camillo schlug die Augen nieder.
»Im Namen des Senats!« Die Sbirren packten Olimpia an den Armen und zerrten sie fort. Mit einem Ruck seines mächtigen Körpers wandte Camillo sich vom Fenster ab.
»Was tut ihr …? Ich bin … Donna Olimpia … Olimpia … Pamphili … die Herrscherin von Rom …«
Dann wurde sie ohnmächtig. Die Sbirren nahmen sie zwischen sich und warfen sie auf ihren Karren.

18

Als Olimpia aus ihrer Bewusstlosigkeit erwachte, glaubte sie, den Palazzo Spada zu erkennen. Oder war es der Palazzo Farnese? Sie konnte es nicht mehr unterscheiden, alles war ihr so fremd und vertraut zugleich. Vollkommen entkräftet, die Sinne verwirrt, spürte sie nicht einmal das Rattern und Rumpeln der Räder in ihrem schmerzenden Leib, in dem das Fieber wütete wie eine Feuersbrunst.
»Gegrüßt seist du, Maria, voll der Gnade …«
Irgendwo in der Nähe hörte sie Glockengeläut, ganz hell und fein und zart, während der Geruch von Weihrauch in ihre Nase drang. Halbnackte Büßer rutschten auf Knien eine Treppe empor und geißelten ihre Leiber, während zwei Pestknechte dieselbe Treppe eine Leiche hinunterschleiften, an den Beinen, sodass der Kopf auf jeder Stufe aufschlug, als würde der Tote zum Zeichen seines Einverständnisses wieder und wieder nicken.
»Der Herr ist mit dir! Du bist gebenedeit unter den Weibern …«

Olimpia fühlte in ihrer Hand die glatten, kühlen Perlen ihres Rosenkranzes, während sich in den Geruch von Weihrauch immer mehr der süße Duft der Verwesung mischte. Der Karren rumpelte jetzt auf den Ponte Sisto zu, der über den Tiber führte. Vor jedem Haus, vor jeder Tür lagen die Toten, die meisten nackt, während ihre Kleider in großen Feuern verbrannten und ihre Angehörigen Gruben aushoben, um die Reste zu verscharren.

»Und gebenedeit ist die Frucht deines Leibes, Jesus ...«
Plötzlich sah sie Camillos Gesicht. Ihr Sohn war doch noch gekommen! Er liebte sie, ja, er ließ sie nicht im Stich! Zärtlich lächelte sie ihn an, in süßer Seligkeit. Wie klug er doch war! Er wusste, sie hatte Geld, und Geld war Macht, war Größe, war Glück – stärker als alle Angst, stärker sogar als der Tod.

»Den du, oh Jungfrau, im Tempel wiedergefunden hast ...«
Was war das? Hinter Camillo tauchten zwei Frauen auf, zwei Huren, geschminkt und in bunten Kleidern. Die Fürstin Rossano und Clarissa. Sie lachten und zerrten Camillo am Arm – sie wollten mit ihm tanzen.

»Der für uns mit Dornen gekrönt worden ist ...«
Irgendwo spielte eine Kapelle. Olimpia schaute sich um. Da sah sie, dass die Straße voll war von tanzenden Menschen, Männern und Frauen, die einen in Lumpen, die anderen in kostbaren, prunkvollen Gewändern. Sie lagen einander in den Armen und drehten sich im Kreise, schneller und schneller, während die Kleider in Fetzen von ihren Leibern abfielen, die Kleider und die Haut und das Fleisch, bis nur noch ihre tanzenden Gerippe übrig waren.

»Heilige Maria, Mutter Gottes, bitte für uns Sünder ...«
Was für ein Fest! Jetzt fielen auch Camillo und seine Huren in den Reigen ein, lachten und tanzten und drehten sich im Kreise, während schwarze Rosse ohne Reiter davongaloppierten und am Horizont ein Drache sich aus dem schäumenden Meer erhob, seine Häupter in den blutroten Himmel reckend, wo eine schwarze Frau mit wehendem Haar ihre Sense schwang.

»Jetzt und in der Stunde unseres Todes. Amen!«
Auf einmal brach die Musik ab. Die Sbirren hoben Olimpia von dem Karren, dann öffnete sich vor ihr ein Tor. Sie waren am Pesthaus angekommen.
»Heiliger Gott!«, stieß Olimpia, plötzlich wieder bei Sinnen, hervor und bekreuzigte sich.
Es war, als würde sie in die Hölle blicken. Berge von nackten, ineinander verschlungenen Leibern wanden sich unter ihr in einer Grube, von deren Grund ein Geheul aus tausend Kehlen aufstieg. Augen aus schwarzen Höhlen blickten sie an, Hände streckten sich ihr entgegen, als könnten sie nicht erwarten, sie zu sich hinunterzuziehen.
»Herr, sei meiner Seele gnädig ...«
Plötzlich ließen die Sbirren sie los. Ein Stoß in den Rücken, ein stolpernder Schritt – dann schloss sich für immer das Tor zwischen ihr und dem Leben.

19

Über zehntausend Römer raffte die Pest dahin. Dann, im Advent des Jahres 1656, erschien dem Papst zum zweiten Mal der Engel im Traum. In ein schneeweißes Gewand gehüllt, erhob er sich über der Engelsburg und steckte sein flammendes Schwert in die Scheide. Sein Zorn war besänftigt. Keine Woche später wurden die Stadttore Roms wieder geöffnet: Die Seuche hatte ein Ende.
Während der Heilige Vater Lorenzo Bernini den Auftrag gab, sein Traumgesicht in Marmor zu hauen, als ewiges Mahnmal der Hoffnung aus dieser Zeit der Leiden, kamen an der Piazza Navona die Arbeiten zum Erliegen. Zu viele Steinmetze und Maurer waren der Pest zum Opfer gefallen, und die wenigen, die noch geblieben waren, weigerten sich immer öfter, die Befehle ihres

ebenso maßlosen wie strengen Baumeisters auszuführen. Man konnte es ihnen nicht verdenken: Nicht genug damit, dass Francesco Borrominis Entwürfe mit ihren Rundungen und Einzügen ihnen solche Kunstfertigkeit abverlangten, dass auch die Besten aus ihren Reihen darüber in Verzweiflung gerieten, blieben im Februar 1657 auch noch die Lohnzahlungen aus, die ihnen vertraglich zugesichert waren.

Was war passiert? Schon zu Zeiten der Pest hatte der Bauherr Don Camillo Pamphili seinem Architekten den Vorwurf gemacht, er verschleppe vorsätzlich die Bauarbeiten und lasse sich an der Piazza Navona nur noch blicken, um eine der Buchhandlungen in der Umgebung zu besuchen. Er wusste ja nicht, dass Francescos Sorge Clarissa McKinneys Gesundheit galt, und hätte er es gewusst, hätte es ihn schwerlich gekümmert. Donna Olimpias Sohn war es allein um die Sicherung seines Besitzes zu tun. Darum kam ihm jeder Vorwand gelegen, der ihm erlaubte, die Ausgaben für das Forum Pamphili zu reduzieren. Zudem hatte er, nachdem er auf Drängen seiner Frau in den neuen Familienpalast am Corso gezogen war, jedwedes Interesse an der Piazza verloren. Obwohl nur noch die Laterne zur Vollendung von Sant' Agnese fehlte, ruhte die Arbeit an der Kirche monatelang. Als zwei Maurermeister versuchten, ihre Ansprüche auf dem Prozessweg durchzusetzen, erinnerte Francesco seinen Bauherrn an das Versprechen, das seine Mutter der Principessa gegeben hatte, und legte ihm zum Beweis den von Donna Olimpia unterschriebenen Vertrag vor. Doch Don Camillo zerriss das Papier vor seinen Augen, und statt die ausstehenden Zahlungen zu leisten, entließ er ihn aus seinen Diensten und verbot ihm zugleich, die Baustelle an der Piazza Navona künftig auch nur zu betreten. In der Öffentlichkeit begründete er diese Entscheidung mit schweren Mängeln beim Bau von Sant' Agnese, die es angeblich zum Wagnis machten, der Kirche die fehlende Laterne aufzusetzen, sowie mit dem störrischen Charakter Francesco Borrominis, unter dessen Leitung die Arbeiten aller menschlichen Voraussicht nach niemals ein Ende finden würden.

»Gehen Sie nach Paris!«, sagte Clarissa, als sie nach ihrer Genesung ihren Freund im Vicolo dell'Agnello besuchte. »Der Louvre ist eine Aufgabe, die Ihrer Talente würdig ist.«
Francesco schüttelte den Kopf. »Ich habe nicht die Absicht, in Paris in Konkurrenz zu einem Mann zu treten, der hier in Rom seit Jahr und Tag alles daransetzt, mein Werk zu verhindern. Er wird auch dort meine Bewerbung hintertreiben.«
»Sie müssen es versuchen, Signor Borromini! Bedenken Sie, welche Möglichkeiten sich Ihnen auftun! Der König von Frankreich hat Sie persönlich aufgefordert, sich am Wettbewerb zu beteiligen – genauso wie Bernini.«
»Mag sein, Principessa. Aber meine Entwürfe sind meine Kinder und ich will nicht, dass sie um das Lob der Welt betteln gehen und dabei Gefahr laufen, es nicht zu erlangen.«
»Ach, wäre nur Monsignore Spada noch da!«, seufzte Clarissa.
Bei der Erwähnung dieses Namens fielen beide in ein langes, tiefes Schweigen. Denn Virgilio Spada war tot: Der Pest hatte dieser kleine, kluge Mann zwar getrotzt, doch war er im Winter einer Darmentzündung erlegen, von der ihn weder die Gabe von Rizinusöl noch eröffnende Klistiere hatten befreien können. Obwohl er fürchterliche Schmerzen hatte leiden müssen, war er im Frieden mit Gott aus der Welt geschieden. »Nun ist es für uns beide Zeit zu gehen«, hatte er zu Francesco gesagt, der nach der Letzten Ölung an seinem Bett gesessen hatte. »Ich mache mich auf in eine andere Welt, Sie aber setzen hier Ihren Weg fort. Wer von uns beiden dem besseren Ziel entgegengeht, wissen wir nicht.« Dann hatte er ihn ein letztes Mal angeschaut und mit einem Lächeln hinzugefügt: »Erinnern Sie sich, was Seneca sagte? ›Wir fürchten nicht den Tod, sondern den Gedanken an ihn.‹ Wie oft habe ich Sie für diese Worte getadelt, und nun spenden sie mir selber so viel Trost wie die Worte des Herrn …«
Hätte Virgilio Spada verhindern können, was nun geschehen war? Francescos Entlassung durch Camillo Pamphili war eine Schmach, die nicht ohne Folgen blieb. Als Erster meldete sich der Sekretär der Akademie zu Wort. Scharf verurteilte er Borro-

minis Baustil als gefährliche Verirrung und empfahl, seine Werke bei der Ausbildung künftiger Architekten nicht mehr zu berücksichtigen. Die Konservatoren der Stadt Rom verlangten von ihm eine Garantie auf fünfzehn Jahre, dass die Kuppel von Sant' Ivo nicht unter ihrer eigenen Last zusammenbreche, verbunden mit der Verpflichtung, jeden etwaigen Schaden auf eigene Kosten reparieren zu lassen. Immer mehr Auftraggeber zogen sich daraufhin von dem einstigen Baumeister des Forum Pamphili zurück, und nur wenige Wochen nach Spadas Tod beschloss die Kongregation des heiligen Filippo, als deren Bauprobst der Monsignore Borromini einst entdeckt hatte, die Westseite des Oratoriums, eines von dessen frühesten und bedeutendsten Werken, abzureißen und durch einen neuen Bau zu ersetzen.

Und da sollte Francesco nach Paris gehen? Um mit Bernini in Wettbewerb zu treten? Nein, das war vollkommen ausgeschlossen! So kritisch er selbst sein eigenes Werk stets betrachtet hatte, sich nie mit dem Erreichten begnügen mochte, ja nicht einmal mit dem Vollkommenen zufrieden war, hatte er noch mehr unter der Kritik seiner Widersacher gelitten, selbst während der kurzen Zeit seiner Triumphe, da die Huldigungen häufiger waren als der Tadel. Doch jetzt, nach dem Ausschluss aus der Akademie, konnte er die Angriffe nicht länger ertragen, empfand sie wie Anschläge auf sein Leben.

Willenlos überließ er sich den dunklen Mächten des Saturn, jeglichen Antriebs beraubt. Noch nie hatte ihn eine solche Niedergeschlagenheit ergriffen, eine solche Mutlosigkeit, verbunden mit dem verzweifelten Gefühl, am Ende angekommen zu sein, am Ende seiner ganzen Existenz. Es war, als habe man ihn in den Olymp gerufen, nur um ihm mitzuteilen, dass dort sein Platz nicht sei. Bis tief in die Nacht saß er abends am Kamin, starrte reglos in die Flammen, ohne Kraft, sich von der Stelle zu rühren oder irgendeine Tätigkeit auszuüben. Und obwohl er sich in seinem tiefsten Innern nach Trost und Anteilnahme sehnte, nach einer Hand, welche die seine mitfühlend drückte, gelang es ihm nicht einmal in Gegenwart der Principessa, sich aus dieser Erstarrung zu befreien.

»Wissen Sie«, fragte er sie einmal, als sie zusammen am Feuer saßen, »wie Abraham sich fühlte, als Gott ihn verdammte, seinen Sohn zu opfern? Ich glaube, ich weiß es. Die Piazza war meine kühnste Idee, der großartigste Einfall, den ich je hatte – der ideale Platz. Alles ist da, in meinem Kopf, es müssten nur die Steine aufeinander gesetzt werden. Und doch wird die Welt untergehen, ohne dass mein Platz je Gestalt annimmt. Diese Vorstellung ist schlimmer als alles andere.« Er blickte in die Glut und nickte. »Sollte es Gott einst gefallen, mich zu sich in sein Paradies zu rufen, werde ich noch dort darüber weinen.«

Er sagte das ganz ruhig, ganz sachlich, und doch spürte Clarissa die unendliche Trauer in seinen Worten. Sie konnte nachempfinden, wie ihm zumute war – sie hatte in jungen Jahren selbst ein Kind verloren, vor der Geburt, und wusste, dass ihr Leben, das dieser Mann gerettet hatte, vollkommen anders verlaufen wäre, hätte es dieses Kind gegeben. Was konnte sie tun, um ihn über seinen Verlust zu trösten?

Sie kniete am Kamin nieder und legte ein paar Scheite nach.

»Vielleicht habe ich eine Idee«, sagte sie, während sie das Feuer schürte.

Er antwortete nicht.

»Haben Sie einmal daran gedacht, ein Buch zu schreiben?«

»Ein Buch?«

»Ja«, sagte sie, »um Ihre Gedanken für immer aufzubewahren. Ein Buch mit allen Ihren Plänen und Zeichnungen, mit allen von Ihnen ausgeführten und nicht ausgeführten Werken. Für die Menschen, die nach uns kommen.« Sie stand auf und drehte sich zu ihm herum. »Was halten Sie davon, Signor Borromini? Wäre das keine lohnende Aufgabe?«

20

Frühling – Frühling in Rom!
Während die Tage endlich wieder länger wurden, färbte sich die Welt in tausend Pastelltönen, als würde ein himmlischer Maler mit seinem Pinsel über die Wiesen und Wälder streichen. Zartes Grün regte sich am Boden und in den Bäumen, über Nacht brachen Narzissen und Tulpen aus dem Erdreich hervor, der Flieder blühte in weißer und violetter Blütenpracht. Die Luft füllte sich mit den süßen, wohl vertrauten Düften der Fruchtbarkeit, und das Gesumm der Bienen verwob sich mit dem Zwitschern der Vögel.
Zusammen mit der Natur erwachten auch die Menschen zu neuem Leben. Nach dem Pestjahr begrüßten sie den Frühling wie eine Erlösung. Weit öffneten sie die Fenster und Türen, um mit dem Winter die bösen Ausdünstungen aus ihren Wohnungen zu vertreiben, überall in den Straßen schlugen Händler und Krämer ihre Buden auf, die Bauern zogen auf die Felder und in die Weinberge, und als auch die Abende wärmer wurden, war in den Winkeln am Tiber bald wieder jenes heimliche Tuscheln und Flüstern zu hören, das alle Gedanken an Leid und Tod vergessen macht.
Und Francesco Borromini? Beglückt beobachtete Clarissa, wie er sich in diesen Wochen verwandelte. Ihr Vorschlag, gemeinsam ein Buch zu verfassen, schien wie ein Lebenselixier auf ihn zu wirken. Zur Vorbereitung ihres Unternehmens besichtigten sie seine Bauten in der Stadt: San Carlo alle Quattro Fontane, Sant' Ivo alla Sapienza, San Giovanni in Laterano – all die prachtvollen Kirchen und Paläste, die er in so vielen Jahren ersonnen, errichtet oder umgestaltet hatte. Während er ihr seine Werke erklärte, flackerte manchmal der alte Stolz in ihm auf, und immer öfter wich der Ausdruck von Trauer in seinem Gesicht jenem begeisterten Leuchten, das Clarissa seit ihrer ersten Begegnung in Sankt Peter so sehr an ihm mochte.

»Ich war der Erste«, sagte er, als er ihr die Fassade von San Carlo zeigte, »der den rechten Winkel durch Rundungen und konkave Einzüge ersetzte.«
»Haben Sie sich nicht manchmal furchtbar allein gefühlt?«, fragte sie. »Alle waren gegen Sie.«
»Alle Architekten, die neue Wege gegangen sind, waren allein. Keiner von ihnen hat je versucht, es den anderen recht zu machen, jeder folgte nur seiner Überzeugung. Und doch waren es am Ende fast immer sie, die gesiegt haben – die Einsamen, die Außenseiter.«
»Wie haben Sie Ihre Auftraggeber gefunden?«
»Gar nicht«, sagte er stolz. »Sie haben *mich* gefunden.«
Bei diesen Exkursionen herrschte zwischen ihnen eine Stimmung, die ihre Herzen erwärmte wie der Frühling ihre Glieder. Es war, als würden sie gemeinsam ein unsichtbares Haus bewohnen, ein Haus des Zugehörens, in dem sie das Wertvollste miteinander teilten, das sie besaßen: ihre Gedanken, ihre Meinungen, ihre Gefühle. In diesem unsichtbaren Haus waren sie einander so nahe, dass sie keine körperliche Nähe brauchten, und instinktiv vermieden sie beide, einander zu berühren, als fürchteten sie, etwas sehr Kostbares und Zerbrechliches zu gefährden.
»Müssen Sie die Dreikönigskapelle wirklich abreißen?«, fragte Clarissa, als sie das Collegio Propaganda Fide besichtigten, eine der letzten großen Baustellen, die Francesco geblieben waren.
»Ich weiß, was Sie denken«, erwiderte er. »Sie denken, ich wolle Bernini demütigen oder schaden. Aber das ist es nicht. Die Kapelle ist baufällig, es hat mehrere Wassereinbrüche gegeben. Außerdem wollen die Patres eine größere Kirche, die Zahl der Missionarsschüler nimmt jedes Jahr zu.«
»Trotzdem, gibt es keine andere Lösung?«
»Glauben Sie, dann hätte Papst Alexander den Abriss genehmigt?«, fragte Francesco zurück. »Nein, Principessa, die Architektur ist wie das Leben, ein Werden und Vergehen. Das Alte muss sterben, damit auf seinem Grund Neues entstehen kann.«

»Aber die Kapelle ist Berninis schönstes Jugendwerk. Die ganze Begeisterung des jungen Mannes ist darin zu spüren. Muss man nicht alles tun, dies zu erhalten? Aus Respekt vor dem Schöpfer und Künstler? Denken Sie an Ihr Oratorium, das man abreißen will.«

Francesco schüttelte den Kopf. »Auch wenn es für den betroffenen Architekten noch so schmerzlich ist – einen solchen Respekt darf es nicht geben. Die Baukunst selbst verbietet es. Sie verlangt nur den Respekt vor dem Werk. Hat dieses ein Recht auf Fortbestand oder muss etwas Neues entstehen?«

»Das heißt, das Werk zählt mehr als der Mensch?«

»In der Baukunst – ja! Es liegt in ihrem ureigenen Wesen. Weil, sie ist nicht eine Kunst neben anderen Künsten – sie ist die Summe aller Künste. Keine Kirche, kein Palast ist das Werk eines einzelnen Schöpfers. Damit ein Bauwerk entsteht, müssen unendlich viele und unterschiedliche Menschen zusammenwirken. Architekten und Zeichner, Steinmetze und Zimmerleute, Bildhauer und Maler, Dachdecker und Maurer – sie alle tragen zu seiner Entstehung bei, in einer gemeinsamen, großen Anstrengung. Durch dieses Zusammenwirken aber entsteht nicht nur ein neues Gebäude, sondern die Baukunst erfährt dadurch immer wieder ihre eigene Wiedergeburt, in jedem Gebäude, um sich zu vervollkommnen und gleichzeitig zu erneuern.«

Clarissa dachte eine Weile nach, um den Sinn seiner Worte zu begreifen. »Sie meinen«, sagte sie schließlich, »so wie die Schöpfung selbst, die sich durch uns Menschen immer wieder erneuert und vervollkommnet?«

»So habe ich es noch nie betrachtet«, sagte Francesco, und eine leichte Röte huschte über sein Gesicht, »aber Sie haben Recht, man kann es tatsächlich so ausdrücken – eine Wiedergeburt der Schöpfung. Denn in jedem Bauwerk, das diesen Namen verdient, waltet die Natur selbst mit ihren ewig gültigen Gesetzen, das in Jahrhunderten und Jahrtausenden gewachsene Wissen der Menschheit, die Antike mit ihrem unfehlbaren Gespür für Erhabenheit und Proportionen ebenso wie die Erkenntnisse der

Gegenwart, die Baukunst aller Länder und Zeiten, von den Schöpfern der sieben Weltwunder bis zu Michelangelo. Sie alle sind die Lehrer eines jeden wirklichen Architekten, um in ihm für immer weiterzuleben. Nein, Principessa«, wiederholte er noch einmal, »hier geht es nicht um Bernini und mich, nicht um seine oder meine Empfindungen – hier geht es allein um die Baukunst selbst. Aber verzeihen Sie«, unterbrach er sich plötzlich mit einem verlegenen Lächeln, »ich rede und rede wie ein Magister der Sapienza, dabei waren wir doch gekommen, um uns die Pläne anzuschauen.«
Er wollte nach den Entwürfen greifen, die vor ihnen auf einem Tisch ausgebreitet lagen, doch Clarissa legte ihre Hand auf seinen Arm.
»Wissen Sie eigentlich, was für ein glücklicher Mensch Sie sind, Signor Borromini?«
Als sie die Propaganda Fide verließen, war der Himmel in ein zartes Abendrot getaucht. Auf der Piazza spielten ein paar Kinder unter den Augen ihrer Mütter und Großmütter, die nach der Tagesarbeit den milden Frühlingsabend genossen.
»Darf ich mich hier von Ihnen verabschieden?«, fragte Francesco. »Ich muss meinen Maurern noch Anweisungen für ihre Arbeit morgen geben.«
Als Clarissa in ihre Kutsche stieg, fiel ihr Blick auf Berninis Haus auf der anderen Seite des Platzes. Über dem Tor ragte ein Vorsprung aus der Wand, den sie dort noch nie gesehen hatte, ein mannsgroßes Rohr, das bedrohlich auf die Propaganda Fide, Borrominis Baustelle, gerichtet war. Zwei Arbeiter standen darunter, bogen sich vor Lachen und zeigten abwechselnd auf das Monstrum über ihren Köpfen und die Propaganda Fide, dem Ziel dieses Spottwerks. Von dem Anblick peinlich berührt, schlug Clarissa die Augen nieder, doch als ihr Gefährt an Berninis Palazzo vorüberrollte, musste sie gegen ihren Willen ein zweites Mal hinsehen.
Was dort so bedrohlich aus der Mauer ragte, war ein riesiger marmorner Phallus.

21

Nacht lag über der Ewigen Stadt und umfing sie mit ihrem schwarzen Schweigen. Einsam im sanften Schein einer Öllampe saß Clarissa am Schreibtisch und las noch einmal ihre Notizen. Seit Monaten verbrachte sie die Abendstunden damit, die Gedanken aufzuzeichnen, die sie bei Tage mit Francesco austauschte, und alle seine Entwürfe und Pläne zu kopieren, die er im Laufe seines Lebens angefertigt hatte, um sie zusammen mit den Kommentaren in ihrem Buch zu vereinen. »*Opera del Cav. F. B.*«, wollten sie das Werk nennen, »*cavata da suoi originali*«.

Besondere Sorgfalt verwandte sie dabei auf die Zeichnungen jener Bauten, die Francesco niemals aufgeführt hatte. Wenigstens im Buch sollten sie Unsterblichkeit erlangen: die Kirche Sant' Agostino, das Grabmal der Marchesi di Castel Rodriguez, das Kloster der Kapuziner in Rom, die Fontäne der Piazza Navona und vor allem natürlich das Forum Pamphili, Francescos größtes und ehrgeizigstes Projekt überhaupt. Was für ein Unglück, dass die Piazza niemals Gestalt annehmen würde! Das Monstrum über Berninis Portal tauchte wie so oft in diesen Tagen vor ihr auf. Ob die Piazza wohl gebaut worden wäre, wenn Francesco und Lorenzo sich nicht entzweit hätten?

Als die Glocken von Sant' Andrea della Valle Mitternacht schlugen, räumte Clarissa ihre Aufzeichnungen in eine Mappe und verschloss sie in einem Schrank. Dann trat sie ans Fenster und blickte hinaus auf die träumende Stadt. Die Nacht war sternenklar. Ob man wohl die Nebel der Milchstraße sehen konnte? Obwohl sie schon müde war, öffnete sie das Fenster und justierte ihr Teleskop.

Fünfundvierzig Grad – das würde ein günstiger Beobachtungswinkel sein. Sie trat an das Okular und schaute in den gestirnten Himmel. Immer noch erfüllte der Anblick sie mit einer Ehrfurcht, die sie in keiner Kirche empfand. Nicht der mächtigste Dom, nicht die gewaltigste Basilika kam an Majestät dem Him-

melszelt gleich: Dies war die Wohnung Gottes, der Palast des Allmächtigen. In der unendlichen Weite des Raumes schienen die Sterne sich zu verlieren, und doch kehrten sie, unfehlbar auf ihren Bahnen geleitet, stets an dieselben Orte wieder, manche nach Wochen, manche nach Monaten, manche nach Jahren ... Die Lebensbahn der Menschen, war auch sie dort oben vorgezeichnet, so wie die Bahn der Sterne?
Am Tage hatte Clarissa den Petersdom besucht, um eine Zeichnung von dem Hochaltar zu machen. Vor der Basilika waren hunderte von Arbeitern damit beschäftigt gewesen, den Schutt wegzuräumen, der seit der Niederlegung des Glockenturms den Platz übersäte: Vorarbeiten für die Piazza, die Lorenzo Bernini im Auftrag des Papstes dort erschaffen sollte. Clarissa seufzte. Ja, Lorenzo würde seine Piazza bauen – Francesco nicht.
Sie stellte das Okular ihres Fernrohrs nach und machte einen Schwenk. Bald hatte sie die Milchstraße im Visier. Und wirklich – da sah sie den Nebel! Unvorstellbar weit von ihr entfernt und doch deutlich zu erkennen: ein geheimnisvolles bläuliches Glimmen, eine Herde verstreuter Flecken, darin kleine helle Punkte. Waren es Kometen oder wurden dort gerade neue Sterne geboren? Die Flecken und Punkte schoben sich übereinander, verschmolzen in eins wie zwei Zeichnungen in einer Pause.
Plötzlich überkam sie eine Frage, so plötzlich und unmittelbar, als risse vor ihr der Himmel auf. Gab es vielleicht doch eine Möglichkeit, dass Francescos Idee ausgeführt wurde, sein Entwurf trotz allem Gestalt annahm?
Die Frage traf sie mit solcher Wucht, dass die Sterne vor ihren Augen tanzten. Sie verließ das Fernrohr und ging ans Fenster, die Knie auf einmal so weich, dass sie sich auf der Brüstung aufstützen musste. Ja, es gab eine Möglichkeit, sie war sogar ganz einfach – und sie, Clarissa McKinney, hatte es in der Hand, das Schicksal zu wenden, dem Baumeister Francesco Borromini für immer einen Platz im Olymp zu sichern. Was für ein Gedanke! Doch was war der Preis, den der Himmel dafür verlangte? Was würde passieren, wenn sie ihrer Eingebung folgte? Sie wusste es

nicht, sie ahnte nur dunkel: Es war eine Entscheidung zwischen der Kunst und dem Leben.
»Das heißt, das Werk zählt mehr als der Mensch?«
Wie eine Obsession hallte die Frage in ihr nach, während sie erregt im Zimmer auf und ab ging. Francesco hatte sie bejaht, ohne zu zögern, doch nun betraf die Entscheidung ihn selbst, und sie musste sie an seiner Stelle treffen. Zweifel überfielen sie, brannten wie Säure in ihrer Seele. Wer war sie, solches zu entscheiden? Wollte sie die Vorsehung korrigieren? War das nicht gottlose Anmaßung, Eingriff in die Befugnisse des Himmels? Sie schaute zum Fenster hinaus. Unbeirrbar, als wäre nichts geschehen, blinkten die Sterne am Firmament, nicht anders als vor dem Augenblick ihrer Heimsuchung. Hatte sie ihre Ordnung je begriffen? Die ewigen, geheimnisvollen Gesetze, nach denen sie dort oben ihre Bahn zogen, seit Anbeginn der Zeiten? Sie schlug die Hände vors Gesicht. Nie war sie so einsam gewesen wie in dieser Nacht.
»Ich weiß nicht, ob man solche Instrumente wirklich benutzen darf. Es ist, als würde man in Gottes geheimste Geheimnisse eindringen, doch ohne seine Erlaubnis.«
Jetzt wusste auch sie, wie Abraham sich einst gefühlt hatte, am Vorabend seines Opfers. War die Kunst ebenso grausam wie Gott? Die Entscheidung zerriss ihr das Herz. Wenn sie sich verweigerte, die Ohren verschloss vor dem Ruf, mit dem das Schicksal sie beim Namen nannte, trug sie dann nicht die Schuld am Ruin seines Werks? Wenn der Himmel ihr die Möglichkeit gab, Francescos kühnsten Entwurf zu verewigen, diese einmalige, unerhörte Idee, die alles andere in den Schatten stellte, was er sonst im Leben vollbracht hatte – war es dann nicht ihr Auftrag, ihre Pflicht vor Gott und der Kunst, diese Möglichkeit zu ergreifen? Doch wenn sie handelte, in welche Katastrophe trieb sie Francesco womöglich durch ihre Tat? Konnte sie die Verantwortung tragen für alles, was immer dann geschehen mochte? Wenn Lorenzo ein weiteres, ein letztes, endgültiges Mal über ihn triumphierte, ihn ausstach in den Augen der Welt? Würde

Francesco das ertragen? Sie kannte seinen Ehrgeiz, seine Eifersucht, seinen Neid auf den Rivalen, unter dem er zeit seines Lebens gelitten hatte wie Kain unter seinem Bruder Abel.

»Alles ist da, in meinem Kopf, es müssten nur die Steine aufeinander gesetzt werden. Und doch wird die Welt untergehen, ohne dass die Piazza je Gestalt annimmt. Diese Vorstellung ist schlimmer als alles andere ...«

Ja, die Kunst war ebenso grausam wie der Gott Abrahams, maßlos war das Opfer, das sie forderte für ihren Altar. Wenn sie Francescos Idee rettete, würde sie ihren Freund für immer verlieren. Clarissa versuchte zu denken, zu beten, doch sie konnte weder beten noch denken – in ihrem Kopf kreiste immerzu nur diese einzige Frage, die ihr auferlegt war wie eine unentrinnbare Prüfung. Francescos Gesicht tauchte vor ihr auf, seine dunklen Augen, auf deren Grund sie die Melancholie seiner Seele ahnte wie die Untiefen in einem See. Diese Augen zu sehen war das Schlimmste – es waren die Augen eines Ertrinkenden.

»Sollte es Gott einst gefallen, mich zu sich in sein Paradies zu rufen, werde ich noch dort darüber weinen.«

Um seine Augen nicht länger auf sich zu spüren, kehrte sie zu ihrem Fernrohr zurück. Hell und klar sah sie die Spica am Himmel, den Hauptstern der Jungfrau, dann den Antares mit seinem rötlichen Glanz. Clarissa stockte der Atem: Zwischen den beiden Sternen, wie auf der Stirn über einem Augenpaar, erblickte sie den Saturn – gerade überschritt er die Grenze der Jungfrau. In mattem Gelb, umgeben von seinem Ring, schaute er auf sie herab, so fern und gleichzeitig so nah. »Eine Tasse mit zwei Henkeln« – der Anblick hatte Francesco die Idee für die Piazza eingegeben. Noch immer hatte sie seine Worte im Ohr, die er gesprochen hatte, als er den Stern, in dessen Zeichen er geboren war, zum ersten Mal durch ihr Fernrohr sah.

»Gott hat uns zur Kunst befähigt, damit wir in ihr unsere Vergänglichkeit überwinden ... Darum zählt jedes Kunstwerk hundertmal mehr als sein Schöpfer ...«

Sein Gesicht war voller Staunen gewesen, als er diese Worte

sprach, und seine Augen hatten geleuchtet wie jetzt die Spica und der Antares über ihr am Firmament. Als schauten die Augen eines glücklichen Menschen sie an.
Clarissa trat von dem Teleskop zurück. Endlich wusste sie, was sie zu tun hatte.

22

»Pack auch den Gehpelz ein, Rustico!«, rief Lorenzo seinem Diener über die Schulter zu, der in der Tür auf seine Anweisungen wartete. »Es ist kalt in Paris.«
»Sehr wohl, Cavaliere. Ich habe ihn schon gebürstet und die Flöhe entfernt.«
»Und vergiss nicht die seidenen Hausmäntel! Wir wohnen am Königshof.«
Dann wandte er sich wieder seinen Papieren zu. In zwei Tagen würde er aufbrechen – Ludwig XIV. hatte eigenhändig zwei Briefe an ihn und den Papst geschrieben, um ihn zur Reise zu bestimmen und im Vatikan den nötigen Urlaub durchzusetzen. Der König von Frankreich fand sich von den Plänen, die französische Architekten ihm für den Umbau des Louvre vorgelegt hatten, unbefriedigt, und da mehrere Wettbewerbe kein besseres Resultat ergaben, hatte er sich in seiner Not an Rom gewandt. Um die angespannten Beziehungen des Vatikans zu Frankreich zu verbessern, hatte Papst Alexander die Reiselizenz schließlich schweren Herzens unterzeichnet.
Mit einem Seufzer steckte Lorenzo seinen *passaporto* ein. War es wirklich der Ruf des Monarchen, der ihn zu dieser Reise bewegte? Was konnte Paris ihm bieten, was er in Rom nicht längst besaß? Seit Alexanders Thronbesteigung war seine Stellung wieder unangefochten – er und kein anderer war der erste Künstler der Stadt. Der neue Papst schätzte ihn noch mehr, als selbst Urban es

getan hatte, rief ihn täglich an seinen Tisch und traf keine Entscheidung, ohne ihn zu Rate zu ziehen.

Nein, es waren andere Gründe, die Lorenzo aus Rom vertrieben, und obwohl er sich gegen die Einsicht sträubte, kannte er sie in seinem tiefsten Innern nur zu gut. Es war die Angst vor dem Alter, die Angst vor dem Tod. Jeder Blick in den Spiegel, jeder Blick in die Augen einer jungen Frau gab ihm zu spüren, dass seine Jahre gezählt waren. All die Dinge, die das Leben schön und lebenswert machten, schwanden dahin und verblassten, nur weil seine Haut, dies elende Kleid seiner Knochen, welk wurde und zerschliss wie der Stoffbezug eines ausgedienten Fauteuils. Dabei fühlte er in sich immer noch dasselbe pochende Herz, denselben Hunger nach Glück, dasselbe Bedürfnis nach Liebe. Mit Puder und Salben bekämpfte er den unsichtbaren Feind, der so sichtbare Spuren an seinem Leib hinterließ, trank übel riechende Essenzen und Öle, die ihm jedoch so wenig über das nagende Gefühl der Vergeblichkeit hinweghalfen wie seine zahllosen Versuche, den Schrecken des Todes mit Hilfe seiner Kunst in Marmor zu bannen. Auch wenn Paris ihm nicht die Jugend zurückgeben konnte, würde die Reise ihm vielleicht doch für ein, zwei Jahre Aufschub auf dem Weg des Verfalls gewähren.

»Man hat mir gesagt, Sie wollen uns verlassen, Cavaliere?«

»Principessa? Wie schön, Sie zu sehen!«

Lorenzo hatte gar nicht gehört, wie sie in sein Studio gekommen war, so vertieft war er in seine Gedanken gewesen. Blass sah sie aus, ihre Augen glänzten, als habe sie Fieber – ihr Anblick löste sogleich heftige Gewissensbisse in ihm aus. Eilig ließ er seine Sachen liegen und beugte sich über ihre Hand.

»Niemals wäre ich aufgebrochen, ohne mich von Ihnen zu verabschieden. Aber Sie wissen ja selbst, wie viele Vorbereitungen so eine Reise erfordert. Oh, was ist das? Ein Geschenk?«, fragte er irritiert, als sie ihm, statt Platz zu nehmen, eine zugeschnürte Rolle reichte. »Sie beschämen mich, Principessa!«

Sie schüttelte den Kopf. »Es ist nicht von mir«, sagte sie mit belegter Stimme. »Ich … ich bin nur die Überbringerin.«

Neugierig öffnete er die Verschnürung und rollte den Bogen auf. Als er das Blatt sah, stutzte er.

»Sie bringen mir eine Zeichnung?«

Es war der Grundriss eines Platzes, ein geschweiftes Oval, von dessen Zentrum Sichtlinien zu einer vierfachen Säulenreihe ausgingen, die den Platz umschloss.

»Ja, Cavaliere«, sagte sie leise, fast flüsternd.

Mit gerunzelter Stirn betrachtete er den Plan: ein ganzes System einander überschneidender Kreise und Achsen. Warum vierfache Arkaden? Und was hatten die Sichtlinien zu bedeuten? Alles wirkte einfach und klar und trotzdem irgendwie geheimnisvoll. Plötzlich fiel es ihm wie Schuppen von den Augen, und er hielt den Atem an: Was für ein Geniestreich! Was für ein kühner, großartiger Gedanke!

»Von wem stammt der Entwurf?«, fragte er mit rauer Stimme.

»Der Name spielt keine Rolle.«

»Der Plan ist genial – der Entwurf für einen idealen Platz. Aber weshalb zeigen Sie ihn mir? Brauchen Sie eine Empfehlung? Für einen Auftraggeber?« Er griff zu einer Feder auf seinem Schreibtisch. »Gern! Jederzeit!«

Clarissa schüttelte ein zweites Mal den Kopf. »Der Plan ist für Sie, Cavaliere. Nehmen Sie ihn und bauen Sie die Piazza!«

»Das kann nicht Ihr Ernst sein!«

»Doch«, sagte sie. »Tun Sie es anstelle des Mannes, der den Entwurf gezeichnet hat. Ihm fehlen die Mittel und die Möglichkeiten, ihn auszuführen.«

Lorenzo gab ihr das Blatt zurück. »Tut mir Leid, aber das werde ich nicht tun.«

»Und wenn ich Sie darum bitte?«

»In wessen Namen?«

»Im Namen der Kunst.«

»Ausgeschlossen! Die Ehre verbietet es mir.«

»Die Ehre – oder Ihr Ehrgeiz?«

»Beides.« Er räusperte sich, dann fügte er hinzu: »Ich glaube, ich

weiß, von wem der Plan ist. Ich ... ich kenne seine Art zu zeichnen.«
»Dann nehmen Sie meine Versicherung entgegen, dass ich Sie in seinem Auftrag bitte.«
Sie reichte ihm erneut den Bogen und schaute ihn an. Ihr Gesicht war gerötet vor Erregung. Hatte es je eine größere Versuchung für einen Mann gegeben? Was die Principessa da in ihren Händen hielt, war der Entwurf eines Bauwerks, das seinen Schöpfer unsterblich machen würde, für alle Zeit, da Menschen auf Erden wandelten, die Augen hatten, um zu sehen. Der Einfall, die großartige Idee, nach der er selbst so lange vergeblich gesucht hatte ... Plötzlich sah er, dass ihre Hand zitterte.
»Nein«, sagte er, so schwer es ihm auch fiel. »Es ist unmöglich.«
»Ihr letztes Wort?«
Er nickte stumm.
»Nun, ich kann Sie nicht zwingen«, sagte sie und legte den Plan auf seinen Schreibtisch. Dann wandte sie sich ab und ging zur Tür. Die Klinke schon in der Hand, drehte sie sich noch einmal um. »Ach, noch eins, Cavaliere ...«
»Ja?«
»Bitte entfernen Sie das Monstrum an Ihrem Haus – es ist so überflüssig wie nur was!« Sie schien noch etwas sagen zu wollen, doch stattdessen nickte sie ihm nur zu und öffnete die Tür. »Ich wünsche Ihnen eine gute Reise.«
Dann verschwand sie auf dem Flur, noch bevor Lorenzo sich aus seiner Erstarrung lösen konnte. Als er wieder zu sich kam, hörte er, wie draußen vor dem Palazzo eine Kutsche anfuhr.
Verstört trat er ans Fenster. War das ein Abschied für immer gewesen? Nein, nein, er blieb ja nicht bis an sein Lebensende in Frankreich. Außerdem konnte er die Principessa vor seiner Abreise noch einmal besuchen – ja, das würde er tun, noch heute Nachmittag. Eine gute Idee! Dann konnte er ihr gleich den Entwurf zurückbringen.
Sie sollte wissen, dass er über jeden Zweifel erhaben war.

23

Lorenzo wandte sich vom Fenster ab. Da lag die Zeichnung auf dem Schreibtisch, neben seiner Reisetasche, ein lose eingerolltes Blatt. Ein weißer Bogen Papier, darauf ein paar Linien und Striche – weiter nichts.
Warum hatte ihre Hand nur so gezittert?
Über eine Minute starrte er die Rolle an, als wäre sie ein heimtückisches, gefährliches Tier, das in sein Studio eingedrungen war, um ihn zu belauern, immer auf dem Sprung, ihn anzufallen. Die Hände auf dem Rücken, ging er um den Tisch herum, wieder und wieder, betrachtete die Rolle von allen Seiten, als fürchte er Böses von ihr. Oder als habe er Angst, dass sie nicht mehr an ihrem Platz sein könnte, wenn er sie für eine Sekunde aus den Augen ließ.
»Unsinn! Was tue ich da?«
Abrupt brach er seine Wanderung ab und trat an seinen Schreibtisch. Mit spitzen Fingern, als könne er sich vergiften, nahm er die Zeichnung und legte sie auf einen Stuhl. In zwei Tagen würde er fahren, und es gab noch so viel zu tun. Doch während er auf dem Tisch seine Papiere ordnete, schielte er wie unter einem Zwang immer wieder zu dem Stuhl.
War auf dem Blatt wirklich das, was er eben geglaubt hatte zu sehen? Oder hatte ihn seine Phantasie getäuscht?
Nach zehn Minuten hielt er es nicht mehr aus, er nahm die Zeichnung und rollte sie auf. Er wollte den Entwurf noch einmal sehen, nur ein einziges Mal. Er musste es tun, konnte nicht anders.
Voller Ehrfurcht studierte er den Plan. Nein, er hatte sich nicht getäuscht. Welche Größe! Welche Kraft! Den Plan in der Hand, ließ er sich auf einen Stuhl sinken. Während seine Augen über die Linien wanderten, griff er nach einem Apfel und biss hinein. Die Idee war so einfach – und doch so genial ... In Gedanken ging Lorenzo bereits über den fertigen Platz zum Zentrum der

Ellipse, zu ihrem Brennpunkt. Sein Herz klopfte vor Erregung. Noch einen Schritt bis zu dem bezeichneten Punkt ... Er ahnte, nein, *wusste*, was passierte, wenn er von diesem Punkt aus auf die Säulenzeilen sah. Was für ein Schauspiel!
Plötzlich ließ er die Zeichnung sinken. Sollte das wirklich der Mann ersonnen haben, den er mit einem Marmorphallus verhöhnte, um sich für den Abriss seiner kleinen Kapelle zu rächen? Der Mann, den er zeitlebens als Steinmetz verlacht und gedemütigt hatte? Obwohl Lorenzo allein war im Raum, schämte er sich, wie er sich selten im Leben geschämt hatte.
Seine Hände zitterten nicht weniger als die der Principessa, als er den Entwurf auf seinen Schreibtisch legte. Er hatte das Schauspiel nur vor seinem inneren Auge gesehen, und doch war er von dem Anblick ergriffen, als habe er Einblick in den Plan der Schöpfung genommen. Es war so leicht, diese Zeichnung mit seinem eigenen Entwurf für Sankt Peter zu verknüpfen, er brauchte das Oval nur zur Stadt hin mit dem Vorplatz zu erweitern – zusammen würden beide Plätze die Form eines Tabernakels ergeben.
War das nicht ein Fingerzeig?
Lorenzo schloss die Augen. Seine Kindheit fiel ihm ein, eine Begebenheit in Sankt Peter. Er hatte im Dom zusammen mit seinem Vater gerade die Andacht verrichtet, als Pietro Bernini sich zur Tribuna wandte und sagte: »Eines Tages, mein Sohn, wird einer kommen, ein wunderbarer Geist, der hier zwei gewaltige Werke erschaffen wird, im richtigen Verhältnis zur ungeheuren Größe dieses Tempels.« Und er, ein zehnjähriges Kind, hatte gerufen: »Oh wäre doch ich dieser Geist!«
Lorenzo sprang auf, von derselben Begierde entflammt, die ihn damals beseelt hatte, in jenem schicksalhaften Augenblick. Mit dem einen Werk hatte sein Vater den Hochaltar gemeint – Lorenzo hatte ihn gebaut, schon vor vielen Jahren. Aber war damit sein Auftrag für das Gotteshaus erfüllt? Was war das zweite Werk, das sein Vater meinte?
Noch am selben Abend beschloss Lorenzo, seine Reise bis auf

weiteres zu verschieben. Der König von Frankreich sollte warten. Er, Lorenzo, war noch nicht alt, er fühlte sich jung und voller Tatendrang.
Er würde später nach Paris fahren, sehr viel später …

24

Man schrieb den 22. Mai des Jahres 1667, als Papst Alexander VII., *vulgo* Fabio Chigi, nach zwölfjährigem Pontifikat für immer die Augen schloss. Durch den Westfälischen Frieden, den sein Vorgänger mit der Welt geschlossen hatte, in seiner Macht zu sehr beschnitten, um sichtbaren Einfluss auf die irdischen Geschehnisse außerhalb des Kirchenstaates zu nehmen, hatte er sich in Ausübung seiner Herrschaft vor allem damit getröstet, zum Ruhme der Stadt Rom und der heiligen katholischen Kirche den Bau des Petersdoms und seiner Umgebung voranzutreiben.
Er hatte darum bei der Neugestaltung des Domplatzes keinerlei Kosten gescheut. Was immer sein Baumeister verlangte, gewährte er ihm. Ganze Straßenzüge wurden abgerissen, ebenso die Spina, das bebaute Mittelfeld der Piazza, um den nötigen Raum zu schaffen. Hundertschaften von Maurern, Steinversetzern und Pflasterern wurden eingestellt, dazu dutzende von Steinmetzen und Bildhauern, denn ein ganzes Heer von Statuen, einhundertvierzig an der Zahl, sollte die Kolonnaden bekrönen. Dank dieses ungeheuren Aufgebots von Kräften kamen die Arbeiten auf der größten Baustelle der Welt so gut voran, dass ihr Leiter Lorenzo Bernini im April 1665 getrost nach Paris aufbrechen konnte, zusammen mit seinem zweitältesten Sohn Paolo, einem Hausmeister und drei Dienern, um endlich dem Ruf des französischen Königs zu folgen.
Die Aufstellung der sechsundneunzig Säulen, die in vierfacher Reihung die Piazza säumten, durfte Papst Alexander noch erle-

ben – die Einweihung des Platzes aber nahm sein Nachfolger vor, Papst Klemens IX., der im Juli 1667 vom Heiligen Kolleg zum Stellvertreter Christi gewählt worden war. Um die Bedeutung des Ereignisses zu betonen, verband der neue Herrscher des Kirchenstaates die Einweihung mit dem Fest seiner Thronbesteigung.

Gläubige aus aller Welt kamen zur feierlichen *possesso* des neuen Pontifex nach Rom gereist, und schon am frühen Morgen des Tages, da Klemens sich erstmals seinem Volk zeigen würde, strömten sie in Scharen zum Petersdom. Der Capitolspalast war mit goldgewirktem Damast behängt, auf den Plätzen verteilten die Sbirren Brotlaibe an die Armen und aus vielen öffentlichen Brunnen floss für vierundzwanzig Stunden statt klarem Wasser roter Wein.

Nur ein Mann in der Stadt weigerte sich, an dem gigantischen Spektakel teilzunehmen: Francesco Borromini. Allein in seinem kleinen, spartanischen Haus im Vicolo dell'Agnello verbrachte er den Tag damit, seine Gedanken und Papiere zu ordnen, eine stille, bescheidene Tätigkeit, die er nur unterbrach, wenn er von einem Hustenanfall geplagt wurde, was im Abstand von nur wenigen Minuten immer und immer wieder geschah. Denn seine Gesundheit hatte sich in den vergangenen Jahren so rapide verschlechtert, wie sein Stern als Architekt und Künstler in der Stadt gesunken war.

»Herzhusten« hatten die Ärzte die Krankheit genannt – was für ein wohlklingender Name! Dahinter verbarg sich nichts anderes als das Asthma, die alte Krankheit der Steinmetze, der Fluch seiner frühen Jahre. Manchmal waren die Anfälle so schlimm, dass er vor Atemnot am ganzen Körper in Zuckungen fiel und sich die Kleider vom Leibe reißen musste, um hechelnd wie ein Hund nach Luft zu schnappen. Dann konnte es sein, dass er vor Erschöpfung in einen totenähnlichen Schlaf fiel, aus dem er erst nach vielen Stunden wieder erwachte. Doch war dieses Erwachen noch schlimmer als der Schlaf, denn die anschließenden Tage verbrachte er stets in einem Zustand vollkommener Niedergeschlagenheit, den die Ärzte *hypochondria* nannten. Spaziergänge und Ruhe verordneten sie ihm zur Abhilfe, Ruhe vor allem und keinerlei Aufregung.

Wie aber sollte er solchen Rat befolgen? Seine Gegner, so sie ihn überhaupt der Beachtung für würdig befanden, verhöhnten ihn ärger denn je. »Eckenabschneider« nannten sie ihn, doch kaum machte sein Rivale Bernini es ihm nach und ersetzte an seinen Bauten den rechten Winkel durch konkave Einzüge oder Rundungen, feierten sie ihn wie ein Genie, als habe er die Baukunst neu erfunden. Von Triumph zu Triumph eilte der Cavaliere, so geschwind wie ein Strauchdieb mit dem Beutesack auf seinem Rücken. Immer dreister, immer unverschämter bediente er sich am Schatz von Francescos Ideen, überall erkannte dieser in den Bauten des anderen seine eigenen Einfälle wieder – in der ganzen Stadt schauten sie ihn an, aus Kirchen und Palästen, überall, wie Kinder ihren treulosen Vater, mit vorwurfsvollen Blicken, als habe er sie verraten und ausgesetzt. Die Scala Regia: ein billiger Abklatsch seiner Kolonnade im Palazzo Spada! Sant'Andrea al Quirinale: ein groteskes Zerrbild von San Carlo! Sämtliche Bauten des Cavaliere – nichts weiter als schlechte Kopien der seinen! Immer öfter, wenn Francesco über seinen Entwürfen saß, hatte er das Gefühl, Bernini schaue ihm über die Schulter. Er spürte die Augen des Rivalen in seinem Rücken, den gierigen, wollüstigen Blick, der alles in sich aufsog, die Formen, die Ideen, den Geist. Aber das ließ er nicht zu, er ließ sich nicht länger bestehlen! Jede Zeichnung, jede noch so flüchtige Skizze schloss er des Abends fort, versteckte sie im Schrank, im Speicher, auf dem Dachboden, nahm sie mit in sein Bett und presste sie im Schlaf noch an den Leib wie ein treusorgender Vater seine schutzbedürftigen Kinder. Ha, der große Mann würde schon sehen, wo er ohne seine Ideen blieb! Austrocknen sollte er! Verhungern!

Denn während Lorenzo Bernini unablässig seinen Ruhm und Reichtum mehrte, wurde ihm, Francesco Borromini, fast alles genommen, woran sein Herz hing. Kaum eine Baustelle von Bedeutung war ihm geblieben – gerade dass er noch die Fassade

von San Carlo fertigstellen durfte. Alle seine großen Pläne aber, wie sein Entwurf für die Sakristei von Sankt Peter, blieben Träume: Beiträge für das Buch, das er mit der Principessa noch in diesem Jahr abschließen wollte. Selbst die Vollendung von Sant' Agnese musste er wie ein Fremder erleben. Die zwei Glockentürme der Kirche, seine Antwort auf Berninis Desaster mit dem Campanile der Basilika, führte Giovanni Maria Baratta auf, ein Mann, der einst unter ihm als Steinmetz gearbeitet hatte.
Die Nachbarin, die noch immer seinen Haushalt versorgte, weckte Francesco aus seinen schwarzen Gedanken.
»Es ist angerichtet, Signor.«
Gestützt auf ihre Schulter, schleppte er sich in die Küche, um seine Gemüsesuppe zu essen.

25

Trommeln wurden gerührt, Fanfaren ertönten, und über zweimal hunderttausend Menschen, die zur Mittagsstunde das riesige Oval vor der Basilika Sankt Peter füllten, verrenkten sich die Hälse. Durch das größte Tor der Welt, die Öffnung der Kolonnaden, hielt die Kavalkade des Pontifex Maximus unter Glockengeläut und Salutschüssen Einzug, während sich das Menschenmeer auf der Piazza teilte wie einst das Rote Meer bei der Ankunft Moses: ein endloser Lindwurm kirchlicher und weltlicher Würdenträger, der sich mit langsamen Schritten voranbewegte, angeführt von einer Division der Schweizergarde sowie den Barbieren, Schneidern, Bäckern, Gärtnern und sonstigen Domestiken des päpstlichen Haushalts, alle zu Pferde und angetan mit prachtvollen Livreen, die nur von den Gewändern der Konservatoren der Stadt Rom übertrumpft wurden, deren Umhänge aus Silberlamee bis zum Boden reichten. Erst dann folgte der neue Papst selbst, in einem schlichten offenen Karren, der von zwei weißen Mauleseln gezogen wurde, in seinem Gefolge die Kardinäle in ihren purpurnen Gewändern und den flachen, mit Troddeln besetzten Hüten, ein jeder von ihnen auf einem Maulesel, und schließlich zu Fuß die Bischöfe und Prälaten, die Monsignori und Pfarrer sowie die Scharen von Abgesandten der ausländischen Staaten.

Über eine Stunde dauerte es, bis der gewaltige Zug zur Aufstellung kam und alle Würdenträger auf der Empore vor der Basilika ihre Plätze eingenommen hatten. Ein zweites Mal ertönten die Fanfaren, dann rief ein Offizier der Schweizergarde Lorenzo Bernini auf, Cavaliere di Gesù und Dombaumeister von Sankt Peter. Alle Stimmen verstummten, und auf der Piazza war es so still, dass man Berninis Stiefelschritte hörte, als er mit gezogenem Hut die Freitreppe des Doms hinaufstieg, um vor den Thron des Papstes zu treten. Auch Clarissa, die in der ersten Reihe der Ehrengäste den Einzug der Kavalkade verfolgt hatte, hielt den Atem an.

»Gott der Herr«, erhob der Papst seine Stimme, »hat zu seinem ersten Apostel gesagt: ›Du bist Petrus, und auf diesen Fels will ich meine Kirche bauen.‹ Mit deinem Werk, Lorenzo Bernini, hast du den Willen des Herrn erfüllt. Dieser Platz soll heute und für alle Zeit die Christenheit umschließen, um ihr Hort und Schutz zu sein wie die heilige Mutter Kirche, und die Pforten der Hölle sollen sie nicht überwinden.«

Wie ein Kaiser stand Lorenzo da, den Kopf erhoben, Auge in Auge mit dem Stellvertreter des Herrn. Er strahlte nicht, noch lächelte er – allein die Größe dieses Augenblicks spiegelte sich in seiner Miene wider: Stolz, Macht, Triumph.

Als Clarissa dieses Gesicht sah, holte ihr Gewissen sie ein wie der Zorn Gottes. Ihr Herz krampfte sich zusammen. Wie hatte sie tun können, was sie getan hatte? Mit jeder Regung ihrer Seele bereute sie, dass sie hierher gekommen war, um Lorenzos Triumph zu bezeugen, statt bei Francesco zu sein. Was tat er wohl in diesem Augenblick? Wo schleppte er sein krankes Herz herum? War er womöglich auch hier auf der Piazza? Unerkannt in der

Menge, irgendein Mensch unter tausenden, während der Papst vor den Augen der ganzen Welt seinen Rivalen feierte, ihn auszeichnete vor allen Künstlern der Stadt und des Erdkreises, für ein Werk, das Francesco ersonnen hatte ... Clarissa schauderte. Warum fuhr kein Blitz auf sie herab, um sie zu strafen?
Lorenzo beugte sich über die Hand des Papstes, um seinen Abschied zu nehmen. Immer noch war es so still, dass Clarissa das Gurren der Tauben hörte, doch als er die Stufen des Throns verließ, brauste ein Jubel auf und erhob sich über den Platz, als wollten die Römer es den himmlischen Heerscharen gleichtun. Der Boden, die Mauern erbebten von dem Sturmgebraus, die ganze Stadt, der ganze Erdkreis hallte wider von den Stimmen, die den Baumeister von Sankt Peter priesen.
Clarissa bekam eine Gänsehaut, mitgerissen von dieser gewaltigen Woge, welche die Menschen erfasste, als wolle sie alle Zweifel hinwegfegen. War dies nicht ein Zeichen? Borromini hatte ihr vor Jahren den Himmel gezeigt, in der Kuppel des Petersdoms; jetzt aber, in diesem Augenblick, umbraust vom Jubel all dieser Menschen, auf der Piazza derselben Kirche, ließ Gott sie spüren, wie es einst im Himmel sein würde, inmitten der himmlischen Heerscharen, vor dem Angesicht des Allmächtigen.
Überwältigt von ihren Gefühlen, schloss Clarissa die Augen. Wenn die Piazza die Menschen in solchen Jubel versetzte, konnte sie da falsch gehandelt haben?
Als sie die Augen aufschlug, stand vor ihr Bernini.
»Ich habe Ihnen von meiner Reise etwas mitgebracht«, sagte er, bevor sie sich von ihrer Überraschung erholen konnte, und reichte ihr eine Schatulle. »Bitte, das ist für Sie.«
Irritiert nahm sie das Geschenk entgegen.
»Worauf warten Sie, Principessa? Wollen Sie das Kästchen nicht öffnen?«
Als sie den Deckel aufmachte, blieb ihr das Herz stehen. »Aber das ist ja ...« Auf dem schwarzen Samtbett funkelte ein walnussgroßer Smaragd: derselbe Edelstein, den sie ihm vor einem halben Leben im Auftrag ihres Königs übergeben hatte.

»Ich habe Jahre vergeblich nach ihm gesucht, überall, in ganz Rom. In Paris habe ich ihn schließlich gefunden, durch Zufall, bei einem Juwelier in der Nähe von Notre Dame.«
»Warum ... warum tun Sie das?«
»Wissen Sie es nicht?« Er kniete vor ihr nieder, inmitten all der Menschen, in Gegenwart des Papstes und des Heiligen Kollegs, nahm ihre Hand und küsste sie. »Sie sind die einzige Frau, die ich je geliebt habe, in meinem ganzen Leben. Bitte, Principessa, nehmen Sie den Stein als mein Geschenk. Ich möchte Ihnen damit danken. Für alles, was Sie mir gegeben haben ...«
»Für alles, was ich Ihnen gegeben habe?« Clarissa entzog ihm ihre Hand. »Nein«, sagte sie dann und gab ihm die Schatulle zurück. »Glauben Sie mir, ich würde den Stein gerne annehmen, und vielleicht hätte ich ihn damals nicht verweigern sollen, als Sie ihn mir schon einmal schenken wollten ... Aber hier, an diesem Ort, an diesem Tag ... Nein, unmöglich, es geht nicht. Es wäre« – sie zögerte einen Moment, bevor sie das Wort aussprach, während sie ihren Blick senkte –, »ja, es wäre Verrat.«

26

Ein Hahnenschrei kündigte vom Anbruch des neuen Tages, als Francesco Borromini das Haus verließ. Die ganze Nacht hatte er keinen Schlaf gefunden, sich stundenlang auf dem Bett hin und her geworfen, von Fieberträumen gepeinigt. Jetzt hielt er es nicht länger aus – er musste sich Gewissheit verschaffen.
Im fahlen Licht des anbrechenden Tages schleppte er sich durch die Gassen, den Hut ins Gesicht gezogen, als fürchte er, auf seinem Weg erkannt zu werden. Ob Gott ihm zusah? Zwischen den alten, krummen Häusern staute sich die Hitze des vergangenen Tages, die Nacht hatte wenig Abkühlung gebracht. Die meisten Fensterläden und Türen waren geschlossen, nur aus

einer Backstube drangen schon Stimmen auf die Straße. Es roch nach frischem Brot und Urin.

Er war vielleicht eine Viertelstunde gegangen, da erblickte er vor sich sein Ziel: Wie ein Schneegebirge ragte der Petersdom in den grauen Himmel empor. Ein kühler Morgenwind, fast nur ein Hauch, strich über den Boden. Menschenleer lag die Piazza da, allein die Abfälle, von denen das Pflaster übersät war, zeugten von den Massen, die hier am Tag zuvor das Fest der Einweihung gefeiert hatten.

Als Francesco durch die weite Öffnung trat, zog er sich den Hut noch tiefer ins Gesicht. Hatte er Angst zu sehen, was zu sehen er gekommen war? Er wusste, das Wesen eines Platzes erschloss sich nur aus seinem Innern, aus seinem Zentrum heraus. Zehn Jahre, seit Beginn der Bauarbeiten, hatte er Sankt Peter gemieden, täglich gequält von der einen alles entscheidenden Frage: Wie hatte sein Rivale diese unermessliche Größe, diesen grenzenlosen Raum gestaltet? Jetzt, nach zehn Jahren der Ungewissheit, wollte er sich nicht in den letzten Minuten zum Sklaven seiner Ungeduld machen.

Es kostete ihn fast übermenschliche Kraft, seinen Augendurst zu bezähmen. Den Blick fest auf den Boden gerichtet, überquerte Francesco den Platz, immer an den weißen, in das Pflaster eingelassenen Marmorstreifen entlang. Laut hallten seine Schritte in der Morgenstille wider, während ihn das unwirkliche Gefühl beschlich, er betrete vertrauten Boden. Es war, als wandle er durch einen Traum, den er selbst schon unzählige Male geträumt hatte.

In der Mitte des riesigen Ovals, unweit des Obelisken, blieb er stehen. Die Einsamkeit wehte ihn an wie der Atem des Universums. Fröstelnd schloss er die Augen. Er holte tief Luft, dann drehte er sich um und hob den Blick.

Es war wie eine Offenbarung, und die Augen liefen ihm über, so herrlich war die Pracht, die sich vor ihm auftat. Vor einem blassrosa Himmel, der im Osten den baldigen Aufgang der Sonne ankündigte, erhoben sich die Kolonnaden, dunkel und groß wie zwei starke, mächtige Arme, die den ganzen Erdkreis umfingen. Bekrönt von der Heerschar der Heiligen, die wie eine Armee über dem Säulenrund Wache hielten, steinerne Schutzpatrone des ewigen Glaubens, bewehrten die Flügelbauten in kolossaler Wucht den Platz, und kein Übel der Welt konnte sie je überwinden.

Francesco trank den Anblick in gierigen Zügen, als wäre ihm das Augenlicht erst in dieser Stunde geschenkt worden. Sein Herz stand still, sein Atem stockte: Genau so hatte er den Platz immer vor sich gesehen: der herrlichste Platz, den die Menschheit je geschaut hatte, ein Wunderwerk aus mathematischem Kalkül und künstlerischer Imagination. Alles hatte eine Bedeutung, jeder Stein, jeder Pilaster war ein Buchstabe in diesem gigantischen Alphabet.

Das war *seine* Piazza! *Sein* Traum in Stein und Marmor!

Die Erkenntnis traf Francesco wie ein Faustschlag Gottes. Was ging hier vor? Wie konnte das sein? Betäubt ließ er seinen Blick über die Anlage schweifen, um ihren Grundriss zu erfassen, spürte mit den Augen seinen eigenen Gedanken in den Steinen nach, schaute wieder und wieder, als könne er nicht glauben, was er sah. Ja, ohne Zweifel, er erkannte sie wieder, seine Idee, den großartigen Einfall: eine Tasse mit zwei Henkeln, das Bild des Saturn, wie es ihm im Fernrohr der Principessa erschienen war. Nur der trapezförmige Platz in Richtung zur Domfassade wich von seinen Plänen ab – zusammen bildeten die beiden Plätze die Form eines Tabernakels. Aber war das entscheidend? Er hatte ja die Anlage für die Piazza Navona entworfen, man hatte den Grundriss den Verhältnissen anpassen müssen.

Plötzlich spürte er, wie sein Herz raste. Am liebsten hätte er die Flucht ergriffen und zugleich war er unfähig, sich auch nur einen Schritt vom Fleck zu rühren. Das geschweifte Oval, die vierfache Säulenreihe – das konnte kein Zufall sein! Aber wie war das möglich? Bernini hatte seine Pläne niemals gesehen. Hatte ein böser Dämon ihnen die gleiche Idee eingegeben, um sie zu verspotten?

Francesco fühlte sich genarrt wie ein Affe, der hinter den Spiegel greift, um dort nach dem eigenen Körper zu suchen. Wie anders aber konnte er sich Gewissheit verschaffen? Die Anlage entsprach in allen wesentlichen Punkten seinen Plänen, so weit das Auge reichte. Sollte es einen Unterschied geben, musste die Wahrheit hinter den Dingen liegen, jenseits des äußeren Scheins.

Francesco stöhnte auf. Noch war ihm die Wahrheit verschlossen, doch er hielt den Schlüssel in der Hand. Wenn dies wirklich *seine* Piazza war, dann barg sie ein Geheimnis – das Geheimnis der Vollkommenheit. War dieser Platz vollkommen? Nichts hoffte, nichts fürchtete er mehr. Aber besaß er die Kraft, die Antwort zu ertragen? Es war so leicht, sie zu erfahren, er brauchte nur ein paar wenige Schritte zu tun, um von der Ahnung zur Gewissheit zu gelangen. Und doch war nichts schwerer als dies.

Francesco machte einen Schritt von dem Obelisken fort, dann noch einen, langsam und mühsam, als stemmten sich unsichtbare Kräfte gegen ihn, und doch wurde er gleichzeitig unwiderstehlich angezogen von einem Punkt. Er kannte die Stelle genau, selbst mit geschlossenen Augen würde er sie nicht verfehlen, unzählige Male hatte er sie ja in seinen Entwürfen markiert und betrachtet.

Dann war es nur noch ein Schritt. Am ganzen Körper zitternd vor Erregung, blieb er stehen, die Augen starr auf den Punkt gerichtet, von panischer Angst und brennender Erwartung erfüllt, ein Verzweifelter, der vor das Orakel tritt. Da war er, der Brennpunkt der Ellipse, das Zentrum der Erkenntnis. Francesco zögerte, zögerte lange, länger noch als Adam, bevor er von Eva den Apfel nahm. Sollte er ihn wagen, diesen einen letzten, alles entscheidenden Schritt? Er fühlte sich so allein, als wäre er der einzige Mensch auf Erden: ein winziges Staubkorn in Gottes unendlichem Weltall.

Da berührte ein Sonnenstrahl sein Gesicht, hell und warm, und im selben Augenblick hatte alles Denken und Zögern ein Ende. Es geschah ganz von allein. Ein letzter, kleiner Schritt – und der Platz gab sein Geheimnis preis.

Ja, die Piazza war vollkommen!

Ergriffen fiel Francesco auf die Knie. Vor seinen Augen vollzog sich das Wunder, das er in der Einsamkeit seines Herzens erträumt hatte. Sein Plan ging auf, seine Berechnungen hatten ihn nicht getrogen: Alles geschah nach seinem Willen. Als würden unsichtbare Engel riesige Kulissen fortschieben, öffneten sich die Kolonnaden vor ihm zur Welt, zur Wahrheit, zum Licht. Während die Säulen hintereinander verschwanden, brachen die Wände auf, alle Erdenschwere fiel von den gewaltigen Steinmassen ab, um einer wunderbaren Leichtigkeit zu weichen, als würden nicht vier Säulenreihen die Piazza säumen, sondern nur eine einzige, hinter der nun die Sonne im morgenhellen Glanz erstrahlte, auftauchend aus dem Häusermeer der Ewigen Stadt wie aus dem Meer der Zeit.

Die Hände gefaltet, von einem ungeheuren Staunen erfüllt, konnte Francesco die Augen nicht lassen von diesem Anblick. Alle Gefühle, derer ein Mensch fähig ist, stürmten auf ihn ein. Während seine Seele sich jubilierend zum Himmel erhob, als wäre sie nach langer, langer Haft aus einem engen, finsteren Kerker befreit, rannen Tränen des Glücks seine Wangen hinab. Das göttliche Schauspiel, das sich vor seinen Augen vollzog, war sein Werk – die Summe seines Lebens. Alles war so, wie er es erträumt und erhofft und ersehnt hatte, alle Leichtigkeit und Schönheit, die er je in sich gespürt hatte, ohne sie zum Ausdruck bringen zu können – hier war sie gestaltet! Er hatte Gott verstanden. Hier, in seinem Werk, sprach der Heilige Geist zu den Menschen. Mit der Hilfe des Schöpfers hatte er, Francesco Borromini, den richtigen Standpunkt gewählt, den Standpunkt Gottes und des Glaubens, von dem aus sich die Wirklichkeit hinter den Dingen erschloss, jenseits aller Begrenzung. Hier auf diesem Platz offenbarte sich heute und für alle Zeit das Geheimnis des Glaubens. Gott liebte ihn, er war der Erwählte des Herrn. Durch ihn verkündete er der Menschheit die Erlösung. Ihre Befreiung von allen Fesseln, die den Geist auf Erden bannten …

Was für ein Triumph! Er, Francesco Borromini, hatte diesen Platz geschaffen – kein anderer als er war im Stande, diese unermessliche Größe, diesen grenzenlosen Raum zu gestalten, das riesige Rund mit Bedeutung zu füllen. Er war der erste Künstler Roms! Die Glocken des Doms schlugen an, als wollte der Himmel selbst ihn feiern, doch während sie ihren Lobpreis erneuerten, schmeckte Francesco das Salz seiner Tränen auf den Lippen.

Ja, das hier war sein Werk, die Vollendung der Kunst, die gewaltigste Hieroglyphe des Glaubens, die je erschaffen worden war – doch die Welt würde es niemals erfahren. In ihren Augen war die Piazza das Werk eines anderen, das Werk seines Rivalen. Lorenzo Bernini, der eitle, selbstverliebte Pfau, hatte es für ewig in Stein gesetzt und sonnte sich nun im Glanz des Ruhms, dieser verfluchte Liebling der Götter, dem alle Leichtigkeit, alle Schönheit von Anbeginn geschenkt waren, mühelos, als wären das Leben und die Kunst nur ein Spiel.

Francesco reckte die Hände zum Himmel. Wie konnte so etwas geschehen? Wer hatte ihn verraten?

Plötzlich spürte er einen Stich in der Brust, schmerzend zog sich seine Lunge zusammen. Welchen Frevel hatte er begangen, dass Gott ihn so hasste?

Mühsam und schwer, als hätte er Blei auf den Schultern, erhob er sich von den Knien, und in sein Taschentuch hustend, wandte er sich ab, um die Piazza zu verlassen.

27

Das kleine Haus im Vicolo dell' Agnello war in friedliche Nacht gehüllt. Der Mond schien über dem windschiefen Dach, alles war in Schlaf und Traum versunken. Doch plötzlich zerriss ein wütendes Brüllen die Stille. Ein Brüllen wie von einem Tier.

»Bring mir Licht!«

Noch bevor Bernardo die Augen aufschlug, war er hellwach. Jetzt

war es wieder so weit! Mit einem Satz sprang er von seinem Lager hoch, auf dem er in Erwartung eines neuen Anfalls seines Onkels in den Kleidern geschlafen hatte, und trat an die rissige Holztür, die seine Kammer von Borrominis Schlafraum trennte.
»Nein, Signor!«, sagte er durch die geschlossene Tür. »Der Arzt hat gesagt, Sie brauchen Ruhe.«
»Du sollst mir Licht bringen, du Hund!«
»Bitte, Signor, ich darf nicht. Der Arzt ...«
»Verflucht sei der Quacksalber! Wie soll ich schreiben ohne Licht?«
»Sie können am Morgen weiterschreiben. Wenn Sie wollen, kann ich ...«
»Widersprich nicht – gehorche! Bring mir das verdammte Licht!«
Bernardo hielt sich die Ohren zu. Wenn sein Onkel einen dieser Zustände bekam, war er kaum wieder zu erkennen. Doch so schlimm wie heute war es noch nie gewesen. Seit er von einem langen Spaziergang zurückgekehrt war, zu dem er vor Anbruch des vergangenen Tages das Haus verlassen hatte, schrie und tobte er nun schon, am ganzen Körper zuckend, das Gesicht eine Fratze, um plötzlich, von einer Sekunde zur anderen, in einen totenähnlichen Schlaf zu fallen, aus dem er nur umso wütender erwachte, manchmal schon nach wenigen Minuten. Niemanden hatte er sprechen oder sehen wollen – nicht einmal die Principessa hatte er ins Haus gelassen, obwohl sie ein Dutzend Mal gekommen war, um ihn zu besuchen.
»Ich werfe dich raus, ich bringe dich um!«
»Versuchen Sie zu schlafen, Signor! Bitte! Das ist die beste Medizin.«
»Schlafen? Das hättest du wohl gerne! Verräter!« Plötzlich wurde Borrominis Stimme leiser – misstrauisch, forschend, verschlagen. »Wie viel hat er dir gezahlt, damit du mich quälst? Sag schon! War er hier und hat dir Geld gegeben?«
»Wen meinen Sie, Signor? Ich weiß nicht, von wem Sie sprechen.«

»Lügner!«, donnerte es zurück. »Bestochen hat er dich! Ein Judas bist du. Ich weiß es genau. Aber das sollst du büßen!«
Auf der anderen Seite der Tür polterte ein Gegenstand zu Boden, ein Stuhl oder Kasten. Offenbar versuchte sein Onkel, im Dunkeln aufzustehen. Bernardo schloss die Augen. Warum hatte er sich nur bereit erklärt, in das Haus dieses Mannes zu ziehen, um ihn zu pflegen? Wie sehnte er sich nach seiner Kammer im *borgo vecchio* zurück!
Bernardo stemmte sich gegen die verriegelte Tür, um einen Angriff abzuwehren, doch mitten im Satz verstummte Borromini. Er fing an zu husten, würgte und bellte, so laut und fürchterlich, dass Bernardo entsetzt das Kreuzzeichen schlug. Er hatte diese Anfälle schon so oft erlebt, und trotzdem schauderte es ihn jedes Mal aufs Neue. Vorsichtig legte er sein Ohr an die Tür und lauschte.
Sein Onkel stammelte jetzt nur noch einzelne, unzusammenhängende Worte. »Das Licht … Bring mir das Licht … Bitte … Du hast es versprochen … Ich muss doch schreiben …«
Bernardo schob langsam den Riegel zurück, als es drinnen plötzlich still wurde. Mit angehaltenem Atem öffnete er die Tür. Nur noch ein leises Röcheln war zu hören. Er lugte durch den Spalt. Sein Onkel lag auf dem Bett und schlief.
Gott sei Dank! Erleichtert schloss Bernardo die Tür und schob den Riegel wieder vor. Dann ging er die Stiege hinunter.
In der Küche sah es aus wie nach einem Überfall. Tisch und Stühle waren umgestoßen, auf dem Boden lagen angesengte Manuskripte und Schriftrollen verstreut, im offenen Herd loderte ein mächtiges Feuer. Am späten Abend hatte sein Onkel überall im Haus nach seinen Papieren gesucht. Notizen, Zeichnungen, alles, was irgendwie von seiner Hand beschriftet war, hatte er in der Küche zusammengetragen, wie zu einem Scheiterhaufen, um alles Stück für Stück unter bösen Flüchen und Verwünschungen in den Herd zu werfen, dabei mit irren Blicken in die Flammen starrend, als spräche er mit dem Leibhaftigen.

Bernardo griff nach einer angebrochenen Weinflasche im Regal, die wie durch ein Wunder die Verwüstung überlebt hatte. Vielleicht war der Spuk für diese Nacht vorbei. Er setzte die Flasche an die Lippen, doch noch während er trank, regten sich in ihm Zweifel. Und wenn sein Onkel wieder aufwachte und einen neuen Anfall bekam? Vielleicht hatte er ja gar keinen Herzhusten, wie der Arzt behauptete – vielleicht war er vom Teufel besessen. Das hatte die Nachbarin gesagt, und der Pfarrer, der auf der Gasse dabeigestanden hatte, hatte ihr nicht widersprochen.
Bernardo spürte, wie die Angst ihm in den Nacken kroch. Wenn es wenigstens Weihwasser im Haus gäbe! Er trank noch einen Schluck Wein, doch es nützte nichts. Er brauchte Hilfe, er musste jemanden holen.
Auf Zehenspitzen, um ja kein Geräusch zu machen, verließ er das Haus.

28

Finsternis umfing Francesco, als er erwachte. Sein Schädel, sein ganzer Körper war fühllos, fast taub. Was war für ein Tag? Wie lange hatte er geschlafen? Langsam, zäh wie Leim löste sich die Erinnerung vom dunklen Grund seiner Seele. In ihm war nur eine dumpfe, unbestimmte Ahnung, dass er etwas erledigen musste, ein dringendes, wichtiges Geschäft.
Mühsam wälzte er sich auf seinem Bett herum. Irgendwo zwitscherte ein erster Vogel, ein fahler Lichtschein fiel durch das kleine Fenster – ein neuer Tag brach an. Witternd hob er den Kopf. In der Luft hing ein brandiger Geruch.
Plötzlich war die Erinnerung da und mit ihr das Entsetzen.
»Bernardo!«, schrie er.
Angestrengt lauschte er in die Stille hinein. Doch es kam keine Antwort. Wo war der Idiot? Sein Neffe war doch im Haus, warum

antwortete er nicht? Francesco räusperte sich, tastete nach dem Spucknapf neben dem Bett.
»Bernardo!«, brüllte er ein zweites Mal. »Bring mir Licht!«
Er beugte sich über den Napf und spie hinein. Wo blieb der verstockte Mensch? Er musste sein Testament schreiben! Jetzt gleich – die Sache duldete keinen Aufschub! Draußen wurde das Vogelgezwitscher lauter. Hatte Bernardo zu viel Wein getrunken und schlief seinen Rausch aus? Er würde ihn verprügeln, sobald er ihn zu fassen bekam. Wütend wuchtete Francesco sich von der Bettstatt hoch, mit keuchendem Atem, stemmte seinen schweren Körper in die Höhe, dieses verfluchte, nutzlose Gebirge aus Fleisch und Knochen, das ihn zeit seines Lebens behindert und eingeengt hatte. Er tastete sich durch die Finsternis zur Tür, stolperte über einen Kasten und schlug mit der Hüfte gegen den Tisch.
»Idiot! Wo bleibst du?«
Der Schmerz in seiner Seite war so stark, dass bunte Lichter vor seinen Augen tanzten. Er hatte das Testament am Nachmittag begonnen, aber nur ein paar wenige Sätze geschafft – es war noch längst nicht fertig. Wie fremde, feindliche Wesen zeichneten sich die Möbel in dem dunklen Zimmer ab, während die Spatzen auf den Dächern immer aufgeregter tschilpten. Man hatte ihn vernichtet, zerstört, ausgelöscht. Jetzt war die Zeit der Abrechnung da! Er hatte getan, was er hatte tun müssen, hatte alle seine Pläne und Entwürfe verbrannt, wie es die Ehre und der Stolz und die Gerechtigkeit verlangten. Jetzt fehlte nur noch sein Testament. Darin würde er sie alle beim Namen nennen: die Diebe, die Betrüger, die Verräter – das ganze gottlose Volk. Doch dazu brauchte er Licht. Verflucht, wie sollte er ohne Licht schreiben?
Endlich hatte er den Türgriff gefunden, er drückte die Klinke herunter, doch die Tür war verriegelt.
»Bernardo! Komm her! Sofort!«
Wie schwere Ketten rasselte seine Lunge. Erschöpft lehnte er sich gegen die Tür. Die Wände seiner Schlafkammer umschlossen ihn wie die Mauern eines Gefängnisses, fast schien es, als

kämen sie auf ihn zu, immer näher, immer enger umfingen sie ihn, mächtige Arme der Finsternis. Panik stieg in ihm auf. Man hatte ihn eingesperrt! Wie ein Tier! Francesco rüttelte an der Klinke, schlug mit den Fäusten gegen die Tür, doch sie blieb verschlossen. Das war Berninis Werk – er hatte Bernardo bestochen!
Wie ein Relief hoben sich im Dämmerlicht die Rücken seiner Bücher von den gekalkten Wänden ab: Seneca, die Bibel – die einzigen Freunde, die er je hatte. Verzweifelt streckte er die Arme nach ihnen aus. Stumm kehrten sie ihm ihre Rücken zu, während das Zetern der Vögel draußen so laut wurde, dass es wie ein Hohngelächter klang. Worüber lachten sie? Voller Zorn fegte er die Bücher vom Regal. Mit lautem Poltern fielen sie zu Boden, wo er mit seinen bloßen Füßen nach ihnen trat, denn auch sie ließen ihn im Stich, wandten sich von ihm ab, um einzufallen in das große Gelächter.
Ein Hustenanfall zwang ihn innezuhalten. Die Brust schnürte sich ihm zu, plötzlich war sie so eng, als stecke sie in einer Zwinge. Luft! Er brauchte Luft! Er riss sich das Nachthemd auf, stolperte zum Fenster, doch da war wieder der Kasten, er strauchelte, griff im Sturz nach dem Vorhang und riss ihn mit sich zu Boden.
»Bernardo ...«, röchelte er. »Hilf mir ... bitte ... Bernardo ... wo bist du ...«
Wie schallendes Gelächter dröhnten die Vogelstimmen in seinen Ohren, so laut, als würde die ganze Stadt über ihn lachen. Immer hatten sie ihn verhöhnt und verspottet, sein Leben lang, sich gegen ihn verschworen, sogar die Kinder auf den Plätzen drehten sich nach ihm um, zeigten mit den Fingern auf ihn und bogen sich vor Lachen. Francesco hielt sich die Ohren zu, er konnte es nicht länger ertragen, presste beide Hände gegen den Kopf und schloss die Lider.
Da sah er die Principessa vor sich, ihr helles Gesicht in dunkler Nacht, und Tränen stiegen ihm in die Augen. Den ganzen Tag, den ganzen Abend hatte er sich nach ihr gesehnt, jede Sekunde

und Minute seines Wachseins, mit einer Inbrunst, wie er sich noch nie nach einem Menschen gesehnt hatte – doch ein Dutzend Mal hatte er sie abgewiesen, ein Dutzend Mal, nachdem Bernardo sie ihm gemeldet hatte, hatte er seinem Neffen befohlen, sie fortzuschicken, ihr zu sagen, er wolle sie nicht sehen – und wenn ihm darüber auch das Herz brach.
Denn die Principessa hatte ihn verraten.
»Warum hast du das getan?«, flüsterte er.
In heißen Strömen rannen die Tränen an seinen Wangen hinab. Die Principessa war der einzige Mensch, dem er seine Pläne für die Piazza gezeigt hatte – sie hatte sein Vertrauen missbraucht, hatte seine Idee, seinen großartigen Einfall an Bernini verraten.
Plötzlich hatte er nur noch ein Bedürfnis: Er wollte mit seinem Körper den Schmerz spüren, der in seiner Seele brannte. Sein Leib sollte büßen für das, was man ihm angetan hatte. Er musste sich etwas antun – aber womit? Es gab kein Messer im Raum, um sich die Adern zu öffnen, keine Pistole, um sich eine Kugel zu geben. Verzweifelt fasste er sich zwischen die Schenkel, packte das Gemächte, diese heimtückische, verfluchte Schlange, die dort in seinem Fleisch nistete, um auf der Suche nach geiler Wollust und Verderben immer wieder ihr Haupt zu erheben. Ausreißen würde er sie, für immer vernichten, auf dass sie ihn nie wieder in Versuchung führe!
Er heulte auf vor Schmerz, dann verlor er das Bewusstsein.
Als er wieder zu sich kam, brüllten die Vögel so laut, dass ihm der Kopf davon platzte. Voller Ekel wurde er sich seiner selbst gewahr: ein sich krümmender, zuckender, winselnder Haufen Fleisch und Schleim und Schmerzen, gefangen in seinem eigenen Verlies. Verflucht war der Tag, da seine Mutter ihn geboren hatte!
Plötzlich sah er etwas über sich blinken. Er hob den Kopf, kniff die Augen zusammen. Ja, dort oben, am Kopfende seines Bettes neben dem Regal mit den geweihten Kerzen hing sein Schwert an der Wand: sein ganzer Stolz, sichtbares Zeichen seiner Würde und Bedeutung, die höchste Auszeichnung, die er je im Leben

empfangen hatte. Mit diesem Schwert, das dort im Dämmerlicht blinkte, hatte Papst Innozenz ihn in den Ritterstand erhoben.

Ihm war, als würde sein alter Gönner aus dem Jenseits zu ihm lächeln. Glühende Liebe wallte in Francesco auf. Der Heilige Vater war der einzige Mensch gewesen, der ihn je verstanden hatte. Immer hatte Innozenz an ihn geglaubt, in guten und in schlechten Tagen, hatte zu ihm gestanden, sich um ihn gesorgt wie ein Vater um seinen Sohn. Und auch in dieser Stunde, da alle sich von ihm abgewandt hatten, als habe er die Pest, war der Papst bei ihm, reichte ihm seine Hand, um ihm ein letztes Mal zu helfen.

Die Augen auf das Schwert gerichtet, zog Francesco sich am Fenstersims in die Höhe, tastete sich am Tisch entlang durch die Kammer zur Wand.

Als er die Waffe in der Hand hielt, fielen alle Schmerzen von ihm ab. Noch einmal hörte er die Vögel tschilpen, doch sie wollten ihn nicht mehr verhöhnen. Freundlich begrüßten sie ihn wie beim Anbruch eines neuen Tages.

Francesco schloss die Augen und richtete das Schwert gegen sich. Wie ein Engel, der vom Himmel herabgestiegen war, stand sie vor ihm, mit blonden Locken und einem Lächeln im Gesicht, wie es schöner selbst Michelangelo nicht hätte zaubern können. Ein Gesicht von so zarten Farben und solcher Anmut, dass es nicht von dieser Welt sein konnte.

Kalt spürte er die Spitze des Stahls auf seiner Brust.

»Warum«, flüsterte er. »hast du das getan?«

In einer Enttäuschung, die so groß und schwarz war wie das Universum selbst, stürzte er sich in sein Schwert.

29

War ein Kunstwerk ein solches Opfer wert?
Grau dämmerte der Abend durch das kleine Fenster im Dachgestühl. Clarissa saß an Francescos Bett und hielt seine Hand, die manchmal, im Abstand von vielen, langen Minuten, mit kaum spürbarem Druck zu erkennen gab, dass noch Leben in ihr war. Wie sehr hatte sie all die vielen Jahre diese Hand gemocht, die sich gleichzeitig so zart und kräftig anfühlte. Auf ihrem Schoß lag der Bericht, den Francesco am Nachmittag dem Kommissar des Gouverneurs diktiert hatte. Darin hatte er seine Tat geschildert, in klaren, nüchternen Worten, bevor er die Letzte Ölung empfing. Clarissa hatte die Zeilen wieder und wieder gelesen, und doch war sie unfähig, sie zu begreifen.
Woher hatte er nur die Kraft für diesen Bericht genommen? Woher hatte er überhaupt noch die Kraft zu leben? Mit einem Seufzer drückte sie seine Hand. Der ganze Raum war eine Anklage gegen sie, jeder Gegenstand Zeuge seines Versuchs, sich zu entleiben. Auf dem Boden klebte sein Blut, groß wie ein See war der Fleck, der sich dunkelrot in die Bohlen gefressen hatte. Abgerissen baumelte der Vorhang von der Decke, in einer Ecke lag ein Haufen blutverschmierter Verbände, die der Arzt gewechselt hatte, und neben dem Bett blinkte das Schwert. Noch immer hing der Geruch des Feuers in der Luft, in dem Francesco seine Werke verbrannt hatte: die Pläne aller seiner ausgeführten und unausgeführten Bauten, damit nie wieder jemand eine Idee von ihm stehle.
»Weinen Sie nicht ... bitte ...«
Clarissa hob den Blick. Erst jetzt merkte sie, dass ihr Gesicht nass von Tränen war. Hatte er wirklich gesprochen? Sie beugte sich vor. Scharf und kantig zeichnete sich auf dem Kissen das Profil seines Kopfes ab. Seine Wangen waren so stark eingefallen, dass die Knochen auf groteske Weise hervortraten. Doch die Augen in den tiefen Höhlen waren geschlossen.

»Woher wissen Sie, dass ich weine?«
»Ich fühle es ... an Ihrer Hand.«
Er machte eine Pause, das Sprechen fiel ihm so schwer, dass er Kraft schöpfen musste. Ganz flach ging sein Atem, Clarissa konnte die Bewegung seines Brustkorbs nur noch ahnen.
»Haben Sie es getan?«, fragte er dann mit tonloser Stimme, die Augen noch immer geschlossen, das Gesicht zur Zimmerdecke gewandt. »Haben Sie ihm ... den Entwurf gegeben?«
Clarissa spürte, wie die Verzweiflung in ihr aufstieg, doch mit einer Anstrengung ihres Willens, die fast über ihre Kräfte ging, unterdrückte sie die Tränen.
»Es war Ihr kühnster Entwurf, das Beste, was Sie je erfunden haben«, sagte sie leise. »Die Welt sollte diesen Platz sehen, um jeden Preis.« Behutsam drückte sie seine Hand. »Können Sie mir verzeihen?«
»Mein Leben ... hätte so schön sein können ... Vielleicht wäre ich sogar glücklich gewesen ..., wenn es diesen Mann ... nicht gegeben hätte.« Er versuchte zu lächeln, während er den sanften Druck ihrer Hand erwiderte, doch das Lächeln geriet zu einer fürchterlichen Grimasse. »Der Neid war mein Bruder ... mein Leben lang.«
»Pssst ...«, machte sie. »Sprechen Sie nicht! Der Arzt kommt gleich wieder, er schaut jede Stunde nach Ihnen.«
»Es ... wird nicht mehr ... lange dauern«, flüsterte Francesco. »Die Schmerzen ... sind zu stark ... Es bleibt nur so wenig Zeit ... Aber wir müssen reden ... Es gibt noch eine Frage ... Ich muss die Antwort wissen ...«
Er konnte nicht weitersprechen, die Atemnot hinderte ihn. Sein Gesicht begann zu zucken, verzerrte sich in einem Krampf, während der Husten immer heftiger wurde, sodass bald sein ganzer Körper von Krämpfen geschüttelt wurde. Mit ohnmächtigem Entsetzen sah Clarissa diesem Kampf zu, der in seinem Innern tobte. Jeden Atemzug musste er dem unsichtbaren Feind unter Qualen abringen, er keuchte und röchelte, zog mit rasselnder Lunge die Luft in sich hinein, gurgelnd und schlürfend, bevor

sie in langen, pfeifenden Tönen wieder aus seiner Brust entwich. Es war, als wolle ein Dämon aus ihm ausfahren und konnte es nicht. Doch Francesco gab nicht auf. Er hatte sein Leben weggeben wollen wie einen schäbigen Anzug, der ihm all die Jahre über viel zu eng, viel zu klein gewesen war, doch nun klammerte er sich an ihn mit allen Kräften, die auf unheimliche Weise immer noch in seinem Körper hausten, als wäre er sein einziger Besitz.

Was war es, was ihn mit solcher Macht am Leben hielt? Auf welche Frage wollte er eine Antwort von ihr?

Endlich hörte der Anfall auf. Erschöpft sank er in das Kissen, mit schwerem, keuchendem Atem, den Kopf halb verdreht auf der Brust. Jede Bewegung war ihm zu viel, Clarissa sah es seinem Gesicht an, er musste fürchterliche Schmerzen haben. Sie stand auf, beugte sich über ihn und bettete seinen Kopf in die Mitte des Kissens, damit er bequemer lag. Willenlos ließ er es mit sich geschehen.

Wusste er noch, dass sie bei ihm war?

Sie zündete ein Licht an und setzte sich wieder an sein Bett, wartete, dass sich sein Atem beruhigte, er wieder ein wenig Kraft schöpfte. Mit blutleerem Gesicht lag er da, unwirklich wie ein Gespenst in dem flackernden Kerzenlicht, die Augen fest verschlossen. Wie sehr hoffte sie, dass er sie noch einmal aufschlug. Plötzlich bewegten sich seine Lippen. »Warum ...?«, flüsterte er. »Warum ... haben Sie es getan?«

Das also war die Frage, die ihn noch am Leben hielt. Clarissa holte tief Luft. Sie wusste, sie war ihm die Antwort schuldig – doch was sollte sie ihm sagen? Dass sie seine Idee vor dem Vergessen hatte retten wollen? Um seine Gedanken, seine Kunst unsterblich zu machen? Weil sein Werk wertvoller war als sein Leben? Damit er im Paradies nicht weinte? Tausend Worte stürmten auf sie ein, Sätze aus den Gesprächen, die sie miteinander geführt hatten, vor Jahren, in einem anderen, fernen Leben, doch alle Gründe, die sie nennen konnte, erschienen ihr jetzt so erbärmlich, so nichtig angesichts seines nahen Todes.

»Weil ich dich liebe«, sagte sie plötzlich, ohne zu überlegen, und doch zugleich wissend, dass es die einzige richtige Antwort war. »Darum habe ich es getan.«
»Was ... sagen Sie da?« Er schlug die Augen auf und schaute sie an, das Gesicht voll ungläubigem Staunen.
»Ja, Francesco«, sagte sie und griff nach seiner Hand. »Ich liebe dich, schon seit vielen Jahren.«
Seine dunklen Augen ruhten auf ihr, und ein Leuchten erfüllte sie wie an jenem Tag, da er ihr die Kuppel des Petersdoms gezeigt hatte. In einem langen, wortlosen Schweigen tauschten sie einen langen, innigen Blick, in dem ihre Seelen sich vereinten.
»Mein geliebter Francesco«, flüsterte sie.
Auf einmal hatte sie nur noch das Bedürfnis, ihm nahe zu sein, näher, als sie ihm je gewesen war. Sie beugte sich vor, und so behutsam, als fürchte sie, ihn zu verletzen, küsste sie ihn auf den Mund.
Es war ein Augenblick jenseits der Zeit, den sie im Kuss verbrachten, beide Lippenpaare miteinander verschmolzen. Alle Einsamkeit war aufgehoben, keine Schranke mehr da, die sie trennte. Er war in ihr und sie war in ihm, in einem einzigen großen Amen.
»Du hast ... ›du‹ zu mir gesagt«, flüsterte er in beglückter Verwunderung, wie ein Kind, als ihre Lippen sich endlich lösten.
»Es war mein Herz, das sprach.«
Sie streichelte seine Stirn, seine Wangen. Wie gern hätte sie ihn für alle Zeit geküsst, ihn geherzt, ihn liebkost, wieder und wieder, um all die Zärtlichkeiten nachzuholen, die auszutauschen sie in den vielen gemeinsamen Jahren versäumt hatten. Doch sie beherrschte sich, spürte, dass ihr nur dieser eine Kuss vergönnt war, den sie eben mit ihm getauscht hatte, und statt seine Stirn, seine Augen, seine Lippen mit ihren Küssen zu bedecken, wie es sie mit solcher Macht, mit solchem Verlangen drängte, begnügte sie sich damit, noch einmal seine Hand zu nehmen.
»Hast du ... die Piazza gesehen?«, fragte er.
Clarissa nickte stumm. Wieder blickten sie sich an, verbunden nur durch die Berührung ihrer Hände.

»Und … wie hat sie dir … gefallen?«
»Sie ist wunderschön, Francesco. Das Schönste, was ich je gesehen habe.«
»Dann bist du also … stolz auf mich?«
»Ja, Francesco, Liebster …«
Ihre Stimme versagte, neue Tränen rannen an ihren Wangen hinab, doch sie spürte sie nicht.
»Danke …«
Als er dieses Wort sagte, schluchzte Clarissa laut auf. Sie wandte sich ab, barg ihr Gesicht in seiner Hand, damit er sie nicht sah. Erst nach einer langen Weile fand sie die Kraft, ihn wieder anzuschauen.
»Du … du sollst doch nicht weinen«, sagte er. Sein Atem ging so schwer, dass er jedes Wort mühsam und schleppend hervorbrachte. »Denk nur … bald werde ich wissen … woher der Schnee kommt … Vielleicht … wer weiß … kommt er ja wirklich von den Sternen … Ich habe den Schnee immer gemocht … In meiner Heimat … in den Bergen … hat es oft geschneit …«
Erschöpft hielt er inne. Zärtlich drückte sie seine Hand, und er antwortete ihr, indem er die Finger langsam schloss. Obwohl sie jetzt kein Wort sprachen, tauschten sie alle Regungen ihrer Herzen aus. Jeder Druck, jede noch so leise Bewegung sagte etwas anderes: heimliche Fragen und Antworten, Zeichen, die an die dunkelsten Kammern der Erinnerung rührten, Beschwörungen einer längst dahingeschwundenen Hoffnung, die sich dennoch in diesem Moment erfüllte – in der einzigen Stunde ihrer Liebe.
»Es fiel auch damals Schnee …«, flüsterte er so leise wie ein Hauch, »in der Nacht … als ich dich zum ersten Mal sah … dein Bild …«
Mit einem Seufzer schloss er die Augen und seine Lippen verstummten. Von welcher Nacht sprach er? Von welchem Bild? Verzweifelt blickte Clarissa ihn an. Um seinen Mund spielte ein Lächeln, als würde er etwas Wunderschönes vor sich sehen, und für die Dauer dieses Lächelns wirkte er fast wie ein junger Mann.

Dann aber erstarb das Lächeln auf seinem Gesicht. Francesco rührte sich nicht mehr, das Kinn hing schlaff herunter und der Mund stand ihm halb offen, als sei jeder Wille aus ihm gewichen, während sein Atem sich in absurdem Gegensatz zu dem reglosen Leib in ein schnelles, eiliges Hecheln verwandelte. Ein eisiges Grausen kam Clarissa an. Obwohl sie immer noch bei ihm war, schien er ihr plötzlich so fern. Hin und wieder zuckten seine Finger in ihren Händen, doch mit Entsetzen spürte sie, dies waren keine Zeichen oder Botschaften mehr, die sein Herz ihr sandte, sondern letzte, unwillkürliche Regungen des Fleisches, Zeugen der qualvollen Schmerzen, die er, unendlich fern von ihr, im Innern seines Körpers durchlitt, in jener untröstlichen Einsamkeit, die jedem anderen Wesen, und mag es noch so sehr lieben, den Zutritt verwehrt wie einem Fremden.
Draußen rollte eine Kutsche durch die Gasse. Vor dem Haus blieb sie stehen. Clarissa hörte Schritte, dann Stimmen auf der Stiege.
»Soll ich den Verband noch einmal wechseln?«
Sie drehte sich um. Der Arzt stand in der Tür, hinter ihm Bernardo.
Clarissa schloss die Augen und schüttelte den Kopf.

30

Buntes Laub bedeckte das schlichte Grab, nur ein schwarzes Holzkreuz ragte aus dem noch frischen Erdhügel. Monate waren seit Francescos Tod vergangen. In seinem Testament hatte er verfügt, auf dem Friedhof von San Giovanni dei Fiorentini zur letzten Ruhe gebettet zu werden: an der Seite seines Lehrmeisters Carlo Maderno. Er wollte für immer mit ihm verbunden sein, über den Tod hinaus.
Clarissa hatte seinem Wunsch nach einer schlichten Beisetzung

entsprochen – zeit seines Lebens war ihm jeder Pomp fremd gewesen. Während sie nun die Hände faltete, rief von der Gemeindekirche eine einsame Glocke zum abendlichen Angelus. Der Herbstgeruch von welkem Laub und aufgebrochener Erde wehte über den Gottesacker.
»Sie haben ihn geliebt, nicht wahr?«
Clarissa drehte sich um. Vor ihr stand Lorenzo Bernini, den Hut in der Hand.
»Ich weiß nicht, vielleicht.« Sie zögerte. »Wahrscheinlich – ja, ich glaube ja«, sagte sie dann. »Obwohl ich es lange Zeit selbst nicht gewusst habe, vielleicht auch nicht wissen wollte.«
»Ich hatte es immer gewusst, Principessa.« Er trat an ihre Seite und schaute sie an, mit einem Ernst im Gesicht, den sie nicht an ihm kannte. »Ich weiß nicht, ob ich das Recht habe, so etwas zu sagen – aber Sie haben ihn mehr geliebt als Sie je einen anderen Mann liebten. Sie wären sonst zu einer solchen Tat nicht fähig gewesen.« Er machte eine Pause, und auf ihren fragenden Blick fügte er hinzu: »Der Entwurf für die Piazza damals – er stammte doch von ihm?«
»Ja«, erwiderte sie fest. »Die Zeichnung war seine größte Idee. Ich musste es tun.«
»Obwohl Sie mir dadurch diesen Triumph ermöglichten?«
»Ich hatte keine Wahl. Ohne Sie wäre sein idealer Platz nie verwirklicht worden.«
»Mein Gott, ich wollte, eine Frau hätte mich je so geliebt!« Lorenzo nickte nachdenklich. »Nun, vielleicht muss man alt werden, um wirklich zu lieben. Erst im Alter paart sich die Liebe mit der Verzweiflung.«
Seine Worte trafen sie mitten ins Herz. Ja, sie war verzweifelt gewesen – aber das war das Einzige, was sie sicher wusste. Sie bückte sich, um die Blumen auf dem Grab zu ordnen. Kein Denkstein stand auf dem Erdhügel, um an den Toten zu erinnern. Wie lange würde es dauern, bis die Welt Francesco vergaß? Mit einem Seufzer richtete sie sich auf. In der Ferne, umflossen vom goldenen Glanz der Abendsonne, schraubte sich der Turm

von Sant' Ivo alla Sapienza in den dunkelblauen Himmel empor, erhaben und feierlich wie ein Gebet, das zu Gott aufsteigt. Der Anblick tröstete sie, als würde jemand den Arm um sie legen. Nein, solange es seine Bauwerke gab, konnte die Welt Francesco nicht vergessen; er würde auch ohne Denksteine und Ehrentafeln weiterleben, jetzt und für alle Zeit.

»Sein Leben lang hat er gelitten«, sagte sie, »wie ein Cherub vor Gottes Thron.«

»Ja, er strebte nach dem Höchsten, selbst das Vollkommene war ihm nicht genug.« Lorenzo trat näher an das Grab heran. »Er wollte Gott und die Natur übertreffen. Das war seine Größe – und zugleich sein Verhängnis. Alle alten und bewährten Lehren lehnte er ab, er wollte die Architektur aus eigener Kraft neu erfinden, wie ein guter Ketzer, der die Kühnheit besitzt, die Sätze des Glaubens neu zu definieren, nur seinem eigenen Urteil verpflichtet, ohne auf die Meinung der anderen zu achten. Ich habe nie so hoch gegriffen wie er, ich war bloß ein schlechter Katholik. Mein Mut reichte gerade für ein paar lässliche Sünden.«

Clarissa schaute ihn an. Er war alt und grau geworden, so alt und grau wie sie selbst, doch seine Augen blickten noch so lebendig wie früher.

»Ich hatte immer gehofft, dass Sie Freunde sein würden«, sagte sie. »Sie sollten zusammen das neue Rom erbauen. War das nicht Ihre Bestimmung? Der Grund, weshalb das Schicksal Sie zusammenführte?« Sie schüttelte den Kopf. »Warum war es nicht möglich?«

»Das fragen Sie? Ausgerechnet Sie?« Seine Augen funkelten jetzt vor Erregung.

»Ich möchte eine wirkliche Antwort«, sagte sie leise.

Die Erregung verschwand aus seinen Augen, nachdenklich erwiderte er ihren Blick. »Ich glaube«, sagte er schließlich, »ich habe einfach nicht ertragen, dass er mein Bruder war – vom selben Stamm wie ich und doch dem Himmel so nahe. Er hatte den Mut, seinen eigenen Weg zu gehen, Dinge zu wagen, die noch keiner vor ihm jemals gewagt hat. Wie oft habe ich seine Ernsthaftigkeit verspottet, seine bohrende Art, seine Schwere und Düsternis. Warum?« Er blickte sie mit einer so gequälten Miene an, dass Clarissa erschrak. »Weil ich sie ihm nicht gönnte!«, rief er, und die Worte sprudelten nun aus ihm heraus, als habe er sie lange, allzu lange zurückgehalten. »Um nichts auf der Welt habe ich ihn mehr beneidet als eben darum: um seine Tiefe, um sein Anderssein, ja sogar um seine Einsamkeit und seine Verzweiflung. Er hatte ein Schicksal, ich hatte bloß Erfolg. Er wollte wissen und begreifen, was wahr ist und was falsch, was gut ist und was böse. Dinge, um die ich mich nie gekümmert habe. In seinen Bauwerken bekamen die Steine Zungen, durch ihn lernten sie sprechen, um die Worte Gottes und der Natur zu verkünden. Alles hatte bei ihm eine Bedeutung, jeder Pilaster, jeder Bogen, jede noch so unscheinbare Einzelheit. Er war ein Gottesdiener – ich war nur ein Augendiener, der am äußeren Schein hängen blieb. Die Schönheit war mein Fluch. Weil sie das Einzige war, wovon ich etwas verstand.«

Clarissa griff nach seiner Hand. »Sie haben ihn auch geliebt, nicht wahr?«

»Geliebt? Ja, vielleicht. Aber noch mehr habe ich ihn gehasst. Weil er mich gezwungen hat, ihn zu bewundern, ein ganzes Leben lang. Von seinen Werken werden die Baumeister dieser Welt noch in vielen hundert Jahren lernen, wenn meine Einfälle nur noch als hübsche Augenschmeicheleien belächelt werden.«

Lorenzo senkte den Blick.

Clarissa drückte seine Hand. »Quälen Sie sich nicht!«, flüsterte sie. »Ich trage allein die Schuld an seinem Tod.«

Er schüttelte den Kopf und entzog ihr seine Hand. »*Ich* habe die Piazza gebaut, Principessa, nicht Sie!« Er schaute sie an, seine Augen schimmerten feucht. »Ich habe den Tod stets wie meinen persönlichen Feind empfunden und mit all meiner Kraft am Leben gehangen, mehr noch als an der Kunst. Weil ich glaubte, Schönheit selbst bedeutet Leben. In Wirklichkeit, fürchte ich, wollte ich nur den Menschen gefallen. Wie konnte ich mich so sehr irren?«

»Sie haben sich nicht geirrt, die Piazza ist der Beweis. Sie ist ein Triumph der Schönheit.«

»Der Schönheit, ja – aber auch des Lebens?« Ohnmächtig hob er die Arme. »Ich würde es gerne glauben, Clarissa. Aber Francesco musste sterben, damit seine Piazza entstehen konnte. Nein, am Ende ist der Tod unser aller Meister, nicht das Leben. Das ist die bittere Wahrheit, und wer nicht an ihn glaubt, den bestraft er sogar noch in der Stunde des Triumphs.«

Lorenzo kniete nieder und schlug das Kreuzzeichen mit weiten, ausholenden Bewegungen wie ein Bischof, aus denen seine ganze Ergriffenheit sprach, und während er am Grab seines lebenslangen Rivalen ein stummes Gebet verrichtete, rannen Tränen an seinen Wangen hinab.

Obwohl die Trauer sie wie ein schwarzer Schleier umfing, musste Clarissa lächeln. Sogar seine Hilflosigkeit kleidete er in große, dramatische Gesten.

»Sie haben den Mut gehabt, den ich nicht besaß«, sagte er, nachdem er sich wieder erhoben hatte. »Das Schicksal hatte einen fürchterlichen Auftrag für Sie, Principessa. Die meisten Menschen wären davor zurückgeschreckt, doch Sie haben ihn angenommen. Ohne Sie hätte es die Piazza nie gegeben, ohne Sie hätte Rom ein anderes Gesicht. Die Stadt und die Kunst sind Ihnen zu ewigem Dank verpflichtet. Aber das wissen nur wir zwei. Es ist unser Geheimnis.«

»Es liegt an Ihnen, Cavaliere, ob die Welt davon erfährt. Wollen Sie ihr nicht sagen, wer die Piazza entworfen hat?«

Lorenzo schüttelte den Kopf. »Ich glaube nicht, dass ich das über mich bringe. Die Menschen haben mich in jungen Jahren zu sehr gefeiert, als dass ich im Alter auf ihr Lob verzichten könnte.«

Wieder musste Clarissa lächeln. »Sie sind ein eitler Mann, Lorenzo, vielleicht der eitelste, den ich kenne, aber Sie haben mich nie belogen. Dafür danke ich Ihnen.«

Sie küsste ihn auf die Wange. Verlegen erwiderte er ihr Lächeln, und ein zartes Rot färbte sein Gesicht – zum ersten Mal in all den vielen Jahren.

Eine lange Weile standen sie so da und schauten sich an: zwei Menschen, die sich nichts mehr zu sagen hatten, weil ihre Herzen sich kannten.
»Und was sind jetzt Ihre Pläne?«, fragte er schließlich.
»Sobald ich meine Sachen geordnet habe, werde ich abreisen. Es ist merkwürdig«, fügte sie hinzu, »aber jetzt, da Francesco nicht mehr hier ist, habe ich das Gefühl, meine Zeit in Rom ist abgelaufen. Ich komme mir vor wie eine Fremde, als hätte ich ein zweites Mal meine Heimat verloren.«
»Dann reisen Sie also zurück nach England?«
Sie hob die Schultern. »Vielleicht, vielleicht auch nach Deutschland oder Frankreich. Ich weiß es noch nicht.« Sie reichte ihm ihre Hand. »Leben Sie wohl, Cavaliere! Gott möge Sie beschützen!«

31

Die Reiselizenz und das Gesundheitszeugnis waren unterschrieben, die Koffer gepackt und auf die Kutsche geladen. Clarissa wollte zunächst nach Pisa, Florenz und Padua fahren, um jene Städte zu besuchen, in denen der große Galileo gewirkt hatte, von dort aus würde sie weiter sehen. Sie hatte zwei *vetturini* gemietet, erfahrene Reisebegleiter, deren Aufgabe es war, unterwegs die Quartiere zu besorgen und sie vor Überfällen zu schützen. Denn die Straßen waren unsicherer als zu jener Zeit, da sie zum ersten Mal nach Rom gekommen war; all die Fremden, die in immer größeren Scharen Italien bereisten, lockten viele Banditen an.
Eingemummt in einen Pelz, stand Clarissa auf dem Aventin, dem südlichsten der sieben Hügel, auf denen die Stadt erbaut worden war. Es war Zeit, Abschied zu nehmen. In kleinen Wolken stob der Atem aus ihrem Mund – dieser Winter war so kalt

wie früher die Winter in ihrer ersten Heimat. Wehmütig ließ sie noch einmal den Blick über das ockerfarbene Häusermeer schweifen, über die zahllosen Kirchen und Paläste, die sie fast alle beim Namen nennen konnte. Ja, diese Stadt war ihr Leben: Die Stadt und ihr Leben, beide hatten sie überreich beschenkt, beide hatten sie vollkommen beraubt.

Clarissa nickte. Wie sehr hatte Rom sich verändert in den vergangenen fünf Jahrzehnten. Bei ihrer ersten Ankunft war die Stadt noch eine mittelalterliche Festung gewesen. Ohne Ordnung hatte sie sich mit ihren engen und finsteren Gassen um den Tiber gedrängt, eingeschlossen von der alten aurelianischen Mauer, die ein weiter Kranz von Ruinen in wüster und einsamer Gegend umgab, überragt von den zinnenbewehrten Türmen bedrohlicher Burgen, noch ohne die hellen, anmutigen Kirchenkuppeln, die der Silhouette inzwischen ihre Signatur verliehen. Hier hatte sie des Daseins ganze Fülle gekostet, in einer Welt voller Gegensätze: von Glanz und Elend, von Chaos und Größe, von Lebenslust und Sittenstrenge, von Verschlagenheit und Liebenswürdigkeit. Vor allem aber hatte sie hier die Liebe erfahren, die Liebe und die Kunst.

Die Worte ihres alten Tutors William kamen Clarissa in den Sinn, seine Warnung vor den Versuchungen dieser Welt: das süße Gift des Schönen … Bei der Erinnerung musste sie lächeln. Was für eine Barbarin war sie damals gewesen! Sie hatte nicht einmal gewusst, was eine Tischgabel war, geschweige, wie man sie gebrauchte.

Sie wandte sich ab und ging zur anderen Seite des Hügelplateaus. Jenseits des Flusses erhob sich, majestätisch wie die Ewigkeit, die Kuppel von Sankt Peter. Das Gotteshaus schien ihre ganze Geschichte zu erzählen: Mit dem Hochaltar hatte sie begonnen, mit der Vollendung der Piazza hatte sie nun ihr Ende gefunden.

Zwei große schwarze Vögel schwangen sich über dem Dom in den grauen Winterhimmel empor, höher und höher, als wollten sie miteinander wetteifern. Der Anblick versetzte ihr einen

Stich. Was für kühne Pläne hatten Francesco und Lorenzo einst miteinander geteilt – selbst Michelangelo wollten sie übertrumpfen. Weshalb hatten die beiden Freunde sich entzweit? Wegen ihr? Oder war es das Schicksal?

Immer höher zogen die Vögel am Himmel ihre Kreise, es war, als würden sie sich in die Unendlichkeit hinaufschwingen. Plötzlich kam Clarissa ein Gedanke, unsicher, zögernd, wie eine Frage. Vielleicht, dachte sie, konnten auch Lorenzo und Francesco wie jene zwei Vögel dort oben nur im Wettstreit vollenden, wovon sie einst gemeinsam träumten. Vielleicht war ihre, Clarissas Schuld, dass durch sie die Freunde zu Rivalen geworden waren, zugleich auch ein Verdienst. Denn während sie einander bekriegten und bekämpften, hatten sie, ohne es selbst zu wissen, das neue Rom errichtet, den Vorgarten zum Paradies: das Rom, das nun zu ihren Füßen lag.

Clarissa fröstelte. Nur ein Gedanke, um die Last ihrer Schuld zu lindern? Vielleicht – sie wusste es nicht.

Sie warf einen letzten Blick auf den Dom, da geschah etwas, das ihr die Sinne verwirrte. Ein weißes Flimmern erfüllte auf einmal die Luft, ein geheimnisvolles Funkeln, ein Glitzern und Gleißen, ein Glimmern und Glänzen, fein wie Blütenstaub und gleichzeitig voller Leben wie ein Schwarm von Millionen Schmetterlingen. Noch nie hatte sie das in Rom erlebt. Als hätte eine Fee mit ihrem Zauberstab die Wolken berührt, schwebten weiße Flocken auf die Stadt herab, um sie mit einem tanzenden Schleier einzuhüllen.

Clarissa musste schlucken, und ihr Herz zog sich in einer Mischung aus Wehmut und leiser Beglückung zusammen. Es war, als wolle Francesco sie zum Abschied grüßen.

Voller Staunen stand sie da und blickte auf die verwunschene Welt, erfüllt von tiefer Dankbarkeit, während die beiden Vögel sich über Sankt Peter in den tanzenden Flocken verloren.

Dann hörte das Wunder auf. Zurück blieben ein paar Schneekristalle auf Clarissas faltiger, vom Alter gefleckter Hand.

Mit einem Seufzer wandte sie sich ab und kehrte zu ihrer Reisekutsche zurück. Im Innern des Wagens lagen eine Decke und ein Muff bereit, um sie zu wärmen. Sie schlug sich die Decke um die Beine, und gerade wollte sie ihre Hände in den Muff stecken, da sah sie, dass die Kristalle auf ihrer Haut zu Wasser geschmolzen waren. Behutsam legte sie den Muff beiseite. Sie wollte die Tropfen nicht fortwischen – sie sollten einziehen in ihre Haut. Vielleicht, wer weiß, würden sie im Laufe der Zeit mit jenem Parfüm verschmelzen, von dem sie seit Jahren einen unsichtbaren Flakon bei sich trug, die Erinnerung an einen kostbaren, allumfassenden Augenblick, den sie einst mit einem anderen Menschen teilte.
Clarissa zog die Vorhänge vor das Fenster und klopfte an die Trennwand, zum Zeichen, dass sie abfahren wollte.
»Hüh!«
Der Kutscher ließ die Peitsche knallen, die Rappen zogen an. Im Schritt rollte der Wagen den Aventin hinunter, und am Fuße des Hügels fielen die Pferde in einen ruhigen, gleichmäßigen Trab, in dem sie die Stadt durchquerten, den Corso entlang in Richtung der Porta Flaminia. Ein Zolloffizier hielt noch einmal die Kutsche an und prüfte die Papiere. Zwei Soldaten öffneten das Tor, wieder setzte sich der Wagen in Bewegung. Dann verließ die Kutsche die Stadt, rollte zwischen grauen Feldern über die Landstraße, weiter und weiter auf den Horizont zu, wo sie allmählich verschwand, ein kleiner, unruhiger Fleck, der eintauchte in das unendliche Meer der Zeit.

Dichtung und Wahrheit

Dieser Roman ist ein Spiel. Basierend auf Motiven aus dem Leben von Lorenzo Bernini und Francesco Borromini, wurde hier und da die Chronologie der Ereignisse sowie manche Äußerlichkeit im Detail abgewandelt. Das geschah, um einen in sich geschlossenen Erzählkreis zu schaffen und die historischen Ereignisse, die aus dem Leben der zwei größten Baumeister des barocken Roms überliefert sind, in einen Sinnzusammenhang zu stellen. Denn die innere Wahrheit – ob einer Person oder Epoche – ist keine Abbildung bloßer Fakten, sondern die Verdichtung von Tatsachen und Legenden, von Geschehnissen und Meinungen, von Hoffnungen, Ängsten und Leidenschaften.
Folgende Ereignisse, die im Roman zur Sprache kommen, gelten in der Forschung als gesichert:

1623: Am Tag seiner Thronbesteigung ruft Papst Urban VIII. Bernini zu sich und beauftragt ihn mit dem Bau des Hochaltars von Sankt Peter; Bernini wird damit dem alten Dombaumeister Carlo Maderno beigeordnet, in dessen Diensten der Steinmetz Francesco Castelli arbeitet.
1624: Beginn der Arbeiten am Hochaltar von Sankt Peter; neun Jahre lang fließt jährlich ein Zehntel der Jahreseinkünfte des Vatikanstaats in die Finanzierung des Projekts.
1625: Zur Materialbeschaffung werden Bronzebalken aus der Vorhalle des Pantheon entnommen; wütende Proteste der Römer: *Quod non fecerunt barbari, fecerunt Barberini*. Beim Guss der Altarsäulen Annäherung zwischen Bernini und Castelli; Castelli beginnt für Bernini zu zeichnen.
1626: Maderno ist so gebrechlich, dass er sich im Tragestuhl zur Arbeit nach Sankt Peter und zum Palazzo Barberini befördern lässt; auf beiden Baustellen übernimmt sein Assistent Castelli immer mehr Verantwortung.
1628: Bernini unterschreibt den Ausführungsvertrag für den

Altarbaldachin; die Arbeiten müssen in drei Jahren und vier Monaten abgeschlossen sein; durch Bernini verschuldete Fristüberschreitungen gehen zu seinen Kosten.

1629: Maderno stirbt am 31. Januar; sechs Tage später wird Bernini Dombaumeister »auf Lebenszeit«, kurz darauf auch Architekt des Palazzo Barberini; auf beiden Baustellen wird Castelli sein Assistent. Erste gemeinsame Entwürfe für die Glockentürme von Sankt Peter.

1630: Am 25. Februar stirbt Urbans Bruder Carlo. Bernini wird mit der Gestaltung der Trauerfeierlichkeiten für den Generale della Chiesa beauftragt; zusammen mit Castelli Bau des Katafalks. Zum Lohn erhält Bernini die Bürgerrechte der Stadt Rom. Castelli, inzwischen Architekt, geht leer aus; er trägt fortan den Namen Borromini.

1631: Auf Veranlassung Berninis erhält Borromini fünfundzwanzig Scudi im Monat für seine Mitwirkung am Hochaltar: mehr als Berninis Gehalt als Dombaumeister (sechzehn zwei Drittel Scudi), doch nur ein Zehntel von Berninis monatlichem Honorar für den Baldachin. Im Frühjahr quittiert Borromini den Dienst auf der Palastbaustelle.

1632: Zunehmende Spannungen zwischen dem Dombaumeister und seinem Assistenten; durch Berninis Empfehlung wird Borromini zum Architekten der Sapienza (Universität) ernannt; die Baustelle erweist sich aufgrund von Geldmangel für viele Jahre als *piazza morta*.

1633: Borromini beendet im Januar seine Arbeit in Sankt Peter. Am Peter-und-Paulstag Enthüllung des Baldachins. Gesamtkosten des Altars: einhundertachtzigtausend Scudi, davon zehntausend für Bernini, trotz zweijähriger Überschreitung der Ausführungsfrist.

1634: Bernini entwirft die Dreikönigskapelle der Propaganda Fide, seinen ersten Kirchenbau; Borromini beginnt mit den Planungen für San Carlo alle Quattro Fontane.

1637: Urban beauftragt Bernini mit dem Bau der Glockentürme von St. Peter; im selben Jahr fertigt Bernini eine Büste von

Karl I. von England; sein Lohn: ein Edelstein im Wert von sechstausend Scudi. Der Orden San Filippo Neri ernennt Borromini zum Architekten von Casa und Oratorio dei Filippini. Beginn von Borrominis Freundschaft mit Virgilio Spada. Bernini beginnt mit dem Bau der Glockentürme; Kritiker äußern Bedenken aus statischer Sicht. Bernini porträtiert Costanza Bonarelli, die Frau seines Gehilfen Matteo; Beginn ihrer Liebesaffäre.

1638: Bernini entdeckt, dass Costanza ihn mit seinem Bruder Luigi betrügt; Säbelgefecht bei Santa Maria Maggiore zwischen den Brüdern, das fast mit Luigis Tod endet; Bernini beauftragt gedungene Handlanger, Costanza zu entstellen. Urban lässt nach Intervention von Berninis Mutter Gnade vor Recht ergehen.

1640: Die Kardinalskongregation beschließt, alle Mittel der Dombauhütte für den Bau der Glockentürme zu verwenden. Bernini heiratet auf Urbans Drängen Caterina Tezio; zusammen ziehen sie in den Palazzo bei der Propaganda Fide.

1641: Die provisorische Fertigstellung des ersten Glockenturms wird mit der Aufsetzung eines maßstabsgetreuen Glockenhelms gefeiert; dadurch Risse in der Fassade von Sankt Peter; im August befiehlt Urban, den Holzaufsatz zu entfernen und die Arbeiten einzustellen. Fertigstellung von San Carlo; Borromini wird schlagartig berühmt.

1642: Borromini beginnt mit den Bauarbeiten an der Sapienza; Ludwig XIII. von Frankreich lädt Bernini erstmals nach Paris ein.

1644: Papst Urban stirbt; Giambattista Pamphili besteigt als Innozenz X. am 15. September den Thron; wichtigste Beraterin des neuen Papstes ist seine Schwägerin Donna Olimpia, die im Verdacht steht, ihren Mann vergiftet zu haben. Bernini fällt wie alle Nepoten Urbans in Ungnade, sein Ersuchen, von Innozenz eine Büste anfertigen zu dürfen, wird abgelehnt. Spada wird an den Papsthof berufen und mit der Oberaufsicht der päpstlichen Bauvorhaben betraut. Der neue König von Frankreich, Ludwig XIV., wiederholt die Einladung Berninis nach Paris; dieser lehnt abermals ab. Einsetzung einer Untersuchungskommission zum Glockenturm unter Spadas Vorsitz; Borromini wird als Gutachter von Berninis Werk bestellt.

1645: Ein Wettbewerb wird für die Glockentürme ausgeschrieben; Borromini entwickelt Entwürfe, nimmt aber nicht am Wettbewerb teil. Beginn der Planungen für den Palazzo Pamphili an der Piazza Navona; hier soll ein Forum des herrschenden Kirchenfürsten und seiner Familie entstehen.

1646: Innozenz stellt Borromini seinem Hausarchitekten Rainaldi für den Palazzo Pamphili zur Seite; für die Piazza wird ein Wettbewerb zum Bau eines Brunnens ausgeschrieben, von dem Bernini ausgeschlossen wird. Während des Karnevals gelangt trotz Theaterverbots im Hause Donna Olimpias eine Komödie von Bernini zur Aufführung. Borromini attackiert Bernini vor dem Untersuchungsausschuss; weitere Risse treten an der Fassade von Sankt Peter auf, die Kuppel ist gefährdet; auf Verlangen des Papstes wird der Abriss von Berninis Turm beschlossen; der englische Gesandte berichtet, dass Bernini dreißigtausend Scudi Strafe zahlen muss und sein Besitz beschlagnahmt wird. Innozenz beauftragt Borromini mit der Restaurierung der Lateranbasilika für das Jubeljahr 1650.

1647: Ohne Rücksicht auf den Wettbewerb beauftragt Innozenz Borromini mit dem Bau des Brunnens; den Ausschlag gibt dessen Idee, einen Obelisken mit der allegorischen Darstellung der vier Weltströme über der Fontäne aufzurichten. Für den Umbau der Propaganda Fide droht Borromini, den Garten von Berninis privatem Palazzo zu überbauen. Bernini schenkt Donna Olimpia den Edelstein des englischen Königs, damit seine Strafe für den Glockenturm ausgesetzt wird; mit der Skulptur der heiligen Theresa meldet er sich in der römischen Kunstszene fulminant zurück. Innozenz kritisiert die zweideutige Darstellung der Heiligen.

1648: Trotz Ausschluss vom Wettbewerb zeichnet Bernini einen Entwurf für den Brunnen, in Anlehnung an Borrominis Grundidee; das in Silber gegossene Modell wird mit Hilfe Donna Olimpias beim Papst lanciert; Bernini erhält den Vorzug vor Borromini. Borromini legt die Arbeit an der Lateranbasilika nieder und verweigert die Herausgabe technischer Daten für die Wasserzufuhr auf der Piazza Navona.

1649: Borromini befiehlt auf der Lateranbaustelle den Steinmetz Marcantonio Bussone festzusetzen und zu verprügeln; der Arbeiter erliegt den Folgen der Misshandlung noch am selben Tag.

1650: Fertigstellung der Laterankirche zum Jubeljahr; Borromini bittet den Papst um Vergebung für den Totschlag des Arbeiters; Innozenz spricht ihn frei.

1651: Einweihung von Berninis Vierströmebrunnen auf der Piazza Navona; Innozenz erweist Bernini seine Gnade und gibt ihm den Auftrag für eine Porträtbüste.

1652: Innozenz erhebt Borromini in Anerkennung seiner künstlerischen Verdienste in den Adelsstand; Borromini ist damit wie Bernini ein Cavaliere di Gesù. Borromini baut im Palazzo Spada die Scheinkolonnade.

1653: Innozenz betraut Borromini mit dem Umbau von Sant' Agnese an der Piazza Navona.

1655: Papst Innozenz stirbt am 7. Januar; sein Nachfolger ist der Chigi-Papst Alexander VII.; der neue Pontifex ruft am Tag seiner Thronbesteigung Bernini zu sich; er beauftragt ihn mit dem Bau des Petersplatzes und ernennt ihn zum päpstlichen Hausarchitekten. Borromini muss eine Fünfzehnjahresgarantie für die Bibliothekskuppel von Sant' Ivo alla Sapienza übernehmen. Alexander verbannt Don-

na Olimpia nach Viterbo. Königin Kristina von Schweden konvertiert zum Katholizismus und besucht Rom.
1656: Die Pest in Rom. Camillo Pamphili, Donna Olimpias Sohn und Bauherr des Forum Pamphili, wirft Borromini Bauverschleppung vor. Donna Olimpia stirbt an der Pest.
1660: Borromini reißt für den Umbau der Propaganda Fide Berninis Dreikönigskapelle ab. Einweihung von Sant' Ivo alla Sapienza.
1662: Virgilio Spada stirbt.
1663: Baubeginn der Scala Regia; Bernini greift dabei auf Borrominis Kunstgriff der perspektivischen Verkürzung zurück, den dieser für die Scheinkolonnade des Palazzo Spada entwickelt hat.
1664: Der Sekretär der Akademie verurteilt Borrominis Baustil als irrationale und zerstörerische Verirrung; seine Bauten werden in der Ausbildung künftiger Architekten nicht mehr berücksichtigt.
1665: Die Kongregation San Filippo beschließt, die von Borromini gebaute Westseite des Oratoriums wegen Sprüngen im Gewölbe bis auf die Umfassungsmauern hinauszuschieben. Bernini folgt dem Ruf des französischen Königs nach Paris, um dort die Fassade des Louvre neu zu gestalten. Beginn der Aufstellung der sechsundneunzig Säulen für die Kolonnaden von Sankt Peter.
1667: Borromini legt letzte Hand an die Fassade von San Carlo, seinem ersten bedeutenden Bauwerk. Papst Alexander VII. stirbt am 22. Mai. Abschluss der Bauarbeiten am Petersplatz. Klemens IX. besteigt im Juli den Papstthron. Francesco Borromini verbrennt seine Schriften und Zeichnungen und nimmt sich am 2. August 1667 das Leben; er wird in der Gruft Madernos in der Kirche San Giovanni dei Fiorentini beigesetzt.

Clarissa McKinney, geb. Whetenham, genannt die Principessa, ist eine frei erfundene Figur des Autors.

DANKE

»Umso schändlicher ist es, nicht dankbar zu sein«, schreibt Plinius, »je schöner die Gelegenheit ist, die man dazu hat.« Welche Gelegenheit könnte schöner sein als die Beendigung eines Buchs? Darum ist es mir nicht lästige Pflicht, sondern ausgesprochenes Vergnügen, mich bei allen zu bedanken, die zur Entstehung dieses Romans beigetragen haben. Das sind insbesondere:

Serpil Prange: Sie hat sich an der Entwicklung der Geschichte so intensiv beteiligt, dass böse Zungen behaupten, sie schreibe unter dem Pseudonym ihres Mannes.
Roman Hocke: Die beste Hebamme seit Sokrates, der Idealfall eines Agenten – er gibt immer einhundertfünfzig Prozent, obwohl er selbst nur fünfzehn nimmt.
Dr. Sabine Burbaum: Ihre großartige kunsthistorische Studie über Bernini und Borromini enthält nicht nur die »reine« Wahrheit der Geschichte, sie gab mir auch tausendundeine Anregung.
Stephan Triller: Er schenkte der Principessa die englische Herkunft und Heimat; außerdem hat er das Manuskript durch den K-Filter geschickt.
Prof. Brigitte Dörr: Weniger von ihrer Kritik, dafür umso mehr von ihrer Lebensart hat die Principessa profitiert.
Prof. Dr. Franz Lebsanft: Als international renommierter Experte für das historische Grußwesen war er sich nicht zu schade, die Anredeformen zu überprüfen.
Nicole Lambert: Ohne ihre Recherchen wäre ich in der Stofffülle untergegangen.
Angerer d. Ä.: Selbst Künstler und Architekt von hohen Graden, hat er mir in ästhetischen Fragen manches Licht aufgesteckt.
Cornelia Langenbruch: Als Pfarrgemeinderätin von St. Matthäus zu Altena hat sie dafür gesorgt, dass alles seine liturgische Richtigkeit hat.

Ernst Hüsmert: Obwohl strammer Protestant, hat er sich als erstaunlicher Kenner des Papsttums erwiesen.
Prof. Dr. Barbara Korte: Sie hat mir geholfen, das Rom der Barockzeit mit den Augen englischer Reisender anzuschauen.
Joachim Lehrer: Als Maler phantastischer Welten (und als dieser ein »neuer Meister«) hat er mir das Himmelszelt gezeigt.
Coco Lina Prange: Mit ihrer Weigerung, Bücher zu lesen, hat sie meinen Ehrgeiz angestachelt – in der Hoffnung, dass sie wenigstens dieses eine Buch in ihrem Leben liest.

Ob ein Buch gelungen ist, entscheiden immer die Leser. Folgende Testleser haben das Manuskript mit gerunzelter Stirn geprüft, die einen ganz, die anderen in Teilen: Veronica Ferres, Martin J. Krug, Inga Pudenz, Klaus Rauser, Dr. Anne Reichenmiller, Detlef Rönfeldt, Michael Schwelien, Jürgen Veiel. Sie alle haben mir Mut gemacht, weiterzuschreiben – Beschwerden sind darum an ihre Adresse zu richten.

Dass ein Buch seine Leser findet, hängt vor allem vom Verlag ab. Mein letzter Dank gilt darum der engagierten Unterstützung, die ich vom Droemer Verlag erfahren habe, namentlich von Iris Geyer, Iris Haas, Klaus Kluge, Beate Kuckertz, Herbert Neumaier und Hans-Peter Übleis.

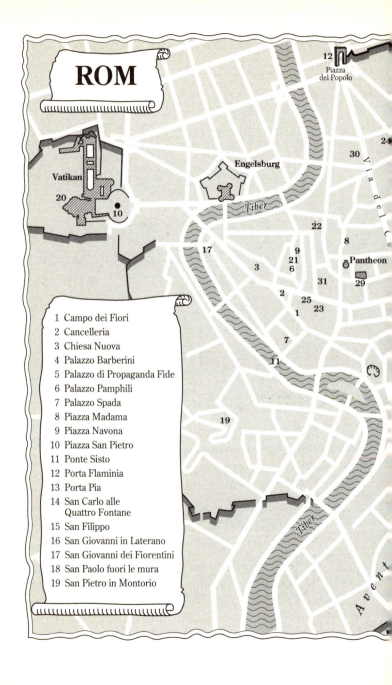

ROM

1 Campo dei Fiori
2 Cancelleria
3 Chiesa Nuova
4 Palazzo Barberini
5 Palazzo di Propaganda Fide
6 Palazzo Pamphili
7 Palazzo Spada
8 Piazza Madama
9 Piazza Navona
10 Piazza San Pietro
11 Ponte Sisto
12 Porta Flaminia
13 Porta Pia
14 San Carlo alle Quattro Fontane
15 San Filippo
16 San Giovanni in Laterano
17 San Giovanni dei Fiorentini
18 San Paolo fuori le mura
19 San Pietro in Montorio

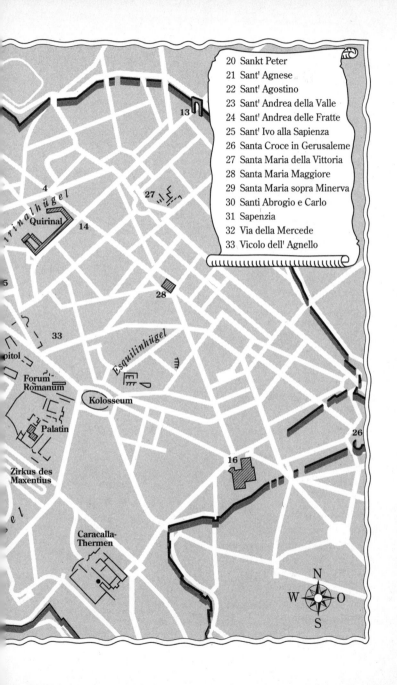

»Prange weiß, was Leser wünschen.«
Hörzu

Peter Prange
Die Philosophin
Roman

Paris, 1747. Von Gott und den Menschen verraten, gerät Sophie in die riesige Hauptstadt des Königsreichs. Um zu überleben, arbeitet sie im Café »Procope«, Treffpunkt der Freidenker und Aufrührer. Gegen ihren Willen verliebt sie sich in einen Gast: Denis Diderot. Der Philosoph plant das gefährlichste Buch der Welt seit der Bibel, eine Enzyklopädie mit dem ganzen Wissen der Menschheit – Sprengstoff für die morsche Monarchie. Schon bald begreift Sophie, dass es dabei um viel mehr geht als nur um ein Buch. Es geht um ihr eigenes Leben, ihr Recht auf Freiheit, Liebe und Glück.

Folgen Sie Peter Prange ins Paris des 18. Jahrhunderts, in die Hauptstadt der Aufklärung, und lernen Sie in einem Romanauszug Sophie Volland, Denis Diderot und seinen erbittertsten Rivalen kennen:

KNAUR TASCHENBUCH VERLAG

LESEPROBE

aus

Peter Prange
Die Philosophin

erschienen bei

KNAUR TASCHENBUCH VERLAG

Wer Paris vom Glockenturm der Hauptkirche Notre-Dame aus erblickte, dem mochte die Stadt wie eine wohlgeformte Gipslandschaft erscheinen, ein ruhiges, graues Häusermeer, aus dem sich die Kirchen und Staatsgebäude wie majestätische Mahnmale erhoben, unverrückbare Felsen in der Brandung der Zeit. Doch dieser Schein trog. Denn in Wahrheit war Paris ein riesiger Krake, der sich mit seinen Armen über das ganze französische Königreich ausbreitete. Tag für Tag wuchs dieser Krake an, wuchernd und wabernd, als gebe es keine Grenzen. Gierig verschlang er, was im Umkreis Hunderter Meilen geerntet und gekeltert wurde, zehrte Dörfer und Städte aus, verleibte seinem unersättlichen Organismus alle Gaben und Güter, allen Reichtum und Überfluss des Landes ein, um die unermessliche Anzahl von Menschen zu ernähren, die im Gedärm der Pariser Straßen und Gassen geboren wurden, sich vermehrten und starben im ewigen Kreislauf des Lebens: ein Schlund, in dem ganz Frankreich verschmolz, ein ruhelos zuckendes Labyrinth der Leidenschaften und Begierden.

Schon um ein Uhr in der Frühe erwachte die Stadt. Übernächtigten Heerscharen gleich kamen die Bauern auf ihren Karren aus den Vororten gezogen, um mit Unmengen von Fleisch, Gemüse und Obst, Eiern, Butter und Käse den Bauch des gefräßigen Kraken zu stopfen. Doch erst wenn im Morgengrauen die Bäcker ihre Geschäfte öffneten, füllten sich allmählich die Straßen. Handwerker und Arbeiter, Hausfrauen und Dienstmädchen, Büroschreiber und Handelsgehilfen bahnten sich, einer eiliger als der andere, ihren Weg durch den immer dichteren Verkehr der in alle Himmelsrichtungen rollenden Fuhrwerke und Droschken. Wenn sich nach der Frühmesse dann die Kirchen leerten, begegneten die Pfarrer und Betschwestern schon den Professoren und Studenten der Sorbonne, die mit wehenden Talaren und Büchern unter dem Arm zur Vorlesung hasteten, während die Kellner der Limonadenbuden auf ihren Tabletts heiße und kalte Getränke durch das Gewühl balancierten. Brachen gegen neun Uhr die Barbiere und Perückenmacher, gepudert vom Scheitel bis zur Sohle, die Kräuselschere in den Händen, zu ihren Hausbesuchen auf, quollen die Gassen und Plätze bereits von den Massen über, und die Stadt drohte an ihrer eigenen Geschäftigkeit zu ersticken, wenn eine Stunde später die Staatsdiener, Richter und Notare in schwarzen Schwärmen zum Châtelet und Justizpalast eilten, bevor schließlich die Bankiers, Makler und Spekulanten zur Börse strömten und die Müßiggänger zum Palais Royal.

Stand dann die Sonne im Zenit, schwebte über der ganzen Stadt zusammen mit dem ewigen Rauch, der in gelblichen Wolken aus den Schornsteinen quoll, um die Spitzen der Kirchtürme den Blicken zu entziehen, ein gewaltiges babylonisches Stimmengewirr, eine gleichförmige Kakophonie aus Worten und Widerworten, Flüchen und Schreien, Rufen und Lachen, mit denen sich die sechs mal hunderttausend Menschen ihren Platz in der Metropole erstritten oder einfach nur ihrer Seele Luft verschafften. Sie alle wollten leben, lieben und glücklich sein! Erst wenn sie am Abend die Arbeit niederlegten, senkte sich mit der Dämmerung das Geschrei und Gesumm wieder auf die Häuser herab und verlagerte sich von den Straßen und Plätzen in die Kneipen, Cabarets und Restaurants, vor allem aber in die Kaffeehäuser. In diesen Lokalen, die es erst seit wenigen Jahrzehnten in der Stadt gab, die jedoch immer mehr in Mode kamen, wurden Nachrichten und Meinungen gehandelt wie Waren und Wertpapiere an der Börse. Das erste Pariser Etablissement dieser Art, wo weder Bier noch Wein oder andere benebelnde Getränke ausgeschenkt wurden, sondern ausschließlich solche, welche die Sinne schärften und die Gedanken stimulierten, befand sich in der Rue des Fossés Saint-Germain Numero 13, direkt gegenüber der alten Komödie. Ein Italiener aus Palermo, Francesco Procopio, hatte es 1686 eröffnet, nachdem er mit dem Straßenverkauf von Kaffee gescheitert war. Schwere Stühle mit rotem Lederbezug und dicke Balken über niedrigen, pastellgelben Wänden prägten das Bild des Lokals, in dem an wuchtigen Eichentischen die Gäste Zeitung lasen, Schach spielten oder sich die Köpfe heiß redeten. Hier hatte jeder Zutritt, der seine Zeche bezahlen konnte. Niemand galt mehr als der andere, keiner musste sich vor einem Höherstehenden erheben, vielmehr nahm jeder neue Gast den nächstbesten Platz ein, warf sich, den Dreispitz auf dem Kopf und die Pfeife im Mund, auf einen Stuhl, streckte die Beine aus und griff nach einem Journal oder mischte sich in das Gespräch seiner Tischnachbarn ein. Und während draußen in den Gassen die Laternen angezündet wurden – Hoheitszeichen des Königs, in dessen Glanz die Stadt auch bei Nacht erstrahlen sollte, und zugleich Wahrzeichen einer aufgeklärten Vernunft, die in derselben Stadt ihr Wesen trieb, um die Autorität der Herrschaft bohrend in Frage zu stellen –, destillierten all die Stimmungen und Launen, die bei Tage diffus in der Luft gelegen hatten, hier drinnen zu klaren Gedanken, wurden widerstreitende Hoffnungen, schwelende Ängste und aufkeimende Ansprüche auf den Begriff gebracht und gelangten zur Sprache.

In diesem Lokal, dem Café »Procope«, das bei der Polizei von Paris als Treffpunkt gefährlicher Freidenker und Aufrührer galt, hatte Sophie Volland, inzwischen achtzehn Jahre alt, eine Anstellung als Serviererin gefunden.

»Wie immer eine Tasse Schokolade, Monsieur Diderot?«
»Ja, mit viel Vanille und Zimt.«
»Ist das alles, oder haben Sie noch einen Wunsch?«

»Wenn du mich so freundlich fragst – ja, Mirzoza.«
»Monsieur Diderot, ich habe Ihnen schon ein Dutzend Mal gesagt, ich heiße Sophie!«
»Mag sein, Mirzoza. Aber ich weiß es besser. Du bist doch eine Märchenprinzessin!«
»Und warum arbeite ich dann hier?«
»Weil man dich auf einen falschen Namen getauft hat, Mirzoza.«
Sophie wusste nicht, ob sie lachen oder sich ärgern sollte. Dieser Diderot, ein Mann Anfang dreißig, der fast täglich ins »Procope« kam, gehörte zu den so genannten Philosophen, den Stammgästen des Lokals, die hier ihr zweites Zuhause hatten und den lieben langen Tag so heftig diskutierten, als müssten sie ganz Frankreich regieren. Als einfache Kellnerin hatte sie keine Ahnung, was die Philosophen für Männer waren oder was sie taten – einen richtigen Beruf schienen sie nicht zu haben –, doch immer, wenn sie an ihren Tischen bediente, fühlte sie sich noch jünger, als sie ohnehin war, und in ihrem Nacken kribbelte es wie ein ganzer Schwarm Mücken. Geradeso wie jetzt, als Diderot sie mit seinen unglaublich hellen blauen Augen anschaute, ein freches Grinsen auf den Lippen, und sein kleiner Kopf mit dem blonden Schopf auf den breiten Lastenträgerschultern ruckte wie ein Wetterhahn auf einem Kirchturm.
»Sie sagten, Sie hätten noch einen Wunsch?«, fragte sie, so streng sie konnte.
»Richtig!«, rief er, und sein Grinsen wurde noch eine Spur unverschämter. »Hast du heute Abend etwas vor?«
Ohne eine Antwort zu geben, kehrte Sophie ihm den Rücken zu und ging zum Büfett.
Was war nur mit den Männern? Schon in der Tabakschenke, in der sie früher gearbeitet hatte, einer verräucherten Höhle im Faubourg Saint-Marceau, hatten sie ihr nachgestellt, aber das waren nach Branntwein stinkende Kutscher, Soldaten oder Kloakenreiniger gewesen, und Sophie wusste, wie man mit ihnen

umgehen musste. Doch hier? Wenn die gelehrten Herren im »Procope« solche Reden führten, dann lag es wahrscheinlich an den hitzigen Getränken, die sie in ungeheuren Mengen tranken – vor allem am Kaffee, der solches Herzrasen machte. Ihr Aussehen, dachte Sophie, könne der Grund jedenfalls nicht sein. Sie fand sich mit ihren struppigen roten Haaren, den tausend Sommersprossen und den grünen Augen alles andere als hübsch.

Am Büfett stellte sie das Geschirr bereit, um die Bestellungen auszuführen. Von hier konnte sie das ganze Lokal übersehen, während sie aus großen offenen Kannen der Reihe nach Tee, Kaffee und Schokolade in die Tassen füllte. Die Abendvorstellung im Theater gegenüber hatte gerade erst begonnen, sodass die Tische nur zur Hälfte besetzt waren, und doch herrschte in dem Saal ein Geschnatter wie auf dem Wochenmarkt. Zwei Jahre war Sophie inzwischen in Paris, doch sie staunte immer noch, wie schnell die Leute hier sprachen, doppelt so schnell wie in ihrer Heimat, und alle redeten auf einmal, als hätten sie Angst, ihre Sätze nicht zu Ende zu bringen, bevor die anderen ihnen ins Wort fielen. Ob sie hier wohl jemals das Glück fand, von dem sie träumte? Einen einfachen rechtschaffenen Mann, der sie ein bisschen lieb hatte und sie in den Hafen der Ehe führte?

Sophie stellte die Kanne mit der heißen Schokolade ab und brachte ihr Tablett an den Tisch.

»Bitte sehr, Monsieur Diderot. Mit viel Vanille und Zimt.«

»Danke, Mirzoza.« Er nahm die dampfende Tasse und führte sie an die Lippen. »Hast du inzwischen nachgedacht, wo wir zwei uns amüsieren? Im Ambigu-Comique geben sie *Tartuffe*. Oder magst du lieber tanzen?«

Während er mit einer Inbrunst seine Schokolade trank, als schlürfe er Nektar, blickte er sie über den Rand der Tasse an. Sophie spürte plötzlich wieder den Mückenschwarm in ihrem Nacken, und für eine Sekunde durchströmten ihren jungen Leib

jene seltsamen Gefühle, die ihr manchmal im Kloster die Sinne verwirrt hatten, in langen Nächten sehnsuchtsvoller Einsamkeit.
»Nun?« Diderot stellte die Tasse ab, seine Oberlippe zierte jetzt ein feiner Schnurrbart. »Wann soll ich dich abholen?«
Sophie nahm das Ende ihrer Schürze und wischte ihm die Spuren der Schokolade aus dem Gesicht.
»Statt ins Theater oder zum Ball sollten Sie lieber zum Barbier gehen, Monsieur Diderot! Oder rasiert man sich in Ihrer Märchenwelt etwa nicht?«
Unter dem Gelächter der anderen Philosophen hob sie ihr Tablett vom Tisch und ging weiter.
Dieser Diderot hatte ihr gerade noch gefehlt!

Zusammen mit dem Strom der Theaterbesucher, die wenig später in das »Procope« drängten, betrat Antoine Sartine das Lokal: ein akkurat gekleideter junger Mann mit freundlichem Dutzendgesicht und gepflegten Manieren, der ganz den Eindruck erweckte, als habe er sich soeben glänzend amüsiert. Den Dreispitz in der Hand, blickte er einmal in die Runde und nahm dann wie fast jeden Abend an einem Einzeltisch nahe der Tür Platz, so angenehm und unauffällig in der Erscheinung, dass sein Kommen von kaum einem Gast registriert wurde.
Das war ganz in seinem Sinn. Denn Antoine Sartine frequentierte nicht zum Vergnügen das Café »Procope«, er ging hier vielmehr seiner Arbeit nach. Unmittelbar dem Generalleutnant der Pariser Polizei unterstellt, hatte er den Auftrag, die Philosophen und Bücherschreiber in den Kaffeehäusern der Stadt zu beobachten, ihre Gespräche zu notieren und ihre Entwicklung zu

verfolgen. Hinter einer Zeitung verborgen, schien er ganz in die Lektüre versunken, während er tatsächlich mit beiden Ohren lauschte, damit kein Wort seiner Aufmerksamkeit entging, gleichgültig, worüber man sich links und rechts an den Tischen gerade ereiferte: die Übersetzung Homers, das Prinzip der Gewaltenteilung oder die jansenistische Prädestinationslehre.

Ja, Antoine Sartine war Polizeioffizier, und er war es gerne. Fakten sammeln war ihm Beruf und Berufung zugleich. Die nie versiegende Flut von Informationen normierte, etikettierte und klassifizierte er mit strenger Systematik, um Ordnung in die unübersichtliche Welt der Dachstuhlschreiberlinge zu bringen, die sich Philosophen nannten und sich mit Romanen und Dramen, Traktaten und Pamphleten jedweder Art unsterblich zu machen versuchten. Ob Adliger oder Kleriker, Arzt oder Advokat, Journalist, Privatgelehrter oder Bibliothekar – kein Autor in Paris, der je ein Wort zu Papier gebracht hatte, entging Sartines System. Auf großen Folioblättern verfasste er seine Berichte, vermerkte peinlich genau die Namen aller Personen, die seiner Überwachung unterstanden, fügte ihr Alter und den Ort ihrer Geburt ebenso hinzu wie ihre Adresse und ihr Aussehen, beschrieb ihre Gewohnheiten und Gedanken und zeichnete ihre oftmals verschlungenen Lebenswege nach. Selbst in gewisser Weise ein Schriftsteller, hegte er für manche Autoren durchaus Sympathie, schätzte Geist, Witz und Talent, wo immer er auf sie stieß, doch geriet seine Loyalität darüber niemals ins Wanken: Stellte ein Autor die orthodoxen Lehren von Kirche und Staat in Frage, begann er zu ermitteln.

Denn Sinn und Zweck seiner Arbeit war, das Königreich Frankreich vor seinen Feinden zu schützen. Darauf hatte Antoine Sartine nicht nur einen Eid geleistet, diese Pflicht entsprach auch seinem innersten Antrieb. Dem Staat verdankte er alles, was er besaß: seine Bildung, seinen Anzug, seine Wohnung. Er nahm die silberne Repetieruhr aus der Brusttasche seines Rocks,

Leseprobe

die er erst vor wenigen Tagen am Quai de l'Horloge erstanden hatte, ließ den Deckel aufspringen und schaute auf das Zifferblatt – nicht, um die Zeit festzustellen, sondern einfach nur, um sich das kostbare Stück noch einmal anzusehen. Ja, wenn er diesem Staat auch in Zukunft mit demselben Eifer diente wie bisher, würde er es weit, womöglich sogar sehr weit bringen.

Er hatte also nur wenig an seinem Schicksal auszusetzen. Das Einzige, was ihm zum Glück auf Erden fehlte, war eine Frau, die das Leben mit ihm teilte. Bei dieser Überlegung ließ er sich weniger von seinen Gefühlen als von seiner Vernunft leiten. Persönlich ertrug er die Ehelosigkeit ohne Not, ja, insgeheim scheute er sogar vor manchen Pflichten zurück, die eine Verheiratung zwangsläufig nach sich zog, hatte auch schon wie manch anderer Mann mittleren Alters und mittlerer Verhältnisse daran gedacht, eine Haushälterin zu nehmen, die sich ganz auf die häusliche Arbeit beschränkte und Sorge für die Mahlzeiten trug, ohne weitere Ansprüche zu stellen. Doch anders als die Philosophen, die der Ehe möglichst aus dem Wege gingen, weil diese selten Geld, fast immer aber Kinder eintrug, betrachtete Sartine die Heirat als wichtigen Schritt in seiner beruflichen Laufbahn. In seiner geordneten Welt gehörte eine Ehefrau so notwendig an die Seite eines Staatsdieners wie der linke Glockenturm von Notre-Dame an die Seite des rechten.

Ob Sophie die Richtige war?

Neugierig geworden? Die ganze Geschichte finden Sie in:

Die Philosophin
von Peter Prange

KNAUR TASCHENBUCH VERLAG

Peter Prange

Das Bernstein-Amulett
Eine Familiengeschichte in Deutschland

Herbst 1990 – nach der Wiedervereinigung. In einem Saal des ehemaligen Gutshofs Daggelin im Osten Deutschlands feiert die Familie Reichenbach den fünfundsechzigsten Geburtstag Barbaras. In die Feier platzt ein betrunkener und verwahrloster Mann: Christian, der Lieblingssohn Barbaras. Er bringt einen höhnischen Toast auf seine Mutter aus, als Geschenk wirft er eine Kette mit einem Bernstein-Amulett als Anhänger auf den Tisch. Genau dasselbe Schmuckstück, wie Barbara es am Hals trägt. Auch Christians Kette, die echte, hat einmal Barbara gehört ...

»Eine große und dramatische Familiengeschichte.«
3sat

»*Das Bernstein-Amulett* ist ein vollendeter ergreifender Schicksalsroman, und es gab selten ein Buch, das mich so in seinen Bann gezogen hat wie dieses. Es gehört mit Sicherheit zu den spannendsten, gefühlvollsten und einfallsreichsten Büchern, die ich je gelesen habe. Ständig war ich hin und her gerissen zwischen banger Hoffnung, Verzweiflung, Enttäuschung, Erleichterung und Glückseligkeit; und es gab so manche Stelle, an der ich beinahe weinen musste. Ein bisschen *Vom Winde verweht*, ein Hauch *Doktor Schiwago* und ein wirklich fesselnder Roman über die Geschichte einer Familie aus Deutschland.«
Sibylle Haseke, WDR

Knaur Taschenbuch Verlag